ullstein

AMELIA MARTIN

DAS AUKTIONS HAUS

Der Glanz Londons

Roman

Ullstein

Besuchen Sie uns im Internet:
www.ullstein.de

Originalausgabe im Ullstein Taschenbuch
1. Auflage August 2021

Umschlaggestaltung: bürosüd GmbH, München
Titelabbildung: arcangel / © Lee Avison (Figur); mauritius images / Cultura / Panostock (Stadtansicht)
Gesetzt aus der Quadraat Pro powered by pepyrus.com
Druck und Bindearbeiten: CPI books GmbH, Leck
ISBN 978-3-548-06396-6

A thing of beauty is a joy forever.
(Etwas wahrhaft Schönes ist ein immerwährendes Glück.)
John Keats (1795 – 1821)

Real art has the capacity to make us nervous.
(Wahrhaftige Kunst ist in der Lage, uns nervös zu machen.)
Susan Sontag (1933 – 2004)

You must become an ignorant man again
And see the sun again with an ignorant eye
And see it clearly in the idea of it.
(Du musst wieder unwissend werden
Und die Sonne unvoreingenommen sehen
Und sie sehen als das, was sie ist.)
Wallace Stevens (1879 – 1955)

Die Hauptfiguren

London

Dorothy & Harold Rosewell – Näherin und Arbeiter in Soho
Sarah Rosewell – ihre Tochter
Ben Rosewell – Sarahs Bruder
Charley Randall – Freund aus Kindertagen in Soho
Ada Weaver – Inhaberin eines Modesalons
Lady Gwendoline Sudbury – Sarahs Wohltäterin
Lord Coltham – Varnham's Kunde
Edmund Coltham – Lord Colthams Sohn
Hannah Gruen – Sarahs Freundin
Levi Hirschel – Antiquitätenhändler
Philip Maynard – Fotograf

Varnham's – führendes Londoner Auktionshaus

Direktor William Rowland
Percy James – Experte
Douglas Palmer – Experte
Bertha Morris – Sekretärin
Muriel – Sekretärin
Otis Munro – freiberuflicher Mitarbeiter von Varnham's

Wien

Joseph Lehner – Direktor vom Auktionshaus Hofmann's
Leopold Wallner – Bankier
Stephen Cartlidge – Varnham's-Kunde

Teil 1 – Lehrjahre

1

Soho, London 1910

Die kostbare Brosche lag auf dem Tisch direkt vor ihr. Sarah zögerte nicht und ergriff das Schmuckstück und auch die Handschuhe, die Lady Sudbury gehörten. Das hier war ihre Chance. Das Mädchen sah sich im Atelier um, doch die anderen Näherinnen waren beschäftigt und beachteten Sarah nicht. Hastig verließ sie den Verkaufsraum, in dem sie eben noch geholfen hatte, das neue Abendkleid abzustecken. Warum nur musste die verdammte Ladentür immer klingeln, wenn man sie öffnete? Doch jetzt war es zu spät. Sarah sprang die Stufen hinunter und wäre beinahe mit einem Zeitungsjungen zusammengestoßen.

»He, pass doch auf!«

»Entschuldige, Tom!«, rief sie über die Schulter und eilte weiter, um die hohe Gestalt von Lady Sudbury im Gewimmel der vielen Menschen nicht aus den Augen zu verlieren. Doch die weiße Straußenfeder am Hut der Lady war ein guter Wegweiser.

Am frühen Abend waren die Straßen von Soho belebt. Straßenhändler boten ihre Waren in Bauchläden feil, und an beinahe jeder Ecke wurden gefüllte Pasteten und andere Köstlichkeiten angeboten. Die Leute waren auf dem Weg in die zahlreichen kleinen Pubs und Restaurants, in denen man günstig französisch, italienisch oder griechisch essen konnte. Migranten vom Kontinent hatten sich mit ihren schmackhaften Küchen einen Namen gemacht und lockten mittlerweile auch die besser situierten Bürger in das ehemals eher verrufene Soho. Ein Stück weiter, in Long Acre, wurden Kutschen in einer Fabrik gebaut, es gab einen Schuster, den Gemüsehändler Mills und eine Brauerei. Sarah machte einer grell geschminkten Dame Platz, die sich vor einem Hauseingang positioniert hatte: »Blue Ribbon« stand auf einem Schild über der Tür, hinter der sich ein Bordell befand.

Lady Sudburys Wagen parkte gewöhnlich an der Ecke zur Dean Street, und in diese Richtung schien auch die Straußenfeder zu wippen. Plötzlich ertönten eine Trillerpfeife und lautes Geschrei.

»Oh nein!«, murmelte Sarah und rannte weiter, wobei ihre langen Röcke sich um ihre Beine legten und sie am Laufen hinderten. Verzweifelt riss sie mit der freien Hand an dem festen Oberstoff, doch die Unterröcke konnte sie nicht fassen und musste kurz stehen bleiben. Als sie sich endlich wieder frei bewegen konnte, hörte sie den Polizisten bereits hinter sich rufen.

»Stehen bleiben! Haltet das Mädchen fest! Sie hat gestohlen!«

Ihr Atem ging keuchend, und ihre Lunge begann zu brennen, doch Sarah lief weiter, so schnell sie konnte. In einer Hand hielt sie die Brosche, mit der anderen raffte sie ihre Röcke. Die Leute hatten noch nicht begriffen, wer gemeint war, doch bald würde einer der Umstehenden sich umdrehen und sie packen.

Endlich schien auch Lady Sudbury des Aufruhrs hinter sich gewahr zu werden, denn die Straußenfeder blieb stehen.

»Lady Sudbury! Bitte, warten Sie einen Moment!«, rief Sarah mit letzter Kraft und stieß eine Frau, die einen Korb mit Blumen trug, zur Seite.

»Das ist sie! Haltet sie auf!«, brüllte ein Polizist, und als Sarah sich gerade zwischen zwei Herren und einem Pastetenverkäufer hindurchgedrängt hatte, schrillte die Trillerpfeife direkt hinter ihr. Eine Hand riss sie am Arm, und sie wäre gestürzt, wenn nicht ein junger Bursche sie aufgefangen hätte.

»Sarah, was machst du?«, flüsterte der Bursche, in dem sie Charley, einen Freund aus Kindertagen, erkannte.

»Ich habe nicht gestohlen, Charley. Lass mich, ich muss zu ihr …«, flehte Sarah und sah verzweifelt nach vorn.

»So bleib doch endlich stehen, du kleines Luder!«, rief der Polizist und griff erneut nach ihr. »Wir wissen doch, wer du bist, und kriegen dich sowieso. Deine Stelle bei Mrs Weaver bist du los!«

»Nein!«, rief Sarah. »Lady Sudbury!«

Auf einmal ging ein Raunen durch die Menge, die sich mittlerweile um sie gedrängt hatte. Die Straußenfeder erschien über den Köpfen der Leute, die, wie von unsichtbarer Hand bewegt, eine Gasse für die elegante Erscheinung formten. Völlig unbeeindruckt von den erhitzten Gesichtern, die sie umgaben, glitt Lady Sudbury mit der ihr eigenen mühelosen Eleganz auf Sarah zu. Der riesige Hut mit dem Schmuck aus Straußenfedern saß auf einer Aufsteckfrisur, die ein aristokratisches Frauengesicht mittleren Alters rahmte.

»Wer hat nach mir gerufen?«, verlangte die Lady zu wissen.

»Ich, Mylady«, keuchte Sarah. »Verzeihen Sie, Sie haben Ihre Brosche …«, weiter kam sie nicht, denn der Polizist hatte sich vorgedrängt und ergriff grob ihre Hand.

»Mylady, wir haben die Diebin. Machen Sie sich keine Sorgen, sie wird ihrer Strafe zugeführt werden«, bellte der Constable.

Sarah erkannte Constable Pritchett, einen brutalen Mann, der schnell mit dem Knüppel zuschlug und bestechlich war. Mehr als einmal hatte er Charley und ihren Brüdern übel zugesetzt, weil sie angeblich Äpfel gestohlen hatten.

Die grobe Männerhand zwang sie, ihre Hand zu öffnen, sodass jeder die glitzernde Brosche sehen konnte.

»Nein, das ist nicht wahr! Ich habe sie Mylady gebracht, weil sie die Brosche im Atelier von Mrs Weaver vergessen hat! Ich schwöre, so wahr Gott mein Zeuge ist!«, rief Sarah entrüstet.

Constable Pritchett wollte nach den Handschuhen greifen, doch der Stock von Lady Sudbury stieß ihn bestimmt zurück. »Lassen Sie das, ich will mit dem Mädchen sprechen.«

Lady Sudbury hatte ein schmales Gesicht mit großen blauen Augen. In ihrer Jugend war sie eine umschwärmte Schönheit der gehobenen Gesellschaft gewesen, und auch heute sah sie noch gut aus. Sarah verehrte die Lady, die stets ein Lächeln für die Angestellten übrig hatte und deren Ausdrucksweise so vornehm wie ihr Verhalten war.

»Sie arbeiten bei Mrs Weaver. Ich habe Sie gesehen. Wie ist Ihr Name?«

»Sarah, Mylady, Sarah Rosewell. Meine Mutter hat die Lochstickerei für Ihr grünes Kleid gemacht.«

Gwendoline Sudbury hob die Augenbrauen. »Ah, ich entsinne mich. Die Arbeit ist exquisit. Und Sie kommen ganz nach Ihrer Mutter?«

»Ja – ich meine, nein, ich kann nicht so gut sticken, aber ich lerne es und noch viel mehr. Ich werde einmal eine Näherin sein und so gut wie Mrs Weaver, dann mache ich meinen eigenen Laden auf.« Erschrocken über ihre eigene Unverblümtheit, verstummte Sarah.

Doch Lady Sudbury lächelte und streckte ihre behandschuhte Hand aus. »Sarah Rosewell, Sie sind ein mutiges Mädchen. Ich danke Ihnen für Ihre Mühe.«

Der Constable schnaufte wütend, trat aber einen Schritt zurück, als er sah, wie die Dame die Brosche entgegennahm.

»Kümmern Sie sich wieder um wichtigere Dinge, Constable«, befahl Lady Sudbury. »Und das hier ist für Sie, Sarah.«

Ein goldener Sovereign wurde in Sarahs Hand gelegt. Mit offenem Mund starrte Sarah auf die Münze und dann zu ihrer Wohltäterin. »Das kann ich nicht, oh, das ist zu viel, ich ...«

Doch die Lady nickte. »Sie haben es sich verdient. Nun stecken Sie die Münze ein, sie gehört Ihnen, und Sie können damit machen, was Sie wollen. Und wenn ich das nächste Mal zu Mrs Weaver komme, möchte ich, dass Sie mir beim Ankleiden helfen.«

Mit einer eleganten Drehung wandte sich Lady Sudbury um und ging auf den bereits wartenden Chauffeur zu, der sie zu ihrem Wagen begleitete.

»Jetzt trollt euch, Leute!«, rief der Constable. »Was steht ihr noch rum, das Spektakel ist vorbei. Und du«, er tippte Sarah mit seinem Knüppel an den Arm. »Pass gut auf, das nächste Mal kommst du nicht so davon. Ich kenne deinesgleichen.« Abfällig spuckte er vor ihr aus und ging breitbeinig davon.

Seine Worte prallten an Sarah ab, die glücklich auf die Goldmünze in ihrer Hand starrte und schnell die Finger darum schloss.

»Na, du hast ja eine tolle Show abgezogen, hätte ich dir gar nicht zugetraut«, Charley Randall gesellte sich wieder zu ihr. »Ich begleite dich mal lieber zurück zum Laden, bevor dir noch jemand deinen Schatz klaut. Bei dem Gesindel, das hier rumläuft!«

Er grinste sie breit an, und Sarah lachte und versteckte ihre Hand mit der Münze in ihrer Rocktasche. »Keine Show, Charley, ich wollte nur helfen.«

»Ja klar, bist ein cleveres Mädchen, habe ich immer gewusst. Lädst du mich auf'n Bier ein?«

Sarah errötete, sie kannte den wenig älteren Charley seit Kindertagen. Er war ein muskulöser Bursche, der, genau wie sie, aus dem Viertel stammte und für die Kutscher arbeitete. Mit Pferden kannte er sich aus wie kaum einer, und er verdiente sich mit Botengängen manchen Extrapenny. Zudem kümmerte er sich mit seinen Freunden um die »Leute seiner Straße«, wie er es ausdrückte. Sarah wusste, dass seine Freunde in nicht ganz legale Aktivitäten verwickelt waren, denn immer wieder wurde der eine oder andere von ihnen verhaftet. Heute trug Charley ein weißes Hemd, und auch seine Hose war offensichtlich sauber und die Stiefel geputzt. Sarah musterte ihn: Ihr alter Freund war zu einem gut aussehenden Mann geworden.

»Du siehst ja aus, als wolltest du zur Messe gehen?«, sagte sie mit einem vielsagenden Blick in Richtung seiner glänzenden Stiefel.

Charley stellte sich in Positur. Er hatte anziehende dunkle Augen und ein fein geschnittenes Gesicht. Seine Mutter war Griechin, sein Vater ein ehemaliger Seemann, der sich mit Gelegenheitsjobs über Wasser hielt. »Heute wird mein Neffe getauft. Die ganze Familie kommt, viele Griechen. Da wird lange gefeiert. Komm doch vorbei, Sarah. Es gibt die Kuchen, die du so gern magst.«

Sarah kannte jeden in der Straße, denn sie war hier aufgewachsen. Ihr Vater Harold schaufelte Kohlen für Dean Fraser, den Kohlenhändler in der Charing Cross Road, und ihre Mutter verdarb sich die Augen beim Nähen im Atelier von Ada Weaver. Sie kamen über die Runden, aber ein Leben war das nicht, wie Harold gern sagte. Seinen Frust spülte er nach der Arbeit mit Gin hinunter, und wenn er dann schlecht gelaunt und mit leeren Taschen nach Hause kam, weinte ihre Mutter. Und wenn Dorothy Rosewell zu erschöpft zum Weinen war und zu verzweifelt, weil sie nicht wusste, wie sie die hungrigen Mäuler ihrer Kinder stopfen sollte, schrie sie ihren Mann an. Und was dann folgte, waren Szenen voller Gewalt, die sich Sarah ins Gedächtnis gebrannt hatten.

»Nein, danke, Charley, heute nicht«, sagte sie, fühlte die Goldmünze in ihrer Hand und ahnte, dass ihr Leben heute eine Wendung genommen hatte.

2

The Times, *Ausgabe 15. Juni 1910*

Kunstmarkt: Rekordversteigerung bei Varnham's!

Wieder einmal hat das führende Londoner Auktionshaus sein Gespür für herausragende Kunstwerke bewiesen. Direktor William Rowland konnte für sein Auktionshaus auf der Versteigerung am vergangenen Wochenende einen Umsatz von 15 000 Pfund Sterling verzeichnen. Unter den Objekten, die ihre Taxe um das Dreifache steigerten, war ein Paar außergewöhnliche Schatullen von Meister André-Charles Boulle aus dem Besitz von Lord Coltham, Yorkshire. Seine Lordschaft trennte sich ebenfalls von einer feuervergoldeten Louis-XVI.-Kaminuhr aus der Werkstatt von Renacle-Nicolas Sotiau. Das Publikum war erlesen. Hochrangige Vertreter der Aristokratie und des neuen Geldadels boten sich spannende Bietgefechte. Zu den glücklichen Gewinnern zählte Lady Gwendoline Sudbury, die den Zuschlag für die Kaminuhr erhielt. Eine hochpreisige Tapisserie wechselte ebenfalls aus dem Besitz von Lord Coltham nach Boston. Der Bieter blieb anonym. Die Fülle an Objekten aus dem Besitz von Lord Coltham gab Anlass zu Spekulationen über die finanzielle Situation der Familie.

Es roch nach gekochtem Fleisch, Kartoffeln, abgestandenem Bier und den Ausdünstungen von zu vielen Menschen auf zu wenig Raum. Der Herd verströmte eine Hitze, die im Juli nicht willkommen und im Dezember nicht ausreichend war. Sarah hockte mit gekreuzten Beinen auf ihrem schmalen Bett und öffnete langsam ihre Hand. Dort lag er, der goldene Sovereign, und blitzte verheißungsvoll im spärlichen Licht, das durch das Fenster ihrer Souterrainwohnung hereinschien.

Wenn es so heiß wie heute war, konnte man die von Staub und dem Gestank der Straße geschwängerte Londoner Luft noch weniger ertragen. Ihre Wohnung befand sich direkt neben dem Durchgang zur Straße, von der das Geschrei der Händler und der Lärm der Kutschen und Automobile zu hören waren.

»Sasa, du bist jetzt so reich wie der König!« Bessie war sieben Jahre alt, blass und so dünn, dass Sarah ihr, wann immer sie konnte, etwas Essbares zusteckte. Doch es half alles nichts, Bessie nahm einfach nicht zu und schien vor ihren Augen zu verschwinden.

Sarah tupfte mit einem feuchten Tuch die verschwitzte Stirn der kleinen Schwester ab und strich ihr über die blonden Locken, die dem Mädchen am Kopf klebten. Das Kleid aus blauem Musselin war mehrfach geflickt, doch sauber. Bessie wackelte mit ihren Zehen und hielt ihre abgewetzte Stoffpuppe vor sich. Das Puppengesicht war kaum noch erkennbar, die Arme hingen bedenklich locker an wenigen Fäden am Puppenkörper, doch das Mädchen liebte das unansehnliche Stoffgebilde genau wie ihre Geschwister vor ihr. Sarah Rosewell war mit siebzehn Jahren die Älteste von fünf Schwestern und zwei Brüdern.

Rose, die jüngste Schwester, saß auf einem Tuch auf dem Fußboden und spielte mit Tieren aus Holz, die ihre Brüder ihr geschnitzt hatten. Frank und Benjamin waren draußen, die älteren

Mädchen, Annie und Emily, halfen der Mutter mit der Wäsche, und Dora hockte wie immer auf ihrem Stuhl und starrte vor sich hin. Niemand wusste, was mit dem Kind los war, es sprach nicht, begann jedoch zu schreien, wenn man es anfassen wollte. Nur draußen im Park blühte Dora auf. Dann setzte sie sich auf eine Bank und beobachtete die Menschen und Tiere, die an ihr vorbeizogen. Am liebsten schien sie die Vögel zu haben, doch genau wusste das keiner zu sagen.

Als sie die Finger wieder über die Münze legte, quietschte Bessie. »Nicht! Zeig sie noch mal!«

Sarah lachte und öffnete die Hand erneut. Als sie schwere Schritte auf der Treppe hörte, sah sie erschrocken auf. Ihr Vater durfte nichts von der Münze wissen, dann würde er sie ihr sofort wegnehmen und im Pub mit seinen Kumpanen versaufen und den Rest bei Pferde- und Hunderennen verwetten.

Doch die Schritte entfernten sich wieder. Sarah seufzte. »Wie fühlst du dich, Bessie? Du solltest etwas von dem Haferschleim essen, den Mum gekocht hat.«

»Nein, bin nicht hungrig. Sasa, was machst du mit dem Schatz? Gehen wir auf den Jahrmarkt und essen Zuckerzeug?« Die großen Kinderaugen leuchteten bei der Vorstellung dieser so selten gekosteten Nascherei.

»Ja, das machen wir, meine Süße, da kannst du so viel naschen, dass du Magenschmerzen bekommst!« Besorgt betrachtete sie die geröteten Wangen ihrer kleinen Schwester, deren Fieber sich einfach nicht senken wollte.

Sarah erhob sich und steckte die Münze in eine winzige Tasche ihres Rocks, an die selbst gewiefte Taschendiebe nicht herankamen, jedenfalls nicht, ohne ihr unter die Röcke greifen zu müssen, und bevor es dazu kam, hätte Sarah ihren kleinen Dolch gezückt und dem Dieb seine schmutzigen Finger abgeschnitten.

Ihre Bettstatt befand sich in einer winzigen Kammer, die sich zur Küche öffnete. Unter ihrer alten Matratze, die mit Heu gestopft war und bei jedem Umdrehen pikste, versteckte sie ihren kostbarsten Besitz, eine Sammlung von Programmheften für Theater- und Ballettvorstellungen. Darunter befand sich auch eine zerknickte Karte mit einem Tänzer der *Ballets Russes*. Sie hatte die bunte Karte im Salon von Ada Weaver beim Aufräumen gefunden und behalten. Die Darstellung des tanzenden Mannes in seltsamer Tierkleidung hatte etwas Faszinierendes und schien Sarah unerhört verrucht. Irgendwann würde sie auch in eines der leuchtenden Theater im Westend gehen, ein elegantes Abendkleid tragen, Champagner trinken und die Balletttänzer bewundern, wie sie über die Bühne sprangen. Jeder Mensch musste einen Traum haben. Wenn man nicht träumte, hatte man keine Hoffnung mehr, und Sarah brauchte nur in die traurigen Augen ihrer stets erschöpften Mutter zu sehen, um zu wissen, was Hoffnungslosigkeit bedeutete.

»Au!«, sagte sie und rieb ihren Arm.

»Du hörst nicht zu!«, rief Bessie und zog an ihrem Rock.

»Ich höre nicht zu?« Sarah schnitt eine Grimasse und beugte sich vor, um ihre Schwester zu kitzeln.

Während sie spielten und sich neckten, vergaßen sie die Zeit an diesem Sonntagabend und hörten nicht, wie der Vater unsicheren Schrittes in die Wohnung torkelte.

»Zum Henker!«, brüllte Harold Rosewell. »Wo sind denn alle hin?! Dorothy! Dorothiiiieee!«

Bessie stieß einen leisen Schrei aus und kroch hinter Sarahs Bett. Dora begann zu weinen, als ihr Vater gegen den Tisch stieß, sich an ihrem Stuhl festhielt und sie wie ein lästiges Insekt fortscheuchte. »Was sitzt du hier rum? Nutzloses Ding!«

Dora liefen die Tränen über die Wangen. Stocksteif stand sie an der Wand, krallte ihre Hände in ihr Kleidchen und gab merkwürdige jaulende Geräusche von sich.

Mit blutunterlaufenen Augen sah Harold Rosewell sein Kind an und packte es an den Ärmchen. »Hör auf mit diesem Gejaule, hör sofort auf damit!«, brüllte er und schüttelte das kleine Mädchen, das nur noch lauter schrie.

Doras Jaulen war durchdringend und hätte jeden, der sie nicht kannte und nicht wusste, wie man sie beruhigen konnte, in die Verzweiflung getrieben. Den betrunkenen Harold Rosewell brachten die Laute seines Kindes zur Raserei. Einmal hatte er Dora so hart geschlagen, dass sie sich den Arm gebrochen hatte und bewusstlos gewesen war.

Er würde sich nie ändern! Aber sie konnte nicht zulassen, dass er ihre Schwester quälte. Es gab nur eine Möglichkeit, ihn abzulenken. Verzweifelt griff Sarah in ihre Rocktasche und holte den Sovereign hervor. »Vater, sieh doch, was ich habe!«

Sie hielt das glänzende Goldstück in die Höhe und hatte sofort die Aufmerksamkeit des wütenden Mannes erlangt. Er ließ von Dora ab und kam mit gierigem Blick auf sie zu. Sarah trat neben den Tisch, sodass er zwischen ihr und dem Vater war. Oh, wie sie ihn hasste, diesen Teufel!

»Setz dich, Vater, ich hole dir ein Glas Bier.«

Harold Rosewell ließ sich auf den Stuhl fallen und streckte fordernd die Hand aus. »Gib her! Woher hast du das?«

Der schwarze Kohlenstaub saß tief unter seinen Fingernägeln und hatte sich in jede Pore seiner Haut gegraben, was auch daran liegen mochte, dass Harold Rosewell sich selten wusch. Seine grauen Haare standen ihm ungekämmt vom kantigen Schädel ab, er hatte sich nicht rasiert, und sein Hemdkragen war fleckig. Ein Hosenträger rutschte ihm von der Schulter, während er die bereits aufgekrempelten Ärmel noch höher schob. Seine Arme waren muskulös von der harten Arbeit in Frasers Kohlenhandlung, sein Rücken gebeugt und sein Gesicht zerfurcht von einem Leben voller Entbehrungen, harter Arbeit, Tabak und Alkohol.

Nur widerwillig legte Sarah die Goldmünze in die ausgestreckte Hand, wissend, dass sie das Geld nie wiedersehen würde. Doch ein Blick auf die zitternde Dora sagte ihr, dass die Entscheidung richtig war. »Dora, geh nach draußen zu Mutter. Sie braucht Hilfe bei der Wäsche. Du weißt doch, wo die Wäsche getrocknet wird, nicht wahr, Dora?«

Das Mädchen antwortete nicht und zeigte mit keiner Geste, dass sie verstanden hatte, was ihre Schwester sagte, doch sie drehte sich um und lief aus der Wohnung.

Harold biss auf das Geldstück und wog es anerkennend in der Hand. Dann musterte er seine Tochter mit abfälliger Miene. »Was hast du getan, um das hier zu verdienen? Hurst du jetzt herum?«

Das war seine Art, dachte Sarah und wappnete sich gegen weitere Beschimpfungen. »Willst du es wissen oder mich weiter beleidigen?«

»Red‹ schon! Hast du gestohlen? Würde mich nicht wundern. Wenn sie dich einsperren, haben wir einen Fresser weniger.«

Ihre Augen füllten sich mit Tränen, obwohl sie es besser wusste. Sie holte tief Luft und schluckte ihre Verzweiflung hinunter. »Ich habe mir das Geld verdient, weil ich einer reichen Lady ihre Handschuhe und eine Brosche, die sie in Miss Weavers Laden vergessen hatte, gebracht habe. Frag Charley, der hat es gesehen.«

Harold hob den glasigen Blick und sah sie mit wachsender Aufmerksamkeit an. »Halt dich von Charley fern, das ist kein Umgang für dich.«

»Warum nicht? Er ist ein netter Bursche und beschützt mich!«, verteidigte sie ihren Jugendfreund.

»Beschützt dich, dass ich nicht lache. Der will unter deine Röcke, das will er!« Harold drehte den Sovereign auf dem Tisch, bis die Münze sanft klingend auf dem Holz zu liegen kam.

»Was ist denn hier los? Dora ist ja ganz verstört ...« Dorothy Rosewell kam die Treppe hinuntergelaufen und erfasste die Situation mit einem Blick.

»Sarah!«, sagte Dorothy und in dem einen Wort mischten sich Vorwurf und Bedauern.

»Wo warst du? Ich komme nach Hause, und niemand ist hier!«, beschwerte sich Harold.

Dorothy stellte ihren Wäschekorb auf den Boden. »Sarah, hilf mir doch mit der Wäsche, bitte.«

»Bitte, liebe Sarah«, äffte Harold seine Frau nach und schlug mit der Hand auf den Tisch. »Hast du davon gewusst? Sicher hast du das! Ihr haltet doch immer zusammen und redet hinter meinem Rücken! Verhurte Brut!«

Sarah ging zu ihrer Mutter und berührte sie am Arm. »Ich habe ihm die Münze gegeben, weil er Dora schlagen wollte.«

»Welche Münze?«, fragte ihre Mutter irritiert.

»Du erinnerst dich an den Aufruhr wegen Lady Sudbury vorhin im Laden? Sie hat sie mir geschenkt, als Belohnung für meine Ehrlichkeit. Ich erzähle dir nachher alles«, sagte Sarah schnell.

»Was redest du da? Wen kümmert es überhaupt, ob das nutzlose Balg atmet, es ist nur ein Fresser, eine Last! Ach ...« Der betrunkene Mann wollte aufstehen, sank jedoch wieder auf den Stuhl. »Bier!«

»Gib ihm sein Bier, Sarah, rasch«, sagte Dorothy leise zu ihrer Tochter.

»Was flüstert ihr da?«, schnaufte Harold, besah sich die Münze ein letztes Mal und steckte sie in seine Hosentasche. »Morgen im Fünften, da läuft Ballymore Ben. Da kann ich meine Verluste reinholen und so viel gewinnen, dass wir dieses Loch verlassen können«, murmelte er mehr zu sich und zog einen zerknitterten, mehrfach gefalteten Zettel und einen Bleistiftstumpen aus der Hosentasche. Er benetzte den Bleistift mit der Zunge und begann, auf dem Zettel zu kritzeln.

Sarah ging zu dem Regal neben der Feuerstelle, nahm den Bierkrug herunter, der mit einem Holzdeckel verschlossen war, und stellte ihn sowie ein Glas auf den Tisch vor ihren Vater. Sie atmete einmal tief durch, bevor sie ihre Stimme erhob.

»Das ist mein Goldstück, Vater. Gib mir zumindest ein paar Shilling, bevor du alles auf der Rennbahn verspielst!« Ein goldener Sovereign war mehr als ein Pfund wert. Wenn man bedachte, dass ein Hausmädchen in einer guten Stelle zwanzig Pfund im Jahr verdiente, war ein Sovereign ein Vermögen. Und er gehörte ihr!

»Nicht, Sarah«, ermahnte ihre Mutter sie leise und zupfte nervös an ihrer Schürze. Das feine Profil mit den sanften braunen Augen hatte an Kraft verloren, die dichten kastanienbraunen Haare wurden von ersten grauen Strähnen durchzogen, und doch ließ sich die einstige Schönheit ihrer Mutter erahnen.

Harold stürzte ein Glas Bier hinunter und wischte sich den Mund mit dem Handrücken ab. »Du lebst in meinem Haus, und solange du keinen Mann hast, gehört alles, was du nach Hause bringst, mir! Ich lege mich jetzt hin. Haltet mir den Schreihals vom Leib, sonst lasse ich mich doch noch hinreißen ...« Er zog eine angewiderte Grimasse, stützte sich am Tisch ab und ging wankend zur Bettstatt der Eltern, die sich hinter einem Vorhang neben dem Herd befand.

Es dauerte nicht lange, und Harold schnarchte lautstark. Erleichtert machten sich Mutter und Tochter daran, die Wäsche zu sortieren.

»Ach, Sarah«, sagte ihre Mutter leise, »du hättest ihm das Geld nicht geben sollen. Damit hätten wir ein neues Kleid für dich anzahlen können.«

Das Mädchen schüttelte den Kopf. »Kein Kleid. Ich hätte den Sovereign für etwas anderes verwendet. Ich wäre so gern ins Theater gegangen, nur einmal!« Der tristen Welt entfliehen und sich von der Musik und den schönen Kostümen und den Tänzern verzaubern lassen – etwas Schöneres konnte sich Sarah kaum vorstellen.

»Es tut mir leid, Liebes. Aber sei nicht allzu traurig! Wenn du dich weiterhin so gut anstellst bei Mrs Weaver, bekommst du auch eine Stellung als Näherin und verdienst dein eigenes Geld.«

»Warum hast du ihn geheiratet, Mum?« Sarah blickte in Richtung des Vorhangs.

»Er ist kein durchweg schlechter Mann, und ich habe einen Fehler gemacht, dafür muss ich nun meinen Preis zahlen.« Dorothy strich ihrer Tochter über die Wange. »Vergiss das nie, Kind. Lass es dir eine Lehre sein.«

Nur zu gut wusste Sarah, was ihre Mutter meinte, denn sie selbst war der Fehler, der Dorothy in eine Ehe mit Harold Rosewell gedrängt hatte. Als junges Dienstmädchen hatte Dorothy eine Affäre mit einem verheirateten Mann gehabt. Bevor ihre Herrschaft von ihrem Fehltritt erfahren konnte, hatte Dorothy die Stellung in Yorkshire verlassen und war nach London gegangen, wo sie für kurze Zeit bei einer Freundin untergekommen war. Deren Bruder Harold hatte sich in Dorothy verliebt und ihr die Ehe angeboten, wohl wissend, dass sie das Kind eines anderen unter dem Herzen trug. Dorothy hatte es für sie getan, das wusste Sarah. Ihre Mutter hatte ihr ein besseres Leben ermöglichen wollen.

»Das lässt er dich aber genug spüren«, sagte Sarah. »Und die arme Dora kann nichts dafür, dass sie so ist, wie sie ist.« Vorsichtig faltete sie ein Bettlaken zusammen und strich es glatt. Die Wäsche war vom vielen Gebrauch an einigen Stellen so dünn, dass sie zerriss wie Papier, wenn man nicht aufpasste.

»Ich darf mich nicht gegen ihn stellen, das macht alles nur noch schwerer«, seufzte ihre Mutter. »Auch wenn er das Geld den Buchmachern in den Rachen wirft oder es schon vorher versäuft.«

Tiefe Resignation klang aus Dorothys Worten, und Sarah wusste nicht, was sie wütender machte, die eigene Hilflosigkeit oder die Ungerechtigkeit des Vaters.

—•◆•—

Am nächsten Tag arbeitete Sarah wie immer mit ihrer Mutter im Atelier von Ada Weaver. Wenn es die Zeit erlaubte, zeichnete Sarah die Schnittmuster ab und machte sich Skizzen der Kleider, die auf den Schneiderpuppen hingen. Manchmal skizzierte sie auch Gesichter, denn sie merkte sich besser, was sie einmal aufgeschrieben oder gezeichnet hatte. Gerade war sie dabei, einen Saum umzustecken, als die Schneidermeisterin selbst in die Nähstube trat.

»Du!« Mrs Weaver zeigte auf Sarah. »Komm her!«

Mrs Weaver war eine schlanke Frau, die sich wie eine Lady bewegte und sich auch so ausdrückte. Dabei kam sie aus bürgerlichem Haus und war mit einem Fuhrunternehmer verheiratet, der sich auf Automobile verlegt hatte. Ängstlich sah Sarah zu ihrer Mutter, die ihr gegenübersaß, doch die verzog keine Miene und nähte weiter. Die Näherin neben ihr gab einen schadenfrohen Laut von sich.

Sorgsam legte Sarah den Unterrock aus feinem Baumwollstoff ab und trat hinter dem langen Arbeitstisch hervor. Die Näherinnen saßen dicht beieinander, die Beleuchtung war schlecht, und sie arbeiteten oft bis in die Nacht, wenn es einen dringenden Auftrag gab, doch beschweren würde sich keine. Wenn eine der Frauen gefeuert wurde, warteten zwanzig andere auf der Straße, um sie zu ersetzen.

Leichter Veilchenduft hing in der Luft. Mrs Weaver benutzte eins der teuren französischen Duftwässer. Ihr Kleid war eine raffinierte Mischung aus Tageskleid und Nachmittagsgarderobe. Der Gürtel war mit winzigen bunten Glassteinen bestickt, die sich auch an den Säumen wiederfanden und dem Kleid einen exotischen Touch verliehen.

»Madam?«, sagte Sarah zaghaft, als sie vor der erfolgreichen Schneiderin stand, deren Atelier es zu einer gewissen Berühmtheit in London gebracht hatte.

»Wie war dein Name?« Beringte Finger spielten mit einem vergoldeten Füllfederhalter.

»Sarah, Madam.«

»Lady Sudbury will dich sehen.«

Hoffnungsvoll hob Sarah den Blick, um an Mrs Weaver vorbeizusehen, die im Durchgang zum Verkaufsraum stand.

»Mach mir keinen Ärger!«, zischte die Schneiderin. »Wenn du dich in irgendeiner Weise danebenbenimmst und meinen Salon blamierst, werfe ich deine Mutter hinaus. Lady Sudbury gehört zu meinen besten Kundinnen, und wir haben heute einen Fotografen im Haus!«

»Ja, Madam, ich meine, nein, ich werde keinen Fehler machen«, versicherte Sarah eifrig. »Einen Fotografen?«

Ada Weaver rollte die Augen. »Womit habe ich das verdient! Naseweise Gören sind das Letzte, was ich hier brauche. Halte dich zurück, und sprich nur, wenn du gefragt wirst. Mylady scheint einen Narren an dir gefressen zu haben. Und ich schlage meinen

Kundinnen keinen Wunsch ab. Also geh, aber ich beobachte dich! Und fass drinnen nichts an!«

Die vollen Lippen der Geschäftsfrau kräuselten sich unwillig, und sie warf Dorothy einen warnenden Blick zu. »Und passt mir auf die neue Ware auf. Der dünne Stoff ist sehr teuer. Wenn ihr mir etwas verschneidet, ziehe ich es euch vom Lohn ab!«

Die Frauen murrten leise, widersprachen jedoch nicht. Keine von ihnen konnte es sich leisten, die Arbeit zu verlieren. Sarah zupfte an den Ärmeln ihrer weißen Bluse und strich ihren Rock glatt, bevor sie in den hell erleuchteten Verkaufssalon trat.

Kristalllüster, dunkelblaue Sessel und ein rundes Sofa standen für die wartenden Kundinnen bereit. Auf einem Büfett waren Champagnerflaschen, Gläser, Teegeschirr, ein Samowar und Etageren mit kandierten Früchten, Sandwiches und Gebäck aufgebaut. Hungrig schielte Sarah zu dem üppigen Speisenangebot und schluckte.

Neben dem Fenster war ein Mann dabei, eine Kamera auf einem Stativ auszurichten. Konzentriert guckte er durch den Sucher, und Sarah beobachtete ihn fasziniert. Die neue Technik erlaubte es, Fotografien mit kleinen Kästen zu machen, was Sarah ganz erstaunlich fand. Als der Fotograf aufsah, trafen sich ihre Blicke für einen Moment, und Sarah schaute in blaue Augen, die ihr amüsiert zuzwinkerten.

»Steh nicht rum, Mädchen, geh weiter!«, zischte Mrs Weaver hinter ihr.

»Wer ist das?«, fragte Sarah leise.

»Mr Maynard, ein sehr teurer Fotograf, weshalb wir ihn seine Arbeit tun lassen wollen, denn er kostet mich viel Geld.«

Noch einmal sah Sarah zu dem jungen Mann, der eines der Modelle zu sich winkte und der jungen Frau zeigte, welche Pose sie einnehmen sollte.

»Sarah!«, rief Mrs Weaver verärgert.

Lady Sudbury stand mit zwei Damen in der Raummitte. Ein Modell führte ihnen ein Abendkleid vor und drehte sich auf Wunsch der Damen hin und her. Sarah hätte auch gern Kleider vorgeführt, die Figur dafür hätte sie, doch ihre Eltern hatten es ihr untersagt. Junge Frauen konnten als Modell für Künstler und immer öfter auch für Modesalons gutes Geld verdienen. Allerdings hatten Modelle oft keinen guten Ruf, galten als leicht zu haben und verkehrten noch dazu gern in Künstlerkreisen. Vor allem das Atelier des Malers Augustus John war berüchtigt, denn der Meister war ein notorischer Schwerenöter, und wenn man dem Klatsch Glauben schenken durfte, lebte er mit mehreren Frauen gleichzeitig zusammen.

Altrosa, Mauve, Violett und Schwarz bildeten die Farben von Lady Sudburys heutiger Garderobe. Ihr Hut schillerte seidig in dunklem Violett, und die Federn darauf waren schwarz. Die anderen Damen hatten sich für Schwarz und Dunkelblau entschieden, denn der König war vor zwei Monaten gestorben, und selbst außerhalb des Hofes achtete man darauf, nicht allzu farbenfroh aufzutreten.

»Hier ist sie, Mylady«, sagte Mrs Weaver.

Das Gesicht der Lady hellte sich auf. Große blaue Augen richteten sich auf Sarah. Obwohl Gwendoline Sudbury amüsiert wirkte, glaubte Sarah, eine Spur Melancholie in ihrem Blick zu lesen.

Die Lady machte einen Schritt auf Sarah zu. Ihre Bewegungen waren fließend, von vollendeter Grazie und wirkten dabei nicht geziert wie die ihrer Freundinnen, deren hochmütige Mienen Desinteresse spiegelten.

»Was habe ich für ein Glück gehabt, dass Sie meine Brosche

gefunden haben!« Gwendoline Sudbury lächelte Sarah an. »Sie ist nämlich eines meiner Lieblingsstücke.«

»Ich habe das gern getan, Mylady«, flüsterte Sarah und senkte verschämt den Blick.

»Sie sind sehr hübsch, Sarah. Haben Sie schon einen Verehrer?«

Überrascht schoss Sarah das Blut in die Wangen. »Nein, Mylady.«

Die Ladentür ging auf, und eine auffallend gekleidete Dame kam herein. Mit erhobenem Kinn stolzierte die Frau auf einen Tisch mit kostbaren Schals zu.

»Unerhört, sie hat überhaupt kein Schamgefühl«, sagte die Lady in Schwarz.

»Warum auch, sie hat nichts mehr zu verlieren …«, fügte die Dame in Blau hinzu.

Mrs Weaver eilte nach vorn, um die neue Kundin zu begrüßen, und wies eine ihrer Angestellten an, den Ladys ein Glas Champagner zu servieren.

»Gwen, wir wollen gehen. Heute ist nichts für uns dabei, und mir missfällt es, mich in einem Raum mit dieser Person aufhalten zu müssen«, beschwerte sich die Dame in Schwarz.

Vor dem Fenster blitzte es grell auf, die Damen stießen übertrieben spitze Schreie aus, um dann kokett zu lachen.

»Aber ich bitte Sie, Ladys! Das war doch nur mein Blitzlicht!«, rief der Fotograf. Dabei sah er zu Sarah hinüber, die hinter vorgehaltener Hand kicherte.

»Mir reicht es für heute!«, empörte sich eine der älteren Damen und rauschte hinaus.

»Lassen Sie sich von uns nicht stören, Mr Maynard. Wir müssen uns ohnehin noch wegen eines Termins verständigen«, rief

Lady Sudbury dem Fotografen zu, der eine galante Verbeugung andeutete.

»Jederzeit, Mylady!«

Zu ihren Freundinnen sagte Lady Sudbury: »Seht doch, man bringt euch Champagner. Und sei nicht immer so schrecklich moralisch, Cynce. Es fällt sich schneller, als man denkt.«

Lady Cynthia de Ville rümpfte die Nase, nahm jedoch das angebotene Glas und prostete ihrem Gegenüber zu.

»Haben Sie sich schon überlegt, was Sie mit Ihrem Finderlohn anfangen?«, wollte Lady Sudbury von Sarah wissen.

Die senkte betreten den Blick. »Noch nicht, Mylady.«

»Nein? Wollen Sie denn hier im Laden bleiben, wie Ihre Mutter?«

»Ich – äh – nein, ich meine, ja, wenn es geht.«

Lady Sudbury zog die geschwungenen Brauen hoch. »Sie haben also noch keine feste Anstellung? Verstehe ich das richtig?«

»Ja, Mylady. Man muss sehr gut sein, um bei Mrs Weaver arbeiten zu dürfen, und ich muss noch viel lernen.«

Nachdenklich betrachtete die Lady Sarah. »Die Saison geht zu Ende, und meine Gesellschafterin hat mich verlassen. Ach, ich war sowieso nicht zufrieden mit ihr. Sie redete ausschließlich über Bücher, Gedichte und dergleichen. Wer will das schon dauernd hören! Aber es war meine Schuld, was stelle ich auch eine Lehrerin ein.«

Sarah starrte die Lady gebannt an. Sie konnte doch unmöglich glauben, dass sie einen Posten als Gesellschafterin ausfüllen könnte? Sie konnte ja gerade einmal schreiben und lesen.

»Ich möchte mich mit etwas Frischem umgeben. Wenn Sie keine feste Anstellung haben, könnten Sie ebenso gut bei mir anfangen.«

Cynthia de Ville hatte die letzten Sätze gehört und verdrehte die Augen. »Oh, Gwen, tu das nicht. Sie sind es nicht wert.«

Gekränkt hörte Sarah die verächtlichen Worte von Lady de Ville.

Doch Lady Sudbury winkte ab. »Nicht vor dem Mädchen, Cynce.« Sie wandte sich wieder Sarah zu. »Wohnen Sie hier in der Nähe?«

»Mit meinen Eltern um die Ecke vom Kohlenhändler.«

»Ja, nun, wir werden sehen. Danke, Sarah.«

Damit schien das Gespräch beendet zu sein. Sarah machte einen Knicks und ging zurück in die Nähwerkstatt. Ihre Knie zitterten, und sie fühlte sich seltsam aufgewühlt. Sie hatte die Goldmünze verloren, aber möglicherweise etwas gewonnen, das weitaus wertvoller war – eine Anstellung.

3

»Hallo, Schönheit!« Es folgte ein Pfiff, und Sarah drehte sich, entgegen ihrer Gewohnheit bei solcherlei Anzüglichkeiten, um. Niemand anderes als Charley Randall pfiff auf diese Weise.

Ihre Mutter war bereits nach Hause gegangen. Sarah hatte angeboten, noch ein paar Besorgungen für das Abendessen zu machen, wollte jedoch vor allem etwas Zeit für sich gewinnen. Die Begegnung mit Lady Sudbury hatte sie tief beeindruckt. Was sie im Haus der Lady wohl alles zu sehen bekommen würde?

»Na, du scheinst mich ja kaum noch zu kennen. Muss wohl an dem Sovereign liegen«, meinte Charley und stieß sich von einer Straßenlaterne ab, an der er gelehnt hatte.

Sarah musterte den Burschen mit den blitzenden dunklen Augen, der sich ihr so selbstbewusst in den Weg stellte. Charley Randall kannte seine Wirkung auf Frauen, und sie wusste, dass man ihn in seine Schranken weisen musste, damit er nicht allzu frech wurde.

»Ey, Charley, kannst dir dein Bier abschminken. Den Sovereign habe ich nicht mehr.« Sie schnippte mit den Fingern. »Wie gewonnen …«

Er riss die Augen auf. »Nein! Was hast du damit gemacht?«

»Ich? Nichts!« Sie hob die Schultern und kickte mit ihrem Stiefel gegen eine Kiste.

Sie standen vor dem Gemüsehändler, der Kisten mit Ware auf dem Gehsteig aufgebaut hatte.

»Oh, Sarah, sag nicht, dass dein Alter dir das Geld weggenommen hat!« Mitleidig sah er sie an. Sein Hemd war nicht allzu schmutzig, und er trug eine Hose, deren Beine ihm tatsächlich bis über die Knöchel reichten. Nun ja, am linken Saum fehlte ein Stück, aber wer achtete schon auf unwesentliche Kleinigkeiten.

Erneut hob sie die Schultern und verzog vielsagend den Mund.

Charley ballte eine Hand zur Faust, und seine Halsmuskeln spannten sich. »Ich knöpf ihn mir vor! Der wird so klein sein, wenn ich mit ihm fertig bin. Ein Wort von dir, und er kommt morgen angekrochen und bittet dich um Verzeihung.«

Sarah schüttelte den Kopf. »Nein, nicht, tu das nicht, Charley. Danach wäre es nur noch schlimmer. Du weißt doch, was er mit den Kleinen macht. Er wollte sich mal wieder an Dora abreagieren. Das Geldstück hat ihn zumindest für den Moment abgelenkt ...«

»Verdammt, Sarah«, murmelte Charley und ergriff ihre Arme. »Irgendwann schlägt er sie tot! Solche wie ihn kenne ich, die ändern sich nie, saufen, spielen und schlagen ihre Familie. Lass ihn mal an den Richtigen geraten, das würde ihm eine Lehre sein!« Das Schlimme war, dass Charley seine Drohung wahr machen würde, und davor fürchtete sich Sarah.

Sanft machte sie sich los. »Nein, Charley, wir müssen allein damit fertigwerden. Und vielleicht wird sich bald einiges ändern«, sagte sie vieldeutig.

Ein junger Bursche in Charleys Alter kam vorbei und drückte ihm beiläufig einen Schein in die Hand. Ohne hinzusehen, stopfte Charley sich das Geld in die Hosentasche, tauschte ein Nicken mit dem anderen aus und wandte sich wieder Sarah zu. Die Straße füllte sich immer mehr mit Menschen, die ihre Arbeit beendet hatten. Männer mit erschöpften Mienen, deren Hemdkragen schon lange nicht mehr weiß waren, Männer in gebürsteten Anzügen und mit glänzenden Hüten, Angestellte, Arbeiter und Tagelöhner. Viele suchten in einem der zahlreichen Pubs Erholung von einem anstrengenden Arbeitstag.

»Was meinst du?« Charleys Augen blitzten wütend. »Sollst du jemanden heiraten? Hat der Alte dich etwa verschachert?«

»Um Himmels willen, nein!« Sarah lachte, auch wenn ihr die Vorstellung einer Heirat Angst machte. Ihr Vater hatte oft genug damit gedroht, sie an einen seiner Kumpane zu verheiraten, wenn er wieder einmal zu viel bei den Hundewetten verloren hatte. »Es kann sein, dass ich eine Stellung in einem vornehmen Haus bekomme. Ist das nicht wundervoll?«

»Wundervoll?« Charley legte skeptisch den Kopf schief. »Was für eine Stellung? Wo?«

»Lady Sudbury sucht eine ...« Sarah überlegte. Ja, was eigentlich? Sie hatte nichts gelernt und verfügte über keine außergewöhnlichen Kenntnisse. Vielleicht das Nähen, aber ansonsten gab es nichts, was sie für eine Stellung in einem herrschaftlichen Haushalt geeignet machte.

»Ha, was ist das für eine Geschichte? Du weißt es selbst nicht. Sarah!« Der junge Mann sah sie eindringlich an und nahm ihre Hand. »Geh nicht fort, ich bin gerade dabei, mir etwas aufzubauen. Dann können wir in zwei oder drei Jahren ...«

Sie schüttelte vehement den Kopf. »Nicht, Charley, sprich nicht so mit mir. Ich will das nicht!«

»Was denn? Du bist das schönste Mädchen, das ich kenne, und ich ...«

»Hör auf damit, Charley Randall!«, sagte sie streng. »Wir sind Freunde! Mach das nicht kaputt! Und überhaupt, was baust du dir auf? War das eben einer deiner Burschen? Stehlen die für dich?«

Er hatte ihre Hand losgelassen und stellte sich mit erhobenem Kinn in Pose. »Ich habe keine Diebesbande, wenn du das meinst. Du hältst mich für so dumm? Sarah, du solltest mich besser kennen.«

Sie standen nicht weit entfernt von Mrs Weavers Salon auf dem Gehsteig, und Sarah sah, wie die Tür aufging und der Fotograf mit dem Stativ auf einer Schulter und einem Koffer in der anderen Hand herauskam. Maynard schaute nach links und rechts, und als er sie entdeckte, nickte er ihr zu. Sarah errötete. Als sie schon dachte, der Fotograf würde in ihre Richtung gehen, hielt ein Automobil am Gehsteig. Maynard stieg ein und fuhr davon.

Charley hatte sie beobachtet und schnippte vor ihrem Gesicht mit den Fingern. »Du hörst mir ja gar nicht zu! Kennst du den feinen Schnösel etwa?«

»Was? Nein, natürlich nicht. Das war der Fotograf, der heute bei uns im Salon die Modelle fotografiert hat. Ich muss jetzt los, Charley.« Sie winkte ihm kurz zu und eilte weiter.

So leicht ließ Charley sich nicht abschütteln. »Bin dir wohl nicht gut genug, was?« Nach wenigen Schritten war er neben ihr und packte sie am Arm, damit sie stehen blieb.

Allmählich wurde Sarah wütend. »Lass das!« Sie entzog sich ihm ruckartig. »Ich werde dich nicht heiraten, und damit basta.« Sie ignorierte den verletzten Ausdruck, der über Charleys Gesicht zog, und hastete davon.

Die folgenden zwei Wochen verstrichen, ohne dass Lady Sudbury das Atelier von Ada Weaver besuchte. Immer wieder dachte Sarah an die freundliche Lady und hielt nach ihr Ausschau. Derweil füllte der Fall des Mörders Dr. Crippen die Zeitungen mit immer neuen Schlagzeilen und war das beherrschende Gesprächsthema. Es war in einer Mittagspause, als Sarah, ihre Mutter und eine weitere Näherin im Hinterhof vor dem Atelier auf einer Bank saßen, ihre Sandwiches verzehrten und sich unterhielten.

»Sie haben ihn auf einem Schiff verhaftet! Das hieß SS *Montrose*«, sagte ihre Mutter.

Lettie, eine hagere Frau mittleren Alters, deren mausblonde Haare so dünn waren, dass man die Kopfhaut sehen konnte, meinte: »Jetzt werden sie ihn hängen. So ein Schuft, die eigene Frau im Keller zu verscharren, nur um mit einer Jüngeren abzuhauen.«

»Tja, so sind die Männer, kaum läuft was Frisches vorbei, vergessen sie, wer ihnen zu Hause das Bett wärmt und die Suppe auf den Tisch stellt«, fügte Dorothy hinzu, und die Frauen lachten.

Sarah liebte es, ihre Mutter lachen zu sehen, denn das kam viel zu selten vor. Die langen, harten Arbeitstage zehrten an den Kräften der Frauen, die in Momenten wie diesen wenn nicht glücklich, so doch zufrieden wirkten. Sarah aß ihr Sandwich auf, denn gleich mussten sie wieder in die Nähwerkstatt, um ein Tageskleid aus der Garderobe von Lady Suttons Tochter fertigzustellen. Die Kleider der jungen Frau kosteten so viel, dass Sarahs Familie zehn Jahre davon satt werden und Miete zahlen könnte.

»Weiter geht es, meine Damen!«, rief Mrs Weaver von der Tür aus und klatschte in die Hände.

»Sklaventreiberin«, murrte Lettie so leise, dass nur Sarah neben ihr es hörte.

In der Werkstatt hingen auf drei Ankleidepuppen Kleider, die noch in Arbeit waren. Sechs Frauen waren an den Zuschneidetischen beschäftigt, und eine steckte den Rocksaum eines gestreiften Nachmittagskleides um.

»*Vite, vite!*« Mrs Weaver warf gern mit französischen Brocken um sich, wohl um sich den angesagten Pariser Modehäusern näher zu fühlen. »Sonst schaffen wir es nicht, und das können wir uns nicht erlauben. Lady Sutton reist in einer Woche nach Schottland ab!« Ada Weaver kontrollierte mit sicherem Blick für gerade Nähte und saubere Stickereien die Details jedes einzelnen Stücks, das ihr Atelier verließ.

Eine der Frauen stöhnte. »In einer Woche? Wie sollen wir das machen? Das ist unmöglich! Hier fehlt noch Spitze, und die grüne Seide für das Abendkleid ist fehlerhaft.«

»Ich bezahle euch nicht fürs Herumstehen und Reden. Na los, um die Stoffe kümmere ich mich.«

Als Sarah nach sechs Stunden ohne Pause den Kopf hob, die verspannten Schultern kreisen ließ und sich müde vom Tisch erhob, war es bereits dunkel draußen.

»Mum, was ist mit dir?« Besorgt sah Sarah nach ihrer Mutter, die mit schmerzverzerrtem Gesicht auf ihrem Stuhl saß und sich den Magen hielt.

»Nichts, es geht gleich wieder. Eine Unpässlichkeit.« Dorothy hielt sich die Hand vor den Mund und presste die Augen zusammen.

»Was ist mit dir, Dottie?«, fragte Lettie und strich ihrer Freundin über die Stirn. »Ist es mal wieder so weit?«

Sarahs Mutter nickte, und Lettie seufzte. »Es gibt doch Wege, es zu verhindern. Hast du denn nicht aufgepasst?«

»Wie denn …«, flüsterte Dorothy, und Sarah wusste genau, was ihre Mutter meinte.

Wenn Harold von seinen nächtlichen Streifzügen nach Hause kam, war er manchmal nicht betrunken genug und verlangte von seiner Frau, was ihm als Ehemann zustand. Sarah graute es jedes

Mal vor diesen Nächten, in denen der Vater sich über ihre Mutter hermachte, die alles still über sich ergehen ließ, damit er nur schnell wieder von ihr abließ und die Kinder nicht aufwachten. Mit sechsunddreißig Jahren hatte Dorothy mehr als zehn Schwangerschaften durchgestanden. Zwei Kinder waren tot zur Welt gekommen. Und nun war sie also wieder einmal schwanger. Noch ein Kind, noch eine Sorge mehr. Und der Sovereign, mit dem sie Essen und neue Schuhe für die Kleinen hätte kaufen können, war verloren, denn Harold hatte auf den langsamsten Hund gesetzt.

Mit Tränen in den Augen legte Sarah den Arm um die Schultern der Mutter und drückte sie an sich. »Mum, es tut mir so leid.« Kinder waren etwas Gottgegebenes, doch wenn man zu arm war, um sie zu ernähren, nicht immer nur ein Segen. Sarah fühlte sich schuldig, weil sie diesen Gedanken hatte. Es gab die Engelmacherinnen, die Frauen in Notlagen halfen, doch Sarah wagte nicht, dies ihrer Mutter vorzuschlagen. Sie hoffte nur, dass eine weitere Schwangerschaft Dorothys Leben nicht gefährden würde.

Dorothy Rosewell hatte sich wieder gefasst, die Farbe kehrte in ihre blassen Wangen zurück, und sie legte ihr Nähzeug auf den Tisch. »Mach dir keine Sorgen, Sasa, ich schaffe das. Und jetzt gehen wir nach Hause und bereiten das Essen vor.«

»Sasa« wurde sie sonst nur von ihren jüngeren Geschwistern genannt. Dass ihre Mutter den Kosenamen benutzte, war selten und für Momente wie diesen reserviert, wenn sich Mutter und Tochter besonders nahe waren, weil sie das Leid der jeweils anderen verstanden.

Sie gingen gemeinsam die Dean Street entlang. Es war ein lauer Abend, und die Menschen strömten bereits den Theatern und Klubs zu, um sich zu amüsieren. Pferde zogen blank polierte Hansoms und wetteiferten mit den neumodischen Automobilen um die Gunst von Fahrgästen. Oft hupten die Automobile, und die

Pferde erschraken und scheuten. Dadurch war es zu einigen sehr schweren Unfällen gekommen, und Sarah fürchtete, dass dieses Ungleichgewicht auf den Straßen sich noch weiter verschärfen würde. Neben ihnen rollte langsam ein Hansom vorbei und hielt ein paar Meter weiter an.

»Guten Abend, die Damen!«, rief Charley Randall vom Kutschbock hinter den Sitzen zu ihnen hinunter.

Überrascht sah Sarah zu ihm hoch. »Seit wann bist du unter die Kutscher gegangen?«

Charley lachte. Sarah hatte ihre Mutter untergehakt, denn diese war noch immer schwach auf den Beinen.

Mit einem Satz sprang er vom Kutschbock und klappte mit schwungvoller Geste die Stufen herunter. »Bitte einsteigen, Ladys. Heute gibt es eine Freifahrt.«

»Nein, Charley, das geht doch nicht«, wehrte Sarah das Angebot ab.

Mit seiner Mütze und der gebürsteten Tweedjacke sah Charley heute regelrecht herausgeputzt aus und wirkte entsprechend stolz. Mit großer Geste reichte er Sarahs Mutter die Hand. »Bitte, Madam, darf ich Ihnen in den Wagen helfen?«

Dorothy war tatsächlich erschöpft und ergriff die hilfsbereite Hand. »Danke, Charley. Du kommst heute sehr gelegen. Ich fühle mich so zerschlagen wie selten.«

»So sehen Sie auch aus, wenn ich das sagen darf, mit Verlaub.« Hastig fügte er hinzu: »Entschuldigung!«

Sarah warf ihm einen ärgerlichen Blick zu. »Was soll denn das Theater? Wem gehört die Kutsche?«

In dem Einspänner war Platz für zwei Personen unter einem nach vorn offenen Dach. Dorothy ließ sich in die Polster sinken und schloss die Augen.

»Der alte Bill Hornsby ist krank und hat mich gebeten, die

Fahrten für ihn zu übernehmen. Er hat mir auch einmal geholfen, also lass ich ihn jetzt nicht hängen, sonst verliert er seine Konzession.« Er hielt auch ihr die Hand hin.

»Du bist ja ein richtiger Ehrenmann. Passt gar nicht zu dir«, meinte Sarah, legte jedoch ihre Hand in seine.

Er hielt sie einen Moment länger als notwendig fest. »Täusch dich mal nicht in mir, Sarah Rosewell. Auch die Mächtigen da oben, die mit den großen Häusern und dem vielen Geld, sind nicht alle so fein und ehrlich, wie sie tun. Ich werd's schon noch zu was bringen, und dann hast du deine eigene Kutsche.«

»Danke, Charley, aber ich brauche keine eigene Kutsche. Ein regelmäßiges Einkommen würde mir schon genügen.«

»Weiber ...«, sagte Charley grinsend und schwang sich hinter ihnen auf den Kutschbock.

Es war ein ungewohnt erhabenes Gefühl, in einer Kutsche zu sitzen und die Stadt aus dieser erhöhten Perspektive an sich vorüberziehen zu lassen. Plötzlich schien der Schmutz der Straße weit weg zu sein. Sarah nahm die Hand ihrer Mutter. »Besser?«

»Ja, ja, es geht schon.« Ihre Mutter sah sie ernst an. »Sei nicht zu freundlich zu Charley, er ist keiner, mit dem man spielt.«

»Er ist doch hinter mir her! Ich habe ihm keinerlei Hoffnungen gemacht.«

»Ich sag's ja nur. Er hat so ein hitziges Temperament.«

»Mum, ich kann auf mich aufpassen.« Sie seufzte. »Lady Sudbury hat sich nicht wieder sehen lassen. Hat sie gar keine Anproben mehr?«

»Ich meine, sie kommt nächste Woche noch einmal, aber sicher bin ich mir nicht. Mach dir keine großen Hoffnungen, Sarah. Diese reichen Damen haben so ihre Ideen, und dann fällt ihnen etwas anderes ein, und sie haben dich vergessen. Das solltest du immer beherzigen, egal, was sie dir versprechen mag.«

Sarah nickte. »Ja, Mum. Wie war das eigentlich damals, als du in Yorkshire warst? Wärst du nicht lieber in so einem vornehmen Haus geblieben?«

Dorothy Rosewell lehnte den Kopf zurück, während die Kutsche über die Pflastersteine rollte. »Vielleicht, obwohl meine Stellung als Dienstmädchen nicht besser bezahlt war als die bei Mrs Weaver. Ich hatte Kost und Logis frei, aber nur einen halben Tag zu meiner Verfügung, und sonntags mussten wir alle gemeinsam zur Kirche gehen. Mehr Freiheiten habe ich hier, nur kann ich nichts damit anfangen.«

»Ich würde trotzdem für Mylady arbeiten wollen, wenn sie mich fragt.«

Charley klopfte oben auf das Dach, und kurz darauf hatten sie die Straßenecke vor dem Haus der Rosewells erreicht.

»So, meine Damen, da wären wir.« Charley half ihnen beim Aussteigen und hielt Sarah fest. »Gehst du mit mir aus, Sarah? Du wolltest doch immer ein Ballett sehen.«

»Schon, aber das ist viel zu teuer.«

Selbstzufrieden lächelte er. »Ich habe Karten. Es sind zwar Stehplätze, aber mein Freund hat mir versichert, dass wir an der Säule vorbei die Bühne ziemlich gut sehen können. Es ist für diese Gasttruppe, diese Russen.«

»Was?« Aufgeregt schlug sich Sarah eine Hand vor den Mund. »Für die *Ballets Russes*? Oh Mum! Hast du das gehört? Und dieser Nijinsky tanzt auch?«

Charleys Lächeln wurde noch breiter. »Ich glaube schon, morgen bekomme ich die Karten und kann sie dir zeigen. Also, du kommst mit, ja?«

»Ja!«, antwortete sie freudestrahlend. »Wie könnte ich dazu Nein sagen! Die *Ballets Russes*! Oh, ich kann's gar nicht glauben! Wir gehen in ein richtiges Theater! Wann?«

»Samstag in zwei Wochen.«

»In zwei Wochen! Gut, dann habe ich Zeit, mir ein passendes Kleid zu besorgen. Mum, schaffen wir das? Können wir eins meiner alten Kleider ändern, damit ich ins Theater gehen kann?«

Der Ausdruck auf dem Gesicht ihrer Mutter war schwer zu deuten. Beinahe widerwillig sagte sie: »Wir finden schon etwas Passendes. Ich hoffe nur, dass Charley sich dir gegenüber wie ein Gentleman benimmt, sonst kann ich dich nicht mit ihm gehen lassen.«

Der junge Mann neigte leicht den Kopf. »Aber sicher, Mrs Rosewell. Sie können mir vertrauen.«

»Hm, da bin ich mir eben nicht so sicher.«

Es war am Ende der Woche, dass Lady Sudbury im Salon von Ada Weaver erschien. Die Geschäftsinhaberin flatterte aufgeregt um ihre Kundin herum und scheuchte ihre Mitarbeiterinnen hin und her.

»Wo ist denn das schwarze Abendkleid mit der Stickerei? Ich habe doch gesagt, dass es hier vorne hängen soll!«, herrschte sie Mabel an.

Die junge Mabel arbeitete im Verkaufsraum und half bei den Anproben. Sarah mochte Mabel nicht, die sich aufgrund ihrer Festanstellung und Position im vorderen Salon ihr gegenüber herablassend verhielt. Heute jedoch durfte auch Sarah vorn mithelfen, da ein anderes Mädchen ausgefallen war und Mrs Weaver wusste, dass Lady Sudbury sie gern um sich hatte.

»Sarah, du ungeschicktes Ding, steh hier nicht herum, sondern hol mir die Kiste mit den Schleifen!«, fauchte Mrs Weaver sie an, um im gleichen Atemzug zu Lady Sudbury zu sagen: »Mylady, Sie sehen heute besonders frisch aus! Ob das an dem duftigen Chiffon des Sommerkleides liegen mag? Aber Sie können einfach alles tragen!«

Schmeicheleien prallten an Lady Sudbury ab, sie war nicht leicht zu beeindrucken und ließ sich nie zu etwas überreden, das ihr nicht tatsächlich gefiel. »Danke, Mrs Weaver, aber es wird wohl eher an meinem Ausflug an die Küste liegen. Die Seeluft tut mir immer ausgesprochen gut. Das Kleid ist recht hübsch, aber die Farbe gefällt mir doch nicht so gut, wie ich gehofft hatte. Ich probiere das hellblaue noch einmal an. Oh, Sarah, bitte helfen Sie mir doch dabei.«

Sarah sah ratlos von der Kundin zu ihrer Arbeitgeberin, die sie mit einem Kopfnicken zur Garderobe schickte. »Mabel! Bring die Schleifen mit!«, hörte Sarah die scharfe Stimme von Mrs Weaver.

Lady Sudbury stand im Nebenzimmer und wartete darauf, dass Sarah ihr aus dem Kleid half. Die Aristokratin war groß, schlank und hatte eine aufrechte Haltung. Wahrscheinlich ging sie schwimmen, und auch das Reiten dürfte zum Erhalt einer solchen Figur beitragen, dachte Sarah, während sie die Ösen am Rücken des Kleides löste.

Die Lady stand vor einem großen Spiegel, in dem sich ihre Blicke trafen. »Sie wirken so sorgenvoll heute, Sarah. Ist etwas geschehen?«

»Nein, Mylady. Verzeihung.«

»Sie müssen sich nicht entschuldigen. Ich kann mir gut vorstellen, dass das Leben nicht leicht für Sie ist. Deshalb dürfte es Sie freuen, dass ich Ihnen eine Stellung bei mir anbieten kann. Haben Sie an diesem Wochenende Verpflichtungen?«

Überrascht hielt Sarah inne. »An diesem Wochenende? Nein,

Mylady.« Die Wahrheit war, dass sie überhaupt niemals Verpflichtungen hatte.

»Gut, dann wäre das geklärt. Ich lasse Sie am Samstag um neun Uhr in der Frühe abholen. Sie wohnen bei mir am Hanover Square und begleiten mich auf Reisen. Mit dem Einverständnis Ihrer Eltern natürlich.«

Auf Reisen! »Ja, Mylady. Was muss ich denn mitnehmen? Wie lange benötigen Sie mich?« Sarah dachte an ihre Mutter, die jetzt in anderen Umständen war und bald ihre Hilfe brauchen würde. Annie war zwar schon fünfzehn, aber wenn ihre Mutter ausfiel, musste sich die jüngere Schwester um die Kleineren kümmern. Und vor allem Dora brauchte Zuwendung. Sie seufzte schwer und schüttelte den Kopf.

Lady Sudbury entging Sarahs Stimmungswechsel nicht. »Bedrückt Sie etwas? Bitte, sprechen Sie nur offen mit mir.«

»Es ist nur so, Mylady, dass ich für meine Geschwister da bin, wenn meine Mutter nicht kann.« Beschämt senkte sie den Blick und flüsterte die nächsten Worte. »Und sie ist gerade wieder guter Hoffnung.«

Lady Sudbury hatte das Überkleid abgelegt und streifte mit Sarahs Hilfe ein anderes Modell über. Das nachtblaue Abendkleid hatte eine schmale Silhouette und stand der Aristokratin weitaus besser als das bauschige Modell. Die Lady drehte sich um und griff nach einem bestickten Gürtel.

»Ich verstehe. Nur, Sarah, irgendwann werden Sie Ihre Familie verlassen müssen. Spätestens, wenn Sie selbst heiraten oder hier fest eingestellt werden. Ihre Mutter weiß das. Ich glaube, sie wird es gutheißen, wenn Sie eine Chance auf eine aussichtsreiche Stellung erhalten.«

Aussichtsreich?, dachte Sarah. Laut sagte sie: »Aber ich habe ja nichts gelernt, Mylady. Wie kann ich da schon eine große Hilfe für Sie sein?«

»Das lässt sich ändern. Sie sind ein gescheites Mädchen und müssen lernen, an sich und Ihre Fähigkeiten zu glauben. Befestigen Sie diesen Gürtel, und dann geben Sie mir die Handschuhe dort.«

Sarah tat wie geheißen und hoffte inständig, dass ihr Vater sich nicht gegen Lady Sudburys Angebot stellen würde.

Am Abend desselben Tages saßen sie alle am Esstisch. Dora wippte auf ihrem Stuhl vor und zurück und gab Laute des Unmuts von sich. Harold konnte die Gegenwart des Mädchens nie lange ertragen. »Halt den Mund, Dora!«, bellte er und warf ihr einen bösen Blick zu.

Heute war er nüchtern von der Arbeit nach Hause gekommen und vielleicht deshalb noch gereizter als sonst. Benjamin, der älteste Sohn, war noch nicht aus der Streichholzfabrik zurück, in der er seit Kurzem arbeitete. Sarah legte unter dem Tisch ihre Hand auf Doras Knie, die sie daraufhin ansah und verstummte.

»Ich möchte dich etwas fragen, Vater«, begann Sarah. Mit ihrer Mutter hatte sie bereits gesprochen und deren Zustimmung erhalten.

»Was?«, knurrte Harold und steckte sich eine Pfeife an.

»Mir ist eine gute Stellung angeboten worden. Ich könnte am Samstag anfangen.« Plötzlich war es sehr still am Tisch. Ihre Geschwister warfen ihr neugierige Blicke zu.

Dorothy räumte die Teller zusammen und holte einen Korb mit Äpfeln aus dem Schrank. »Für jeden einen!«

Die Kleinen griffen sofort nach dem Obst, das es nicht oft gab, und polierten ihren Apfel mit den Hemdsärmeln blank.

»Was für eine Stelle?«, wollte Harold wissen.

»Zofe bei Lady Sudbury«, antwortete Sarah stolz. »Sie zahlt gut!«

»Wie viel?« Der Pfeifenrauch erfüllt den engen Raum. Dora hustete und begann zu weinen.

Ihre Mutter stand auf, nahm das Mädchen an der Hand, das seinen Apfel umklammert hielt, und setzte es auf einen Hocker.

»Freie Kost und Logis und zwanzig Pfund im Jahr. Mehr, wenn ich mich gut anstelle«, sagte Sarah.

»Wo wohnt denn diese Lady?«

»Am Hanover Square«, antwortete Sarah, und Annie stieß die Luft aus.

»Oh, Sarah, das ist ja großartig! Warum will sie denn dich?«, wollte ihre Schwester mit großen Augen wissen. »Vielleicht braucht sie ja noch ein Mädchen!«

»Dummes Geschwätz! Eins dieser reichen Stadthäuser, in denen Mädchen verschwinden oder mit dickem Bauch wieder herauskommen. Nein!«, entschied Harold.

Sarah schluckte die aufsteigende verzweifelte Wut hinunter, ballte ihre Hände zu Fäusten und rief sich zur Besonnenheit auf. Bei einem Choleriker wie ihrem Vater erreichte sie nur mit Geduld etwas. Dachte er an ihre Mutter? Nun, sie war anders. Sie würde auf sich aufpassen. »Warum nicht? Ich kann auf mich aufpassen. Ich weiß genau, was ich will, nämlich ein besseres Leben als das hier! Du kannst doch froh sein, wenn ich fort bin, ein Fresser weniger, wie du immer so schön sagst!«

Harold schlug mit der Faust auf den Tisch, dass die Schüsseln schepperten. »Wenn du gegen meinen Willen gehst, hetze ich dir die Polizei hinterher. Das gefällt den feinen Herrschaften sicher nicht. Dann bist du die längste Zeit bei der Lady gewesen.«

Sarah blickte kurz zu ihrer Mutter, die beharrlich schwieg, und wusste, dass sie das hier allein durchkämpfen musste.

»Also gut, was ist der Preis?«, fragte Sarah. Als Harold sie verständnislos ansah, fügte sie hinzu: »Wie viel? Wie viel muss ich dir zahlen, damit du mich gehen lässt?«

In seinem Kopf arbeitete es merklich. »Nun, ich werde darüber nachdenken«, sagte er nach einer Weile, stand ruckartig auf und verließ die Wohnung.

4

Lady Sudbury erschien zwei Tage nach der Anprobe erneut im Salon von Ada Weaver. Sarah half ihr dabei, eine Pelzstola an einem Mantel zu drapieren, und bewunderte die elegante Haltung der Frau. Insgeheim versuchte sie, sich wie die Lady zu bewegen, ahmte deren Kopf- und Handhaltung nach und ging ein wenig selbstbewusster als sonst durch die Straßen.

»Hast du deine Eltern gefragt, Sarah?« Ihre Blicke trafen sich im Ankleidespiegel.

Im Salon herrschte heute reger Betrieb, denn drei weitere Damen ließen sich Entwürfe zeigen. Gegen Ende der Sommersaison kamen immer wieder kurzfristige Änderungswünsche oder Aufträge für die Herbstgarderobe herein. Und natürlich sollte alles sofort und perfekt geliefert werden. Mrs Weaver lief mit hochrotem Gesicht herum und scheuchte ihre Mitarbeiterinnen vor sich her, die seit Tagen Überstunden machten. Sarah war froh, dass ihre Mutter weiterhin am Nähtisch sitzen durfte, denn es ging ihr nicht gut.

»Ja, Mylady. Es tut mir sehr leid, aber mein Vater möchte nicht, also schon, aber nur …«, beschämt hielt sie inne.

Die schönen blauen Augen der Lady nahmen einen harten Ausdruck an. »Sag es nur frei heraus, Sarah. Du kannst ja nichts dafür. Wie viel verlangt dein Vater dafür, dass ich dir eine gute Stellung und die Möglichkeit auf etwas Bildung gebe?«

»Fünf Pfund, Mylady, und ich muss ihm die Hälfte meines Gehaltes überlassen. Für seine Auslagen.«

Gwendoline Sudbury lachte trocken. »Seine Auslagen? Hat er dir eine Garderobe gekauft? Etwa den Fetzen, den du jetzt trägst?« Sie hielt inne, als Sarahs Augen sich mit Tränen füllten. »Na, na, nicht weinen. Er soll seine fünf Pfund erhalten und die Hälfte von dem, was du offiziell verdienst. Der Rest ist für dich, verstanden? Eine Frau sollte immer einen Notgroschen haben, und den kannst du dir bei mir verdienen.«

Sanft legte sie Sarah die Finger unter das Kinn. »Nicht weinen, Sarah. Du wirst sehen, dass es gar nicht übel ist, für mich zu arbeiten.«

Ein zaghaftes Lächeln huschte über Sarahs Gesicht. »Danke, Mylady.«

»Gut.« Lady Sudbury nickte zufrieden. »Du bist viel hübscher, wenn du lächelst. Nur eines muss klar sein – keine Männergeschichten! Für amouröse Eskapaden und deren Folgen habe ich kein Verständnis. Das gilt für alle meine Dienstboten.«

»Ja, Mylady. Selbstverständlich.«

In der Nacht zum Samstag machte Sarah kein Auge zu. Unruhig wälzte sie sich in dem Bett, das sie mit ihrer Schwester Annie teilte, hin und her. Irgendwann wurde es Annie zu viel.

»Wenn du nicht schlafen kannst, kann ich's auch nicht, Sasa«, flüsterte Annie und rollte sich auf die Seite, sodass sie einander gegenüberlagen. Ihre dunklen Haare waren zu einem dicken Zopf geflochten.

»Tut mir leid, Annie, aber mir geht so viel durch den Kopf.« Sarah strich ihrer Schwester über die Wange. »Wenn ich fort bin, musst du dich allein um die Kleinen kümmern. Ich sollte vielleicht doch nicht gehen. Jetzt, wo Mum wieder schwanger ist ...«

Annie, die ein rundes Gesicht mit zahlreichen Sommersprossen hatte, griff nach Sarahs Arm. »Nein!«, flüsterte sie eindringlich. »Du musst gehen! Das ist deine Chance, Sasa. So eine Möglichkeit bekommst du nie wieder! Du hilfst uns mehr, wenn du dort bist und uns etwas Geld geben kannst.« Sie biss sich auf die Lippen. »Das hätte ich nicht sagen sollen. Vater wird sowieso alles durchbringen.«

Sarah legte ihr den Zeigefinger auf die Lippen. »Schsch, nein, Bennie passt auf, das hat er mir versprochen. Wenn du dich nur um Mum kümmerst ... es geht ihr nicht gut. Diesmal ist es schwerer für sie als sonst.«

»Ach, Sasa, ihr darf nichts geschehen!« Dicke Tränen rollten über Annies Wangen.

»Wird es nicht. Hol rechtzeitig die Hebamme, hörst du? Auch wenn Vater das nicht will! Du kannst mir immer eine Nachricht zukommen lassen.« Sie zog die Schwester an sich und strich ihr über den Rücken. »Ich bin ja nicht weit fort. Wenn du Sehnsucht hast, kommst du mich besuchen.«

»Darf ich das denn? In so einem vornehmen Haus lassen sie doch bestimmt keine Besucher herein.«

»Warum denn nicht? Du bist meine Schwester, und im Gesindetrakt gibt es doch sicher auch eine Küche und einen Aufenthaltsraum. Das wird schon gehen. Und jetzt schlaf, Annie, ich bin auch müde.«

»Ich habe dich lieb, Sasa«, murmelte ihre Schwester und war kurz darauf in ihren Armen eingeschlafen.

Sarah blieb eine Weile so liegen, bis sie ihren Arm nicht mehr spürte und ihn sanft unter der Schwester hervorzog. Schlafen konnte sie noch immer nicht. Zum ersten Mal in ihrem Leben würde sie in einem fremden Haus bei vollkommen fremden Menschen leben. Sie starrte in die Dunkelheit der ärmlichen Behausung, die ihr Zuhause war. Hier wurde sie gebraucht. Sie wischte sich die Augen. Wenn es ihrer Mutter schlecht gehen sollte, würde sie alles stehen und liegen lassen und zurückkommen.

Harold Rosewell schnarchte laut im Nebenzimmer. Er hatte ihr Lady Sudburys Umschlag abgenommen, ihn aufgerissen und das Geld gezählt. Dann hatte er zufrieden gegrunzt und war am selben Abend zur Hunderennbahn gegangen. Immerhin hatte er gewonnen. Wie viel, würden sie nie erfahren, doch es musste genug gewesen sein, um seine Kumpane zu unterhalten und seiner Frau eine neue Teekanne zu kaufen. Die alte war mehrfach gekittet und an vielen Stellen abgestoßen. Dorothy hatte matt gelächelt. Was sollte sie auch sonst tun?

Die Kutsche von Lady Sudbury rollte pünktlich um neun Uhr in die Straße vor ihrem Haus und erregte die Aufmerksamkeit des gesamten Viertels. Aus dem Fenster im ersten Stock lugte der Kopf der alten Mrs Humphries hervor.

»Was ist denn das für 'n Aufruhr so früh am Morgen? Fährt da so 'n Herzog vor?«, krächzte die zahnlose alte Frau.

»Kommt der König?«, rief es aus einem anderen Fenster.

»Dummes Geschwätz, wo ist mein Frühstück?!«, hallte es aus dem Hintergrund.

Sarah und Annie, die eine Tasche auf den Gehsteig hievten, sahen sich an und verdrehten die Augen. »Nein, Mrs Humphries! Der König kommt erst morgen!«, rief Annie, und die Schwestern kicherten.

»Warum sagt mir das denn keiner ...«, krächzte die Alte und schlug ihr Fenster zu.

Bennie kam mit seinem Bruder Frank aus dem Haus, und Dorothy brachte die kleineren Mädchen mit. Liebevoll betrachtete Sarah ihre Geschwister, die sie mit großen Augen ansahen.

»Ich bringe euch etwas mit, wenn ich zu Besuch komme, wie versprochen«, sagte sie und gab jeder Schwester einen Kuss.

Als sie vor ihren Brüdern stand, nahm Bennie sie in den Arm. »Pass auf dich auf, Schwester. Und wenn du Hilfe brauchst, weißt du, dass wir hier sind. Wir haben zwar kein Geld, aber die hier.« Bennie hielt die geballten Fäuste in Boxermanier vor sich.

Er trug Arbeitskleidung, genau wie Frank. An ihren freien Tagen arbeiteten die beiden bei einem Fleischer und durften von dort Schlachtreste mit nach Hause nehmen.

Bennie hatte das schmale Gesicht der Mutter und deren nachdenkliche Augen, während Frank mehr nach dem Vater kam. Harold schlief noch seinen Rausch aus, und alle hüteten sich, ihn zu wecken.

Der Kutscher war abgestiegen und befestigte die Zügel an einem Knauf. Er trug eine gut geschnittene Jacke, und seine Stiefel glänzten.

»Reid, guten Tag. Ich bin im Auftrag von Lady Sudbury hier, um Miss Sarah abzuholen«, sagte er höflich, und sein Blick wanderte zwischen Sarah, Annie und Dorothy hin und her.

Ihre Mutter trat vor und umarmte sie fest. »Mach's gut, meine Sasa. Und pass auf dich auf, damit es dir besser ergeht als mir.«

Ein letzter Kuss, und sie ließ sie los, trat zur Seite und wischte sich mit ihrer Schürze die Augen.

Sarah wollte nach ihrer Tasche greifen, in der sich nur ein Tageskleid, ein feineres Kleid, Unterwäsche und Strümpfe befanden. Doch Reid war schneller, bückte sich und hob die Tasche hinten auf die Kutsche, wo er sie festzurrte. Als sie gerade einsteigen wollte, kam die kleine Dora angelaufen, schlang die Arme um ihren Rock, drückte ihren Kopf mehrfach an sie, ließ abrupt los und lief davon.

»Dora!«, doch das Mädchen war verschwunden.

Ihre Mutter winkte. »Nun geh schon, Sasa, geh, Annie sieht gleich nach ihr. Geh!«

Sarah konnte der zittrigen Stimme ihrer Mutter anhören, wie schwer ihr der Abschied fiel, schluckte ihre eigenen Tränen hinunter und stieg in die Kutsche. Ein letzter Blick auf die vertrauten Gesichter ihrer Familie, und der Kutscher ließ das Pferd anziehen. Die Fahrt zum Hanover Square im Stadtteil Mayfair war nicht lang, und doch kam sie Sarah wie eine große Reise in eine andere Welt vor.

Prachtvolle Stadthäuser mit Säulen und Giebeln über den Eingängen säumten die Straßen. Bäume und die üppigen Bepflanzungen der Gärten vermittelten den Eindruck von Wohlstand, und zahlreiche Statuen zeugten von der Bedeutung dieses Viertels. Wer die ernst blickenden Männer in eleganten Posen auf den Podesten waren, wusste Sarah nicht, doch sie betrachtete ehrfürchtig die schönen Häuser, die von Mauern oder hohen Zäunen geschützt wurden. Es ging am Hanover Square deutlich ruhiger zu als in Soho. Die Grünanlage in der Mitte des Platzes wurde von Spaziergängern genutzt, darunter Damen mit kleinen Hunden und Nannys mit Kinderwagen und Kleinkindern an den Händen.

Reid klopfte gegen das Dach der nach vorn offenen Kutsche. »Das ist Dakers House, Miss. Wir fahren jetzt hintenherum auf den Hof.«

Sarah starrte mit offenem Mund auf den hohen schmiedeeisernen Zaun, hinter dem sich ein breiter Garten bis zum Haus erstreckte. Riesige Platanen spendeten Schatten, und symmetrisch beschnittene Buchsbäume säumten den Weg hinauf zum Stadthaus von Lady Sudbury. Säulen zierten die Front, eine breite

Treppe führte zum Haupteingang hinauf, und das helle Mauerwerk des zweistöckigen Gebäudes leuchtete in der Morgensonne, die durch die aufgerissene Wolkendecke schien. Vögel zwitscherten, und der sonst allgegenwärtige Lärm und Gestank der Stadt schien hier weit weg zu sein.

Wie viele Zimmer mochten sich in dem gewaltigen Bau befinden? Und wer wohnte hier noch außer der Lady? Sarah umklammerte ihren Stoffbeutel, in dem sich ein paar Pennys und ein Glücksbringer befanden. Frank hatte ihr einmal einen Elefanten aus Holz zum Geburtstag geschnitzt und erklärt, dass dies ein Glücksbringer sei. Seither trug sie das Tier immer bei sich.

Die Kutsche fuhr in eine Seitenstraße und von dort in den Hof von Dakers House. Ein hagerer Mann in schwarzem Anzug schien sie zu erwarten, denn er drückte seine Zigarette aus und nahm das Gepäck herunter. »Komm mit!«, befahl er.

Sarah sah sich nach Reid um, der sich um das Pferd kümmerte. »Danke, Mr Reid!«

»Nur Reid, Miss.« Zu dem Diener sagte der Kutscher: »Eh, Jenkins, sei nett zu der Kleinen. Sie kennt euresgleichen noch nicht!«

»Wenn sie bleibt, wird sie schon lernen, wie's hier zugeht. Kommst du jetzt, oder willst du Wurzeln schlagen?« Mürrisch ging Jenkins auf den Hintereingang zu.

Sarah sah nach oben, wo im ersten Stock eines der großen Fenster geöffnet wurde. Darüber befanden sich kleine Fenster, hinter denen sich wohl die Kinderzimmer und die Quartiere der Dienstboten befanden. Der Duft von gebratenen Eiern und Brot erreichte ihre Nase, und ihr Magen knurrte hungrig. Plötzlich spürte sie, wie ihr die Knie zitterten. Ganz ruhig, sagte sie im Stillen zu sich, du schaffst das schon.

Noch nie zuvor war sie in einem Anwesen wie diesem gewesen. Die Dimensionen des Wirtschaftstrakts überstiegen ihre kühnsten Vorstellungen. Was in ihrem Zuhause in drei winzigen Zimmern untergebracht war, erstreckte sich hier über das gesamte Untergeschoss von Dakers House. Jenkins stellte ihre Tasche in einem Empfangszimmer ab.

»Warte hier. Mrs Casper kommt gleich.«

Gehorsam setzte sich Sarah auf einen Stuhl, der an der Wand neben einem kleinen Tisch stand. Ein Sekretär, dessen Klappen verschlossen waren, befand sich neben einem ebenfalls vergitterten Regal an der anderen Wand. Der Raum war klein, und nur ein schmales Fenster oberhalb ihres Kopfes ging zum Hof hinaus.

Es dauerte nicht lang, und die Hausdame erschien. Sie mochte das vierte Lebensjahrzehnt vollendet haben, denn graue Strähnen durchzogen ihr sorgfältig aufgestecktes schwarzes Haar. Eine spitze Nase passte zu einem ebensolchen Kinn, in das ihr längliches Gesicht überging. Kühle Augen musterten Sarah durch eine Brille, die an einer Kette um den Hals der Trägerin befestigt war. Das schwarze Kleid entsprach nicht der neueren Mode, sondern war konservativ geschnitten. Sarah erkannte darin die Arbeit eines Salons, der in Konkurrenz zu Mrs Weaver stand.

»So, du bist also unser Neuzugang. Steh auf!«

Sarah erhob sich und machte einen Knicks. »Guten Tag, Mrs Casper.«

»Dreh dich!«, befahl die Hausdame knapp.

Sarah drehte sich langsam einmal um sich selbst. Sie beschloss, dass es am besten war, wenn sie ohne Widerrede alles tat, was man von ihr verlangte.

»Gut. Ich habe passende Kleider für dich. Das vorige Mädchen hatte in etwa deine Figur. Kannst du nähen?«

»Oh ja, sehr gut sogar!«

»Dann kannst du deine neuen Kleider selbst ändern. Umso

besser. Wo sind deine Zeugnisse? Wer war dein voriger Arbeitgeber?«

Sarahs Magen gab ein lautes Geräusch von sich, woraufhin sie beschämt ihre Hände auf ihren Bauch legte. »Verzeihung«, flüsterte sie.

»Du bekommst gleich ein Frühstück. Die Kraft, meine Fragen zu beantworten, hast du wohl noch.« Mrs Casper ging zu ihrem Schreibtisch und setzte sich.

»Ich habe für Mrs Weaver gearbeitet, mit meiner Mutter zusammen.«

»Du hast genäht? Ist es das, was du mir sagen willst?«

»Ja, Ma'am, aber ich war noch nicht fest angestellt. Das sollte demnächst geschehen, aber dann kam Mylady und hat mir diese Stelle angeboten.«

Mrs Casper hielt eine Art Notizbuch in der Hand und maß Sarah mit einem skeptischen Blick. »Darauf solltest du dir nichts einbilden, Mädchen. Und vor allem solltest du die Großherzigkeit ihrer Ladyschaft nicht ausnutzen.«

Die Hausdame notierte sich etwas in ihrem Buch und murmelte vor sich hin: »So was auch wieder ...«

Es klopfte, und ein Dienstmädchen mit flammend roten Haaren unter einer weißen Haube schaute zu ihnen herein. »Mrs Casper, verzeihen Sie.«

»Was ist denn, Ruby?«

»Ich darf das Zimmer seiner Lordschaft nicht machen, weil dieser ..., weil Mr Rahu noch drin ist und mich nicht hineinlässt, aber wie soll ich denn alles schaffen? Ich hasse den Mann, er macht nur Ärger!« Ruby verzog ihren hübschen Mund.

Ein kokettes Mädchen, dachte Sarah und hielt den Blick gesenkt.

Mrs Casper schüttelte unwirsch den Kopf. »Oh, immer dasselbe! Nach all den Jahren! Geh in die Küche, Ruby, und sag Mrs Sims, sie soll ein Frühstück auf den Tisch stellen.« Sie sah kurz zu Sarah. »Speck, Eier, Porridge und Tee.«

»Ja, Mrs Casper.« Ruby warf Sarah einen neugierigen Blick zu und verschwand.

Mrs Casper stöhnte. »Ich kann es dir auch gleich sagen. Seine Lordschaft hat einen persönlichen Diener, den er sich aus Indien mitgebracht hat, Mr Rahu. Ein unheimlicher kleiner Mann. Aber er steht unter dem Schutz seiner Lordschaft. Halte dich von ihm fern, geh ihm möglichst aus dem Weg, dann hast du nichts zu befürchten. Du bist ja ohnehin ihrer Ladyschaft zugeteilt. So, jetzt geh in die Küche, und iss, sonst fällst du uns hier noch vom Stuhl, bevor du angefangen hast. Jenkins bringt deine Sachen auf dein Zimmer, das Ruby dir zeigen wird. Nachdem du dich gesäubert und umgezogen hast, kommst du wieder herunter.«

Die Küche von Dakers House war ebenso beeindruckend wie das Gebäude selbst. Es dampfte und brutzelte auf dem Herd, an den Arbeitstischen wurde Gemüse geschnitten und ein Teig vorbereitet, und eine kleine Frau mit hochroten Wangen beobachtete alles wie ein Adler seinen Horst. Mrs Sims war die Köchin und damit die Herrin über die Speisen, und das ließ sie jeden spüren. Doch die rundliche Köchin hatte freundliche Augen, wie Sarah feststellte, und das Frühstück, das man ihr auf den Tisch in einer Ecke vorsetzte, war das Schmackhafteste, das sie jemals gegessen hatte.

»Mmh, das war himmlisch gut, Mrs Sims!«, rief Sarah, um den Lärm zu übertönen.

Mrs Sims lächelte zufrieden. »Bring das Geschirr rüber zu Daisy, und dann geh dort den Flur entlang und die Treppe hinauf. Da findest du Ruby.«

Daisy war eine der Küchenhilfen, ein freundliches, etwas schüchternes Mädchen, das Sarah sofort mochte.

Daisy nahm ihr Teller und Tasse ab. »Wo kommst du her? Was hast du vorher gemacht? Wie alt bist du?«

»Daisy! Lass das arme Mädchen doch erst mal ankommen!«, rief Mrs Sims, lachte jedoch.

»Ich bin siebzehn, und meine Familie lebt in Soho, also nicht weit von hier. Aber du kommst woandersher, oder?« Daisys Dialekt klang nach Cornisch, wenn Sarah sich nicht irrte.

Daisy wischte sich die Schweißperlen mit dem Handrücken von der Stirn, denn sie stand am Spülbecken und wusch das Geschirr. Nicht wiederverwertbare Essensreste wurden in einen Bottich neben der Spüle geworfen. »Aus St. Agnes in Cornwall. Ein kleines Fischerdorf. Meine Tante lebt hier in London und hat mir diese Stelle verschafft.« Daisy war trotz der anstrengenden Arbeit eher blässlich und hustete.

Leise sagte sie zu Sarah: »Jenkins ist falsch, bei dem sei vorsichtig, Parks, der Butler, ist ein Aas, und Mrs Casper ist streng und kann gut mit der Lady, vor allem mit der alten.«

»Der alten?«

»Na ja, die Mutter seiner Lordschaft lebt auch hier und ist eine Tyrannin. Sie ist vom Kontinent, und niemand kann sie leiden. Nicht mal ihr Sohn!«, flüsterte Daisy kichernd.

»Oh?«, erwiderte Sarah.

»Jetzt ist es aber genug, Daisy, geh an die Arbeit!«, rief Mrs Sims vom Herd herüber.

Von der Küche gelangte man über ein separates Treppenhaus in den ersten Stock. Das Personal blieb unsichtbar, bis es in den Korridor vor den Wohnräumen der Herrschaft trat. Ehrfürchtig betrachtete Sarah die massigen vergoldeten Bilderrahmen, aus denen die Porträts der Sudburys auf sie heruntersahen. Riesige Vasen, Skulpturen und reich dekorierte Lampen schmückten die Flure beider Flügel, die sich im repräsentativen Treppenhaus trafen. Eine breite Freitreppe führte hinunter in die Eingangshalle, die so hell war, weil sich darüber eine Kuppel wölbte. Sarah legte den Kopf in den Nacken, um das bunte Glas zu bewundern, durch das sich das Sonnenlicht in tausend Farben brach. Wenn Gott irgendwo wohnt, dann dort oben, schoss es ihr durch den Kopf.

»Verrenk dir nicht den Hals. Wie heißt du noch gleich?«, kam es mürrisch von Ruby, die mit einem Arm voller Wäsche aus einem Zimmer kam.

»Sarah. Kann ich dir helfen?«, bot Sarah sich an, doch Ruby wich ihr aus.

»Lass das. Hier hat jeder seine Aufgabe.«

Es klingelte in einem Zimmer weiter vorn, und Ruby verdrehte die Augen. »Das ist die Alte. Eine grässliche Kuh. Sie hält sich für die Prinzessin von was-weiß-ich. Kann ihren langen Namen nicht aussprechen. Ungarisch oder so.«

Es klingelte erneut, diesmal länger. »Ja doch, zum Teufel«, murrte Ruby und warf die Wäsche in einen Korb, der hinter einem Paravent stand.

»Warte hier!« Damit ging sie davon.

Sarah schaute über das Geländer hinunter in die Halle, wo ein großer Mann mit einem silbernen Tablett die Treppe hinaufkam – seiner sehr aufrechten Haltung und dem Anzug nach zu urteilen der Butler. Er hatte den ersten Absatz erreicht, da flog hinter Sarah die Tür auf, und ein kleiner dunkelhäutiger Mann mit einem grünen Turban eilte an ihr vorbei, nahm die Treppenstufen mit wenigen Sätzen und wollte dem Butler den Umschlag vom Tablett reißen. Der Butler jedoch war schneller und zog das Tablett zur Seite, sodass der Inder ins Leere griff.

»Gib mir den Brief!«, zischte er mit starkem indischen Akzent. Seine Augen waren stechend und seine Bewegungen flink. Er erinnerte Sarah an ein Wiesel oder an eine Raubkatze.

»Geh mir aus dem Weg. Noch bin ich der Butler dieses Hauses und überbringe Botschaften, die an Seine Lordschaft gerichtet sind, persönlich.« Lynton Parks schob sich an Rahu vorbei, ohne auf den wütenden Ausdruck des anderen zu achten.

Rahu drehte sich auf der Fußspitze um. Während er wieder nach oben stieg, fiel sein abschätzender Blick auf Sarah. Sie fühlte sich auf unangenehme Weise gemustert und nahm sich vor, ihm aus dem Weg zu gehen.

5

Die Zimmer der Dienstboten befanden sich unter dem Dach. Auf der einen Seite wohnten die Männer, auf der anderen die Frauen, und für beide Geschlechter gab es jeweils ein Bad. Sarah war über die komfortable Ausstattung erstaunt, zumal sie eine Toilette mit Spülung nur aus dem Salon von Mrs Weaver kannte.

»Ich hoffe, du schnarchst nicht!«, meinte Ruby und zeigte auf zwei Schubladen einer Kommode. »Das sind deine, und rühr ja meine Sachen nicht an!«

»Habe ich nicht vor. Welches Bett ist meins?«

An jeder Wand des schmalen Raumes mit einer Dachschräge standen ein Bett und neben der Tür ein Kleiderschrank. Ein Waschtisch, zwei Stühle und neben jedem Bett ein Nachtschrank stellten die gesamte Möblierung des Zimmers dar.

Ruby deutete auf das zu ihrer Rechten. »Das da. Nebenan schläft Daisy, die redet im Schlaf, dann haust du einfach gegen die Wand, und sie hört auf.«

Sarah stellte ihre Tasche auf das ihr zugewiesene Bett und nahm ihre Sachen heraus. »Ein Bett ganz für mich«, sagte sie zu sich und strich über das Kissen.

»Hast wohl sonst mit deinen Geschwistern in einem Bett geschlafen, was?« Ruby kontrollierte in einem kleinen Spiegel an der

Wand den Sitz ihrer Haube. »Oder mit wem anders?« Sie grinste anzüglich.

»Aber nein! Du etwa?«, entfuhr es Sarah.

»Geht dich nichts an. Was sollst du hier überhaupt machen? Mylady hat eine Kammerzofe, Hilda.« Auf Sarahs fragenden Blick hin fügte sie hinzu: »Ihre Eltern sind Deutsche, aber sie ist hier aufgewachsen.«

Sarahs Mut sank, denn insgeheim hatte sie gehofft, dass Lady Sudbury sie als ihre Zofe einstellen wollte. »Ich soll ihr zur Hand gehen, hat sie gesagt. Ich weiß auch nicht genau, was meine Aufgabe ist. Aber ich bin sehr glücklich, hier zu sein. Wir werden gut miteinander auskommen, Ruby, nicht wahr?«

Ruby musterte sie kritisch. »Wir werden sehen.« Das Dienstmädchen verließ das Zimmer und ließ die Tür lautstark ins Schloss fallen.

Sarah zog das schwarze Dienstbotenkleid an, das am Schrank hing, band eine weiße Schürze um und bedeckte ihre Haare mit der beiliegenden Haube. Als sie sich im Spiegel ansah, wusste sie nicht, ob sie lachen oder weinen sollte. Eine Fremde schaute sie an. »Nun«, sagte sie zu sich und setzte ein Lächeln auf. »Wir nutzen diese Chance, Sarah Rosewell!«

Wenig später betrat sie erneut den Dienstbotentrakt und fühlte sich in ihrem neuen Kleid, das ihr nur in den Schultern ein wenig zu groß war, bereits als Teil der Dienerschaft.

»Sarah, lass sehen!« Mrs Casper begutachtete ihr Aussehen. »Für den ersten Tag muss es gehen. Komm mit, Mylady erwartet dich im Blauen Salon.«

Mrs Casper führte Sarah an der Küche vorbei durch einen langen Flur in die Eingangshalle, wo Sarah vor der prächtigen Treppe stehen blieb.

»Das ist wunderschön!«, sagte sie und drehte sich einmal um

sich selbst, um das Lichtspiel der Kuppel im Raum erfassen zu können.

»Es ist groß und bedeutet viel Arbeit. Stufen müssen gefegt und das Geländer gewischt werden. Komm jetzt!« Energisch ging Mrs Casper vor ihr die Treppe hinauf.

Sarah konnte sich nicht sattsehen an den geschwungenen Ornamenten des Geländers, das von vollendeter Symmetrie war. Dabei bemerkte sie nicht, dass Lady Sudbury oben auf dem Treppenabsatz stand und sie beobachtete.

»Was ist jetzt, nun komm schon!«, forderte Mrs Casper sie ungeduldig auf, hielt jedoch inne, als sie ihre Arbeitgeberin erblickte. »Mylady, verzeihen Sie mir, aber dieses junge Ding trödelt!«

»Es ist gut, Mrs Casper, ich übernehme ab hier.« Lady Sudbury winkte Sarah aufmunternd zu. »Nicht wahr, Sarah? Wir werden schon miteinander auskommen.«

Sarah knickste unbeholfen, wobei sie beinahe die Treppe hinuntergefallen wäre, und beeilte sich, die letzten Stufen zu bewältigen.

»Wie Sie meinen, Mylady. Aber ich bin in der Nähe, falls Sie meine Hilfe benötigen«, versicherte Mrs Casper mit einem skeptischen Seitenblick auf Sarah.

Lady Sudbury sah heute ganz anders aus als sonst. Ihr Haar war nur lose aufgesteckt, und sie trug ein locker sitzendes Nachmittagskleid von exotischem Schnitt.

»Mylady, darf ich Ihnen sagen, dass Sie heute besonders schön aussehen?«, sagte Sarah mit ehrlicher Bewunderung.

»Mein liebes Kind, Sie dürfen!« Gwendoline Sudbury ließ ein perlendes Lachen erklingen. »Ach, wenn mein Gatte doch nur so aufmerksam wäre.«

Sie standen noch immer auf der Galerie vor der großen Treppe. »Sagen Sie mir, was Sie an dieser Treppe so begeistert.«

»Wie? Äh ...«, stotterte Sarah verlegen.

»Manche würden sagen, es ist nur eine Treppe, aber Sie haben mehr darin gesehen. Das interessiert mich. Nur heraus, keine Scheu.«

Sarah betrachtete die steinernen Stufen, die hinauf zur umlaufenden Galerie führten. War es die Nische mit der Marmorbüste, die in der Mitte auf jeden, der die Stufen betrat, herabblickte?

»Flügel ...«, sagte sie stockend. »Es ist so, als breitete die Treppe mit dem Geländer ihre Flügel aus. Und dann schaut man nach oben in die Kuppel, direkt in den Himmel.« Sarah stockte und spürte, wie die Röte in ihre Wangen stieg. »Das ist sehr dumm, nicht wahr?«

Die Aristokratin spielte mit den Fransen an einem Saum ihres gewickelten Kleides. »Ganz und gar nicht. Wissen Sie, wer dieses famose Treppenhaus entworfen hat?«

Sarah schüttelte den Kopf.

»Robert Adams, ein berühmter schottischer Architekt. Und er hat genau das im Sinn gehabt, was Sie eben gesagt haben. Er wollte das Licht in dieser Halle einfangen und umarmen.«

Sarah verstand nicht ganz, was die Lady damit meinte, und sah zu den Nischen entlang der Wände, in denen verschiedene Figuren standen.

»Nun denn, Sarah. Haben Sie Hilda schon kennengelernt? Gehen wir in den Blauen Salon.«

Sarah versuchte, sich alle Namen und Gesichter der Menschen zu merken, die man ihr heute vorgestellt hatte, und nahm sich vor, später alles aufzuschreiben, um nichts zu vergessen.

Der Blaue Salon machte seinem Namen alle Ehre, denn die Wände waren mit einer leuchtend blauen Tapete bespannt, sodass man meinen konnte, man befände sich im Meer. Zaghaft berührte sie die Tapete und staunte, denn der Stoff war glatt und kühl. Entlang der Wände standen Vitrinen und Schränke mit unzähligen Kunstgegenständen aus Porzellan, Gold, Silber und Elfenbein. In der Mitte gab es einen Tisch, zu dem Lady Sudbury Sarah führte.

»Das ist mein Lieblingstisch. Was sagen Sie dazu?«

Sarah strich über die glänzende Platte, auf der Muscheln und Seesterne zu sehen waren, die so echt wirkten, als wären sie gerade vom Meer an den Strand gespült worden. Doch es handelte sich um eine Tischplatte aus Marmor, in die Bilder aus Tausenden winzigen Edelsteinen eingelegt worden waren, wie Sarah bei genauerem Hinsehen feststellte.

»Wunderschön!«, flüsterte sie und fuhr mit den Fingerspitzen über die kaum spürbaren Linien zwischen den Steinen.

»Man nennt diese Einlegetechnik ›Pietra dura‹. Eine hohe Kunst. Diese Platte stammt aus Florenz.«

Sarah nickte und sah sich weiter um. Auf dem Kaminsims stand eine prachtvolle goldene Uhr, die ihre Aufmerksamkeit erregte. »Kommt da eine Figur heraus?«

Die Lady schmunzelte. »Nein, das nicht. Und ich glaube, das wäre so gar nicht nach dem Geschmack von Lord Coltham gewesen.«

Mit einem zufriedenen Ausdruck strich Lady Sudbury über das kostbare Stück. »Es hat mich einige Nerven und eine erhebliche Summe gekostet, diese Uhr zu ersteigern. Aber sie ist jeden Penny wert! Waren Sie schon einmal auf einer Auktion? Das ist besser als jedes Pferderennen!«

Sarah sah die Leidenschaft in Lady Sudburys Augen aufblitzen, als diese fortfuhr: »Es geht nicht nur um das Stück an sich, sondern darum, es jemand anderem wegzuschnappen! Ich könnte zu einem Antiquitätenhändler gehen und dort etwas kaufen. Aber das ist nicht dasselbe. Die Stimmung im Saal, die Spannung, die sich aufbaut, wenn sich alle Augen auf die Meistbietenden richten, und dann …«

Irgendwo ging eine Tür, und leise Schritte näherten sich. »Ihre Zitrone, Mylady.«

Eine Frau mittlerer Statur und mit herbem Gesicht trug ein Tablett herein, das sie auf einen ovalen Tisch am Fenster stellte. Ihre blonden Haare waren streng aufgesteckt, und ihr schwarzes Kleid mit dem gestärkten weißen Kragen wies sie als Kammerzofe aus. Wenn man genau hinhörte, konnte man ihre deutsche Herkunft an ihrer Aussprache erkennen.

»Danke, Hilda. Das ist Sarah. Sie ist heute zu uns gekommen. Ich denke, Sie werden sich gut verstehen, nicht wahr?«

Hildas Miene blieb ausdruckslos. Ihre Augen hefteten sich mit einer unangenehmen Intensität auf Sarah, die automatisch einen Schritt zurückwich und »Ja, Mylady« flüsterte.

»Welche Aufgaben soll das Mädchen übernehmen, Mylady?«, wollte Hilda wissen und stand mit zurückgenommenen Schultern sehr aufrecht da.

»Wir werden schon das Richtige für Sarah finden. Ein paar von Miss Hooks Aufgaben vielleicht, und Sarah kann ganz hervorragend nähen!«

»Ich nähe doch Ihre Sachen, Mylady. Das ist meine Aufgabe.« Ein grimmiger Blick traf Sarah, die sich am liebsten hinter einer der Stechpalmen versteckt hätte.

»Sie können ja auch nicht alles machen, Hilda. Bringen Sie uns noch ein Glas.« Lady Sudbury ging zu einem der Sessel vor dem Tisch am Fenster.

»Bitte, Sarah, nehmen Sie Platz.«

Unsicher näherte sich Sarah. »Aber … ich denke, ich sollte lieber stehen, Mylady.«

»Setzen Sie sich. Ich rede nicht gern und schaue dabei nach oben. Außerdem ist ein Glas Zitronenlimonade immer von Vorteil.«

Gehorsam setzte sich Sarah vorn auf die Kante des Sessels, darauf bedacht, es sich nur ja nicht zu bequem zu machen. Heimlich strich sie mit den Fingern über den Samt des Sesselbezugs.

Neben dem Tablett lagen ein Stapel Bücher und einige Magazine, darunter der *Tatler*, die *Literarische Welt* und *Country Life*. Lady Sudbury griff nach der *Vanity Fair*, schlug das Magazin auf und hielt es Sarah hin.

»Was halten Sie von diesem Modell?«

Im Laden von Mrs Weaver hatte sie einige Male einen Blick in das Modemagazin werfen können. Für derlei Dinge gab es bei den Rosewells keinen Penny. Nur ihr Vater kaufte sich regelmäßig seine Zeitung, um die Wettergebnisse zu kontrollieren. Ein dunkelblaues Nachmittagskleid mit schwarzen Satineinsätzen und einem ebensolchen Gürtel mit bestickten Details war zu sehen. Sarah erkannte es.

»Ein Modell von Lucile, sehr schön, die Kombination von Wolle und Satin passt zum Herbst.«

»Das finde ich auch. Ich habe ein ganz ähnliches Modell aus der vergangenen Saison, das wir für Sie umändern lassen werden. Wenn Sie mich aufs Land begleiten, benötigen Sie eine entsprechende Garderobe. Als meine Gesellschafterin müssen Sie glänzen.«

Hilda kam mit dem zweiten Glas und stellte es vor Sarah ab. Dann schenkte sie den verdünnten und gesüßten Zitronensaft ein. »Haben Mylady noch einen Wunsch?«

»Das wäre vorerst alles, Hilda.«

Die Kammerzofe entfernte sich, nicht ohne Sarah einen bösen Blick zuzuwerfen.

»Willkommen in Dakers House, Sarah!« Lady Sudbury hob ihr Glas, und Sarah tat es ihr nach.

»Vielen Dank, Mylady, ich weiß gar nicht, was ich sagen soll. Ich möchte Sie nicht enttäuschen.« Sarah nippte an der Zitrone.

»Austrinken, das ist gut für die Haut, sagt mein Arzt.« Lady Sudbury leerte ihr Glas in einem Zug. »Waren Sie schon einmal im Theater?«

»Nein, aber ich wünsche mir schon so lange, einmal dorthin zu gehen. Vor allem wegen des Balletts, diese russische Truppe. Die sollen ganz unerhört modern sein ...« Sarah biss sich auf die Lippen und schwieg. Als Kind hatte sie vor den Schaufenstern der eleganten Geschäfte gestanden und die schönen Dinge bestaunt, Möbel, Schmuck, Kleider. Dinge aus einer anderen Welt, die so unerreichbar für sie schien. Und dann gab es die vornehmen Leute, die in Soho in die Theater gingen und danach gut gelaunt durch die Straßen flanierten. Sie schnappte Gesprächsfetzen auf, hörte die Bewunderung für die Tänzer und Schauspieler, und sie liebte die Plakate mit den aufregenden Bildern. Über die Tänzer aus Russland sprachen sogar die Damen bei Mrs Weaver.

Lady Sudbury klatschte in die Hände. »Sie interessieren sich für die *Ballets Russes*, wie *extraordinaire*! Ich sehe schon, wir werden gut miteinander auskommen, denn nichts ist mir mehr zuwider als Engstirnigkeit und Langeweile.« Sie griff nach einem Buch. »Lesen Sie, Sarah?«

Sarah nickte. »Ich kann lesen.«

Die Lady lächelte. »Oh, das denke ich doch. Ich wollte wissen, was Sie gern lesen.«

Auf dem Bucheinband stand KIM und der Autor hieß Rudyard Kipling. Sarah schämte sich für ihr Unwissen, dabei wollte sie so gern lernen. »Wir durften nicht viel lesen, aber ich habe heimlich Zeitungen gelesen, die von den Leuten weggeworfen wurden«, sagte Sarah leise. »Und dann gibt es die Magazine bei Mrs Weaver, und sie hat auch einige Nachschlagewerke.«

Seufzend gab Lady Sudbury ihr das Buch. »Nehmen Sie es mit und vielleicht auch dieses.«

»König Salomons Minen von Haggard«, las Sarah laut vor, wobei sie jede Silbe betonte.

»Das ist ein Abenteuerroman, der in Afrika spielt, recht unterhaltsam.«

Weiter kam Lady Sudbury nicht, denn die Tür wurde aufgestoßen, und eine ältere Dame rauschte herein.

»Was treibst du hier, Gwendoline? Ich warte seit Stunden auf dich! Der Tee ist kalt geworden, und nun habe ich keinen Appetit mehr. Wer ist das?« Mit ihrem Gehstock deutete die weißhaarige Dame, deren faltiger Hals von einem schwarzen Spitzenkragen eingefasst wurde, auf Sarah.

»Lady Alexandra, das ist meine neue Gesellschafterin, Miss Sarah Rosewell«, erklärte Lady Sudbury ohne große Umstände.

Das also war die Mutter seiner Lordschaft. Ihr schwarzes Kleid war reich mit Perlen bestickt, sie trug Handschuhe und kostbaren Schmuck, und der Knauf ihres Gehstocks war aus reinem Silber, wenn Sarah sich nicht täuschte. Das Alter hatte ihren Rücken ein wenig gebeugt, doch sie war noch immer eine Ehrfurcht gebietende Erscheinung.

Sarah hatte sich rasch erhoben, denn sie hatte gelernt, dass man vor älteren Personen stehen sollte.

»Ah. Was ist mit der vorigen Person? Wie hieß sie gleich? Unwichtig, sie war langweilig und impertinent. Ich will mit dir sprechen. Schick sie fort.« Lady Alexandra starrte missbilligend auf den Sessel, von dem Sarah eben aufgestanden war. »Hilda soll den Sessel abbürsten.«

Gwendoline war ebenfalls aufgestanden und schob ihren Sessel zur Seite. »Bitte, nimm hier Platz.« Dann zog sie an einer Kordel, die neben der Übergardine hing.

Hatte Hilda hinter der Tür gestanden? Verwundert sah Sarah, wie Hilda keine zwei Sekunden später durch eine Seitentür eintrat.

»Zeigen Sie Sarah das Haus, und bringen Sie sie ins Musikzimmer, wo sie auf mich warten soll.«

»Ja, Mylady.«

Sarah hielt unschlüssig die beiden Romane in den Händen, doch Lady Sudbury hatte sich bereits ganz ihrer Schwiegermutter zugewendet.

»Komm mit!«, zischte Hilda und eilte voraus durch die Seitentür.

Der Nebenraum war eine Art Ankleidezimmer, in dem ein großer Spiegel, ein Sofa und ein Tisch mit allerlei Näh- und Dekorationsutensilien standen.

»Das hier ist mein Bereich, komm mir ja nicht dazwischen, verstanden?!« Hilda deutete auf die Nadelkissen und ein Unterkleid, an dem sie anscheinend arbeitete. »Ich repariere Kleinigkeiten für Mylady selbst. Das habe ich immer getan. Sie braucht mich und kein Küken, das sich nicht einmal auszudrücken weiß. Was ist das?« Sie entriss Sarah die Bücher.

»Was willst du damit? Zum Lesen hast du keine Zeit. Wir haben genug Arbeit für dich.«

Sarah streckte die Hände nach den Büchern aus, die ihr Lady Sudbury gegeben hatte. »Das sind meine, bitte gib sie mir zurück. Ich soll sie lesen, hat Mylady gesagt.«

Hilda ließ die Bücher auf den Boden fallen. »Dann hol sie dir. Du sollst also die neue Gesellschaftsdame sein? Dass ich nicht lache! So ein dummes ungebildetes Ding wie du? Was hast du ihr vorgemacht? Hast ihr fein getan, dich angebiedert? Sie hat ein weiches Herz, aber täusch dich nicht, ein Fehler, und du fliegst raus.«

Sarah bückte sich und hob die Bücher auf. Das Buch von Kipling war aufgeschlagen und einige Seiten nun zerknickt. Vielleicht konnte sie die glatt bügeln.

»Denk ja nicht, dass du was Besseres bist als wir. Du bist nur ein einfaches Dienstmädchen, sonst nichts!« Wütend starrte Hilda sie an, und Sarah fragte sich, woher dieser Ausbruch rührte.

»Ich will dir nichts wegnehmen, Hilda, wirklich nicht.«

Doch Hilda Aldermann griff nach einer Schere und trat dicht an Sarah heran. »Ich zerkratze dir dein hübsches Gesicht, wenn du mir meinen Platz in diesem Haus streitig machst. Merk dir das gut!«

Erschrocken machte Sarah einen Schritt rückwärts. Was war denn nur mit dieser Person los? »Das habe ich nicht vor! Nimm die verdammte Schere runter! Ich bin gerade erst hier angekommen, und du führst dich auf wie eine Irre. Jetzt beruhig dich, und zeig mir das Haus, oder ich wende mich an Mrs Casper.«

Das schien ihr unbeherrschtes Gegenüber zur Räson zu bringen, denn Hilda ließ die Schere sinken. Freundinnen werden wir wohl nie werden, dachte Sarah und drückte die Bücher fest an sich. Manchmal kam ihr die Welt wie eine Arena vor. Man wurde hineingeworfen und musste zusehen, dass man sich einen Platz erkämpfte, an dem man sich nicht ständig gegen alle Seiten verteidigen musste.

6

Mit jedem Tag, den sie in Dakers House verbrachte, lernte Sarah mehr über die Hierarchien unter den Dienstboten und durfte gleichzeitig an der glanzvollen Welt von Lady Sudbury teilhaben. Ihre Stellung innerhalb der Dienerschaft war noch immer etwas unklar, was Sarah nicht störte, die anderen hingegen schon. Ruby stichelte ständig, dass sie fürs Nichtstun bezahlt werde und ihr lieber beim Bettenmachen helfen sollte. Doch Lady Sudbury hatte Anweisung gegeben, dass Sarah von derlei häuslichen Tätigkeiten entbunden war, dafür Zugang zur Bibliothek hatte und sich stets zur Verfügung halten musste.

Im Gegenzug für diese großzügigen Privilegien erwartete Lady Sudbury, dass Sarah die Aufgaben, die sie erhielt, sorgfältig erfüllte. Sarahs Tag begann mit einem Frühstück mit den Dienstboten in der Küche. Anschließend kümmerte sie sich um ihre Garderobe, brachte in die Waschküche, was gesäubert werden sollte, und ging dann in ein kleines Studierzimmer, das sich neben dem Blauen Salon befand. Noch hatte Sarah nicht herausgefunden, warum sich Spielsachen und eine Schultafel in dem Raum befanden, denn es gab keine Kinder im Hause Sudbury.

Heute saß Sarah an dem großen Tisch in der Mitte des Zimmers und lernte französische Vokabeln. Lady Sudbury sprach fließend Französisch, Italienisch und ein wenig Deutsch. Seufzend starrte Sarah auf die Vokabeln. Dass sie wieder zur Schule gehen sollte, hatte sie nicht erwartet. Einige der Wörter waren schreckliche Zungenbrecher, und die kleinen Striche über den Vokalen machten sie wahnsinnig.

Die Tür schwang auf, und Mylady kam herein. »Guten Morgen, Sarah, wie weit sind Sie denn?« Es folgte ein Wortschwall auf Französisch, den Sarah mit offenem Mund über sich ergehen ließ.

»Mund zu, das gehört sich nicht für eine Dame. Und wir wollen doch, dass Sie sich in der Gesellschaft bewegen können.«

Sarah blies sich eine Locke aus der Stirn. »Mylady, ich will ja nicht undankbar sein, aber warum machen Sie sich so viel Mühe mit mir? Ich werde das hier nie lernen!« Frustriert legte sie die Hand auf das Vokabelbuch.

Lady Sudbury runzelte die Stirn. »Liebes Kind, ohne Fleiß kein Preis. So ist das nun einmal im Leben. Eine Gesellschafterin muss sich in jedem Land zurechtfinden können. Sie müssen in der Lage sein, Botengänge für mich zu erledigen, und dafür müssen Sie zumindest ein paar Brocken der Landessprache beherrschen. Und außerdem ist Bildung etwas, das Ihnen niemand nehmen kann. Nur ein dummer Mensch bildet sich nicht weiter. Auch ich lerne immer dazu, täglich, wenn man so will.«

»Verzeihung, Mylady, es fällt mir nur manchmal so schwer, dann denke ich an meine Familie. Wenn ich aber arbeite, also wenn ich putze oder nähe, denke ich nur an die Sache, das geht mir leichter von der Hand.«

»Haben Sie schlechte Nachrichten von Ihrer Familie erhalten?«, fragte Lady Sudbury.

»Nein, das nicht.« Sarah wollte nicht sagen, wie sehr sie ihre Geschwister und ihre Mutter vermisste.

Lady Sudbury ging zu einem Schrank, öffnete die verglasten Türen und nahm eine Puppe heraus. Mit der Puppe war anscheinend gespielt worden, denn die Finger waren abgestoßen und das Kleid verblichen. »Sie hat meiner Tochter gehört.«

Zärtlich strich Gwendoline Sudbury über das runde Puppengesicht und zupfte an dem blauen Kleidchen. »Es war ihre Lieblingspuppe, Isabella. Den Namen hat sie in Italien aufgeschnappt, auf einer unserer gemeinsamen Reisen.«

Sarah sagte nichts, weil sie ahnte, dass diese Geschichte kein gutes Ende haben würde.

Sacht setzte Lady Sudbury die Puppe wieder an ihren Platz und schloss die Schranktür. »Meine Tochter hieß Irene. Sie war in Ihrem Alter, als sie starb.«

Sarah schluckte. »Das tut mir leid.«

Die Aristokratin nahm ihre Schultern zurück. Sie trug ein dunkelgrünes Kleid, das im Nachmittagslicht schimmerte. Die große Brosche am Kragen fing das Sonnenlicht in bunten Edelsteinen ein und brach es tausendfach. Doch das Strahlen erreichte Lady Sudburys Augen nicht, als sie fortfuhr: »Wir hatten so viel vor. Immerhin sind wir nach Italien und Frankreich gereist. Für die Überfahrt nach Amerika hatte ich bereits die Schiffspassagen gebucht. Doch dazu kam es nicht mehr. Sie hatte das Leben vor sich und alles, was eine junge Frau sich wünschen konnte – Schönheit, Bildung, Eleganz und Esprit.«

Lady Sudbury machte eine Pause und sah Sarah direkt an. »Es war nicht genug.«

»Was hat ihr gefehlt?«, flüsterte Sarah.

»Wenn ich es nur gewusst hätte …« Lady Sudbury holte tief Luft und trat ans Fenster.

Eine bedrückende Stille legte sich über das Zimmer, und Sarah wusste nicht, was sie tun sollte. Sie sah sich um, konnte jedoch kein Bild der verstorbenen Tochter entdecken. »Dies hier war das Schulzimmer Ihrer Tochter, richtig? Darf ich ihr Bild sehen?«

Lady Sudbury drehte sich zu ihr um. »Vielleicht später. So, und jetzt schließen Sie die Bücher und kommen mit mir in die Stadt. Wir brauchen beide etwas Abwechslung. Ach ja, und vielleicht schaffen wir es heute noch zur Anprobe.«

Sarah hatte sich schon gefragt, wann Lady Sudbury zur letzten Anprobe bei Mrs Weaver fahren würde.

»Nicht nur für mich, Sarah. Mrs Weaver hat mir versichert, dass sie Ihre Maße kennt, immerhin waren Sie lange genug dort, und Ihre Mutter konnte sicher helfen.«

»Was? Aber das geht doch nicht! Das wird furchtbar unangenehm.« Sarah biss sich auf die Zunge, man widersprach einer Lady nicht.

Lady Sudbury musterte sie kritisch. »Papperlapapp. Ihr Kleid ist wirklich sehr schlicht. Kommen Sie mit.«

Das Ankleidezimmer von Lady Sudbury war fast so groß wie die gesamte Wohnung der Rosewells. Doch solcherlei Vergleiche waren müßig, dachte Sarah. Das hier war eine andere Welt, und nie hätte sie sich vorstellen können, einmal von so viel Glanz und Schönheit umgeben zu sein.

Zwei Abendkleider hingen auf Ständern und waren mit passenden Accessoires dekoriert worden. Lady Sudbury berührte kurz die lange Perlenkette und die Federn am Schal des violetten Kleids.

»Federn und Perlen passen einfach nicht zusammen, warum lernt Hilda das nicht.« Dann griff sie nach einem Hut, der in etwa die Farbe von Sarahs dunkelbraunem Kleid hatte.

»Dazu noch ein Schal, ah, *voilà*!«

Sie drapierte den Schal um Sarahs Schultern und hielt Sarah den Hut hin, die ihn aufsetzte.

»Mylady, das ist viel zu fein für mich, das kann ich nicht tragen.«

»Und ob Sie das können. Wir gehen ins Café Royal, da ist man zwar liberal, aber wir wollen doch nicht zu unscheinbar sein.«

Sarah wäre die kurze Distanz von einer halben Meile gern zu Fuß gegangen, doch Reid hatte die Kutsche bereits vorgefahren. Als sie die Regent Street hinunterfuhren, fragte Sarah: »Ich möchte Sie nicht blamieren, Mylady. Soll ich nicht besser draußen warten?«

»Aber das kommt ja überhaupt nicht infrage! Sie halten sich an mich, hören zu und lernen. Ah, sehen Sie dort hinten? Das ist die National Gallery und dort das Royal Opera House.«

Sarah war an den prächtigen Gebäuden oft vorbeigegangen, hatte sie jedoch noch nie betreten. Ihre Schulzeit hatte sich auf knapp sechs Jahre beschränkt und war immer wieder unterbrochen worden, wenn ihre Mutter niedergekommen war und sie sich um die jüngeren Geschwister hatte kümmern müssen. Ihre Lehrerin, Miss Lewis, hatte ihnen versprochen, sie mit in eines der großen Museen zu nehmen, doch Sarah hatte den Tag verpasst, an dem der Ausflug stattgefunden hatte.

»Miss Lewis hat uns von den Bildern erzählt und von Ausgrabungen in Ägypten«, sagte Sarah.

»Meine Liebe, Sie werden noch reichlich Gelegenheit haben, sich Mumien, steinerne Katzen und Gemälde anzusehen. Wahrscheinlich wird es Ihnen irgendwann sogar zu viel!« Lady Sudbury lachte. »Meine Sammelleidenschaft ist legendär!«

»Nein, das glaube ich nicht. Es wird mir ganz sicher nicht zu viel werden, meine ich.« Sarah erkannte die mit Kolonnaden gesäumte Front des Hotel Café Royal am Ende der Regent Street.

Die Fassade des riesigen Gebäudes aus hellem Stein erstrahlte im Sonnenlicht, auch die goldenen Lettern des Cafés blitzten um die Wette. Glänzend polierte Automobile rollten vor den Haupteingang, und elegant gekleidete Menschen stiegen aus. Sarah erkannte ein Modell von Mrs Weaver.

»Das grüne Kleid, sehen Sie, Mylady? Das ist von Mrs Weaver.«

Die Trägerin war eine kleine Dame von rundlicher Figur, die am Arm eines hochgewachsenen Herrn im schwarzen Anzug die Treppe zum Café Royal hinaufstieg.

»Da bin ich aber froh, dass ich mich nicht für das Modell entschieden habe«, sagte Lady Sudbury und kräuselte die Nase. »Zumal ich es unpassend finde, eine so schreiende Farbe so kurz nach dem Tod des Königs zu tragen.«

Lady Sudburys Garderobe beschränkte sich auf changierende Violetttöne, Nachtblau und Schwarz. Ihr blondes Haar kam im Kontrast mit den dunklen Farben vorteilhaft zur Geltung, und der Silberschmuck mit den farbigen Edelsteinen verlieh ihrer Garderobe eine heitere Note.

Sie folgten der Dame in Grün die Treppen hinauf und fanden sich in einer Eingangshalle wieder, die einem weitläufigen Foyer glich. Stuck, vergoldete Säulen, Spiegel und weißer Marmor bildeten die Bühne für eine Schar illustrer Gäste. Lady Sudbury war ganz in ihrem Element, begrüßte alte Bekannte oder wurde anderen Gästen vorgestellt. Sarah hielt sich schweigend im Hintergrund und folgte in einigem Abstand.

Ein schlanker Mann mit Schnurrbart sprach mit Lady Sudbury, die kurz zu ihr herübersah und ihr winkte. Sarah trat näher.

»Mein lieber Walter, hier haben Sie eine wissbegierige Schülerin, die sicher sehr erfreut wäre, sich Ihre Schule anzusehen. Mr Crane leitet die Schule der Arts & Crafts-Bewegung.«

Sarah hatte davon gehört, mehr jedoch nicht. »Äh, ja, natürlich, ja, sehr gern.«

Crane musterte sie. »Haben Sie schon einmal Modell gestanden, Sarah? Sie haben ein gutes Profil.«

»Dafür hat sie gar keine Zeit«, mischte sich Lady Sudbury entschieden ein. »Was ich noch wissen wollte, Walter, die neuen Stoffe, die ich bei meinem letzten Besuch gesehen habe, sind die schon erhältlich?«

Sarah nestelte an ihren Handschuhen und sah unglücklich zur Seite, wo eine Gruppe jüngerer Leute stand. Einer der Herren kam ihr bekannt vor, und sobald er sich umdrehte, erkannte sie den Fotografen aus Mrs Weavers Atelier. Als er sie ebenfalls entdeckte, lächelte er überrascht, sagte etwas zu seinen Freunden und kam auf sie zu.

Mr Crane notierte sich etwas, und Lady Sudbury sah den Fotografen an.

»Mylady, was für eine angenehme Überraschung, Sie heute hier zu sehen!« Philip Maynard verneigte sich formvollendet und deutete einen Handkuss an.

Sein dunkelblondes Haar war dicht und gewellt, der Oberlippenschnauzer schmal und die Taschen seines Anzugs ausgebeult. Aus einer Tasche lugte eine Kamera heraus.

»Sie haben meinen Auftrag erhalten?«, wollte Lady Sudbury wissen.

»Ich bin nur nicht dazu gekommen, Ihnen den Termin zu bestätigen. Nächsten Dienstag bin ich bereits ausgebucht.«

Walter Crane winkte einer schlanken Frau mit grauen Haaren zu, die ein sehr ernstes Gesicht machte. »Verzeihen Sie mir, ich muss mich entschuldigen. Haben wir so weit alles aufgenommen, Mylady?«

»Aber ja, gehen Sie nur, Walter. Notfalls schicke ich Ihnen Sarah vorbei.«

»Sehr gern, Mylady«, erwiderte der Leiter der Kunstschule und entfernte sich.

»Wir wurden uns noch nicht vorgestellt, Miss ...«, wandte sich der Fotograf an Sarah.

Diese sah unsicher zu ihrer Arbeitgeberin.

»Miss Sarah Rosewell, meine neue Gesellschafterin«, erklärte Lady Sudbury. »Mr Philip Maynard, seines Zeichens Fotograf. Wie geht es Ihrem Vater? Ich habe Seine Lordschaft lange nicht gesehen.«

Er war also auch ein Aristokrat, dachte Sarah und war insgeheim enttäuscht. Damit war er weit über ihrem Stand und würde sich kaum mit ihr abgeben wollen.

»Danke der Nachfrage, Mylady, er hat sich gut von dem Unfall erholt. Das Automobil war schuld, nicht seine Fahrkünste, zumindest sieht mein Vater das so.« An Sarah gewandt, fügte er hinzu: »Sie müssen wissen, dass mein Vater ein begeisterter Anhänger der neuen Automobile ist und viel zu waghalsig fährt, aber das lässt er nicht gelten!«

Sarah lächelte. »Ich finde Automobile auch faszinierend, obwohl ich noch nie in einem gefahren bin.«

»Nein? Wie kann das sein? Das müssen wir ändern«, sagte Maynard. Bevor er auch nur die Möglichkeit hatte weiterzusprechen, ergriff Lady Sudbury das Wort.

»Bitte machen Sie mit unserem Butler einen Termin für nächste Woche aus.« Sie musterte den gut aussehenden Mann einen Moment. »Ach, und arbeiten Sie eigentlich auch für das Auktionshaus Varnham's?«

Maynard nickte. »Die meisten der Bilder im Katalog für die große Auktion werden von mir gemacht, ja.« Er legte eine Hand auf die Kamera in seiner Tasche. »Ich habe gerade eine neue Rollfilmkamera erworben. Kleines Format, aber die Bilder sind ganz hervorragend.«

»Das glaube ich Ihnen. Wenn Sie die Aufnahmen für den Katalog machen, können Sie mir eventuell einen Hinweis geben, ob die Meissener Figur, die ich Ihnen gezeigt habe, dabei sein wird? Dafür wäre ich Ihnen ewig dankbar!« Lady Sudbury lächelte gewinnend.

»Sicher, Mylady. Sie hören von mir.«

Nachdem er zu seinen Freunden zurückgekehrt war, sagte Lady Sudbury leise zu Sarah: »Seien Sie vorsichtig, mit wem Sie sich sehen lassen, Sarah. Der Ruf einer jungen Frau ist schnell ruiniert. So, und nun wollen wir unseren Tee einnehmen. Ich komme um vor Hunger.«

Lady Sudburys Warnung war eindeutig. Trotzdem konnte Sarah nicht anders, als verstohlen zu der Gruppe hinüberzublicken, zu der sich Philip Maynard gesellt hatte.

7

Varnham's, New Bond Street, London

Der rote Teppich schluckte die Schritte der Besucher, die sich zwischen den Vitrinen hindurchbewegten. Ehrfürchtig betrachtete Sarah die weißen Säulen und die Treppe, die sich in den ersten Stock zu weiteren Ausstellungsräumen hinaufschwang. Das Auktionshaus Varnham's schien mehr prächtiges Stadthaus als Geschäftsgebäude zu sein, wenn man die roten Sessel, die überall zum Ausruhen einluden, betrachtete. Der kleine beleibte Mann, der sie herumführte, blieb vor einer Vitrine stehen.

»Da haben wir das gute Stück, Mylady.« Er strich sich stolz über seinen Schnauzbart. »Lassen Sie sich Zeit, genießen Sie den Moment allein mit unserer Schönheit hier. Wenn Sie Fragen haben, finden Sie mich in meinem Büro, oder lassen Sie mich rufen. Sie sind hier ja beinahe zu Hause.« Die grüne Weste unter seinem schwarzen Jackett spannte über seinem Bauch, vor dem eine goldene Uhrkette baumelte.

»Mein lieber Direktor Rowland, Sie sind ein Engel, dass Sie mir diesen Besuch heute ermöglicht haben.« Lady Sudbury schnurrte wie eine Katze, der man eine Schüssel Milch hingestellt hatte, nur dass ihre Leckerei eine bemalte Porzellanfigur war.

»Was ist das? Ein Clown?«, überlegte Sarah laut.

»Ein Harlekin. Ist er nicht entzückend? Und wie er sich ziert, und diese Farben! Prachtvoll!« Lady Sudbury betrachtete die in verdrehter Pose verharrende Figur von allen Seiten.

Sarah hörte von der Bedeutsamkeit des Modelleurs, ein gewisser Kändler, der den erschrockenen Harlekin 1738 geschaffen hatte. »Warum ist diese Figur so besonders?« Da sie sich immer mehr daran gewöhnte, Lady Sudbury gegenüber offen zu sprechen, fügte sie hinzu: »Mir gefällt der kleine Affe viel besser.«

In einer Vitrine waren verschiedene Tiere aus Porzellan zu sehen. Daneben standen ein tanzendes Paar und eine Figur, die halb Mensch, halb Tier war.

»Die Größe und der Meister, der sie entworfen hat, spielen eine Rolle, und diese Figuren aus Meißen sind sehr ausdrucksvoll, die Farben leuchtend. Sehen Sie doch nur, man kann den Schrecken, der ihm in den Gliedern steckt, in seinem verzerrten Gesicht sehen. Faszinierend, nicht wahr?«

Sarah nickte, obwohl sie die Figur eher hässlich fand. Aber darum schien es nicht zu gehen. »Werden Sie sie kaufen?«

»Gefällt sie Ihnen?«

Sarah schüttelte den Kopf. »Nein, der Affe ist hübscher.«

»Hübsch ja, aber nicht sehr wertvoll, und er passt nicht zu den anderen Stücken in meiner Sammlung. Darum geht es beim Aufbau einer Sammlung. Sie muss eine gewisse Homogenität ausstrahlen.«

»Hm«, murmelte Sarah, die das alles nicht wirklich verstand. Sie musste sich das Wort merken und bei nächster Gelegenheit in ihr Notizbüchlein eintragen. »Darf ich da hinten mal schauen?«

»Aber bleiben Sie in der Nähe.«

Sarah strahlte. »Danke!«

Sie hörte, wie Lady Sudbury nach einem der Mitarbeiter des Auktionshauses verlangte, die mit letzten Vorbereitungen für die große Auktion beschäftigt waren. Es war schön, Lady Sudbury zu begleiten, aber auch anstrengend. Ständig erzählte die gebildete Frau von Dingen, die Sarah nicht immer sofort verstand, und manchmal schwirrte ihr der Kopf, und sie wurde müde, aber das durfte sie sich nicht anmerken lassen. Eines war ihr bewusst: Lady Sudbury war großzügig und hatte sich in den Kopf gesetzt, aus ihr eine Gesellschafterin zu machen. Irgendetwas sah sie in ihr, und sicher spielte Sympathie eine Rolle, aber Sarah war realistisch genug zu verstehen, dass jemand wie diese reiche Dame sich genauso schnell langweilen und sich einem anderen Objekt ihres Interesses zuwenden konnte. Und deshalb brauchte sie Momente des Durchatmens für sich. Dann konnte sie die vielen neuen Eindrücke und Informationen sammeln und sortieren. Wann immer sie Zeit fand, notierte sie sich alles, was sie gehört und gelernt hatte. Das kleine schwarze Buch befand sich in ihrer Handtasche, einem Beutel, den ihre Mutter ihr zu Weihnachten genäht hatte.

In diesem Haus drehte sich alles um schöne Dinge, die darauf warteten, von jemandem entdeckt zu werden. Das gefiel Sarah. Hier gab es die verschiedensten Kunstwerke und Objekte zu sehen, und alle hatten eine Geschichte. Vor einem Tisch, auf dem einige seltsame Objekte aus Elfenbein aufgebaut waren, blieb sie stehen. Sie nahm ihr Buch hervor und notierte zuerst das Wort »Homogenität«, das sie später nachschlagen wollte. Dann ließ sie ihren Blick über die Gegenstände gleiten: So etwas hatte sie noch nie gesehen. Ein gedrehter Stab ragte aus einer löchrigen Kugel hervor, verjüngte sich nach oben hin und endete in einer weiteren kleineren Kugel, in der weitere Kugeln zu sehen waren. Sie begann, das Objekt zu zeichnen.

»Das ist hübsch! Sie können sehr gut zeichnen!«

Ganz in Gedanken versunken, hatte Sarah das Mädchen nicht bemerkt, das neben sie getreten war und ihr zuschaute.

»Ich bin Hannah«, sagte das Mädchen, das in ihrem Alter sein mochte.

»Sarah«, antwortete sie erfreut und drückte die Hand, die ihr gereicht wurde.

Hannah hatte große dunkle Augen, die sie neugierig musterten, aber es lag nichts Wertendes in ihrem Blick. Ihr ovales Gesicht gleicht denen der Madonnen in der Kirche, dachte Sarah und lächelte. Sie mochte Hannah. Das schöne dunkelhaarige Mädchen trug exquisiten Goldschmuck, und ihr Kleid stammte sicher aus einem führenden Modehaus, doch sie wirkte auf eine einnehmende Art bescheiden.

»Oh, in welcher Gemeinde lebst du? Ich habe dich hier noch nicht gesehen.« Sie wechselte einfach zur vertrauten Anrede.

»Gemeinde? Meine Eltern leben in Soho, aber jetzt wohne ich bei Lady Sudbury.«

»Bei Gwen? Na, da ist ja eine tolle Überraschung! Warum hat sie nie von dir erzählt?! Dann sehen wir uns sicher öfter. Gefällt dir der Filialturm? Der stammt von einem deutschen Meister.« Sie überlegte kurz. »Siebzehntes Jahrhundert, würde ich sagen. Da waren solche Spielereien beliebt.«

»Woher weißt du das? Ich habe die ganze Zeit überlegt, was die Kugel da oben soll.« Beeindruckt sah Sarah ihre neue Bekannte an.

Hannah lachte. »Das ist nichts Besonderes. Meine Familie handelt seit Generationen mit Kunst. Mein Bruder ist etwas aus der Art geschlagen. Er wollte unbedingt Bankier werden. Wie langweilig, oder? Gruen & Söhne.«

Sie schien zu erwarten, dass Sarah den Namen kannte. »Ah ja, natürlich.«

»Und du? Was machen deine Eltern? Ich glaube, wir haben

uns schon mal irgendwo gesehen. Beim Juwelier? Seid ihr Goldschmiede?«

Sarah errötete. »Äh, nein, wir ...«

»Hannele, wo bleibst du denn!«, rief eine energische weibliche Stimme.

»Ja, Mom! Ich muss gehen. Aber wir sehen uns wieder, nicht wahr?! Unbedingt!« Hannah holte eine Karte aus ihrem bestickten Beutel und drückte sie Sarah in die Hand. »Und dann zeigst du mir deine Bilder. Ich wünschte, ich könnte so gut zeichnen wie du!«

Verdutzt hielt Sarah die Karte und sah dem vor Lebensfreude übersprudelnden Mädchen nach, das zu einer elegant gekleideten Dame eilte, die am anderen des Ausstellungsraumes wartete. Hannah Gruen, Hampsted Heath, Golders Green, stand auf der Karte. Das war doch der Bezirk mit den Synagogen, in dem viele Juden lebten. Endlich verstand Sarah auch Hannahs Frage nach der Gemeinde, doch ihre anfängliche Freude über die Begegnung wich der Ernüchterung. Würde Hannah sie überhaupt wiedersehen wollen, wenn sie erfuhr, dass Sarah die Tochter eines Kohlenschauflers war? Bei Lady Sudbury war sie nur eine Dienstbotin, und so vornehm, wie Hannah und auch ihre Mutter ausgesehen hatten, würde die Familie Hannah sicher den Umgang mit ihr verbieten.

»Sarah, hier stecken Sie!« Lady Sudbury und ein Herr in maßgeschneidertem Anzug traten zu ihr.

Sarah hatte die Karte in ihr Buch gelegt, das sie noch vor sich hielt. »Es tut mir leid, Mylady. Aber ich habe eine sehr nette Bekanntschaft gemacht.«

Sie hielt Lady Sudbury das Buch samt Karte hin. Der skeptische Ausdruck der Lady wich einem erstaunten Lächeln. Sie nahm die Karte kurz in die Hand, legte sie wieder in das Buch und warf einen längeren Blick auf die Zeichnung. »Sehr hübsch, meine

Liebe. Und die Gruens sind eine ganz reizende Familie. Ich habe einige Stücke bei ihnen erworben. Wie schnell die Zeit vergeht, nun ist die kleine Hannah also auch schon erwachsen. Verzeihung.« Sie wandte sich an ihren Begleiter. »Mr James, reservieren Sie meinen Platz für die Auktion, wie immer in der zweiten Reihe am Gang, Mitte.«

Der Angesprochene war groß und hager, trug eine runde Brille und hatte ständig alles im Blick. »Sehr gern, Mylady. Wir freuen uns, dass Sie unserem Hause die Treue halten. Und was Ihre, äh, Nichte, dort gezeichnet hat, ist in der Tat gekonnt. Falls Sie sich langweilen, Miss, dürfen Sie für unseren Katalog zeichnen.« Damit verneigte er sich leicht und ging davon.

»Sie müssen großen Eindruck auf unseren Mr James gemacht haben, Sarah.« Lady Sudburys Augen funkelten amüsiert. »Er ist einer der führenden Experten hier bei Varnham's. Sein Gespür für ausgefallene Stücke ist legendär. Ich frage mich oft, über was für ein Netzwerk an Informanten er verfügen muss, um stets zur richtigen Zeit kaufen zu können. Wirklich bemerkenswert. Aber auf so einen Mann muss der Direktor bauen können. Damit steht und fällt sein Geschäft.«

»Tja, nun ja, ich bin ja aber nicht Ihre Nichte«, sagte Sarah. Auch wenn sie es sich insgeheim wünschte.

Lady Sudbury winkte ab. »Das hat er morgen schon wieder vergessen. Und warum haben Sie diesen Turm mit Globus und Weltkugel nun gezeichnet?«

Eine Weltkugel also, dachte Sarah. »Um ihn besser zu verstehen. Ich kann mir Dinge besser merken, wenn ich sie aufschreibe oder zeichne.«

»Tatsächlich. Und eine neue Freundin haben Sie auch gefunden. Ich muss schon sagen.« Lady Sudbury sah auf ihre Armbanduhr. »Die Anprobe wartet. Lassen Sie uns aufbrechen.«

Nervös trat Sarah auf dem Gehsteig vor Mrs Weavers Salon von einem Fuß auf den anderen. Sie freute sich auf das Wiedersehen mit ihrer Mutter, doch die Anprobe ihrer neuen Kleider bereitete ihr Unbehagen. Wie würden die Näherinnen und vor allem Mrs Weaver ihr begegnen?

Zum ersten Mal betrat sie den Salon durch den Haupteingang. Nur zögernd folgte sie Lady Sudbury und hielt sich verschämt im Hintergrund. Eine Kundin war bereits im Laden und wurde von Mrs Weaver umschwirrt. Als diese Lady Sudbury sah, wandte sie sich sofort der neuen Kundin zu, was bedeutete, dass Lady Sudbury deutlich mehr Umsatz brachte oder gesellschaftlich höherrangig einzuordnen war.

»Mylady, welche Freude, Sie bei uns begrüßen zu dürfen. Bitte legen Sie ab, und nehmen Sie Platz. Eine Erfrischung?«

Gwendoline Sudbury gab ihren Schirm und einen mit Pelz besetzten Schal Mabel, der Assistentin. »Für mich nur ein Glas Champagner, aber Sarah ist sicher hungrig, nicht wahr?«

Sarah trat etwas näher. »Äh, nein, danke.«

»Ach, papperlapapp, junge Menschen haben immer Hunger. Bringen Sie einen gemischten Teller und eine Schale mit Süßem. Und dann zeigen Sie uns die Kleider für Sarah.«

Mrs Weaver nickte beflissen und schenkte Lady Sudbury ein freundliches Lächeln, das erlosch, als sie Sarah ansah.

»Darf ich meiner Mutter Guten Tag sagen, Mylady?«, fragte Sarah leise. Ihr Blick suchte den Durchgang im hinteren Teil des Salons ab, doch ihre Mutter war nicht zu sehen.

»Aber selbstverständlich. Wie unaufmerksam von mir. Gehen Sie nur, Sarah.«

»Mylady, wenn Sie einen Blick in dieses Skizzenbuch werfen möchten? Hier haben wir die neuesten Trends aus Paris«, hörte Sarah Mrs Weaver mit schmeichlerischer Stimme sagen.

Rasch lief sie durch den Flur in die hinteren Räume, wo sie ihre Mutter mit den Näherinnen am Tisch fand.

»Mum!«, rief Sarah und erschrak, als sie das blasse Gesicht ihrer Mutter sah.

Dorothy Rosewell wollte sich erheben, doch Sarah eilte zu ihr und umarmte sie fest. »Mum, wie geht es dir?«, flüsterte sie.

»Es geht schon, mein Kind. Mach dir keine Sorgen. Das ist nicht meine erste Schwangerschaft. Erzähl uns lieber, was du erlebt hast! Wir sind alle schrecklich neugierig!«

»Ja, wie ist es bei der Lady? Sind sie nett zu dir? Wie sieht es dort aus? Und was musst du dort arbeiten?« Die Fragen der Frauen prasselten auf sie ein, und lachend versuchte Sarah, so viele wie möglich zu beantworten.

Dabei streichelte sie die Hand ihrer Mutter. »Wie geht es Dora?«

Ein Schatten huschte über das Gesicht ihrer Mutter, die sich ein Lächeln abrang. »Sie ist ein tapferes Mädchen. Emily kümmert sich jetzt meist um sie, und die zwei kommen gut miteinander aus.«

Zuvor war Sarah die wichtigste Bezugsperson für Dora gewesen. »Wenn du mich lieber zu Hause ...«

»Nein!«, erwiderte Dorothy entschieden. »Du lernst so viel bei Lady Sudbury. Ich bin sehr stolz auf dich.«

»Sarah!«, die strenge Stimme von Mrs Weaver riss sie aus dem Zusammensein mit ihrer Mutter und den Näherinnen.

»Geh, mein Kleines, geh nur!« Sie umarmten und küssten sich ein letztes Mal, und dann eilte Sarah zurück in den Salon.

Mrs Weaver erwartete sie im Durchgang, packte sie hart am Arm und zischte dicht an ihrem Ohr: »Glaub ja nicht, dass du jetzt etwas Besseres bist. Du hast nichts gelernt, kommst aus der Gosse, und du bist ein Nichts!«

Sarah fühlte den Atem ihrer ehemaligen Arbeitgeberin in ihrem Gesicht und machte sich los.

»Ich bin Sarah Rosewell«, sagte sie und ging mit erhobenem Kinn in den Salon.

Niemand merkte ihr an, dass ihre Knie zitterten und es einen Moment dauerte, bis sie sich wieder gefasst hatte. Als Mabel ihr das schwarzblaue Kleid vorstellte, lächelte Sarah.

»Gefällt es Ihnen, Sarah? Schlüpfen Sie doch bitte hinein, damit wir notfalls Änderungen machen lassen können«, schlug Lady Sudbury vor und begutachtete das Kleid.

Der Schnitt war ungewohnt locker, der Mix aus Seide und dünnem Wollstoff angenehm für ein spätsommerliches Kleid. Sarah drehte sich entzückt vor dem Spiegel, während Mabel versuchte, den Gürtel in die richtige Position zu bringen.

»So halt schon still!«, murrte sie.

Es blieb nicht bei einem Kleid. Zwei Röcke, drei Blusen, ein Abendkleid sowie eine Jacke waren für Sarah angefertigt worden. Lady Sudbury lächelte höchstzufrieden, als sie und Sarah, die immer noch sprachlos war, den Salon verließen.

»Man muss für jeden Anlass passend gekleidet sein, das ist eine Grundvoraussetzung, wenn man sich in der Gesellschaft bewegen und akzeptiert werden will.« Lady Sudbury stieg in die Kutsche und nahm Platz.

Sarah tat dasselbe. »Mylady, ich weiß wirklich nicht, wie ich Ihnen das jemals danken soll. Selbst wenn ich fünfzig Jahre für Sie arbeite, kann ich diese Kleider nicht bezahlen.«

»Das erwarte ich auch nicht. Sehen Sie, da werden wir als Nächstes halten. Schließlich benötigen Sie Schuhe. Mit diesen Stiefeln können Sie höchstens noch eine Wanderung durch die schottischen Highlands machen.«

Kritisch betrachtete die Lady Sarahs abgetragene Schnürstiefel, die in der Tat das einzige Paar Schuhe waren, das sie besaß. Die Sohlen waren so oft geflickt worden, dass man nicht sagen konnte, wie viele Schichten schon aufeinandergenagelt worden waren.

»Sehen Sie es praktisch. Eine Gesellschafterin mit exzellenten Referenzen würde mich ein höheres Gehalt kosten. Bei Ihnen investiere ich in die Ausstattung und habe noch dazu das Vergnügen, Ihnen eine Freude machen zu können.«

»Danke, Mylady. Ich will alles tun, damit Sie nicht enttäuscht von mir sind.«

Lady Sudbury tätschelte kurz ihren Arm. »Davon bin ich überzeugt.«

Am Ende dieser Woche verfügte Sarah beinahe über eine vollständige Garderobe, inklusive Schal, Haarschmuck und Unterwäsche. Besonders Letztere versetzte Sarah in Staunen, hatte sie doch nicht gewusst, welch einen Unterschied an Tragekomfort die besseren Stoffe auf der Haut bedeuteten. Das kostbare Abendkleid und die dazugehörigen Accessoires hingen im Ankleidezimmer von Lady Sudbury, denn der Schrank in der Schlafkammer der Dienstboten war auch so schon übervoll. Ruby rümpfte missbilligend und voller Neid die Nase.

»Leihst du mir das hier, wenn ich morgen auf den Rummel gehe?« Ruby zupfte an dem schwarzblauen Kleid, das Sarah besonders liebte.

Es war früh am Abend, und Sarah sollte heute mit Lady Sudbury ins Theater gehen.

»Das kann ich leider nicht machen, Ruby. Es gehört mir ja

nicht, und wenn es beschädigt wird, muss ich dafür geradestehen.« Sarah begann vorsichtig, die Knöpfe ihrer neuen Bluse mit durchbrochener Spitze und Stickereien oberhalb der Manschetten aufzuknöpfen.

»Habe ich mir gedacht, dass du Nein sagen würdest!« Ruby strich langsam über den zarten Seidenstoff, und Sarah befürchtete schon, sie würde es einreißen, und hielt die Luft an. Doch Ruby warf ihr einen gehässigen Blick zu, verließ den Raum und ließ die Tür hinter sich ins Schloss krachen.

Im Theater vergaß Sarah den unangenehmen Zwischenfall mit Ruby und war gefangen von der Musik und den Tänzern. Lady Sudbury hatte doch tatsächlich Karten für ein Gastspiel der *Ballets Russes* bestellt und Sarah mit in ihre Loge genommen. Was für ein Tag, dachte Sarah immer wieder und klatschte, als der letzte Vorhang fiel und die Tänzer sich einer nach dem anderen vor dem Publikum verneigten.

»Wie macht dieser Nijinsky das nur? Er fliegt ja durch die Luft! So kann man doch gar nicht springen! Und wie gerade sie aufkommen …«, sprudelte es aus der überwältigten Sarah heraus.

»Hartes Training und entbehrungsreiche Jahre liegen hinter diesen Tänzern«, sagte Lady Sudbury. »Das ist gewiss, Sarah. Hinter allem, was leicht aussieht, steckt viel Mühe und Arbeit.«

»Ja, das ist gewiss«, wiederholte Sarah murmelnd, und ihr Blick fiel auf den vierten Rang, wo sich ein junger Mann auf die Brüstung lehnte und zu ihr herübersah. Sie merkte, wie ihr das Blut ins Gesicht schoss, denn der junge Mann war niemand anderer als Charley.

»Oh nein!«, flüsterte sie und wandte rasch den Kopf in der Hoffnung, er habe sie nicht erkannt.

»Was ist denn, Sarah? Sie sehen aus, als hätten Sie einen Geist gesehen.« Lady Sudbury schaute sich um. In ihrem fliederfarbenen Abendkleid, mit dem glitzernden Diamantcollier und der kunstvollen Frisur war Lady Sudbury von faszinierender Schönheit, und Sarah fragte sich plötzlich, warum ihr Mann sie nie begleitete.

»Nein, nein, alles in Ordnung.«

Drei Tage später saß Sarah mit den Dienstboten im Speiseraum neben der großen Küche von Dakers House beim Abendessen, als es am Hintereingang klingelte. Der Butler ließ sein Besteck sinken, runzelte die Stirn und sagte: »Jenkins, sehen Sie nach, wer so spät noch stört. Wir erwarten doch keine Lieferung mehr.«

Jenkins erhob sich und ging davon. Als er kurz darauf zurückkam und Sarah ansah, verspürte diese einen Stich in ihrem Magen.

»Ist für dich, Sarah«, meinte Jenkins mit einem schiefen Grinsen.

Alle Blicke an der langen Tafel richteten sich auf Sarah. »Ist etwas mit meiner Mutter?«, fragte sie ängstlich.

»Keine Ahnung, das musst du den jungen Mann schon selbst fragen. Er will dich sprechen, meint, es ist wichtig.«

»Ist es mein Bruder?« Sarah sah zum Butler und dann zu Mrs Casper. »Darf ich?«

Die Haushälterin nickte. »Wenn es dein Bruder ist, setzt euch in mein Büro, ansonsten mach deinem Besuch klar, dass wir solcherlei Überraschungen nicht dulden. Dafür hast du deinen freien Nachmittag.«

»Ja, Mrs Casper, danke.« Mit zitternden Händen legte Sarah

die Serviette neben ihren Teller und verließ die Tafel unter den neugierigen Blicken der anderen.

Sie musste bis zum Ende des Flures gehen, bevor sie ihn in einer Ecke entdeckte. »Charley!«, flüsterte sie, und die Angst schnürte ihr vollends die Kehle zu.

»Ach, du erkennst mich immerhin noch.« Charley Randall hatte sich in den vergangenen Wochen verändert, er trat selbstbewusster auf, und sein Anzug war sauber und gepflegt.

»Natürlich, was denkst du denn! Es tut mir so leid mit dem Theater! Ich wollte dir eine Nachricht schicken, aber ich hatte so viel zu tun.«

»Ach, hör doch auf, Sarah, du schämst dich wahrscheinlich für mich. Jetzt, wo du mit den feinen Leuten zusammen bist. Ich habe dich gesehen, mit der Lady.« Er trat dicht vor sie und berührte ihren Arm. »Wunderschön hast du ausgesehen.«

»Lass das, Charley.« Sie wich ihm aus.

»Wann sehen wir uns? Du hast doch sicher einen freien Tag?«

»Das geht nicht. Mylady duldet das nicht. Es würde mich meine Stellung kosten.«

Ein bitterer Ausdruck erschien auf seinem Gesicht. »Du denkst also, dass du deine Vergangenheit einfach abstreifen kannst wie eine zweite Haut? Wenn du dich da mal nicht täuschst, Sarah Rosewell.«

»Wer ist das, Sarah?« Mrs Sims war in den Flur getreten und schaltete eine zusätzliche Leuchte ein.

»Mein Bruder, Mrs Sims, aber er ist schon auf dem Weg nach Hause!« Sarah ergriff Charleys Arm und zerrte ihn zur Tür. »Bitte, Charley, mach mir das hier nicht kaputt. Ich flehe dich an.«

Der Blick seiner dunklen Augen heftete sich mit einem undeutbaren Ausdruck auf sie. »Ich will dir gar nichts kaputt machen, aber du gehörst hier nicht rein. Ich, ich …«

»Charley, du bedeutest so viel für mich, du hast mich immer beschützt, aber jetzt will ich meinen Weg gehen. Das hier ist meine Chance«, flehte sie.

»Vergiss das nicht, Sarah. Denn ich werde dich daran erinnern.«

Sie spürte seine Finger an ihrer Wange, und so überraschend, wie er erschienen war, so schnell war er verschwunden. Am ganzen Körper zitternd, blieb Sarah einen Augenblick stehen. So hatte er ihren Namen noch nie ausgesprochen. Sie kannte ihn gut genug, um einen Scherz von einer Drohung unterscheiden zu können.

8

»Mrs Sims sagte mir, dass Sie gestern Abend noch Besuch hatten. Ich hoffe, mit Ihrer Familie gibt es keine Probleme?«

Lady Sudbury spannte ihren Sonnenschirm auf. Sie verließen einen Hutmacher in der Regent Street, denn Lady Sudbury fehlte für das bevorstehende Wochenende auf dem Lande noch die passende Kopfbedeckung.

Sofort war Sarah auf der Hut. »Nein, es ist alles in Ordnung.«

»Gut, gut. Sollten Sie Geld benötigen, besprechen Sie sich mit mir. Ich weiß, wie es ist, wenn man in einer besseren Position ist und Verwandte das ausnutzen wollen.«

»Aber nein, Mylady. Meine Familie würde das nie tun ...« Sie hielt inne, denn ihr Vater hatte es bereits getan. »Ich versichere Ihnen, dass es nicht wieder vorkommen wird.«

Ein elegant gekleidetes Paar flanierte an ihnen vorbei, wobei der Herr sein Gesicht abwandte, als er an Lady Sudbury vorbeiging, was diese mit dem Heben einer Augenbraue quittierte. »Er denkt, ich hätte ihn nicht erkannt. Das war ein Freund meines Gatten, Terence Singer, ein hervorragender Diplomat. Leider hat er eine Schwäche für schöne Frauen, was weder seiner Arbeit noch seiner Brieftasche zuträglich ist.«

»Oh« war alles, was Sarah dazu einfiel.

Lady Sudbury schritt amüsiert aus. Es machte ihr Spaß, Sarah in die Geheimnisse der Gesellschaft einzuweihen, und sie nahm selten ein Blatt vor den Mund.

»Man kann Affären haben, aber Diskretion ist das oberste Gebot. Für Frauen umso mehr, und natürlich kann sich nur eine verheiratete Frau eine Affäre leisten.« Sie blieben vor dem Schaufenster eines Warenhauses stehen. »Ganz erstaunlich, wie sie diese Fenster dekorieren, immer fällt ihnen etwas Neues ein.«

In der Reflexion des Fensters trafen sich ihre Blicke.

»Eine unverheiratete Frau hat keine Affäre, es sei denn, sie ist eine Künstlerin oder ein Revuegirl. Sie sind keins von beiden, Sarah, und ich stelle mir eine strahlende Zukunft für Sie vor, meine Liebe.«

Die Worte trafen Sarah überraschend, sodass sie errötete. »Ich, ich habe keine, ich meine, ich treffe mich nicht mit einem Mann.« Was meinte Lady Sudbury mit einer strahlenden Zukunft?

»Oh, davon gehe ich aus. Ich erzähle nur von anderen. Es gibt so viele Schicksale und zerplatzte Träume nur wegen einer kleinen Dummheit, einer Laune des Herzens.« Lady Sudbury prüfte den Sitz ihres Hutes, der wie immer farblich zu ihrem Kleid passte, und setzte ihren Weg fort.

Eine einzelne graue Wolke zog über den blauen Mittagshimmel, während die Londoner in der prächtigen Einkaufsstraße nach neuen Trends in den Modesalons und Geschäften suchten.

»Mylady, ich bin Ihnen sehr dankbar für alles, was Sie für mich tun, aber was kann aus mir schon werden? Ich habe keine Bildung, keine Aussicht auf eine gute Partie. Was nicht heißen soll, dass ich nicht zufrieden bin, sehr sogar!«, beeilte sich Sarah hinzuzufügen.

Lady Sudbury wischte ihre Zweifel mit einer Handbewegung fort. »Sie sind ein aufgewecktes Mädchen. Halten Sie sich an meine Empfehlungen, vertrauen Sie auf Ihre Fähigkeiten, und Sie werden von sich selbst überrascht sein. Genug davon, wir brauchen eine Droschke. Mr Maynard kommt heute für die Aufnahmen.«

Als sie am späten Nachmittag in Dakers House den Blauen Salon betrat, war niemand zu sehen. Auf einem Tisch standen verschiedene Porzellanfiguren und davor ein Stativ mit einer Kamera. Neugierig trat Sarah näher. Die kleinen Kästen, mit denen man Fotografien erstellen konnte, waren faszinierend. Die Kamera war ein kleiner schwarzer Kasten, aus dem ein faltbares Gehäuse, ähnlich einer Ziehharmonika, herausschaute. Das Objektiv war in Messing gefasst, und überhaupt sah das gesamte Gerät sehr kostspielig aus. Sie trat hinter die Kamera und schaute durch den Sucher, doch es war alles schwarz.

»Sie müssen die Kappe vom Objektiv nehmen«, erklang eine tiefe Stimme hinter ihr.

Sarah hob den Kopf und errötete. »Verzeihen Sie, ich wollte nicht ... Ich habe nichts angerührt!«

Philip Maynard stellte einen kleinen Koffer auf den Boden. »Na los, nehmen Sie die Kappe ab, und dann versuchen Sie es noch einmal.«

Vorsichtig zog Sarah die kleine Kappe von der Linse und sah erneut durch die Kamera. »Es ist alles ganz verschwommen!«

»Drehen Sie vorn am Objektiv«, ermunterte er sie, während er den Koffer öffnete und eine Art Schieber, einen winzigen Löffel und eine Dose hervorholte.

»Oh ja! Jetzt sehe ich die Porzellanfiguren! Welche wollen Sie fotografieren?«, rief Sarah lauter als notwendig.

Als sie den Blick vom Sucher nahm, sah sie in seine amüsierten Augen.

»Wollen Sie mir helfen, Miss Sarah?«

Er erinnerte sich an ihren Namen, dachte Sarah. In seinem Fischgrätmuster-Jackett, der Flanellhose und der bunten Weste darunter wirkte er heute jünger und weniger formell als bei ihrer Begegnung im Café Royal.

»Sehr gern, wenn ich darf?« Sie griff nach der kleinen Dose, doch Maynard nahm sie ihr sanft aus der Hand.

»Damit müssen Sie äußerst vorsichtig sein. Das ist Blitzlichtpulver.«

Er nahm das Gerät, das wie ein Schieber aussah, zur Hand. »Sehen Sie, hier oben auf die Schiene kommt das Magnesiumpulver. Wenn wir es entzünden, haben wir einen Blitz. Aber davon lassen Sie bitte Ihre Finger, denn es hat genügend Unfälle damit gegeben.«

»Wollen Sie das hier drinnen entzünden?«

»Mal sehen, ob das Licht ausreicht. Sie könnten die Gardinen öffnen und alle Lampen einschalten. Und dann sagen Sie mir, mit welcher Figur wir beginnen wollen.«

Sarah trat an den Tisch und betrachtete die verschiedenen Porzellanfiguren. Ein Schäfer, eine Schäferin mit Kindern, ein steigendes Pferd und zwei Damen in Kleidern mit üppigem Blumendekor waren darunter. Alle Figuren stammten aus Meißen, wie sie von Lady Sudbury wusste.

»Die Schäferin mit den Kindern.«

»Gut, jetzt die Gardinen bitte.«

Sarah assistierte dem Fotografen mit wachsendem Selbstvertrauen, denn er kritisierte sie nicht, sondern sagte ihr einfach, was er erwartete. Wenn er nicht zufrieden war, erklärte er genau, warum und wie sie es besser machen konnte. Außer Lady Sudbury hatte noch nie jemand so viel Geduld für sie aufgebracht.

Sorgsam richtete er die Figur auf dem Tisch aus, prüfte immer wieder den Lichteinfall, bis er endlich auf den Auslöser drückte.

»So, jetzt die nächste Figur«, meinte Maynard.

»Brauchen Sie keine neue Platte für den Apparat?« Einmal hatte sie Mrs Weaver in ein Studio begleitet, in dem ihre Modelle fotografiert worden waren, und der dortige Fotograf hatte nach jedem Bild eine neue Platte in seinen Apparat, der deutlich größer gewesen war, gesteckt.

»Sie meinen die Großbildkameras. Das hier ist eine Boxkamera, die mit Rollfilmen arbeitet. Eine große Erleichterung, kann ich Ihnen sagen.«

»Mr Maynard!«, ertönte Lady Sudburys Stimme.

»Mylady!« Philip Maynard ging seiner Auftraggeberin entgegen und begrüßte sie.

»Ich sehe, Sie haben bereits mit den Aufnahmen begonnen. Werden die Fotografien denn auch gut mit diesem kleinen Kasten? Sonst hatten Sie doch immer eine andere Kamera.« Skeptisch betrachtete Lady Sudbury das kompakte kleine Gerät.

»Aber ja, Mylady. Die Belichtung ist hervorragend, ich habe schon sehr schöne Ergebnisse mit dieser Brownie erzielt. Und ich habe gute Nachrichten!« Er ging zu seiner Kamera, wohl wissend, dass Gwendoline Sudbury vor Neugierde brannte.

»So sagen Sie es doch!« Ihr luftiges Nachmittagskleid aus Seide und Chiffon raschelte bei jedem ihrer Schritte. Der Oberrock war aus einem hauchdünnen Netzstoff, eingefasst von aufwendiger Spitze.

»Rowland hat mir zugesagt, dass er die Aufnahmen noch als Extrablatt im Katalog unterbringt.«

Einige Tage später sollte Sarah lernen, was es mit den Bildern für den Katalog auf sich hatte. Sie saß neben Lady Sudbury im großen Saal des Auktionshauses Varnham's. Die Stuhlreihen waren bis auf den letzten Platz besetzt, und es lag eine vibrierende Atmosphäre in der Luft. Die Besucher steckten die Köpfe zusammen und tuschelten hinter vorgehaltenen Händen. Manche hielten einen Katalog in den Händen, andere das Bieterschild, auf dem eine Nummer zu sehen war. Lady Sudbury spielte mit ihrem Fächer.

»Wollen Sie heute nicht bieten, Mylady?«, flüsterte Sarah aufgeregt, denn die Spannung im Saal war ansteckend.

»Oh doch! Man muss die Konkurrenten immer ein wenig verwirren, nie zu früh Interesse zeigen oder für ein anderes Objekt und dann wieder aussteigen.«

Der Auktionator kündigte die Gruppe von Figuren an, die Lady Sudbury in die Auktion gegeben hatte. »Die Provenienz dieser Stücke hervorragender Porzellankunst aus Meißen spricht für sich. Lady Sudbury, wir danken Ihnen für diesen Beitrag. Meine Damen und Herren, bitte beachten Sie, dass der Erlös der Stücke einem Waisenhaus zugutekommt.«

Das Publikum klatschte, und man nickte der großzügigen Spenderin freundlich zu. Der Preis für die Figuren schnellte in einem Wettbieten zwischen drei Damen in die Höhe. Sarah erkannte eine von Lady Sudburys Freundinnen aus dem Salon.

»Cynce will es aber heute wissen«, flüsterte die Lady Sarah mit einem verschmitzten Lächeln zu.

»Und zum Dritten!« Der Hammer fiel, und man applaudierte der großzügigen Bieterin, die mehr als das Dreifache der ursprünglichen Taxe gezahlt hatte.

Kaum hatte sich die Aufregung ein wenig gelegt, wurde der Harlekin, den Sarah von der Besichtigung kannte, in den Saal getragen. Der Auktionator stand auf einer kleinen Bühne hinter einem Pult, und die Objekte wurden daneben gut sichtbar auf einem Sockel präsentiert oder von den Mitarbeitern des Hauses gehalten.

Cynthia de Villes Aufmerksamkeit war noch abgelenkt, während Lady Sudbury gespannt den Worten von Direktor Rowland lauschte, der die Auktion selbst leitete. Sarah bewunderte die routinierte Schnelligkeit, mit welcher der Mann die Werke beschrieb und die Preise stakkatoartig ins Publikum rief. Man musste sehr genau hinhören, um auch ja nicht den Moment zu verpassen, in dem der Preis angezogen und ein neues Gebot erwartet wurde.

Mylady hob nur leicht den Fächer, um ihre Zustimmung zu einem Gebot zu signalisieren. Man konnte sehen, dass Rowland seine Kundin gut kannte, aber er hatte nicht nur sie im Blick, sondern auch weitere Bieter, die im Raum verteilt saßen. Sarah reckte ihren Hals, um einen Mann zu sehen, der an der Wand lehnte und bei jeder Erhöhung beinahe gelassen die Hand hob.

»Wer ist der Mann dahinten, Mylady?« Inzwischen lag der Preis bei sechshundert Pfund, angefangen hatte man mit zweihundert.

Lady Sudbury ließ den Auktionator nicht aus den Augen und erwiderte: »Robert Lacey. Er bietet für …« Sie hob energisch den Fächer, und der Auktionator erhöhte um fünfzig Pfund.

»Zum Ersten, zum Zweiten. Bietet jemand mehr als 650 Pfund für diesen Harlekin von Kändler, einem Meister seines Faches?«

Als es still blieb, wandte Lady Sudbury sich nach hinten um und schaute zu ihrem Konkurrenten. Robert Lacey machte eine charmante Geste, die ihr den Zuschlag gab, und der Hammer fiel zugunsten von Lady Sudbury. Ein Raunen ging durch das Publikum, dessen Aufmerksamkeit sich jedoch bereits auf das nächste Objekt, eine lebensgroße Statue, konzentrierte, die von drei Helfern hereingeschoben wurde. Der wohlgeformte unbekleidete

Jüngling wurde als Meleager aus einer italienischen Werkstatt vorgestellt.

Lady Sudbury schlug ihren Fächer gut gelaunt in die Hand und erhob sich. »Wir gehen!«

Vor dem Auktionssaal wartete eine junge Frau, die sie in ein Büro führte, das nach hinten offen war. Eher eine Warenausgabe!, dachte Sarah, als sie die Regale sah, die überquollen von Bronzefiguren, Uhren, Gläsern und Dingen, von denen sie nicht wusste, was sie darstellten. Entlang der Wände standen Bilder, und weiter hinten warteten Kleinmöbel darauf, von ihren neuen Besitzern abgeholt zu werden. An allen Objekten hingen Schilder. Sarah lernte, dass der Hammerpreis lediglich der Zuschlagpreis war. Dazu kamen die Kommission für das Auktionshaus, Steuern und Transportkosten.

Cynthia de Ville befand sich im Gespräch mit Percy James, der die ikonografischen Feinheiten einer barocken Schlachtenszene erläuterte.

»Cynce, meine Liebe, du hast dich wieder einmal übertroffen. So großzügig, wie du warst, werden die Waisenkinder es dir danken!« Lady Sudbury ging zu ihrer Freundin und küsste sie auf die Wangen.

Eine Woge schweren Parfüms erreichte Sarah. Cynthia de Ville hatte anscheinend eine Vorliebe für Vanille und Veilchen. Ihr Schmuck blitzte und klimperte leise bei jeder ihrer geschmeidigen Bewegungen. Während Lady Sudbury eine klassische Schönheit darstellte, verkörperte Cynthia de Ville die üppige Weiblichkeit, gegen die auch Experte Percy James nicht immun wahr, wie sein Gesichtsausdruck verriet.

»Darauf hast du es doch angelegt, Gwen. Du wusstest genau, wie sehr ich deine Figuren bewundert habe. Und du hast dir den Harlekin geschnappt! Vielleicht hätte ich auch besser gewartet.«

Dunkelblaue Seide und Federn bewegten sich mit Cynthia im ansonsten eher nüchtern ausgestatteten Büro auf und ab.

»Sie haben einen guten Kauf getätigt, Mylady«, bestätigte Percy James die Kundin, bevor er sich an Lady Sudbury wandte: »Genau wie Sie, Mylady. Und dabei haben Sie erst kürzlich Ihr Gespür für das Außergewöhnliche bewiesen.«

Sarah schlenderte durch den Raum und blieb vor einer schlanken Vase aus gesprenkeltem braunvioletten Stein stehen. Vom Boden aus maß die Vase sicher einen Meter. »Roter Porphyr«, stand auf dem Etikett und darunter: »Spätes achtzehntes Jahrhundert, ehemals Hôtel de Broglie, Paris«. Verträumt fuhr Sarah die geschliffenen Ränder der Vase entlang und stellte sich vor, wie diese Vase in einem eleganten Pariser Hotel die verschiedensten Gäste gesehen haben mochte. Vielleicht hatte man sie mit Blumen geschmückt, als eine russische Prinzessin zu Besuch gewesen war, oder ein Page hatte in der Vase seine Trinkgelder versteckt.

Im Halbdunkel der Lagerräume, die an das Büro grenzten, bemerkte sie eine Bewegung. Ein eher kleiner Mann in einem braunen Anzug mit Bowlerhut stand dort und beobachtete sie. Als sich ihre Blicke trafen, trat er einen Schritt nach vorn, und sie konnte sein Gesicht erkennen, das unauffällig war, so als trachte der Mann danach, unerkannt zu bleiben. Seltsam, dass ihr diese Gedanken kamen, fand Sarah und schaute zu Lady Sudbury, die am Tresen etwas unterschrieb.

Percy James hatte den Mann ebenfalls entdeckt, verabschiedete sich von den Damen und eilte nach hinten, wo er sich mit dem Unbekannten unterhielt.

Als Lady Sudbury zu ihr trat, fragte Sarah: »Wer war das dort hinten? Der Mann, der mit Mr James geredet hat? War das auch ein Kunstexperte?«

»Wer?« Doch als Lady Sudbury in die Richtung von James

schaute, gingen die Männer bereits davon. »Unwichtig. So, die Formalitäten sind erledigt. Man schickt mir den Harlekin nach Hause. Jetzt wird gefeiert. Nach einer Auktion bin ich immer ganz aufgekratzt.«

Sie verließen das Büro und trafen in der Eingangshalle auf Robert Lacey, der auch aus der Nähe betrachtet attraktiv war. An seinem kleinen Finger schimmerte ein goldener Ring, was Sarah ein wenig affektiert fand, doch Lady Sudbury war von dem Gentleman angetan. Jedenfalls reichte sie ihm ihre Hand und säuselte, wie sie es sonst nicht tat: »Robert, ich war ganz überrascht, Sie heute hier zu sehen. Waren Sie nicht auf dem Kontinent?«

Für eine Sekunde verdüsterte sich seine Miene. »Ich habe meine Mission vorzeitig abgebrochen. Es braut sich etwas zusammen. Aber das ist kein Thema für einen Tag wie diesen. Sind Sie bereits verplant, Gwen?«

»Nichts, was sich nicht verschieben lassen würde.« Sie holte etwas Geld aus ihrer Tasche und drückte es Sarah in die Hand. »Fahren Sie zurück, und sagen Sie Mrs Sims, dass ich heute nicht zum Abendessen zurück bin. Wir sehen uns morgen.«

Sarah steckte das Geld ein, das viel mehr war, als sie für eine einfache Kutschfahrt benötigte. Mylady wollte sie loswerden, so viel begriff Sarah und beschloss, keine Fragen zu stellen.

9

London, 1913

Die erste Chelsea Flower Show hatte in London stattgefunden und war ein großer Erfolg für alle Gartenfreunde gewesen. Das britische Dampfschiff »Calvados« war im Marmarameer mit zweihundert Passagieren an Bord verschwunden, die Frauenrechtlerin Emmeline Pankhurst war erneut verurteilt worden, die Bildhauerin Camille Claudel wurde von ihrer Familie in eine Irrenanstalt eingewiesen, auf dem Kontinent rasselten die Deutschen mit den Säbeln, und Sarah Rosewell arbeitete bei Varnham's als Sekretärin.

Sarah schaute in den Spiegel und richtete ihren Hut. Ihr Verhältnis zu Ruby war durch Lady Sudburys Entscheidung, ihr ein eigenes Zimmer zu geben, nicht besser geworden. Wahrscheinlich wären nie Freundinnen aus ihnen geworden. Sarah zupfte an ihren Haaren, die sie etwas gekürzt hatte und eng am Kopf liegend aufgesteckt trug. Die Strähnen umspielten ihr Gesicht bis auf Kinnlänge, was sie selbstbewusster wirken ließ. Sie liebte die Frisur, gleichzeitig wurde sie bei ihrem prüfenden Blick in den Spiegel ein wenig wehmütig.

So viel war in den vergangenen Jahren geschehen. Der Unterricht von Lady Sudbury hatte Früchte getragen. Sie sprach inzwischen fließend Französisch und Italienisch, und ein paar Brocken

Deutsch waren ihr auch geläufig. Wenn sie heute in eine Galerie trat, konnte sie zeitgenössische Künstler von alten Meistern unterscheiden, und vor allem in der dekorativen Kunst kannte sie sich aus. Nicht einmal sie selbst hätte gedacht, dass die ungebildete, schüchterne Tochter eines Kohlenschauflers es in eins der prächtigen Häuser am Hanover Square schaffen würde. Sie war sich ihres Standes nach wie vor bewusst, doch sie hatte gelernt, dass man durch Bildung mehr sein konnte, als das Leben einem vorgegeben zu haben schien. Und diese Erkenntnis verdankte sie allein Lady Sudbury. Ihre Mentorin hatte ihr Flügel gegeben, und sie lernte nun das Fliegen. Wie weit sie kommen würde, ob sie ins Trudeln geraten oder gar eine Bruchlandung hinlegen würde, lag bei ihr.

Im Haus schlug die große Standuhr achtmal. Sarah schnappte sich Regenschirm und Tasche und verließ ihr Zimmer. Die übrigen Dienstboten waren schon lange vor ihr aufgestanden, und Sarah frühstückte an den Tagen, an denen sie bei Varnham's arbeitete, in der Stadt. Sie war zwanzig Jahre alt und nur noch ein Jahr von ihrer Volljährigkeit entfernt. Dann musste sie ihrem Vater nicht länger über jede ihrer Entscheidungen Rechenschaft ablegen. Nicht, dass er ehrliches Interesse an ihrem Leben hatte. Was er wollte, war Geld. Wenn sie ihm genug gab, hatte sie ihre Ruhe. Sarah lief die Treppen hinunter und begegnete dabei Rahu, der ein Tablett mit Teegeschirr trug.

»Guten Morgen!«, sagte sie höflich, wissend, dass sie keine Antwort erhalten würde. Der indische Diener war so unnahbar und schweigsam wie immer, und sie fand ihn nach wie vor ein wenig Furcht einflößend. Einige Male hatte sie ihn in der Stadt gesehen, wie er Botengänge für Lord Sudbury erledigte und dabei sehr geheimnisvoll tat.

Ein finsterer Blick traf sie, und der Mann war an ihr vorbei.

»Ph, dann nicht«, murmelte Sarah und traf im Wirtschaftstrakt kurz darauf auf Mrs Casper.

»Ach, unsere kleine Madame«, ätzte die Haushälterin. »Heute wieder in wichtiger Sache unterwegs? Wenn wir uns da mal nicht überschätzen.«

»Lassen Sie das mal meine Sorge sein. Aber danke, dass Sie sich Gedanken um mein Wohlergehen machen. Einen schönen Tag noch!« Sarah schlug den Kragen ihres Mantels hoch, zog den Schal fester und verließ das Haus.

Sie spannte ihren Regenschirm auf, denn erste Tropfen fielen vom grauen Junihimmel. Vielleicht sollte sie sich heute eine Omnibusfahrt gönnen, denn mit durchnässten Röcken im Büro zu sitzen war kein Vergnügen. Die Menschen rund um den Hanover Square eilten geschäftig an ihr vorbei, bestrebt, dem schlechten Wetter zu entkommen. Doch eine stehende Gestalt erregte Sarahs Aufmerksamkeit. Die sehr gerade Haltung und die hellblonden Haare verrieten Hilda Aldermann, die Zofe ihrer Ladyschaft.

Hilda war schwer einzuschätzen. Nachdem die deutschstämmige Zofe festgestellt hatte, dass Sarah keine Konkurrenz für sie war, hatte sie ihre feindseligen Bemerkungen eingestellt und sie mit Nichtachtung gestraft. Jegliche freundliche Annäherung von Sarah lehnte sie ab. Irgendwann hatte Sarah es aufgegeben, Freunde im Haushalt von Lady Sudburys Dienerschaft zu gewinnen. Obwohl sie selbst ein Kind der Arbeiterklasse war, nahm sie im Haus der Lady eine nicht genau definierte Stellung ein, die sie jedoch dazu privilegierte, sich in anderen Gesellschaftskreisen als die übrigen Dienstboten zu bewegen, und das nahm man ihr übel. Da es jedoch nicht Sarahs Art war, überheblich zu sein, ging sie zu Hilda, um sie zu begrüßen.

Die Zofe stand mit dem Rücken zu ihr neben einer der alten Buchen, die den kleinen Park auf dem Platz säumten.

»Guten Morgen, Hilda!«, rief Sarah. »Wohin wollen Sie? Vielleicht teilen wir uns ein Taxi?«

Hilda drehte sich zu ihr um, und da erst sah Sarah, dass sie mit einem Mann gesprochen hatte, der halb hinter dem Baumstamm verborgen stand. Das dichte Laubwerk hielt den Regen ab und schirmte die Darunterstehenden gleichzeitig vor neugierigen Blicken ab.

»Nein, ich benötige kein Taxi«, erwiderte die Zofe knapp.

Der Mann wandte sich ab, so, als ob er nicht erkannt werden wollte, und Sarah hob die Schultern. »War ja nur eine Frage. Dann bis später.«

»Als ob mich das interessieren würde ...«, murmelte Hilda, und als Sarah weiterging, hörte sie, wie die Zofe auf Deutsch mit dem Mann sprach.

Als sie im Auktionshaus angekommen war und die ersten Aufgaben übernommen hatte, war die Begegnung vom Morgen vergessen. Sarah liebte die Arbeit bei Varnham's und war überglücklich, dass Lady Sudbury ihren Wunsch, hier zu arbeiten, unterstützt hatte. Sie musste noch viel lernen, und es war ihr bewusst, dass Frauen nie einen verantwortungsvollen Posten, vergleichbar mit denen von Mr James und den anderen Experten, Eric Brice und Douglas Palmer, bekleiden würden. Doch das hinderte sie nicht daran, sich mit Begeisterung an die ihr übertragenen Aufgaben zu setzen. Anfangs durfte sie nur Karteikarten sortieren und Botengänge ausführen. Weil sie jedoch ein Auge für Details hatte und sich alles notierte und dadurch schnell lernte, rief man sie bald, wenn noch eine Beschreibung für einen Katalog fehlte. Und mittlerweile hatte sie einen Platz inmitten der Frauen erhalten, welche die Katalogeinträge für Varnham's erstellten.

Der Lärm in dem großen Büro war ohrenbetäubend, wenn ein

halbes Dutzend Frauen gleichzeitig die Texte auf Schreibmaschinen eintippte. Die übrigen Frauen schrieben mit dem Füllfederhalter anhand der Notizen, die ihnen von den Experten vorgelegt worden waren. Rasch hatte Sarah begriffen, worauf es in den Beschreibungen der Objekte ankam. Es gab bestimmte Fachbegriffe, die in den Katalogeinträgen nicht fehlen durften, und auch der Aufbau der Texte folgte einem Muster, damit die Kunden die wichtigsten Informationen sofort erfassen konnten.

Nach drei Stunden konzentrierter Arbeit schmerzte ihr Rücken, und Sarah erhob sich.

»Ich mache jetzt Mittag, Muriel.« Die junge brünette Frau, die ihr gegenüber am Tisch saß, schob sich die Brille höher, die ihr immer wieder von der Nase glitt, und ließ ihren Stift fallen.

»Wenn ich das hier schon fertig hätte, wäre ich mitgekommen, aber Mr James wartet darauf. Ich kann ihn nicht leiden, diesen überheblichen Besserwisser. Da fehlt ein Komma, hier ein Wort, ph, als ob die Schnösel, die das lesen, sich dafür interessieren.« Die letzten Worte sprach sie leiser und sah sich um, doch die anderen Frauen waren in ihre Arbeit vertieft.

Jede der Frauen wusste, was erwartet wurde und dass nachlässige Arbeit zum Rauswurf führen konnte. Da die Arbeit gut bezahlt und nicht allzu schwierig war und noch dazu in einem angenehmen Ambiente stattfand, wollte keine der Damen bei einem Fehler ertappt werden.

Sarah grinste. »Mag schon sein, aber wenn du etwas kaufen wolltest, wäre es dir doch auch wichtig, korrekte Informationen im Katalog zu finden.«

Muriel streckte ihr die Zunge heraus. »Geh schon, dir fällt das Schreiben sowieso leichter. Oh, sieh mal, wer gerade gekommen ist!« Sie deutete zur Glasscheibe, die das Büro zum Korridor abschirmte.

Sie erkannte ihn sofort, auch wenn er mit dem Rücken zu ihnen stand. Nervös fuhr sie sich durch die Haare und biss sich auf die Lippen. Er hatte sein Stativ dabei, was bedeutete, dass er einen Auftrag im Haus hatte.

»Vergiss ihn, Sarah, der ist nichts für dich. Der bricht dir nur das Herz.« Muriel tippte mit ihrem Stift gegen den Tisch und riss Sarah damit aus ihrer Verträumtheit. Die beiden jungen Frauen waren immer mal wieder gemeinsam ausgegangen, denn Muriel fand, dass das Leben zu kurz sei, um ständig nur zu arbeiten. Sie hatte so lange auf Sarah eingeredet, bis diese nachgegeben hatte, und bereut hatte sie es nicht, denn Muriel war eine unterhaltsame Person.

Seufzend stieß Sarah sich vom Tisch ab. »Vielleicht, aber er sieht unverschämt gut aus.«

»Mir gefällt der dunkle Kerl besser, mit dem du nicht tanzen wolltest.«

Unangenehm berührt, erwiderte Sarah: »Nein, der war mir zu aufdringlich.«

Muriel zog eine Grimasse. »Wenn du nicht aufpasst, bist du eine alte Jungfer und hast nie richtig gelebt.«

Als ob sie das wollte! Seit sie Philip Maynard bei Lady Sudbury vor drei Jahren kennengelernt hatte, schwärmte Sarah für den Fotografen. Das Dilemma war nur, dass Philip ihr gegenüber zwar immer aufmerksam und freundlich war, ihr sogar das Fotografieren beigebracht hatte, sie auch zu mögen schien, doch immer eine gewisse Distanz wahrte. Persönlichen Gesprächen wich er aus. Wahrscheinlich interessierte er sich einfach nicht weiter für sie. Warum sollte er auch, wo er mit eleganten Frauen und den schönen Modellen ausgehen konnte.

»Sag nicht, dass ich dich nicht gewarnt hätte …«

Sarah verließ das Büro und fand Philip im Ausstellungsraum vor einem Vasenpaar aus grauem Granit.

Als er sie sah, erhellte sich seine ernste Miene, und er begrüßte sie mit einem warmen Lächeln. »Sarah, Sie kommen genau richtig. Sehen Sie sich das an! Sind die nicht wundervoll? Aber wie zum Henker soll ich die am vorteilhaftesten ablichten? Es darf nur ein Foto in den Katalog!«

Keine Komplimente, keine Fragen nach ihrem Befinden, er band sie immer in seine Arbeit ein. »Ich wusste gar nicht, dass Sie heute im Haus sein würden.«

Philip fuhr sich durchs Haar, das ihm ins Gesicht fiel, sobald er sich über seine Kamera beugte. »Mr James ließ mir gestern Abend noch eine Nachricht zukommen. Und man nimmt mit, was man kriegen kann …« Er zwinkerte ihr zu. »Drehen Sie die vordere Vase nach links, bitte. Noch ein Stück, danke!«

Sarah betrachtete kritisch die Anordnung. »Ich würde die Widderköpfe nach vorn nehmen. Die machen die Vasen schließlich aus.«

Die antiken Vasen hatten jeweils einen vergoldeten Rand und wurden seitlich von goldenen Widderköpfen gefasst, die aus schlichten Vasen kostbare Gefäße machten. Ohne auf seine Antwort zu warten, drehte Sarah die Objekte und stellte sich zufrieden daneben.

Philip Maynard richtete seine Kamera aus, und innerhalb weniger Augenblicke hatte er seine Aufnahme gemacht. Als er sich aufrichtete, sah er sie anerkennend an. »Danke, Sarah. Haben Sie schon zu Mittag gegessen? So könnte ich mich wenigstens ein klein wenig für Ihre Hilfe revanchieren.«

»Tatsächlich wollte ich gerade meine Pause machen.«

Er ließ Kamera und Koffer stehen und reichte ihr seinen Arm. »Dann wollen wir die Zeit nutzen. Wie wäre es mit *Betty's*?«

Ihr Herz machte einen Satz. »Gern!«

Gleich neben dem Auktionshaus befand sich ein Tearoom, der bei den Angestellten der umliegenden Geschäfte beliebt war. Die Speisekarte war übersichtlich, und die Gerichte waren nicht allzu teuer.

Sarah sah verstohlen durch die Halle, doch alle waren beschäftigt, und weder Bertha Morris, die persönliche Assistentin von Direktor Rowland, noch Douglas Palmer, ein anderer Experte, der mit einem Kunden vor einer antiken Büste stand, nahmen von Sarah Notiz.

Als sie draußen auf dem Gehweg standen, beugte sich Philip ein wenig zu ihr und sagte: »Ist es Ihnen unangenehm, mit mir gesehen zu werden?«

»Was?«, entfuhr es ihr verlegen. »Aber nein, und *Betty's* ist ja gleich hier, und wir gehen mittags oft dort essen.«

Nach wenigen Schritten standen sie bereits vor dem Eingang des Tearooms, über dessen Tür ein hübsches, bunt bemaltes Schild baumelte. Blumenkästen zierten die Fenstersimse des Fachwerkhauses aus der Tudorzeit, das ein wenig windschief zwischen den neueren Prachtbauten stand.

»Bitte, nach Ihnen«, Philip öffnete die Tür und ließ sie hindurchtreten.

Drinnen war es laut und voll, wie meist um diese Tageszeit. Rasch überflog Sarah die Gesichter der Gäste, konnte jedoch niemanden aus ihrem engeren Bekanntenkreis entdecken. In den vergangenen Jahren hatte sie nicht nur ihre Umgangsformen und ihr Wissen unter Lady Sudburys Obhut verbessert, sondern auch gelernt, dass eine alleinstehende Frau nur mit einem makellosen Ruf überhaupt eine Chance hatte, beruflich und gesellschaftlich erfolgreich zu sein. Es sei denn, man entschied sich für das unkonventionelle Leben in der Welt der Bohemiens, doch dafür fehlten Sarah Mut und ein überragendes künstlerisches Talent.

»Wäre es Ihnen hier angenehm?«, erkundigte sich Philip Maynard und zog einen Stuhl heran.

Der Tisch befand sich in einer Nische am Fenster. »Danke!«

Nachdem sie sich gesetzt und ihre Bestellung aufgegeben hatten, sah Philip sie mit dem für ihn so typischen leicht amüsierten Lächeln an. »Habe ich Sie in Verlegenheit gebracht, Sarah? Sonst sind Sie nie um eine schlagfertige Bemerkung verlegen, und ich finde das sehr erfrischend.«

Sie trug eine weiße Bluse und einen raffiniert geschnittenen Rock, dem man erst auf den zweiten Blick ansah, dass es sich eigentlich um eine Hose handelte. Im Büro fand sie praktische Kleidung passend, denn oft musste sie Objekte tragen, verpacken oder Bücher aus dem Archiv holen.

»Erfrischend? Ist das ein Kompliment?«, erwiderte sie mit leicht angehobenen Augenbrauen.

»Sind Sie denn auf ein Kompliment aus? Ich hielt Sie nicht für eine dieser jungen Damen, die Bestätigung durch oberflächliche Komplimente benötigen, um sich geschätzt zu fühlen.«

Sarah sah ihn direkt an. Was war heute nur mit ihm los? Etwas musste geschehen sein. »Geschätzt? Sie geben mir heute Rätsel auf, mein lieber Mr Maynard.«

Ein Kellner kam mit einem Tablett und setzte eine Teekanne, Milch und zwei Tassen ab.

»Darf ich?« Zuerst goss sie etwas Milch in beide Tassen, um dann das Sieb und die Kanne zu nehmen und den starken schwarzen Tee einzuschenken. »Assam, gut und stark.« Philip trank etwas Tee und sagte schließlich: »Es wird Krieg geben, Sarah.«

»Es wird viel darüber in den Zeitungen geschrieben. Ich hoffe, dass es nicht dazu kommt. Man kann doch miteinander reden, nicht wahr?« Sie gab etwas Zucker in ihre Tasse und nahm einen Schluck. Stark und süß mochte sie Tee am liebsten.

Er runzelte die Stirn und umfasste seine Tasse mit beiden Händen. »Sicher, nur wird es dennoch Krieg geben, weil es gewisse Kreise so wollen. Aber ich will Sie nicht beunruhigen, vielleicht behalten Sie recht, und der runde Tisch erweist sich als Lösung. Dann wären die Diplomaten endlich einmal zu etwas nutze.«

»Was würden Sie tun, wenn es wirklich Krieg gibt?« Sie betrachtete sein starkes, nachdenkliches Gesicht mit den dunklen melancholischen Augen, die sie so anziehend fand.

»Meine Waffe ist die Kamera. Ich würde mich als Kriegsberichterstatter melden, um zu dokumentieren, was Krieg bedeutet. Denn ich glaube nicht, dass diejenigen, die jetzt Hurra schreien, auch nur eine Ahnung davon haben, was Krieg bedeutet. Mein Vater hat in den Burenkriegen gekämpft, und mein Onkel war im Sudan, als der Mahdi-Aufstand begann. Er war nicht mehr derselbe nach seiner Rückkehr.« Philip schien noch etwas sagen zu wollen, doch der Kellner brachte das Essen.

Der gebackene Fisch mit Erbsenpüree und Kartoffeln war schmackhaft, ebenso wie der Käse aus Wales, den sie anschließend aßen.

Sarah aß den letzten Bissen Käse und Brot und lehnte sich zurück. »Das war wirklich gut! Dieser Käse ist himmlisch! Wo bekommt man den nur?«

»Sie mögen den würzigen walisischen Käse? Ich meine, gehört zu haben, dass die Besitzerin des Restaurants ebenfalls aus Wales stammt und den Käse von dort bezieht. Wales ist wunderschön, irgendwann sollten Sie einmal hinfahren«, merkte Philip an.

»Ach ja, das wäre sicher schön«, antwortete sie und dachte, dass sie ihn gern auf einer seiner Reisen begleiten würde. »Wissen

Sie, jetzt für den Moment bin ich gerne hier und lerne. Ich arbeite gern bei Varnham's, und ohne Lady Sudbury wäre mir das nie möglich gewesen.«

»Lady Sudbury ist eine außergewöhnliche Frau.«

»Das ist sie, und sie behandelt mich wie ein Familienmitglied. Ich bin ihr zu großem Dank verpflichtet.« Sarah schwieg. Jetzt wäre der Moment gewesen, von ihrer Familie zu erzählen, doch sie schwieg und fühlte sich wie eine Verräterin.

»Es wird Zeit. Ich habe noch einiges zu erledigen und Sie sicher auch.« Philip Maynard zahlte und geleitete sie aus dem Tearoom.

Eine Gruppe gut gekleideter Damen stieg aus einem Automobil, und Sarah erkannte Hannah Gruen, mit der sie inzwischen eine tiefe Freundschaft verband. Auch Hannah hatte sie entdeckt und winkte.

»Hallo, Sarah! Warte, hast du Zeit?« Trotz ihres eleganten Auftretens und ihrer privilegierten Herkunft war Hannah eine unkomplizierte, warmherzige junge Frau, die jede Gelegenheit nutzte, dem strengen Regime ihrer Familie zu entfliehen. Ein Entkommen war unmöglich, doch kleine Freiheiten erkämpfte sie sich, wann immer sie konnte.

Philip verneigte sich leicht. »Ich denke, ich kann Sie hier allein lassen.«

»Danke, oh, ich will nicht unhöflich erscheinen«, begann Sarah, doch er winkte ab.

Nur wenige Schritte trennten sie vom Eingang des Auktionshauses. »Wir sehen uns später.«

Hannah kam auf sie zugelaufen, während ihre Mutter von hinten rief: »Nicht rennen, Hannele! Das schickt sich nicht!«

Hannah verdrehte die Augen, und Sarah musste sich zusammenreißen, um nicht zu lachen. Ihre Freundin war witzig und immer gut gelaunt. Die beiden jungen Frauen umarmten sich.

»Meine Mittagspause ist gerade vorbei. Was habt ihr vor? Geht ihr zu Varnham's?«

»Leider nicht. Wir sind beim Schadchan verabredet.« Hannah stöhnte. »Ich konnt's nicht verhindern.«

Sarah hatte viel über die Traditionen ihrer jüdischen Freundin erfahren und wusste, dass ein Schadchan ein Kuppler, ein professioneller Heiratsvermittler war. »Es wird also ernst. Weißt du denn schon, wer für dich ausgesucht wurde?«

Hannah ergriff ihre Hände und flüsterte: »Ja, aber meine Mutter weiß es nicht.« Sie kicherte. »Und sie darf auch nicht erfahren, dass ich ihn mag, denn sie hält gar nichts von einer Liebesheirat. Sie sagt, Ehen sind geschäftliche Verbindungen, die zum Wohle aller Beteiligten getroffen werden. Liebe ist flüchtig, finanzielle Sicherheit beständig.«

Vielleicht war es so. Sarah konnte das nicht beurteilen, denn sie hatte keine Erfahrung. Sie wusste ja nicht einmal, ob das, was sie für Philip empfand, Liebe oder nur Schwärmerei war.

Hannahs Mutter kam zu ihnen und warf Sarah einen skeptischen Blick zu. Sie stufte Sarah als Dienstbotin oder zumindest weit abseits jeglicher gesellschaftlichen Bedeutung ein – denn Damen aus der Familie Gruen arbeiteten nicht.

»Wir haben einen Termin, Hannah.«

»Guten Tag, Mrs Gruen«, sagte Sarah artig.

»Hm? Ja, guten Tag«, murmelte Jochebed Gruen, eine füllige Matrone, die in feinste Seide und Leinen gekleidet war. Ihr Schmuck war so auffällig und kostbar, dass sie männlicher Begleitung bedurfte. Ein großer Mann mit Bowlerhut und dunklem Anzug hielt sich im Hintergrund. Sarah kannte den serbischen Juden, Oz, von früheren Begegnungen im Hause Gruen. Hannah zog eine Grimasse hinter dem Rücken ihrer Mutter, und Sarah räusperte sich.

»Meine Mittagspause ist vorbei. Ich wünsche Ihnen einen guten Tag.«

Mrs Gruen nahm den Arm ihrer Tochter und zog diese mit sich fort. Unwillkürlich musste Sarah an ihre eigene Familie denken. Ein Vater, der nur seinen eigenen Vorteil im Auge hatte, und eine Mutter, die sich sorgte, aber viel zu abhängig und gesundheitlich angeschlagen war, um ihrer Tochter in irgendeiner Weise helfen zu können. In dem Jahr, in dem Sarah zu Lady Sudbury gegangen war, hatte Dorothy Rosewell eine Totgeburt gehabt. Von der komplizierten Geburt hatte sich die Näherin nie vollständig erholt, und Sarah hatte inständig gehofft, dass ihr Vater dies einsehen und ihre Mutter nicht mehr behelligen würde. Doch Mitgefühl war keine von Harold Rosewells Qualitäten: Seit fünf Monaten wusste Dorothy von ihrer neuen Schwangerschaft, und Sarah hatte große Angst, dass es diesmal nicht gut für ihre Mutter ausgehen könnte.

10

»Miss Rosewell, kommen Sie doch bitte in mein Büro«, sagte Direktor Rowland an einem der folgenden Tage, als er sie im Lager antraf.

»Jetzt sofort?« Sarah sortierte eine Sammlung von Kupferstichen für eine Ausstellung.

»Ja. Ich habe gleich einen Termin und möchte zuvor etwas mit Ihnen besprechen.« Rowland machte eine einladende Geste, und Sarah legte das Blatt zurück in die Mappe und folgte ihm.

Das Büro des Direktors wurde von einem riesigen Schreibtisch bestimmt, der aus der Zwangsversteigerung eines Herrenhauses in Yorkshire stammte, wie Sarah wusste. Jedes Stück hatte eine ganz eigene Geschichte, einer der Aspekte, die Sarah am Kunsthandel faszinierten.

Sie nahm auf dem angebotenen Stuhl Platz und sah ihren Arbeitgeber erwartungsvoll an. Da sie sich keines Fehlers bewusst war, befürchtete sie keine Abmahnung oder gar Kündigung, andererseits konnte man sich seiner Sache nie wirklich sicher sein, und Rowlands Sekretärin Bertha hegte eine offenkundige Abneigung gegen sie.

Sorgfältig strich sie ihren schwarzen Rock glatt. Die Ärmel ihrer Bluse waren aus duftigem Stoff und endeten in üppigen Spitzen, die ihr über die Hände fielen. Lady Sudbury kleidete sie noch immer in die neueste Mode und begründete die Extraausgaben für ihren Schützling mit dem Ruf, den sie zu verlieren hatte, wenn sie gemeinsam ausgingen oder verreisten. Im vergangenen Herbst waren sie gemeinsam an die französische Riviera gefahren und hatten auf dem Rückweg eine Woche in Monte Carlo verbracht. Ein unvergessliches Erlebnis für Sarah, die sich manchmal fragte, wann sie aus diesem Traum aufwachen würde.

Rowland öffnete einen mit Intarsien verzierten Humidor und nahm eine Zigarre heraus. Sorgfältig drehte und klopfte er die Zigarre, roch daran und schnitt ein winziges Stück am spitzen Ende ab. Schließlich zündete er die Zigarre an, paffte genüsslich und stieß den Rauch aus. Während er rauchte, blätterte er in einem großen Notizbuch, das vor ihm auf dem mit allerlei kleinen Kunstobjekten vollgestellten Schreibtisch lag. Auf einer Seite standen gerahmte Fotografien seiner Familie.

Der Zigarrenrauch war Sarah nicht unangenehm, auch wenn sie selbst nicht rauchte. Sie hatte sich an Zigaretten versucht, jedoch wenig Geschmack daran gefunden.

»Ich bin mit Ihrer Arbeit zufrieden, Miss Rosewell. Zuerst war ich skeptisch und habe Lady Sudbury nur einen Gefallen tun wollen, weil sie zu meinen besten Kundinnen gehört.« Er paffte und stieß den Rauch in Kringeln aus, die langsam zur Decke stiegen. »Aber wenn jemand gut ist, bin ich der Letzte, der dies nicht anerkennt. Wissen Sie«, er beugte sich vor und sah sie aus seinen kleinen Augen prüfend an, »es ist so: Wenn man nichts hat und aus dem Nichts kommt, kann man nur gewinnen. Ich bin kein Snob.«

Nervös hörte Sarah zu. Worauf wollte er hinaus?

»Aber ich habe viel mit solchen Leuten zu tun. Aristokraten und der neue Geldadel sind unsere Klientel, ab und an ein paar Emporkömmlinge. Das Bürgertum ist zu geizig, um viel Geld in Kunst und Antiquitäten zu investieren.« Er schnippte etwas Asche auf den Boden neben sich. »In einem Monat findet in Kent auf Clayton Manor eine Auktion statt. Der verblichene Lord Vaynor hat keine direkten Nachkommen, und sein Cousin dritten Grades hat uns beauftragt, den gesamten Besitz vor Ort zu versteigern. Eine unerhörte Gelegenheit für uns. Duveen wird sich schwarzärgern, dass er nicht zuerst dort war, ha! Schon allein wegen des Tizian und des Veronese. Wir erwarten einige hochkarätige Kunden.« Er machte eine gewichtige Pause. »Aus New York!«

Der Londoner Kunsthändler Joseph Duveen zählte neben Cassirer, Seligmann und Wildenstein zu den erfolgreichsten Vertretern seiner Zunft, wie Sarah mittlerweile wusste. Er verkaufte an renommierte Sammler in Europa und den Vereinigten Staaten, darunter Stahl-Tycoon Carnegie, Medienzar Hearst, Eisenbahnkönig Huntington, Bankier J.P. Morgan und der Erdölmagnat Rockefeller. Neben dem Kunsthändler Duveen war das Auktionshaus Christie's in der King Street ihr größter Konkurrent. Und nun erwartete Varnham's anscheinend illustre Kunden in Kent.

Sarah hatte die Anzeigen für die Auktion in verschiedenen Zeitungen geschaltet. »Das ist eine große Sache«, antwortete sie ein wenig verhalten.

»Ich möchte, dass Sie mit Percy rausfahren und die Objekte vorbereiten. Vor Ort gibt es noch den Butler und mehrere Dienstboten, die Ihnen helfen werden. Das ist bereits abgesprochen. Ach ja, und als Fotograf haben wir Mr Maynard verpflichtet.« Er beobachtete sie. »Was sagen Sie?«

Sie spürte, wie ihr die Röte in die Wangen stieg. »Ich fühle mich geehrt, Sir. Aber ich möchte Sie nicht enttäuschen. Nicht bei solch einem Auftrag. Vielleicht wäre eine erfahrene Mitarbeiterin besser geeignet ...«, gab sie vorsichtig zu bedenken.

Das Telefon klingelte, und Rowland erwiderte ungeduldig: »Mehr Selbstvertrauen, Miss Rosewell, Sie haben keinen Grund, sich zu verstecken.« Er tippte sich gegen seine Nase. »Vertrauen Sie auf Ihr Gespür.«

Dann nahm er den Telefonhörer ab, und sie war entlassen.

Im Korridor musste sie tief Luft holen und sich sammeln. Sie durfte mit Mr James und Philip nach Kent fahren! Am liebsten hätte sie vor Freude getanzt und gesungen, begnügte sich mit einem kurzen Steppschritt und ging zurück zu ihren Kupferstichen. Es kam selten genug vor, dass eine der Sekretärinnen etwas anderes tun durfte als das Katalogisieren. Sarah war für jede Abwechslung dankbar. Besonders liebte sie die Einlieferungstage, wenn die Kunden mit den unterschiedlichsten Dingen zum Schätzen zu ihnen kamen.

Sie betrachtete die leicht vergilbten Stiche, die typische niederländische Landschaften des achtzehnten Jahrhunderts zeigten. Als Serie gerahmt sicher gut verkäuflich, aber da der Künstler kaum bekannt und die Stiche nur mittelmäßig waren, konnte der Kunde kaum auf einen großen Gewinn hoffen. Ganz im Gegensatz zu diesem Paar Kerzenständer.

Empire, dachte Sarah und war stolz, dass sie diesen Stil, der Anfang des vergangenen Jahrhunderts *en vogue* gewesen war, erkannte. Sie stand vor einem großen Tisch zwischen hohen Regalen, die mit Gemälden, Mappen und Büchern bestückt waren. Ihre Gedanken überschlugen sich, und sie überlegte, mit wem sie ihre Freude teilen konnte. Hannah war mit ihren Heiratsplänen beschäftigt, und Lady Sudbury war für einige Tage aufs Land gefahren. Sarah hörte Schritte und Männerstimmen, die sich näherten.

»Ich habe doch gesagt, dass ich dafür mehr Zeit benötige. Sie stellen sich das immer so einfach vor!« Die heisere Stimme gehörte Otis Munro, einem Mann, der offiziell nicht für Varnham's arbeitete, inoffiziell jedoch wertvolle Informationen auf nicht ganz legale Weise beschaffte.

»Und ich sage, dass Sie genug Geld kassiert haben. Von mir erhalten Sie keinen Penny mehr!« Die wütende, leicht zischende Stimme war eindeutig Percy James zuzuordnen.

Sarah verharrte still an ihrem Tisch. Otis Munro kam nur selten ins Auktionshaus und traf sich fast ausschließlich mit Mr James. Doch Sarah hatte Gespräche zwischen James und Rowland belauscht, in denen die beiden besprachen, wie sie Munro als Nächstes einsetzen könnten. Die anderen Frauen mochten Munro nicht und nannten ihn nur »den Schatten«, weil er die unangenehme Angewohnheit hatte, plötzlich hinter einem im Lager oder im Archiv aufzutauchen. Er trug stets einen braunen Anzug, Bowlerhut und bewegte sich lautlos. Seine Nase war offensichtlich einmal gebrochen, und eine zackige Narbe zog sich von einem Ohr den Hals hinunter bis unter seinen Hemdkragen. Ein Gentleman sah anders aus, aber ein Gentleman schnüffelte auch nicht in den Küchen und Dienstbotenquartieren der betuchten Kunden herum, um deren Herrschaft auszuspionieren.

»Ach, hören Sie doch auf. Mir machen Sie nichts vor. Wahrscheinlich hat Rowland Ihnen das Doppelte gegeben, was Sie mir gezahlt haben. Wenn Sie also wissen wollen, wann die Familie aufs Land fährt und ob Seine Lordschaft eine neue Geliebte hat, dann seien Sie verdammt noch mal nicht so knauserig.«

»Halsabschneider«, knurrte James, schien jedoch in seiner Jacke nach Geld zu suchen.

Sarah beugte sich vor, um besser sehen zu können, und blieb mit ihrem Rock an einem Nagel hängen, der aus der Kiste ragte. Das Geräusch von reißendem Stoff war nicht laut, doch es erregte die Aufmerksamkeit von Munro. Blitzschnell entriss er seinem

Auftraggeber das Geld, das dieser aus der Innentasche seines Jacketts geholt hatte, und ging davon.

Verärgert starrte Percy James in ihre Richtung, schien das Regal mit seinem Blick zu durchdringen, kam jedoch nicht zu ihr, sondern ging ebenfalls fort. Erleichtert ließ Sarah die Luft aus ihren Lungen entweichen und betrachtete den Schaden an ihrem Rock.

»So ein Mist!«, fluchte sie. Der Stoff war teuer gewesen, und Lady Sudbury hasste Unachtsamkeit und Verschwendung. Sarah inspizierte den Riss näher. Das ließ sich stopfen, und wenn nicht, konnte sie ihre Mutter fragen. Eine gute Gelegenheit, ihrer Familie einen Besuch abzustatten und sich davon zu überzeugen, dass es ihnen einigermaßen gut ging.

Seit ihrem letzten Besuch in Soho waren Wochen vergangen. Oder waren es Monate? Die Zeit verflog so schnell, seit sie für Varnham's arbeitete, und wenn sie nicht im Auktionshaus beschäftigt war, lernte sie weiterhin Französisch und begleitete Lady Sudbury bei den verschiedensten Gelegenheiten. Sarah hoffte, dass ihre Mentorin bald aus Brighton zurückkehrte, wo sie offiziell eine Freundin besuchte. Doch Sarah wusste, dass sich Gwendoline Sudbury dort mit einem Mann traf, und sie hatte eine starke Vermutung, um wen es sich bei diesem heimlichen Verehrer handelte.

Als sie Varnham's schließlich verließ, begann es zu dunkeln. Es herrschte reges Treiben in den Straßen: Die Geschäfte machten langsam zu, und Sarah beeilte sich, ihre Geschenke für die Familie zu kaufen. Schließlich rief sie sich ein Taxi heran, um die Strecke nach Soho nicht mit den schweren Taschen zurücklegen zu müssen. Der Taxifahrer brachte das offene Automobil vor dem Gemüsehändler zum Stehen, der wenige Türen von ihrem Elternhaus in Soho entfernt war. Ein Zeitungsjunge pries die Abendausgabe an und verkündete die aktuellen Schlagzeilen. Sarah hörte jedoch nicht hin, denn sie war darauf bedacht, ihre Taschen mit Geschenken und Nahrungsmitteln so zu tragen, dass nichts herausfiel. Wenn sie ihre Familie besuchte, brachte sie immer etwas mit.

Als sie die vertraute Gasse betrat, schluckte sie. Es hatte sich nichts verändert. Von den Fassaden blätterten Putz und Farbe, in den dunklen Eingängen lungerten verwahrloste Kinder und Prostituierte herum, Straßenhunde balgten sich um Essensreste, die aus den Fenstern geworfen wurden, hier und dort klebten Plakate, die einzigen bunten Flecken in dieser Tristesse aus Armut und Hoffnungslosigkeit. Früher waren ihr der Schmutz und die ausgemergelten Gestalten, die rauchend an den Wänden lehnten oder auf Kisten am Straßenrand hockten, nicht aufgefallen, zumindest nicht in diesem Maße. Doch inzwischen lebte sie in Häusern, in denen fließendes Wasser, Spülklosetts und Heizung auch in den Dienstbotenquartieren vorhanden waren. Sie hatte mit Lady Sudbury Lunch auf der Jacht eines griechischen Prinzen im Mittelmeer eingenommen und das Casino von Monte Carlo besucht.

Die Stoffhenkel schnitten in ihre Hände, während sie die Stufen ins Halbparterre hinunterstieg. Keines ihrer Geschwister war draußen, was eher ungewöhnlich war und hoffentlich nichts Schlimmes bedeutete. Sie drückte die Tür auf und hielt den Atem an. Die Luft war abgestanden, und es roch nach Bier und Erbrochenem. Lautes Schnarchen lenkte ihren Blick zum Bett ihrer Eltern, auf dem ihr Vater rücklings in Hose und mit offenem Hemd lag. Auf dem Küchentisch standen Flaschen, und neben dem Bett lagen zwei umgekippte Steingutflaschen inmitten einer Lache Erbrochenem.

Ein leises Wimmern ließ Sarah aufhorchen. Sie stellte ihre Taschen in den Durchgang zu einem der Schlafräume und fand Dora in der Ecke stehend. Ihre Schwester war blass, die Lippen rissig und aufgesprungen und die Augen weit. Mit verkrampften Händen stand sie da wie festgefroren.

»Dora, meine Kleine!«, sagte Sarah leise und ging vor ihr in die Knie. Tränen stiegen ihr in die Augen, als sie das apathische Kindergesicht sah. Sacht berührte sie Doras Wange, und die Augen ihrer Schwester richteten sich endlich auf sie. Ein unangenehm stechender Geruch ging von dem Mädchen aus, und Sarah entdeckte den getrockneten Urin unter Doras nackten Füßen.

»Oh, du armes Mädchen, du armes Geschöpf ...«, schluchzte Sarah und nahm die Schwester in die Arme.

Obwohl Dora sich sonst gegen jede Berührung sträubte, ließ sie es geschehen und drückte ihren kleinen Körper tatsächlich gegen die Schwester.

»Was ist denn nur geschehen? Wo ist Mutter, und wo sind die anderen?«, murmelte Sarah, ohne eine Antwort zu erwarten.

»Mum nicht gut, nicht gut«, stammelte Dora und schüttelte ihren Kopf. Sie machte sich von Sarah los, hielt sich den Leib und verzog das Gesicht in übertriebenem Schmerz.

Die Schwangerschaft, fuhr es Sarah durch den Kopf. Dann waren die anderen Geschwister vielleicht mit ihrer Mutter ins Krankenhaus gefahren. Warum hatten sie nicht nach ihr geschickt? Sie wäre doch sofort gekommen oder hätte Geld für einen Arzt geschickt.

»Dora, wir räumen hier ein bisschen auf. Willst du mir helfen? Und wir machen dich sauber, dann freut sich Mum, wenn sie wieder zurück ist, ja?«

Dora stand regungslos da und wehrte sich nicht, als Sarah ihr die Kleider über den Kopf zog und sie in einem Zuber wusch. Die Toilette befand sich im Hof, Wasser holten sie aus der Waschküche. Sie stellte das Mädchen in den Zuber, goss mithilfe eines Kruges Wasser über den schmächtigen Körper, der am Rücken Narben und an den Armen blaue Flecken aufwies. Als sie ihre Schwester einseifte und schließlich mit dem zerschlissenen Tuch trocken rieb, liefen ihr die Tränen über die Wangen.

»So, Dottie, wie hübsch sauber du jetzt bist. Hast du denn auch Hunger?« Ihre Stimme war verdächtig brüchig, doch sie brachte ein Lächeln zustande.

In einer Kiste neben den Kinderbetten fand sie Unterwäsche und ein Kleid für Dora. Es war bewundernswert, wie ihre Mutter es schaffte, stets saubere Kleidung für ihre Kinder bereitzuhaben. Sarah ging zu ihren Taschen und holte einen Apfel hervor, den sie Dora in die Hände legte. »Bitte sehr!«

Dora lächelte, rieb den Apfel an ihrem Kleid, bis er glänzte, und legte ihn dann aufs Bett. Sie würde ihn eine Weile betrachten und später allein essen. Seufzend sah Sarah sich in der Wohnung um.

»Hilfst du mir, Dora? Wir wollen alles schön machen, bevor Mum heimkommt, und Essen kochen wir auch.«

Ihre kleine Schwester lächelte und lief zu den Taschen, die Sarah mitgebracht hatte. »Ja, genau, da sind lauter gute Sachen für euch drin.«

Zuerst wischte Sarah den Unrat am Bett ihres Vaters auf, der glücklicherweise weiterschlief und nur hin und wieder grunzte. Dann schnitt sie Gemüse und schnitt das Fleisch klein, das sie beim Metzger gekauft hatte. Ein kräftiger Eintopf war nahrhaft und würde für zwei Tage reichen. Dora legte die Brotstücke in einen Korb und hüpfte durch die Wohnung. Als der Duft des Eintopfs durch die Wohnung zog und der Tisch gedeckt war, holte Sarah eine kleine Stoffpuppe aus ihrer Tasche und gab sie Dora.

»Die ist für dich. Sie hat noch keinen Namen, aber dir fällt sicher etwas Hübsches ein.«

Dora starrte die Puppe mit offenem Mund an, dann hob sie den Blick, sagte »Sasa« und hockte sich mit der Puppe in eine Ecke.

Es war kurz vor Mitternacht, als endlich die Tür aufging und Ben mit Frank, Emily, Rose und Bessie hereinkam.

»Sarah!«, riefen alle und umarmten sie.

Die jüngeren Geschwister sahen müde aus, und Sarah wies sie an, sich die Hände zu waschen und sich an den Tisch zu setzen. Ben kam zu ihr an den Herd.

»Mutter ist noch im Hospital. Sie hatte eine Fehlgeburt. Annie ist bei ihr«, erklärte ihr Bruder, der älter als seine neunzehn Jahre aussah. Die Arbeit in einer Streichholzfabrik und zusätzliche Schichten in der Kohlenhandlung forderten ihren Tribut.

Frank warf einen bösen Blick in Richtung des Vaters, der seinen Rausch ausschlief. »Das ist seine Schuld. Der Arzt hat gesagt, dass sie eine weitere Schwangerschaft nicht überlebt.«

»Wann kommt Mum nach Hause?«, fragte Sarah. »Kann ich zu ihr? Braucht sie etwas? Ihr hättet mir eine Nachricht schicken sollen.«

Benjamin holte Teller aus einem Schrank und half seiner Schwester beim Verteilen der Suppe. »Das wollte sie nicht. So ist sie nun einmal, sie will nicht, dass wir uns ihretwegen Sorgen machen.«

»Das ist mir egal.« Sarah packte den Arm des Bruders. »Versprich mir, dass du mir Bescheid gibst, wenn sie krank wird. Mylady wird mir Geld geben, damit wir einen anständigen Arzt bezahlen können.«

Tiefe Schatten lagen unter den Augen ihres Bruders, der müde nickte. »Ja ja, mache ich.«

Als die Geschwister am Küchentisch saßen und schweigsam ihre Suppe aßen, flüsterte Emily: »Annie will heiraten, Sasa.«

Ben warf ihr einen vorwurfsvollen Blick zu. »Nicht jetzt, Emily.«

»Warum nicht? Sie wird es ja doch erfahren.« Emily war fünfzehn und ein patentes Mädchen, das im Gemischtwarenladen in der Straße eine Stelle gefunden hatte.

»Annie ist doch erst achtzehn. Wer ist denn der Auserwählte?«, wollte Sarah wissen.

Ben wischte seinen Teller mit einem Brotstück aus. »Der Sohn vom Kohlenhändler.«

»Hat er das arrangiert?« Sarah nickte zum schnarchenden Vater.

»Er hat seine Finger drin, aber Fred ist nicht der Schlechteste«, meinte Ben.

»Fred Fraser, der Sohn von Dean Fraser«, überlegte Sarah laut und erinnerte sich an einen dicklichen Jungen, der den Mädchen nachgestarrt und anzügliche Bemerkungen gemacht hatte.

»Sie kann Nein sagen.«

»Will sie nicht«, meinte Frank. »Wenn sie ihn heiratet, bekommt Dad mehr Gehalt. Immerhin ist Fraser dann sein Schwager.«

Sarah verbrachte die Nacht in der Wohnung und teilte sich ein Bett mit ihren Schwestern, die sich sofort wie früher an sie schmiegten. In aller Frühe stand sie auf, machte das Frühstück und verließ die Wohnung, bevor der Vater erwachte. Sie ging einer Konfrontation mit ihm aus dem Weg, denn ihre Wut auf sein rücksichtsloses Verhalten hätte sie zu unbedachten Worten verleitet. Und die Leidtragenden nach einem Streit wären ihre Geschwister.

Stattdessen besuchte sie ihre Mutter im Hospital, überzeugte sich davon, dass sie die Fehlgeburt einigermaßen gut überstanden hatte, und war beruhigt, als der Arzt ihr versicherte, dass kein Grund bestehe, die Patientin länger im Krankenhaus zu behalten. Dorothy Rosewell sah zwar noch viel zu blass und mitgenommen aus, doch ihre Kinder wollte sie nicht länger als unbedingt notwendig allein lassen. Nachdem Sarah sich von der Mutter verabschiedet hatte, brachte Annie sie zum Ausgang des großen Krankensaales.

Ihre kleine Schwester wirkte heute sehr erwachsen, und das betrübte Sarah, die sich hilflos fühlte. »Annie, du solltest noch warten mit der Heirat.«

»Es ist das Beste so. Und ich will nicht mit dir darüber sprechen. Wir kommen schon klar, Sarah.« Annie stand mit trotziger Miene vor ihr, die Arme vor der Brust verschränkt.

»Du hättest mich doch fragen können! Wir haben doch früher immer alles miteinander besprochen«, beklagte sich Sarah in der Hoffnung, ihre Schwester doch noch umstimmen zu können.

Das Hospital erwachte zum Leben. Die Schwestern begannen, die Bettpfannen zu leeren, und aus der Küche drang der Geruch von gekochtem Ei und Porridge herüber.

»Das ist lange her. Du führst dein eigenes Leben. Soho, wir, das ist doch nicht mehr deine Welt. Wahrscheinlich schämst du dich für uns, und ich kann's dir nicht einmal verdenken. Wäre ich an deiner Stelle, ginge es mir vielleicht genauso. Lass uns einfach in Frieden, Sarah.« Annie hatte leise und sehr bestimmt gesprochen, drehte sich nach den letzten Worten um und ging zurück in den Krankensaal.

Sarah war so perplex über diese unerwartete Ansprache, dass ihre Augen vor ungeweinten Tränen brannten, während sie das Hospital verließ.

11

Clayton Manor

Der Fahrtwind war frisch, und Sarah zog die Decke enger um ihre Beine. Lady Sudbury fuhr die schmale Schotterpiste in halsbrecherischem Tempo entlang. Erst kürzlich hatte sie ihre Lizenz zum Führen eines Automobils erhalten und nutzte nun jede Gelegenheit, um das glänzende Vehikel auszuführen. Ein paar Schafe liefen über den Weg, und Gwendoline Sudbury drückte auf die Hupe, was die Tiere jedoch wenig beeindruckte.

Hilda, die auf der Rückbank saß, stieß einen Seufzer aus, als der Wagen bremste, stehen blieb und sie von einer Staubwolke eingehüllt wurden. »Lieber Himmel, Mylady, ich fürchtete schon um unser Leben!«

»Ach, papperlapapp!«, winkte Lady Sudbury gut gelaunt ab. »Da vorn ist es! Es liegt wirklich herrlich. Ein Jammer, dass es keinen Erben gibt.« Sie öffnete die Wagentür und stieg aus.

Sarah folgte ihrem Beispiel, froh, sich nach dreistündiger Fahrt endlich die Beine vertreten zu können. Sie streckte die Arme aus, wedelte mit den Händen, bis sich der Staub verzogen hatte, und hielt den Atem an. »Meine Güte, das ist ja prächtig!«

Die Straße oder vielmehr der Feldweg, der sie durch das ländliche Kent geführt hatte, wurde von hohem Gras und Buschwerk gesäumt. Weite Teile des umliegenden Landes waren bewaldet, und innerhalb der letzten Stunde waren sie nur an vereinzelten Gehöften vorübergekommen. Doch jetzt öffnete sich die Sicht auf ein Tal, das von einem Wasserlauf durchquert wurde. Auf einer Anhöhe präsentierte sich Clayton Manor als zweistöckiges Anwesen aus hellem Stein und machte seinem Ruf als romantischer Landsitz alle Ehre. Lady Sudbury war hellauf begeistert gewesen, als Sarah von der bevorstehenden Auktion auf dem Anwesen erzählt hatte, verband sie doch angenehme Jugenderinnerungen mit dem Landsitz.

»Und, was sagen Sie, Sarah? Habe ich Ihnen zu viel versprochen?«, wollte die Lady wissen und scheuchte die Schafe von der Straße, die neugierig näher kamen. »Weg, geht weg, zurück auf eure Weide, na los!«

Zofe Hilda klatschte laut in die Hände und rief energisch auf Deutsch: »Verschwindet! Auf, auf!« Und tatsächlich reagierten die Tiere auf die Aufforderung.

»Wie haben Sie das denn gemacht, Hilda? War das ein deutscher Zauberspruch?«, fragte Lady Sudbury amüsiert.

»Mein Onkel war Schäfer in der Lüneburger Heide«, erwiderte die deutschstämmige Zofe.

Doch Lady Sudbury hatte ihre Aufmerksamkeit bereits wieder auf das Anwesen gerichtet, dessen Anblick sie entzückte. »Ganz wie früher! Jedenfalls von hier. Mal sehen, ob der alte Kasten noch in Schuss ist.«

»Hatte der verblichene Lord Vaynor denn finanzielle Probleme?«, fragte Sarah.

Innerhalb weniger Minuten hatte auch das letzte Schaf den Weg verlassen, und sie setzten ihre Fahrt fort.

»Davon gehe ich aus. Jeder, der solch ein Anwesen unterhalten muss, steckt irgendwann in Schwierigkeiten, wenn das Familienvermögen aufgebraucht ist und nicht klug gewirtschaftet wurde. Und Vaynor war ein Lebemann. Aber schrecklich charmant!« Lady Sudbury strich sich eine Haarsträhne unter ihr Tuch, das Kopf und Hals bedeckte. »Genau wie sein Cousin, George. Wir nannten ihn Georgie Porgie, auch wenn er das nicht mochte!«

Im Rückspiegel beobachtete Sarah, wie Hilda das Gesicht verzog, und fragte sich, warum Lady Sudbury die missmutige Zofe behielt. Sie folgten gerade einer lang gezogenen Kurve, die sie über eine Brücke auf das Anwesen zuführte, als hinter ihnen wild gehupt wurde. Sarah drehte sich um und erkannte Philip Maynard am Steuer eines Zweisitzers. Sie winkte, und Lady Sudbury hupte ebenfalls.

Vor dem Haus parkten bereits mehrere Automobile. Die Haustür stand weit offen, und auf der breiten Treppe, die beidseitig von einer Balustrade gefasst war, standen Kisten und Koffer. Hausdiener eilten hin und her, und aus dem Haus waren Hämmern, Klavierspiel und eine laute Stimme zu vernehmen. Letztere war Sarah vertraut, denn sie gehörte Percy James, der ganz in seinem Element schien.

»Hört hier überhaupt jemand zu, wenn ich eine Anweisung gebe?! Die Büsten dorthin, hier sieht sie doch niemand ...« Der Kunstexperte gab sich gern theatralisch und dramatisierte jede Kleinigkeit.

Sarah, die mit Lady Sudbury und Hilda im Hof stand, bemerkte: »Mr James ist schon da. Nicht zu überhören.«

»Nun, meine liebe Sarah, wir überlassen Sie Ihren Aufgaben und kümmern uns um unser Quartier. Hilda, sorgen Sie dafür, dass mein Zimmer zum Garten hinaus liegt. Hier vorn ist es mir zu laut.«

»Gewiss, Mylady.« Mit stoischer Miene sah Hilda sich nach einem Dienstboten um, der ihr behilflich sein könnte.

Lady Sudbury ging die Treppe hinauf, wo sie auf halber Höhe vom Butler empfangen wurde.

»Wollen Sie mir mit den Kameras helfen, Sarah?« Philip tauchte hinter seinem Wagen auf, der mit fotografischen Utensilien und Koffern bepackt war.

Er trug beige karierte Tweed-Knickers, Schnürstiefel und ein dunkles Jackett. Als er sich ihr zuwandte, nahm er die Mütze ab, um sich durch die zerzausten Haare zu fahren. Sein Lächeln streichelte ihre Seele.

»Gern. Kommen Sie auch aus London?« Sie nahm ein Stativ und legte es sich über die Schulter.

Gemeinsam gingen sie auf das Haus zu, doch vor der Treppe blieb Philip stehen.

Er überging ihre Frage und sagte stattdessen: »Ist das nicht ein grandioser alter Kasten? Viel zu groß, aber eindrucksvoll. Ich plane eine Serie mit Bildern von alten Anwesen wie diesem. Der Park ist unbedingt sehenswert, mit einem Triumphbogen, Pavillon und einer Brücke, die ich noch fotografieren will. Vielleicht möchten Sie mich begleiten?«

Er sagte das wie nebenbei, mit der Selbstverständlichkeit, mit der man Freunde bedachte. Sarah schätzte die Vertrautheit, die sie mit Philip verband, obwohl sie sich vor allem in jüngster Zeit mehr erhoffte. Seit jenem Tag im Hospital, als Annie ihr deutlich genug vermittelt hatte, dass ihre Besuche nicht länger erwünscht waren, fühlte sich Sarah einsam. Sie sehnte sich nach Nähe und Geborgenheit, nach einem Menschen, der sie in den Arm nahm und sie hielt, wenn sie zweifelte oder ängstlich in die Zukunft blickte. Vor Lady Sudbury gab sie sich nach Möglichkeit keine Blöße, denn die Erwartungshaltung der Lady war groß.

»Aber ja. Sie wissen doch, wie viel Freude mir das Fotografieren macht.«

»Na schön, dann wollen wir mal sehen, was uns da drinnen erwartet. Nach dem, was Rowland erzählte, soll die Sammlung extraordinär sein.«

An der Seite von Lady Sudbury hatte Sarah viele Landsitze besucht und war längst nicht mehr so überwältigt von den alten Gemäuern wie zu Anfang. Oh, sie waren beeindruckend, diese überdimensionalen Familiensitze mit Zimmerfluchten, in denen man sich verlaufen konnte, Wirtschaftstrakten, für die man Dutzende von Dienstboten benötigte, Kunstsammlungen, die Museen füllen konnten, und großen zugigen Hallen, die dazu einluden, Feste zu feiern, über die noch nach Jahren gesprochen wurde. Doch diese Hallen waren im Winter kalt, die Betten in den vielen Zimmern klamm, weil es keine Heizung gab und das Geld an allen Ecken und Enden fehlte. Ja, Sarah hatte viel über das Leben der Aristokratie gelernt. Der äußere Schein galt mehr als alles andere, und für dessen Aufrechterhaltung taten die meisten Familien alles, was nötig war. Oft verkaufte man zuerst den Familienschmuck, dann die Gemälde, Kunstgegenstände, hier und dort etwas Land, und natürlich verstand man sich auf das Arrangieren von vorteilhaften Ehen. Seit einigen Jahren hatten sich in dieser Hinsicht die Amerikaner als gewinnbringend erwiesen. Die neureichen Stahl-, Öl- und Eisenbahn-Tycoone hatten Töchter, deren großzügige Mitgift manchen englischen Lord über mangelnde körperliche oder geistige Vorzüge hinwegsehen ließ.

Sarah erkannte beim Betreten der Eingangshalle das Wirken eines Architekten aus dem Umkreis von Nash, bewunderte klassizistisches Dekor entlang der Balustrade im ersten Stock und eine Sammlung von antiken Büsten, die mit nachdenklichen oder stolzen Blicken die Eintretenden maßen.

»Diese Büsten sollten nur zusammen verkauft werden. Sie bilden eine homogene Gruppe, die aufgebrochen an Wirkung verlieren würde«, sprach sie ihre Gedanken laut aus.

»Ah, bravo! Was höre ich!«, rief Percy James vom anderen Ende der Halle. »Kommen Sie, Sarah. Auch wenn Sie nur eine Frau sind, haben Sie durchaus vernünftige Ideen. Genau das habe ich auch sofort zu unserem Gastgeber gesagt.«

Sie gab Philip den Stativkoffer und ging zu Percy James, der ein aufgeschlagenes Buch vor sich auf einem Marmortisch liegen hatte. Die Seiten waren mit Listen gefüllt, in denen jedes Objekt, das zur Auktion kommen sollte, aufgeführt war.

»Wir haben viel zu tun. Für die Bibliothek lasse ich noch jemanden aus London kommen. Gehen Sie in den großen Wohnraum, der an die Terrasse grenzt. Dort steht eine Menge Porzellan, und das Silber wurde bereits zusammengetragen. Wenn Sie nicht weiterwissen oder bei einem Stück unsicher sind, rufen Sie mich«, forderte der Experte sie auf und zeigte auf ein anderes Buch. »Tragen Sie dort die Stücke sortiert ein. Ich hoffe, dass ich nachher nicht alles korrigieren muss.«

»Nein, Sir, bestimmt nicht«, versicherte Sarah.

Percy James murmelte: »Ja ja, wir werden sehen«, und machte sich wieder an die Arbeit.

Sarah ging in das große Wohnzimmer, das nicht nur durch seine luxuriöse Möblierung bestach, sondern auch durch üppige Stuckverzierungen an der Decke. An der Stirnwand hing über einem Sideboard italienischer Herkunft ein Familienporträt, gemalt von dem berühmten englischen Künstler Thomas Gainsborough. Sarah notierte es und vermerkte eine mögliche Taxe. Gemälde waren nicht ihr Spezialgebiet, aber sie konnte den Wert eines Gainsborough einschätzen. In einem Auktionshaus wurde man ständig mit vielen verschiedenen Kunstobjekten konfrontiert und musste oftmals schnell eine Entscheidung treffen. Dabei verließ sich Sarah immer auf ihre Intuition, und die hatte sie bisher noch nicht im Stich gelassen. Was ihr an klassischer Bildung fehlte, machte sie mit ihrem Gespür für besondere Schätze wett. Lady Sudbury sagte gern, sie hätte eine Gabe.

Sarah stellte die Porzellanfiguren zusammen und sah Lady Sudbury auf der Terrasse mit einem gut aussehenden Herrn sprechen. Da eine der Türen offen stand, hörte sie, wie Lady Sudbury sagte: »Oh, Georgie, es ist doch aber ein Jammer, all das hier zu verkaufen!«

Es musste sich demnach um George Twisleton-Vaynor handeln, den Cousin des verstorbenen Lord Vaynor.

Der Angesprochene breitete theatralisch die Arme aus. »Sicher ist es das, aber wer soll den Unterhalt dieses Kastens zahlen? Mein werter Onkel hat nie etwas zurückgelegt und die Einnahmen aus den Ländereien verprasst. Aus meinem Mund muss sich das komisch anhören, ich bin ja selbst nicht gerade für meinen spartanischen Lebensstil bekannt. Aber etwas mehr Sinn für praktische Notwendigkeiten habe ich schon. Ob du es glaubst oder nicht.«

Lady Sudbury lachte und legte ihm die Hand auf den Unterarm. »Mein Guter, das weiß ich doch.«

»Du hast mich immer verstanden, Gwen. Warum haben wir uns eigentlich aus den Augen verloren?«

»Ich weiß nicht, Georgie. Aber ich konnte nicht widerstehen, als ich hörte, dass du hier bist und eine Auktion planst.«

»Weil ich hier bin oder weil du an irgendetwas aus der Sammlung interessiert bist? Sei ehrlich oder lieber doch nicht, sonst ist mein Ego geknickt …«, scherzte er mit übertrieben betrübter Miene.

Sarah hatte genug gehört und wandte sich ab. Was Lady Sudbury privat tat, ging sie nichts an, doch sie verspürte einen Stich, wenn sie beobachtete, mit welcher Leichtigkeit die Lady flirtete und männliche Gesellschaft genoss. Energisch notierte Sarah eine neue Figur. Warum verwehrte Lady Sudbury ihr, was sie ganz offen auslebte? Es war nicht gerecht, dass sie auf alles verzichten sollte, nur um ihren Ruf zu schützen. Welchen Ruf?, dachte Sarah bitter, schob den Gedanken jedoch zur Seite – wenn sie ehrlich war, war sie in ihrer Situation glücklich: Sie hatte viel zu hart darum gekämpft, sich aus der Abhängigkeit von ihrem Vater zu befreien, als dass sie sich freiwillig dem Willen eines anderen Mannes unterworfen hätte.

Nach dem Abendessen, das Sarah in der Küche mit den Dienstboten eingenommen hatte, verließ sie ihr Quartier im Gesindetrakt und spazierte über den Hof, auf dem die Automobile standen. Sie wollte sich nach dem langen Tag die Beine vertreten und hatte insgeheim gehofft, Philip zu treffen. Doch er schien noch mit den anderen im großen Salon zu sein. Sarah berührte die Motorhaube von Philips Wagen. Es gab Gräben, die waren so tief, dass keine Brücke jemals hinüberführen würde. Seufzend ging sie weiter.

Die Dunkelheit hatte sich bereits über die Hügel von Kent gelegt, und nur der Mond warf silbernes Licht auf die Gartenanlage von Clayton Manor. Sie folgte einem Weg aus Steinplatten, der zu einer Sonnenuhr vor einer Buchshecke führte. In einer Ecke entdeckte sie eine weibliche Statue, deren weißer Marmorkörper im Mondlicht leuchtete und etwas Geisterhaftes ausstrahlte.

»Was sie uns wohl erzählen könnte …« Philip Maynard war unbemerkt über den Rasen vom Haus herübergekommen. »Denken Sie das manchmal, wenn Sie alte Kunstwerke sehen?«

»Ich, nun ja, nein …«, erwiderte sie unsicher. Immer wenn sie mit ihm allein war, überkam sie diese alberne Nervosität, die sie nie verspürte, wenn sie mit anderen Männern sprach. Nicht einmal mit Charley, der sich redlich Mühe gab, sie zu verunsichern.

Sie hatte sich von ihm nicht einschüchtern lassen, und das musste ihm imponiert haben, denn er hatte sie nur noch ein weiteres Mal in Dakers House aufgesucht. Danach hatte er diverse Einladungen geschickt, und einmal war sie tatsächlich zusammen mit Ruby in einen Klub in Soho gegangen, in dem Charley seit einiger Zeit arbeitete. Sie hatte ihm beweisen wollen, dass sie sich nicht vor ihm fürchtete, und ein wenig Spaß hatte das Tanzen auch gemacht. Ruby war ganz vernarrt in Charley und verbrachte jeden freien Abend im *Bluebell*. Der blumige Name täuschte, denn der Klub genoss einen eher zweifelhaften Ruf, was ihn für viele Nachtschwärmer umso anziehender machte. Selbstverständlich wäre Hannah niemals in solch ein Etablissement gegangen, doch Sarah erlaubte sich hin und wieder einen Ausflug in diese Welt. Dabei gab sie acht, nicht in eine Polizeikontrolle zu geraten, denn ihre Arbeit bei Varnham's bedeutete ihr alles. Und sie wusste, dass Lady Sudbury ihr einen Fehltritt kaum verzeihen würde. Aber sie war jung! Muriel hatte ja recht, wer konnte schon sagen, was morgen sein würde?

Philip reichte ihr seinen Arm. »Kommen Sie, gehen wir ein Stück gemeinsam. Das habe ich mir schon lange gewünscht.«

Sie hakte sich bei ihm ein und sah zu ihm auf, denn er war einen Kopf größer als sie.

»Wirklich?«

Philip lachte leise, aber es klang beinahe zärtlich, nicht herablassend. »Sie sind eine bemerkenswerte junge Dame, Sarah. Es kommt selten vor, dass ich die Gesellschaft einer Frau so anregend finde wie die Ihre.«

»Oh«, war alles, was sie zu sagen vermochte.

Schweigend gingen sie über eine Rasenfläche, bis sie zu einer Treppe kamen, die in einen formellen Garten führte. Hier gliederten Blumenbeete, ein Brunnen und niedrige Hecken das Areal.

Der Mond ließ die Farben kaum erahnen, doch hier und dort schimmerte es rot oder weiß auf. Vom Haus drang Musik zu ihnen herüber, eine beschwingte Melodie, auf dem Klavier gespielt.

»George ist ein guter Klavierspieler«, sagte Philip, um die Unterhaltung wieder aufzunehmen. »Er hätte vielleicht Pianist werden sollen. Dann hätte er seine Berufung gefunden. Im Grunde tut er mir leid.«

»Ja? Aber er hat doch alles! Er erbt einen Titel, ein riesiges Vermögen, und er muss nichts tun!«, antwortete Sarah.

Der Duft von Rosen und Lavendel stieg von den Beeten auf. Sarah bückte sich, um eine Lavendelknospe zwischen den Fingern zu zerreiben. »Hm, ich liebe diesen Duft.« Sie hielt ihm ihre Hand hin.

Er hielt sie sacht fest, schnupperte und küsste ihre Handinnenfläche, was einen wohligen Schauer über ihren Rücken fließen ließ. Kurz schloss sie die Augen, um sie verträumt wieder zu öffnen. So musste es sein, dachte sie und sah ihn an.

Und plötzlich neigte er sich vor und küsste sie. Zögernd, vorsichtig, so als wäre er unsicher, ob sie es erlauben würde, doch ihre Lippen öffneten sich ganz von selbst unter seiner Berührung. Nur für einen Augenblick, dann zuckte sie zurück und hielt sich erschrocken die Hand vor den Mund.

»Es tut mir leid. Bitte verzeihen Sie mir, Sarah! Können Sie das? Ich weiß, dass ich das nicht hätte tun dürfen.« Flehend sah er sie an, unglücklich. »Ich möchte Sie nicht verlieren, unsere Freundschaft.«

Sarah rang mit sich. Vielleicht gab es nur diesen Moment. Sie wollte dieses kleine Glück für sich, sehnte sich nach seiner Nähe. Gleichzeitig würde sie nie zulassen, dass es ihr erging wie ihrer Mutter.

Als hätte er ihre Gedanken gelesen, sagte er leise. »Es tut mir leid.«

Die Leichtigkeit war aus seiner Stimme verschwunden, als er weitersprach.

»Ich muss es Ihnen sagen. Meine Familie hat eine Ehe für mich arrangiert. Es geht um den Erhalt des Familiensitzes. Ich bin in der Pflicht, ob ich will oder nicht.« Er nahm ihre Hände und hielt sie sanft. »Für Sie mag das schrecklich altmodisch klingen, aber ich könnte mir nie verzeihen, wenn meine Eltern meinetwegen alles verlören. Mein Vater würde den Freitod wählen. Und damit könnte ich nicht leben.«

Diese Eröffnung überraschte und verletzte sie. Alle ihre Träumereien für eine gemeinsame Zukunft zerplatzten wie sprödes Glas. »Sie haben einen Beruf und ein Auskommen. Reicht das denn nicht, um Ihren Eltern zu helfen?«

»Ich wünschte, es wäre so, aber für den Unterhalt eines Herrenhauses und die Tilgung von Schulden bedarf es eines bestehenden Vermögens – und das bringt meine Zukünftige mit in die Ehe. Im Grunde ist es ein Geschäft, ihre Familie will den Titel und den gesellschaftlichen Status und meine das Geld.«

Sie entzog ihm ihre Hände. »Ein hässliches Geschäft, wenn Sie mich fragen.« Ähnliches hatte auch Hannahs Mutter über die arrangierte Ehe gesagt. In diesem Moment entschied Sarah sich endgültig gegen die Ehe. Sie wollte unabhängig und frei sein, dafür würde sie kämpfen.

Er fuhr sich verlegen durch die Haare. »Ich kann in Ihren Augen lesen, dass Sie mich verachten, und Sie haben recht. Ich bin ein Feigling.«

»Aber nein! Nein, so denke ich nicht. Es ist Ihre Entscheidung. Ich würde auch nichts tun, das meiner Familie schadet, auch wenn wir kein Schloss besitzen. Wir besitzen überhaupt nichts.«

Mit einem bitteren Lächeln fuhr sie fort: »Das erleichtert vieles, nehme ich an. Aber ich versuche, mir meinen Platz im Leben zu sichern. Auf meine Weise werde ich das schaffen!«

»Sie sind wundervoll, Sarah! Ich beneide Sie um Ihren Mut und Ihre Entschlossenheit. Und ich entschuldige mich in aller Form, Ihnen zu nahe getreten zu sein.«

»Wirklich? Es tut Ihnen also leid, mich geküsst zu haben? Das betrübt mich. Ich wollte, dass Sie mich küssen.« Dabei schaute sie ihm in die Augen, hielt seinem Blick stand und fühlte sich stärker als noch vor wenigen Minuten.

Ein verschmitztes Funkeln stahl sich in seine Augen, und die Leichtigkeit, die ihre Beziehung so aufregend machte, kehrte zurück. »Das wollten Sie also, ja? Und Sie glauben, dass das eben ein Kuss war?«

Sie hob die Schultern. »Ich bin keine Expertin. Ja, ich denke, so stelle ich mir einen Kuss vor.« Herausfordernd legte sie den Kopf schief.

»Gott, vergib mir, aber das kann ich nicht auf mir sitzen lassen.« Philip zog sie an sich, strich mit den Fingern über ihre Schläfe, den Hals und berührte mit seinen Lippen ihre Stirn, dann ihre Augen, zog Sarah noch ein wenig näher, und schließlich fanden sich ihre Lippen. Nur diesmal nahm er sich die Zeit, sie zu kosten, zu fühlen, ihre Sinne und eine unerfüllte Sehnsucht in ihr zu wecken.

Sarah ließ es geschehen, denn sie wollte alles mitnehmen von diesem kostbaren Augenblick, von dem sie wusste, dass er unwiederbringlich war. Egal, wer sie nach Philip küssen würde, es würde sich niemals wieder so süß und schmerzhaft zugleich anfühlen, denn es gab keine gemeinsame Zukunft für sie.

Mit leicht erhitzten Wangen und zittrigen Knien stand sie vor ihm und lächelte. »Danke. Wir bleiben trotzdem Freunde.«

Er legte den Kopf in den Nacken und lachte so unbeschwert, dass es ansteckend war. »Sie sind unglaublich, Sarah Rosewell. Ich habe Ihnen zu danken, und eigentlich …« Er hielt inne und nahm ihre Hand. »Belassen wir es für heute dabei. Ich habe eine Freundin und schätze mich einen glücklichen Mann.«

Sie schlenderten einträchtig weiter durch den nächtlichen Garten. »Was ist Ihr nächster Auftrag, Philip? Wissen Sie, ich beneide Sie um die Freiheit des Reisens. Obwohl ich durch die Güte von Mylady schon Orte gesehen habe, von denen ich früher nicht zu träumen gewagt hätte.«

»Ein paar Porträts in meinem Londoner Studio und dann eine Reise nach Konstantinopel und Ägypten. Ich soll einen Archäologen begleiten. Das wird ein echtes Abenteuer. Kamele, Mumien, Pyramiden und Beduinen.«

»Oh, wie aufregend! Sie müssen mir schreiben! Unbedingt! Versprechen Sie es mir?« Sie freute sich für ihn, obwohl ihr Herz weinte, weil sie ihn für lange Zeit nicht sehen würde.

Philip drückte ihre Hand. »Ich verspreche es. Sie erhalten von jeder Station meiner Expeditionsreise eine Karte.«

Wie lange er tatsächlich fort sein würde, konnten sie beide nicht wissen. Der Krieg hing in der Luft, doch wahrhaben wollte es niemand.

12

London 1913

Sarah und Hannah standen in der National Portrait Gallery vor dem Porträt einer jungen Frau. Die erste Aufregung um dieses eher unscheinbare Aquarell hatte sich gelegt, und sie konnten das Bildnis an diesem Sonntagnachmittag in aller Ruhe betrachten.

»Das mysteriöse Bildnis von Charlotte Brontë«, las Hannah laut vor. »Tja, und nun weiß man nicht, ob es diese Miss Mary Vickers darstellt oder nicht. Was sagst du, Sarah?«

Die junge Frau auf dem Bild saß in einem Stuhl und hatte den Blick in ein aufgeschlagenes Buch vertieft. Ein schmales Gesicht, die Haare nach der Mode um 1850 in der Mitte gescheitelt.

»Nach den Beschriftungen auf der Rückseite wissen wir, dass es eine Umarbeitung von Miss Vickers Porträt in das von Charlotte Brontë sein soll. Und das finde ich recht plausibel.« Sarah hakte ihre Freundin unter. »Du wirst mir schrecklich fehlen, Hannah. Aber zur großen Auktion kommst du, ja?«

»Aber natürlich! Das lässt sich meine Familie nicht entgehen, und dann lernst du auch gleich meinen Levi kennen. Wir dürfen uns ja eigentlich vorher nicht sehen.« Hannah kicherte. »Aber er will auch nicht blind einen so wichtigen Schritt machen. Einmal habe ich ihn bei den Goldbergs gesehen, allerdings haben wir nicht miteinander gesprochen, und dann noch einmal in Kew Gardens. Da hatten wir immerhin fünf Minuten, um uns für die Auktion zu verabreden.« Hannah verdrehte die Augen. »Ich weiß wirklich nicht, warum man es den Brautleuten verbietet, sich kennenzulernen, immerhin sollen sie ja ein ganzes Leben miteinander verbringen.«

Hannahs Familie war gläubig, wenn auch nicht so streng wie viele andere jüdische Familien, doch auf die Einhaltung von Traditionen wurde großer Wert gelegt. Eine Familie ging vorbei, gefolgt von einer Gruppe junger Schüler, die von einem Lehrer begleitet wurden.

Sarah und Hannah schlenderten weiter, wobei die Bilder sie weniger interessierten, vielmehr nutzten sie den Museumsbesuch für den Austausch privater Neuigkeiten.

»Oh, Hannah, ich wünsche dir so sehr, dass du ihn magst. Ich meine, er wird dein Mann, und du sollst ihn küssen. Ein Kuss kann so viel bedeuten.« Sie schwieg und dachte an Philip.

Die intelligenten dunklen Augen ihrer Freundin sahen sie prüfend an. »Was ist geschehen, Sarah?«

Sarah senkte ihre Stimme zu einem Flüstern. »Philip, der Fotograf, war auch in Clayton Manor, und nun ja, wir sind spätabends noch spazieren gegangen.«

»Ach, komm schon, mach es nicht so spannend!« Hannah sah sich unter den anderen Besuchern um. »Hier kennt uns niemand.«

Man musste immer auf der Hut sein, wenn man seinen guten Ruf in der Gesellschaft nicht schädigen wollte. Jeder Fehltritt konnte Folgen haben. Besonders, wenn man sich in einer so unsicheren Position befand wie Sarah, das hatte sie inzwischen verinnerlicht.

Zwei Frauen standen mit dem Rücken zu ihnen vor einer Reihe

von Fotografien. Neben ihnen befand sich die Büste einer Frau, und Sarah zog Hannah mit sich vor die Büste.

»Sieh doch, Amelia Edwards, eine Reiseschriftstellerin, die in Ägypten war. Ach, Hannah«, seufzte sie. »Ich habe ihn schrecklich gern, und er hat mich geküsst. Und er verreist demnächst. Nach Konstantinopel und Ägypten.«

Hannah hob die Hand an ihre Lippen. »Oi, Sarah, und wie war es? Erzähl mir alles!«

Die beiden Frauen vor den Fotografien gingen in den nächsten Raum, doch an der Art, wie die ältere der beiden ging und den Kopf hielt, meinte Sarah, sie zu erkennen.

»Was ist los? Kennst du hier jemanden?« Hannah war ihrem Blick gefolgt.

»Ich dachte es, aber ich kann mich täuschen.«

»Sollen wir nachsehen?«

»Bloß nicht! Wenn ich richtigliege, ist es eine der Mitarbeiterinnen aus Varnham's, und es reicht mir schon, wenn ich Bertha morgen wieder im Büro sehe.«

Sie gingen langsam weiter, und Sarah erzählte von ihren Gefühlen und dem Kuss, der sie so beeindruckt hatte. »So muss es sich anfühlen. Das denke ich zumindest, und deshalb werde ich keinen anderen Mann küssen«, schloss Sarah.

Der Schal mit den goldenen Fransen rutschte Hannah von den schmächtigen Schultern, als sie ihre Freundin drückte. »Nein, sag so was nicht. Er kann dich nicht heiraten, das hat er doch gesagt. Verschenke dein Herz nicht voreilig, Sarah.«

»Kann man das denn entscheiden?« Ein wehmütiges Lächeln glitt über Sarahs Gesicht.

An einem der folgenden Tage saß Sarah im Archiv an ihrem Arbeitsplatz, den man ihr für die Vorbereitung der großen Clayton-Manor-Auktion zugewiesen hatte, und verfasste die Beschreibungen für die einzelnen zu versteigernden Stücke. Sie fühlte sich wohl an diesem Platz, wo niemand sie störte und sie in Ruhe nachdenken konnte, denn manche Beschreibungen erwiesen sich als knifflig. Wenn sie nicht weiterwusste, suchte sie in der Bibliothek nach Handbüchern oder holte sich alte Kataloge zu Hilfe.

Als sich Schritte näherten, hob sie den Blick von ihren Notizen und sah Bertha Morris durch die Regale auf sie zukommen. Bertha war die rechte Hand von Direktor Rowland und pochte bei jeder Gelegenheit auf ihre Position als Vorsteherin der Sekretärinnen. Sarah hatte damit kein Problem, denn Bertha hatte Berufserfahrung und eine gute Schulbildung, Dinge, die Sarah nicht vorweisen konnte.

»Mrs Morris, wollen Sie sehen, wie weit ich bin? Die Porzellanfiguren habe ich hier und ...«

Doch Bertha Morris baute sich mit vor der Brust gekreuzten Armen vor ihr auf. »Sie fleißiges Bienchen. Emsig, emsig, in allem, was Sie tun, nicht wahr?«

Ihr Ton war beißend, und Sarah erstarrte. »Ja, ich bemühe mich.«

»Ich bemühe mich«, äffte Bertha sie nach. »Das sehe ich, wie Sie sich bemühen! Jedem männlichen Mitarbeiter hier machen Sie schöne Augen, und dem Fotografen rennen Sie hinterher wie eine läufige Hündin. Wie naiv sind Sie eigentlich?« Bertha beugte sich vor, sodass ihre Nasen sich beinahe berührten.

»Aber, nein, ich, was wollen Sie denn von mir?« Nervös rückte Sarah auf ihrem Stuhl nach hinten.

»Ich will, dass Sie Ihre Arbeit machen und nichts weiter. Bilden Sie sich nur nicht ein, dass Sie besser sind als wir! Wo sind Sie noch gleich zur Schule gegangen?«

»Bishopsgate«, murmelte Sarah, wohl wissend, dass es sich um eine Grundschule für die Armen ihres Viertels handelte. »Aber ich hatte privaten Unterricht bei Lady Sudbury.«

Mrs Morris griff nach dem Notizbuch und überflog die Notizen. »Ja, richtig, die Lady ist Ihre Eintrittskarte in unser Haus. Direktor Rowland hat Sie allein deshalb eingestellt, weil Lady Sudbury eine gute Kundin ist! Dass Sie das nie vergessen, Sarah! Es gibt viele anständige Mädchen mit besserer Ausbildung, die nur darauf warten, Ihre Stelle einzunehmen.«

»Ich habe mir nichts vorzuwerfen, Mrs Morris.«

»Tippen Sie diese Einträge ab. Wir brauchen sie bis morgen Vormittag.« Sie warf das Buch auf den Tisch und rauschte davon.

Sarah strich die umgeknickten Seiten glatt. Dafür würde sie bis weit nach Geschäftsschluss hierbleiben müssen. Seufzend machte sie sich an die Beschreibungen von zwei Gemälden, die noch fehlten. Damit waren alle Objekte aus einem Raum abgehandelt.

Kurz darauf ging sie zu den anderen Sekretärinnen, setzte sich an ihre Schreibmaschine und begann mit dem Abtippen der Aufzeichnungen. Um neunzehn Uhr hatte sie noch immer zehn Berichte vor sich. Ihr Rücken schmerzte, und ihr Magen knurrte. Die anderen Frauen verabschiedeten sich, ohne sich weiter um sie zu kümmern. Solidarität gehörte nicht zu den herausragenden Eigenschaften ihrer Kolleginnen. Sarah stand auf und streckte sich.

Sie fand Mrs Morris im vorderen Teil des Büroraumes, der durch eine halbhohe Wand vom Rest des Raumes abgetrennt war.

»Ich bin noch nicht ganz fertig, aber wenn ich noch bleiben darf, schaffe ich alles. Bitte, Mrs Morris?«

Bertha knöpfte ihren Mantel zu und rückte ihren Hut gerade.

Ihr graues Haar trug sie aufgesteckt zu einem losen Knoten. Eine konservative Frisur, die zu ihrem grauschwarzen Kostüm passte. »Nun, der Nachtwächter kann Sie später hinauslassen. Aber bezahlt werden diese Überstunden nicht.«

»Ich möchte nur meine Arbeit gut machen. Und ich weiß, dass ich noch nicht so schnell wie die anderen mit dem Tippen bin.«

»Das Gehacke, was Sie da vollbringen, kann man auch schwerlich Tippen nennen, aber schön. Wenn die Berichte bis morgen früh auf meinem Schreibtisch liegen, sollen Sie auch als Verfasserin im Katalog erwähnt werden.«

»Danke, Mrs Morris!« Sarah ging zurück an ihren Platz und spannte ein neues Blatt in ihre Schreibmaschine.

Es wurde still im Auktionshaus, und nur das Klappern der Schreibmaschine war zu hören. Sarah war so vertieft in ihre Arbeit, dass sie erstaunt aufsah, als die Kirchturmuhr zehnmal schlug. Schwungvoll zog sie den beschriebenen Bogen aus der Maschine und legte ihn zuoberst auf den Stapel neben sich. Nachdem sie das Licht ausgeschaltet hatte, holte sie ihren Mantel und trat in den Korridor, von dem aus man in die Lagerräume gelangte. Der Nachtwächter saß in einem kleinen Zimmer nahe dem Hintereingang, denn von dort aus hatten Diebe schon mehrfach versucht, in das Gebäude einzubrechen. Ständig lagerten wertvolle Kunstobjekte bei Varnham's und manchmal sogar äußerst kostbare und seltene Objekte, die Begehrlichkeiten weckten.

Um die Porzellanfiguren fürchtete Sarah nicht und auch nicht um die antiken Skulpturen. Welcher Dieb schleppte schon tonnenschwere Marmorteile durch die Stadt? Und wenn Schmuck in eine Auktion ging, bewahrte Direktor Rowland ihn in einem Safe auf. Sarah war gern im Auktionshaus, fühlte sich wohl zwischen den Artefakten und liebte den Trubel und die elektrisierende Anspannung rund um die Auktionstage. Die Kunden waren so unterschiedlich wie die Objekte, die versteigert wurden. Das Geschäft war immer anders, es konnte jederzeit etwas schiefgehen, und genauso konnte es zu einer Sensation kommen. Sarah hängte ein Schild gerade und hörte Schritte. Das musste der Nachtwächter sein, doch bevor sie rufen konnte, um ihn zu warnen, hörte sie die leise Stimme von Otis Munro.

»Wenn Sie mir nicht glauben, verkaufe ich an jemand anderen«, zischte Munro verärgert.

Seinen Gesprächspartner konnte Sarah nicht sehen, doch sie nahm an, dass es sich um Mr James handelte, dann fiel ihr ein, dass James heute Abend erneut nach Kent gefahren war.

»Wer ist denn da?« Ein Licht ging am Ende des Lagerraums an, und die Umrisse des Nachtwächters erschienen. »Hallo?!«

Sarah wartete, doch Munro und sein Gesprächspartner waren verschwunden, also antwortete sie: »Ich bin's nur, Bob, Sarah!«

»Ach, Sie sind das, ja, ja, gehen Sie nur nach Hause, Miss, es ist ja viel zu spät. Kommen Sie, ich lasse Sie vorn hinaus, da finden Sie eine Taxe.«

Er kam mit der Laterne in der Hand auf sie zu und begleitete sie durch die Halle zum Hauptausgang.

»Haben Sie Mr Munro nicht gesehen? Der war doch eben noch hinten im Lager.«

Bob war ein ehemaliger Soldat, der in Indien gedient hatte und sich hier als Wachmann sein Auskommen verdiente. »Habe ich nicht gesehen, und er hätte an mir vorbeikommen müssen.«

Er schloss die Tür auf und schaute hinaus. »Regnet nicht, und da hinten sehe ich Pferde. Soll ich den Kutscher für Sie rufen?«

»Ach, so weit ist es ja nicht. Lassen Sie nur, Bob. Bis morgen!«

Der kräftige Mann runzelte die Stirn. »Es ist vielleicht nicht weit, aber nachts treibt sich hier überall Gesindel herum.«

»Ach, Bob, Sie machen sich mehr Sorgen, als mein Vater sich

jemals in seinem Leben gemacht hat.« Sie lachte. »Ich bin in der Dean Street groß geworden. Gute Nacht!«

Mit wenigen Schritten war sie die Treppen hinunter und reihte sich in die Nachtschwärmer ein, die noch unterwegs waren. Im Grunde musste sie die New Bond Street nur hinauflaufen bis zur Ecke Brook Street, die direkt zum Hanover Square führte. Ein von Pferden gezogener Omnibus ratterte über die mit Kies bestreuten Straßen. Der Lärmpegel innerhalb Londons war erheblich, und die neuen Automobile machten es nicht besser. Sarah wich einem Betrunkenen aus und sprang über eine stinkende Pfütze. Nur einige Straßen weiter befand sich ihr Elternhaus, und doch schien ihr der Weg dorthin seit Monaten viel weiter als sonst.

»Hey, Süße, willst du mit uns feiern?«, rief ein angetrunkener Herr im Frack, der mit einer Gruppe Männer unterwegs war, die aussahen, als kämen sie aus einem Theater.

Ihren Schritt beschleunigend, verließ Sarah die Hauptstraße und bog in eine der schmalen Gassen ein, in denen sich Mietshäuser, Stallungen und Lagerhallen abwechselten. Respektable Hotels gab es hier genauso wie Klubs, in denen die Herren unter sich waren. Sarah erkannte die hohe Gestalt von Lord Sudbury, der mit seinem Zylinder wie ein Leuchtturm zwischen den Flanierenden wirkte. Lady Sudburys Mann kam aus einem Tor, hinter dem sich ein privater Klub befand, und ging, seinen Gehstock schwingend, vor ihr in Richtung Hanover Square.

Da sie sich ihm schlecht anschließen konnte, folgte Sarah ihm in einigem Abstand. Seine Lordschaft ging jedoch nicht nach Hause, sondern winkte sich an der nächsten Ecke eine Kutsche und verschwand im nächtlichen Verkehr. Als Sarah bald darauf vor Dakers House stand, sah sie Licht in den Zimmern von Lady Sudbury brennen. Vor dem Dienstboteneingang stand Ruby und rauchte.

»Na, wo kommst du denn her? Bisschen spät für unser Prinzesschen, was?«

»Ach, lass doch, Ruby. Ich habe noch gearbeitet, und es macht mir Spaß.«

Ruby stieß den Rauch aus, hielt ihr versöhnlich die Zigarette hin, und Sarah nahm einen Zug. Manchmal schmeckte eine Zigarette recht gut, besonders nach einem langen Tag wie diesem. Aus der Dunkelheit tauchte plötzlich Rahu auf. Der indische Diener von Lord Sudbury verzog keine Miene und ging wortlos an ihnen vorbei.

»Guten Abend, Rahu«, sagte Ruby laut, doch die Miene des Dieners wurde nur noch finsterer, als er die Tür aufstieß und ins Haus ging.

»Ein unheimlicher Kerl, ich kann ihn nicht leiden«, meinte Ruby und nahm die Zigarette wieder aus Sarahs Hand.

»Seine Lordschaft habe ich eben gesehen, gar nicht weit von hier. Ich dachte, dass er nach Hause kommt, aber nein ... Was ist das nur für eine Ehe! Lady Sudbury tut mir leid.«

»Warum? Sie hat doch alles, was sie will. Pfh, mach dir wegen denen mal keine Sorgen. Kommst du morgen Abend mit ins *Bluebell*? Ich habe frei, und du solltest dir auch mal wieder etwas Spaß gönnen. Siehst ganz blass aus.«

Rubys rote Haare kringelten sich widerspenstig unter ihrer Haube.

»Mal sehen, wahrscheinlich kann ich nicht. Die große Auktion steht bevor, da gibt es viel zu tun.« Außerdem wollte Sarah nicht mit in den Klub.

»Was hast du denn davon, dass du so viel arbeitest? Zahlen sie wenigstens gut?«

Sarah schob einen Kieselstein mit der Schuhspitze fort. »Ist in Ordnung.«

Ruby hielt ihr die Zigarette hin und sah sie mit schräg gelegtem Kopf an. »So eine wie dich habe ich auch noch nicht kennengelernt. Was erhoffst du dir eigentlich? Willst du dir einen reichen Kerl angeln?«

Sarah nahm einen weiteren Zug und blies den Rauch in die Nachtluft. »Nein. Das nicht, Ruby. Mir macht die Arbeit Freude. Du warst noch nie in einem Auktionshaus und kannst nicht verstehen, was an so einer Versteigerung alles dranhängt. Das ist ...« Sie suchte nach den richtigen Worten. »Aufregend, ganz besonders, und jede Auktion ist anders, man weiß nie genau, was passiert. Komm doch einfach mal mit, dann weißt du, wovon ich spreche.«

»Da werden Möbel und alter Kram und teure Bilder verkauft. Ankauf und Verkauf. Ziemlich simpel. Und leisten kann ich mir von dem Zeug sowieso nichts.« Ruby steckte sich den inzwischen kurzen Zigarettenstummel für einen letzten Zug zwischen die Lippen. »Aber danke für die Einladung.«

Sarah nickte. »Gern, ich meine das wirklich ernst. Es wird dir Spaß machen.«

Kunstgegenstände konnten eine Begierde bei den Käufern wecken, und andersherum konnte diese Begierde durch einen guten Verkäufer geschaffen werden. Sie hatte Mr James und Direktor Rowland bei Kundengesprächen zugehört und erkannt, worauf es ankam. Wenn ein Kunstwerk von einer gewissen Aura umgeben war, eine geheimnisvolle oder beeindruckende Geschichte oder einen berühmten Vorbesitzer hatte, gewann es an Wert. Schöne Dinge waren nicht selten, erst ihre Geschichte machte sie zu Raritäten.

Ruby grinste. »Wenn ich mir eine Auktion ansehe, gehen wir gemeinsam aus. Spaß macht das nämlich auch.«

»Na schön, versprochen, und jetzt lass uns zu Bett gehen. Ich bin müde.«

Am nächsten Morgen erwachte Sarah durch lautes Trampeln auf dem Gang. Das gesamte Haus schien in Aufruhr. Verschlafen schaute sie aus der Tür.

»Was ist denn los?«, fragte sie Daisy, die mit hochroten Wangen dabei war, ihre Schürze zu binden.

»Heute wird Besuch vom Kontinent erwartet. Der Bruder von Lady Alexandra kommt mit seiner Frau und einem Diplomaten. Den Namen habe ich vergessen. Die haben so komische Namen da drüben.« Daisy knotete die Schürze fest. »Ich muss in die Küche!«

Nun beeilte sich auch Sarah mit dem Ankleiden. Seit sie fünf Tage die Woche bei Varnham's arbeitete, sah sie Lady Sudbury oft die ganze Woche nicht und wurde erst am Wochenende wieder als Gesellschafterin eingespannt. Hilda schien das sehr zu begrüßen, denn sie beanspruchte die Lady gern für sich.

Als Sarah Hilda heute nach dem Frühstück traf, wirkte diese seltsam aufgekratzt. »Na, Sie sind ja heute gut gelaunt, Hilda!«, bemerkte Sarah ganz ohne Sarkasmus.

Die Zofe stellte ihr Geschirr auf ein Tablett und machte der Köchin Platz, die mit einer großen Schüssel an ihnen vorbeiging.

»Sie wissen es sicher nicht: Lady Alexandra Crescantia ist eine geborene Széchényi. Alter ungarischer Adel! Und ihr Bruder, Graf Ferenc, ist am kaiserlichen Hof ein Berater von Einfluss. Sein Vater war übrigens Primas von Ungarn.«

Als Sarah sie verständnislos ansah, fügte sie hinzu: »Das ist ein hoher kirchlicher Würdenträger. Nun ja, meine Familie hat Wurzeln in Deutschland und auch in Ungarn. Es braut sich was zusammen, und Entscheidungen müssen getroffen werden, die …« Hilda hielt inne, so als hätte sie schon zu viel gesagt.

»Sie meinen die Politik? Aber Krieg will doch niemand«, erwiderte Sarah und strich sich die Ärmel glatt. Heute war Freitag, und sie trug ein dunkelblaues Kostüm mit besticktem Kragen.

»Es gibt Konflikte, die nur mit Waffengewalt gelöst werden können. Das ist nun einmal so«, meinte Hilda, und ihr harter Akzent trat deutlicher hervor.

»Das sehe ich nicht so, Hilda!«, widersprach Sarah. »Wer ist denn so dumm und schickt freiwillig sein Volk ins Verderben? Und ein Krieg hat noch nie etwas Gutes hervorgebracht.«

»Sie sind zu jung, um das zu verstehen. Mylady wünscht Sie heute Abend als Begleiterin bei einem Dinner. Halten Sie sich zur Verfügung.«

Verdutzt sah Sarah der selbstbewussten Zofe hinterher, als Jenkins durch den Gang kam und verächtlich schnaufte. »Kann sie nicht ausstehen, diese Hilda. Die hat was Scheeles an sich.«

Und sie verbirgt etwas, dachte Sarah.

13

Müde stolperte Sarah die Stufen zum Hintereingang von Varnham's hinauf. Der Abend gestern mit Lady Sudbury hatte sich hingezogen, da unerwartet Freunde der Lady aufgetaucht waren und Gespräche über die allgegenwärtige bedrohliche politische Lage die Gemüter erhitzt hatten.

»Guten Morgen, Thomas!«, sagte sie zum Portier und streifte im Gehen ihren Mantel ab.

Der junge Mann, der tagsüber den Platz von Bob einnahm, lächelte ihr hinter seiner Zeitung zu. »Guten Morgen, Miss. Wenn es losgeht, melde ich mich freiwillig.«

»Wie bitte?«, sie legte sich den Mantel über den Arm.

»Na, wenn es zum Krieg kommt. Ich werde mich melden!«

Er sagte das voller Stolz, und seine Augen leuchteten.

»Hoffen wir, dass es nicht dazu kommt.« Sarah ging weiter und fragte sich, warum die jungen Männer sich darauf freuten, ihr Leben im Kampf zu riskieren. Dachten sie an ihre Mütter und Frauen, die sich die Augen ausweinten, wenn sie nicht zurückkehrten? Ob ihre Brüder auch so versessen darauf waren, für Ruhm und Vaterland ins Feld zu ziehen?

Seufzend durchquerte sie den Lagerraum und sah, wie Douglas Palmer, der Experte für Möbel, ein Sofa begutachtete.

»Guten Morgen, Mr Palmer!«

Der Experte sah auf und winkte sie zu sich. »Ah, Miss Rosewell. Kommen Sie doch mal her. Gestern wurde dieses Sofa eingeliefert. Was sagen Sie dazu?«

Palmer war jünger als Mr James, trat gern dandyhaft auf und trug stets ein buntes Einstecktuch. Er war launisch, und man musste vor ihm auf der Hut sein. Heute gab er sich jovial und wollte ihre Meinung hören, was ungewöhnlich war, aber Sarah war inzwischen erfahren genug, um einen qualifizierten Kommentar abgeben zu können.

Sie betrachtete die geschwungene Rückwand, die vergoldeten Holzleisten und die kannelierten Beine. Die Polsterung schien neu und das Muster etwas zu grell. »Chippendale. Soll es noch aufgepolstert werden? Abgesehen davon scheint es mir ein sehr dekoratives Stück zu sein.«

»Der Stoff ist billig, zerstört den Gesamteindruck. Ich habe der Verkäuferin gleich gesagt, dass sie mit einem neuen Bezug einen besseren Preis erzielen könnte, aber sie wollte das Geld sparen.« Palmer warf ihr einen anerkennenden Blick zu. »Setzen Sie ein Schreiben an die Käuferin auf, Miss Rosewell. Erklären Sie den Mehrwert eines neuen Bezuges.« Er trommelte auf der Lehne. »Das wird eine aufregende Sache in Kent! Die Chancen stehen gut, dass wir unseren Konkurrenten aus der King Street in dieser Saison in den Schatten stellen.«

»Es sind wirklich prachtvolle Stücke dabei, und selbst wenn nur die Reserven erreicht werden, wäre das schon ein enormer Gewinn.«

Derzeit gab es in London nur zwei Auktionshäuser von Rang. Ein weiteres Haus in der Wellington Road war vorrangig auf dem Buchmarkt tätig, hatte jedoch schon Ambitionen gezeigt, sich breiter aufzustellen. Es war also enorm wichtig, sich gegenüber der Konkurrenz zu behaupten, vor allem, wenn man wie Direktor Rowland große Ambitionen hatte.

»So ist es, so ist es«, Palmer entdeckte einen Mitarbeiter, der eine Vase in eins der Regale stellen wollte, und ließ sie einfach stehen. »Nein, was machen Sie denn, nicht dorthin!«

Sarah ging weiter durch die Flure, kam am Büro des Direktors vorbei, der gerade telefonierte, und hängte ihren Mantel an die Garderobe im Vorzimmer des Sekretariats. Bertha Morris saß hinter ihrem Schreibtisch und tippte mit ihrem Füller bedeutungsvoll auf einen Stapel Berichte.

»Sie sind zu spät, Sarah. Vielleicht haben Sie sich übernommen, und das alles hier ist doch zu viel für Sie.«

Die anderen Frauen im großen Büro tuschelten und schauten dabei verstohlen zu ihr hinüber. Irgendetwas ging hier vor.

»Es tut mir leid, aber Mr Palmer hat mich im Lager aufgehalten.«

»Ach ja, Sie denken, dass das Katalogisieren Sie unterfordert? Sie streben nach einem Expertenjob? So vermessen sind ja wohl nicht einmal Sie.«

In den Regalen hinter Mrs Morris' Tisch standen Handbücher und die Kataloge von Varnham's. Der Katalog für die nächste große Herbstauktion sollte bald in den Druck gehen.

»Ich bin sehr zufrieden mit meiner Arbeit hier.«

»Warum liefern Sie mir dann solch einen fehlerhaften Schund ab?« Mrs Morris nahm einige getippte Seiten in die Hand und warf sie vor Sarah auf den Tisch. »Voller Tippfehler, falsche Bezeichnungen, und es fehlen fast überall Quellenangaben. Und eine Figur aus der Meissener Gruppe haben Sie gar nicht bearbeitet. Das habe ich gestern noch übernommen.«

Sarah überflog die Seiten und verstand nicht, wie ihr das passieren konnte, denn sie hatte sorgfältig gearbeitet und alles noch einmal gegengelesen. »Welche Figur? Ich habe alle beschrieben, den Schäfer, das tanzende Paar und den Clown mit dem Bären.«

»Clown und Bär fehlte. Direktor Rowland war ziemlich enttäuscht, wo er doch so große Stücke auf Sie hält und Sie nach Kent geschickt hatte. Dieses Mal sind Sie noch davongekommen, aber einen weiteren Fehler dürfen Sie sich nicht erlauben.«

»Aber das kann doch gar nicht sein!«, rief Sarah. »Ich weiß ganz genau, dass ich diesen Katalogeintrag geschrieben habe. Der Clown hatte rote und grüne Rauten auf seiner Jacke, die Marke unten auf der Figur, alles habe ich notiert und auch eine Liste der Werke des Meisters eingefügt.«

»Hier ist nichts, und ich kann nur nach dem gehen, was mir gegeben wird«, erwiderte Mrs Morris kühl und griff nach ihrer Brille.

»Das stimmt doch nicht! Ich kann es beweisen!« Sie bewahrte die Durchschläge immer auf, und so stürmte Sarah zu ihrem Tisch im Büro und durchsuchte ihre Ablage.

Muriel, die ihr gegenübersaß, beobachtete sie. »Wonach suchst du denn?«

Das Klappern der Schreibmaschinen verlangsamte sich.

»Nach den Durchschlägen, die ich vorgestern hier abgelegt habe. Die müssen doch noch da sein.« Sie blätterte ihren Block durch, auf dem sie die Stichworte notierte, nach denen sie arbeitete. Da stand es: Clown und Bär, Meißen 1783. Aber die Durchschläge fehlten. Plötzlich kam ihr ein Verdacht, und sie sah zur Glasscheibe, hinter der Bertha Morris saß. Als ihre Blicke sich trafen und ein triumphierendes Lächeln über Berthas Gesicht huschte, wusste Sarah, warum sie die Durchschläge nicht finden konnte.

»Ich habe deine Sachen nicht angerührt, falls du das denkst«, sagte Muriel leicht vorwurfsvoll.

»Schon gut, Muriel, ich werde sie wohl aus Versehen weggeworfen haben.«

Crescendoartig schwoll das Klappern der Schreibmaschinen wieder an, und Sarah ging zu ihrer Widersacherin, denn als solche hatte sich Bertha Morris spätestens jetzt entpuppt.

So leise, dass die anderen sie nicht hören konnten, sagte Sarah: »Wir beide wissen, dass ich meine Aufgaben ordnungsgemäß erfüllt und abgeliefert habe. Noch einmal kommen Sie so nicht davon, lassen Sie sich das gesagt sein.«

Mrs Morris' Blick wurde hart. »Sie drohen mir? Glauben Sie denn, Sie sind die Erste, die hier hereintanzt und mir meine Stellung streitig machen will? Ich bin noch hier, vergessen Sie das nicht. Und überhaupt, was wollen Sie denn machen?«

Siegessicher spielte sie mit ihrem Füller.

»Ich hatte niemals vor, Ihnen Ihre Position hier streitig zu machen.«

Auf dem Korridor wurde eine Tür aufgestoßen. »Mrs Morris!«, rief Direktor Rowland, und die Sekretärin stand auf und stieß Sarah beim Verlassen des Raumes grob gegen die Schulter. »Gehen Sie mir aus dem Weg!«

Dieser Tag hatte nicht gut begonnen, und er sollte noch schlimmer enden. Als Sarah am Abend den Küchentrakt von Dakers House betrat, wurde sie auffallend höflich von Mrs Casper begrüßt.

»Sarah, es tut mir sehr leid, die Überbringerin schlechter Nachrichten zu sein. Aber das gehört leider zu meinen Pflichten in diesem Haus. Wollen Sie mir bitte in mein Zimmer folgen.«

Erschrocken folgte Sarah der Hausdame in deren kleinen Raum und nahm auf einem angebotenen Stuhl Platz. Nervös spielte sie mit ihren Handschuhen.

Wie immer trug die Hausdame auch heute ihr schwarzes Kleid mit dem Schlüsselbund am Gürtel, nahm einen Brief von ihrem Schreibtisch und reichte ihn Sarah. Der Brief hatte einen schwarzen Rand.

Mit zitternden Fingern riss Sarah die Trauerpost auf und überflog die Zeilen, die ihre Mutter geschrieben hatte:

Liebste Sarah,

verzeih, dass ich Dir erst heute schreibe, aber es war alles zu viel, und Du hättest nichts ändern können. Dora ist gestorben. Unsere kleine Dora hat nun endlich Ruhe vor dem Leben, das so schwer für sie war. Sie war ein liebes Kind, anders und hilfsbedürftig, aber eine ganz und gar reine Seele. Ich weiß, dass Du sie sehr geliebt hast und ihr beiden euch sehr nahestandet.

»Nein!«, schluchzte Sarah.

Mrs Sims streckte die Hand nach ihr aus. »Oh, meine Liebe, ich hatte befürchtet, dass es Ihnen nahegehen würde. Eine Tasse Tee oder etwas Stärkeres?«

»Meine kleine Schwester ist gestorben. Sie war ein unschuldiges Kind, und ich war nicht bei ihr, um sie zu beschützen.«

Mrs Casper nahm eine Whiskyflasche aus ihrem Schreibtisch und schenkte Sarah etwas in ein Glas. »Bitte, trinken Sie, das beruhigt die Nerven und wärmt den Magen.«

Gehorsam nippte Sarah an dem Glas und las weiter:

Der Sturz war so unglücklich, dass sie aus ihrer Ohnmacht nicht wieder erwacht ist. Wir haben sie in aller Stille bestattet. Nur die Großen und ich waren dabei. Bitte, meine liebe Tochter, komm jetzt nicht zu uns. Du weißt, wie Dein Vater ist, und gerade jetzt würden

Vorwürfe es nur noch schlimmer machen. Triff mich bei Mrs Weaver, dann erzähle ich Dir alles. Ich liebe Dich, mein Kind.

Deine Mutter

Sarah stürzte den restlichen Whisky in einem Zug hinunter und sah Mrs Casper an. »Ich vermute, dass mein Vater schuld am Tod meiner kleinen Schwester ist. Aber meine Mutter will nicht, dass ich nach Hause komme. Ich habe ihm immer die Stirn geboten, und er darf doch nicht damit davonkommen. Vorausgesetzt, er hat tatsächlich Schuld.« Sarah wischte sich die Augen.

»Sie wissen nicht genau, was geschehen ist, Sarah, und Ihre Mutter will Sie offensichtlich schützen. Belassen Sie es dabei.«

»Belassen? Einfach so?« Voller Zorn und Trauer umklammerte sie das Glas. Sie fühlte sich ohnmächtig und sehnte sich nach ihrer Mutter. Gleichzeitig fürchtete sie sich davor, nach Hause zu gehen und den Geschwistern, die sie alleingelassen hatte, gegenübertreten zu müssen.

Sie faltete den Brief zusammen. »Danke, Mrs Casper, aber ich muss jetzt gehen.«

»Hören Sie auf den Rat einer älteren Frau, die schon viel erlebt hat. Bleiben Sie hier. Sie sind aufgewühlt und zornig, daraus entsteht nie etwas Gutes.« Der mitfühlende Blick der Hausdame ging nicht spurlos an Sarah vorüber, doch sie konnte nicht anders.

Die Glocken von St. Patrick's am Soho Square schlugen zur zehnten Stunde, als Sarah um die Ecke bog und den vertrauten Wohnblock vor sich sah. Es war nicht kalt, doch Sarah fröstelte. Irgendjemand kochte immer Kartoffeln, schoss es ihr durch den Kopf, als der muffige Geruch ihre Nase traf, und sie wich einem Haufen

Pferdeäpfel aus. Eine streunende Katze huschte mit einer Maus im Maul vor ihr in einen Kellereingang.

Sie atmete mehrmals tief ein und aus, drückte sich ein Taschentuch gegen die Augen, weil sie die Tränen nicht zurückhalten konnte, schnäuzte sich schließlich die Nase und wollte die Treppen hinunter zur Wohnung ihrer Familie steigen, als über ihr jemand aus dem Fenster sah. Sie konnte gerade noch zur Seite springen, bevor die Spucke neben ihr auf dem Pflaster landete und das Fenster zugeschlagen wurde.

Die Tür zu ihrer Wohnung war nicht verschlossen. Langsam drückte Sarah sie auf und blieb mit der Hand auf dem Knauf stehen. Ihre Mutter saß mit den Geschwistern um den Küchentisch, auf dem eine Kerze brannte. Alle hielten sich an den Händen und hatten die Köpfe gesenkt, während ihr ältester Bruder ein Gebet murmelte. Die friedvolle Szene täuschte, denn alle trugen schwarze Kleidung, der Spiegel an der Wand gegenüber war abgehängt worden, und Bessie weinte.

Die jüngste Schwester war es auch, die sie entdeckte. »Sasa!«

Jetzt drehten sich alle zu ihr um, und Sarah erschrak, als sie die Resignation in den Gesichtern erkannte. Bessie war aufgesprungen, lief zu ihr und umarmte sie. Sarah drückte den mageren Kinderkörper an sich und schämte sich zutiefst, dass sie nicht öfter zu Besuch gekommen war.

Nacheinander kamen nun auch die anderen zu ihr, und bald lagen sich alle in der gemeinsamen Trauer um die kleine Dora in den Armen. Als sie ihre Mutter an sich drückte, flüsterte diese: »Du hättest nicht kommen sollen, Sarah, das macht es nur noch schwerer für dich.«

»Aber …«, begann sie, doch ihre Mutter nahm ihre Hand und nahm sie mit in das Kinderschlafzimmer.

Nachdem sie die Tür geschlossen hatte, stand sie vor ihrer

Tochter und legte ihr die Hände auf die Schultern. Sanft strich sie ihr über die Wange. »Du bist erwachsen geworden, Sarah, und du hast dich verändert. Das Leben hat dich verändert.«

»Nein! Ich bin immer noch dieselbe Sarah, die Schwester von Dora, deine Tochter! Warum hast du mir nicht Bescheid gegeben, als Dora gestorben ist? Ich hätte mich gern von ihr verabschiedet«, sagte sie mit brüchiger Stimme.

Dorothy Rosewells Augen waren gerötet und schimmerten feucht. »Sie war nicht mehr bei Bewusstsein, nachdem sie gestürzt ist. Du hättest nichts für sie tun können, glaube mir.«

»War es Vater? Hat er sie geschlagen?«

Dorothy schüttelte den Kopf. Sie wirkte plötzlich sehr müde, und die Last der Jahre wog schwer auf ihren schmalen Schultern. »Er war betrunken, und niemand weiß, was geschehen ist. Sie kann auch gespielt und dann gegen den Tisch gefallen sein. Es macht doch keinen Unterschied, Sarah. Sie ist tot und hat endlich ihren Frieden.«

»Doch, Mutter, es macht einen großen Unterschied. Wenn er sie geschlagen hat und sie deshalb gestorben ist, ist er ein Mörder, ein Totschläger und gehört ins Gefängnis!«

Ihre Mutter packte ihre Hände und sah ihr fest in die Augen. »Und was bringt das? Dann sitzt er ein, und wir haben kein Geld. Immerhin bringt er regelmäßig genug nach Hause, um seine Kinder satt zu machen. Wer weiß, wie lange ich noch bei Mrs Weaver arbeiten kann. Mein Augenlicht wird immer schlechter, Sarah. Sie zahlt mir nur noch die Hälfte, weil ich mich oft versehe.«

Schluchzend zog Sarah ihre Mutter an sich. »Warum sagst du denn nichts? Ich schicke euch mehr Geld! Ich brauche doch kaum etwas.«

Ihre Mutter löste sich von ihr. »Doch, du brauchst dein Geld, um dir eine Zukunft aufzubauen, Sarah. Wir kommen schon zurecht. Du musst dich um dich selbst kümmern. Nutze deine Möglichkeiten, Kind. Vielleicht hast du irgendwann dein eigenes Geschäft. Du hast die Fähigkeiten!«

Sarah holte die Börse aus ihrer Tasche, die sie für ihre Mutter mitgenommen hatte. »Hier, nimm das, und verstecke es vor ihm. Wie geht es dir? Brauchst du einen Arzt?«

»Nein, nein, mir geht es gut.«

Im Nebenzimmer wurde es laut. »Wo ist sie?«

»Nicht, Annie!«, rief Ben, doch schon wurde die Tür aufgestoßen, und Annie stürmte wutentbrannt herein.

»Was willst du hier? Sie ist tot und muss nicht mehr leiden. Wir brauchen dich nicht. Wenn ich erst verheiratet bin, wird Frank schon für uns sorgen. Dann ziehen wir aus diesem Loch in eine Wohnung im ersten Stock! Das hättest du nicht gedacht, was?!« Annie trug ein schlichtes schwarzes Kleid und sah sie abweisend an.

»Warum bist du so, Annie? Wir haben uns doch früher gut verstanden?«, versuchte Sarah es und wollte ihre Schwester berühren, doch die wich ihr aus.

»Lass das! Wir waren uns nie nahe, du hast dich immer für etwas Besseres gehalten, und das, obwohl du ein Bastard bist.« Mit erhobenem Kinn stand Annie kampflustig vor ihr.

Verletzt suchte Sarah den Blick ihrer Mutter, die plötzlich sehr blass wurde und sich auf das Bett setzte. »Ihr seid meine Kinder, und ich liebe euch gleichermaßen. Hört auf mit dem Streit.«

»Du hast es ihr gesagt?«, fragte Sarah tonlos.

»Nein, das hat Vater getan. Er ist ja nicht immer betrunken«, meinte Annie.

Sarah nahm die kleine ausgefranste Stoffpuppe vom Bett, die Dora immer mit sich herumgetragen hatte. »Darf ich die mitnehmen?«

Ihre Mutter nickte. »Nimm sie, und geh, Sarah. Gib mir einen Kuss, und dann geh. Ich bin müde.«

In dieser Nacht weinte sich Sarah in den Schlaf. Sie fühlte sich so einsam wie noch nie zuvor. Einsam und heimatlos, denn sie gehörte nirgendwo wirklich dazu.

14

Vor dem Haupteingang von Varnham's drängten sich am Vormittag die Besucher. Alle wollten kurz vor der Auktion noch einmal die Objekte in Augenschein nehmen und dabei die Konkurrenz abschätzen. Sarah hatte gelernt, ihre Gefühle in einem Winkel ihres Herzens zu verstecken, sodass niemand auch nur auf die Idee gekommen wäre, dass sie ihre Schwester betrauerte. Mit einem freundlichen Lächeln begrüßte sie die Besucher und half mit Auskünften zu den ausgestellten Stücken.

»Was ist das hier für ein Holz? Ist das gemalt, oder was soll das sein?«, fragte eine rundliche Dame, deren Schmuck heller funkelte als der Kronleuchter der Eingangshalle.

Sie standen vor einem Anrichtekästchen aus der Zeit Napoleons III. »Es handelt sich um einen palisander- und rosenholzfurnierten Hartholzkorpus. Das Medaillon mit dem Blumenmotiv ist ein Marketeriedekor. Französische Schule, sehr hochwertig, Madam«, erklärte Sarah geduldig.

Die Dame hielt sich ihre Brille vor die Augen und ging um das hübsche Kleinmöbel herum. »Das würde sehr gut in unser Speisezimmer passen. Nur scheint mir der Preis etwas sehr hoch gegriffen. Kann man da verhandeln?«

Es kam immer wieder vor, dass Kunden im Vorfeld verhandeln wollten, obwohl das nicht möglich war. Manchmal waren die betreffenden Personen aber auch einfach nicht informiert, weil sie noch nie an einer Auktion teilgenommen hatten.

»Es tut mir leid, Madam, aber der ausgezeichnete Preis ist das Limit, unter dem der Verkäufer nicht verkaufen wird.«

»Ach, so ein Unsinn. Wer ist der Verkäufer? Man kann doch über alles reden!«, sagte die Dame im Brustton der Überzeugung und sah sich um.

»Wir sind in einem Auktionshaus. Darf ich Ihnen erklären, wie Sie dieses Stück in der Auktion ersteigern können?«, bot Sarah höflich an.

Die Kundin hörte zu, nickte und sagte: »Das wusste ich nicht. Ich danke Ihnen, Miss?«

»Rosewell, Madam.«

Zu diesem Zeitpunkt wusste Sarah nicht, dass es sich bei der enthusiastischen Dame um Florence Lattimore, die Gattin eines reichen Schokoladenherstellers, handelte, die zu einer treuen Kundin von Varnham's werden sollte.

»Sollte ich heute Glück haben und dieses Schränkchen zu einem anständigen Preis ersteigern können, werden Sie feststellen, dass Florence Lattimore nicht undankbar ist.« Mrs Lattimore schwenkte gut gelaunt ihren Schirm, der farblich auf ihr Kleid und eine rosafarbene Pelzstola abgestimmt war.

Eine auffällige, auf charmante Weise vereinnahmende Person, dachte Sarah und sah, dass Palmer sie zu sich winkte. Er war heute der leitende Auktionator und wollte ihr sicher noch einige taktische Anweisungen erteilen. Immerhin waren die Armenier heute nicht anwesend. Die armenischen Händler waren eine rechte Plage, weil sie mit ihren internen Absprachen die Preise drückten, um nach den Auktionen im privaten Kreis neu zu verkaufen.

Palmer hatte sich mit einem maßgeschneiderten Anzug und einem gelben Einstecktuch in Schale geworfen. »Ich setze heute große Hoffnungen auf die französischen Girandolen und das Bibliotheksregal. Ein Vertreter der Händlerfamilie Gruen ist interessiert und Miss Duff, eine reiche Erbin. Haben Sie bitte ein Auge auf Miss Duff, die leider von einem Herrn begleitet wird. Ihr Onkel oder ein Anwalt, auf jeden Fall dazu da, um ihre Kauflust zu bremsen. Lenken Sie den alten Knaben ab, wenn es darauf ankommt.«

»Ja, Sir, ich werde mich so positionieren, dass ich beide im Blick habe«, versprach Sarah.

»Normalerweise ziehe ich Mitarbeiterinnen vor, die unauffällig gekleidet sind, um nicht von den Objekten abzulenken, aber heute könnte Ihr reizendes Erscheinungsbild durchaus von Vorteil sein.« Die Missbilligung ihres exquisiten Kleides aus dunkelblauer Seide und Chiffon war nicht zu überhören, aber Palmers Geschäftssinn überwog.

Sarah hatte sich heute besondere Mühe mit ihrem Aussehen gegeben, denn sie hoffte, dass Philip kommen würde, den sie vermisste, obwohl sie es nicht wollte.

Die Glocke wurde geläutet. Es handelte sich um eine alte Schiffsglocke, die seit Bestehen des Hauses jede Auktion einleitete. Die Leute begaben sich in den großen Saal, und bald erstarb das Gemurmel, und alle Blicke richteten sich gespannt auf das Pult auf der Bühne am Ende des Saales. Palmer agierte souverän und sehr charmant, scherzte, flirtete mit den Damen und brachte den Saal in Stimmung. Die Hände mit den Bieterschildern, auf denen Nummern standen, flogen in die Höhe, und der Hammer fiel bei beachtlichen Preisen, doch Palmer wollte heute mit zwei Lots Rekordsummen erzielen. Journalisten der *Times* und des *Burlington Magazine* waren anwesend und notierten eifrig, was im Saal vor sich ging. Unter den Besuchern waren prominente Mitglieder der Gesellschaft, eine Theatermimin, die derzeit große Erfolge feierte, und die Erbin Miss Duff, die allein schon reichlich Stoff für die Klatschspalten gaben.

Ein Raunen ging durch den Saal, als die Mitarbeiter die beiden vergoldeten Girandolen, prächtige dreiarmige Kerzenleuchter, auf den Tisch neben dem Pult des Auktionators stellten.

»Wer möchte nicht dieses elegante Paar Girandolen in seinem Salon präsentieren? Wir haben bronzierte Figuren der griechischen Antike, welche die vergoldeten Arme halten. Blattwerk, feinste Goldschmiedekunst, ein edler Sockel mit zusätzlichen Applikationen ...«, pries Palmer die Kerzenleuchter an. »Wer bietet viertausend Pfund? Diese Girandolen hielten bereits die Kerzen, die Victor Hugo beim Schreiben leuchteten.«

Ein Dutzend Arme ging nach oben. Palmer trieb den Preis in schwindelerregende Höhen, und Miss Duff und auch Mr Gruen, in dem Sarah Hannahs Onkel erkannte, boten mit. Bis zu einer gewissen Grenze. Plötzlich geriet das Wettbieten ins Stocken, und da hob plötzlich in der letzten Reihe ein bisher nicht in Erscheinung getretener Mann sein Schild. Trotz Brille und falschem Bart erkannte Sarah Otis Munro, der anscheinend auf ein Zeichen von Palmer gewartet hatte. Miss Duff wollte ihren Arm heben, wurde jedoch von ihrem Begleiter daran gehindert. Um fünfhundert Pfund hatte Munros Gebot den Preis nach oben getrieben, doch ausgerechnet diese Spanne schien die potenziellen Käufer zu verschrecken. Es blieb ruhig im Saal, man reckte die Hälse, doch alle diejenigen, die bisher mitgeboten hatten, schüttelten ablehnend den Kopf, als Palmer sie ansah. Sarah stellte sich bildlich vor, wie der Auktionator mit den Zähnen knirschte, als er den Hammer fallen ließ. Munro erhielt den Zuschlag. Die Leute klatschten, doch Munro hatte den Saal bereits verlassen.

Dasselbe Spiel vollzog Palmer später auch mit dem kostbaren Bibliotheksregal, und wieder musste er eine Niederlage einstecken und das Stück für das Haus einkaufen. Denn nichts anderes bedeutete diese Taktik! Munro war ein Strohmann, ein Preistreiber, der die Käufer zum Äußersten treiben sollte, was oft gelang, doch heute keinen Erfolg gebracht hatte. Der sogenannte *knock-in* ging aufs Haus und kostete Varnham's satte 12 000 Pfund.

Als Sarah am Abend aus ihrem Büro kam, sie ignorierte Bertha Morris' bohrende Blicke, traf sie Direktor Rowland auf dem Korridor. Eine tiefe Sorgenfalte zerfurchte seine Stirn.

»Palmer hat es übertrieben. Aber wir haben noch die Clayton-Manor-Versteigerung, Sarah. Ich baue da auf Sie! Sie haben sich gut geschlagen heute, ich habe Sie beobachtet. Nur weiter so.«

Überrascht sagte Sarah: »Danke, Sir. Und Sir, ich möchte mich für die fehlerhaften Berichte entschuldigen, ich kann es mir einfach nicht erklären. Ich hatte alles vorbereitet und bereitgelegt«, fügte sie hinzu, die Gunst des Augenblicks nutzend.

Rowland wischte ihre Entschuldigung mit einer Handbewegung fort. »Schon gut. Wir haben andere Sorgen. Sehen Sie zu, dass wir den Verlust von heute ausbügeln können.« Er tätschelte ihren Arm und ging weiter.

Auf dem Heimweg hatte Sarah plötzlich das Gefühl, verfolgt zu werden, und schließlich betrat sie einen Hutladen, um sich Klarheit zu verschaffen.

»Ich möchte mich nur kurz umsehen, danke!«, sagte sie der Verkäuferin und beobachtete durch die Auslage im Schaufenster die Straße. Und tatsächlich dauerte es nicht lange, bis Bertha Morris langsam vorbeikam, wobei sie den Blick suchend über die Menschen gleiten ließ, die noch unterwegs waren.

Sarah riss die Ladentür auf, die Glocke klingelte protestierend, und folgte der Bürovorsteherin. »Suchen Sie mich, Mrs Morris?«

Ertappt fuhr die Angesprochene herum, fasste sich sofort wieder und wiegelte brüsk ab: »Was ist das schon wieder für eine Unverschämtheit von Ihnen?!«

»Sie können mich nicht leiden, na schön, das soll vorkommen, aber dass Sie mich verfolgen, geht zu weit. Lassen Sie mich in Ruhe!«, fauchte Sarah.

Noch während sie die Ältere konfrontierte, löste sich eine vertraute Gestalt aus dem Schatten eines Torbogens. Charley Randall schlenderte in einem feinen Tweedanzug und mit einem passenden Bowlerhut auf sie zu. »Guten Abend, Sarah. Brauchst du Hilfe?«

Sie zuckte zusammen. »Nein, nein, es geht schon.«

Mit großem Interesse betrachtete Bertha Morris den attraktiven Mann, der so selbstsicher auftrat, als gehörte ihm die New Bond Street.

»Wollen Sie mich nicht bekannt machen, Sarah?«, fragte Bertha Morris scheinheilig.

»Möchtest du?«, fragte Charley mit süffisant gehobener Augenbraue, und als sie schwieg, sagte er: »Heute nicht.«

Seine dunklen Augen funkelten amüsiert, und gleichzeitig hatte seine Haltung etwas Bedrohliches, als er leise zu Mrs Morris sagte: »Ich bin jemand, der alles für seine Freunde tut.«

Irritiert und sichtlich verunsichert machte Bertha Morris einen Schritt rückwärts, stolperte und lief eilig davon.

»Oh, Charley, was sollte das denn nur? Ich kann gut selbst auf mich aufpassen. Du musst dich nicht immer als Beschützer aufspielen!«, beschwerte sich Sarah. »Jetzt wird sie mich noch mehr schikanieren. Das war meine Bürovorsteherin!«

»Es sah so aus, als hättest du Ärger.« Charley steckte die Hände in die Hosentaschen und sah sie mit einem zögernden Lächeln an.

»Ich kann es nicht leiden, wenn dir jemand Probleme macht, und ich lasse nicht zu, dass du schlecht behandelt wirst.«

»Ich bin doch nicht deine kleine Schwester!«

Seine Augen wurden dunkler und seine Stimme zu einem rauen Flüstern. »Nein, das bist du nicht.«

Nervös zupfte sie an ihrem Ärmel. »Charley«, war alles, was sie sagte, doch er brach die Verlegenheit, die sich zwischen ihnen ausbreitete.

»Das mit Dora habe ich gehört. Tut mir wirklich leid. Irgendwie mochte ich dieses störrische Ding.«

Bei seinen Worten schmolz die Verunsicherung und Irritation über seine forsche Art in Sarah, und ihre Augen füllten sich mit Tränen. »Sie war ein besonderes Mädchen und hätte ein schöneres Leben verdient gehabt.«

Er berührte ihren Arm, und als sie sich nicht entzog, drückte er sie kurz an sich. »Sie hatte dich.«

Seufzend machte sie sich von ihm los, räusperte sich und sagte: »Aber ich habe sie im Stich gelassen. Vielleicht hätte ich nicht fortgehen sollen. Das werfe ich mir vor, auch wenn ich meine Entscheidung nicht bereue.«

»Du gehst deinen Weg, aber alles hat seinen Preis, Sarah.« Er schien noch etwas sagen zu wollen, doch rasch unterbrach sie ihn: »Ich muss weiter, Charley. Du bist ein guter Freund. Mach's gut!«

Er tippte sich an seinen Hut, schlenderte davon und war nach wenigen Schritten zwischen den Leuten verschwunden. Kein Wunder, dass Ruby in ihn vernarrt ist, dachte Sarah. Sie mochte ihn ja selbst, aber er hatte zwei Seiten. Ihr zeigte er nur die fürsorgliche, war ihr Freund und Beschützer. Gleichzeitig wusste sie, dass er rücksichtslos und brutal sein konnte, und er verkehrte mit Leuten, die mit einem Bein im Gefängnis standen. Und vor diesem Charley fürchtete sie sich. Sie hatte Träume und Pläne, in denen ein Mann wie Charley einfach nicht vorkam. Und schon während sie diesen Gedanken zu Ende führte, schämte sie sich. Sie wollte ihre Herkunft nicht verleugnen und wandelte doch auf einem schmalen Grat, von dem sie jederzeit ins Bodenlose stürzen konnte.

15

Die meisten Koffer hatte Lady Sudbury bereits vorausgeschickt. Nur einige wenige, für Sarahs Verhältnisse waren es immer noch recht viele, standen in der Eingangshalle von Dakers House und wurden Stück für Stück von Reid zum Automobil getragen. Eigentlich hätte Sarah mitfahren sollen, doch die große Auktion auf Clayton Manor hatte diese Pläne vereitelt. Wehmütig sah sie zu, wie Lady Sudbury sich von allen verabschiedete und dann zu ihr kam und sie unterhakte.

Gemeinsam gingen sie die Stufen hinunter. »Meine Liebe, Sie werden mir ganz schrecklich fehlen, aber ich bin auch fürchterlich stolz auf Sie! Berichten Sie mir, wie es läuft. Sie wissen ja, wo Sie mich erreichen können.«

Ein Duft von Veilchen umgab ihre Förderin, die stets neue Parfüms trug. Lady Sudbury hatte ihr eine Liste mit den Stationen ihrer Reise gegeben. Doch da die reiselustige Lady gern spontan ihre Pläne änderte und nie lange an einem Ort verweilte, war es schwierig, in Kontakt zu bleiben. »Es ist wirklich schade, dass Sie nicht dabei sein können, und ich verspreche, dass Sie sich nicht für mich schämen müssen.«

Gwendoline Sudbury drückte ihren Arm. »Das weiß ich doch. Sie haben mir bisher nur Freude bereitet, Sarah. Anfangs habe ich Sie oft mit meiner Tochter verglichen. Irene hatte so viele Talente und Möglichkeiten, die ... Aber nun sehe ich Sie und sehe eine junge Frau, die einen starken Willen und den nötigen Biss hat, sich durchzusetzen. Das werden Sie, Sarah, das werden Sie.«

Es war noch früh am Morgen, und die Sonne musste sich erst noch über die hohen Platanen erheben, um den Hanover Square mit den Strahlen spätsommerlicher Kraft wärmen zu können. Von der Straße waren jedoch schon die Händler, Pferdeomnibusse und einige hupende Automobile zu vernehmen. Die Stadt war schon längst erwacht.

»Danke, Mylady.« Sarah fiel es schwer, sich von ihrer Gönnerin, die ihr so viel mehr bedeutete, zu verabschieden. »Geben Sie auf sich acht, Mylady. Und vielleicht müssen Sie doch nicht unbedingt nach Österreich und Ungarn – Italien ist sowieso viel schöner!«

Lady Sudbury ließ sie los und betrachtete den sorgfältig angelegten Garten, der bis zum Tor reichte, hinter dem die Straße lag. »Es ist meine Pflicht als gute Ehefrau, mich um die Angelegenheiten meiner Schwiegermutter zu kümmern. Graf Ferenc möchte seine Nachfolge geregelt wissen, und Sie wissen ja, dass Lord Sudbury seine parlamentarische Arbeit hier nicht vernachlässigen kann. Ach, was soll schon geschehen. Noch rasseln sie überall nur mit den Säbeln. Ich habe genügend Bekannte und Freunde in wichtigen Positionen, die mir notfalls helfen können.«

In Sarahs Ohren klang das wenig überzeugend, denn die Zeitungen waren voll von den kriegstreiberischen Aktivitäten in Serbien und Österreich-Ungarn. Vor allem der deutsche Kaiser machte in der Presse keine gute Figur; nicht, dass Sarah viel von Politik verstand, aber sie mochte es nicht, wie der Preuße gegen alle hetzte.

»Aber so was kann man doch auch per Post regeln, oder nicht? Sie beauftragen einen Notar, und der setzt ein Testament von dem

Grafen auf. Ach, Mylady, und dann fahren Sie nach Portofino oder Viareggio und genießen das *dolce vita*! Sie sehen, ich habe viel von Ihnen gelernt!«

Die beiden Frauen lachten, und Lady Sudbury nahm Sarah in die Arme und drückte sie fest an sich.

»Sie sorgen sich ja tatsächlich um mich. Aber das brauchen Sie nicht, Sarah.« Sie richtete ihren Hut. »Hilda wird mir in den deutschsprachigen Gebieten eine große Hilfe sein.«

Hilda war mit dem großen Gepäck bereits nach Dover gefahren, wo Lady Sudbury sie treffen würde.

»In Wien treffe ich eine alte Freundin, die mich bis Budapest begleitet, und von dort reise ich ebenfalls in Begleitung weiter nach Venezien. Und wissen Sie, irgendwie habe ich das ungute Gefühl, dass wir bald nicht mehr so unbeschwert den Kontinent bereisen können.«

Reid kam in seiner Chauffeursuniform die Treppen hinauf und sagte: »Es ist alles bereit zur Abfahrt, Mylady.«

»Gut, dann heißt es nun Lebewohl, meine Liebe.«

Mit Tränen in den Augen nickte Sarah. »Tut mir leid«, schniefte sie und zückte ihr Taschentuch.

»Nun, nun, Sie haben so viel um die Ohren, dass Sie gar nicht bemerken werden, dass ich nicht da bin, und wenn Sie wieder zum Luftholen kommen, bin ich zurück.« Gwendoline Sudbury drückte ein letztes Mal ihre Hände und nickte ihr aufmunternd zu.

Reid ging voraus, und Sarah sah der eleganten Frau nach, bis sie durch das Tor ging. Ohne Lady Sudbury war Dakers House nur ein trister Kasten, der von einem Stab aus Bediensteten instand gehalten wurde. Lord Sudbury verbrachte die meiste Zeit in seinem Klub in Westminster, und wenn er hier war, verzog er sich in die Bibliothek oder nahm die Mahlzeiten in seinen Räumen ein, wobei sich ausschließlich Rahu um Seine Lordschaft kümmerte.

Sarah schnäuzte sich und ging zurück ins Haus, wo Ruby sie erwartete.

»Du hast sie wirklich gern, oder?«, bemerkte das Dienstmädchen. »Ich habe ja gedacht, dass du sie nur ausnutzt, aber das nehme ich zurück.«

»Ich verdanke ihr alles, Ruby. Ohne Lady Sudbury wäre ich nicht aus Soho rausgekommen.«

»Du hattest Glück; sie scheint einen Narren an dir gefressen zu haben. Tja, so kann es gehen. Aber jetzt hör auf zu flennen. Lass uns was unternehmen! Wie wäre es mit Kew Gardens?«

»Mal sehen, Ruby. Im Auktionshaus ist gerade wirklich sehr viel zu tun«, sagte Sarah

Leicht verstimmt, murmelte Ruby: »Ewig frage ich nicht.«

»Sollst du ja auch nicht. Aber …«, doch Ruby ließ sie stehen, und Sarah machte sich ebenfalls auf den Weg. Im Korridor zur Küche wäre sie beinahe mit Rahu zusammengestoßen.

Ein finsterer Blick traf sie, während der Diener von Lord Sudbury hastig einen Umschlag in seine Jackentasche schob und davoneilte.

Auf dem Weg nach Kent saß Sarah in einem Zugabteil mit einem Priester und zwei alten Damen, die strickten und ihre Teekuchen mit ihr teilten. Sarah blätterte in der Zeitung, die sie sich am Bahnsteig von Victoria Station gekauft hatte. Die *London Illustrated News* bot eine unterhaltsame Mischung aus Politik, Klatsch und Tratsch, Kultur und praktischen Tipps. Auf der zweiten Seite wurde groß für eine erholsame Kur in den Alpen geworben. In den Schweizer Alpen gab es ein Sanatorium, in dem sich der von Erkältungen und Lungenentzündung geplagte Patient erholen sollte. Und wer nicht die Mittel dazu hatte, konnte stattdessen auf Peps, ein neues Bonbon, zurückgreifen. Der Zug ratterte in gemütlichem Tempo durch die Ausläufer der Stadt, während Sarah sich Berichte über mikronesische Eingeborene, ein abgestürztes deutsches Luftschiff, das sie eher unheimlich als beeindruckend fand, und das Fort Golkonda in Britisch-Indien durchlas.

Golkonda war eine in Ruinen liegende Stadt in der Nähe von Hyderabad, berühmt für seine Diamantvorkommen und selbst einst ein Königreich. Doch jetzt hatten ihre Landsleute sich den Reichtum angeeignet und verwalteten das fremde Land samt seinen Einwohnern. Sarah dachte an Rahu und fragte sich, wie lange man Menschen ihre Freiheit in ihrem eigenen Land nehmen konnte. Irgendwann würden sie gegen ihre Unterdrücker aufbegehren.

Es folgte ein Artikel über ägyptische Kunst, tonnenweise und nicht immer legal per Schiff in den vergangenen beiden Jahrzehnten nach England geschafft. Da also sollte Philip seine Aufnahmen machen, dachte sie und betrachtete die Bilder von Grabungsstätten genauer. Das Tal der Könige hatte eine faszinierende Vielzahl an Gräbern altägyptischer Pharaonen aufzuweisen, um die sich Ägyptologen und Archäologen aus aller Welt ein Wettrennen lieferten. Fast hätte sie den letzten Absatz überlesen, doch da stand es:

Der britische Fotograf Philip Maynard, Earl of Bohurst, wird die Ausgrabung von Dr. Richard Feilding im Tal der Könige dokumentieren. Maynard hat bereits mehrere Auszeichnungen für seine Fotografien für das Britische Museum und die Royal Academy erhalten. Begleitet wird der Fotograf von seiner frisch angetrauten Gattin, Gladys Granville. Ob sich die für ihre eleganten Roben bekannte Erbin der Granville-Werke mit dem Wüstenklima und den rauen Bedingungen eines Ausgrabungscamps arrangieren wird, bleibt abzuwarten.

Er hatte es ihr nicht verheimlicht, doch tatsächlich von seiner Heirat zu lesen versetzte ihr einen Stich in der Magengegend. Sie schloss die Augen, und eine Träne rollte über ihre Wange. Nur eine Träne, die auf die Zeitung tropfte, auf das Bild einer Pyramide.

»Oh, was haben Sie denn, liebes Kind?«, wollte eine der alten Damen wissen und schaute sie über ihre Brille hinweg besorgt an. »Ist jemand gestorben, den Sie kennen? Wissen Sie, ich wundere mich ja nicht mehr, wenn ich die Zeitung aufschlage und lese, dass sich wieder einer meiner Bekannten davongemacht hat. In unserem Alter ist das normal, aber bei Ihnen?«

»Was redest du schon wieder, Margo, lass das arme Mädchen doch in Ruhe«, riet die andere Dame, deren Strohhut aussah, als hätten Mäuse sich daran gütlich getan.

»Es ist nichts dergleichen. Die Zugfahrt bekommt mir nicht. Ich habe heute früh wohl zu schwer gegessen.« Sie schlug die Zeitung zu und ließ den Blick über die vorbeigleitende Landschaft fliegen. Satte grüne Hügel, hier und dort ein Haus, Gehöfte mit Kühen und Schafen, und auf den Feldern waren Pferdekarren und Erntehelfer zu sehen.

Die beiden Damen sahen sich vielsagend an, während der Priester lautstark schnarchte.

»Wenn es um einen Mann geht, mein Kind, dann rate ich Ihnen: Machen Sie sich nicht allzu viele Gedanken«, sagte Margo. »Als mein Archie von uns ging, war ich am Boden zerstört, und wissen Sie was? Da stand ich also an seinem Grab und weinte mir die Augen aus dem Kopf und schaute so, und da standen zwei Frauen, die ich noch nie zuvor gesehen hatte.«

Ihre Freundin nickte zustimmend. »Eine verdammte Geschichte war das, oh ja!«

»Fünfundzwanzig Ehejahre, und ich dachte, ich weiß alles über den alten Schwerenöter. Wie ich mich da getäuscht habe! Zwei Geliebte hatte der Lump! Und dann wusste ich auch, warum wir immer so knapp bei Kasse gewesen sind.« Die weißen Haare wippten mit, während die alte Dame energisch den Kopf schüttelte. »Wer denkt an so was? Und sah er gut aus, mein Archie? Nein! Nicht einmal das! Ein Durchschnittsmann, nicht mehr und nicht weniger. Vertreter für Stoffe war er und reiste natürlich durchs Land.« Sie nahm ihr Strickzeug auf und ließ die Nadeln energisch klappern. Plötzlich stahl sich ein Lächeln auf ihr Gesicht. »Aber wir hatten unsere Momente. So war das.«

Sarah war den alten Damen dankbar für ihre offensichtlichen Bemühungen, sie aufzuheitern, und tatsächlich lachte sie zwei Stationen später wieder und sprang rasch auf den Bahnsteig, um kandierte Früchte von einem Stand zu kaufen, zu deren Genuss auch der Priester rechtzeitig erwachte.

An Sarahs Zielbahnhof wartete eine Droschke auf sie, um sie nach Clayton Manor zu bringen. Mr James und einige Mitarbeiter waren bereits vor Ort. Direktor Rowland reiste mit Chauffeur und eigenem Automobil an. Er hatte sich entschlossen, bei dieser wichtigen Auktion selbst den Hammer zu schwingen. Sarah vermutete, dass er nicht erneut einen Schnitzer wie den von Palmer riskieren wollte. Auch ein Auktionshaus von Rang hatte nur gewisse Rücklagen, und allzu oft sollten *knock-ins* nicht vorkommen.

Sarah hatte die Aufgabe, sich mit um die Kunden zu kümmern, die am Tag vor der Auktion Clayton Manor besichtigen durften. Für diesen Zweck hatte sie ihre besten Nachmittagskleider herausgesucht und auch ein Abendkleid eingepackt, denn nach erfolgreich verlaufener Auktion war ein festliches Dinner von George Twisleton-Vaynor geplant.

Als die Droschke auf die Allee bog, die zum Anwesen führte, stockte Sarah der Atem. Sie hatte mit zahlreichen Besuchern gerechnet, doch nicht mit solch einem Ansturm. Die Nachmittagssonne schien golden von einem kaum bewölkten Himmel. Im Hof standen Dutzende Automobile, und im Garten und auf den Terrassen flanierten elegant gekleidete Damen und Herren. Durch ihre Arbeit bei Varnham's und Ausflüge mit Lady Sudbury erkannte Sarah neben dem königlichen Hofjuwelier einen neureichen Kaufhausbesitzer, außerdem Duncan Mackay, einen Anwalt, und die berühmte Sängerin Carolyn Stace.

Ein Dienstbote kam zu ihnen, erkundigte sich nach ihrer Funktion und nahm ihr Gepäck entgegen. Wie bei ihrem letzten Aufenthalt wurde sie auch diesmal im Quartier der Dienstboten im zweiten Stock untergebracht. Nachdem Sarah sich den Reisestaub abgebürstet und sich erfrischt hatte, begab sie sich hinunter, um mit Mr James zu besprechen, was heute von ihr erwartet wurde. Sie fand ihn in ein Gespräch mit einem hochgewachsenen Mann vertieft, der ihr den Rücken zugewandt hatte. Etwas an seiner Körpersprache und dem Schnitt seines Anzugs verriet ihn als Amerikaner. Als sie näher trat und den breiten Ostküstenakzent vernahm, bestätigte sich ihre Vermutung.

»Ah, Miss Rosewell, da sind Sie ja. Hatten Sie eine gute Fahrt?«, doch der Experte erwartete keine Antwort, sondern fuhr fort: »Mr Redloff hier hat extra den weiten Weg aus Boston auf sich genommen, um bei dieser denkwürdigen Auktion dabei sein zu können.«

Als der Mann sich ihr zuwandte, sah sie in ein gut geschnittenes Gesicht, in dem zuerst die grünen Augen auffielen. Ein

Schnurrbart und ein kleiner Spitzbart rahmten einen breiten Mund, der einnehmend lächelte. Unwillkürlich erwiderte Sarah das Lächeln und konnte nicht umhin, sich zu fragen, ob sie den Mann schon bei anderer Gelegenheit gesehen hatte. Doch das war eher unwahrscheinlich, wenn er doch aus Boston stammte.

»Sie haben eine ganz reizende Mitarbeiterin, Mr James. Überhaupt muss ich Ihrem Haus ein Kompliment für die reibungslosen Abläufe bei meinen Käufen machen. Und dieser Katalog war wieder einmal ein Genuss.« Redloff hielt den Katalog in einer Hand. Zwischen den Seiten waren Notizzettel zu sehen.

»Ich sehe, Sie haben sich schon einige Stücke ausgesucht?«, sagte Sarah. Ihr schwarzblaues Kleid war schlicht und doch raffiniert genug, um ihre Figur vorteilhaft zur Geltung zu bringen. Ein mit Glasperlen bestickter Kragen und eine lange Kette, die Hannah ihr geschenkt hatte, ließen das Kleid weniger streng wirken.

Mr James hatte andere Kunden entdeckt und sagte: »Für den Moment sind Sie bei Miss Rosewell in guten Händen. Sie kann Ihnen alles zum Verlauf der morgigen Auktion erläutern.«

»Danke, Mr James«, antwortete John Redloff, den Sarah auf Ende vierzig schätzte.

»Haben Sie denn eine Frage? Oder verraten Sie mir, welches Objekt Ihr Interesse geweckt hat?«, erkundigte sich Sarah.

Sie standen in der großen Halle, in der sich die Besucher zwischen den Vitrinen drängten. An allen zum Verkauf bestimmten Stücken waren Schilder angebracht worden, und heute hatte die Dienerschaft von Clayton Manor die Aufgabe, sich um die Sicherheit der Stücke zu kümmern. Auch das Auktionshaus stellte auf Wunsch der Verkäufer Sicherheitspersonal, und Sarah wusste, dass einige Herren in weniger eleganten Anzügen den Auftrag hatten, darauf zu achten, dass kleinere Objekte nicht in großen Taschen oder unter Besuchermänteln verschwanden.

Redloff holte ein Zigarettenetui aus seiner Jackentasche. »Die antiken Büsten und der kleine Schreibtisch mit den Intarsien. Vielleicht biete ich auch auf den Tizian.« Gelassen klopfte er seine Zigarette auf das silberne Etui und musterte sie verschmitzt.

Er musste über entsprechendes Kapital verfügen, denn jeder, der mitbieten wollte, musste sich vorher registrieren lassen, um unangenehme Überraschungen bei der Kaufabwicklung zu vermeiden. Bei dem Tizian handelte es sich um eine sinnliche Darstellung der Flora oder, anders formuliert, um eine junge Frau bei der Morgentoilette, ein Motiv, das höchst verkäuflich war. Direktor Rowland war der Meinung, dass Gemälde in erster Linie attraktiv und von einer ästhetischen Schönheit und dann erst von künstlerischer Qualität sein mussten. Seine erfolgreichen Verkäufe gaben ihm recht.

»Ein außergewöhnliches Werk. Das Bieten dürfte sich sehr spannend gestalten«, meinte Sarah.

»Die Konkurrenz ist groß, keine Frage, aber das ist ja der Spaß an der Sache, nicht wahr?« Redloff stieß den Zigarettenrauch aus und schien etwas sagen zu wollen, doch eine attraktive Dame in einem exquisiten indigofarbenen Couturemodell trat zu ihnen.

»John, Honey, ich suche schon eine ganze Weile nach dir«, beschwerte sie sich theatralisch. »Es ist schrecklich langweilig hier mit all den Fremden. Du kümmerst dich gar nicht um mich!«

Redloff gab der blonden Frau, deren Diamantschmuck im Licht der Kronleuchter funkelte, einen Handkuss. Beschwichtigend sagte er: »Verzeih, Darling, ich vergesse immer, dass du zum ersten Mal in England bist.«

Sie hakte sich bei ihm ein und zog ihn mit sich fort. Sarah hörte, wie sie fragte: »Wer war das? Kenne ich sie?«

Und Redloff antwortete beschwichtigend: »Nein, ein Niemand, mach dir keine Gedanken.«

Sarah hob ihr Kinn, richtete die Schultern und setzte ein Lächeln auf. Die Bemerkung des Fremden hatte sie verletzt, auch wenn sie keinen Grund hatte, etwas anderes zu erwarten.

16

Die große Halle von Clayton Manor war so angefüllt mit Menschen wie schon seit Jahren nicht mehr. Sie besetzten die Stuhlreihen vor dem Podium des Auktionators so dicht, dass die ausladenden Hüte der Damen sich beinahe berührten. Carolyn Stace saß in der ersten Reihe und war dank einer schwarz-weißen Federboa nicht zu übersehen. Zu Sarahs großer Freude war auch Hannah mit ihren Eltern und ihrem Verlobten Levi Hirschel gekommen. Die Gruens saßen in der Mitte, und Levi hatte bereits zwei Kleinmöbel ersteigert. Entlang der Wände und zwischen den Säulen standen diejenigen Besucher, die keinen Sitzplatz hatten ergattern können oder sich aus strategischen Gründen dort platziert hatten. Selbst die geschwungene Treppe war besetzt, und vom Geländer der Empore sah auch George Twisleton-Vaynor zu, wie das Erbe seines Onkels unter den Hammerschlägen von Direktor Rowland auf den Kontinent und über den Atlantik verteilt wurde.

Sarah stand auf halber Höhe der Halle vor einer Säule, von der aus sie den Auktionator und einige wichtige Bieter im Auge hatte. Auf der anderen Seite saßen Mr James und Bertha Morris an einem Tisch, um in Vertretung nicht anwesender Klienten zu bieten. Mr Palmer überwachte den Transport der kostbaren Stücke und ließ es sich nicht nehmen, den Tizian unter dem aufgeregten Raunen der Menge mit nach vorn zu begleiten.

Das Gemälde des Renaissancemalers war der Höhepunkt der Auktion, auf den alle hingefiebert hatten. Sarah beobachtete, wie die Damen sich mit ihren Fächern frische Luft zuwedelten und einige Herren nervös an ihren Uhrketten nestelten. John Redloff stand direkt neben ihr, und seine junge Frau saß mit gelangweilter Miene etwas weiter vorn und blätterte im Katalog.

»Die Venus von Urbino wäre mir noch lieber gewesen«, flüsterte Redloff ihr mit einem Augenzwinkern zu.

Besagte Venus von Tizian war die erotische Darstellung eines liegenden Frauenaktes.

»Vielleicht haben Sie ja Glück und können die Olympia von Manet erwerben, oder ist Ihnen die zu avantgardistisch?«, schlug Sarah vor. Der umstrittene Manet hatte mit seinen gewagten Aktdarstellungen manchen Skandal hervorgerufen und die Olympia nach Tizian gemalt.

Redloff grinste. »Keinesfalls, ich habe mich sogar bemüht, aber sie war unverkäuflich.«

»Meine sehr verehrten Damen und Herren, darf ich nun um Ihre geschätzte Aufmerksamkeit bitten!«, erhob Rowland die Stimme.

Es wurde so still in der Halle, dass man eine Stecknadel hätte fallen hören können. Sarah beobachtete, wie ein unscheinbarer Herr eine Reihe vor ihr sein Bieterschild in Position brachte. Es handelte sich um Pete Gibbons, einen Kunsthändler, der für amerikanische Millionäre einkaufte. Rowland hatte aus einer Quelle erfahren, dass der Bankier Mellen an dem Tizian interessiert war. Auf der gegenüberliegenden Seite stand lässig an die Wand gelehnt ein schlanker Mann mit Backenbart und Brille. Watkins kaufte im Auftrag von Varnham's größtem Konkurrenten ein, was

Otis Munro vor der Auktion in Erfahrung gebracht hatte. Für Rowland war diese Information von Bedeutung, denn er wollte nicht, dass ein so hochpreisiges Gemälde von seinem Konkurrenten gekauft und möglicherweise mit einem noch größeren Gewinn weiterveräußert wurde. Nein, diese Auktion musste eine Sensation werden, von der die Redakteure des *Burlington Magazine* und der *Times* morgen berichten konnten.

»Hauptwerk der Hochrenaissance und noch dazu eines der schönsten Werke von Tizian überhaupt«, pries Rowland das Gemälde derweil an.

»Ob es sich um die römische Göttin der Blumen oder eine venezianische Kurtisane handelt, konnte nie zweifelsfrei geklärt werden«, hier machte Rowland eine Pause, um seine Worte wirken zu lassen.

Einige Damen fächelten sich noch hektischer Luft zu, und tatsächlich war es dem Betrachter des Gemäldes unmöglich, sich der sinnlichen Ausstrahlung der dargestellten Frau zu entziehen.

Die Stufen des Bietverlaufs waren hier höher angesetzt, sodass der Preis bald bei schwindelerregenden Summen lag. Sarah dachte schon, dass Redloff sich doch gegen das Gemälde entschieden hatte, als er plötzlich dem Auktionator ein Handzeichen gab. Kaum hatte er sich in das Wettbieten eingebracht, boten auch Watkins und Gibbons. Levi Hirschel war bereits ausgestiegen sowie einige andere. Bei dreißigtausend Pfund, geboten von Gibbons, wurde es still. Rowland ließ seinen Blick über die Anwesenden gleiten, fixierte Redloff und dann Watkins, als unerwartet das Schild von Carolyn Stace nach oben ging.

»Einunddreißigtausend werden hier vorn geboten! Wer bietet mehr? Wir stehen bei einunddreißigtausend Pfund für dieses exquisite Werk von Meister Tizian.«

Gibbons nickte. »Ich erhöhe um fünftausend.«

Sarah sah, wie die Diva in der ersten Reihe den Kopf schüttelte, und das Gemälde ging an den Einkäufer des millionenschweren Bankiers nach Amerika. Anerkennender Applaus erklang, und neugierige Blicke folgten Gibbons, als er sich erhob, um die Halle zu verlassen.

Nachdem die Auktion beendet war und die meisten Besucher das Anwesen verlassen hatten, traf Sarah sich auf der großen Terrasse mit Hannah. Ihre Freundin sah in ihrem cremefarbenen Kleid besonders hübsch aus, was auch daran liegen mochte, dass sie und Levi sich verliebte Blicke zuwarfen, immer darauf bedacht, dabei nicht von Hannahs Eltern erwischt zu werden.

»Ist er nicht nett? Er sieht doch sehr gut aus, nicht wahr?«, flüsterte Hannah, während sie mit ihren Champagnergläsern neben einer duftenden Kletterrose anstießen.

Nie würde Sarah etwas Negatives über den Verlobten ihrer Freundin sagen, auch wenn sie ihn nicht für besonders attraktiv hielt. Dafür war er zu klein und etwas untersetzt, was aber nicht ins Gewicht fiel, denn er schien ein wirklich netter Mann zu sein. »Du hast großes Glück, Hannah, ich freue mich so für dich«, sagte Sarah.

Hannah strahlte und drückte ihre Hand. »Nicht wahr? Es hätte ja auch ganz das Gegenteil eintreten können. Aber für Varnham's ist das heute ein siegreicher Tag. Und du bist dabei! Mit diesem Erfolg habt ihr die in der King Street ausgestochen und seid unbestreitbar das führende Auktionshaus in London.«

Sarah lächelte. »Wie du das sagst, ›ihr‹, als hätte ich tatsächlich etwas dazu getan.«

Durch die bodentiefen Sprossenfenster konnte sie im großen Salon Rowland sehen, wie er sich mit den Experten, Redloff und Duncan Mackay unterhielt. Bertha Morris trat zu ihnen und sagte etwas zu Rowland, woraufhin dieser mit ihr davonging. Dabei fiel der Blick der Sekretärin auf Sarah, welche die Abneigung der anderen Frau wie einen eisigen Hauch empfing und fröstelnd zurückwich.

»Sarah!« Hannah berührte ihren Arm. »Du hörst ja gar nicht zu.«

»Entschuldige. Was hattest du gesagt?«

»Nun, du sollst einfach selbstbewusster sein. Wenn ich dich mit den Kunden reden höre, bin ich beeindruckt von deinem Wissen, Sarah.«

»Ach, Hannah, das ist sehr lieb von dir, mehr als eine Katalogisiererin werde ich trotzdem nie sein können.« Sie grinste. »Aber das ist schon eine Menge für ein einfaches Mädchen aus der Dean Street.«

»Wir sprechen uns wieder. Auf jeden Fall möchte ich dich als meine beste Freundin zu meiner Hochzeit einladen. Wir haben einen Termin in der Synagoge für den ersten Sonntag im Dezember bekommen.«

Aufgeregt erzählte Hannah von der geplanten Feier, die aufwendiger werden sollte als von Hannah gewünscht, denn die Hirschels legten großen Wert auf eine repräsentative Festivität. »Und dann werden wir wahrscheinlich nach Wien ziehen.«

»Steht das jetzt also fest?« Traurig hakte Sarah die Freundin unter und ging mit ihr bis zum Rand der Terrasse. Von dort aus hatten sie einen weiten Blick über den formellen Garten, der an den Park grenzte.

»Leider ja. Ich kann nichts dagegen machen. Aber du kommst mich besuchen, nicht wahr?«

Sie drückten einander.

»Hannele!«, unterbrach sie die herrische Stimme von Mrs Gruen. »Der Wagen wartet, wo bleibst du denn?«

Hannahs dunkle Augen ruhten warm und voller Anerkennung

auf ihr. »Genieß diesen Abend, Sarah. Ihr habt doch gleich noch das große Dinner. Vielleicht knüpfst du noch den einen oder anderen vorteilhaften Kontakt.«

»Ich bedaure, dass Lady Sudbury nicht dabei sein kann. Sie fehlt mir, vor allem bei solchen Anlässen.« Zweifelnd sah Sarah in den Salon, wo sich die Gesellschaft sammelte.

Mrs Gruen kam nun energisch auf sie zu. »Hannele!«

»Ich muss.« Hannah drückte Sarah einen Kuss auf die Wange und eilte davon.

Von Hannahs Mutter wurde Sarah noch immer nur mit offenkundiger Missbilligung geduldet. Doch Hannah ließ sich nicht beeinflussen und traf sich mit Sarah, wann immer sie Zeit fand.

Während des Dinners saß Sarah zwischen einem schwerhörigen Bankier, der ganz auf sein Weinglas konzentriert war, und Mr James, der sie weitestgehend ignorierte. Mr Redloff, Direktor Rowland und Gastgeber Twisleton-Vaynor unterhielten sich angeregt, und Bertha Morris, die ihr gegenübersaß, verdarb Sarah mit bösen Blicken den Appetit. Erschöpft von den Anstrengungen eines langen Tages und den vorausgehenden Wochen mit zahlreichen Überstunden, verabschiedete sich Sarah, sobald es die Etikette ermöglichte, und begab sich zu Bett.

Als sie am folgenden Montag bei Varnham's im Büro der Katalogisierer erschien, freute sie sich zwar über den großen Erfolg des Auktionshauses, von dem in jeder Zeitung berichtet wurde, war jedoch noch immer ein wenig enttäuscht, dass Rowland in Clayton Manor nicht einmal persönlich mit ihr gesprochen hatte. Sie setzte sich an die neuen Katalogeinträge und quittierte die Sticheleien der anderen Sekretärinnen mit einem matten Lächeln. Als sie sich am Nachmittag während einer Teepause in der Ausstellungshalle die Beine vertrat und die Exponate der nächsten Auktion betrachtete, sah Direktor Rowland sie.

»Ah, Miss Rosewell. Was für ein Wochenende, nicht wahr?« Varnham's Direktor wirkte ausgesprochen zufrieden und hielt eine Ledermappe gegen seinen runden Leib gedrückt. »Die Zeitungen sind voll des Lobes über den Verlauf der Auktion, beste Werbung. Unsere Bilanz kann sich sehen lassen. Meine Mitarbeiter auch. Mr Redloff hat sich lobend über Sie ausgesprochen.«

Sarah errötete. »Danke, Sir. Das ist sehr freundlich.«

»Nicht, dass Sie jetzt gleich eine Gehaltserhöhung verlangen«, er lachte dröhnend über seinen Scherz.

»Was macht Redloff eigentlich? Ich meine, womit verdient er sein Geld?«

»Er ist Teilhaber einer Kette von Warenhäusern an der amerikanischen Ostküste. Dort verkaufen sie auch Antiquitäten und Kunst. Ein guter Kunde.« Rowlands Gesichtsausdruck veränderte sich. »Kennen Sie ihn von früher?«

»Aber nein, woher denn?! Wie kommen Sie darauf?«, erwiderte sie leicht echauffiert, weil sein Unterton ihr missfiel.

»Er fragte so angeregt nach Ihnen. Aber Sie sind ja auch eine hübsche Person«, stellte Rowland mit einem wohlwollenden Lächeln fest.

»Ich habe mich in keiner Weise unangebracht verhalten, Sir«, versicherte Sarah.

»Das wollte ich auch nicht unterstellen. Wie gesagt, Sie haben sich durch Ihre umsichtige Mitarbeit verdient gemacht. Weiter so, Miss Rosewell.« Er nickte und ging davon.

Als Sarah ihm nachdenklich nachschaute, begegnete sie Bertha Morris' Blick. Die Frau hatte in Hörweite neben einer Säule gestanden und ging nun ebenfalls zurück ins Büro.

Die Schreibmaschinen hörten eine nach der anderen auf zu klappern, als es auf sieben Uhr zuging, und auch Sarah streckte sich und packte ihre Unterlagen zusammen. Dabei fiel ihr Blick auf den Kalender an der Stirnseite des Büros. Wie hatte sie es nur vergessen können?! Heute war der Geburtstag ihrer Mutter.

»Sie wollen schon gehen? Mr James bat mich, Ihnen dieses Essay zu geben und seine Anmerkungen einzuarbeiten. Er braucht es bis morgen früh.« Mrs Morris ließ einen Stapel Papiere auf Sarahs Arbeitsplatz fallen.

»Aber ich … Muss das wirklich sein? Meine Mutter hat Geburtstag, und ich wollte noch etwas für sie einkaufen.«

Bertha Morris hob eine Augenbraue, nahm ihre Brille ab und drehte sie in ihrer Hand. »Nun, wenn Ihnen Ihr Privatleben wichtiger ist, gehen Sie nur. Ich werde Mr James dann sagen, dass Sie es abgelehnt haben, ihm diesen Gefallen zu tun.«

»Nein, nein, ich schaffe das schon.« Unglücklich überflog Sarah die handschriftlichen Anmerkungen, die sie mindestens eine Stunde kosten würden.

Die Bürovorsteherin wandte sich um, und bald darauf hörte Sarah auch die Absätze der anderen Sekretärinnen durch die Korridore klappern. Ganze zwei Stunden später tippte Sarah den letzten Buchstaben, verabschiedete sich beim Nachtwächter und verließ das Auktionshaus. Es war dunkel, als sie auf die Straße trat, und die Geschäfte hatten alle geschlossen. Es war ihre eigene Schuld, warum war sie auch so vergesslich! Doch sie wollte ihre Mutter zumindest besuchen, sie umarmen und sie zu einem Essen oder einem Ausflug nach Kew Gardens einladen.

So schnell sie konnte, lief sie die nächtlichen Straßen entlang, wich Betrunkenen aus und vermied dunkle Ecken und Hauseingänge. Sie hatte keine Angst, aber sie war auch nicht leichtsinnig und vertraute ihren Instinkten. Selbstbewusst und ihre Tasche fest unter den Arm geklemmt, ging sie durch die Clifford Street, als es zu regnen begann. Ihr Hut und der leichte Mantel waren schnell durchnässt, und sie beschleunigte ihre Schritte, um einen Pferdeomnibus in der Regent Street zu erwischen, der sie nach Soho brachte. Allerdings hielt der Bus nicht in der Dean Street, sondern an der Ecke zur Oxford Street, sodass sie das Stück durch die belebten Gassen zurücklaufen musste. Das nächtliche London war bereits zum Leben erwacht und spuckte diejenigen Bewohner aus, die erst in der Dunkelheit aktiv wurden.

Gut gekleidete Gentlemen mischten sich mit abgerissenen Gestalten, denn alle verfolgten nur ein Ziel: sich zu vergnügen. Sarah ignorierte anzügliche Bemerkungen, ärgerte sich, dass sie ihren Regenschirm nicht mitgenommen hatte, und musste vor dem Eingang eines Nachtklubs einer Gruppe Herren im Smoking ausweichen. Ein paar Schritte weiter rauften sich mehrere Burschen vor dem Eingang eines Pubs.

»Hast du's jetzt verstanden? Hau ab!« Ein unangenehmes Geräusch erklang, gefolgt von einem Schmerzensschrei und der von einem Fausthieb Getroffene taumelte direkt vor Sarahs Füße.

»Ben!«, rief Sarah entsetzt und packte ihren Bruder am Ärmel, bevor er auf das Pflaster fallen konnte.

Mit glasigen Augen starrte Ben sie an. Seine Wange war angeschwollen und seine Lippe aufgeplatzt. Es dauerte einen Augenblick, bis er sie erkannte, und seine Schultern sanken herab. »Verdammt, Sasa, was machst du hier … geh weg, lass mich in Ruh …«

»Nein, das werde ich nicht.« Sie packte seinen Arm, legte ihn sich um die Schultern und zog ihn mit sich, fort von den höhnisch grinsenden Kerlen.

»Wir sprechen uns noch!«, rief Ben mit schwerer Zunge und taumelte weiter.

»Habt ihr den Idioten gehört?«, hörte Sarah und ging mit Tränen in den Augen weiter.

Lange konnte sie das Gewicht des betrunkenen Bruders nicht halten und lehnte sich bald darauf an die Hauswand eines Theaters, dessen Vorstellung gerade zu Ende war, denn die Besucher strömten auf die Straße.

»Was ist denn nur mit dir los? Trinkst du jetzt wie Vater?«, sie holte ein Taschentuch hervor, um ihrem Bruder das Blut vom Mund zu wischen, doch er schlug ihre Hand von sich.

»Lass«, murrte er und spuckte etwas Blut auf den Gehweg.

»Weißt du, dass Mutter heute Geburtstag hat?«, versuchte Sarah es erneut.

Ihr Bruder hob den Kopf, der ihm schwer nach vorn fiel, und fuhr sich mit der Hand durch die nassen Haare. Er hatte ein offenes, gut geschnittenes Gesicht mit hellen Augen, doch frühe, harte Arbeit hatte es gezeichnet und Linien um Mund und Nase gegraben, die von Trauer und Hoffnungslosigkeit zeugten.

»Ja? Ach ja. Ich hab's vergessen.« Er schnaufte. »Und du ja wohl auch.«

Seine Schuhe rutschten auf dem nassen Pflaster, und sie musste ihn erneut packen, damit er nicht fiel.

»Ja, ist das nicht …?«, rief eine Frauenstimme. »Miss Rosewell?«

Oh nein, dachte Sarah, nicht Mrs Morris! »Ben, komm jetzt, wir müssen hier weg.« Sie zog ihn mit sich um die Hausecke in eine schmale Gasse, von der sie nicht wusste, was sich darin befand. Nur weg von der Straße und Mrs Morris, war ihr einziger Gedanke.

Schwer atmend zerrte sie ihren Bruder mit sich und nahm

durch den Regen Lichter und Musik war. Plötzlich sackte Ben zusammen und hielt sich stöhnend den Bauch. Als er auch noch flach zu atmen begann, bekam Sarah Angst um ihren Bruder und schaute nach oben zu dem Schild, das neben der Laterne hing: *Bluebell*. Das war doch der Klub, in dem Charley arbeitete!

Die Gasse war nur schwach beleuchtet, und weil es regnete, gingen auch die bunt geschminkten Damen nicht ihrem Gewerbe nach. Hilfe suchend sah Sarah zum Eingang, doch die Tür war verschlossen. Ihr Bruder war zu Boden gesackt und lehnte an der Wand. »Ich hole Hilfe, Ben, rühr dich nicht vom Fleck!«

Seine Haut war grau und seine Augen geschlossen. Er antwortete nicht, was Sarah noch mehr Sorgen bereitete. Sie lief zur Tür des Klubs und schlug den Ring aus Messing dreimal kräftig. Sofort wurde ein winziges Fenster auf Kopfhöhe geöffnet.

»Bitte, ist Charley da? Ich bin in Not, bitte!«, rief sie und sah über die Schulter zu ihrem Bruder, der zur Seite geglitten war.

Ein ihr unbekannter Mann musterte sie skeptisch, schlug die Klappe zu, und sie glaubte schon, dass niemand kommen würde, als die Tür aufgerissen wurde und Charley herauskam.

»Sarah!« Er griff ihre Schultern und sah sie an. Der Geruch von Zigaretten und Whisky hing an ihm. »Bist du verletzt?«

Der andere Mann kam ebenfalls heraus. Er war breitschultrig und hatte das Gesicht eines Schlägers. »Was ist das für eine? Ich will solche Weiber nicht im Klub haben, das weißt du!«

»Schon gut, Mike. Ich regle das hier!«, fuhr Charley den anderen an, der daraufhin verschwand.

Als er sich Sarah zuwandte, murmelte Charley: »Ich bin in den Klub miteingestiegen. Mike hat nichts allein zu entscheiden, und bald entscheidet er gar nichts mehr …«

Sarah nahm Charleys Hand und zog ihn zu ihrem Bruder.

»Kannst du ihm helfen? Ich habe ihn zufällig gefunden. Er hat sich geprügelt und scheint verletzt zu sein.«

Mit gerunzelter Stirn beugte sich Charley zu dem Betrunkenen, schüttelte ihn und tätschelte grob seine Wangen. »Na, komm schon, Junge. Hast dich übernommen, was?«

Ben hatte Mühe, die Augen zu öffnen, und lallte Unverständliches.

Die Absätze weiblicher Stiefel erklangen auf dem Pflaster. »Habe ich mich doch nicht getäuscht!«

Bertha Morris kam mit aufgespanntem Regenschirm in die Gasse. »Mit welchem Gesindel geben Sie sich denn ab, Miss Rosewell?«

Charley erhob sich, und seine Miene wurde undurchdringlich. »Was will sie, Sarah?«

»Sie ist meine Vorgesetzte im Auktionshaus«, flüsterte sie und wusste, dass ihre Karriere bei Varnham's beendet war.

Vom anderen Ende der Gasse näherte sich eine Droschke, deren Räder laut auf dem Pflaster klapperten. Mrs Morris kam immer näher, neugierig den am Boden liegenden Ben und Charley musternd.

»Gehen Sie, Mrs Morris! Das hier ist eine Familienangelegenheit«, versuchte Sarah die Frau davon abzuhalten, noch näher zu kommen.

Ben regte sich, hob einen Arm und lallte: »Sasa, wo bist du …?«

»Ach, ist das Ihr Kosename? Sasa? Wie nett!«, sagte Mrs Morris süffisant und hielt den Schirm so, dass sie unter dem prasselnden Regen alles vor sich sehen konnte. Oben an der Ecke des Theaters standen Leute und unterhielten sich.

»Madam, Sie haben hier nichts verloren. Darf ich Sie bitten, uns jetzt allein zu lassen?«, verlangte Charley mit Nachdruck, doch die Frau genoss ihre neu gewonnenen Erkenntnisse viel zu sehr, als dass sie sich abwimmeln lassen wollte.

»Wissen Sie, Miss Rosewell, Sie haben mir heute eine große Freude gemacht. Sie waren mir von Anfang an ein Dorn im Auge. Jemand wie Sie, ohne Bildung, von ganz unten und nur durch die Fürsprache einer Kundin in die Firma gelangt, muss einfach etwas zu verbergen haben, und da haben wir es. Direktor Rowland wird nicht erfreut sein, wenn ich ihm von Ihren nächtlichen Ausflügen in zwielichtige Viertel mit betrunkenen Männern berichte. Dessen seien Sie versichert.« Jedes ihrer Worte troff vor Genugtuung, und Sarah schluckte.

»Es ist doch alles ganz anders, Mrs Morris, bitte, so glauben Sie mir doch. Das hier ist mein Bruder, der …«, flehte Sarah.

»Ihr Bruder? Und dieser junge *Gentleman*?« Sie betonte das letzte Wort besonders. »Ich kenne Leute wie Sie, Sir.«

Mit einem letzten triumphierenden Blick drehte sich Mrs Morris um, machte zwei Schritte und rutschte auf dem nassen Pflaster genau in dem Moment aus, als die Droschke an ihnen vorbeifuhr. Die Pferde scheuten, es gab ein grässliches Geräusch von brechenden Knochen und einen gurgelnden Schrei.

Sarah schrie auf und wollte nach vorn springen, doch Charley packte ihren Arm. »Du verschwindest jetzt. Lauf da entlang und dann gleich die erste Einfahrt rechts, da kommst du durch einen Hinterhof zur Dean Street.«

Sie zögerte, doch laute Rufe von der anderen Seite ertönten, und der Kutscher schrie um Hilfe.

»Los, lauf, verdammt!«, zischte Charley und gab ihr einen Stoß.

Sarah rannte einige Meter, drehte sich um und sah noch, wie die Klubtür aufging, der große Mann heraustrat und sich nach Ben bückte, sobald Charley sich an ihn wandte.

Teil 2 – Kriegsjahre

17

London, 1915

Sarah schob das Fenster auf und schaute hinunter auf die Straße. Seit einem Jahr lebte sie nun in Devonshire Mews im Haus von Doktor Porter und seiner Frau. Das Zimmer im Dachgeschoss des einstöckigen Hauses hatte sie nur durch die Fürsprache von Lady Sudbury beziehen können. Der Krieg hatte vieles verändert. Die Männer meldeten sich freiwillig zum Dienst für das Vaterland und hinterließen Lücken in den Familien und an ihren Arbeitsplätzen. Sarah war sich der Ausnahmesituation bewusst, der sie ihren Karrieresprung bei Varnham's zu verdanken hatte: Sie konnte zwar keinen der Experten durch Fachwissen ersetzen, aber ihr untrüglicher Instinkt für verkäufliche Objekte und ihr Einfühlungsvermögen im Umgang mit den Kunden machten sie für Rowland zu einer wertvollen Mitarbeiterin.

Der Zeitungsjunge verkündete die jüngsten Schlagzeilen, und der Duft von frischem Brot stieg in Sarahs Nase und erinnerte sie daran, dass sie noch nichts gegessen hatte. Ihr Magen knurrte, während sie zu ihrem Waschtisch ging, die Haare kämmte und über den passenden Hut zu ihrem Kleid nachdachte. Dabei fiel ihr Blick auf die Postkarten auf dem Kaminsims. Die bunten Karten zeigten den Prater in Wien, den Hafen von Nizza, Venedig, ungarische Reiter, verschiedene Balkanstädte, die Akropolis, griechische Inseln, verschiedene Ansichten von Konstantinopel, Port Said, Kairo und die Pyramiden. Auf der letzten Karte zogen Kamele und Beduinen durch die Wüste.

Philip hatte Wort gehalten und ihr von jedem seiner Aufenthaltsorte eine Ansichtskarte geschickt. Anfangs waren die Zeilen unverbindlich gewesen und hatten sich auf Grüße beschränkt. Doch nach Konstantinopel hatte er sich größere Mühe mit dem Verfassen der Texte gegeben und beschrieb Landschaften, Gebäude und Begegnungen mit Menschen fremder Kulturen. Er ließ sie teilhaben an seinen Eindrücken, und Sarah konnte es kaum erwarten, bis die nächste Karte eintraf. Seine Frau erwähnte er mit keinem Wort, sprach von seiner Kamera, Menschen, die er porträtierte, und der Ausgrabung im Tal der Könige. Der erste längere Brief hatte sie im Frühjahr vergangenen Jahres erreicht, und sie kannte den Inhalt auswendig:

Teuerste Sarah,

ich habe lange mit mir gehadert, ob ich Ihnen diese Zeilen schreiben soll. Bitte verzeihen Sie meine Offenheit, und vernichten Sie diesen Brief und jede Erinnerung an mich, sollte Ihnen unangenehm sein, was ich Ihnen schreibe. Vielleicht wissen Sie es nicht mehr, aber ich sehe uns noch wie heute an einem Sommerabend durch den Garten von Clayton Manor spazieren. Seit Sie mir zum ersten Mal bei unserer gemeinsamen Freundin Lady Sudbury beim Fotografieren der Porzellanfiguren geholfen haben, konnte ich nicht anders, als Sie bezaubernd zu finden. Ihre frische Offenheit, Ihre Schönheit und Ihr scharfer Verstand sind eine Kombination, der ich mich nicht entziehen kann.

Sie wissen, dass ich eine Vernunftehe eingegangen bin, für die

es keine Entschuldigung gibt. Ich habe mich den Wünschen meiner Familie gefügt, wo es angezeigt gewesen wäre, den Traditionen zu entsagen. Es wäre für meine Frau und für mich von Vorteil gewesen, wenn wir diese unglücksselige Verbindung nicht geknüpft hätten. Wir sind Menschen, wie sie unterschiedlicher nicht sein könnten. Die extremen Bedingungen im Camp des Ausgrabungslagers haben Gladys schließlich derartig überfordert, dass sie nach einem nervösen Zusammenbruch ihre Koffer packte und in die Heimat zu ihren Eltern zurückgefahren ist.
Sie dürfen mich gern verurteilen und mich einen herzlosen Mann nennen, doch ich kann meine Arbeit hier nicht im Stich lassen. Hier werde ich gebraucht und geschätzt, und ich weiß, dass Sie das verstehen, weil Sie ähnlich denken. Ich vermisse unsere Gespräche und hoffe sehr, dass Sie mir in Freundschaft gewogen bleiben.
In tiefer Verbundenheit,

Ihr Philip

Er hatte ihr eine Postadresse in Kairo genannt, unter der er seine Korrespondenz abholte, und seither flogen in regelmäßigen Abständen Briefe von England über den Kontinent an den Nil.

Wenige Monate nach diesem ersten Brief war der Krieg ausgebrochen, und Philip saß vorerst in Ägypten fest. Er verpflichtete sich als Kriegsberichterstatter und lieferte Aufnahmen von den neuen Konfliktpunkten im Nahen Osten. Tatsächlich hatte sie seine Zeilen zunächst mit gemischten Gefühlen gelesen: Es war moralisch verwerflich, als verheirateter Mann Gefühle für eine andere Frau zu hegen. Doch was bedeutete Moral, wenn es um die Liebe ging? Kennengelernt hatten sie sich schon lange vor seiner Eheschließung, und er hatte sich ihr gegenüber immer korrekt verhalten. In jenem Jahr war sie einundzwanzig Jahre alt geworden, alt genug, um nicht länger auf die Zustimmung des Vaters angewiesen zu sein.

Harold Rosewell hatte sich gleich zu Beginn des Krieges zum aktiven Dienst gemeldet, war jedoch aufgrund seines schlechten Gesundheitszustandes ausgemustert worden. Ihren Bruder Ben hingegen hatte man genommen. Nach einer kurzen Ausbildung diente er nun als einfacher Soldat unter einem Captain Yenning beim Royal Sussex Regiment an der Westfront. Sie hatte einen Brief von Ben erhalten, nachdem er mit einem Oberschenkelschuss für einige Wochen im Lazarett in der Nähe von Lille hatte liegen müssen. Ihre Hände zitterten, wenn sie an ihren Bruder dachte. Er war so voller Zorn auf sich und die Welt, und sie fürchtete, dass er sich bewusst der Gefahr aussetzte.

Jene verhängnisvolle Nacht in Soho vor zwei Jahren hatte nicht nur ihr Leben, sondern auch das von Ben grundlegend verändert. Sie versuchte, die schrecklichen Ereignisse zu verdrängen, doch in vielen Nächten wachte sie schweißgebadet auf, weil sie die Kutsche vor sich sah, die Bertha Morris erfasst hatte. Bei dem Gedanken an das grauenvolle Geräusch brechender Knochen wurde ihr noch immer übel. Am nächsten Tag hatte sie erfahren, dass Mrs Morris ihren schweren Verletzungen noch am Unfallort erlegen war. Charley hatte sie und Ben davor bewahrt, in die Untersuchungen hineingezogen zu werden, und damit wahrscheinlich ihre Stellung bei Varnham's gerettet. Doch sie konnte nicht anders, als sich schuldig am Tod der Sekretärin zu fühlen, denn Mrs Morris war nur ihretwegen in die Gasse gekommen. Charley hatte Ben in seinen Klub schaffen lassen, wodurch er polizeilichen Nachfragen entging. Kurz darauf hatte Ben seine Arbeit in der Kohlenhandlung aufgegeben und bei Charley als Türsteher angefangen. Der Einfluss des Nachtklubbesitzers veränderte ihren Bruder: Er strahlte eine gewisse Härte aus, trank mehr und wurde öfter in Schlägereien verwickelt. Doch er verdiente mehr bei Charley als in der Kohlenhandlung, und das war ein schlagendes Argument. Jeder musste seinen Weg finden, auch ihr Bruder, das musste sie akzeptieren. Es war nur so, dass sie sich mehr für Ben gewünscht hatte. Blieb nur zu hoffen, dass er sich nicht in irgendwelche faulen Geschäfte hineinziehen ließ. Andererseits konnte sie Charley nichts vorwerfen, im Gegenteil, er stand ihr zur Seite, wenn es nötig war, und dafür war sie ihm dankbar.

Mit einem tiefen Seufzer legte Sarah die Bürste auf den Waschtisch. Sie feuchtete ihre Finger an und glättete geistesabwesend eine Haarsträhne. Lady Sudbury bedauerte ihren Auszug, hatte sie jedoch in ihrer Entscheidung bestärkt, denn eine Kammer im Dienstbotentrakt bot weder Privatsphäre, noch fühlte sie sich dort wirklich zu Hause. In diesem möblierten Zimmer über der Praxis von Doktor Porter hatte sie ein gemütliches kleines Nest für sich allein gefunden, in das sie sich gern zurückzog.

Der Kontakt zu Lady Sudbury war nicht abgerissen, denn einmal in der Woche und manchmal öfter begleitete Sarah die Lady in Kranken- und Waisenhäuser. Lady Sudbury engagierte sich in der Organisation von Mitteln für die Hospitäler und bereitete ihren Landsitz für die Aufnahme Verwundeter vor, die Erholung benötigten. Lord Sudbury verbrachte fast jede freie Minute im Kriegsministerium und gehörte zum Stab des Geheimdienstes. Alle trugen ihren Teil im Dienst für das Vaterland bei.

Mit einem letzten Blick in den Spiegel setzte Sarah ihren schlichten dunkelblauen Hut auf und steckte ihn mit einer Nadel fest. Ihre Mutter und zwei ihrer Schwestern nähten nun für Mrs Weaver, die mittlerweile keine extravaganten Modellkleider mehr herstellte, sondern praktische Kleider und Kostüme für berufstätige Frauen. Die Regierung unterstützte und befürwortete den neuen Stil, der gedeckte Farben und solide Schnitte favorisierte.

Bald darauf lief Sarah die Straßen von Marylebone entlang, in denen nun Frauen als Straßenkehrerinnen, Kohlenschauflerinnen, Fensterputzerinnen oder Briefträgerinnen zu sehen waren. Überall wiesen Plakate auf Rekrutierungsbüros und Registrierungsstellen hin. Die Kinder spielten zwar noch auf den Wegen, doch das Gelächter klang gedämpfter, und die Gesichter waren von Sorge und Angst gezeichnet. Sogar der Pferdeomnibus hatte nun eine Kutscherin. Vor zwei Jahren wäre ein solches Szenario undenkbar gewesen. Ein Automobil hupte laut und musste einer Kolonne von Straßenarbeitern ausweichen, die dabei waren, heißen Teer in Schlaglöcher zu gießen. Unter den Mützen waren die verschwitzten Gesichter zweier Frauen zu sehen.

Energisch schritt Sarah aus und erreichte wenig später das Auktionshaus. Varnham's florierte auch in Kriegszeiten. Direktor Rowland leitete die meisten Auktionen selbst, da seine besten Auktionatoren und Experten sich freiwillig gemeldet hatten. Auch die Türsteher, Archivare und Nachtwachen waren zum Großteil an der Front oder auf dem Weg dorthin. Douglas Palmer war geblieben, da ihm ein schwaches Herz attestiert worden war.

»Guten Morgen, Herr Direktor!«, begrüßte Sarah Rowland, als sie in die Eingangshalle trat, in der die Exponate für die kommende Auktion ausgestellt wurden.

Der kleine rundliche Mann drehte sich um und lächelte. »Guten Morgen, Miss Rosewell. Wenn Sie ins Haus kommen, bringen Sie die Sonne mit, das ist gut. Vor allem an einem Tag wie diesem.«

»Was ist passiert?« Auf jegliche Art von Schreckensszenario gefasst, sah Sarah den Kunsthändler an.

»Haben Sie die Zeitung noch nicht gelesen? Die verdammten Deutschen haben Gas eingesetzt! Gas! Können Sie sich vorstellen, was die armen Männer erleiden müssen? Grauenvoll, einfach grauenvoll!« Kopfschüttelnd stand er inmitten der Gemälde, Vasen und Skulpturen.

Mit Tränen in den Augen sah er sie an. »Mein Sohn ist drüben, mittendrin. Ich habe noch keine Nachricht.«

Sarah trat zu ihm und legte ihre Hand auf seinen Arm. »Wir müssen abwarten, Sir, mehr können wir nicht tun. Mein Bruder ist auch an der Westfront. Wir dürfen nicht verzweifeln.«

Das sagte sich leicht, doch was konnte sie anderes tun, als hoffnungsvoll zu bleiben?

Rowland wischte sich mit einem Taschentuch die Augen, räusperte sich und deutete auf eine vergoldete Prunkvase. »Es geht weiter, es geht immer weiter. Die Kunst und der Krieg, man möchte meinen, dass sich das eine nicht mit dem anderen vetrüge …«

Er schnippte gegen die Vase, die einen klangvollen Ton von sich gab. »Die wird eine hübsche Summe bringen, davon bin ich überzeugt. Ach, und dann liegt eine Anfrage von Lord Coltham vor. Etwas speziell. Kommen Sie doch später in mein Büro, damit wir darüber sprechen können.«

Sarah nickte. »Gern, Sir.«

Der Krieg hatte einige Geschäfte zum Erliegen gebracht. Bücher fanden kaum noch Käufer, und im ersten Kriegshalbjahr hatten nur wenige Auktionen stattgefunden. Erst seit einigen Wochen liefen vermehrt Anfragen ein, und für Juni und Juli waren immerhin fünf Auktionen angesetzt. Sarah betrat einen winzigen Raum neben dem großen Büro der Katalogisiererinnen. Nicht ohne Stolz legte sie ihre Tasche auf den Schreibtisch und hängte ihren Mantel an der Garderobe auf. Das Zimmer mochte winzig sein, doch es war ihr Büro. Nach dem Tod von Bertha Morris hatte Rowland sie gebeten, die Leitung der Katalogisierungsabteilung zu übernehmen, was Sarah abgelehnt hatte. Sie konnte es nicht mit ihrem Gewissen vereinbaren, den Platz von Bertha einzunehmen, die ihretwegen in der Gasse den Tod gefunden hatte. Zwar wusste niemand bei Varnham's von ihrer Verwicklung in den Unfall, doch es genügte, dass sie selbst sich ihrem Gewissen stellen musste. Rowland hatte mit Ruth Evans eine erfahrene Sekretärin und Archivarin eingestellt, welche die Erfassung der eingereichten Objekte überwachte. Ruth war eine rundliche Person mit einem Hang zu häufigen Teepausen und einer Vorliebe für Butterkekse. Darüber vernachlässigte sie ihre Arbeit keineswegs, und man durfte sich von ihrem Lächeln nicht täuschen lassen. Doch war der Umgang mit ihr wesentlich einfacher als zuvor mit Mrs Morris.

So war Sarah an ihrer Schreibmaschine zusammen mit den anderen Frauen geblieben, bis sich nach Kriegsausbruch die männlichen Mitarbeiter einer nach dem anderen zum Kriegsdienst gemeldet hatten. Immer häufiger verlangte Rowland sie als seine Assistentin bei größeren Einlieferungen und überließ ihr schließlich das kleine Büro. Das Büro von Mr James blieb vakant, denn Rowland brachte es nicht über sich, den Platz des geschätzten Mitarbeiters, der sein Leben im Dienst für das Empire einsetzte, anderweitig zu besetzen.

Sarah ging die Notizzettel durch, die man ihr auf den Schreibtisch gelegt hatte. Einer bezog sich auf die Veräußerung eines Nachlasses. Derlei Aufträge trafen regelmäßig ein und glichen die Verluste durch das Ausbleiben größerer Auktionen teilweise aus. Es handelte sich um ein Stadthaus in Hampsted Heath. In der Church Row gab es eine Reihe georgianischer Häuser, und in einem befand sich der Nachlass eines gewissen Victor Mazurova. Der Verstorbene hinterließ eine Witwe, die um die Versteigerung gebeten hatte, um die Schulden ihres Mannes tilgen zu können. Sarah vertiefte sich in die Listen des Hausrats und setzte ein Schreiben auf, um einen Ortstermin zu vereinbaren.

Irgendwann klopfte es an ihrer Tür, und Muriel schaute zu ihr herein. »Darf ich stören?«, fragte sie. Sarah war die einzige Frau, die es bisher geschafft hatte, ein eigenes Büro beanspruchen zu dürfen.

»Sicher, was gibt es?« Sie legte die Akte Mazurova beiseite.

»Gleich ist Teezeit. Möchtest du ihn hier oder mit uns einnehmen?«

Sarah lächelte. »Mit euch. Wie würde ich sonst das Neueste erfahren?« Ernster fügte sie hinzu: »Hast du die Zeitung gelesen? Wo genau fand der Gasangriff statt?«

»In Belgien, Ypern, glaube ich. Ist dein Bruder dort? Ach, das ist alles so schrecklich!« Muriel faltete die Hände und hielt sie in bittender Geste hoch. »Mein ältester Bruder ist nach Gallipoli beordert worden, und der andere ist auf einem U-Boot im Atlantik unterwegs. Meine Eltern zittern jedes Mal, wenn die Klingel geht und sie den Postboten sehen.«

»Hm, ja, meinen Eltern geht es genauso. Ich hoffe nur, dass Frank noch nicht eingezogen wird. Er ist sechzehn.« Sie stand auf und strich ihre Bluse und den schwarzen Rock glatt.

»Nächstes Jahr, wenn der Krieg dann noch nicht vorbei ist. Irgendwann brauchen sie jeden waffenfähigen Mann.« Muriel schüttelte ihr Handgelenk, und ein silbernes Armband wurde sichtbar.

»Neu?«, fragte Sarah.

»Ein Abschiedsgeschenk«, meinte Muriel bedeutungsvoll.

Irgendwann hatte Sarah den Überblick über die Eroberungen der lebenslustigen Muriel verloren. Auch abends ging sie nur noch selten mit der anderen Frau aus, da ihr die Zeit fehlte.

»Wer ist der Glückliche?« Sie wollte durch die Tür gehen, wurde jedoch von Muriel zurückgehalten.

»Ein Offizier auf Urlaub, Carlyle«, sagte diese leise, damit die anderen Frauen, die gerade in den Korridor traten, sie nicht hören konnten.

Überrascht blieb Sarah stehen. »Ist er verwundet? Wann muss er zurück? Oh, das ist sicher schwierig für dich.«

Muriel seufzte. »Er hatte einen Oberschenkeldurchschuss und wird wohl nie wieder richtig laufen können, aber er will trotzdem zurück an die Front, seine Kameraden nicht im Stich lassen. Ich kann es ihm nicht ausreden.«

»Herrje, Muriel. Wollt ihr heiraten?«

Muriel schüttelte den Kopf. »Wenn er zurückkommt. Oh, das hätte ich beinahe vergessen. Ich soll dich von Charley Randall grüßen. Er war im Büro von Carlyle, und als er mich sah, fragte er, ob wir nicht bei Varnham's zusammenarbeiten. Er hat uns hier offenbar mal zusammen gesehen. Gestern ist er mit dem Regiment nach Dover gebracht worden, und er hofft, dass er deinen Bruder Ben findet.«

»Mein Gott, Charley auch! Danke, Muriel! Ich hätte nicht gedacht, dass er sich freiwillig meldet.« Ob sie ihn falsch eingeschätzt hatte? So wie er redete, hatte sie den Eindruck gewonnen, dass er sich mittlerweile nur um den Klub und seine dubiosen Geschäfte kümmerte und sich vor dem Kriegsdienst drücken würde. Und nun wollte er ihren Bruder auf dem Schlachtfeld suchen.

Muriel sah sie aufmerksam an. »Scheint ein anständiger Mann zu sein, und er mag dich wohl sehr. Du hast nie von ihm erzählt? Er sieht verdammt gut aus. Ich hätte mich direkt in ihn verliebt.«

»Wir kennen uns seit Kindertagen, Muriel. Eine lange Geschichte. Lass uns gehen.«

»Und was ist überhaupt mit dir? Du gehst überhaupt nicht

mehr tanzen. Wir sollten endlich mal wieder gemeinsam ausgehen …-«

»Ah, da sind Sie ja, Miss Rosewell. Bitte kommen Sie doch jetzt zu mir«, unterbrach sie Direktor Rowland, der ihnen mit einer Zigarre entgegenkam. Kleine Wolken würzigen Zigarrenrauchs zogen hinter dem Direktor her, während er auf sein Büro zuging. Mit einem bedauernden Lächeln zu Muriel folgte sie ihm.

»Bitte nehmen Sie Platz«, er bot ihr einen Stuhl vor seinem Schreibtisch an.

Beinahe jedes Mal, wenn sie in Rowlands Büro kam, entdeckte sie ein neues Kunstobjekt. Heute hing eins der avantgardistischen Gemälde, die von den Kritikern zerrissen wurden, neben einem niederländischen Seestück des siebzehnten Jahrhunderts. Sarah versuchte, in den abstrakten Formen zu lesen, und legte den Kopf unbewusst schief.

»Gefällt Ihnen, was Sie sehen?«

Spontan erwiderte sie: »Sehr, auch wenn ich es nicht verstehe.«

Rowland paffte zufrieden auf seiner Zigarre. »Eine Frau und eine Gitarre, die Komposition ist als Sinfonie zu verstehen. Formen und Farben gehen ineinander über, ergänzen, verstärken sich. Auf den ersten Blick ist es ein Chaos, auf den zweiten durchaus harmonisch. Der Künstler heißt Georges Braque. Ich weiß noch nicht, ob ich es versteigern will. Es wurde mir als Leihgabe übergeben.«

»Ich glaube, eine Versteigerung von mehreren solcher Werke könnte eine Sensation werden«, überlegte Sarah laut.

»Noch fehlt mir der Mut, aber wer weiß, was in ein paar Monaten ist«, sagte Rowland und grinste verschmitzt. Er legte seine Zigarre ab und schob ihr einen Stapel Fotografien zu. »Coltham.

Seine Lordschaft will den Großteil seiner Sammlung in Desna Hall verkaufen und hat uns beauftragt.«

Sarah sichtete rasch die Bilder. Es waren gut erhaltene Möbel französischer Herkunft, einige hochkarätige Gemälde englischer Maler, eine Sammlung chinesischer Vasen und verschiedene Schmuckstücke zu sehen. Ein Collier erregte ihre Aufmerksamkeit. Sie wendete die Fotografie, fand aber keine Beschriftung auf der Rückseite.

»Ist das etwa der berühmte Coltham-Diamant?« Sie selbst trug so gut wie keinen Schmuck. Nur die goldene Kette mit dem Opal, die Lady Sudbury ihr geschenkt hatte, legte sie gelegentlich an.

Rowland hatte die Zigarre wieder aufgenommen und blies kleine Kringel in die Luft. »Genau der. Der blaue Stein ist einzigartig auf der Welt. Es gibt nur ein Exemplar von dieser Farbe, Größe und Reinheit. Gemäß Lord Coltham stammt der Stein aus den berühmten Minen von Golkonda und wurde ihm geschenkt, weil er dem Maharadscha von Mokalasar das Leben gerettet hat.«

»Beeindruckend! Wie viel Karat hat der Stein?« Sie betrachtete den im antiken Kissenschliff gearbeiteten rechteckigen Diamanten, der an einem nicht minder prachtvollen Collier hing.

»So wie er jetzt ist, 45 Karat, ungeschliffen, sollen es ungefähr 120 Karat gewesen sein. Dass sich Lord Coltham von diesem prestigeträchtigen Familienschmuck trennt, lässt auf große finanzielle Schwierigkeiten schließen. Den Stein in unserem Haus zu verkaufen wäre eine Sensation!« Rowlands Augen funkelten.

»In der Tat, und ich denke, dass sich Käufer auf der ganzen Welt finden lassen werden.« Sarah kannte Rowland lange genug, um zu wissen, dass ihm etwas nicht behagte. »Aber?«

Rowlands an den Enden nach oben gedrehter Schnauzbart tanzte mit jeder seiner Mundbewegungen. »Wenn wir diesen Coup landen können, dann mit Glanz und Gloria. Ich will keine böse Überraschung in Form eines Skandals erleben. Coltham gibt den Stein nicht aus der Hand, bis wir eine entsprechende Versicherung und die nötigen Transportformalien ausgehandelt haben. Mein Juwelier des Vertrauens kann London nicht verlassen, da er seinen Laden momentan alleine führt. Seine Söhne sind bei den Fliegern. Ich finde schon noch einen Juwelier, dem ich vertrauen kann, aber ich möchte, dass Sie ihn nach Yorkshire begleiten.«

»Ich? Warum? Was könnte ich zu diesem Diamanten sagen? Sir …«, wehrte Sarah den Vorschlag ab, denn sie hatte keinerlei Erfahrungen auf dem Gebiet von Schmuckexpertisen.

»Das ist mir bewusst. Nein, Sie sollen die Geschichte des Diamanten überprüfen und lückenlos dokumentieren. Die Legende von der Schenkung ist dramatisch und effekthascherisch, aber ich will mehr. Ich will wissen, wann und wo dieser Stein gefunden wurde und wer ihn in den Händen gehalten hat. Wir werden dem Diamanten ein ganzes Kapitel im Katalog widmen und vielleicht sogar eine gesonderte Broschüre veröffentlichen. Dieser Verkauf soll zelebriert werden, und die Zeitungen sollen die Öffentlichkeit daran teilhaben lassen. Das ist genau die Art von Geschichte, die die Leute jetzt hören wollen.« Rowland hatte sich begeistert von seinem Vorschlag vorgebeugt und schlug mit der flachen Hand auf den Tisch. »Nun?«

»Recherchieren kann ich. Aber wie steht Lord Coltham zu dieser Idee? Möchte er überhaupt, dass wir alles aufrollen?«

»Was spricht dagegen? Ich rufe ihn nachher an. Je dramatischer die Geschichte, desto größer das Interesse an dem Stein und desto höher der Preis. Also, fahren Sie?«

Sarah nickte. »Sehr gern, Sir. Ich war noch nie in Yorkshire. Wo genau liegt denn Desna Hall?«

»Nicht weit von Scarborough. Dort, wo unsere Marine jetzt einen Stützpunkt hat.«

Sarah nickte. Die Hafenstadt Scarborough lag an der Ostküste und war als Seebad bekannt. »Scarborough also.«

18

Der Untergang der *Lusitania* beherrschte seit Tagen die Zeitungen, und auch die Radiostationen brachten immer wieder neue Details über die schrecklichen Einzelheiten. Am 7. Mai hatte das SM U 20, ein U-Boot der Kaiserlichen Marine, vor der Südküste Irlands das Passagierschiff der britischen Reederei Cunard versenkt. Die *Lusitania* war am 1. Mai von New York mit 1.258 Passagieren und 701 Besatzungsmitgliedern nach Liverpool ausgelaufen. 1.198 Menschen kamen ums Leben, noch Tage später wurden Leichen geborgen. Unter den Toten waren zahlreiche Vertreter des britischen Adels, des Showbusiness und der Geschäftswelt.

Hannah gab Milch in ihre Teetasse und rührte kurz um. Sie saßen in einem kleinen Tearoom unweit des Auktionshauses. »Der Onkel meines Mannes ist unter den Opfern. Er leitete die Hirschel Bank in New York. Levi mochte ihn sehr und ist zutiefst erschüttert.«

»Das tut mir so leid, Hannah. Ach, was soll man dazu überhaupt sagen. Ist es denn notwendig, ein Passagierschiff zu torpedieren? Die Deutschen haben keine Moral. Sie sind furchtbar grausam, allein die Gasangriffe haben das gezeigt. Das sind brutale Teufel«, sagte Sarah.

Die mittlerweile verheiratete Hannah nippte an ihrem Tee. Sie trug ein schwarzes Kleid, wobei sie nicht die einzige Anwesende war, die derzeit Trauerkleidung trug. Es gab inzwischen viel zu viele Kriegsopfer, die verwitwete Frauen und trauernde Angehörige hinterließen.

»Niemand hätte das so voraussagen können«, seufzte Hannah und nahm sich einen Butterkeks vom Teller.

»Geht es dir denn gut, Hannah? Du bist so dünn geworden, und eigentlich hätte ich genau das Gegenteil erwartet.« Nach zwei Ehejahren waren die Hirschels noch immer kinderlos.

Hannah strich über ihren Bauch und lächelte. »Deshalb wollte ich mich mit dir treffen. Ich bin tatsächlich guter Hoffnung. Die Sorgen der letzten Zeit haben mir zugesetzt, aber nun esse ich mehr.«

»Oh, wie wunderbar! Ich freue mich so sehr für dich, Hannah!« Sarah winkte dem Kellner und bestellte Scones mit Butter und Marmelade. »Endlich eine gute Nachricht in dieser furchtbaren Zeit.«

Hannah schaute sich um. In dem kleinen Gastraum saßen an fünf Tischen vor allem ältere Männer und Frauen, auch eine Mutter mit zwei kleinen Kindern darunter. »Seit dem Untergang der *Lusitania* traue ich mich gar nicht mehr, in der Öffentlichkeit Jiddisch mit meiner Mutter zu sprechen. Wenn sie denken, du bist deutsch oder sympathisierst mit den Deutschen, musst du jetzt um deine Sicherheit fürchten.«

Auf der Straße war Sarah selbst Zeugin von Angriffen auf deutsche Fleischergeschäfte geworden, von denen es seit vielen Jahren einige in London gab. Kurz nachdem das Bombardement der *Lusitania* in den Zeitungen bekannt geworden war, hatten wütende Patrioten Schaufensterscheiben von Geschäften unter deutscher Führung eingeschlagen und die Inhaber verprügelt.

»Ach, Hannah, hoffentlich nimmt dieser Wahnsinn bald ein Ende. Und ihr wolltet doch schon längst in Wien sein! Ich freue mich natürlich, dass du noch hier bist, und deine Mutter sicher auch, nicht wahr?«

Die schönen dunklen Augen ihrer Freundin strahlten. »Oh ja, Mama ist überglücklich, dass sie die Geburt ihres ersten Enkelkindes nun doch miterleben wird. Levi hat sich noch nicht zum aktiven Dienst gemeldet, weil er hier die Geschäftsführung übernommen hat, denn sein älterer Bruder ist bereits an der Front. Solange sie ihn nicht zwangsweise einziehen, wird er nicht gehen, und ich bin sehr froh darüber. Seinem Vater geht es nicht besonders gut. Das kommt auch noch dazu.«

Seit ihrer Heirat lebte Hannah mit im Elternhaus ihres Mannes. Sarah hatte sie nur einmal dort besucht, denn die Hirschels waren noch weniger liberal als die Gruens und vermittelten Sarah kaum das Gefühl, willkommen zu sein. »Sicher kein einfaches Leben für dich mit den Schwiegereltern.« Sarah grinste.

»Ich lasse mich nicht von meiner Schwiegermutter tyrannisieren. Das hat sie inzwischen verstanden. Wir haben eine Art stillschweigenden Waffenstillstand geschlossen.« Hannah zwinkerte ihr zu und aß einen weiteren Keks.

»Und dein Mann? Steht er zu dir?«

»Sagen wir, er bemüht sich, nicht zwischen die Fronten zu geraten. Wenn unser Kind erst da ist, wird es besser, da bin ich mir sicher.«

Die Bedienung brachte einen Teller mit Scones, Butter und Erdbeermarmelade, die Sarah besonders gern mochte.

»Danke sehr!«

»Meine Mutter kocht die Marmelade selbst. Noch haben wir genug«, sagte die junge Frau mit besorgter Miene. »Wenn das so weitergeht, werden sie das Essen irgendwann rationieren.«

Vom Nebentisch mischte sich eine Dame mit einem Abzeichen der Suffragetten an ihrer Jacke ein. »Darauf können wir uns einstellen. Die Deutschen wollen keinen Frieden. Unsere Kampfgenossinnen haben sich umsonst nach Den Haag durchgeschlagen. Nichts hat die Friedenskonferenz gebracht! Es ist zum Heulen!«

Insgeheim bewunderte Sarah die selbstbewussten Frauen, die sich offen für die Rechte ihrer Geschlechtsgenossinnen einsetzten. Ende April hatten über tausend Frauen aus zwölf Nationen den beschwerlichen und gefährlichen Weg durch die feindlichen Linien und gegen Widerstände in ihren eigenen Ländern nach Den Haag auf sich genommen, um den Internationalen Frauenfriedenskongress abzuhalten. Initiatorinnen waren Anita Augspurg und Lida Gustava Heymann sowie die Ärztin Aletta Jacobs.

»Ist das wirklich so? Meinen Sie nicht, dass sich die Regierungen doch noch um einen Frieden bemühen? Es kann doch niemand wollen, dass noch mehr Menschen sterben!«, meinte Sarah.

»Meine Liebe, Sie haben keine Ahnung von Politik. Die wird von Männern gemacht, und die rasseln am liebsten mit den Säbeln.«

»Warum haben Sie denn überhaupt diesen Kongress abgehalten, wenn Sie nicht an einen Erfolg glauben?«, wollte Hannah wissen.

Die Frau kam Sarah bekannt vor, und sie war nicht sicher, ob es sich um eine der führenden Suffragetten handelte, die des Öfteren in den Zeitungen abgebildet wurden, wenn sie wieder einmal festgenommen worden waren.

Mit blitzenden Augen erwiderte die Fremde: »Weil Frieden die einzig sinnvolle Lösung ist. Töten hat noch nie zu etwas Gutem geführt. Und wir sind der Überzeugung, dass wir inzwischen zivilisiert genug sein müssten, um Probleme am Verhandlungstisch und nicht auf dem Schlachtfeld zu lösen.«

»Vaterlandsverräterin!«, rief jemand aus der Ecke.

Die Besitzerin des Tearooms kam hinter ihrer Theke hervor und stellte sich in die Mitte des Raumes. »Bitte, beruhigen Sie sich wieder, meine Herrschaften.« Dann beugte sie sich zu der Pazifistin und sagte leise: »Auch wenn ich Ihrer Meinung bin, möchte ich Sie bitten, diese nicht in meinem Lokal kundzutun, danke.«

Hannah und Sarah wandten sich wieder einander zu, denn allzu leicht erhitzten sich die Gemüter dieser Tage, und ein Streit konnte leicht eskalieren.

»Wir haben gerade einen sehr interessanten Auftrag hereinbekommen«, lenkte Sarah das Gespräch auf unverfängliche Themen. »Kennst du Lord Coltham? Er lässt einen Teil seiner Sammlung in Yorkshire versteigern. Darunter ist auch ein Collier mit einem hochkarätigen Blauen Diamanten.«

»Nein, sag bloß, er verkauft das Coltham-Collier? Meine Güte! Das soll ja Tausende wert sein!« Hannah sah sie neugierig an. »Der alte Knabe muss aber in Schwierigkeiten stecken, wenn er sich davon trennt! Er soll es von einem Maharadscha geschenkt bekommen haben. Mysteriöse Geschichte.«

»Erzähl mir bitte alles, was du weißt, Hannah. Ich soll nämlich nach Yorkshire fahren und dort die Geschichte des Colliers recherchieren. Rowland will einen Extrateil im Katalog dafür reservieren.«

Ihre Freundin probierte von der Marmelade. »Hm, tja, da gibt es nicht viel zu erzählen, weil ich nicht mehr weiß. Coltham hat immer ein großes Gewese um den Stein gemacht. Aber wenn ich so darüber nachdenke, hat er im Grunde nie Genaues verlauten lassen. Ich kann meinen Vater fragen, der kennt ihn als Kunden. Zumindest vor Jahren hat Coltham viel bei uns gekauft. Jetzt ist er eher euer Kunde ...«

Die Scones waren noch warm und dufteten köstlich. Sarah

strich Butter auf eine Hälfte und gab etwas Marmelade darauf. Eine unwiderstehliche Mischung! Nachdem sie den Bissen hinuntergeschluckt und einen Schluck Tee getrunken hatte, sagte sie: »Ich glaube, das wird keine einfache Aufgabe. Desna Hall liegt bei Scarborough. Hoffentlich halten sich die Deutschen mit weiteren Angriffen zurück.«

»Herrje, ja, du musst auf dich aufpassen, Sarah. Gibt es etwas Neues von deinem Bruder und Philip Maynard?«

Nur ihre Freundin wusste von dem regelmäßigen Briefverkehr zwischen ihr und Philip und den Gefühlen, die Sarah für den Fotografen hegte.

»Ben ist wohlauf, jedenfalls habe ich nichts Gegenteiliges gehört. Und Philip ist noch immer in Kairo im Tal der Könige. Das war seine letzte Adresse. Ach, Hannah, ich weiß nicht, ob es richtig ist, dass ich so oft an ihn denke, er ist schließlich verheiratet. Aber andere Männer interessieren mich einfach nicht.«

»Du bist da ganz anders als ich, Sarah. Für mich war immer klar, dass ich mich bei der Wahl meines Ehemannes den Wünschen meiner Eltern beugen würde, und es passt ja auch. Wir hatten Glück. Aber du bist so stark und unabhängig.« Bewundernd sah Hannah sie an und nahm ihre Hand. »Ich glaube, wenn du liebst, dann mit Leib und Seele. Du bist stark und leidenschaftlich, Sarah.«

Sarah senkte errötend den Blick. »Hannah, sag doch nicht so was.«

»Warum nicht? Wir kennen uns seit fast fünf Jahren, und du hast dich von niemandem verbiegen lassen und nie Angst vor irgendjemandem oder irgendetwas gezeigt. Deshalb glaube ich, dass du zu deinen Gefühlen stehst, wenn sie aufrichtig sind. Du kannst gar nicht anders«, fügte ihre Freundin mit einem sanften Lächeln hinzu.

Dass Hannah sie so gut kannte, war beeindruckend und ein wenig beängstigend. Trug sie ihre Gefühle so deutlich nach außen? »Hoffentlich habe ich mich Philip gegenüber nicht wie ein dummes, verliebtes Mädchen benommen. Wie peinlich …«

»Ach, sei nicht albern. Das hast du ganz sicher nicht. Ich weiß oder ahne, wie es in dir aussieht, aber das heißt doch nicht, dass andere Leute dir so nahekommen.«

Es war ein Glück, dass sie in Hannah eine so loyale und kluge Freundin gefunden hatte. »Nein, sicher nicht.«

Während sie das sagte, kam unbewusst die Erinnerung an die furchtbare Nacht in Soho in ihr hoch, die sie einfach nicht vergessen konnte. Der Tod von Bertha Morris würde sie wohl ewig verfolgen. Nur Charley und Ben wussten, was in jener verhängnisvollen Nacht geschehen war.

Eine Woche nach dem Treffen mit Hannah saß Sarah im Zug nach Yorkshire. Vor ihrer Abreise hatte sie ihre Mutter bei Mrs Weaver besucht und ihr so viel Geld gegeben, wie sie erübrigen konnte. Es stand nicht gut um das Geschäft der Modellschneiderin, denn der Kauf von teuren Modellkleidern galt seit Kriegsausbruch als unschicklich. Und die Modelle in gedeckten Farben und von schlichtem Schnitt, die die Mode dominierten, waren bei Weitem nicht so ertragreich. Dennoch hatte auch Mrs Weaver gezwungenermaßen ihre Produktion auf derlei Kleider und Kostüme umgestellt. Vor Kurzem hatte sie auch einen Auftrag des Kriegsministeriums erhalten. Sie sollte Uniformen für Krankenschwestern schneidern.

Der Zug ratterte über die Gleise und versetzte Sarah in einen dösenden Halbschlaf. Als sie die Augen öffnete, hielten sie gerade inmitten grüner Hügel. Die Küste war in Sichtweite, doch keine Haltestelle oder Ortschaft in der Nähe. Nur ein paar Schafe grasten abseits der Gleise.

»Warum halten wir hier, und wo sind wir?«, fragte Sarah die Mitreisenden ihres Abteils, ein älteres Ehepaar, eine junge Lehrerin und einen Mann Anfang fünfzig. Er trug die Kleidung eines Jagdaufsehers.

»Wir sind gerade an Grimsby und Kingston Upon Hull vorbei, Miss. Die Heimatfront errichtet hier überall Befestigungsanlagen. Sehen Sie, da hinten kommt eine Truppe mit Stacheldraht und Schaufeln«, erklärte der Mann.

Zwischen Büschen und einer Baumgruppe entdeckte Sarah die Männer in Uniformen, die anscheinend eine Art Graben anlegen wollten. Entlang der Küsten wurden seit den Bombenangriffen der Deutschen überall Anti-Invasions-Gräben und Wälle errichtet, auf denen Maschinengewehre platziert werden konnten.

»Jetzt sehe ich sie auch, danke. Wer hätte es auch für möglich gehalten, dass sie uns hier angreifen würden!«, sagte die ältere Dame und hielt die Hand ihres Mannes fest. »Unsere Söhne sind alle drüben.«

Ihr Mann nickte mit aufeinandergepressten Lippen. Sein struppiger Schnurrbart hing an den Seiten traurig herunter, und das Gesicht seiner Frau war von Sorgenfalten geprägt.

»Mein Mann ist vor einer Woche auf sein U-Boot gegangen«, sagte die Lehrerin leise. »Ich bete jeden Tag für ihn und seine Mannschaft.«

»Zu Weihnachten sind sie alle vielleicht schon wieder zu Hause!«, sagte der Fünfzigjährige voller Überzeugung.

»Hören Sie doch auf!«, sagte der Ältere mit dem Schnauzer. »Dieses Märchen hat man uns schon im letzten Jahr erzählt, und wo stehen wir heute? Nein, dieser verdammte Krieg ist noch lange nicht zu Ende, und wir werden noch viele Opfer bringen müssen. Wer sind Sie überhaupt? Gehören Sie zur Heimatfront?«

»Ich bin ein Vater, genau wie Sie, Sir. Mein Name ist Griffith. Für die Heimatfront bin ich auch tätig, und zwar in unserem Bezirk bei Brompton.«

Der Alte schnaufte. »Sagen Sie bloß, Sie arbeiten für Lord Coltham? Der hat noch nie etwas für sein Land getan. Sollte mich wundern, wenn er jetzt damit anfängt.«

Seine Frau stieß ihn an. »Nicht doch, Henry, das darfst du nicht sagen. Du kennst Seine Lordschaft doch gar nicht persönlich.«

»Darauf kann ich auch verzichten. Solche Leute sind überflüssiger als ein Kropf! Besitzen gutes Land und lassen es verkommen, beuten die Pächter aus, um ihre Spielschulden zu bezahlen. Nein, tut mir leid, dafür habe ich kein Verständnis.« Der Alte sah Griffith angriffslustig an. »Ich habe recht, nicht wahr?«

Griffith runzelte die Stirn und zögerte kurz, bevor er antwortete: »Über meinen Arbeitgeber werde ich nicht schlecht reden, Sir.«

»Sind Sie der Verwalter von Lord Coltham?«, entfuhr es Sarah.

Griffith, ein Mann, dem man ansah, dass er viel draußen war, richtete seine Aufmerksamkeit auf sie. Sein Blick ruhte etwas zu lange auf ihrem Dekolleté, und sein Ton war ein wenig anzüglich. »Wollen Sie uns besuchen, Miss? Hübsche junge Damen sind auf Desna Hall jederzeit gern gesehen.«

Sie war selbst schuld. Was fragte sie den Mann auch. »Ich habe beruflich mit Seiner Lordschaft zu tun.«

»Tatsächlich?« Interessiert beugte Griffith sich vor. »Ich bin der Jagdaufseher. Aber ich kümmere mich um viele Dinge, vielleicht auch um Sie.«

Sie hätte ihm am liebsten eine Ohrfeige für sein feistes Grinsen verpasst, umklammerte ihre Handtasche und hob das Kinn. Mit dieser Art Mann würde sie schon fertigwerden, immerhin war sie in Soho aufgewachsen, und dort war der Umgangston oft nicht weniger rau.

»Lassen Sie die junge Dame doch in Ruhe«, entrüstete sich die ältere Frau. »Kindchen, überlegen Sie es sich, ob Sie tatsächlich einen Fuß in dieses sündige Haus setzen wollen. Es gibt einen netten Gasthof in Brompton, die *Lachende Forelle*.«

Amüsiert hob Sarah die Augenbrauen. »*Die Lachende Forelle*? Das ist mal ein origineller Name.«

»Viel zu lachen haben die Forellen dort allerdings nicht, lassen Sie sich das gesagt sein«, meinte die Lehrerin. »Probieren Sie den Hering oder das Lamm, da sind Sie besser bedient. May Sutton, ich bin aus Scarborough.«

Erfreut antwortete Sarah: »Sarah Rosewell, Mrs Sutton.«

»May, wenn Sie mögen.« Sie holte eine Karte aus ihrer Tasche und reichte sie Sarah. »Besuchen Sie mich gern. Ich habe auch ein Gästezimmer.«

In Scarborough verabschiedete sich Sarah von May, während Griffith ein Taxiautomobil herbeiwinkte. Der Himmel hing hier voller grauer Wolken, und kaum hatten sie in dem Automobil Platz genommen, begann es zu regnen. Der Fahrer war ein neugieriger Mann, der sich dauernd zu ihnen umdrehte, um Fragen zu stellen.

»Woher kommen Sie, Miss? Oder Mrs? Sind Sie zum ersten Mal hier in Scarborough? Sicher wissen Sie von dem Bombenangriff! Also, das war eine schreckliche Sache, meine Schwiegermutter ...«

»Zum Henker, jetzt konzentrieren Sie sich auf die Straße, und lassen Sie die junge Dame in Ruhe!«, fuhr Griffith den Fahrer an.

»Da meint man es gut, und dann wird man angeraunzt, na, schönen Dank auch!« Beleidigt wandte sich der Fahrer der Straße zu.

Der Regen prasselte immer dichter herunter, und die Sicht wurde so schlecht, dass Sarah kaum noch etwas von der Landschaft erkennen konnte. Das klapprige Automobil holperte über Schlaglöcher, sodass der Schlamm bis zu den Seitenfenstern hinaufspritzte.

»Fahren Sie doch nicht so schnell, Mann! Sind Sie denn von Sinnen?«, schimpfte Griffith.

»Ich kenne diese Straßen, vertrauen Sie mir«, rief der Fahrer, um den Regen zu übertönen. Zu allem Übel wurde es langsam dunkel, und die Scheinwerfer des Automobils begannen zu flackern.

Sarah hatte ihren Schal enger um sich gezogen, denn sie fröstelte. Dieser Mai war nass und kalt, und hier oben an der Küste war es immer kühler als in der Stadt.

Der Jagdaufseher klopfte dem Fahrer auf die Schulter. »Haben Sie eine Decke für die Dame?«

Der Wagen knackte und ächzte und rutschte plötzlich zur Seite. Sosehr der Fahrer auch gegenzulenken versuchte, er konnte das schwere Automobil nicht auf der Landstraße halten.

»Festhalten!«, brüllte er, und mit einem harten Ruck blieb der Wagen nach einer beängstigend abschüssigen Fahrt plötzlich stehen.

Griffith hatte seinen Arm um Sarah gelegt, die sich vor Schreck auf die Lippe gebissen hatte.

»Keine Angst, Miss, wir stecken nur fest.« Douglas Griffith ließ sie los und holte selbst tief Luft. »Und was sagen Sie jetzt, Sie dämlicher Idiot? Hätten Sie besser aufgepasst, wären wir nicht von der Straße abgekommen.«

Der Fahrer war mit dem Kopf gegen das Lenkrad geprallt und hatte eine Platzwunde auf der Stirn. Das Blut lief ihm über die Nase und in die Augen.

»Auch das noch«, murmelte Griffith. »Miss, haben Sie ein großes Taschentuch und vielleicht noch ein Tuch?« Er zog ein Taschentuch aus seiner Hosentasche. »Hier, Mann, drücken Sie das auf Ihre Stirn. Wir schauen, was wir finden, um Sie zu verbinden. Legen Sie den Kopf nach hinten. Wie heißen Sie?«, fragte Griffith etwas versöhnlicher.

»Bertram Miller. Ich kann kein Blut sehen …«, erwiderte der Mann und sackte zur Seite.

Sarah hatte sich gefasst, stieg aus und schnallte mit Griffith' Hilfe ihren kleinen Koffer vom Wagen. Sie fand ein sauberes Tuch und einen Strumpf, mit dem sie Millers Kopf umwickelte. Zufrieden betrachtete sie ihr Werk. »Na, das ist mal ein Verband.« Sie tätschelte Millers Wange. »Aufwachen, hey, bleiben Sie bei uns!«

Griffith sah sie bewundernd an. »Das haben Sie nicht zum ersten Mal gemacht, Miss. Sie könnten sich als Krankenschwester zum Dienst melden.«

Sarah hielt die Hände in den Regen und wischte das Blut ab. »Ich habe Brüder und Schwestern. Da sind kleine Verletzungen an der Tagesordnung.«

Der Regen hatte ihr Kleid durchweicht, und ihr Hut hielt die Feuchtigkeit auch nicht länger ab. Der Wagen stand so schräg an einem Hang, dass nur wenig gefehlt hätte, dass sie sich überschlagen hätten. Griffith war nach oben geklettert und kam mit schlammigen Stiefeln wieder auf sie zu.

»Wir sind gar nicht weit von Brompton entfernt. Es ist nicht zu erwarten, dass hier um diese Zeit jemand vorbeikommt. Ich schlage vor, wir laufen zum Anwesen Seiner Lordschaft. Den Wagen können wir allein nicht bewegen, und hier herunterzufahren ist zu riskant. Da unten ist ein Wasserlauf.« Der Jagdaufseher wischte sich das Gesicht und zog die Mütze tiefer in die Stirn.

Sarah packte ihren Koffer und trat neben Griffith, der Miller vom Fahrersitz half. »Na los, das schaffen Sie. Desna Hall ist nur eine Meile entfernt. Ich kenne eine Abkürzung über die Felder und durch den Wald. Und ich kenne mich hier tatsächlich aus«, betonte Griffith, als er Miller unter den Arm griff.

Sarah konnte nicht sagen, wie lange sie bei Regen und Wind gelaufen waren, bis endlich die Umrisse des Landgutes vor dem abendlichen Himmel auftauchten. Ihre Stiefel waren durchweicht, genau wie ihre Kleidung, und sie zitterte vor Kälte und Überanstrengung. Ihr Koffer kam ihr inzwischen so schwer vor, als trüge sie einen Haufen Ziegelsteine, doch Griffith hatte genug Mühe mit dem verletzten Miller, der neben ihnen herstolperte.

Hundegebell ertönte, und bald darauf wurden sie von drei struppigen grauen Jagdhunden umrundet, denen ein junger Bursche mit einem Gewehr folgte. »Vater!«, rief er und rannte auf sie zu.

»Jessie, gut, dass du kommst. Nimm der Dame mal den Koffer ab.«

»Was ist denn passiert?«

Bis Sarah endlich ihr Zimmer bezogen, sich gewaschen und in ein warmes, trockenes Bett gekrochen war, nahm sie alles nur noch durch einen Schleier wahr. Irgendwann in der Nacht erwachte sie mit fiebrig heißer Stirn, trank etwas Wasser und fiel erneut in einen unruhigen Schlaf, in dem sie von Albträumen geplagt wurde. Sie sah ihren Bruder in einem Schützengraben zwischen Bergen von toten Soldaten hocken. Seine Miene war grässlich verzerrt, und er rief nach ihr. Dann erschien ihr Philip im Traum und sagte, dass er sie in Paris besuchen würde. Warum Paris?, dachte Sarah, bevor sie erneut einschlief.

Als sie am nächsten Morgen erwachte, brauchte sie einen Moment, bevor sie registrierte, wo sie war. Sie tastete nach ihrem Körper, der in einem langen Nachtkleid steckte, das nicht ihres war. Blinzelnd öffnete sie die Augen und bemerkte große Fenster, durch die warmes Sonnenlicht auf ihr Bett fiel. Zitronengelbe Tapeten, ein Waschtisch, daneben ein gepolsterter Sessel, und an der Wand gegenüber hing ein Gemälde, das eine Landschaft in Indien zeigte. Sofort war Sarah hellwach. Der Diamant des Maharadschas erwartete sie!

19

Desna Hall

An der Seite von Lady Sudbury hatte Sarah einige aristokratische Landhäuser besucht, und Desna Hall gehörte sicher zu den größeren Anwesen, aber auch zu den düsteren. Sarah hatte ihr Tageskleid gesäubert und gebügelt auf einem Bügel vorgefunden und machte sich auf die Suche nach jemandem, der ihr weiterhelfen würde. Ihr Zimmer befand sich im ersten Stock in einem Seitenflügel, der anscheinend Gästen und Kindern vorbehalten war, denn sie hörte Kinderstimmen aus einem Zimmer. Plötzlich flog die Tür auf, und ein Mädchen und ein Junge stürmten schreiend heraus. Die beiden mochten vielleicht zehn Jahre alt sein und hatten die Gesichter bemalt. Als sie an Sarah vorbeiliefen, zogen sie Grimassen, und der Junge streckte seine Zunge heraus.

Eine Frau mittleren Alters in einem grauen Kleid kam hinterher, und es war ihr deutlich anzusehen, dass sie das Verhalten der Kinder missbilligte. »Lula, Leo! Kommt sofort zurück! Ihr bekommt kein Frühstück, wenn ihr nicht die Aufgaben beendet!«

Als die Gouvernante oder Lehrerin Sarah sah, blieb sie stehen. »Oh, guten Morgen! Wie haben Sie geschlafen? Wir hatten Mühe, Sie von den nassen Sachen zu befreien. Aber ausziehen mussten wir Sie, sonst hätten Sie sich eine Lungenentzündung geholt. Ich bin Clarice Hatfield, unglücklicherweise die Lehrerin dieser beiden missratenen Kinder.«

Sarah reichte ihr die Hand. »Freut mich sehr, Sarah Rosewell. Danke, dass Sie mir geholfen haben, und es tut mir leid, wenn Sie meinetwegen Unannehmlichkeiten hatten.«

»Ach, das macht gar nichts. Was glauben Sie, was ich mit diesen beiden Monstern erleben muss.« Clarice war mittelgroß, von eher kräftiger Statur und hatte rote Wangen und hellblondes Haar. »Das hier ist meine zweite Stelle, und ich will es nicht vermasseln. Es macht sich nicht gut, wenn man dauernd wechselt. Aber sie machen es mir nicht leicht, nein, das kann ich nicht sagen ...« Sie verdrehte genervt die Augen.

Sarah lächelte. »Kann ich mir gut vorstellen, Miss Hatfield. Ich bin mit Brüdern und Schwestern aufgewachsen. Stammen Sie hier aus der Gegend?«

»Nein, ich bin aus Wales. Rhonda Valley, mein Vater, meine Brüder, meine Onkel, alle arbeiten in den Kohlegruben.« Betrübt fuhr sie fort: »Arbeiteten, muss es heißen. Jetzt sind sie alle drüben und kämpfen gegen diese Bestien. Haben Sie gehört, dass die sogar Gefangene kreuzigen?«

Aus dem Treppenhaus kam eine kleine untersetzte Frau mit ausladender Frisur auf sie zugeeilt. »Ach, hier stecken Sie, Clarice! Was schwätzen Sie schon wieder? Meine Kinder sind ohne Aufsicht in der Bibliothek, und Sie stehen hier herum!«

»Nein, Mylady, ich meine, ja, ich komme schon. Ich wollte Miss Rosewell nur erklären ...«

Die Dame des Hauses, deren Busen bei jedem Schritt unter einer Reihe von Perlenketten wogte, kam näher und beäugte Sarah kritisch. »Ach, Sie sind das. Sie werden noch umquartiert. Man hat Sie nur hier untergebracht, weil es gestern Nacht so am leichtesten war. Gehen Sie die Treppe hinunter und dann gleich links an einer dieser monströsen Figuren vorbei, die mein Schwiegervater aus den Kolonien mitgebracht hat. Sie sollen diese Monstrositäten doch verkaufen, nicht wahr?«

»Welche Objekte veräußert werden sollen, besprechen wir. Deswegen bin ich hier, aber in erster Linie wegen des Familienschmucks.«

Die kleinen Augen weiteten sich. »Was? Auch der Diamant? Das wagt er nicht!«

»Flossie!«, schallte eine herrische Männerstimme durch den Gang, und die Perlen klickten hektisch aneinander, als die junge Lady Coltham sich umwandte.

»Ich bin auf dem Weg, Eddie, Darling!«, flötete sie und eilte, so schnell ihr schmales Kleid es zuließ, davon.

»Eddie?«, wiederholte Sarah leise und sah dabei fragend zu Clarice.

Diese kicherte. »Nicht sehr nobel, aber es passt zu den beiden. Das werden Sie schon sehen. Der alte Lord ist ganz anders, ein Offizier, durch und durch. Kommen Sie, sonst wird es ungemütlich.«

Die Wände und Ecken in Desna Hall waren mit indisch anmutenden Kuriositäten und Gemälden geschmückt. Darstellungen von Tempeln, Palästen, Elefanten und Berglandschaften sowie englischen Offizieren mit indischen Militärs dominierten die Gemälde und zahlreiche Fotografien.

»Ist Seine Lordschaft ein Hobbyfotograf?«, fragte Sarah und beeilte sich, um mit der erstaunlich schnellen Clarice Schritt zu halten.

»Was? Ach, Sie meinen die Fotografien hier? Nein, nicht, dass ich wüsste. Zumindest habe ich ihn nie mit einer Kamera gesehen. Ich glaube, die Bilder hat er dort machen lassen und sie nur mitgebracht. Wir müssen hier runter. Sie können auch den anderen Gang bis zum Ende gehen und dort hinten rechts das Treppenhaus für die Dienstboten nutzen. Mylady sieht das lieber. Aber weil wir uns beeilen müssen, gehen wir direkt in die Halle und von dort in die Bibliothek.«

Nebeneinander liefen sie die breite Treppe hinunter. Das Geländer war poliert und von bester Holzschnitzkunst. Ein Liebhaber würde auch dafür einiges bieten, dachte Sarah und suchte nach weiteren wertvollen Objekten. Sie entdeckte eine große Marmorskulptur von Canova und ein Urnenpaar aus Porphyr mit Deckel und vergoldeten Schlangenapplikationen. Bereits diese großen prächtigen Urnen würden einen guten Preis erzielen. Von der runden Eingangshalle führten fünf Türen in die angrenzenden Trakte.

Zielstrebig steuerte Clarice auf einen Gang zu, den Sarah als östlichen Flügel des Haupthauses deutete. Der Durchgang wurde von vielarmigen indischen Gottheiten flankiert, vor denen Sarah im Dunkeln sicher zurückgeschreckt wäre.

»Uh, die sehen aber ziemlich unheimlich aus!«, entfuhr es ihr.

Clarice klatschte einer Göttin auf den Leib. »Ich habe mich an sie gewöhnt. Wissen Sie«, sie blieb stehen und drehte sich zu Sarah um. »Mich wundert nur, dass sich der alte Lord keine indische Dienerin mitgebracht hat, wo er doch so viel Zeugs mitgeschleppt hat. Da vorn ist es.«

Die vergoldeten und mit Edelsteinen besetzten Gottheiten waren wertvoll, aber schwer verkäuflich, mussten sie doch entsprechende Liebhaber finden. »Ähm, tja, ich weiß nicht. Das ist ja schon auch eine Verantwortung, einen Menschen zu entwurzeln und in ein fremdes Land zu bringen.«

»Sonst ist er auch nicht zimperlich. Bitte sehr, nach Ihnen. Um diese Zeit ist Seine Lordschaft meist hier.« Clarice stieß die Tür der Bibliothek auf.

Der Duft von Leder, alten Büchern und Möbelpolitur mischte sich mit dem von Zigarren. Die hohen Wände waren bis unter die Decke mit Regalen bedeckt, und es gab eine umlaufende Empore, auf der Sarah eine Bewegung wahrnahm. Sie hob den Blick und entdeckte die Kinder, die sich dort oben hinter dem Geländer versteckten. Ein massiver Lesetisch stand in der Mitte des Raumes und war mit großformatigen Folianten bedeckt. In einer Ecke befand sich ein Globus und daneben ein dreiarmiger Leuchter von außergewöhnlichem Dekor. Fasziniert überlegte Sarah, wo sie diese Kombination aus vergoldeten Bronzestörchen, die den Aufsatz mit drei Lampen hielten, schon gesehen hatte.

»Da kommt ja unser nächtlicher Notfall. Und gleich bei der Arbeit, oder wie darf ich das Interesse für den Kandelaber interpretieren?« Ein älterer Mann mittlerer Größe löste sich aus dem Halbschatten einer Nische und kam, eine Zigarre paffend, auf sie zu.

Sein graues Haar war noch voll, der Schnauzbart schmal und akkurat getrimmt und seine Haltung militärisch. Dass er viele Jahre in heißem Klima verbracht haben musste, verriet seine Haut, die noch immer einen für einen englischen Aristokraten ungewöhnlich dunklen Ton hatte.

»Verzeihung, Lord Coltham? Sarah Rosewell. Ich entschuldige mich vielmals für die Unannehmlichkeiten, die durch unsere späte Ankunft entstanden sind. Wie geht es dem Fahrer? Er war verletzt, glaube ich, mich zu erinnern.«

Lord Coltham stieß einen Rauchkringel aus und zeigte nach oben zur Galerie. »Nehmen Sie die unerzogenen Bälger mit! Ich habe Ihnen tausendmal gesagt, dass die Bibliothek für sie verboten ist!«

»Ja, Mylord, natürlich! Verzeihung!«, beeilte sich Clarice zu sagen und kletterte die schmale Wendeltreppe hinauf, um die Kinder zu holen.

Auf einem Tisch am Fenster standen ein Tablett mit Teegeschirr, eine Karaffe mit Wasser und eine Whiskyflasche. Coltham goss sich Whisky ein und gab etwas Wasser dazu. Nachdem er einen Schluck getrunken hatte, sagte er: »Dieser nichtsnutzige Trottel hat mein Haus heute früh verlassen. Griffith hat mir erzählt, wie es zu dem Unfall gekommen ist. Das wird den Fahrer teuer zu stehen kommen.« Coltham paffte an seiner Zigarre und ging zu dem Kandelaber. »Sie sind zwar eine Frau, aber Rowland hat Sie mir empfohlen. Ich wollte Sie eigentlich nicht hier haben. Aber der Krieg nimmt uns die guten Männer.« Hellgraue Augen musterten sie kritisch. Seine Nase war lang und leicht nach unten gebogen, und er bewegte den Kopf vor und zurück wie ein Raubvogel, der seine Beute beäugt.

Dieser Mann würde es ihr nicht leicht machen, aber Sarah nahm die Schultern zurück und erwiderte gefasst: »Mein Bruder dient in Frankreich, und ich bin stolz auf ihn. Wir alle tun unser Möglichstes, Sir, und ich schätze mich glücklich, dass Mr Rowland mir diese vertrauensvolle Aufgabe übertragen hat. Dieser Kandelaber ist in der Tat von besonderer Eleganz. Nach römischem Vorbild gearbeitet?«

Sie trat dichter an den auf drei schlanken schwarzen Säulen aufgesetzten einstigen Fackelhalter, denn das war in römischen Zeiten die Funktion der Lampenarme gewesen. Heute hielten gläserne Schirme das Licht. »Solche Störche habe ich in einem Piranesi-Entwurf gesehen«, überlegte sie laut und fügte hinzu: »Dieser Kandelaber stammt aus der Werkstatt von Smethurst und dürfte ziemlich genau einhundert Jahre alt sein.«

An dem anerkennenden Aufleuchten in seinen Augen erkannte sie, dass sie richtiglag. Die vielen Stunden im Archiv von

Varnham's und in der Bibliothek von Lady Sudbury hatten sich ausgezahlt.

»Eine Frau und nicht dumm. Ein bisschen viel am Morgen.« Coltham trank einen weiteren Schluck Whisky und sagte: »Vielleicht haben Sie auch nur gut geraten. Wir werden sehen. Was wollen Sie jetzt tun? Alle Objekte können Sie wohl kaum allein aufnehmen und taxieren.«

»Nein, Mr Palmer wird noch dazukommen. Ich bin hier, um die Legende des Coltham-Diamanten zu recherchieren. Hat Mr Rowland Ihnen das nicht mitgeteilt?«

Die Miene des ehemaligen Generalobersten verschloss sich augenblicklich. »Da gibt es nicht viel zu erzählen.« Er stellte das Glas ab, trat ans Fenster und zog an einer Kordel.

Keine Minute später kam der Butler herein. »Eure Lordschaft?«

»Führen Sie Miss Rosewell in den Gelben Salon und zeigen Sie ihr das Silber und die Lapislazuli-Tafelaufsätze. Damit sind Sie erst einmal beschäftigt.«

»Aber …«, protestierte Sarah, doch der strenge Blick des Butlers ließ sie schweigen.

Lord Coltham ging zu einem Schreibtisch neben dem Fenster und konzentrierte sich auf die Papiere, die dort lagen.

»Bitte folgen Sie mir, Miss«, bat der Butler, und Sarah gehorchte.

Wenn sie erwartet hatte, dass der Gelbe Salon mit orientalischem Dekor ausgestattet war, hatte sie sich getäuscht. Hellgelbe changierende Seidentapeten bedeckten die Wände, eingefasst von breiten Stuckleisten, die in üppigen Deckenstuckaturen fortgeführt wurden und ihren Höhepunkt in einem zentralen Relief fanden. Sarah stellte sich in die Raummitte und legte den Kopf in den Nacken, um das Relief betrachten zu können.

»Es handelt sich um die Darstellung einer Göttin beim Bad«, erklärte der Butler trocken.

Die nackte Frau wurde von Nymphen umringt und von einem Mann beobachtet, der Köcher und Bogen bei sich trug. »Diana nimmt ein Bad im Wald und wird dabei von Actaeon, einem Jäger, überrascht.« Sarah sah den Butler an, der mit blasierter Miene abwartend vor ihr stand. »Der arme Jäger konnte ja nichts dafür, dass er zufällig die Badende sah, und wurde zur Strafe in einen Hirsch verwandelt, der gejagt und am Ende von seinen eigenen Hunden gestellt wurde. Ist das nicht ungerecht?«

Der Butler zuckte mit den Schultern. Er war groß, grauhaarig, und auf einer Wange war ein Schmiss zu sehen, wie man ihn nach einem Fechtduell davontrug. Seine Haltung war ebenfalls militärisch, fand Sarah und fragte sich, ob den Butler und seinen Herrn vielleicht eine gemeinsame Zeit bei der Armee verband.

»Was ist schon gerecht, Miss?«, erwiderte er kühl.

»Dyson, lassen Sie das arme Kind in Ruhe. Sie verunsichern sie nur.« Eine Hand winkte Sarah aus einem gelben Sessel hervor zu, der halb verborgen von einem Paravent am Fenster stand.

»Ich wusste nicht, dass Mylady sich hier aufhalten. Haben Sie einen Wunsch?«

»Bringen Sie uns einen Sherry, und schicken Sie das Kind zu mir. Sie soll dort in dem Sessel Platz nehmen, damit ich sie sehen kann.«

Dyson ging zum Fenster, von dem aus man auf den Park blickte, und schob einen Sessel in die gewünschte Position. »Bitte, Miss Rosewell.«

»Aber, ich sollte doch …«, protestierte sie.

»Bitte!«, wiederholte der Butler mit Nachdruck und ging davon.

Also trat Sarah ins Licht der Morgensonne und musste blinzeln, bevor sie die kleine weißhaarige Frau im Sessel erkannte. Eine knochige Hand, von glitzernden Ringen geschmückt, zeigte auf den Sessel. »Setzen Sie sich, na los. Sie stehen im Licht.«

Sarah ließ sich in dem bequemen Sitzmöbel nieder und schlang die Hände um ihre Knie. Ihr dunkelblauer Rock und die weiße Bluse schienen einen positiven Eindruck auf ihr Gegenüber zu machen.

»Hübsch, und Sie haben einen guten Schneider. Wer sind Sie noch gleich? Reggie erzählt mir nie genau, wen er alles einlädt.«

Bevor Sarah antworten konnte, fuhr die Dame des Hauses, die einige Jahre älter als ihr Mann zu sein schien, fort: »Ich habe Sie schon gesehen. War es bei den Wyndhams? Nein, nein, beim Tee in diesem neuen Hotel …« Sie runzelte die Stirn. »Ich hab's! Bei Lady Sudbury!« Dann verstummte sie, und ihre Miene wirkte konsterniert. »Sie sind kein Gast!«, kam es anklagend, und Sarah erhob sich.

»Nein, Mylady. Nicht so, wie Sie es wohl dachten. Ich arbeite für das Auktionshaus Varnham's und bin hier, um einige Kunstobjekte für die geplante Auktion zu untersuchen. Entschuldigen Sie mich.«

Es klapperte im Hintergrund, und der Butler kehrte mit einem Silbertablett, einer Karaffe und Sherrygläsern zurück. Er stellte alles auf einem kleinen Tisch ab.

»Warum stehen Sie denn auf? Bleiben Sie sitzen, und trinken Sie mit mir. Sie sind auf jeden Fall mal was anderes als diese langweiligen Pfannkuchengesichter, die ich sonst zu sehen bekomme. Ich bin kein Snob. Dyson, schenken Sie uns ein.«

Sarah ließ sich zurück auf den Sessel sinken und wartete, bis sie beide ein zierliches Glas mit Goldrand in der Hand hielten. »Auf Ihr Wohl, Mylady!«

Die ältere Dame nippte an ihrem Glas und stellte es ab. Ihre weißen Haare waren kunstvoll frisiert und mit kostbaren Haarnadeln festgesteckt. Überhaupt war jedes Schmuckstück, das sie trug, von erlesener Qualität. Ihr Kleid war aus hellgrünem Samt, die Säume bestickt und die Bluse aus Seide. Ob diese Frau sich gern von dem berühmten Diamanten trennen würde?

»Eigentlich, Mylady, bin ich hier, um die Geschichte des Familienschmucks zu dokumentieren. Vor allem die des Blauen Diamanten.«

Lady Coltham, die einmal von großer Schönheit gewesen sein musste, hob eine Augenbraue. »Ach, der Diamant ist nur groß. Wir haben ein Smaragdcollier, das wesentlich faszinierender ist. Ich habe es immer gern zu den großen Bällen getragen. Aber seien wir doch ehrlich: Wer möchte schon einen riesigen Klunker am Hals tragen und Angst haben müssen, dass er jeden Augenblick gestohlen wird?« Sie verdrehte die Augen. »Und dann stellen Sie sich bitte meine Schwiegertochter mit diesem Schmuck vor! Eine Katastrophe! Flossie, das Nilpferd! Dass ich das erleben muss! Und ich habe meinen Sohn gewarnt. Sieh dir die Mutter an, dann weißt du, was dich erwartet.«

Sarah räusperte sich. »Aber der blaue Diamant übt nun einmal eine große Faszination auf das breite Publikum aus, und er hat ja auch eine bewegte Geschichte, nicht wahr?«

»›Bewegt‹ ist untertrieben. Blutig trifft es wohl eher.« Lady Coltham nahm einen weiteren Schluck Sherry. »Wissen Sie, wir waren viele Jahre in Indien. Ich habe es gehasst. Diese Eingeborenen konnte ich nie einschätzen. Die Diener waren so, so, ach, wie soll ich es sagen? Man wusste nie, was sie denken. Oh, die Frauen waren sehr hübsch, einige zumindest. Einige unserer Offiziere haben sich da auf Affären eingelassen. Das war nicht gut, konnte nie gut ausgehen. Aber so sind die Männer. Sie sehen etwas Hübsches und wollen es haben. An die Konsequenzen denken sie nicht.«

Sarah hörte der mitteilsamen Lady zu in der Hoffnung, so etwas über den Stein zu erfahren. »Das ist wohl so. Warum blutig, Mylady?«

Die beringte Hand machte eine abwehrende Bewegung, so als wolle sie düstere Bilder verscheuchen. »Lassen Sie mich kurz nachdenken. Es ist so lange her. Gott sei Dank sind wir schon viele Jahre wieder in England. Dieses Klima! Hach!« Sie griff sich an ihr Herz. »Da muss jeder zivilisierte Mensch ja krank werden! Nur diese Wilden, die an die schwüle Hitze gewöhnt sind, konnten das aushalten. Aber gestorben sind sie auch: am Fieber und an anderen grässlichen Krankheiten. Ich war einmal in einer Leprastation – das können Sie sich gar nicht vorstellen!«, angewidert verzog Lady Adelaide Coltham das Gesicht. »Und diese Fliegen! Und Ratten, überall Ratten. Selbst im Palast des Maharadschas wimmelte es von Ratten. Dieser Mann, wenn ich nur an ihn denke, bekomme ich eine Gänsehaut.« Lady Coltham saß plötzlich starr in ihrem Sessel und umklammerte die Lehnen. »Er hatte eine Art, sein Gegenüber anzusehen, mit diesen schwarzen Augen. Ein Teufel, ja, das war er, auch wenn mein Mann das niemals zugeben würde. Mein Mann dachte immer, er wäre mit dem Maharadscha von Mokalasar befreundet. Ha! Niemand war jemals mit diesem Mann befreundet, weil der Maharadscha nur Feinde und Gefolgsleute hatte.«

Die Erinnerungen schienen die Lady sehr mitzunehmen, denn sie war blass geworden und atmete schwer. Sie schloss die Augen und zog an einer Kordel, die neben der schweren bodenlangen Gardine hing.

Sofort kam eine Kammerfrau, deren Haar von einer weißen Haube bedeckt wurde. »Mylady, was kann ich für Sie tun? Oh, ist es wieder das Herz?« Die Dienerin warf Sarah einen bösen Blick zu. »Sie darf sich nicht aufregen, weil sie ein schwaches Herz hat. Lassen Sie uns allein.«

Lady Coltham atmete jetzt flach, und Sarah erhob sich. »Verzeihen Sie mir, das wusste ich nicht.«

Auf dem Weg durch den Salon nahm Sarah die Lapislazuli-Tafelaufsätze wahr. Tafelschmuck, der sogenannte Surtout-de-Table, war immer gefragt, und diese Odalisken aus dem blauen Halbedelstein und Silber dürften einige Tausend Pfund einbringen. Viel interessanter war jedoch das, was Lady Coltham über den Diamanten hatte erzählen wollen. Ein Stein, an dem Blut klebte.

20

Jeder Winkel, jedes Zimmer in Desna Hall steckte voller schöner, seltsamer, wertvoller, nutzloser, aber skurriler, dekorativer oder abstoßender Dinge. Selten, nein, noch nie hatte Sarah ein derartiges Haus erlebt. Die meisten Landhäuser waren von außen beeindruckend, manchmal düster, aber immer auf die repräsentative Wirkung bedacht. Dieses Haus schien auf beängstigende Weise lebendig, was wohl vor allem an den unzähligen orientalischen Statuen und Bildern lag. Weiße Augen in gemalten Gesichtern oder Rubine in goldenen Köpfen starrten oft unvermittelt aus einer Nische heraus, sodass Sarah jedes Mal zurückschreckte und sich daran erinnern musste, dass es sich nur um Kunstobjekte handelte.

Im Angesicht der Sammelleidenschaft von Lord Coltham war sie geradezu froh, dass Lord Sudbury keinerlei Ambitionen in dieser Hinsicht hatte. Dafür hatte er Rahu mitgebracht. Der indische Diener war Sarah auch nach Jahren immer ein Rätsel geblieben, und sie fühlte sich in ihrem kleinen Zimmer im Haus von Doktor Porter sehr viel wohler als in Dakers House.

Da sich niemand um sie gekümmert hatte, hatte Sarah den Vormittag mit der Erkundung des weitläufigen Anwesens verbracht. Nur wenige Dienstboten waren ihr begegnet, und sie hegte den Verdacht, dass es in Desna Hall an Personal mangelte.

Dicke Staubschichten bedeckten Regale und Möbel in Räumen, die nicht genutzt wurden, in den Ecken hingen Spinnweben, und die Fensterscheiben waren teilweise blind vor Schmutz.

Sarah kam aus einem Musikzimmer, in dem sie einen kostbaren Flügel und eine Violine entdeckt hatte, die es näher zu untersuchen galt. Sie bedauerte, dass sie nie ein Instrument hatte erlernen können, denn sie liebte Musik. Nie würde sie ihren ersten Besuch im Ballett vergessen, die berauschende Atmosphäre, als die Musik einsetzte, der Vorhang sich öffnete und die Tänzer auf die Bühne sprangen.

»Was treiben Sie denn hier?«, ertönte eine scharfe Stimme, und Sarah drehte sich um.

Eine Mappe unter den Arm geklemmt, kam ein Mann den Korridor entlang, der das jüngere Abbild von Lord Coltham war. Nur war Edmund oder Eddie, wie ihn seine Gattin genannt hatte, etwas kleiner und fülliger als sein Vater. Er trug einen gut sitzenden Anzug, doch mangelte es ihm an Haltung. Alles an Edmund Coltham wirkte nachlässig, und seine Gesichtszüge verrieten ein zügelloses Leben. Entsprechend lüstern musterte er sie, und sie sah, wie seine Zungenspitze über die Lippen glitt.

»Verzeihung, Sir, ich bin im Auftrag von Varnham's hier. Wir schätzen und begutachten Kunstobjekte für die Auktion.«

Seine leicht wässrigen Augen wurden kurz schmal. »Ach ja, mein Vater erwähnte dergleichen. Aber Sie haben viel vor, wenn Sie das gesamte Haus durchforsten wollen.«

Er kam näher. Seine welligen Haare fielen ihm in die Stirn, auf der ein leichter Schweißfilm stand. Die Ursache dafür mochte sein nach Alkohol riechender Atem verraten. Automatisch wich Sarah zurück.

»Ich war auf dem Weg in den Gelben Salon.« Sie wollte an ihm vorbeigehen, doch er versperrte ihr den Weg.

»Was haben Sie es denn so eilig. Wie heißen Sie überhaupt?« Er strich sich das Haar aus der Stirn.

»Sarah Rosewell. Man erwartet mich, bitte entschuldigen Sie mich, Sir.« Alles in ihr sträubte sich gegen diesen Mann, der sie auf eine anzügliche Art betrachtete, die beinahe einer Berührung gleichkam.

Lord Colthams Sohn ignorierte ihre Bitte und trat noch dichter an sie heran. Sie stand mit dem Rücken zur Wand, neben sich eine mehrarmige indische Gottheit, und auf der anderen Seite wurde ihr der Fluchtweg durch eine Wandkonsole versperrt. Ihr Atem ging schneller, und sie hielt hektisch nach anderen Bewohnern des Herrenhauses Ausschau, konnte jedoch niemanden hören oder sehen.

»Sie müssen keine Angst vor mir haben. Wenn man so hübsch ist wie Sie, muss man Aufmerksamkeit doch gewohnt sein.« Plötzlich drängte er sich gegen sie, packte ihren Hals und presste seine Lippen auf ihren Mund. Mit der anderen Hand griff er ihr in den Schritt, dorthin, wo noch nie ein Mann sie berührt hatte.

Verzweifelt versuchte Sarah, sich zu befreien, drehte ihren Kopf und rang dabei nach Luft, denn seine verschwitzte Hand presste ihre Kehle zu. Sie wusste nicht, ob Ekel oder Wut überwogen, als es ihr endlich gelang, ihm ihr Knie in den Schritt zu rammen. Er schrie auf, ließ kurz von ihr ab, und bevor er erneut zupacken konnte, stieß sie ihn von sich und rannte blindlings davon. Sie hörte Porzellan zu Bruch gehen, wahrscheinlich war er gegen die Konsole gefallen und hatte eine der großen Vasen umgestoßen. Tränen liefen ihr über die Wangen, die sie zu unterdrücken versuchte, denn niemand sollte sie so sehen. Nur raus aus diesem Haus, dachte sie und fand endlich eine Tür, die in den Garten führte.

Er durfte sie nicht finden! Sarah rannte über eine Rasenfläche, bis sie eine Reihe von riesigen Buchskegeln erreichte. Zwischen den meterhohen, dicht begrünten pflanzlichen Skulpturen fühlte sie sich geschützt und lief, bis sie in einem der Kegel eine Ausbuchtung fand, in die sie sich hineindrängte. Hier blieb sie stehen, um wieder zu Atem zu kommen. Ihre Hände zitterten, als sie vorsichtig ihren schmerzenden Hals abtastete. Wie musste sie aussehen? So konnte sie unmöglich zurück ins Haus gehen. Was würden die Leute von ihr denken? Für eine liederliche Person, ein loses Frauenzimmer, das sich mit Männern in dunklen Ecken herumtreibt, würde man sie halten.

Schluchzend presste sie die Hände vor ihr Gesicht. All die Jahre hatte sie Glück gehabt. Nie war ihr ein Mann zu nahe getreten, nicht im Haus von Lady Sudbury, nicht bei Varnham's und nicht bei ihren wenigen Ausflügen in das Londoner Nachtleben. Und ausgerechnet hier, im Haus eines wichtigen Kunden, musste ihr das passieren. Was sollte sie nur tun? Wenn sie sich über den Sohn von Lord Coltham beschwerte, würde dieser alles abstreiten und mit Sicherheit sie als die Verführerin darstellen, die von ihm abgewiesen worden war. Sie hatte keine Chance, nicht gegen Leute wie Coltham. Das Einzige, was sie tun konnte, war, sich zu beruhigen, umzukleiden und die ganze Sache zu vergessen.

Sie strich ihren Rock glatt und musste sofort wieder an die Hand des widerwärtigen Mannes denken, der sie dort unten angefasst hatte. Die Übelkeit erfasste sie mit aller Macht, sodass sie zu würgen begann und sich übergab. Irgendwo bellte ein Hund, und dann hörte sie das Knacken von Zweigen, und eine graue Hundenase schob sich durch das Gestrüpp des Buchsbaumes zu ihr durch.

»Hallo! Wer ist denn da?«, erklang eine männliche Stimme.

Hastig wischte sich Sarah den Mund mit einem Taschentuch ab, fuhr sich durch die Haare, was sinnlos war, denn die Zweige der dichten Heckenskulptur verhakten sich nicht nur in ihren Haaren, sondern blieben auch in ihrer Bluse hängen. Das leise Geräusch reißenden Stoffes ließ sie erstarren.

Ein Pfiff rief den Hund zurück, und dann bahnte sich das vertraute Antlitz des Jagdaufsehers einen Weg durch Blätter und Zweige. »Sie? Was ist denn mit Ihnen passiert? Kommen Sie, geben Sie mir Ihre Hand.«

Als er ihre Hand ergriff, zuckte sie erst zusammen, ließ es jedoch zu, dass er ihr half. Ein scharfer Wind fuhr durch den Garten, und sie spürte die Kälte am ganzen Körper. Es war ein kühler Frühsommertag und ihr Hauskleid nicht ausreichend, um sich im Freien ohne Mantel aufzuhalten.

»Mr Griffith, ich …« Hilflos und nach Fassung ringend, stand sie vor dem Jagdaufseher, der seinen Hund am Halsband hielt und sie irritiert musterte.

»Was machen Sie hier draußen? Hat Ihnen der Unfall gestern nicht gereicht? Sie sollten sich schonen!«

Verschämt schlang sie die Arme um ihren Körper und tastete nach ihrem Hals. »Drinnen war es nicht sicher, ich, oh, du lieber Gott, so etwas ist mir noch nie … Der junge Lord Coltham wollte mich …«, ihre Stimme brach ab, und sie wischte sich die Augen.

Sofort änderte sich Griffith' Miene. Er zog seine Jacke aus und legte sie ihr um die Schultern. »Quälen Sie sich nicht. Das ist nicht das erste Mal, dass sich Eddie danebenbenimmt. Aber er kommt immer davon. Das ist nicht richtig, aber so ist es.«

Ihre Lippen wurden schmal. »Ich verstehe. Genauso habe ich es mir gedacht. Wer würde schon den Sohn des Lords anklagen?«

Der Jagdaufseher nickte, schien zu überlegen und sagte endlich: »Kommen Sie, wir bringen Sie ins Haus, damit Sie sich umziehen können. Wollen Sie denn bleiben?«

»Natürlich! Nur dort wohnen kann ich nicht. Im Zug haben wir doch die Lehrerin getroffen, Mrs Sutton. Sie erinnern sich?«

Griffith ging langsam mit ihr zum Haus. »Ja, sicher, ich entsinne mich.«

»Sie hat ein Gästezimmer. Ich möchte sie fragen, ob sie es mir für die Dauer meines Aufenthaltes hier vermietet. Ich bleibe keine Nacht länger in diesem Haus!«

»Das ist verständlich, Miss Rosewell, aber ich rate Ihnen, sich Seiner Lordschaft gegenüber diplomatisch zu verhalten, was den Grund für Ihren Umzug betrifft.«

Sarah fühlte sich dank ihrer Entscheidung bereits besser und warf Griffith einen skeptischen Blick zu. »Na, das ist ja ein hervorragender Ratschlag! Diplomatisch, dass ich nicht lache, wo Seine Lordschaft selbst kaum als umgänglicher Mensch zu bezeichnen ist. Ich hatte heute Morgen das Vergnügen, mich in der Bibliothek mit ihm zu unterhalten.« Sie blieb stehen, nahm die Jacke von den Schultern und drückte sie dem überraschten Jagdaufseher in den Arm. »Ja, doch, ich nehme Ihren Ratschlag an – aber nicht, weil ich es gutheiße, wie man hier mit Frauen umspringt, sondern weil ich meinen Job behalten will.«

Griffith streifte sich die Jacke wieder über. »Eine vernünftige Entscheidung.«

»Wie komme ich von hier nach Scarborough? Unser Taxifahrer fällt ja leider aus. Ein wenig tut er mir leid, der arme Mann.«

»Mir nicht, er ist zu schnell gefahren und hätte uns zu Tode bringen können. Ich werde den Kutscher bitten, Sie in die Stadt zu fahren. Er schuldet mir einen Gefallen.«

Sie traten aus den Buchskegeln heraus und waren nur noch wenige Schritte von den Stufen entfernt, die zur Terrasse hinaufführten. Hinter den Fenstern bemerkte Sarah eine Bewegung und fuhr zusammen.

»Haben Sie keine Angst, Miss Rosewell. Ich bringe Sie ins Haus und informiere die Hausdame, Mrs Tobin. Die wird sich um Sie kümmern.«

Sarah sah immer wieder zu den Fenstern, konnte Colthams Sohn jedoch nicht entdecken. Kaum hatten sie den Wirtschaftstrakt betreten, kam eine große Frau in einem schwarzen Kleid auf sie zu. Der Schlüsselbund an ihrem Gürtel und die selbstbewusste Miene erinnerten sie sofort an Mrs Casper in Dakers.

»Miss Rosewell, es gab einen Anruf für Sie! Wir haben Sie gesucht!« Ihr ergrautes mittelblondes Haar war streng zu einem Knoten aufgesteckt, und tiefe Falten um Mund und Nase sowie schmale Lippen ließen die Hausdame eher missmutig aussehen. Nun, in diesem Haushalt gab es kaum Grund zur Freude, vermutete Sarah.

»Oh, wer wollte mich denn sprechen?« Sie fuhr sich über die zerzausten Haare.

Mrs Tobin zeigte mit dem Finger auf sie. »Was ist geschehen?« Dann glitt ihr Blick zu Griffith, doch der hob sofort abwehrend die Hände.

»Ich habe ihr nur geholfen, Frieda. Sie hatte sich vor seinem Sohn nach draußen geflüchtet.«

Die Haltung der Hausdame änderte sich schlagartig. Mitfühlend nahm sie Sarah am Arm und führte sie in einen Raum neben der Küche. »Setzen Sie sich. Ich mache Ihnen einen Tee, und ein Stück Früchtekuchen haben wir auch. Eine Lady Sudbury hat nach Ihnen gefragt. Sie dürfen das Telefon hier unten benutzen, um sie zurückzurufen.«

Nach einer Tasse Tee sah Sarah die Welt wieder etwas freundlicher und ließ sich mit Lady Sudbury in Dakers verbinden. Es tat gut, die Stimme der Frau zu hören, die ihr in allen schwierigen Situationen in den vergangenen Jahren zur Seite gestanden hatte.

»Sarah, meine Liebe! Wie geht es Ihnen? Direktor Rowland erzählte mir, dass er Sie in den Norden geschickt hat.«

»Oh, Mylady, danke, ich finde mich hier langsam ein. Wir hatten einen kleinen Unfall mit dem Taxi.« Sie fasste die Ereignisse kurz zusammen und deutete an, dass sie nicht im Haus wohnen konnte und sich eine Unterkunft in Scarborough suchen wollte.

»Muss ich mir Sorgen machen, Sarah? Brauchen Sie Hilfe?« Lady Sudbury klang ehrlich besorgt.

»Nein, nein, danke, ich komme zurecht. Aber wie geht es Ihnen?«

»Ach, den Umständen entsprechend. Einfach unglaublich, was geschehen ist! Solch eine Enttäuschung! Hilda, Sie wissen doch, meine Zofe?!«

»Ich erinnere mich gut an Hilda.« Sarah stand im Korridor, wo jeder mithören konnte, denn das Telefon hing an der Wand über einem Tisch. So wurde verhindert, dass sich Dienstboten allzu lange mit privaten Gesprächen aufhielten.

»Ich habe Hilda ohne Vorbehalte eingestellt. Auch als der Krieg begann, habe ich nie an ihrer Loyalität gezweifelt. Und jetzt so etwas!« Lady Sudbury schnaufte entrüstet. »Sie wurde dabei erwischt, wie sie den Schreibtisch meines Mannes durchsuchte. Rahu hatte sie schon länger in Verdacht, und er hat ihr eine Falle gestellt.«

»Wie? Eine Falle?«

Selten hatte Sarah ihre Gönnerin so aufgelöst erlebt. Die Enttäuschung über den Vertrauensmissbrauch musste sie sehr getroffen haben.

»Nun, Hilda hat wohl ihre deutschen Wurzeln entdeckt und sich als Spionin anheuern lassen. Da mein Mann für die Regierung arbeitet und sensibles Material mit nach Hause bringt, hat man sie ausgewählt, so wird es vermutet. Sie soll einige wichtige Briefe kopiert und an ihren Kontaktmann, der noch nicht gefunden worden ist, weitergegeben haben. Eine schlimme Sache, denn es ging um Pläne für neue Verteidigungsanlagen entlang des Kanals.«

»Du meine Güte, das ist ja entsetzlich!«, rief Sarah und dachte sofort an die paar Male, als sie Hilda in der Stadt mit einem Fremden gesehen hatte.

»Und ich fühle mich verantwortlich, schließlich war sie meine Zofe. Ich habe eine Spionin, eine Verräterin unter mein Dach geholt! Mein Mann ist außer sich!«

»Aber das konnten Sie doch nicht ahnen, Mylady! Sie dürfen sich keine Vorwürfe machen. Und wo ist Hilda? Hat man sie verhaftet?«

»Sie wird noch verhört. Es ist schrecklich! Sie war viele Jahre bei mir, und ich dachte, ich kenne sie. Mochten *Sie* Hilda eigentlich, Sarah?«

»Um ehrlich zu sein, kamen wir nie gut miteinander aus. Aber ich habe das immer auf Hildas Eifersucht zurückgeführt. Sie hatte Angst, dass ich ihren Platz bei Ihnen einnehmen wollte.«

Der Butler kam aus den herrschaftlichen Räumen in den Korridor und ging an ihr vorbei, ohne sie anzusehen.

»Eine eigene Person war sie, das stimmt. Ach, es hat ja keinen Zweck, jetzt über die Vergangenheit zu grübeln. Sie war hier und hat uns verraten, damit muss ich mich abfinden. Gott, mein Mann wird mir das wohl nie verzeihen. Da hat er wieder einen Grund, sich von mir zu distanzieren.« Aus den Worten von Lady Sudbury klangen ehrliches Bedauern und ein wenig Resignation.

»Das wird er nicht, ganz gewiss nicht, Mylady. Es ist Krieg! Da herrschen andere Gesetze. Das weiß er doch auch. Herrje, was rede ich, ich habe ja keine Ahnung von der Ehe. Verzeihen Sie mir.«

»Sie sind ein kluges Mädchen, Sarah, das waren Sie schon immer, und deshalb sind Sie mir aufgefallen damals bei Mrs Weaver.« Die Lady seufzte tief. »Wie lange ist das schon her! Wir haben immer offen miteinander gesprochen, und das soll auch so bleiben. Nicht wahr, das versprechen Sie mir, meine liebe Sarah?«

Es war ein Flehen in diesen Worten, das Sarah berührte. Steckte mehr hinter Lady Sudburys aufgewühltem Gemütszustand?

»Was wird denn nun aus Hilda?«, fragte Sarah vorsichtig.

Es war einen Moment still, bevor Lady Sudbury leise antwortete: »Wenn sie der Spionage überführt wird, gibt es wenig Hoffnung für sie. Wir sind im Krieg, Sarah.«

Sarah schluckte. »Ich, ich weiß nicht, was ich sagen soll. Natürlich ist Hochverrat ein schweres Vergehen, aber …«

»Noch ist nichts entschieden. Vergessen Sie nie, was die Deutschen mit unseren Spionen machen. Und nicht nur mit denen, sondern wie grausam sie in ihrer Kriegsführung sind.«

»Ja, das ist wohl wahr. Ach, was für ein Elend!«

»Und wie geht es mit Ihren Recherchen voran? Rowland hat mir von der Auktion berichtet. Der Coltham-Diamant soll versteigert werden, was für eine Sensation! Und in diesen Zeiten vielleicht genau das Richtige, um die Menschen auf andere Gedanken zu bringen. Haben Sie schon etwas erfahren? Wenn es um Schmuck und Kunstobjekte geht, bin ich einfach schrecklich neugierig, wie Sie wissen!« Lady Sudbury lachte, und für einen Augenblick waren die furchtbaren Umstände des Telefonats vergessen.

»Ich stehe noch ganz am Anfang meiner Nachforschungen«,

sagte Sarah vorsichtig, denn sie wusste schließlich nicht, ob jemand an einem anderen Apparat hier im Haus mithörte.

»Aber ja, Sie sind ja gerade erst angekommen, und dann der Unfall. Aber es geht Ihnen gut, ja?«

»Danke, Mylady. Ich hatte Glück.«

»Da fällt mir ein, dass ich unseren geschätzten Mr Maynard gesehen habe!«

Sarah holte tief Luft. »Wie geht es ihm? Ist er unverletzt?«

»Wir haben uns nur kurz auf der Straße getroffen, ich war gerade auf dem Weg zum Büro meines Mannes, was selten genug vorkommt, und er wollte irgendwelche Filme entwickeln. Die Ausgrabungen sind zum Erliegen gekommen, nun, das ist ja auch kein Wunder. Wer möchte schon beschossen werden, wenn er nach Mumien gräbt. Wirklich, die Faszination für diese einbalsamierten verdorrten Leichen wird mir ein Rätsel bleiben. Obwohl die Grabbeigaben recht prachtvoll sein können.«

Lady Sudbury plauderte wie immer über alles, was sie interessierte, und kam gern von einem zum anderen, ohne je wirklich den Faden zu verlieren. Doch Sarah wollte nur wissen, wie es Philip ergangen war, von dem sie viel zu lange nichts gehört hatte. »Wie sah er denn aus? Hat man ihm die Strapazen angesehen?«

»Lassen Sie mich überlegen ... Ja, er wirkte schmaler, aber der Krieg hinterlässt bei uns allen Spuren. Und er war auf den Schlachtfeldern in Nordfrankreich, um Aufnahmen zu machen. Für welche Zeitung, weiß ich nicht mehr, die *Times*, denke ich.«

»Er war an der Front?« Davon hatte er nichts geschrieben.

»Das ist jetzt seine Hauptbeschäftigung. Er fotografiert vor und hinter den Linien, war in den Schützengräben und hat mir nur angedeutet, was die Soldaten dort durchmachen. Aber ich will Sie damit nicht weiter beunruhigen. Einen Moment!« Der Hörer wurde abgelegt, und Sarah hörte, wie Lady Sudbury mit jemandem sprach. »So, da bin ich wieder. Meine Liebe, eigentlich wollte ich nur hören, wie es Ihnen geht, und Ihnen diese Misere mit Hilda mitteilen. Nehmen Sie sich also in Acht vor den Deutschen, man kann ja jetzt niemandem mehr trauen. Wie lange werden Sie dort oben bleiben?«

»Ein paar Tage sicher noch. Es gibt viel zu tun, und Seine Lordschaft hat eine außergewöhnliche Sammlung orientalischer Objekte. Das dürfte Rowland begeistern.«

»Der alte Halunke wird sich noch eine goldene Nase in diesem Krieg verdienen«, meinte Lady Sudbury. »Passen Sie auf sich auf, Sarah! Und wenn Sie wieder zurück sind, trinken wir im Ritz einen Tee zusammen!«

Wehmütig hängte Sarah den Hörer auf die Gabel. Sie vermisste die unbeschwerten Zeiten mit Lady Sudbury. Unabhängigkeit hatte ihren Preis.

21

Scarborough, Yorkshire 1915

»Und sehen Sie dort oben auf dem Headland die Ruine? Die Burg haben sie zuerst beschossen. Dann das Grand Hotel, und vom Leuchtturm ist auch nicht mehr viel übrig.« May Sutton stand mit Sarah am Strand in der South Bay, in der sich auch der Hafen von Scarborough befand. Die Sonne ging gerade auf und vertrieb den Morgennebel.

Überall liefen Soldaten und Mitglieder der Heimatfront herum. Ein zweites Mal sollte die kaiserliche Marine kein so leichtes Spiel mit der Hafenstadt haben.

»Guten Tag, Ladys!«, grüßte ein Soldat, der gemeinsam mit einem Kameraden Sandsäcke füllte, die der Befestigung der Hafenanlage dienen sollten.

May Sutton, die ein einfaches Tweedkostüm und Schnürstiefel trug, erwiderte den Gruß: »Guten Tag! Danke, dass Sie uns schützen! Sind Sie von hier?«

»Nein, Ma'am, von Grimsby, aber hier ist mehr zu tun.« Die beiden schnürten die Säcke zu, schulterten sie und stapften auf die Hafenmauer zu, wobei sie tief im Sand einsanken.

»Sie wissen sicher, dass es oben in der Baracke Tee gibt?«, rief May.

»Ja, Ma'am!«, antwortete der andere und winkte, während sie weitergingen.

May Sutton hakte Sarah unter. »Diese braven Männer müssen doch versorgt werden. Ich denke dann immer, dass hoffentlich auch dort, wo unsere Männer in der Fremde kämpfen, jemand für sie sorgt.«

Sarah drückte den Arm ihrer neuen Bekanntschaft, die sich als Glücksfall herausgestellt hatte. Das kleine Zimmer, das Mrs Sutton ihr vermietete, war günstig, und wenn es sich ergab, plauderten die Frauen miteinander, oder May zeigte Sarah ihre Stadt, so wie heute früh.

Lord Coltham hatte Sarah wissen lassen, dass er für zwei Tage in Edinburgh sein würde, ihr aber versprochen, sich nach seiner Rückkehr Zeit für ihre Fragen zu nehmen. Rowland hatte ihr einen gewissen Spielraum gelassen, und so nahm Sarah sich heute Morgen etwas mehr Zeit, bevor sie sich auf den Weg nach Desna Hall machte. Der Gedanke an ein Wiedersehen mit Edmund Coltham verursachte ihr Magenschmerzen, und sie musste sich immer wieder dazu aufrufen, der Sache keinerlei Bedeutung beizumessen, denn sonst würde sie ihre mühsam erarbeitete Selbstsicherheit verlieren.

Sie stiegen einige schmale Stufen hinauf, die vom Strand in die Stadt führten. »Im Sommer treffen wir uns hier, gehen schwimmen und Eis essen. Scarborough ist eine nette kleine Stadt. Es war ein Schock, Sarah, ein fürchterlicher Schock, als die verdammten Kriegsschiffe der Deutschen uns bombardiert haben. So viele Tote! Meine Freundin hat sowohl ihre Mutter als auch ihre Tochter dabei verloren.«

May Sutton sah zu den zerstörten Häuserfassaden oberhalb der Hafenanlage hinauf. Die Einschusslöcher und eingestürzten Dächer ragten wie Mahnmale in den Himmel. Bevor Sarah etwas sagen konnte, rief May: »Hallo, Annie!«, und eilte auf eine Frau mit einer Botentasche zu. Vielerorts trugen Frauen die Post aus, eine Arbeit, die vor dem Krieg allein den Männern vorbehalten gewesen war.

Sarah hatte Rowland zwar mitgeteilt, dass sie in die Stadt gezogen war, rechnete jedoch nicht damit, dass man ihr überhaupt private Post nachsenden würde. Sie hatte ihre Vermieterin in London gebeten, sie zu benachrichtigen, sollte wichtige Post eintreffen oder, wovor sie sich am meisten fürchtete, es schlechte Nachrichten von ihrem Bruder geben sollte. Seit drei Tagen nächtigte sie schon in Scarborough. Langsam schlenderte sie über die Straße, achtete auf Kutschen, Automobile und Ochsenfuhrwerke und fand es schändlich, dass das prächtige Grand Hotel auf der Anhöhe derart beschädigt worden war.

Überall hingen Warnhinweise, was im Falle einer erneuten Bombardierung zu tun sei, und an einer Hauswand sah Sarah eines von vielen Plakaten, die an den brutalen Angriff durch die Deutschen erinnerten und die Männer aufforderten, sich zum Militärdienst zu melden. Das Schaufenster neben dem Plakat gehörte einem Gemischtwarenladen, dessen Regale viele Lücken aufwiesen. Bald würden die Lebensmittel rationiert werden. Sarah wandte sich um und suchte nach May, die noch immer bei der Postbotin stand. Dabei fiel Sarahs Blick auf die Fischerhäuser am anderen Ende des Hafens und auf einen schwarzen Schuppen, vor dem die Fischer ihre Netze aufhängten. Ein Mann baute dort ein Stativ auf und richtete seine Kamera aus.

Sarah presste eine Hand auf ihre Lippen und machte einen Schritt nach vorn. Sollte es wirklich möglich sein? Der Wind blies scharf vom Meer herauf, und der Lärm der Aktivitäten im Hafen und an den Verteidigungsanlagen vermengte sich mit den Schreien der Möwen. Dann hob der Mann den Blick und schien sie ebenfalls zu sehen. Er stutzte, hielt die Kamera fest und hob den Arm.

»Philip?!«, rief Sarah gegen den Wind und winkte, und der Mann winkte nun ebenfalls und deutete auf die Kamera, die er nicht stehen lassen konnte.

Ohne zu überlegen, lief Sarah zwischen einer Kutsche und einem Lastwagen hindurch, rutschte auf dem glatten Kopfsteinpflaster aus, konnte sich gerade noch abfangen, wurde von einem aufgeregt kläffenden Hund verfolgt und kam endlich außer Atem bei den Fischerhäusern an.

Philip Maynard hatte die Kamera auf dem Stativ befestigt und breitete die Arme aus, um sie aufzufangen, als sie auf ihn zustürzte. »Sarah!«

Sie konnte ihr Glück nicht fassen, als sie ihn umarmte und sein wild pochendes Herz an ihrem spürte. »Philip!«, flüsterte sie an seiner Brust und hielt ihn fest umschlungen.

Er drückte sie an sich und strich ihr über die Haare. »Oh, Sarah, ich wusste nicht, ob Sie sich freuen würden, mich zu sehen. Ich habe Sie so vermisst!«

»Ob ich mich freuen würde?« Mit Tränen in den Augen sah sie ihn an. Er hatte sich verändert, war dünner geworden, und ein trauriger Zug hatte sich um seinen Mund eingegraben, der so wundervoll lächeln konnte.

»Lady Sudbury hat mir gesagt, dass Sie hier sind.« Er hielt ihr Gesicht mit beiden Händen und betrachtete sie liebevoll. »Sie sind so wunderschön, Sarah, noch schöner als in meiner Erinnerung, und das ist eigentlich unmöglich.«

Seine dunklen Augen schimmerten feucht, als er sich vorneigte, um sie zu küssen. Wie lange war es her, dass sie sich im Garten von Clayton Manor geküsst hatten? Zwei Jahre, die sich angefühlt hatten wie zehn! Sie schloss die Augen und fühlte eine

Welle der Wärme durch ihren Körper ziehen, der sich plötzlich wieder lebendig anfühlte. Alle Sorgen und Ängste schienen weniger wichtig, zumindest für einen kostbaren Augenblick. Seine Lippen waren weich und zärtlich, und ihre Knie zitterten, als er sie ansah, ohne sie aus seinen Armen zu lassen.

»Wie lange können Sie bleiben? Was sind Ihre Pläne, Philip? Oh, ich kann gar nicht glauben, dass Sie tatsächlich hier vor mir stehen.« Sie legte ihren Kopf an seine Brust und spürte den rauen Wollstoff des Pullovers an ihrer Wange.

Plötzlich ging ein Ruck durch seinen Körper, und er ließ sie los. »Sarah, da kommt eine Frau auf uns zu.«

Sarah drehte sich um und sah, wie May mit einem Bündel Briefe in der Hand energisch auf sie zusteuerte. »Das ist meine Vermieterin und eine sehr nette Person.«

Die Lehrerin wirkte immer voller Energie, obwohl sie vor Sorge um ihren Mann nachts nicht schlafen konnte. Ihre langen dunkelblonden Haare waren aufgesteckt und durch den Wind leicht zerzaust, doch solche Nebensächlichkeiten interessierten Mrs Sutton nicht. »Sarah, ich habe Nachricht von meinem Mann! Ist das nicht wundervoll? Wir müssen heute Abend feiern!«

Sarah und Philip sahen ihr lächelnd entgegen. »Oh, May, das freut mich so sehr! Natürlich, gern, aber schauen Sie, ich habe einen lieben Bekannten getroffen. Philip Maynard ist Fotograf, und wir haben uns eine Ewigkeit nicht gesehen. Er ist gerade aus Frankreich herübergekommen.«

May schüttelte die dargereichte Hand des Fotografen. »Freut mich, Mr Maynard. Sind Sie hier zur Erholung? Von unserem Solebad ist nicht viel übrig.«

»Es sind eher die Befestigungsanlagen und die Ruinen, die mich hergezogen haben. Ich schreibe einen Artikel für die *Daily News*. Nach den Schützengräben an der Somme ist das eine willkommene Abwechslung.« Ein bitteres Lächeln glitt über sein Gesicht.

»Das glaube ich Ihnen sofort. Der Vater einer meiner Schüler ist in Flandern gefallen. Wir haben seine Briefe gemeinsam gelesen, es war schrecklich.« May sah von einem zum anderen. »Ich muss in die Schule. Der Unterricht lenkt die Kinder ab, und irgendwann ist dieser Krieg hoffentlich vorbei, und wir brauchen klugen Nachwuchs. Sarah, Sie haben ja einen Schlüssel.«

Sarah tastete in ihrer Jackentasche nach dem Schlüssel. »Ja, danke, May, und ich freue mich sehr, dass es Ihrem Mann gut geht!«

Sie gab der Lehrerin einen Wangenkuss.

»Falls Sie gut essen möchten, gehen Sie in den *Coachman*, so, jetzt muss ich mich aber beeilen«, sagte May Sutton und ging davon.

»Eine nette Person, da haben Sie Glück mit Ihrer Unterkunft.« Philip reichte Sarah seine Kamera, klappte das Stativ ein und packte alles in einen Koffer.

»Ich habe sie im Zug kennengelernt. Auch den Jagdaufseher des Lords, der mir dann nach dem Unfall mit dem Taxiautomobil geholfen hat. Allein bei dem Wetter und im Moor wäre ich nicht weit gekommen.«

»Was? Erzählen Sie mir alles, Sarah! Bei einer Tasse Tee, ja?«

Er packte den länglichen Koffer und reichte ihr seinen freien Arm. »Ich bin erst gestern Abend eingetroffen. Wählen Sie den Tearoom aus.«

Sarah schaute zum Hügel hinauf, auf dem die Burgruine zu sehen war. »Mrs Suttons Haus liegt auf halbem Weg den Hügel hinauf, Tuthill. Und ganz in der Nähe ist ein Tearoom.«

»Das trifft sich gut, dann bringe ich meine Kamera ins Hotel, Blenheim Terrace.«

Die Straße lag nur wenige Gehminuten von Tuthill entfernt. Die Hafenstadt konzentrierte sich um die große Bucht, den Hügel mit der Burg und lief entlang der Küste aus. In Friedenszeiten wären sie am Hafen bis zum Pier spaziert und hätten vielleicht im Grand Hotel auf der Terrasse ihren Tee eingenommen, denn von dort hatte man einen fabelhaften Blick auf das Meer. Doch all das war nicht wichtig, dachte Sarah und drückte seinen Arm.

Sie hatten an einem der kleinen Tische Platz genommen, und man hatte ihnen Tee, Milch und Shortbread gebracht. Philip wollte alles von ihren Erfahrungen bei Varnham's wissen und nickte mehrmals anerkennend, wenn sie von selbstständig erledigten Nachforschungen und Auktionsvorbereitungen berichtete. »Und nun also der berühmte blaue Diamant«, sagte Sarah.

Er legte seine Hand auf dem Tisch auf ihre und sah sie an. »Wenn Sie es schaffen, Coltham die Einzelheiten über seine Zeit in Indien und den Maharadscha zu entlocken, haben Sie mehr als nur eine Katalogbeilage verdient. Rowland sollte Sie befördern!«

Sarah errötete und entzog ihm verlegen ihre Hand. »Wir werden sehen. Ich bemühe mich, aber Seine Lordschaft ist schwierig, und ich fürchte, er wird mir nicht die Wahrheit sagen, weil er etwas zu verbergen hat. Aber ich werde eine stimmige Geschichte zu schreiben wissen.« Sie lachte leise. »Ich habe viel gelernt in den letzten Jahren.«

Philip holte ein silbernes Zigarettenetui hervor und hielt es ihr hin. »Möchten Sie?«

»Nein, danke.« Sie beobachtete ihn dabei, wie er mit routinierten Bewegungen die Zigarette klopfte, das Etui wieder einsteckte und sich die Zigarette zwischen die Lippen steckte. Was erwartete er von ihr? In manchen Belangen war sie noch immer ein unerfahrenes Mädchen aus einer Arbeiterfamilie.

»Sarah, was ist mit Ihnen? Sie wirken plötzlich so bedrückt.

Habe ich etwas Falsches gesagt?« Er stieß den Rauch aus und zog den Aschenbecher heran.

»Nein, nein. Unser Wiedersehen kam so überraschend, und ich ...« Verlegen spielte sie mit dem Teelöffel.

»Ja?«

»Ich habe mich über jeden Ihrer Briefe gefreut und mir gewünscht, dass wir uns sehen, aber jetzt ...« Sie schwieg.

»Sind Sie enttäuscht. Ich kann Sie verstehen. Zwei Jahre sind eine lange Zeit. Sie sind jung und bildschön und haben alles vor sich, und ich ...«

»Aber nein, das ist es doch nicht!«, sagte sie und hoffte, dass die anderen Gäste sie nicht hören konnten. »Ich weiß nicht, was Sie von mir erwarten. Ich bin es, die Sie nicht enttäuschen möchte.«

»Sarah«, sagte er sanft. »Ich erwarte gar nichts. Mir genügt es, Ihre Gegenwart genießen zu dürfen. Ihre Freundschaft bedeutet mir mehr als alles andere, und ich möchte Sie nicht verlieren, niemals. Verstehen Sie das?«

Sie schüttelte den Kopf. »Nein.«

Philip beugte sich vor und sagte leise: »Ich habe es Ihnen schon einmal gesagt. Als ich Sie das erste Mal bei Lady Sudbury sah, haben Sie sich in mein Herz geschlichen mit Ihrer Schönheit, Ihrer Anmut, Ihrem Intellekt und Ihrer inneren Stärke. Wenn Sie mir in Ihren Briefen von Ihren Erlebnissen berichten, von Ihren kleinen und großen Erfolgen, dann freue ich mich mit Ihnen, weil ich weiß, dass Sie es mehr als verdient haben. In Ihnen brennt ein Feuer, das Sie leuchten lässt, Sarah. Ich glaube, genau das hat Lady Sudbury auch in Ihnen erkannt und Sie deshalb zu sich geholt.«

Der letzte Satz versetzte Sarah einen Stich. »Lady Sudbury ist meine Mentorin, und ich verdanke ihr alles, was ich erreicht habe.« Sie suchte nach Antworten in seinen Augen. »Aber ich brauche keinen weiteren Mentor.«

Ein Funkeln stahl sich in seine Augen, so wie sie es damals im Garten von Clayton Manor gesehen hatte. »Nein, das brauchen Sie nicht. Vielleicht einen väterlichen Freund?«

»Ist es üblich, dass väterliche Freunde ihren Schützling küssen?«

Er zog an seiner Zigarette. »Nein, das ist es nicht.«

»Gut, dann können wir diese Konstellation ausschließen.« Sie fand Gefallen an diesem Schlagabtausch und hatte ihre Unsicherheit überwunden. Es war ein Spiel, dachte sie, und es war eines, das sie zu genießen begann.

Plötzlich sah Philip auf seine Uhr. »Ich will Sie aber nicht aufhalten, Sarah. Wann werden Sie in Desna Hall erwartet?«

»Ach«, meinte Sarah, »es wird sich niemand beschweren, wenn ich etwas später komme.« Es war Krieg, und wer konnte schon sagen, was morgen sein würde?

Draußen nahm Philip wie selbstverständlich ihre Hand und sah sich um. »Gehen wir ein Stück?«

Sie nickte. Es war ihr egal, wohin sie gingen, denn wichtig war nur, dass er ihretwegen nach Scarborough gekommen war. »Hier hinauf. Von dort hat man einen weiten Blick über die Bucht.«

Die engen Gassen wurden von viktorianischen Häusern gesäumt, von denen einige noch die Spuren des Bombardements aufwiesen. Fenster und Türen waren mit Brettern notdürftig vernagelt worden, und die Häuser wirkten verlassen. Als sie an einem schmalen Haus vorbeigingen, dessen Fassade von einem Riss gespalten war, riss eine Frau das Erkerfenster im Erdgeschoss auf und goss Wasser auf den Gehweg. Als sie Sarah und Philip erblickte, fuchtelte sie wild mit den Armen und rief: »Ich war draußen und habe die Stufen geschrubbt, und da ging's los. Es zischte,

zischte, zischte und boooom!« Sie machte die entsprechenden Geräusche, und ihre Augen blickten angstvoll und ein wenig verwirrt umher. »Immer wieder, booom und nebenan auch, booom. Und dann waren sie tot, meine Freundin, ihre Tochter, der Hund. Mein Mann lief ohne seine Hose aus dem Haus, und ich rannte zurück, um sie zu holen, und da lag er auf der Straße. Das Dach war eingebrochen, und er lag da …«

Die ältere Dame weinte und schlug die Hände vors Gesicht. Es war offensichtlich, dass sie von dem Granatenangriff der deutschen Kriegsschiffe sprach.

»Es tut mir so leid, können wir etwas für Sie tun?«, fragte Sarah und wollte ans Fenster treten, doch die Frau zog das Fenster mit Wucht herunter und war verschwunden.

»Nicht, Sarah, lassen Sie die arme Frau. Ich bin sicher, dass Nachbarn oder Verwandte sich um sie kümmern.« Philip zog sie weiter. »Das ist erst der Anfang, Sarah. Wir werden uns auf harte Zeiten einstellen müssen.«

Er legte den Arm um ihre Schultern, und Sarah schlang ihren Arm um seine Hüfte. Seite an Seite gingen sie langsam den Hügel hinter der Burgruine hinauf, vorbei an Trümmern, Baumaterial und Soldaten, Männern und Frauen, die mit der Befestigung der Abwehrstellungen beschäftigt waren. Der Krieg war jetzt überall präsent, und wohl jeder war auf die eine oder andere Weise betroffen, doch das Leben ging weiter, so, wie es immer weiterging.

»Wie lange bleiben Sie in Scarborough, und was kommt danach?«, fragte Sarah, als sie am Rande der Klippe standen und auf das Meer hinausschauten. Die Morgensonne ließ die kleinen Schaumkronen glitzern, und die Möwen schrien und umkreisten die Fischerboote, die vom nächtlichen Fang zurückkehrten.

Philip stellte sich hinter sie und hielt sie an sich gedrückt. »Ein paar Tage, kommt darauf an, wann sie mich anrufen. Meine

Arabischkenntnisse sind mittlerweile passabel, und ich habe gute Kontakte in Kairo.«

»Ich wusste nicht, dass Sie Arabisch sprechen.«

»Während der Ausgrabungen habe ich einiges gelernt, und man kommt einfach viel weiter, wenn man die Einheimischen versteht. Zumindest ein wenig. Andernfalls wäre ich kaum an Ersatzteile für meine Kamera gekommen und hätte sicher das Zehnfache bezahlt.«

»Ich stelle mir die Wüste faszinierend vor. Weit und still, eine Herausforderung für einen selbst. Wie hält man die Hitze aus?«

»Man passt sich an, macht es wie die Araber. Wenn man sich gegen die Hitze wehrt und hadert, hat man verloren. Meine Frau hat es gehasst. Sie hat alles abgelehnt. Letztlich auch mich. Wir hätten nie heiraten sollen.«

Sie hatte ihn nicht nach seiner Frau fragen wollen, aber es schien, als brannte ihm dieses Thema auf der Seele. »Sie müssen nicht darüber sprechen.«

»Es steht aber zwischen uns. Meine Ehe ist ein Fehler, den ich bereue, aber nicht ungeschehen machen kann.« Er drehte sie sanft zu sich um, sodass sie ihn ansehen musste. »Ich bin immer meinen eigenen Weg gegangen, habe mich für die Fotografie entschieden, obwohl meine Familie dagegen war. Doch ich fühlte mich verpflichtet, diese Ehe einzugehen, weil es eine wirtschaftlich notwendige Entscheidung war. Gladys Granville ist die Erbin eines großen Vermögens, ohne das meine Familie Bohurst Castle wohl verloren hätte. Tradition und Ehre stehen über Sentimentalitäten und Schwärmereien. Zumindest für meinen Vater und alle anderen männlichen Maynards.«

Sie machte sich von ihm los und hielt ihr Gesicht in den Wind und die warmen Sonnenstrahlen. »Sie hätten Nein sagen können. Dann hätten Sie sich vorwerfen lassen müssen, dass Sie den Familiensitz nicht gerettet haben.« Sarah sog tief die salzige Luft ein. »Sie haben Ihr persönliches Glück dem Wohl der Familie geopfert. Aber was bedeutet das eigentlich? Wissen Sie, inzwischen habe ich einige Auktionen auf altehrwürdigen Familiensitzen mitgemacht, auf denen der gesamte Besitz versteigert wurde. Und auch hier auf Desna Hall ist es nicht anders. Lord Coltham kämpft um seine Reputation und seinen Besitz, den er seit Jahren Stück für Stück verkauft.« Sie wandte sich ihm wieder zu. »Vielleicht schafft er es, einen Teil zusammenzuhalten, vielleicht nicht, aber was bedeuten Besitz und Ansehen, das Wahren des äußeren Scheins, wenn man doch unglücklich und die Familie zerstört ist?«

Philip hatte seine Tweedmütze in die Tasche gesteckt, und der Wind fuhr ihm durch das wellige Haar. »Sie haben so recht, Sarah. Aber mein Fall ist noch ein klein wenig komplizierter. Gladys ist nicht gesund. Das hatte mir ihre Familie allerdings verschwiegen. Sie steigert sich mit einer ungesunden Leidenschaft in Dinge hinein und hat bereits zweimal versucht, sich das Leben zu nehmen.«

»Wirklich? Aber warum denn nur? Sie hat doch alles!«, entfuhr es Sarah.

Philip seufzte und schüttelte den Kopf. »Lassen Sie uns dieses Thema beenden. Ich wollte nur, dass Sie wissen, dass eine Scheidung für mich unmöglich ist, ohne zu riskieren, dass Gladys ihre Drohungen tatsächlich wahr macht, und das könnte ich mir nie verzeihen. Außerdem ist ihr Vater ein mächtiger Mann.«

»Ich verstehe.« Er hatte sich in eine missliche Lage manövriert, aus der er anscheinend nicht entkommen konnte, ohne weitreichende Konsequenzen in Kauf nehmen zu müssen.

Er griff nach ihrer Hand und zog sie zu sich. »Ich weiß nicht, ob Sie uns verrottete Aristokraten verstehen können oder ob das überhaupt wünschenswert ist. Wir sind eine Spezies, die sich selbst überlebt hat, zum Aussterben verdammt.«

»Nichts bleibt, wie es ist«, sagte sie. »Wir müssen uns nur für das Leben entscheiden, meinen Sie nicht auch?«

Ohne ein weiteres Wort drückte er sie an sich, und sie spürte, dass er weinte.

22

Dichte Nebelschwaden hingen über dem Moor, als Sarah aus dem Taxi sah, das sie an diesem Morgen nach Desna Hall brachte. Die letzten beiden Tage zählten zu den glücklichsten ihres Lebens, denn sie hatte jede freie Minute vor und nach Arbeitsbeginn mit Philip verbracht. Mit einem abwesenden Lächeln drückte sie dem Fahrer die Münzen in die Hand und durchquerte den Hof vor dem Herrenhaus. »Desna Hall«, so viel wusste sie inzwischen, bedeutete »Geschenk«. Nun, Lord Coltham hatte sich in Indien reich beschenken lassen, und davon abgesehen Geschäfte zu seinem Vorteil abgewickelt. Es stand ihr nicht zu, darüber zu urteilen, aber ein wenig bedenklich fand sie es doch.

Bevor sie das Haus betrat, machte sie einige Schritte über den Kies, blieb stehen und atmete die frische Morgenluft ein. Hier am Haus fingen die Bäume den Nebel auf, und sie schaute über die weiten Rasenflächen, auf denen im Sommer Tennis oder Polo gespielt wurde. Noch standen im Stall von Desna Hall Pferde, aber die Frage war, wie lange das noch möglich sein würde. Sie schlang die Arme um ihren Körper, um sich zu wärmen, und schloss kurz die Augen, um sich an den Abschiedskuss von Philip zu erinnern.

»Was machen Sie denn da draußen? Wollen Sie Wurzeln schlagen?«, unterbrach die Stimme des Butlers ihre Gedanken.

»Oh, guten Morgen, Dyson.« Sie drehte sich um und sah Dyson mit der Morgenzeitung um die Ecke kommen.

Er warf eine Zigarette zu Boden und trat sie achtlos aus.

»Ob das ein so guter Morgen ist, weiß ich nicht. Haben Sie die Zeitung noch nicht gelesen?«

»Nein!« Sie folgte ihm zur Küche, aus der Stimmen und das Klappern von Geschirr und Töpfen tönten.

»Ein schreckliches Zugunglück in Quintinshill bei Gretna Green. Drei Züge sind dort ineinandergekracht, und über zweihundert Menschen sind gestorben. Vor allem wohl Soldaten der Royal Scots, die auf dem Weg nach Gallipoli waren.« Wütend schwenkte er die Zeitung. »Wir brauchen nicht einmal die Feinde, um unsere Männer zu töten, das schaffen wir auch allein.«

Er ließ sie eintreten, und Sarah begrüßte die Dienerschaft. Eines der Mädchen stellte in der Küche gerade eine Schüssel mit dampfendem Porridge und eine Kanne Tee auf ein Tablett.

»Ist das für Seine Lordschaft?«, wollte Dyson wissen.

Das Dienstmädchen nickte. »Ja, Sir, er ist schon früh wach heute, obwohl er doch erst spät gestern Abend gekommen ist.«

»Lass, ich bringe es selbst hinauf.« Dyson gab Salz und einen Löffel Honig zu dem Porridge seines Herrn, legte die Zeitung dazu und hob das Tablett an.

Da Lord Coltham nun wieder im Haus war, hoffte Sarah auf ein Gespräch, damit sie endlich ihre Geschichte über den Diamanten schreiben konnte. Sie war jedoch auch in den vergangenen Tagen nicht untätig gewesen und hatte die Zeit genutzt, um zahlreiche Kunstobjekte, die bereits mit einem Schild versehen worden waren, in ihre Liste aufzunehmen. Mittlerweile war sie im Anfertigen einer Beschreibung so versiert, dass sie keine Fachbegriffe mehr nachschlagen musste, sondern die für die Käufer wichtigen Kataloginformationen selbstständig verfassen konnte.

Dennoch wartete sie auf die Ankunft von Mr Palmer, der als Experte ihre Schätzungen bestätigen sollte.

Sie nahm ihre begonnene Arbeit in einem Nebenraum des Speisezimmers auf. Dort waren auf einer Tafel die Tischaufsätze und einiges an Tafelsilber sowie diverse Leuchter aufgebaut. Fast alles war für den Verkauf bestimmt. Sarah holte eine Lupe hervor und untersuchte die Punzen an zwei vergoldeten Weinkühlern. Es handelte sich um ein prachtvolles Paar aus der Zeit von George IV. In ihrer Beschreibung vermerkte sie: »Campana-Form, Fuß mit Eichenblatt und in Form einer Eichel aufgebaut, Weinlaub am Korpus, auslaufend in zwei mit floralen Ornamenten geschmückte Griffe, über dem Wappen der Colthams eine plastische Girlande aus Weinlaub sowie ein abnehmbarer Deckel, gekrönt von einer Minervastatuette. Alles aus massivem Silber.«

»Miss Rosewell, ein Anruf für Sie!«, unterbrach die Hausdame ihre Beobachtungen.

»Oh?«

»Mr Rowland. Bitte hier entlang.« Mrs Tobin führte Sarah in ein Arbeitszimmer, das sie noch nicht betreten hatte. Der eher kleine Raum befand sich zwischen dem Frühstückszimmer und der Eingangshalle und wurde von einem Schreibtisch dominiert. Regale, die mit Aktenordnern gefüllt waren, und ein Besucherstuhl legten nahe, dass Lord Coltham diesen Raum für geschäftliche Besprechungen nutzte.

Die Hausdame zeigte auf den Stuhl und stellte das Telefon vor sie hin. Sarah nahm den Fuß mit dem Hörrohr und der Wählscheibe in die eine und das kleine Mikrofon in die andere Hand.

»Ja, hallo?«, meldete sie sich.

Es knisterte in der Leitung, und nach einer Weile hörte sie die Stimme von Direktor Rowland. »Sarah? Wie geht es Ihnen? Kommen Sie voran?«

»Ja, Sir, nur über den Diamanten haben wir noch nicht gesprochen. Aber ich denke, heute wird es dazu kommen, denn Seine Lordschaft ist wieder im Haus.«

»Aha, ja, gut, sehr gut. Hören Sie, Sarah, Mr Palmer wird nicht kommen. Er liegt mit einem Magengeschwür im Krankenhaus. Ich kann nicht kommen, weil ich hier alles zusammenhalte und zusätzlich die Dependance in New York. Es ist jetzt amtlich. Wir haben den Mietvertrag für das Haus in der Upper East Side unterzeichnet, und Fitzwilliam übernimmt die Leitung.«

»Wer? Fred Fitzwilliam?« Vor Monaten schon hatte Rowland erwähnt, dass er eine Zweigstelle in New York eröffnen wollte, doch nicht weiter mit ihr darüber gesprochen. Dabei war der Kunstexperte Fitzwilliam, der bis dahin freiberuflich gearbeitet hatte, als möglicher Kandidat für den Direktorenposten erwähnt worden. Sie sah sich nach der Hausdame um, die jedoch diskret verschwunden war.

»Ja, ich habe lange mit ihm verhandelt, aber nun hat er zugesagt, und wir haben mit ihm einen guten Mann ins Boot geholt. Er hat hervorragende Kontakte in der Gesellschaft, und seine Familie ist sehr angesehen. Ha, unsere Konkurrenten werden sich die Mäuler zerreißen, wenn sie davon erfahren. Gleich morgen werde ich es in die Zeitung setzen lassen. Wissen Sie, Sarah, man muss Zeichen setzen, nach vorne preschen, Mut beweisen.«

Sarah wusste nicht, ob sie Rowlands Expansionspläne wirklich für eine gute Idee hielt. Aber er war der Geschäftsmann und konnte die Lage in den Vereinigten Staaten besser einschätzen. »Herzlichen Glückwunsch, Sir! Was wird das für uns bedeuten?«

»Bessere Vernetzung mit dem Markt in Amerika, eine Erweiterung unserer Klientel, neue Einzugsgebiete. Aber das ist nicht der Grund meines Anrufs. Meine liebe Sarah, Miss Rosewell, ich schätze Sie sehr, das wissen Sie.«

Nervös starrte Sarah auf den schwarzen Apparat in ihrer Hand. »Ja, Sir, danke für Ihr Vertrauen.«

»Durch den Krieg haben wir umdenken müssen und gute Männer an die Front verloren. Jetzt noch Palmer. Also hören Sie, Sarah. Ich möchte, dass Sie die Sache da oben allein zu Ende bringen. Trauen Sie sich das zu? Ich kann Ihnen eine der Sekretärinnen schicken, mehr nicht. Sie wären als Expertin meines Hauses dort.« Er schwieg und ließ die Bedeutung seiner Worte wirken.

»Ich, eine Expertin?« Noch nie hatte es eine weibliche Expertin in einem Auktionshaus gegeben!

Sie hörte, wie er an einer Zigarre paffte. »Richtig. Mut ist in diesen Zeiten gefragt! Und ich habe den Mut, neue Wege zu gehen. Was sagen Sie? Wenn Sie nicht wollen, muss ich mir etwas anderes überlegen. Dann lasse ich die Sachen nach London holen, aber das wäre mit großem Aufwand und Kosten verbunden. Sie haben Ihre Sachkenntnis oft genug bewiesen. Ich vertraue Ihrer Expertise, Sarah. Das ist auch für mich neu. Eine Frau, ha! Hätte man mir vor fünf Jahren eine Frau als Expertin vorgeschlagen, ich hätte gelacht! Aber heute ist mir nicht zum Lachen zumute.«

»Nein, ich meine, ja, Sir, ich kann das schaffen. Aber es sind noch viele Objekte zu bearbeiten, und ich benötige eine Sekretärin, die mir beim Verfassen der Einträge hilft, das ist richtig. Oh, und Sir, derzeit ist Mr Maynard in Scarborough. Könnte er nicht die Fotografien der wichtigen Objekte übernehmen? Vor allem der Diamant sollte bestmöglich präsentiert werden, und wir haben mit Mr Maynard doch nur gute Erfahrungen gemacht.«

»Bravo, meine Liebe, Sie denken mit! Gut, gut, fragen Sie ihn, und wenn er nicht kann ... Was macht er dort überhaupt? Na ja, egal, bitten Sie ihn, wir zahlen das übliche Honorar und einen Bonus, wenn er die Bilder innerhalb der nächsten zwei Wochen abliefert.«

»Danke, Sir.«

Im Hintergrund klingelte es, und Stimmen näherten sich. »Enttäuschen Sie mich nicht, Sarah. Der Diamant ist das Herzstück der Auktion, darum herum bauen wir alles auf. Coltham muss das auch so sehen und seine Geschichte preisgeben. Allein deswegen werden wichtige Kunden kommen. Fitzwilliam hat durchblicken lassen, dass Carnegie und Vanderbilt Interesse an dem Diamanten haben. Und jetzt stellen Sie sich mal ein Wettbieten zweier Finanzgiganten vor!«

Für Sarah hatten die anstehenden Aufgaben Priorität, doch sie konnte sich lebhaft vorstellen, welche Szenarien sich Rowland ausmalte. Sie sah zur Tür, weil sie meinte, Schritte gehört zu haben. »Mein Gott, dann muss ich mich aber jetzt sehr um ...«, sie senkte die Stimme. »Um Seine Lordschaft bemühen.«

»Was haben Sie gesagt? Ich kann Sie kaum verstehen! Wie auch immer, machen Sie Ihre Sache gut, Sarah. Ich zähle auf Sie!«

Die Verbindung brach ab, und Sarah hängte den Hörer auf die Gabel. Danach blieb sie minutenlang sitzen und ließ das Gespräch nachwirken. Eine Expertin! Sie holte tief Luft und richtete sich auf. Sie war jetzt eine Expertin! Das musste sie Lady Sudbury erzählen! Und dann musste sie Philip erreichen, und Hannah würde sie einen Brief schreiben, und ihrer Mutter musste sie es mitteilen. Aber das würde sie über den Laden von Mrs Weaver tun, damit ihr Vater nicht sofort mehr Geld verlangte. Harold Rosewell war drei Monate arbeitsunfähig gewesen, weil er sich betrunken geprügelt hatte und dabei verletzt worden war. Noch immer schickte Sarah einen Teil ihres Gehaltes an ihren Vater, gab jedoch heimlich ihrer Mutter, was sie erübrigen konnte. So war es ihr kaum möglich, viel zu sparen, doch das könnte sich ändern, wenn sie als Expertin mehr verdiente. Nun, darüber musste sie mit Rowland verhandeln, wenn sie wieder in London war.

Auf dem Weg in die Bibliothek traf sie auf Clarice, deren Rock mit gelber Farbe beschmiert war.

»Sehen Sie sich das an! Diese kleinen Monster müsste man einsperren!«, beschwerte sich Clarice. »Ich weiß nicht, wie lange ich das noch aushalte. Lula ist ein hinterhältiges kleines Miststück!« Das Kindermädchen biss sich auf die Lippen, doch niemand außer Sarah hatte sie gehört.

»Nehmen Sie es nicht persönlich, auch wenn es schwerfällt, Clarice. Die Kinder wissen es ja nicht besser. Verlangen Sie doch eine Gehaltserhöhung!«, schlug Sarah grinsend vor.

»Daran habe ich noch nicht gedacht. Meinen Sie? Dann feuert mich Madam Flossie sicher sofort.« Unglücklich rieb sie an der Farbe mit einem Taschentuch.

»Aber das Kleid muss man Ihnen doch ersetzen.«

Clarice seufzte. »Müsste man, ja. Aber Sie sind heute so guter Stimmung. Hm, nein, Sie strahlen richtig!«

Sarah errötete leicht. War es so offensichtlich, dass sie verliebt war? Dann musste sie umso mehr aufpassen, wenn Philip für die Aufnahmen ins Haus kam. Sie wollte keine üble Nachrede durch Coltham oder die Dienerschaft riskieren.

»Mein Arbeitgeber hat mich befördert«, sagte sie, denn das war unverfänglich. »Ich bin jetzt Expertin bei Varnham's. Und das ist etwas, das ich mir nie hätte träumen lassen.«

Clarice riss die Augen auf. »Herzlichen Glückwunsch! Das freut mich für Sie, ganz ehrlich! In meinem Job gibt es keine Aufstiegschancen. Nur die Hoffnung auf eine Familie mit netteren Kindern.« Die Waliserin zog eine Grimasse.

Sarah wagte einen Schuss ins Blaue. »Wissen Sie eigentlich etwas über die Zeit der Colthams in Indien? Ich bin noch immer dabei, die Geschichte des Blauen Diamanten zu vervollständigen.«

»Indien?« Clarice runzelte die Stirn. »Ich bin froh, dass ich nicht mit hinreisen musste. Flossie war mit ihrem Mann auf Hochzeitsreise dort. Vor allem, weil Seine Lordschaft es wollte. Alte Verbindungen pflegen und so.« Sich umsehend, fuhr Clarice leiser fort: »Der Alte hat da Geschäfte gemacht, nicht alles astrein, glaube ich, jedenfalls sollte Eddie irgendwelche Dokumente abholen, die wohl belastend für die Familie sein könnten.«

Eine Tür schlug zu, und gleich darauf ertönte die Stimme der Mutter von Clarices Schutzbefohlenen. »Clarice! Wo bleiben Sie denn? Was haben Sie mit meinen Kindern gemacht?«

Clarice zuckte zusammen.

»Und was ist mit diesen Dokumenten? Hat er sie gefunden?« Sarah ergriff Clarices Arm, doch die machte sich los.

»Nein, aber mehr weiß ich nicht, und von mir haben Sie es nicht!« Das Kindermädchen lief davon.

Wie überaus interessant, dachte Sarah und setzte ihren Weg fort, vorbei an den mehrarmigen Gottheiten mit den grotesken Gesichtern, und hätte beinahe Edmund Coltham übersehen, der an einen Pfeiler gelehnt stand und eine Zigarette rauchte.

»Sie haben sich aber rargemacht. Hoffentlich habe ich Sie nicht verschreckt«, meinte er mit einem süffisanten Unterton. Eine Alkoholfahne mischte sich in den Zigarettenrauch.

Nur wenige Meter trennten sie von der Tür zur Bibliothek, hinter der sie Lord Coltham wusste. »Ich habe keine Zeit, Verzeihung.«

Entschlossen ging sie an ihm vorbei, wich seiner Hand aus, die nach ihrem Arm griff, klopfte kurz an die Tür und trat ein, ohne auf die Antwort zu warten.

Lord Coltham stand vor einem Regal und sah sie unwirsch an. »Ihre Manieren lassen zu wünschen übrig, Miss Rosewell.«

»Entschuldigen Sie bitte, Lord Coltham. Ich war sicher, Sie

hätten geantwortet. Aber Ihr Sohn sprach mich wohl in ebendiesem Moment an.« Sie sah ihn fest an.

Der hochgewachsene Mann kniff die Augen zusammen, spitzte kurz die Lippen und sagte freundlicher: »Wo stehen wir mit den Vorbereitungen für die Auktion? Wo bleibt eigentlich der Experte, den Rowland angekündigt hat?«

Sarah räusperte sich und hob das Kinn. »Darüber wollte ich mit Ihnen sprechen. Soeben habe ich mit Mr Rowland telefoniert, und die Lage hat sich verändert.«

Während er ihr zuhörte, verfinsterte sich seine Miene. »Das ist unerhört! Mich hier mit einer, einer Frau ... abspeisen zu wollen! Was nimmt sich Rowland heraus?! Es gibt noch andere Häuser ...«, echauffierte sich der Lord.

»Bitte, Sir, Eure Gnaden, Mr Rowland kann nur gerade jetzt nicht kommen, aber vor Ort, in London, wird er sich persönlich um Ihre Auktion kümmern! Ich sammle nur die Informationen, bereite sie auf, und alles Weitere liegt wie immer in erfahrenen, männlichen Händen«, versuchte sie, ihn zu beschwichtigen, obwohl ihr die Worte nur schwer über die Lippen gingen. Irgendwann, dachte sie, würde sich das Missverhältnis ändern, und man würde Frauen nach ihrem Können und nicht nach ihrem Geschlecht beurteilen. Aber noch war es nicht so weit, und sie würde um die Privilegien, die sie errungen hatte, kämpfen.

»Ist das so? Ja, nun, ich werde dennoch mit ihm telefonieren!«, sagte Coltham barsch.

»Uns liegt genau wie Ihnen daran, dass die Auktion noch in diesem Sommer stattfinden kann, und wir haben bereits äußerst kaufkräftige Kunden aus Übersee interessieren können«, lockte Sarah. »Unsere Dependance in New York ...«

»Ach, Varnham's ist jetzt auch in New York?« Lord Coltham klang ein klein wenig beeindruckt.

»Richtig, und Mr Fitzwilliam hat uns, das dürfte ich eigentlich nicht verlauten lassen, von seinen Gesprächen mit den Herren Carnegie und Vanderbilt berichtet.«

Zufrieden beobachtete sie, wie er die Augenbrauen hob, nach seinem Humidor griff und sich eine Zigarre herausnahm. Genüsslich drehte er die Zigarre zwischen den Fingern, schnupperte daran und lehnte sich an den Tisch. »Wie kann ich helfen?«

Sie holte einen kleinen Notizblock hervor, den sie immer in ihrer Tasche bei sich führte, und leckte an ihrem Bleistift. »Indien, Mylord. Warum erzählen Sie mir nicht mehr über Ihre Zeit in Indien und woher der Diamant stammt.«

Seine Augen blickten durch sie hindurch in eine Vergangenheit, die nicht unzweifelhaft gewesen war, wenn sie an die Worte seiner Gattin dachte. Jetzt holten ihn die langen Schatten Indiens ein, und er suchte nach den richtigen Worten, während er sich mit dem Anzünden seiner Zigarre beschäftigte.

»Ich bin als junger Offizier im Namen der Krone nach Indien gegangen und war von diesem Land fasziniert. Diese grandiosen Landschaften, die Hitze, der Regen, diese Extreme. Auch in den Menschen. Man kann sie schwer einschätzen, diese Wilden, und dann wieder sind sie so naiv und liebenswert. Trotzdem darf man nicht eine Sekunde nachgiebig sein, sondern muss mit Härte vorgehen, sonst töten sie einen im Schlaf.«

Sarah hörte zu in der Hoffnung, verwertbare Informationen herausfiltern zu können aus dem, was er preisgab.

Rauchkringel stiegen auf, und er goss sich einen Whisky ein. »Die Frauen sind teilweise sehr schön. Und natürlich versammeln die einheimischen Herrscher die schönsten Blumen des Landes in ihren Palästen. Da machte der Maharadscha von Mokalasar keine Ausnahme. Sie wissen, wo Rajasthan liegt?«

»Äh, ungefähr. Im Norden von Indien?«

»Hm, ja, das Land ist riesig, und es ist eine administrative Meisterleistung der britischen Krone, es zu verwalten.«

»Verwalten« hielt Sarah für einen Euphemismus, »beherrschen« wäre wohl passender, zumindest, wenn man die Inder fragte, dachte sie, wobei sie sich jede Gesichtsregung verkniff. »Die regionalen Herrscher haben einen großen Teil dazu beigetragen, zur Verwaltung, meine ich?«

»Sicher, sicher, wir haben ihnen das Gefühl gegeben, weiterhin Macht ausüben zu können. Sie können sich nicht vorstellen, welche Bodenschätze es dort gibt. Nun, das hat man schon vor unserer Zeit erkannt. Die berühmten Diamantenminen von Golkonda haben schon im siebzehnten Jahrhundert Leute wie Tavernier reich gemacht.«

Sarah nickte, denn sie hatte sich über den berühmten französischen Abenteurer Jean-Baptiste Tavernier kundig gemacht, dem es gelungen war, legendäre Edelsteine zwischen 30 und 50 Karat nach Europa zu bringen.

»Er soll doch den Hope-Diamanten aus der Statue des Hindugottes Vishnu gebrochen haben. Ein blauer Diamant, 45 Karat schwer. Er gehörte Ludwig XIV. und Marie Antoinette, und er soll verflucht gewesen sein.«

Lord Coltham leerte sein Whiskyglas. »Indische Götter sind rachsüchtig. Aber wer wäre das nicht, wenn man ihm einen solchen Diamanten stiehlt. Lord Francis Hope, der spätere Besitzer, hatte Schulden und musste den Stein verkaufen.« Er räusperte sich. »So wie ich, das denken Sie doch, nicht wahr?«

»Ich erlaube mir keine Meinung, Mylord. Wir verkaufen Kunstobjekte und versuchen, dies bestmöglich zu tun. Im Sinne unserer Klienten und auch der zukünftigen Besitzer.« Der Ruf des Auktionshauses basierte auf der Qualität des Angebotes zu angemessenen Bedingungen und mit vertrauenswürdigen Expertisen.

Er paffte an seiner Zigarre. Seine Haut hatte noch immer einen leicht gelblichen Ton, und ihr Blick glitt zu einer alten Fotografie, auf der britische Offiziere hoch zu Pferd vor einem indischen Palast zu sehen waren.

»Blaue Diamanten sind selten und besonders schön. Tavernier hat seinen in einem Nebenfluss des Kooleron in Andhra Pradesh gefunden. Der Coltham-Diamant stammt aus einer der Minen von Golkonda. Einige sind schon erschöpft. Ich denke, die besten Steine wurden bereits gefunden.«

»Waren Sie dort?«

»In Golkonda? Ja, eine Festungsstadt, nichts Spektakuläres. Wenn Sie die Hölle auf Erden sehen wollen, besuchen Sie die Minen. Man muss nichts beschönigen. Ein Menschenleben zählt dort nichts, aber das sollte auch nicht Teil der Geschichte des Diamanten sein. Irgendeine arme Seele hat den Stein um 1700 gefunden und seinem Herrscher gebracht. Es war lange Gesetz, dass Steine, die über zehn Karat wogen, vom Maharadscha einbehalten wurden und nicht außer Landes gebracht werden durften.« Lord Coltham lächelte schmal. »Gesetze sind dazu da, um gebrochen zu werden, nicht wahr?«

»Und der Maharadscha von Mokalasar? War er der erste Besitzer?«

»Seine Familie, ja. Sie waren sehr reich, unermesslich reich. Sie haben mit den bunten Steinen gespielt, als wären es Glasperlen …«

Er schwieg, wandte sich ab und trat vor die Fotografien. »Sein Sohn war ein intelligenter Bursche, aber er wollte Offizier werden. Kommen Sie her! Hier!«

Sie trat neben ihn und kniff die Augen zusammen, um die leicht körnige Aufnahme einer Gruppe von Männern erkennen zu können. Zwei britische Offiziere, von denen der eine der junge

Lord Coltham war. Der andere war ein prächtig gekleideter Inder mit Bart, Dolch und Turban, bei dem es sich um den Maharadscha handeln musste, und ein junger Inder, der sich stolz in einer britischen Uniform präsentierte.

»Das war Jadoo, der Sohn von Vinod Mokalasar. Janani war Jadoos Mutter, die erste Frau. Es gab Gedichte über ihre Schönheit.« Erneut schwieg Lord Coltham.

»Gibt es ein Bild von ihr? Hat der Maharadscha ihr den Blauen Diamanten geschenkt?« Sie zögerte und fügte hinzu: »Und wann zeigen Sie mir den Stein?«

»Was? Sie haben ihn noch nicht gesehen?« Er schüttelte den Kopf. »Nach dem Abendessen öffne ich den Tresor. Jetzt muss ich telefonieren.«

»Ich bestelle Mr Maynard her, wenn es Ihnen recht ist. Wir benötigen Fotografien des Steins.«

Abwesend nickte der Lord und murmelte etwas, das sie nicht verstand, bevor er begann, in den Papieren auf dem Tisch zu blättern.

23

Die Tür zum Garten hinter dem Haus stand offen. May Sutton kam mit einem Korb voller Grünzeug in die Küche, in der Sarah am Tisch saß und die Post durchsah, die heute für sie gekommen war.

»Gute Nachrichten, hoffe ich«, bemerkte May und begann, Kräuter und Salat zu sortieren.

»Der hier ist von meiner Freundin, Hannah. Sie erwartet im November ihr erstes Kind.«

Ein trauriges Lächeln glitt über Mays Gesicht. »Das ist schön. Hoffentlich geht alles gut. Unsere Mary wäre in diesem Jahr zwei Jahre alt geworden.«

»Oh, May, das tut mir so leid.« Sarah wollte aufstehen, doch May schüttelte energisch den Kopf.

»Nein, nein, es ist gut. Ich habe mich damit abgefunden. Das Schicksal wollte, dass ich für viele Kinder da bin. Mein Kind kam zur Welt und hat nicht geatmet. Seine Lungen waren nicht ausgebildet. Es gibt so viele Dinge zwischen Himmel und Erde, die wir nie begreifen werden, die wir einfach akzeptieren müssen, wenn wir nicht wahnsinnig vor Schmerz werden wollen.« Sie spülte die frischen Kräuter ab. »Tee? Und essen Sie heute mit mir, oder sind Sie verabredet?«

Leicht errötend, antwortete Sarah. »Ich würde sehr gern mit

Ihnen essen, May. Mr Maynard wird ab morgen die Fotoarbeiten in Desna Hall übernehmen. Und«, sie ließ Hannahs Brief sinken. »Ich bin heute befördert worden. Auch wenn es dem Krieg und der Abwesenheit der Männer geschuldet ist, so freue ich mich dennoch über die Ernennung zur Expertin bei Varnham's.«

»Herzlichen Glückwunsch, meine Liebe! Und warum auch nicht?! Ergreifen Sie Ihre Chance, und halten Sie fest, was Sie sich erarbeitet haben. Dieser Krieg ist schrecklich, aber uns Frauen bringt er einige Freiheiten. Gut, dann brate ich zur Feier des Tages die Heringe, die ich heute bekommen habe.«

»Kann ich etwas helfen?«, erbot sich Sarah.

»Später vielleicht …« May begann zu summen, während sie sich an die Vorbereitungen für das Abendessen machte.

Sarah las weiter, was Hannah ihr schrieb:

Vielleicht wird Levi doch noch eingezogen, was ich nicht hoffe, aber er will natürlich seinen Beitrag leisten. Eine verworrene Situation und dann auch noch das Geschäft in Wien, das nun vom Onkel weitergeführt wird, obwohl er eigentlich zu alt ist, um es noch lange zu machen. Ich bin ja froh, dass ich bis zur Niederkunft noch in London bei Mutter bleiben kann, die mich jetzt mehr braucht als Levi.

Die sprunghaften Sätze zeugten von Hannahs Nervosität und Sorge um die Familie.

Mit Levis Mutter hatte ich einen heftigen Streit deswegen, aber ich habe mich durchgesetzt und lebe jetzt unter der Woche bei meinen Eltern und am Wochenende bei Levi. Er zeigt sich tolerant, was ich ihm hoch anrechne. Mit meinem Vater habe ich über den Diamanten gesprochen, und er hat ein wenig herumgefragt und konnte folgende Informationen beisteuern: Lord Coltham war als sehr junger

Offizier in Indien, noch vor seiner Heirat mit Lady Adelaide. Es gingen Gerüchte, dass er sich dort allzu wohl fühlte und Affären mit einheimischen Frauen pflegte. Das sei wohl unter den Offizieren nicht außergewöhnlich gewesen, doch Coltham war nicht für seine mitfühlende Art bekannt. Zweimal kam es deswegen in einem Dorf zu einem Aufruhr: Eine Frau soll sich aus Scham selbst verbrannt haben. Diese pikanten Details soll ein ehemaliger Kamerad von Coltham ausgeplaudert haben, ein gewisser Thomas Lineker. Die Freundschaft zum Maharadscha von Mokalasar soll Coltham schamlos ausgenutzt haben. Coltham wurde wie ein Freund der Familie behandelt und auf die Jagd mitgenommen. Auf einer Tigerjagd soll Coltham dann das Leben von Jadoo und dessen Mutter, Janani, gerettet und zum Dank den Diamanten erhalten haben. Es gibt allerdings keine Zeugen für diese Ereignisse. Und kurz darauf ist der Maharadscha bei einem Putsch seines Cousins getötet worden.

Diese Version warf ein ganz neues Licht auf Coltham, machte die Sache jedoch nicht einfacher. Die Wahrheit schien sich irgendwo zwischen den verschiedenen Geschichten zu verbergen, die im Umlauf waren. Sie musste jemanden finden, der Coltham nahegestanden hatte, und da kam eigentlich nur jemand aus der ehemaligen Einheit des Lords infrage, jemand wie Lineker.

Die Handschrift auf dem anderen Brief war schwer zu entziffern, doch weil es sich um Feldpost handelte, nahm Sarah an, dass ihr Bruder der Verfasser war. Rasch öffnete sie den Umschlag. Das Blatt war zerknittert und verschmutzt, so, als hätte jemand Motoröl an den Händen gehabt.

Liebe Sasa,

unser Regiment liegt jetzt im Département Pas-de-Calais in Laven-

tie. Wir leben fast nur noch in den Gräben. Ich bete immer, dass es nicht regnet, denn dann weicht hier alles auf, und die Füße faulen einem weg. Die Ratten haben überhaupt keinen Respekt mehr, sie beißen sich fest, egal, ob du lebst oder nicht. Es gibt ein System, nachdem sie uns hier einteilen. Eine Woche werden wir vorn im Kampfgraben eingesetzt, dann kommen wir nach hinten, zur Erholung. Dass ich nicht lache! Von hinten schleppen wir dann Munition an die Frontlinie. Was die Ratten nicht schaffen, machen die Läuse, die Biester sind überall. Wenn ich mich umdrehe und gegen die Wände stoße, dann berühre ich oft genug einen Arm oder einen anderen Teil von toten Kameraden, die unter Beschuss gleich hier vergraben werden. Ich kann nicht schlafen, Sasa, ich glaube, ich kann nie wieder schlafen, weil ich diese Bilder nicht loswerde.

Wenn Charley nicht hier wäre, hätte ich mich ins feindliche Feuer gestürzt, damit es endlich vorbei ist. Aber er ist ein verdammt guter Soldat, ein Held, Sasa. Von ihm kann hier mancher Offizier was lernen.

Grüß alle von mir!

Dein Bruder

Sarah wischte sich die Tränen aus den Augen und strich den Bogen glatt, denn unter Bens Zeilen war etwas in einer anderen Handschrift gekritzelt worden.

Dein Bruder übertreibt, Sarah, ich tue nur meine Pflicht, und ich denke an dich, und das gibt mir Kraft.
Charley

»Oh nein, Charley«, schluchzte Sarah. Wie konnte er so etwas schreiben? Und was erwartete er von ihr?

May stellte zwei kleine Gläser auf den Tisch und holte eine Flasche aus einem Schrank. »Selbst gebrannter Holunderschnaps. Ich glaube, den können Sie jetzt brauchen.«

Sarah stürzte das Glas hinunter und spürte, wie sich der Schnaps seinen Weg hinunter in ihren Magen brannte. »Mein Bruder ist in den Schützengräben in Nordfrankreich und ein gemeinsamer Freund von uns ebenfalls. Was diese Männer erleiden ...«

May rüttelte an der Pfanne mit dem Fisch. Der Heringsduft erfüllte die kleine Küche. »Wir können uns glücklich schätzen, wenn sie zu uns zurückkehren. Das sage ich mir täglich, Sarah. Mein Mann wird nicht derselbe sein, aber wenn ich ihn wieder in die Arme schließen darf, werden wir einen Weg finden. So, und jetzt essen wir.«

Nach dem Essen verließ Sarah das Haus, um Philip am Ende des Gartens zu treffen. Er wartete am Tor auf sie. »Schlechte Nachrichten?«

Sie ließ ihn eintreten, darauf bedacht, dass sie im Schutz des Schuppens blieben, wo sie von der Straße aus nicht gesehen werden konnten. Dort nahm er sie in die Arme, und sie küssten sich.

»Ach, Phil«, sie erzählte ihm von Bens Brief, ohne Charley zu erwähnen. »Er klingt so verzweifelt!«

Philip versuchte, sie zu beruhigen, erzählte von Gesprächen mit Soldaten, denen er auf verschiedenen Kriegsschauplätzen begegnet war. »Seien Sie für ihn da, wenn er Sie braucht, schreiben Sie ihm, erzählen Sie ihm von vertrauten, alltäglichen Dingen, aber ich denke, dass Sie genau das machen, nicht wahr?« Liebevoll strich er ihr die Haare aus dem Gesicht, die eine Windböe verweht hatte.

Seufzend nickte sie und berichtete nun von Coltham und ihrer Beförderung bei Varnham's. »Und was sagen Sie? Können Sie mir helfen?«

Sie sprachen so leise, dass weder die Nachbarn noch ein Passant sie hören konnte, um kein unnötiges Aufsehen zu erregen. Der Stoff seines Anzugs war ein wenig rau, und sie strich unter der Jacke über die seidige Weste, die er über dem Hemd trug. Sein Körper war schlank und sehnig, und sie sehnte sich danach, seine Haut zu berühren. Irgendwann, dachte sie, würde es sich ergeben. Für den Moment war sie dankbar, dass sie einander gefunden hatten.

Die Dunkelheit verdeckte seine Augen, doch er schien zu lächeln. »Mit Ihnen zu arbeiten ist eine Herausforderung, Sarah, weil ich mich zusammenreißen muss, wenn ich in Ihrer Nähe bin. Aber wir werden den Schein zu wahren wissen.« Er zog sie enger an sich, sodass keine Zweifel darüber blieben, wie sehr er sie begehrte.

»Wenn Sie morgen da sind, kann ich wieder aufatmen. Edmund Coltham, dieser Widerling, wird seine schmierigen Pfoten dann bei sich behalten.«

»Sarah, das tut mir so leid. Diese Sorte Mann gibt es leider zuhauf. Vielleicht sollten Sie sich einen Scheinehemann zulegen ...« Er ließ sie los. »Verzeihung, das war taktlos. Ich sollte derjenige sein, der Ihnen einen Ring an den Finger steckt.«

Sie legte ihm einen Finger auf die Lippen. »Nicht.«

»Sind Sie da draußen, Sarah?«, ertönte Mays Stimme vom Haus.

»Äh, ja, ich habe nur etwas frische Luft geschnappt, May. Ich komme sofort!«, rief sie.

Philip drückte ihr einen Kuss auf die Lippen. »Bis morgen früh, Sarah. Ich warte mit einem Taxi am Hafen auf Sie.«

In der Dunkelheit stolperte Sarah über einen der Holzpflöcke, welche ein Beet abgrenzten, fing sich und kam nach wenigen Schritten an den Stufen hinauf zum Hintereingang zum Stehen.

May erwartete sie mit vor der Brust verschränkten Armen, und ihre Miene wirkte abweisend.

»Morgen suchen Sie sich eine neue Bleibe, Miss Rosewell«, sagte sie schroff zu Sarah. »Ich habe einen Ruf zu verlieren und dulde diese Art unmoralischen Verhaltens nicht.«

Entsetzt hielt Sarah inne. »Aber, May, ich bin mir keines Fehlverhaltens bewusst! Mr Maynard ist ein langjähriger Bekannter und Freund, und wir arbeiten oft zusammen.«

»Das habe ich gesehen. Und meine Nachbarn auch. Mr Maynard ist doch der Earl of Bohurst, der mit einer Granville verheiratet ist. Wir lesen auch Zeitung.«

May wandte sich abrupt ab und ging ins Haus. Drinnen warf sie Sarah einen verächtlichen Blick zu: »Das hätte ich nicht erwartet. Sie haben meine Freundlichkeit ausgenutzt.«

»Nein! Bitte, sagen Sie so etwas nicht! Sie tun mir unrecht.«

»Ich lebe hier und muss auf meinen Ruf achten. Sie verlassen morgen früh mein Haus, das ist mein letztes Wort.«

»Wie schade, dass es so wenig Solidarität unter uns Frauen gibt. Was schulde ich Ihnen?«

»Sie finden die Rechnung morgen früh auf dem Tisch. Den Schlüssel können Sie mir gleich geben, oder wollten Sie heute Nacht noch einmal das Haus verlassen?«

Die plötzliche Feindseligkeit ihrer Vermieterin war ein Schlag ins Gesicht und erinnerte Sarah daran, wie verletzlich sie als unverheiratete Frau war.

Lord Coltham zeigte sich erfreut, als Philip mit seiner Kamera auftauchte, und kurz vor Mittag war der große offizielle Moment gekommen. Der Butler brachte sie in den Gelben Salon, der zu dieser Zeit lichtdurchflutet war. Außer Lord Coltham waren seine Frau, sein Sohn und dessen Frau anwesend. Wie ein Empfangskomitee hatte sich die Familie um einen Tisch versammelt, auf dem auf dunkelblauem Samt die Juwelen der Colthams ausgebreitet lagen. Flossie konnte ihre Augen nicht von den funkelnden Steinen wenden und musste von ihrem Mann angestoßen werden.

Nachdem man sich begrüßt hatte, baute Philip sein Stativ auf. »Das Licht ist hervorragend. Ich würde die Aufnahmen direkt machen wollen, wenn es Ihnen recht ist?«

»Sicher. Je eher, desto besser!«, sagte Lord Coltham und erntete einen betont gleichgültigen Blick von seinem Sohn.

Edmund spielte mit einer goldenen Taschenuhr und sagte zu Dyson: »Bei so viel Glanz bekomme ich Durst. Bringen Sie mir einen Gin.«

Flossie tippte mit ihren fleischigen Fingern auf den großen Diamanten und wollte ihn aufnehmen, wurde jedoch von ihrem Schwiegervater zurechtgewiesen.

»Lass deine fettigen Finger davon, Flossie, dummes Weib. Die Steine wurden geputzt, damit sie ihre volle Strahlkraft entfalten können. Miss Rosewell, ich sehe, Sie haben Handschuhe übergestreift, wie es sich gehört. Nehmen Sie den Stein, und halten Sie ihn ins Licht, und sagen Sie mir, was Sie sehen.«

Sarah nahm ehrfürchtig das prächtige Schmuckstück in die Hand. Der Diamant schimmerte erst dunkelblau und schien dann von innen heraus zu glühen. Sarah starrte fasziniert auf das ungewöhnliche Farbenspiel, das den Stein beinahe lebendig erscheinen ließ. Gefasst war der tropfenförmige Diamant in Gold und einen Kranz aus kleinen weißen Brillanten. Die Kette des Colliers war ebenfalls aus massivem Gold und mit qualitätvollen weißen Diamanten besetzt, doch der blaue Diamant stahl allen die Schau.

»Er strahlt von innen!«, sagte Sarah.

»Ganz genau. Das ist seine Besonderheit. Für den Maharadscha war der Stein deshalb von besonderer göttlicher Bedeutung, denn dieses Phänomen tritt nicht oft bei Diamanten auf«, sagte Lord Coltham stolz. »Genauer gesagt findet sich diese einzigartige Phosphoreszenz nur beim Hope-Diamanten und bei meinem Stein.«

Philip, der seine Kamera befestigt hatte und näher getreten war, murmelte: »Eine Art chemische Reaktion …« Er hob den Blick. »Oder ein göttlicher Funken.«

Sarah lächelte. »Genau so sollte es im Katalog stehen – der Stein mit dem göttlichen Funken.«

Lady Coltham saß in einem Armlehnstuhl und beobachtete die Szene mit Abstand. »Solche Juwelen bringen nur Unglück! Immer wieder passieren furchtbare Dinge. Ich bin froh, wenn dieser verfluchte Stein endlich fort ist!«

»Oh, das ist doch blanker Unsinn!«, rief Flossie, und die Perlenketten um ihren Hals klickten sanft bei ihrer Bewegung. »Überhaupt daran zu denken, einen solchen magischen Stein zu verkaufen, ist sträflich! Daran hängt eine Geschichte! Eddie, sag doch was! Du willst doch auch nicht, dass der Familienschmuck verramscht wird!«

Lord Coltham lief langsam, aber deutlich sichtbar rot an. »Nimm das dumme Frauenzimmer mit hinaus, bevor ich mich vergesse!«, zischte er seinen Sohn an.

Edmund kannte seinen Vater anscheinend gut genug, um zu wissen, wann es besser war, sich dessen Wünschen zu fügen. »Komm, Flossie, wir wollten doch das neue Internat aussuchen. Lula wird sich diesmal benehmen müssen.«

Seine Gattin verzog beleidigt das runde Gesicht. »Das arme

Mädchen wird nicht auf diese zweitklassige Einrichtung gehen, damit du es weißt!«

Noch während sie hinausgingen, hörten sie Edmund erwidern: »Ich entscheide das!«

Sarah hatte ihr Notizbuch hervorgeholt und wandte sich an Lord Coltham. »Sir, ist es richtig, dass Ihnen dieser Diamant vom Maharadscha von Mokalasar als Dank für die Rettung seines Sohnes geschenkt worden ist?«

Der Angesprochene räusperte sich irritiert. »Äh, ja, so hat es sich zugetragen.«

»Auf einer Tigerjagd, ja? Es wäre wirklich hilfreich, wenn wir die Geschichte erzählen könnten«, versuchte Sarah, den Lord zu ermuntern. »Wie ich schon erwähnte, erhöht eine Legende den Wert und die Faszination des Steins. Gerade bei Schmuckstücken können Begehrlichkeiten geweckt werden, die weit über den eigentlichen Wert hinausgehen.«

»Das sagten Sie bereits, ja, ja.« Der Lord beobachtete, wie Philip die Kamera positionierte. »Ich kann Sie nicht mit dem Juwel allein lassen.«

»Wenn Sie nur aus dem Licht treten, reicht mir das schon«, erwiderte Philip und machte sich routiniert an die Arbeit.

Auch Sarah zog sich zurück und sah den Besitzer des Juwels erwartungsvoll an.

»Soll ich es erzählen, Reggie? Jetzt zier dich doch nicht so«, meinte Lady Adelaide und setzte sich in einen Sessel. Sie wirkte blass und bewegte sich langsam, so, als hätte sie Schmerzen, doch ihr Blick war wach, und ihre Worte waren unmissverständlich.

Auch wenn Lord Coltham es sicher nie zugeben würde, schien er einen gewissen Respekt vor seiner Frau zu haben. Oder vielleicht wusste sie schlicht mehr, als ihm lieb war.

»Du siehst müde aus, meine Liebe. Möchtest du dich ausruhen? Soll ich Mrs Tobin kommen lassen?« Er wartete ihre Antwort nicht ab, sondern nickte Dyson zu, der sich diskret im Hintergrund hielt.

Sarah beobachtete, wie seine Frau tief Luft holte und ihre Hände im Schoß faltete, das Kinn hob und schmallippig erwiderte: »Wie umsichtig du immer bist, mein Lieber.«

Während Philip den Diamanten aus verschiedenen Blickwinkeln betrachtete und zu fotografieren begann, die Hausdame kam und Lady Adelaide hinausbegleitete, erzählte Lord Coltham in blumiger Manier von einem Indien, wie man es von Postkarten kannte. Sarah notierte brav mit, glaubte jedoch kaum etwas von seinen Ausführungen. Es klang zu glatt und wie einstudiert, was der Lord über seine Begegnung mit dem Herrscher von Mokalasar erzählte.

»Jadoo war ein aufgeweckter Junge, wissbegierig und vom britischen Militär fasziniert. Er war der ganze Stolz seines Vaters und der Augapfel seiner Mutter. Die Maharani Janani war die schönste Frau, die ich jemals gesehen habe, und mit dieser Meinung stehe ich nicht allein da.« Lord Coltham zündete sich eine Zigarette an und begann, hin- und herzugehen, wobei er immer wieder zu seinem blau funkelnden Diamanten hinsah.

»Ich war damals noch ein junger, gut aussehender Offizier mit einer gewissen Wirkung auf die Damenwelt.« Er kokettierte nicht, sondern sprach mit selbstbewusster Arroganz. »Natürlich habe ich die Maharani nicht ermuntert, aber sie war mir zugetan, was ihr Gatte natürlich nicht erfahren durfte.« Coltham grinste. »Das hätte mich und sie den Kopf gekostet. Keine schöne Vorstellung. Zu dem Zeitpunkt war ich mit meiner jetzigen Frau noch nicht verlobt. Nun, wir alle haben eine Vergangenheit, nicht wahr, junger Mann?«

Philip schaute von seiner Kamera auf und lachte höflich.

»Es waren politisch schwierige Zeiten in Indien. Sind es noch, aber damals brachen die Konflikte an vielen Punkten im Land immer wieder plötzlich auf. Der Maharadscha hatte einen Widersacher in den eigenen Reihen und fürchtete sich vor Meuchelmördern. Haben Sie von der Bruderschaft der Thugs gehört? Eine Bande von Raubmördern, die es zu erstaunlichen Fähigkeiten gebracht hat. Aber unseren Beamten ist es gelungen, diese Bande zu zerschlagen.«

»Wann genau waren Sie in Indien, Sir?«, fragte Sarah.

»Das erste Mal 1857 und vor zehn Jahren das letzte Mal. Es fehlt mir, wissen Sie. Dieses große, wilde, exotische, brutale Land fehlt mir. Aber ich bin zu alt für eine erneute Überfahrt und ...« Plötzlich schwieg er und rauchte stattdessen.

»Haben Sie noch Kontakt zu Jadoo? Ist er jetzt Maharadscha?«

»Jadoo?« Achtlos schnippte Lord Coltham Asche auf den Boden. »Ich weiß gar nicht, ob er noch lebt. Wenige Monate nach jener dramatischen Tigerjagd übernahm der Cousin des Maharadschas die Macht in Mokalasar, tötete den Maharadscha und viele seiner Gefolgsleute und plünderte die Schatzkammer. Im Grunde ist es ein Glücksfall gewesen, dass mir der blaue Diamant geschenkt wurde. Sonst wäre er wahrscheinlich verschwunden wie der Rest der Juwelen. Wie hieß er noch, dieser Mörder ... Ach ja, Jafa Singh. Seine Herrschaft währte nur kurz, denn selbstverständlich konnten wir diese Eigenmächtigkeit nicht durchgehen lassen. Die Nachfolge eines Rajas wird nach wie vor durch *sanad*, ein Dokument der britischen Krone, genehmigt. Dem Vizekönig von Indien obliegt diese Aufgabe in einer Zeremonie.«

»Wie traurig, dass der Maharadscha, mit dem Sie ja befreundet waren, ein so schreckliches Ende fand. Gab es denn keine Anzeichen für einen Putschversuch? Hätte man ihm nicht helfen können?«

Lord Coltham strich über seinen Schnauzbart. »Sie können das nicht verstehen. Niemand kann das Land verstehen, der nicht selbst dort war, und sogar dann ... Es ist, als kämpfte man gegen eine Hydra. Kaum hat man einen Kopf abgeschlagen, wächst woanders ein neuer und verströmt Gift.«

»Wäre es nicht schön, wenn wir herausfinden könnten, ob Jadoo noch lebt?«, schlug Sarah vor.

Wie vom Schlag gerührt, fuhr Coltham sie an: »Unterstehen Sie sich, in meinen privaten Angelegenheiten herumzuschnüffeln und alte Wunden aufzureißen. Schreiben Sie die verdammte Geschichte der Tigerjagd, von der ruhmreichen Vergangenheit des Maharadschas und der Schönheit der Maharani. Haben Sie Ihre Fotos?«

Hektisch suchte Coltham nach einem Aschenbecher, fand keinen und warf seine Zigarette stattdessen in eine Bodenvase. »Dyson, helfen Sie mir, den Diamanten wieder in den Tresor zu bringen.«

Spät an diesem Tag saßen Sarah und Philip im Restaurant seines Hotels, in dem auch Sarah ein Zimmer gefunden hatte, und tauschten sich über Colthams widersprüchliches Verhalten aus.

»Er hat etwas zu verbergen, so viel ist sicher. Und ich werde mich an diesen Leutnant Lineker wenden, wenn ich ihn ausfindig machen kann«, meinte Sarah und löffelte ihre Fischsuppe aus.

»Ihre Freundin Hannah hat gute Quellen. Aber vergessen Sie nicht, dass Sie den Lord nicht gegen sich und Varnham's aufbringen wollen. Sie wollen verkaufen, nicht urteilen. Sie könnten alles verlieren, Sarah.«

Sie sah ihn an und erkannte die Besorgnis in seinem Blick. »Danke, dass Sie mich verstehen, Phil.«

Als der Kellner vorbeigegangen war, nahm er ihre Hand. »Ich wünsche Ihnen, dass Sie glücklich sind, Sarah, und dazu gehört Ihre Arbeit. Deshalb rate ich Ihnen zur Vorsicht.«

Am nächsten Morgen sorgten die Schlagzeilen der Tagespresse für Erschütterung: Es hatte einen nächtlichen Zeppelinangriff auf London gegeben. Sieben Tote und 35 Verletzte, und 41 Feuer waren durch die deutschen Bomben ausgebrochen.

Die Angst vor dem Feind war nun allgegenwärtig.

24

Sie spürte die Blicke der Dame am Nebentisch. Seit sie hier im Hotel mit Philip mehrfach gemeinsam zu Abend gegessen hatte, fühlte Sarah sich von strafenden, abschätzenden Blicken verfolgt. Eine ledige junge Frau und ein verheirateter Mann zeigten sich nicht so ungeniert in der Öffentlichkeit. Sarah ahnte, dass May Sutton die Gerüchteküche in der kleinen Stadt befeuert hatte, auch wenn sie diese Annahme schmerzte.

Nun, ab heute konnten die Klatschmäuler und Moralapostel sich ein anderes Opfer suchen, denn Philip stand mit gepackten Koffern am Bahnhof und wartete auf seinen Zug. Ein Pfeiler schützte sie vor den Blicken der anderen Reisenden. Sie küssten sich ein letztes Mal. Zärtlich strich er über ihre Wange.

»Ich muss einfach fahren, Sarah. An der Front werde ich mehr gebraucht als hier. Das Schiff läuft heute Nacht aus. Es ist meine Pflicht und …«

Sie nickte. »Passen Sie auf sich auf, und kommen Sie zu mir zurück.«

Er zog sie an sich und flüsterte an ihrem Ohr: »Bis wir uns wiedersehen, meine geliebte Sarah, bis wir uns wiedersehen. Ich liebe Sie!«

Das Signal des einrollenden Zuges schrillte und verschluckte ihre Antwort. Lärmend schnaufte die Dampflok ein. Philip drückte Sarah kurz fest an sich, packte seinen Koffer und die Kamera und stieg in den Waggon. Sarah sah die Tränen in seinen Augen, lächelte tapfer und spürte, wie ihr selbst die Tränen über die Wangen liefen. Winkend stand sie am Bahnsteig, bis das Rattern auf den Gleisen verebbte und die Dampfschwaden sich verzogen.

Sich mit einem Taschentuch die Augen trocknend, ging sie langsam den Bahnsteig entlang, stieß dabei mit einem Kofferträger zusammen, murmelte eine Entschuldigung und setzte weiter einen Fuß vor den anderen. Die Geräusche der Straße erfassten sie, vom Hafen drangen Rufe und Maschinenlärm herauf. Man bereitete sich auf weitere Angriffe vor, und doch hofften alle, dass es nicht zu erneuten Bombardierungen kommen würde.

Einen Moment verharrte sie oberhalb der Bucht und sah aufs Meer hinaus, der Wind erfasste ihre Haare, und die Luft schmeckte salzig auf ihren Lippen. Was auch immer geschehen mochte, dachte sie, niemand konnte ihr die Liebe nehmen, die sie für Philip empfand. Das Einzige, das sie bereute, war, dass sie sich ihm nicht hingegeben hatte. Er hatte nicht gefragt und sie nicht gedrängt. Sarah fuhr sich mit der Zungenspitze über die Lippen. Tief in ihrem Innersten hegte sie eine hoffnungsvolle Zuversicht, dass das Schicksal sie wieder zusammenführen würde. Und bis es so weit war, hatte sie große Aufgaben vor sich.

Es dauerte eine Woche, bis sie mithilfe der Sekretärin aus London alle Objekte in Desna Hall registriert hatte. Natürlich war das Prunkstück nach wie vor der blaue Diamant, und Sarah war noch nicht zufrieden mit der Legende. Rowland hatte ihr Muriel geschickt, deren Freude über den Ausflug an die Küste angesichts des straffen Arbeitspensums und der angespannten Stimmung im Hause Coltham rasch nachgelassen hatte. Als Colthams Sohn sich dann auch noch eine freche Annäherung bei Muriel erlaubt hatte, wäre diese am liebsten sofort wieder abgereist. Alles in allem waren die jungen Frauen froh, als sie Paddington Station in London erreichten und sich mit dem erarbeiteten Material in die Büroräume des Auktionshauses zurückziehen konnten.

Es war später Nachmittag, als Muriel ihre Tasche über einen Stuhl hängte und dem Träger zeigte, wo er die Kiste mit den Unterlagen und ihre Tasche abstellen konnte. Sarah gab dem Burschen ein Trinkgeld und sah sich in den vertrauten Räumen um. Ruth Evans nickte ihr zu. Respektvoll, wie Sarah mit einer gewissen Genugtuung fand. Eine Sommerauktion war in Vorbereitung, doch der Zeppelinangriff hatte alle aus dem Gleichgewicht gebracht. Man spürte die Nervosität der Leute auf der Straße genau wie im Büro. Die Angst hockte wie ein unsichtbarer Gnom auf den Schultern der Menschen, schien sie niederzudrücken und ihnen das Lächeln gestohlen zu haben.

»Miss Rosewell, liebe, verehrte Sarah!«, begrüßte Rowland sie überschwänglich. »Wir erwarten Sie schon voller Ungeduld. Was Sie mir am Telefon durchgegeben haben, klingt äußerst vielversprechend. Nur mit dem Extrabericht zum Coltham-Diamanten scheinen Sie mir nicht viel weiter zu sein.«

Sarah nickte. »Da hatte ich mir tatsächlich mehr versprochen von meinen Gesprächen mit Seiner Lordschaft, aber ich habe bereits eine Idee, wie ich der Sache mehr Tiefe verleihen kann. Vertrauen Sie mir?«

Der korpulente Direktor griff nach seiner Taschenuhr, ohne auf das Ziffernblatt zu schauen. »Habe ich eine Wahl?« Er grinste. »Außergewöhnliche Zeiten verlangen nach außerordentlichen Maßnahmen. Ich habe Ihnen für den Moment das Büro von Mr James zugeteilt. Machen Sie das Beste daraus.«

»Danke, Sir, ich werde Sie nicht enttäuschen«, antwortete Sarah mit fester Stimme und bemühte sich um eine selbstsichere Haltung.

»Hat Ihre Familie den Angriff unbeschadet überstanden?«, wollte Rowland noch wissen.

Sarah hatte im Geschäft von Mrs Weaver angerufen und sich mit ihrer Mutter verbinden lassen. »Ja, Sir, wir hatten Glück.«

»Gut. Verdammte Mörderbande«, murmelte er. »Haben Sie es auch schon gehört? Der Manager des Ritz, Theodore Kroele, wurde entlassen. Läden von Deutschen werden geschlossen, und ich bin nur froh, dass ich keine deutschstämmigen Mitarbeiter habe.«

»Eine schreckliche Situation. Es gibt so viele Deutsche, die schon lange hier leben und den Krieg sicher genauso verabscheuen wie wir«, meinte Sarah.

Doch Rowland machte eine grimmige Miene und schnaufte, bevor er ging. »Ist mir egal, ich will das Pack nicht mehr sehen.«

Nachdem Sarah sich in ihrem neuen Büro eingerichtet hatte, ging sie ins Archiv und anschließend ins Lager, wo sie den älteren Wachmann antraf. »Können Sie mir sagen, wo ich Mr Munro finde?«

»Der hat sich hier schon eine Weile nicht blicken lassen. War bei der Heimatfront, aber Genaues weiß ich nicht.«

»Haben Sie seine Adresse?«

»Tja, Mr James hatte die, denn er war ja derjenige, der mit Munro Geschäfte gemacht hat. Aber lassen Sie mich nachdenken. Ich weiß, dass die beiden sich oft im *Bell & Crown*, Ecke Beak Street, getroffen haben.«

Unter anderen Umständen hätte sie Charley oder ihren Bruder gebeten, sich in dem Gasthaus nach Otis Munro umzusehen, so aber blieb ihr nichts anderes übrig, als sich selbst dorthin zu begeben.

Am selben Abend verließ Sarah das Auktionshaus und machte sich zu Fuß auf den Weg. Sie schritt eilig aus, die Zeitungsjungen ignorierend, die ihr die Abendausgabe unter die Nase hielten, und wäre in der Regent Street beinahe mit Lady Sudbury zusammengestoßen, die aus einem Hauseingang trat.

Ohne ihre extravaganten Hüte und die luxuriösen Mäntel und Kleider hätte Sarah ihre Mentorin beinahe nicht erkannt. Doch dann sah sie, dass es nicht an dem schlichten grauen Kostüm lag, das bei aller Einfachheit hervorragend zugeschnitten und aus bestem Sommertweed gewebt war. Es waren die scharf hervortretenden Wangenknochen und die dunklen Augenringe, die Sarah erschraken.

»Mylady!«, rief sie und ergriff die Hand der Frau, ohne die sie jetzt wahrscheinlich wie ihre Schwestern in einer Munitionsfabrik gearbeitet hätte.

»Ach, meine Sarah!«, sagte Lady Sudbury matt, und ein Lächeln erhellte das graue Gesicht.

»Geht es Ihnen nicht gut?«, fragte Sarah besorgt.

»Es ist die Arbeit. Wir haben einfach zu viel zu tun. Es kommen immer mehr Verwundete zurück. Die Hospitäler quellen über, und wir brauchen mehr Sanatorien und Rehabilitationszentren. Unser Anwesen in Sussex wird gerade umgestaltet. Mein Mann ist da keine Hilfe, er ist nur noch im Ministerium.« Lady Sudbury hatte Gewicht verloren, und ihre einst strahlende Schönheit war verblasst, was nicht nur an ihren Aktivitäten liegen konnte.

Als sie hustete und sich ein Taschentuch auf den Mund presste, befürchtete Sarah Schlimmes. Der Husten klang rasselnd. »Mylady, das klingt gar nicht gut.«

»Nur eine Erkältung, das geht vorüber. Wir dürfen keine Schwäche zeigen, wenn unsere Männer sich tapfer gegen den

Feind stellen.« Lady Sudbury holte eine winzige Pillendose hervor und schluckte eine Pille. »So, gleich geht es besser. Sarah, kommen Sie doch morgen zum Tee zu mir. Gegen drei Uhr, ja? Machen Sie mir die Freude.«

»Sie wissen, dass ich nichts lieber täte, aber Mr Rowland hat mich befördert, und ich habe ein eigenes Büro und kann mir nicht so einfach freinehmen, fürchte ich. Morgen Abend?«

Lady Sudbury schüttelte den Kopf. »Dann ein anderes Mal. Machen Sie es gut, meine Liebe. Sie sehen übrigens fabelhaft aus. Die jungen Männer müssen sich um Sie reißen. Gibt es jemanden, der Ihnen nahesteht?«

Sarah zögerte kurz, bevor sie antwortete: »Vielleicht gäbe es jemanden, aber es ist kompliziert, und ich habe keine Zeit. Varnham's ist mein Leben, und ich liebe es!«

»Ich kann Sie verstehen, Sarah, aber vergessen Sie nie, dass man nur einmal jung ist. Nun, Sie sind eine vernünftige junge Frau und werden die richtige Entscheidung treffen. Da habe ich bei Ihnen nie Bedenken gehabt.«

Ein großes Automobil fuhr vor, und Lady Sudbury stieg mit quälend langsamen Bewegungen ein. Wenn nicht morgen, dann wollte Sarah an einem der kommenden Tage bei Lady Sudbury vorbeischauen, der es allem Anschein nach nicht gut ging.

Eine Glocke, die von einer Krone geziert wurde, hing über der Tür des windschiefen Tudorhauses. Die schwarzen Holzbalken bogen sich unter jahrhundertealten Steinen. Das Gasthaus gehörte zu den ältesten Gebäuden der Stadt und durfte Zeuge mancher Krisen geworden sein. Nur der Bombardierung aus der Luft war nicht einmal dieses altehrwürdige Gebäude gewachsen, dachte Sarah, als sie in den Gastraum trat. Lärm und Zigarettenqualm schlugen ihr entgegen und mischten sich mit dem Geruch von Kohl und

Kartoffeln. Zumindest diese Grundnahrungsmittel waren noch verfügbar. Fleisch wurde bereits rationiert. Die Stimmung war aufgeheizt, und gleichzeitig hing eine bedrückende flirrende Nervosität in der Luft.

Zwei Frauen trugen Tabletts mit Gläsern und Tellern zwischen den Tischen umher, an denen einige Männer mit finsteren Gesichtern hockten. Verwundete Soldaten, die Heimaturlaub hatten, waren unschwer an ihren Verletzungen oder verunstalteten Gesichtern zu erkennen. Ein junger Mann wandte den Kopf ab, als Sarah suchend zwischen den Tischen umherging. Sie hatte dennoch erkennen können, dass sein Unterkiefer zur Hälfte fehlte und anstelle der Nase nur noch eine Höhle zu sehen war.

»Wollen Sie was essen?«, fragte eine der Kellnerinnen und zog einen schmutzigen Lappen aus ihrem Gürtel, um damit einen Tisch zu wischen.

»Nein, ich suche jemanden.«

Die Kellnerin hob die Schultern. »Einen von denen da?« Sie nickte zu den Kriegsversehrten hin.

»Nein, einen gewissen Otis Munro.« Sie beschrieb den Mann, und die Kellnerin grinste. »Den da?«

Gerade betrat der Gesuchte die Gaststube und blieb verdutzt stehen, als er Sarah erkannte.

»Danke, ja! Mr Munro? Haben Sie kurz Zeit für mich?« Sarah trat zu ihm, und Munro nahm sie mit an einen Ecktisch.

»Tee oder was Stärkeres?« Der Mann nahm seine Mütze ab, fuhr sich über den kahlen Schädel und holte gelassen eine Zigarette aus seiner abgewetzten Jacke.

»Tee, danke. Hören Sie, ich weiß, dass Sie sonst nur für Mr Palmer arbeiten, aber der ist ja nun …«

»Was wollen Sie?«, unterbrach er sie kurzerhand.

»Ich brauche Ihre Hilfe. Können Sie einen gewissen Thomas

Lineker für mich finden? Er war Leutnant in Indien und hat mit Lord Coltham gedient.«

Sie schien sein Interesse geweckt zu haben. »Es geht um den Diamanten?«

»Ja, richtig, ich will die ganze Geschichte dazu veröffentlichen. Das könnte eine Sensation werden.«

Munro verzog den Mund und zündete sich die Zigarette an. »So oder so, da ist was dran. Was zahlen Sie?«

»Nicht mehr als Palmer und erst, wenn Sie Informationen liefern.«

Er musterte sie aus kleinen stechenden Augen. »Sie wissen doch gar nicht, was Palmer mir zahlt.« Er nannte ihr eine Summe, die sie schlucken ließ, doch welche Wahl hatte sie.

»Kommen Sie ins Büro, wenn Sie etwas herausgefunden haben, Mr Munro.« Sarah wartete nicht auf den Tee, sondern erhob sich und verließ das Gasthaus.

In den folgenden Tagen kümmerte sich Sarah ausschließlich um die Objekte aus dem Besitz von Lord Coltham, die zur Auktion eingeliefert werden sollten. Die Listen wurden vervollständigt, Transporte organisiert, Verpackungsmaterial bestellt, was nicht einfach war, weil aufgrund der prekären politischen Lage viele Dinge nicht vorhanden waren. Doch mit Muriels Hilfe, die sich als kreativ und praktisch erwies, fanden sie für fast alle auftretenden Probleme eine zufriedenstellende Lösung. Rowland trug Sarah auf, sich mit Fred Fitzwilliam in New York in Verbindung zu setzen, damit dieser die Neugierde der illustren Kunden auf die Auktion mit wohldosierten Informationen anstacheln konnte.

Lady Sudbury verließ die Stadt für einige Tage, sodass Sarah ihren Besuch verschieben musste. Am Samstag war Sarah bei Hannah eingeladen und betrat das Haus der Hirschels mit einer Schachtel koscheren Gebäcks. Am Türpfosten war eine Mesusa befestigt. Dass sich in der Kapsel Pergamentrollen mit Psalmen befanden, die das Haus schützen sollten, hatte Sarah von Hannah gelernt. Das Hausmädchen der Hirschels ließ sie eintreten und betrachtete das Gebäck kritisch. Als sie den goldenen Aufdruck auf der Schachtel entdeckte, nickte sie jedoch zustimmend. Sarah hatte bei einem Bäcker der jüdischen Gemeinde eingekauft.

Bevor das Hausmädchen etwas sagte, klingelte es erneut, und sie ließ einen älteren Mann eintreten, der respektvoll »*Baruch Dayan Emet*« murmelte und den Kopf neigte. Er trug einen Hut, wie er für seine Glaubensgemeinschaft typisch war, und als er ihn abgenommen hatte, war die Kippa zu sehen, die von den meisten jüdischen Männern nie abgenommen wurde.

Als sie nicht sofort reagierte, lächelte der Fremde sie milde an. »Gelobt sei der wahrhaftige Richter, sagen wir, wenn ein Bekannter verstorben ist. Aber Sie sind nicht deswegen hier, nicht wahr? Amos Silberstein.«

»Sarah Rosewell. Nein, ich bin eine Freundin von Hannah.« Erschrocken hielt sie inne. »Ist denn jemand aus der Familie verstorben? Dann sollte ich lieber wieder gehen.«

Der distinguiert wirkende Herr mit Bart machte eine einladende Bewegung. »Hannah wird es Ihnen sagen. Gehen Sie nur mit Hadassah.«

Er schien ein enger Freund der Familie zu sein, denn er ging weiter und verschwand dorthin, wo sich die Bibliothek und das Büro von Levis Vater befanden. Das gesamte Haus war mit dunklem Holz, dicken Samtstoffen und edlem kontinentalen Mobiliar ausgestattet. Wertvolle Kunstobjekte und Gemälde, darunter auch ein Chagall, zeugten von der Tätigkeit der Hirschels im Antiquitätenhandel.

Ohne irgendeine Erklärung führte Hadassah Sarah in den ersten Stock, wo sich Hannahs Zimmer befand. Ihre Freundin lag in dem kleinen Schlafzimmer auf dem Bett und lächelte sie erleichtert an.

»Wie schön, dass du gekommen bist, Sarah!« Hannah wollte aufstehen, doch Sarah eilte zu ihr und umarmte sie.

»Bleib nur liegen. Geht es dir nicht gut? Ist es die Aufregung wegen des Todesfalls? Wer ist denn? Ich habe unten einen Herrn Silberstein getroffen.« Sie zog sich einen Stuhl heran und stellte das Gebäck auf einen kleinen Tisch neben dem Bett.

»Hm, mein Lieblingsbäcker! Ich esse viel zu viel, aber die da drinnen hat immer Hunger!« Hannah öffnete die Schachtel und nahm eins der süßen Küchlein heraus. »Schenk uns doch etwas Tee ein, Sarah. Dort steht der Samowar. Das lasse ich mir nicht nehmen. Sie wollen alles kontrollieren, aber zumindest in meinem Zimmer will ich meine kleinen Gewohnheiten beibehalten. Levi ist da zum Glück nicht so streng. Aber seine Mutter …«, sie verdrehte die Augen. »So streng ist nicht mal der strengste Rabbiner!«

Sarah hantierte mit den Teetassen. »Dann ist kein enger Verwandter gestorben? Ich hatte schon befürchtet, dass Levis Bruder gefallen ist.«

»Nein, oh, das wäre schrecklich! Aber es ist schon schlimm genug. Doron Hirschel ist bei einem Zugunglück in der Nähe von Wien ums Leben gekommen. Doron war auch ein Onkel von Levi und hat das Wiener Geschäft geführt. Niemand kann dort seine Nachfolge antreten, weshalb Levi jetzt schon übernehmen soll. Das war ja ohnehin geplant, und eigentlich ist der Zeitpunkt nicht übel.«

»Mitten im Krieg? Du gehst nicht mit, oder?«

»Oh doch, ich begleite ihn und werde mein Kind in Wien zur Welt bringen. Weißt du, Sarah, wenn sich die Lage verschärft, und das wird sie, werden alle Männer eingezogen, und da ist es doch besser, wenn Levi jetzt geht. In Wien wird er als Halbengländer nicht gezogen werden.«

»Ich wünsche es euch von Herzen. Wann werdet ihr abreisen … und gibt es überhaupt eine sichere Route?«

Hannah, die im Gesicht bereits etwas rundlicher wirkte und vor Glück leuchtete, sagte: »Ende der Woche.«

»Nein! So bald schon?« Sie nippten an ihrem Tee und aßen die klebrigen Kuchen.

»Wir haben keine andere Wahl. Es tut mir so leid, dass wir uns dann nicht mehr sehen, aber wir schreiben uns! Ich werde dir alles von den Wiener Modehäusern und den Künstlern dort berichten.«

»Die Wiener Secession! Wenn ich dich nur begleiten könnte. Andererseits: Klimts Ruf eilt ihm voraus. Nimm dich vor ihm in Acht …« Die Freundinnen lachten, denn der berüchtigte Künstler galt als notorischer Frauenheld.

»Lass das nur Levi nicht hören, er ist furchtbar eifersüchtig. Aber ich hatte wirklich Glück mit ihm. Er ist so aufmerksam und nimmt mich auch vor seiner Mutter in Schutz. Aber ihretwegen reise ich lieber früher als später ab. Aber jetzt erzähl mir von Varnham's! Du bist bereits Gesprächsthema! Die erste Frau, die einen Expertenposten in einem Auktionshaus besetzt!«

Sarah berichtete, was sich in den vergangenen Tagen und Wochen ereignet hatte. Mit gedämpfter Stimme schloss sie ihren Bericht: »Und nun warte ich auf Nachricht von Munro. Ich will wissen, was dort in Indien wirklich geschehen ist.«

Mit ernster Miene sagte Hannah: »Ich kann dich verstehen, aber vergiss nicht, dass du für Varnham's arbeitest und nicht für ein Klatschblatt. Ihr wollt den Diamanten verkaufen, nicht ein moralisches Exempel statuieren. Das könnte dich deinen Job kosten.«

»Aber ich sehe es als meine Pflicht den Käufern gegenüber an, die Herkunft des Steins möglichst lückenlos zu dokumentieren. Alle Stücke, die bei Varnham's unter den Hammer kommen, sollten über jeden Zweifel bezüglich Echtheit und Herkunft erhaben sein. Darauf baut der Ruf des Hauses auf. Jedenfalls sehe ich das so.«

Hannah legte ihre Hände auf den gewölbten Leib und sah ihre Freundin mit großen Augen an. »Du hast wirklich Mut, Sarah. Irgendwann wirst du Rowland Konkurrenz machen. Wäre das nicht ein vortrefflicher Skandal?!«

25

Die Euphorie über den Abschuss eines deutschen Zeppelins über Belgien war noch nicht ganz verflogen, wie die Schlagzeilen in den Zeitungen bewiesen. Und warum sollten sich die vom Krieg gebeutelten Menschen auch nicht über einen, wenn auch kleinen, Sieg freuen? Sarah nahm die Post aus dem Korb neben ihrer Tür und riss sofort den Brief auf, der als Feldpost kenntlich gemacht war.

Sie fürchtete sich vor dem Tag, an dem nicht ihr Bruder ihr schrieb, sondern irgendein Vorgesetzter oder Kamerad, der ihr die traurige Botschaft mitteilen musste. Es war nicht Benjamins Handschrift, sondern die von Charley. Ihr Magen krampfte sich zusammen, als sie auf einen Stuhl sackte und zu lesen begann.

Liebe Sarah,

gleich vorweg, damit Du nicht das Ärgste annimmst – Dein Bruder ist am Leben. Wir sind bei Lille in einen üblen Hinterhalt geraten, und Ben wurde von einem Granatsplitter erwischt. Sein linkes Ohr wurde abgerissen, aber er hatte großes Glück. Die Sanis haben ihn gleich hinter die Linien geschafft und versorgt. Das hat ihn gerettet. Aber er liegt jetzt im Hospital und wird, sobald er transportfähig ist, nach Hause geschickt. Für ihn war's das wohl. Ich werde noch eine

Weile durchhalten müssen. Bei meinem verteufelten Glück dauert der Krieg noch Jahre, und mich erwischt es erst zum Schluss. Ich hätte Dich in London noch fragen sollen, ob Du auf mich warten würdest. Aber ich wollte Dich nicht drängen, wegen des Kriegs und überhaupt. Das ist nicht die feine Art und führt zu nichts. Irgendwann, wenn alles vorbei ist.

Immer,
Dein Charley

Sarah sog bebend die Luft ein. Ihr Bruder war verletzt, aber er würde nach Hause kommen. Das war das Wichtigste. Doch sie machte sich keine Illusionen: Ben hatte ein Ohr verloren und war sicher völlig verstört. Vielleicht wusste Lady Sudbury Rat und könnte einen Platz in einem Sanatorium für Ben finden. Ach, Charley, dachte Sarah und fühlte sich furchtbar, weil sie ihm nicht schreiben wollte, dass sie auf ihn warten würde. Sie wollte ihn nicht belügen, aber danken musste sie ihm.

Lieber Charley,

schrieb Sarah,

ich kann Dir gar nicht genug danken für das, was Du für Ben tust. Du bist der beste Freund, den man sich wünschen kann. Ich hoffe, dass dieser verdammte Krieg bald vorbei ist! So viele unnütze Opfer auf allen Seiten, ach, es scheint mir alles so sinnlos.

Sie überlegte, was sie ihm Unbeschwertes schreiben konnte, ohne ihm falsche Hoffnungen zu machen. Letztlich schrieb sie über den Alltag bei Varnham's, die Heimatfront und die Rationierungen.

Frauen übernehmen mehr und mehr Arbeiten, die vorher nur den Männern zugestanden wurden. Das scheint mir das einzig Positive, was dieser Krieg hervorbringt, auch wenn der Preis dafür viel zu hoch ist.
Pass auf Dich auf, Charley!

Deine Sarah

Seit sie Otis Munro aufgesucht hatte, waren zwei Wochen verstrichen, und sie hatte die Hoffnung beinahe aufgegeben, doch da stand er eines Tages im Lager von Varnham's, drehte sich eine Zigarette und schien alle Zeit der Welt zu haben.

Sarah stellte die kleine Statuette ab, die sie gerade in der Hand hielt. Sie waren allein im Lager, und Munro hob den Blick. »Miss Rosewell, ich habe etwas für Sie.«

Sarah hob das Kinn und erwiderte kühl seinen Blick. »Es hat ja auch lange genug gedauert. Dann erzählen Sie! Ich bin ganz Ohr.«

»Erst die Bezahlung, dann gibt es die Information.« Er leckte an dem Zigarettenpapier und strich die Ränder glatt.

»Nein, Mr Munro, ich zahle nicht für heiße Luft.«

Damit schien er nicht gerechnet zu haben. Sorgfältig klopfte er die Zigarette gegen ein Regal und steckte sie in seine Jackentasche. »Der Leutnant will nur mit Ihnen persönlich sprechen. Geben Sie mir jetzt die Hälfte der vereinbarten Summe und die andere, wenn ich Sie zu ihm gebracht habe.«

»Ach, er hat Ihnen gar nichts verraten? Dann zahle ich nur ein Drittel des vereinbarten Preises. Ich muss schließlich selbst die Arbeit machen, für die ich Sie engagiert hatte.« Bei Leuten wie Munro durfte man sich keine Schwäche erlauben und schon gar nicht als Frau.

»Na ja, da ist was dran, und ob Sie von dem Kerl überhaupt was Brauchbares zu hören bekommen ... Geben Sie mir ein Drittel.«

Sie holte ihre Börse hervor und zählte den vereinbarten Betrag in Münzen ab. Munro steckte das Geld ein, ohne hinzusehen. »Eigentlich wollte er Sie in seinem Stammpub in St. Giles sehen, aber ich habe ihm gesagt, dass er sich da nicht mit einer Lady treffen kann.«

Automatisch streckte Sarah sich und nahm die Schultern ein wenig mehr zurück. Eine Lady hatte er sie genannt.

»Heute Mittag im *Bell & Crown*. Sie werden ihn erkennen. Er hinkt, ist größer als ich und trägt eine abgewetzte Uniformjacke.«

Hinter ihnen räusperte sich jemand. »Sarah?«

»Ja, was gibt es, Muriel?« Sie drehte sich um.

Die Sekretärin hielt einen Notizblock in den Händen. »Mr Rowland fragt, ob wir demnächst einen Lüster und eine Vitrine, halbrund und am liebsten klassizistisch, hereinbekommen.«

»Lass mich kurz überlegen«, meinte Sarah.

»Wenn ich mich einmischen darf, ich wüsste da jemanden, der möglicherweise Passendes veräußern will«, sagte Munro und sah sie fragend an.

»Muriel, ich komme gleich.« Was sie mit Munro ausmachte, musste niemand sonst wissen.

»Äh, ja, na schön.« Ein wenig pikiert machte Muriel auf dem Absatz kehrt und verließ das Lager.

Sarah wandte sich dem gelassen wartenden Munro zu. »Ja?«

»Sie wissen, dass ich mit Mr Palmer einen Deal hatte, nicht wahr? Er sagt mir, was er braucht, ich finde es. Ich habe meine Verbindungen, *upstairs* und *downstairs*, wenn Sie verstehen.«

»Absolut. Was haben Sie anzubieten?« Es ging allein ums Geschäft, dachte Sarah und konnte nun nachvollziehen, warum Palmer sich auf die Zusammenarbeit mit dem undurchsichtigen Munro eingelassen hatte.

»Bei Mr und Mrs Kiddell steht ein Umzug an, und sie will sich von diversen Stücken trennen. Darunter ist eine halbrunde Salonvitrine, französisch, Rosenholz, mit Beschlägen aus vergoldeter Bronze. Und dann gibt es dort einen sehr dekorativen Lüster, ebenfalls klassizistisch, bestehend aus drei Fackeln, von Festons gehalten«, erklärte Munro nicht ohne Genugtuung.

»Exzellent! Wenn Sie noch den Zeitpunkt herausfinden, könnte ich die Kunden informieren.« Sarah verabschiedete sich von ihrem Informanten und machte sich bald darauf auf den Weg zum *Bell & Crown*.

Es regnete bereits den ganzen Vormittag, und die Wolken schienen noch dunkler geworden zu sein. Ihre Stiefel waren durchnässt, als sie den Pub betrat und ihren Hut abnahm, ausschüttelte und sich nach dem Veteranen umsah. Ob Rowland jemals derart unkonventionelle Wege gegangen war, um seinem Auktionshaus zum Erfolg zu verhelfen? Nun, der Krieg hatte jegliche Normalität unmöglich gemacht und zwang die Menschen zum Umdenken.

Es roch nach Eintopf und geröstetem Brot. Zwei Frauen in verschmutzten Arbeitskleidern saßen an einem Tisch und machten sich hungrig über ihre Teller her. Eine Tafel pries den Eintopf als Tagesgericht zu günstigem Preis an. Für Soldaten und Veteranen galt der halbe Preis. Es dauerte eine Weile, bis sie einmal durch das verwinkelte Gasthaus gewandert war, wobei sie den Ex-Leutnant jedoch nicht entdeckt hatte. Sie wollte sich gerade zum Gehen wenden, als die Tür aufschwang und ein Mann auf einen Gehstock gestützt hereinhumpelte. Die alte Uniformjacke war durchnässt, und unter dem verbeulten Hut schauten wässrige Augen argwöhnisch umher.

»Mr Lineker?«, traute sich Sarah vorsichtig zu fragen.

Der Mann musste einmal von eindrucksvoller Statur gewesen sein, doch die Verletzung hatte ihn geformt, und seine Züge waren vom Schmerz gezeichnet.

Der ehemalige Soldat nahm seinen Hut ab und entblößte einen eckigen Schädel, auf dem das noch volle graue Haar drei Finger breit über den Ohren kurz geschoren war. »Zu Diensten, Miss. Wenn Sie nichts dagegen haben, würde ich mich setzen. Ich kann nicht lange stehen. Verdammtes Bein. War ein Tiger.« Er grinste.

»Möchten Sie etwas essen?«

Eine Bedienung kam und wies ihnen einen Tisch am Fenster zu, wo sie ungestört reden konnten.

»Eher trinken. Ein Pint.«

Sarah entschied sich für eine Tasse Suppe, denn sie hatte Hunger. Sie mussten ein seltsames Paar abgeben – ein abgerissener Veteran, der offensichtlich mehr trank, als ihm guttat, und eine junge Frau mit einem Notizbuch. Sie schob den Gedanken zur Seite und dankte der Frau, die ihnen das Bestellte an den Tisch brachte.

»Sie wollen also was über den alten Coltham wissen?«

Sarah legte den Löffel ab und drückte ein Taschentuch gegen die Lippen. »Ich denke, Mr Munro hat Sie unterwiesen, sonst wären Sie doch nicht hier.«

Lineker räusperte sich und holte eine Pfeife mit zerbissenem Mundstück hervor. »Was springt für mich dabei heraus?«

»Das hängt ganz von der Qualität Ihrer Information ab, Mr Lineker.« Sarah faltete die Hände auf dem Tisch und sah den Mann ruhig an.

»Na, Sie sind aber auch nicht mit ’nem goldenen Löffel im Mund geboren worden, sondern wissen, wo’s langgeht.« Er nickte, stopfte seine Pfeife und rieb sein lahmes Bein. »Das da verdanke ich ihm.«

Sein Blick wurde hart und seine Lippen schmal.

»Dem Tiger?«

»Nein, Seiner Lordschaft.«

Vor dem Fenster wurde es laut, weil ein Fuhrwerk beinahe mit einem Automobil kollidiert wäre. Gaffer kamen zusammen, und der Fuhrwerksbesitzer schrie und gestikulierte wild.

»Und der Vorfall hängt mit dem Blauen Diamanten zusammen, den Lord Coltham vom Maharadscha geschenkt bekommen hat?« Sie musste geduldig sein, das sah Sarah ein und orderte ein weiteres Glas Starkbier für ihren Informanten.

»Geschenkt«, schnaubte Lineker. »Desna Hall! Ha, dass ich nicht lache!« Als er an Sarahs Gesicht erkannte, dass sie nicht wusste, worauf er hinauswollte, fügte er hinzu: »*Desna* ist indisch und bedeutet ›Geschenk‹. Coltham kann sich glücklich schätzen, dass er seinen Besitz retten konnte, dank der Großzügigkeit des Maharadschas. Die arme Seele …« Der ehemalige Leutnant schüttelte gedankenverloren den Kopf und zündete seine Pfeife an.

Seine Haut war von Narben überzogen, kleinen und großen. Wie Coltham sah man auch Lineker an, dass er lange unter tropischer Sonne gelebt hatte. Nur hatte der übermäßige Konsum von Alkohol zusätzliche Spuren hinterlassen, und Linekers Hände zitterten ständig leicht. Die Ränder seiner Uniformjacke waren ausgefranst, das weiße Hemd darunter war fleckig und der Kragen speckig.

»Ich war nicht immer so ein Krüppel. Und ich war ein guter

Soldat! Hier!« Er tippte auf seine Brust, bemerkte, dass das, was er zeigen wollte, nicht mehr vorhanden war, und sagte: »Da hing mal ein Tapferkeitsorden. Musste ich versetzen.« Er grinste, und Zahnlücken wurden sichtbar. »Ich bin nach Indien gekommen, da war Coltham schon einige Jahre Kommandant in Rajasthan. Er hatte sich ein Netzwerk an Informanten, Kriechern und Verrätern aufgebaut und machte heimlich Geschäfte, die sehr profitabel waren. Die Krone durfte davon nichts wissen, aber glauben Sie mir, das haben einige gemacht, die länger drüben waren. Warum auch nicht? Viele von uns sind in dem verfluchten Land krepiert.«

Es war schwer zu sagen, ob Lineker seinem ehemaligen Vorgesetzten nur eins auswischen wollte oder ob seine Version der damaligen Ereignisse der Realität entsprach. Wahrscheinlich musste sie die Wahrheit irgendwo dazwischen suchen. »Aber es soll doch auch sehr schön sein. Ich selbst hatte nicht das Glück, Indien besuchen zu können. Doch ich habe mir sagen lassen, dass es eine reiche Kultur und gastfreundliche Menschen hat.«

»Reich, ja. Womit wir bei den Minen wären. Aber nur wenige in Indien sind reich, die Mehrzahl der Menschen dort ist arm. Wobei es ihnen wahrscheinlich noch besser geht als den Armen hier, denn dort ist es wenigstens warm.« Er streckte seine zittrigen Hände aus, um die geschwollenen Gelenke zu zeigen. »Kälte und Feuchtigkeit kriechen mir in die Glieder.«

Sarah räusperte sich und sah auf ihre Armbanduhr, ein Luxus, den sie sich von ihrem erhöhten Gehalt gegönnt hatte.

»Sie haben also keine Ahnung, wie es zugeht in Indien, wie Rajasthan aussieht. Karg, felsig, sandig, heiß, staubig. Aber der Palast von Jaipur ist so prachtvoll, wie man es sich nicht vorstellen kann, die Seen von Udaipur schön wie ein Gemälde«, er hielt inne und lachte rau. »Die Häuser sind für die meisten Offiziersfrauen ein Horror. Man gewöhnt sich an allerlei Getier. Schlangen und

Ratten gehörten zum Alltag. Colthams Gattin hat Indien gehasst, wie die meisten Engländerinnen. Ich meine, sie war zum Zeitpunkt des Unglücks in England. Ihre Ayah, so nennt man die indischen Hausmädchen, war erkrankt, und Mylady litt an heftigen Fieberschüben, die sie in England auskurierte. Vielleicht war Coltham auch erst verlobt, ich weiß es nicht mehr.« Er schüttelte kurz den Kopf und schien sich zu sammeln. »Nun ja, jedenfalls war er ein umtriebiger Kerl, der sich bei dem Maharadscha beliebt gemacht hatte. Coltham hatte Vorteile beim Gouverneur ausgehandelt und unterstützte den Sohn des Maharadschas bei dessen Bestreben, der britischen Armee beizutreten.«

»Jadoo?«, warf Sarah ein.

»Richtig, ja, so hieß der Kronprinz. Ein hübscher Bursche. Das hatte er wohl von seiner Mutter, der Maharani, eine umwerfende Schönheit. Ich habe sie nur zweimal gesehen und konnte verstehen, dass der Maharadscha sie bewachen ließ. Aber Coltham hatte Zugang zum Palast, und ich weiß, dass er eine Affäre mit ihr hatte. Wir waren wütend auf ihn, weil er uns alle damit in Gefahr gebracht hat! Stellen Sie sich mal vor, was passiert wäre, wenn der Maharadscha herausgefunden hätte, dass seine Frau ihn mit einem Briten betrügt ...« Lineker zündete sich die Pfeife an und paffte nervös darauf herum.

»Er soll sehr grausam gewesen sein. Stimmt das?«, fragte Sarah, die sich an Lady Colthams verstörtes Gesicht erinnerte, als sie den Maharadscha zur Sprache gebracht hatte.

»Der Maharadscha? Aber nein, wer sagt das? Vinod Mokalasar war ein eher gemäßigter Herrscher, streng, sicher, aber nicht so grausam wie einige seiner Amtskollegen. Das kann ich Ihnen versichern.«

Das überraschte Sarah, doch sie ließ sich nichts anmerken.

»Und wie kam es nun zu dem Unglück, in dessen Folge Coltham den Diamanten erhielt?«

»Eines Nachts kam Coltham aus dem Palast und war kreidebleich. So habe ich ihn noch nie gesehen. Er sagte, dass er verloren sei, wenn ihm keine Lösung einfiele. Wir haben ihn bedrängt, uns zu sagen, was denn um Himmels willen geschehen sei, doch das war nicht aus ihm herauszubekommen. Am nächsten Morgen fand die Tigerjagd statt, zu der er eingeladen war, und er meinte, wenn er den Tag überlebte, wäre er gerettet.« Lineker kratzte sich den Backenbart. »Ich bin nicht stolz auf das, was ich getan habe, aber ich war Coltham unterstellt und habe nur Befehle ausgeführt. Es war ein heißer Tag in den Bergen. Die Luft flirrte, uns allen lief der Schweiß in die Uniformjacken. Der Maharadscha ritt auf einem schwarzen Hengst, sein Sohn auf einem Schimmel. Jadoo war kein guter Reiter, nicht wie sein Vater. Die Leute des Maharadschas hatten den Tiger aufgestöbert und in eine Schlucht getrieben, wo der Maharadscha zum Schuss kommen sollte. Doch Jadoo wollte sich beweisen und ritt gegen den Befehl des Vaters voraus. Coltham folgte ihm und ich auch. Ich habe gesehen, wie er das Pferd des Prinzen mit seiner Peitsche schlug, sodass es scheute und den Jungen abwarf. In dem Moment brach der Tiger aus dem Buschwerk. Jadoo war verletzt und blutete, was den Tiger nur noch angriffslustiger machte. Coltham wartete so lange, bis er sicher war, dass der Maharadscha nah genug war und sehen konnte, wie er den Sohn vor den Klauen des Tigers rettete. Coltham schoss auf den Tiger, als dieser zum Sprung ansetzte.«

Sarah hielt den Atem an.

»Aber er hat nicht richtig getroffen. Der Tiger war nur verwundet und erwischte mich, als ich mich zwischen ihn und den Prinzen stellte. Dann fiel ein zweiter Schuss, und der Tiger brach tot auf mir zusammen. Seine Krallen hatten mein Bein aber bereits erwischt. Ich werde nie vergessen, wie der Atem des sterbenden Tieres mir ins Gesicht blies. Ich habe seinen letzten Herzschlag gespürt. Ein prachtvolles Tier.«

»Lord Coltham hat Sie und den Jungen benutzt. Wie perfide …«

»Oh ja, das hat er. So war er. Immer das Beste für sich herausschlagen. Aber nur ich weiß das, und ich habe nie ein Wort darüber verloren.«

»Das bedeutet, dass Coltham nicht weiß, was Sie gesehen haben?«

Lineker nickte. »So ist es.«

»Und daraufhin erhielt er den Blauen Diamanten vom Maharadscha?«

»Mit dem verletzten Jungen auf den Armen ist er auf den Maharadscha zugelaufen. Sehr theatralisch, aber wirkungsvoll. Jadoo hat ja nicht gewusst, wie ihm geschah, und weil er Coltham sowieso bewundert hat, war er aus dem Häuschen vor Dankbarkeit.«

»Und waren da keine anderen Zeugen? Leute des Maharadschas? Jagdgefolge?«

»Nicht, dass ich wüsste. Er hat den Moment, in dem er das Pferd peitschte, genau abgepasst.« Lineker überlegte. »Ein paar Tage später wurde einer der Männer aus dem Gefolge von Vinod tot aufgefunden. Schlangenbiss. Der Mann war auf der Jagd dabei gewesen und einer der Ersten gewesen, die aus den Büschen kamen, um zu helfen. Wenn ich heute darüber nachdenke, könnte es einen Zusammenhang geben, aber wie sollte ich das beweisen? Wie viele Menschen sterben täglich an einem Schlangenbiss!«

»Mein Gott! Was Sie da andeuten, ist ungeheuerlich und nicht zu beweisen.«

»Warten Sie, es geht noch weiter. In einer offiziellen Zeremonie bedankte sich der Maharadscha also bei dem angeblichen Lebensretter, und nur zwei Tage später kam es zu dem Putsch, in dessen Verlauf Jafa Singh seinen Cousin ermordete.«

»Zwei Tage später? Das ist ja, nein, das kann nicht sein. Lord Coltham sagte ... Gibt es Aufzeichnungen zu diesen Vorgängen?«

»Gab es, aber die sind bei einem Brand im Quartier vernichtet worden.«

»Wie passend«, bemerkte Sarah trocken.

»Sie sagen es. Keine Zeugen, keine Dokumente.«

»Nur Sie wissen, was geschehen ist«, überlegte Sarah laut. Lineker hätte Coltham erpressen können, dann aber selbst um sein Leben fürchten müssen, wenn all das stimmte.

»Und jetzt wissen Sie es auch. Was werden Sie nun unternehmen?« Lauernd sah er sie an.

Sarah legte ihren Stift beiseite und holte tief Luft. »Das sind ungeheuerliche Neuigkeiten, Mr Lineker. Aber es sind haltlose Anschuldigungen, die ich nicht veröffentlichen werde. Ich bezahle Sie, und damit ist die Geschichte erledigt.«

Ein Ruck ging durch den altgedienten Soldaten. »Was? Ich gebe hier alles preis, und Sie wollen nichts damit anfangen? Endlich ist der Tag der Vergeltung gekommen, und Sie wollen einfach zur Tagesordnung übergehen und den verfluchten Diamanten verkaufen, damit der Mistkerl noch reicher wird?«

Sie holte ihre Geldbörse hervor und zählte eine großzügige Summe auf den Tisch. »Ich denke, das wird Ihr Gewissen beschwichtigen.«

Lineker kaute wütend auf seiner Pfeife, strich das Geld jedoch sofort ein und erhob sich umständlich. Dabei stieß er mit seinem Stock gegen den Tisch, sodass dieser wackelte. Er fluchte, und die Gäste am Nebentisch sahen zu ihnen hin.

»Verzeihung, ein kleines Missgeschick«, sagte Sarah beschwichtigend in ihre Richtung, und an den Veteranen gewandt:

»Mr Lineker, so warten Sie doch. Es …« Doch der aufgebrachte Mann humpelte bereits vor sich hin murmelnd davon.

Sarah hatte das ungute Gefühl, dass die Angelegenheit damit nicht beendet war und sie vielleicht besser daran getan hätte, die ganz Sache auf sich beruhen zu lassen. Hieß es nicht, dass man schlafende Hunde nicht wecken sollte? In diesem Fall war es ein Tiger, und Sarah hoffte inständig, dass Lineker sich zu nichts hinreißen ließ.

26

Eine Woche nach dem Treffen mit Lineker hatte Sarah ihre Katalogbeilage gerade beendet und wollte Direktor Rowland den Text vorlegen, als ein durchdringender Schrei alle Mitarbeiter von Varnham's zusammenfahren ließ.

»Das kann doch nicht wahr sein! Miss Rosewell!«, brüllte Rowland und kam gleich darauf in Sarahs Büro gestürmt.

Sein Gesicht war hochrot. Er wedelte mit der aktuellen Ausgabe der *Daily Mail* und warf sie auf den Tisch. »Erklären Sie mir das!«

Mit zittrigen Händen griff Sarah nach der Zeitung. Der Krieg dominierte die Schlagzeilen, doch noch auf der ersten Seite stand es: »Klebt Blut am Coltham-Diamanten?«

Verdutzt sah Sarah auf. »Aber, Sir, damit habe ich nichts zu tun, falls Sie das meinen!«

»Wie kann es denn ausgerechnet jetzt zu solch einem skandalösen Artikel kommen? Sie wollten doch nachforschen und mehr über den Diamanten und Coltham herausfinden.« Rowland schnaufte und stützte sich mit den Händen vor ihr auf.

Sarah las den reißerischen Artikel.

»Ist Lord Coltham, ein Vertreter der Hocharistokratie und Träger des Viktoria-Kreuzes, womöglich in einen handfesten Skandal verwickelt? In wenigen Wochen wird der berühmte blaue Diamant, auch als Coltham Diamant bekannt, bei Varnham's versteigert. Quellen besagen jedoch, dass Lord Coltham auf nicht ganz rechtmäßige Weise in den Besitz des kostbaren Steines gelangt ist, dessen Verkauf die Familie aus finanziellen Schwierigkeiten retten soll. Der Diamant stammt aus den Golkonda-Minen in Indien und gehörte einst dem Maharadscha von Mokalasar. Vor über vierzig Jahren hielt sich Lord Coltham als Offizier der britischen Krone in Radjasthan auf. Angeblich nutzte der Lord seine Vertrauensstellung am Hof des Herrschers aus, um in den Besitz des Diamanten zu gelangen. Der Maharadscha von Mokalasar wurde kurz darauf durch eine Intrige um seinen Thron und sein Leben gebracht.«

Erschüttert starrte Sarah auf den Artikel. »Das ist eine Katastrophe! Ich verstehe das nicht. Sir, sehen Sie hier. Das habe ich heute geschrieben und wollte es Ihnen eben bringen. Darin finden Sie kein Wort über ein unehrenhaftes Verhalten Seiner Lordschaft.«

Sie nahm die gerade erst abgetippten Seiten und reichte sie Rowland. Im selben Moment klingelte das Telefon in Rowlands Büro.

»Das wird er sein! Was für ein Tag! Beten Sie, dass sich diese Geschichte aufklären lässt und Varnham's unbeschadet daraus hervorgeht. Beten Sie!«, knurrte er und verschwand in den Flur.

Kurz darauf wurde die Tür zugeschlagen, und Sarah vernahm nur noch Rowlands zustimmendes beschwichtigendes Murmeln.

Dieser verdammte Lineker, dachte Sarah und rieb sich das Gesicht. Nur er konnte die Geschichte an die Zeitung verkauft haben. Niemand außer ihm kannte die Details. Sie musste ihn finden und dazu bringen, seine Geschichte zu widerrufen. Aber wie? Selbst wenn Rowland oder Coltham bereit waren, eine große

Summe zu zahlen, würde Lineker die Situation ausnutzen und mehr verlangen.

»Sarah?« Muriel schaute vorsichtig um die Ecke und kam ins Büro, als sie sah, dass Sarah allein war. »Was ist denn passiert? Wie konnte es denn zu diesem schrecklichen Artikel kommen? Hat Munro was damit zu tun?«

Sarah stand auf und atmete mehrfach tief ein und aus. »Puh ... nein, nein. Was für ein furchtbarer Schlamassel! Ich hätte meine Nase nicht in Colthams Angelegenheiten stecken dürfen. Das wird mir eine Lehre sein ...«

Muriel spitzte die Lippen und drehte einen Bleistift in der Hand. »Wenn du das hier überstehst. Sieht nicht gut aus, wenn Coltham den Diamanten zurückzieht oder sogar die ganze Auktion abbläst ...«

»Noch ist nichts entschieden!« Energisch räusperte sich Sarah, prüfte den Sitz ihrer Frisur und überlegte fieberhaft, was sie unternehmen konnte.

»Na ja, zumindest durftest du für kurze Zeit ein eigenes Büro haben ...« Vielsagend schaute sich Muriel um.

»Hast du nichts zu tun? Wenn dir langweilig ist, sieh doch nach den Neuzugängen im Lager«, meinte Sarah mit einer gewissen Schärfe, die Muriel dazu bewegte, sich mit einem schnippischen Laut zu verabschieden.

Im Nebenzimmer war es still geworden, und Sarah ging zur Tür und klopfte.

»Ja!«, rief Rowland.

Sarah trat ein. »Sir, haben Sie mit Lord Coltham gesprochen?«

»Was denken Sie denn! Er war zu Recht außer sich. Wer wäre das nicht, wenn derartige Gerüchte verbreitet würden. Aber der Mann hat Rückgrat, das muss ich ihm lassen. Er wird das Blatt verklagen und zu einer Entschuldigung zwingen, wenn es keine

Beweise liefert.« Rowland war nicht mehr ganz so rot, und sein Schnurrbart tanzte nicht mehr aufgeregt bei jedem Wort.

Seufzend erwiderte Sarah: »Da bin ich aber erleichtert. Dann soll die Auktion weiterhin stattfinden?«

»Ja, und wie sie das wird. Wir werden diese negative Publicity ummünzen.« Der Direktor schlug seine Hände zusammen. »Sie haben viel zu tun. Der Katalog muss raus. Der Extrateil über den Diamanten kann noch einen Exkurs über Schlifftechniken vertragen. Schreiben Sie es selbst, oder veranlassen Sie es, denn Coltham will Sie sprechen. Heute Abend in seinem Stadthaus.«

Ihr Magen krampfte sich zusammen. »Ja, Sir. Aber muss ich allein hingehen?«

Der stattliche Mann beugte sich so weit vor, wie sein Bauch es zuließ. »Haben Sie Angst?«

Und ob sie die hatte! »Nein, natürlich nicht. Ich dachte nur, dass ich als Frau, also, meine Meinung hat nicht so viel Gewicht wie die eines männlichen Kollegen, jedenfalls hat Lord Coltham das deutlich zum Ausdruck gebracht.«

Sein Ausdruck wurde etwas milder. »Ich will nicht zu hart sein, Miss Rosewell, Sie haben in den vergangenen Monaten hervorragende Arbeit geleistet, sodass ich manchmal vergesse, dass Sie nur eine Frau sind. Gut, wir werden gemeinsam bei Seiner Lordschaft vorsprechen.«

»Danke, Sir!«, sagte Sarah, und der Knoten in ihrem Magen löste sich ein klein wenig.

Es war dunkel und der Bürgersteig noch nass vom Regen, als ein Kutscher sie vor Lord Colthams Stadthaus am Lincoln's Inn Fields, einem der größten öffentlichen Plätze Londons, absetzte. Ganz in der Nähe befand sich das Sir John Soane's Museum, vor einhundert Jahren vom Namensgeber als beeindruckende private

Sammlung aufgebaut. Das Royal College of Surgeons war ebenfalls an diesem Platz beheimatet, und normalerweise liebte Sarah dessen architektonische Besonderheiten. Heute hatte sie dafür jedoch keinen Sinn. Nervös strich sie ihren Rock glatt. Das brombeerfarbene Kostüm aus samtig glänzendem Baumwollseidengewebe, den Stoff hatte ihr Lady Sudbury vor einem Jahr geschenkt, ließ Sarahs Teint strahlen und wirkte darüber hinaus sehr elegant. Eigentlich hatte Sarah sich das maßgeschneiderte Kostüm, an dem ihre Mutter maßgeblichen Anteil hatte, für die große Auktion aufheben wollen. Doch heute war es beinahe noch wichtiger, dass sie Coltham beeindruckte, denn ohne seine Zustimmung würde es keine Auktion geben.

Butler Dyson öffnete die Tür und ließ sie in eine von Mosaiken und Säulen dominierte Eingangshalle eintreten. Es schien, als hätten sich Orient und Okzident in freundschaftlicher Farbenpracht vereint. Die Beleuchtung war spärlich, und aus einem Raum drang Musik. Der Geruch von Braten hing noch in der Luft, und aus dem ersten Stock kam ein Dienstmädchen mit einem Tablett voll Geschirr herunter. Der Butler ließ nicht erkennen, dass er Sarah bereits aus Desna Hall kannte, sondern führte sie mit gleichmütiger Miene in ein Büro.

Ein Schreibtisch mit Telefon, zwei Stühle, ein Bücherregal und zwei mittelmäßige Landschaftsgemälde machten die überschaubare Ausstattung aus. Kein Empfangsraum für geschätzte Besucher. Sie warteten eine halbe Stunde, ohne dass man ihnen etwas anbot, bis sich der Hausherr bequemte, sie zu empfangen. Im Abendanzug betrat Lord Coltham das Büro.

»Bitte behalten Sie doch Platz«, sagte er, ohne sie anzusehen, und ging zu seinem Schreibtisch. »Ich hatte nicht erwartet, Sie heute Abend bei mir zu sehen, Rowland.«

Varnham's Direktor war zu sehr Geschäftsmann, als dass er

sich über die unhöfliche Anrede echauffierte. »Nun, es handelt sich um eine prekäre Geschichte, der wir auf den Grund gehen müssen und …-«

Weiter kam er nicht, denn Coltham unterbrach ihn rüde. »Prekär? Ich nenne das eine infame Verleumdung! Wenn dieser Artikel die Runde macht und andere Zeitungen aufspringen, kann mich das ruinieren. Ich habe einen Ruf zu verlieren!« Seine Stimme schwoll mit jedem Wort mehr an.

Sarah beobachtete, wie die Adern des Lords oberhalb des engen weißen Hemdkragens anschwollen.

»Und warum wird jetzt in meiner Vergangenheit herumgewühlt? Doch nur, weil Sie, Miss Naseweis, dumme Fragen stellen und sich um Dinge kümmern, die Sie nicht das Geringste angehen!« Wütend starrte Coltham sie an.

Niemals würde sie zugeben, dass sie Lineker hatte ausfindig machen lassen. »Ich habe nur im Interesse von Varnham's und damit auch in Ihrem gehandelt, Sir. Nichts läge mir ferner, als Ihnen zu schaden! Wenn Sie sich den Bericht ansehen möchten, den ich für den Katalog vorbereitet habe, werden Sie feststellen, dass darin nichts steht, was dem Verkauf des Diamanten abträglich wäre.« Sie nahm eine schmale Mappe aus ihrer Tasche und legte sie auf den Tisch.

Skeptisch betrachtete Coltham die Mappe, riss sie aber schließlich zu sich herüber, setzte seine Brille auf und überflog den Text. Schweigen füllte den Raum. Endlich nahm er die Brille ab und trommelte mit den Fingern auf der Tischplatte. »Hm, in der Tat, ich habe keine Einwände gegen diesen Text. Aber wer zum Henker …«

Abrupt stand er auf, verschränkte die Hände auf dem Rücken und ging auf und ab. Plötzlich blieb er stehen. »Es ist so lange her, viel zu lange, und niemand aus meinem Regiment …«

Er ballte eine Hand zur Faust und schien einen Entschluss gefasst zu haben. »Ich kümmere mich um diese leidige Sache. Der verdammten Zeitung mache ich einen Prozess, dass denen Hören und Sehen vergeht. Wann wird die Auktion stattfinden? Je eher, desto besser.«

»Wir werden das erste Augustwochenende terminieren. Der September ist traditionell ein besserer Monat, aber der Krieg hat alles aus dem Gleichgewicht gebracht«, sagte Rowland.

Coltham warf Sarah einen missbilligenden Blick zu. »Wenn wir den Krieg erst gewonnen haben, können wir wieder zur Normalität zurückfinden. Frauen bringen doch mit ihrer Hysterie und Emotionalität alles durcheinander.«

Rowland stieß sie mit dem Fuß an, denn Sarah hatte bereits Luft geholt, um etwas zu erwidern.

»Gut, im August in unserem Stammhaus in London. Sofern keine weiteren Luftangriffe erfolgen, sonst verlagern wir die Auktion ins Umland. Aber ich halte London allerdings für den passenden Ort, denn es werden zahlreiche wichtige Käufer oder deren Einkäufer aus Übersee kommen. Wir müssen uns stark und unbeeindruckt von den Deutschen zeigen.«

Lord Colthams Augenbrauen hoben sich. »So ist es! Wohl gesprochen, Rowland.«

Zwei Tage später war in der *Daily Mail* ein Widerruf zu lesen: Es sei aufgrund einer »fehlerhaften Informationsquelle« zu einem Missverständnis gekommen. Lord Coltham habe sich um »das Königreich verdient gemacht« und sei »mehrfach ehrenhaft ausgezeichnet« worden.

Sarah saß bei Lady Sudbury und legte die Zeitung auf den Tisch, an dem sie gerade gemeinsam zu Abend gegessen hatten. »Da bin ich aber erleichtert!«

»Das müssen Sie auch sein, meine Liebe«, sagte Lady Sudbury mit Nachdruck. »Einen Mokka?«

»Gern.«

Das Dienstmädchen räumte ab und stellte eine Schale mit kandierten Früchten auf den Tisch, bevor sie sich an die Zubereitung des Kaffees machte. Sarah hatte Lady Sudbury ins Vertrauen gezogen und ihr alles über ihre Recherchen und das Treffen mit Lineker erzählt.

»Sie sind zu weit gegangen und haben unwahrscheinliches Glück gehabt. Das hätte böse für Sie ausgehen können, Sarah.« Lady Sudbury sah ein wenig erholter aus als bei ihrer letzten Begegnung, hustete jedoch immer noch leicht, und auch die dunklen Augenränder waren noch sichtbar.

»Ich weiß, und ich bereue, dass ich so unvorsichtig mit meinen Nachforschungen war. Das wäre Mr Palmer oder Mr James sicher nicht passiert. Vielleicht bin ich als Katalogisiererin doch besser aufgehoben«, sagte Sarah zerknirscht.

»Nun, nun, das auch wieder nicht! Sie sind jung und haben einen Fehler gemacht. Lernen Sie daraus, und wachsen Sie daran. Dazu sind Fehler da. Wer macht denn keine? Niemand kommt perfekt auf die Welt, und das wäre ja auch schrecklich langweilig.« Als Lady Sudbury nach einer kandierten Orangenscheibe griff, kam ein goldenes Bettelarmband unter ihrem Blusenärmel zum Vorschein, das Sarah noch nicht gesehen hatte.

Manchmal fragte sie sich, ob Lady Sudbury noch immer eine Affäre pflegte. Ihre mütterliche Freundin war so diskret, dass nicht einmal Sarah den Namen des Mannes wusste, den sie traf. Und das machte eine echte Lady aus, dachte Sarah. Mit einem kleinen Lächeln antwortete Sarah: »Nur hätte mein Fehler einen Mann ruinieren und meine Träume wie eine Glaskugel zerspringen lassen können.«

»Seien wir ehrlich, Sarah. Lord Coltham hat keine weiße Weste. Ihr Informant wird sich das alles nicht ausgedacht haben. So wahnsinnig wäre niemand, der den Lord nur ein wenig kennt. Ich habe mit meinem Mann darüber gesprochen, ohne Ihre Rolle in diesem Konflikt zu erwähnen. Es wurde natürlich sofort in höchsten Kreisen spekuliert, was an der Sache dran sein könnte. Aber es gibt keine Zeugen, die am Hof von Mokalasar dabei waren. Das ist der springende Punkt. Coltham hat viele Feinde, die sich die Hände reiben würden, wenn sie ihn zu Fall bringen könnten. Ich weiß nicht, wie dieser Mann es geschafft hat, immer wieder auf die Füße zu fallen. Er soll schon mehrfach vor dem Bankrott gestanden haben.«

»Wirklich? Das wusste ich nicht! Ich meine, ich habe geahnt, dass er in Schwierigkeiten steckt, denn sonst würde er nicht all seine wertvollen und prestigeträchtigen Besitztümer verkaufen und schon gar nicht den Diamanten. Aber das Ausmaß war mir nicht bewusst. Warum hat er Feinde?«

Das Dienstmädchen brachte ein Tablett mit kleinen Mokkatassen herein, aus denen aromatischer Kaffeeduft stieg.

»Genau weiß ich das nicht, nur, dass er gern Menschen gegeneinander ausspielt. Dazu kommt, dass er wettet, und da hat er wohl einiges an Schulden ausstehen.«

Seufzend gab Sarah einen Löffel Zucker in ihren Mokka. »Das erinnert mich an meinen Vater.«

»Wie geht es Ihrer Familie?« Die goldenen Anhänger an Lady Sudburys Handgelenk klickten leise aneinander.

»Mein Bruder ist verwundet, Granatsplitter haben ihm ein

Ohr abgerissen, und er wird nach Hause geschickt, sobald er transportfähig ist.«

Sarah rang um Fassung und bemühte sich um einen möglichst neutralen Tonfall, doch beim Gedanken an Ben traten ihr die Tränen in die Augen.

»Oh nein, wie schrecklich!« Lady Sudbury ergriff ihre Hand. »Meine Liebe, lassen Sie ihn in unser Landhaus bringen, das wir zu einem Sanatorium umfunktioniert haben. Dort kann er sich erholen. Ach, das tut mir sehr leid, aber es wird wohl niemand von diesem furchtbaren, sinnlosen Krieg verschont bleiben.«

»Danke, Mylady, das ist sehr freundlich von Ihnen.« Sarah lächelte ihre Gönnerin an und fügte hinzu: »Wo ist eigentlich Ruby? Ich habe sie noch gar nicht gesehen.«

»Sie hat uns vor zwei Monaten verlassen, weil sie geheiratet hat. Einen Soldaten, Ire. Gott weiß, wo sie ihn kennengelernt hat. Wahrscheinlich in einem Klub oder einer Bar. Sie war schwanger, und er hatte zumindest so viel Anstand, sie zu heiraten.« Es war Lady Sudbury deutlich anzumerken, wie sehr sie das Verhalten ihrer ehemaligen Angestellten missbilligte.

»Und wo lebt sie jetzt? Wenn ihr Mann wieder an die Front musste, ist es sicher schwer für sie.«

Die schönen aristokratischen Züge verhärteten sich. »Tja, das hätte sie sich früher überlegen müssen. Ich habe keine Adresse und kein Interesse.« Sie seufzte, und als sie Sarah musterte, wurde ihr Blick wieder wärmer. »Und bei Ihnen, Sarah? Gibt es noch immer niemanden, der Ihr Herz erobert hat?«

»Ich habe einfach keine Zeit, Mylady.« Und ein wenig entsprach es der Wahrheit, denn Philip hatte sie durch die Arbeit kennengelernt, und seit sie mehr Verantwortung bei Varnham's übernommen hatte, spielte sich ihr Leben im Auktionshaus ab. Außer gelegentlichen Geschäftsessen oder Besuchen bei Klienten gab es kein gesellschaftliches Leben für Sarah. Wie es überhaupt für eine alleinstehende junge Frau, die sich ihren Ruf bewahren wollte, kein gesellschaftliches Leben gab. Aber das war etwas, mit dem Sarah sich arrangiert hatte. Ihre Stellung bei Varnham's bedeutete ihr mehr als alles andere.

27

»Generalmajor Townshend ist mit seinem Eliteverband der britisch-indischen Kolonialarmee erfolgreich in Mesopotamien vorgestoßen und konnte Al-Amarah einnehmen«, verkündete der Radiosprecher. Es folgte ein aufmunterndes Lied, das Mrs Porter jedoch leise stellte.

Sarah saß bei der Frau des Doktors am Küchentisch und öffnete den Brief, der aus Frankreich kam und Stempel der britischen Feldpoststellen aufwies. Vor ihr auf dem blank polierten Holztisch stand eine Tasse Tee, und dazu hatte Mrs Porter eine Scheibe ihres selbst gebackenen Früchtekuchens gelegt. Die Ehefrau des Arztes war zwar recht neugierig, brachte Sarah jedoch gern von ihrem Brot oder Kuchen hinauf, was gerade in diesen Zeiten eine willkommene Aufmerksamkeit war.

Während Mrs Porter mit Tellern und Besteck hantierte, drehte sie den Kopf zu Sarah. »Ist der von Ihrem Herrn Bruder? Meine Schwester zittert vor jedem Brief, der mit der Feldpost kommt. Ihr Jüngster ist jetzt auch drüben, hat sich zum Sanitätsdienst gemeldet. Eigentlich will er Arzt werden, wie sein Onkel. Sie nehmen die jungen Burschen von der Universität schon an. Ein paar Wochen zusätzliche Ausbildung, und dann müssen sie ran. Das ist nicht für jeden zu verkraften, kann ich Ihnen sagen, aber er stellt sich gut an.«

Die Fenster standen auf, denn es war warm. Die Sonne schien heute intensiv und ließ die Blumen auf der Fensterbank ihre Kelche zum Licht öffnen. Geranien waren unverwüstlich, ihre haarigen Stängel und die kleinen Blüten auf eine bodenständige Art hübsch, dachte Sarah und zog langsam den Briefbogen aus dem Umschlag. Es war die Schrift ihres Bruders, ungelenk, denn er hatte nie viel geschrieben. Nach den wenigen Schuljahren hatte er sofort zu arbeiten begonnen. Der Bogen war zerknittert, so als hätte er ihn in seiner Tasche mit sich getragen.

Liebste Sasa,

sie schicken mich zurück. Ich bin zu nichts mehr nutze. Nicht einmal das habe ich hinbekommen. Ich schäme mich, aber ich kann nichts anderes tun, als mich zu fügen, weil mein Körper kaputt ist. Ein Granatsplitter hat mich erwischt und mein linkes Ohr gleich mit. Sie sagen, man kann mir eine Prothese bauen. Wozu? Ich höre ja doch nichts mehr auf dem Ohr, und auf dem anderen rauscht es. Was musst Du denken, dass ich Dir etwas vorjammere. Ich wollte ein tapferer Soldat sein, wollte beweisen, dass ich dem Vaterland von Nutzen bin, dass ich besser bin als Vater. Jetzt kann er wieder hämisch über mich lachen, wenn er mich so sieht.

Ach, du armer Junge, dachte Sarah und spürte, wie ihr die Tränen über die Wangen liefen.

Es ist grässlich hier im Hospital. Die Schreie, wenn sie die Verwundeten vom Feld hereintragen, das Blut und der Gestank von Schmutz und Tod und Verbrennungen. Wenn ich die Augen schließe, sehe ich meine Kameraden, wie sie sich ducken, wenn die Bombardierungen losgehen, wie sie zur Seite fallen, wenn sie getroffen werden, wie ein Arm liegen bleibt, wenn der Rest vom Körper weggerissen wird. Charley hat mich rausgeholt, als ich getroffen wurde. Ohne ihn wäre ich nicht mehr, und ich wünschte, er wäre nicht so verdammt tapfer gewesen. Sie geben mir Morphium und Tabletten. Die meiste Zeit döse ich vor mich hin. Wenn ich aufwache, ist es, als ob ich unter einer Glaskuppel säße, so hört sich alles an. Irgendwie gedämpft und verzerrt oder gar nicht. Oft ist es einfach still, nur nicht in mir drinnen. Da rauscht und brüllt es ständig. Bitte erzähl Mutter nichts davon, und lass sie nicht zu mir ins Sanatorium kommen. Ich könnte ihr Mitleid nicht ertragen.

Dein Bruder Ben

»Oh nein«, murmelte Sarah, faltete den Brief sehr sorgfältig und schob ihn zurück ins Kuvert.

»Schlechte Nachrichten?«, erkundigte sich Mrs Porter vorsichtig.

»Sie schicken meinen Bruder heim. Er wird hier in einem Sanatorium genesen müssen. Wenn das überhaupt möglich ist …«, flüsterte Sarah.

Mrs Porter wischte die Hände an ihrer Schürze ab, setzte sich auf einen Schemel neben Sarah und nahm deren Hände in ihre. »Er kommt zurück. Das ist alles, was zählt. Denken Sie an die vielen Männer, die da drüben in den Schützengräben ihr Ende gefunden haben und noch finden werden. Wir müssen dankbar sein für jedes Leben, das verschont wird. Sie sind eine starke junge Frau, Miss Rosewell. Helfen Sie Ihrem Bruder, indem Sie ihn so nehmen, wie er ist, unterstützen Sie ihn, aber weinen Sie nicht, wenn Sie seine Verletzungen sehen. Das ist viel verlangt, ich weiß, aber Sie können das.«

Die Augen der Arztfrau waren voller Mitgefühl, doch um ihren

Mund lag auch ein harter abgeklärter Zug. Sie hatte zu viel gesehen und erlebt, als dass sie sich von ihren Gefühlen vollständig mitreißen lassen würde.

»Danke, Sie haben recht. Darf ich mir das Stück Kuchen mit nach oben nehmen? Ich brauche einen Moment für mich.«

»Selbstverständlich.« Mrs Porter stand auf, und Sarah schob den Brief ihres Bruders und einen weiteren in ihre Rocktasche.

Oben in ihrer winzigen Wohnung zog Sarah ihre Schuhe aus und hockte sich auf die gepolsterte Fensterbank. Die Geräusche, die von der Straße heraufdrangen, hatten etwas Tröstliches. Irgendwie ging das Leben weiter, immer, dachte sie und öffnete Hannahs Post.

Heraus fielen zwei Fotografien. Die eine zeigte den Wiener Stephansdom und die andere die Straße mit dem Geschäft der Hirschels. Eine große Ladenfront mit einem schön geschwungenen Schriftzug war zu erkennen: *Hirschel & Söhne* stand dort. Sarah vermutete, in goldenen Lettern, denn Haus und Laden wirkten sehr gediegen. Das Nachbarhaus war breiter und hatte einen prächtigen Eingang, der von Säulen und einem Baldachin betont wurde. *Auktionen Hofmann* verkündete ein dezent angebrachtes Schild. Das Auktionshaus zählte zu den wichtigsten Häusern Europas und hatte schon einige Male mit äußerst erfolgreichen Verkäufen für Schlagzeilen gesorgt.

Sarah drehte das Bild um und schmunzelte. »Wenn es dir bei Varnham's nicht mehr gefällt, komm zu mir nach Wien!«, hatte Hannah geschrieben, und Sarah sah ihre Freundin vor sich, strahlend und mit dem für sie so typischen warmen Lachen. Weiter schrieb Hannah:

Ich bin zwar noch nicht lange hier, aber ich mag Wien noch immer. Als Kind war ich öfters hier, meist haben wir dann auch die Ver-

wandten in Prag besucht, aber das ist ja jetzt undenkbar. Hier ist viel Militär in den Straßen unterwegs. Viel mehr als in London. Die Kriegsschauplätze sind ja auch näher. Es gibt viele Kasernen hier, und Tausende von Vertriebenen sind in der Stadt gestrandet, wodurch es zu Problemen bei der Versorgung kommt. Der Statthalter hat bereits zur Sparsamkeit beim Brotverbrauch aufgerufen. Aber mach dir keine Sorgen, meine liebste Freundin. Uns geht es schon noch gut. Ich muss auch nicht anstehen gehen, das macht die Louise. Levi hat gesagt, dass er mich aufs Land schickt, wenn es schlimmer wird, aber ich will ihn nicht allein lassen.

Ach, Hannah, warum seid ihr nur jetzt dorthin umgezogen?, schoss es Sarah durch den Kopf. Und dann das Kind, das bald zur Welt kommen sollte. Wenn dieser elendige Krieg doch endlich ein Ende hätte! Hannah wollte sie nicht beunruhigen, so viel las Sarah zwischen den Zeilen, aber mit jedem Satz wurde ihr das Herz schwerer.

Wir haben eine große Gemeinde in Wien, musst Du wissen. Und Du kennst uns ja, wir hocken gern zusammen und helfen uns, wo es geht. Vor meiner Abreise ging alles so schnell. Ich hatte eigentlich vor, Dich mit Flora Sassoon bekannt zu machen. Mein Vater und auch die Hirschels kennen sie und ihre Familie. Sie ist eine jüdisch-indische Geschäftsfrau, die seit einigen Jahren in London lebt. Aber sicher hast Du von ihren legendären Partys gehört? Vielleicht kann Dich Lady Sudbury einführen, denn Mrs Sassoon hat weitreichende Kontakte. Ich denke da an Kunden, die Du für Eure Auktionen akquirieren könntest. Dass ich schrecklich stolz auf Dich bin, muss ich ja nicht immer sagen. Meine Mutter würde einen Herzanfall bekommen oder zumindest vortäuschen, wenn ich arbeiten würde, obwohl ich es sehr gern tun würde. Aber nun freue ich mich auf unser Kind.

Ach, ich werde es ganz schrecklich verwöhnen, und Du wirst die Patentante, das hast Du mir versprochen, und da lasse ich mir auch nichts vorschreiben. Eigentlich wollte ich Dir einen Kuchen aus einem dieser wunderbaren Cafés schicken, aber dazu bin ich noch nicht gekommen. Ich umarme Dich aus der Ferne,

Deine Freundin Hannah

Eine Woche später hatte Sarah mithilfe von Lady Sudbury eine Einladung zu einem Abendessen bei Flora Sassoon ergattert und stand im Laden von Mrs Weaver, um sich ein passendes Kleid nähen zu lassen. Es sollte nichts völlig Neues sein, dafür reichte ihr Budget nicht, doch es gab die Möglichkeit, aus einem älteren Modell etwas Modernes zu machen. Wann immer es sich ergab, sprach Sarah bei Mrs Weaver vor und ließ sich eine Kleinigkeit ändern. So konnte sie ungestört mit ihrer Mutter sprechen.

Dorothy Rosewell kniete vor ihrer Tochter und steckte den Saum eines dunkelblauen Abendkleides um. Lady Sudbury hatte ihr das Kleid mit der Bemerkung geschenkt, es gefiele ihr nicht mehr, doch Sarah wusste, dass es eine großzügige Geste war, um ihr ein glänzendes Auftreten bei Flora Sassoon zu ermöglichen.

»Die Seide ist schwer und sehr gut gewebt, Sarah. Das Kleid wird dir lange Freude machen«, sagte ihre Mutter.

Sie standen in einer Ecke des großen Verkaufsraumes, in dem zurzeit nur selten farbenfrohe Roben zum Verkauf kamen. Mrs Weaver lief mit griesgrämiger Miene umher und zupfte an den beigefarbenen, braunen oder schwarzen Kostümen, die derzeit das Rennen machten.

»Lady Sudbury war wieder einmal sehr freigebig. Und sie hat mich auf die Gästeliste von Flora Sassoon gebracht. Ich weiß gar nicht, wie ich ihr das jemals danken kann.«

Sarah betrachtete ihr Spiegelbild. Philip liebte ihre großen Augen, die manchmal viel zu ernst schauten, wie er sagte. So wie er sie auch ständig ermunterte, mehr zu essen. Sie war tatsächlich mager geworden, aber war das ein Wunder in diesen Zeiten? Sie streichelte die Schulter ihrer Mutter. »Ich rede immer nur von mir. Ich muss dir danken, Mum. Ohne dich hätte ich Lady Sudbury niemals kennengelernt und wäre nicht da, wo ich jetzt bin.«

Ihre Mutter hob den Blick. Darin lag eine bedingungslose Liebe, die Sarah beschämte. »Mum, ich …«

Doch ihre Mutter schüttelte kaum merklich den Kopf und steckte energisch weiter ab. »Es ist richtig so. Du musst deinen Weg gehen und kannst nicht dauernd zurückblicken. Ich bin stolz auf meine schöne unabhängige Tochter, das weißt du doch, Sasa. Alles hat seinen Preis, dein Leben genauso wie meines. Mach dir keine Illusionen, die Gesellschaft hat sich nicht wirklich geändert, und was wir Frauen gewinnen, müssen wir uns bitter erkämpfen oder stehlen.« Leiser und mit einem kurzen Blick in den Raum, doch niemand im Laden schenkte ihnen Aufmerksamkeit, fuhr sie fort: »Die Männer können es nicht ertragen, wenn ihnen Macht genommen wird. Das ist nun einmal so. Schau, die Suffragetten, die kämpfen für unsere Rechte, aber was müssen sie dafür leiden! Du gehst deinen Weg, Sarah, auf deine eigene Weise. Und bis jetzt hast du alles richtig gemacht.«

Sarah sah ihre Mutter prüfend an. War sie krank? Sie klang ernster als sonst.

»Sarah, na, das ist ja eine Ehre für uns!« Der Sarkasmus in ihrer Stimme war nicht zu überhören, als Mrs Weaver zu ihnen trat. Die Modeschöpferin hatte sich kaum verändert, kam mit leicht überheblicher Miene und eleganten Bewegungen auf sie zu. Nur ihre Haare waren grauer geworden. »Wer hätte gedacht, dass aus meiner kleinen Hilfsnäherin mal eine Sekretärin bei Varnham's wird.«

»Expertin, Mrs Weaver, ich bin jetzt eine Expertin und habe ein eigenes Büro!«, konnte es sich Sarah nicht verkneifen.

Mrs Weaver hob die nachgezeichneten Augenbrauen. »Nein, tatsächlich?! Wie ist das nur möglich? Ach ja, der Krieg. Ist das nicht schrecklich?« Mit ausgebreiteten Armen warf Mrs Weaver einen Blick in die Runde. Wobei nur eine Kundin und die Näherinnen anwesend waren. »All die guten Männer werden uns genommen und reißen schmerzliche Lücken. Das war sicher sehr schwer für Sie, Sarah, so einfach ins kalte Wasser geworfen zu werden, nicht wahr? Wo Sie doch nicht studiert haben. Das muss besonders hart sein, all diese gebildeten Leute, mit denen Sie sprechen müssen, und dann die Kunstwerke. Ich habe direkt Mitleid.« Mit gespieltem Mitgefühl sagte sie: »Aber sicher steht Ihnen immer ein Mann mit Fachwissen zur Seite.«

Bei diesem Feuerwerk an Neid und Missgunst war Sarah sprachlos, und sie wechselte einen vielsagenden Blick mit ihrer Mutter, die ihr mit einer leichten Kopfbewegung bedeutete, nicht zu widersprechen. Stattdessen lächelte sie sanft und erwiderte: »Bei so viel Solidarität unter uns Frauen kann mir ja eigentlich nichts geschehen, nicht wahr? Gerade wurde ich bei Flora Sassoon eingeladen. Ich hoffe, dass dieses Kleid dem Anlass angemessen ist.«

»Sassoon? Die Flora Sassoon?«, krächzte Mrs Weaver.

»Gibt es noch eine andere?«

Als Sarah am nächsten Tag in die erste Teepause ging, holte sie Philips Brief hervor, um ihn noch einmal zu lesen. Seine Handschrift war fest, und er klang gefasst. Angesichts der Tatsache, dass er die Kriegsschauplätze im Nahen Osten fotografisch dokumentieren und einen gewissen T.E. Lawrence begleiten sollte, der zwischen den arabischen Stämmen vermittelte, war es beruhigend, von den kleinen Dingen zu hören, die sein Leben dort unten ausmachten.

Meine liebste Sarah,

von Port Said sind wir nach Kairo gereist. Die Stimmung ist eine andere als bei meinen vorherigen Besuchen, doch die Gastlichkeit der Menschen noch immer überwältigend. Ich bin überall und nirgends zum Einsatz eingeteilt, in der Hauptsache wohl aber einem Nachrichtenoffizier mit Namen T.E. Lawrence. Der Mann ist auf seltsame Weise charismatisch und hat ein großes Geschick im Umgang mit den Einheimischen. Seltsam, weil er recht schweigsam und eigenbrötlerisch ist. Nun, ich habe meine Kamera und kann mich selbst recht gut durchschlagen. Ich hätte Sie furchtbar gern mitgenommen, um Ihnen die Wüste, diese unglaubliche Schönheit, zu zeigen. Irgendwann, das verspreche ich Ihnen, meine Liebste, irgendwann reisen wir gemeinsam. Ich habe das Gefühl, in Ihnen eine Seelenverwandte gefunden zu haben, ein großes Glück, welches ich mir nicht zu erträumen erhoffte. Wie ergeht es Ihnen in London? Respektiert man Sie, wie es Ihnen zusteht? Es ist nicht leicht für Sie, in der Geschäftswelt zu bestehen, das sehe ich wohl. Doch Sie sind stark und klug, liebste Sarah, verzeihen Sie mir, aber ich denke oft an Ihre wundervollen dunklen Augen, in denen ich mich verlieren kann. In meiner nächsten Post sende ich Ihnen Fotografien von den Orten und den Menschen, die wir gesehen haben. Wenn Sand aus diesem

Brief rieselt, dann ist es Wüstensand, der einfach überall ist. Denken Sie manchmal an einen Fotografen, der Ihnen über eine Wüste und ein Meer hinweg Küsse sendet.

In Liebe, Phil

Sarah hob den Brief an die Lippen und schnupperte am Papier in der Hoffnung, etwas von Philips Duft zu erhaschen.

»Das muss ja ein ganz besonderer Brief sein«, kam es spöttisch von Muriel, die sich lautlos von hinten genähert hatte.

Sofort faltete Sarah den Brief zusammen. »Mein Bruder kommt nach England. Ohne sein linkes Ohr und ohne Hoffnung. Ja, Nachrichten in diesen Zeiten sind meist besonders.« Ihr harter Blick traf Muriel, die sich mit ihrem Tee und einem Sandwich zu ihr setzte.

»Das tut mir leid. Er lebt noch, das allein zählt.«

»Tut es das? Ich habe ihn noch nicht gesehen, aber nach seinen Worten weiß ich nicht, ob er das auch so sieht«, meinte Sarah leise. Inzwischen fiel es ihr leicht, Geheimnisse für sich zu behalten. Notlügen dienten ihrem Schutz. Was bleib ihr anderes übrig, als sich anzupassen.

Muriel hatte eine Zeitung mitgebracht und legte sie auf den Tisch.

»In Frankreich haben wir Schlachten gewonnen und verloren. Niemals wird der Krieg in diesem Jahr beendet werden.« Muriel biss in ihr Brot und verzog das Gesicht. »Trocken, aber noch nicht schimmlig.«

Eine Überschrift auf der zweiten Seite erregte Sarahs Aufmerksamkeit: »Kriegsveteran in St. Giles erschlagen.« Sie runzelte die Stirn und las laut vor: »Als würde unser Land nicht schon genug Männer durch den Krieg verlieren, schlägt auch das Verbrechen weiterhin zu: Die Umstände des Todes von Leutnant Lineker sind nach wie vor ungeklärt. Gefunden wurde der Veteran in einem Hinterhof von St. Giles. Was er womöglich an Wertgegenständen besaß, fehlte. Die Tatwaffe war nach Angaben der Ermittler ein Stein, der unweit des Tatortes gefunden wurde. Der Yard geht von einem Raubmord aus.«

»Schlimm, aber die Verbrecher machen keine Ferien, nur weil Krieg ist«, kommentierte Muriel lapidar.

»Nein«, flüsterte Sarah heiser und klappte die Zeitung mit zitternden Händen zu.

28

Als Sarah aus der Teepause zurück in ihr Büro gehen wollte, sah sie Otis Munro mit Mr Palmer im Durchgang zum Lager stehen. Palmer war zurück? Hatte er nicht nur die Recherchen zu den asiatischen Stücken der anstehenden Auktion machen wollen? Mit einem unguten Gefühl ging Sarah zu den Männern.

»Mr Palmer, wie schön, dass Sie wieder hier sind. Haben Sie sich gut erholt?«, begrüßte sie den Experten, der durch seine Krankheit lange ausgefallen war.

Palmer war noch blass, die Wangen eingefallen, und er wirkte angestrengt. Müde Augen sahen sie durch seine Brille an. »Danke, es wird, aber es braucht seine Zeit, leider. Ich wäre gern wieder im Büro, aber mein Körper lässt mich im Stich. Ich habe nur kurz vorbeigeschaut. Dafür haben Sie einiges geleistet, Miss Rosewell. Man spricht in den höchsten Tönen über Sie!«

Sie legte den Kopf schief. »Das ist sehr freundlich von Ihnen, Mr Palmer, auch wenn ich große Stiefel ausfüllen muss, wenn ich das so salopp formulieren darf.«

Palmer sah sie mit einem schmalen Lächeln unverwandt an, während Munros Miene ausdruckslos blieb. Der undurchsichtige Mann hielt sich bedeckt wie immer, wenn man ihm begegnete. Sein grauer Anzug war zwar von der Stange, saß jedoch passgenau und unterstrich die etwas stämmige, muskulöse Figur. Ein schrecklicher Verdacht beschlich Sarah. Wenn er nun Leutnant Lineker …? Aber nein, das ergab keinen Sinn.

»Beinahe wäre es schiefgegangen, aber Sie hatten Glück, Miss Rosewell. Lord Coltham hätte uns niemals verziehen, wenn durch die Auktion und das Aufsehen, das sein Diamant erregt, sein Ruf ruiniert worden wäre.« Palmer machte eine Pause. »Mr Munro, es gibt sonst nichts weiter zu besprechen, oder?«

»Nicht mit Ihnen, Sir, nein. Miss Rosewell, vielleicht haben Sie gleich noch Zeit für mich?« Die Frage klang mehr wie ein Befehl denn wie eine Bitte.

»Äh, sicher, ja, ja«, beeilte sich Sarah zu sagen.

Munro nickte knapp und verschwand im Lager, während Palmer sie beobachtete. »Sie nutzen also auch die Dienste unseres Detektivs? Er ist schon ein eigenartiger Mann und nicht billig. Andererseits unverzichtbar, und das weiß er.«

Palmer strich über seinen flachen Bauch und verzog schmerzerfüllt das Gesicht. Mit einer Hand suchte er Halt am Türrahmen. Aus dem großen Büro der Katalogisiererinnen tönte das Klappern der Schreibmaschinen, und Rowland sprach am Telefon. In der großen Halle wurde die Ausstellung für die letzte Auktion vor der großen Augustauktion vorbereitet. Bei den zu versteigernden Gegenständen handelte es sich um Silber, Besteck, Tischaufsätze und Kerzenleuchter und eine Sammlung von japanischen Medizindöschen, sogenannten Inros, die erstaunlich hohe Preise bei Liebhabern erzielen konnten. Seit Ausbruch des Krieges galt das Interesse der Käufer besonders wertbeständigen Objekten, und Silber stand hoch im Kurs. Asiatika waren seit Langem bei Sammlern begehrt, und Rowland setzte große Hoffnungen auf die ausgefallenen kleinen Kunstwerke.

Ein junger Mann kam mit einem Tablett durch den Gang, auf dem zwei Lackdosen auf rotem Samt lagen.

»Albert, zeigen Sie mal her!«, rief Mr Palmer den Mitarbeiter des Auktionshauses heran.

Der junge Mann eilte zu ihnen. Er trug weiße Handschuhe, und die schwarzen Lackdosen schienen tadellos poliert worden zu sein. »Sir, ich habe es gemacht wie gewünscht. Nur mit einem weichen Tuch gerieben.«

»Gerieben? Um Himmels willen! Nur ganz leicht, hoffe ich. Das ist Gold-*takamakie, fundame* und dort quadratische Goldplättchen.« Palmer deutete liebevoll auf die Dose, deren geometrisches Muster auf den ersten Blick verwirrend schien. »Ist das nicht faszinierend? Die Japaner sind unvergleichliche Künstler, was diese Dosen angeht. Dieses Muster sieht doch ganz so aus, als hätte man die Stege der Wölbbrettzither ausgeschüttet, nicht wahr?«

»Das sind *koto*-Stege, ja? Ich habe Ähnliches bei Lady Sudbury gesehen«, sagte Sarah.

Die Brauen über Palmers Brillenrand schossen in die Höhe. »Sie haben nicht studiert, aber Sie sind aufmerksam und haben tatsächlich einen Blick für Kunst. Da hat sich der alte Rowland nicht getäuscht.«

Sarah hätte verlegen sein können, doch mittlerweile war sie selbstbewusst genug, auf ihr Wissen zu vertrauen. »Danke, Sir.«

»Das macht ihn aus, unseren Direktor Rowland, er erkennt, worauf es ankommt, und geht neue Wege, wo andere konservativer gehandelt hätten. Und das, obwohl Varnham's von seinem Ruf als ältestes und renommiertestes Auktionshaus der Stadt lebt. Wir gelten als Gentlemen, die Auktionatoren sind, während bei unserem großen Konkurrenten die Auktionatoren versuchen, Gentlemen zu sein.«

Palmer schien eine Antwort zu erwarten, und als sie nichts sagte, erläuterte er seine Aussage: »Sie verstehen mich? Unsere Kunden kommen zu uns, weil sie auf unsere Erfahrung, unseren

Ruf und unser Fachwissen vertrauen. Es gehört zum guten Ton, zu Varnham's zu gehen. Wir sind zwar Geschäftsleute, aber das muss man ja nicht sofort jedem ins Gesicht halten.«

»Das ist mir bewusst, Sir. Ich finde auch, dass Varnham's seinen hohen Standard bei den Expertisen zu einzelnen Objekten halten, wenn nicht ausbauen muss. Unsere Kataloge müssen so gut sein, dass man daraus in Fachkreisen zitiert«, erwiderte Sarah voller Überzeugung.

Angetan nickte der Experte. »Genau mein Denken, Miss Rosewell. Ich werde vorschlagen, Sie zur nächsten Vorstandssitzung dazuzubitten. Wir sind dabei, das Unternehmen besser zu strukturieren, um der Konkurrenz weiterhin voraus zu sein. Weiter so, Miss Rosewell, nur weiter so.« Damit ging er auf die Tür von Rowlands Büro zu.

Verblüfft und erfreut über die wohlwollenden Bemerkungen Palmers, von dem sie das nicht erwartet hätte, atmete Sarah aus und glättete mit den Händen ihren schwarzen Rock. Ein grauer Seidengürtel und eine kleine Brosche waren der dezente Schmuck, den sie sich im Büro gestattete.

»Psst!«

Sie fuhr herum und fand Munro im Halbdunkel des Lagers wartend.

»Ja?« Mit wenigen Schritten hatte sie ihn erreicht, und zugleich stellte sich das Magendrücken wieder ein.

Der Mann rieb sich das Kinn und kniff die Augen zusammen. »Was ein Zufall, dass Lineker gestorben ist, nicht wahr?«, eröffnete er unverblümt das Gespräch.

Ein eisiger Schauer lief über ihren Nacken. »Ja, das fand ich auch.«

»Passender Zeitpunkt. Für den Lord, und für Sie auch, würde ich sagen.«

Sarah schaute sich um, doch niemand war in Hörweite zu sehen. »Wie soll ich das verstehen?«

»So, wie ich's sage. Stellen Sie sich nicht dümmer, als Sie sind. Wenn Ihr Boss oder Seine Lordschaft erfahren, dass Sie mit Lineker gesprochen haben, wird die Luft hier dünn für Sie.« Er nahm eine olivgrüne Schale aus dem Regal. Die an Jade erinnernde Glasur machte das Seladon-Porzellan aus, das in der Song-Zeit produziert worden und derzeit sehr gefragt war.

»Zerbrechlich«, er tat so, als ließe er die Schale fallen, hielt sie gerade noch fest und stellte sie langsam wieder ab.

Sarah wurde mit einem Schlag bewusst, welch kapitalen Fehler sie begangen hatte, als sie sich an Munro gewandt hatte. »Sie wollen mich erpressen?«

Munro verzog gequält die Miene. »Ach, was für ein hässliches Wort. Nein, nennen wir es eine Versicherung, die Sie abschließen, damit Ihnen nichts geschieht.«

Alles in ihr schrie vor Wut, dass sie sich in die Abhängigkeit von diesem Betrüger begeben hatte. »Und wenn ich es Palmer erzähle? Der wird dann sicher nicht mehr mit Ihnen arbeiten.«

»Tja, das liegt bei Ihnen. Ich gebe Ihnen zwei Tage. Dann zahlen Sie mir das Doppelte von dem, was wir für den Auftrag ausgemacht hatten, oder ... nun ja, Sie werden schon das Richtige tun. Ich empfehle mich.« Er tippte sich an die Hutkrempe und ging davon.

Mit geballten Fäusten stand sie da und hätte am liebsten mit den Füßen gestampft und die Schale oder, besser noch, die Marmorbüste nach dem Verräter geworfen. Allein die Vorstellung ließ sie ruhiger werden. Ihre Probleme waren bereits groß genug.

Zwei Tage lang grübelte Sarah allein, was sie tun sollte, sammelte schließlich ihre Ersparnisse zusammen und bezahlte Munro, wohl wissend, dass dies erst der Anfang war. Was sie brauchte, war Zeit, um sich eine Strategie zu überlegen, wie sie der Öffentlichkeit ihre Rolle in der ganzen vertrackten Geschichte so präsentieren konnte, dass sie schadlos daraus hervorging. Solange ihr Gehalt ihr erlaubte, diese erzwungene Extraausgabe zu decken, würde sie die Zähne zusammenbeißen und zahlen.

Sie musste sich auf wichtige Dinge konzentrieren, und dazu gehörte das Abendessen bei Flora Sassoon. Die berühmte Gastgeberin residierte in Mayfair, in einem eleganten dreistöckigen Stadthaus in der Bruton Street. Säulen und ein antikisierender Giebel rahmten den Eingang, während ein schmiedeeiserner Zaun die Treppen hinunter zum Dienstboteneingang schützte. Die meisten illustren Gäste waren bereits anwesend, als Sarah, Lady Sudbury und deren Gatte eintrafen. Selten genug kam es vor, dass Lord Sudbury seine Frau zu Dinnern begleitete, die nicht mit seiner Tätigkeit als Mitglied der Regierung zu tun hatten. Es war davon auszugehen, dass die Gastgeberin eine erhebliche Bedeutung und großen Einfluss besaß.

Noch deutlicher als im Haus von Hannahs Schwiegereltern war hier die jüdische Tradition vorherrschend, und das Essen war streng koscher. Gleichzeitig verstand es die Gastgeberin, allen Gästen, unabhängig von deren Konfession, das Gefühl zu geben, willkommen zu sein. Noch nie hatte Sarah eine derart beeindruckende Frau erlebt. Wie eine Königin schritt die elegante Mittfünfzigerin durch die Räume und plauderte eloquent mit allen. Lady Sudbury erläuterte respektvoll, dass Mrs Sassoon neben Englisch, Hebräisch, Aramäisch und Hindi auch Französisch und Deutsch sprach. Ihr dichtes, dunkles Haar war kunstvoll aufgesteckt, die Abendrobe aus Paris. Mit Kennerblick erfasste Sarah den wertvollen Schmuck. Das Collier wurde von einem Rubin und einem Diamantanhänger geziert, der sicher an die elf Karat hatte, und einer der Ringe an der Hand der Gastgeberin zeigte als Gegenstück ebenfalls einen prachtvollen Rubin, der von hochkarätigen Diamanten umringt war. Große dunkle Augen musterten unter schweren Lidern aufmerksam die Anwesenden. Das Hauptaugenmerk der Gastgeberin galt einem Rabbi und einigen Landsleuten, die vom Kontinent geflüchtet waren, wie Sarah heraushörte.

»Wussten Sie, dass die Sassoons die Rothschilds des Ostens genannt werden?« Ein Herr mit leicht ergrauten Schläfen und einem gewinnenden Lächeln hatte sich neben sie gestellt und winkte einem Diener, der auf einem silbernen Tablett süße Naschereien herumreichte. Sarah lehnte höflich ab.

»Danke, aber das Essen war so reichhaltig und köstlich, ich kann keinen Bissen mehr herunterbringen.«

»Ja, die Küche unserer unvergleichlichen Gastgeberin ist legendär. Darf ich mich vorstellen? David Berkovic.« Er verneigte sich leicht.

Sarah errötete, denn der Unbekannte hatte schon während des Essens mehrfach zu ihr herübergesehen, was sie geflissentlich ignoriert hatte. Er hatte ein längliches, gut geschnittenes Gesicht und ein einnehmendes Lächeln, das ihr unter anderen Umständen vielleicht gefallen hätte, doch ihr Herz gehörte Philip.

»Sarah Rosewell. Berkovic? Juweliere?« Sie dachte an einen luxuriösen Laden in der Regent Street.

»Meine Familie ist seit Generationen in diesem Geschäft tätig. Aber warum durften wir Sie noch nicht bei uns begrüßen? Ein schönes Gesicht vergesse ich nicht. Zu Ihren Augen würden Bernsteine passen.«

Lady Sudbury kam dazu. »Nehmen Sie sich vor David in Acht. Er ist ein Schmeichler«, sagte sie mit einem Augenzwinkern.

Der Juwelier lachte. »Ah, Mylady, Sie wissen, dass ich Schönheit nicht widerstehen kann. Und die Schönheit einer Frau mit Juwelen zu betonen ist nicht nur mein Metier, sondern meine Passion.« Dabei sah er Sarah an, die unter den unverhohlen bewundernden Blicken des Mannes ihren Fächer aufspannte und vor ihr Dekolleté hielt.

Aus den Augenwinkeln sah Sarah, wie Lord Sudbury mit einer Gruppe Herren ins Nebenzimmer ging. Nie würde sich an der Rangordnung etwas ändern, dachte Sarah. Entscheidungsträger waren männlich. Und dennoch konnte sie sich glücklich schätzen, es so weit gebracht zu haben.

»Verzeihung, Miss Rosewell?«

Sie hatte nicht zugehört. »Ja?«

»Mr Berkovic wollte wissen, woher Sie Mrs Sassoon kennen?«, half Lady Sudbury.

»Oh, durch Mylady! Ich bin zum ersten Mal hier und fühle mich sehr geehrt. Ich arbeite als Expertin für Varnham's. Wir bereiten gerade eine außerordentliche Auktion vor«, sagte Sarah und klappte den Fächer wieder zusammen. Ihre Mutter hatte das Kleid so gut angepasst, dass sie durch keine Bewegung in Verlegenheit gebracht werden konnte, nicht einmal durch einen Tanz.

»Eine Expertin? Hört, hört«, meinte Berkovic und sagte zu Lady Sudbury: »Ich hoffe, Sie bald einmal wieder bei uns begrüßen zu dürfen. Wir haben ein exquisites Set an Smaragdschmuck hereinbekommen.«

Nachdem Berkovic gegangen war, sagte Lady Sudbury leise zu Sarah: »Sie wirken ein wenig abgelenkt heute, Sarah. Bedrückt Sie etwas?«

Eine kleine korpulente Dame ging vorüber und nickte Lady

Sudbury zu, die sich Sarahs Ohr näherte: »Das ist Lady Huntingdon, eine enge Freundin von Prinzessin Louise. Ich stelle Sie nachher einander vor. Sie ist eine humorvolle Person und verfügt über ein ausgezeichnetes Netzwerk.«

Hatte man erst einmal Fuß gefasst in diesen Kreisen, dann ergaben sich viele Dinge von allein. Nur der gute Ruf musste unbeschadet sein, dachte Sarah bitter und ärgerte sich über ihre Leichtsinnigkeit im Umgang mit Munro.

»Wunderbar, danke, Mylady. Ich kann Ihnen gar nicht sagen, wie viel mir das bedeutet. Ich bin etwas nervös, und bald kommt mein Bruder zurück, und ich weiß nicht, in welchem Zustand ...«, wich sie aus.

Lady Sudbury, die noch immer angeschlagen aussah, sich jedoch große Mühe gab, keine Schwäche zu zeigen, legte die Hand auf Sarahs Arm. »Bringen Sie ihn zu uns nach Kent, dort kümmert man sich um ihn.«

»Danke, Mylady. Wie kann ich Ihnen nur jemals danken«, murmelte Sarah.

»Zeigen Sie es denen, Sarah. Wussten Sie, dass Mrs Sassoon in Bombay geboren wurde und dort nach dem Tod ihres Mannes dessen Geschäfte allein und mit großem Erfolg weitergeführt hat? Und heute hören ihr sogar die Rabbiner zu. Und das, meine Liebe, ist ein Wunder!« Lady Sudbury zwinkerte ihr zu.

Sarah grinste. »Das stimmt. Hannah hat mir erzählt, dass sie bei den Hirschels kaum etwas allein entscheiden darf. Nur ihr Mann ist anders, aber ihre Schwiegermutter ist furchtbar streng.«

»Das wäre nichts für Sie, meine Liebe?!«

Lachend schüttelte Sarah den Kopf. »Oh nein!«

»Wie geht es Hannah?« Lady Sudbury hakte Sarah unter und führte sie zu einer Gruppe Frauen, bei denen auch Lady Huntingdon stand.

»Wien ächzt unter den Folgen des Krieges, und alles wird knapper. Leicht hat sie es nicht, fürchte ich. Ach, Mylady, was sagt denn Ihr Mann, können wir die Deutschen denn nicht schlagen?«

Mit traurigem Blick erwiderte Lady Sudbury: »Bedauerlicherweise steht das noch in den Sternen.«

Es war ein warmer Julitag, als Sarah mit dem Zug nach Turnbridge Wells und von dort mit dem Bus weiter in die sanften grünen Hügel von Kent fuhr. Doch das landschaftliche Idyll konnte nicht über die politische Lage hinwegtäuschen, militärische Kontrollposten, Transporte mit Waffen, Munition und Lebensmitteln verdeutlichten die Situation, in der sich Europa befand. Charleston Park war ein steinernes Ungetüm des siebzehnten Jahrhunderts, dessen Unterhaltung Unsummen verschlang, wie Lady Sudbury gern bemerkte. Die Nutzung als Rehabilitationsklinik für verletzte Soldaten schien der Lady und auch ihrem Gatten willkommen und sinnvoll. Im großen Hof vor dem Hauptgebäude parkten auf frisch geharkten Kieseln Krankenwagen, Transporter und verschiedene Automobile, und Soldaten luden Kisten und medizinische Gerätschaften ab. Über dem Eingang hing die Flagge des Roten Kreuzes, und Krankenschwestern spazierten mit Patienten durch die weite Gartenanlage, die in einen Landschaftspark mündete.

Wo früher Jagdgesellschaften mit ihren Pferden hindurchgeprescht waren, erholten sich heute traumatisierte Männer, die des Krieges müde waren. Sie erkannte ihn schon von Weitem. Sein Gang war unverkennbar und sein Profil vertraut. Doch als er den Kopf drehte und sie ansah, schlug Sarah sich die Hand vor den

Mund, um nicht zu schreien. Reiß dich zusammen, rief sie sich zur Räson, ließ die Hand fallen, lächelte und winkte.

Ben ging neben einem bandagierten Rekonvaleszenten, der sich mit zwei Krücken mühsam fortbewegte. Beide Männer waren sehr jung, doch ihre Augen waren stumpf und erloschen. Während das Gesicht des anderen unversehrt war, war Bens eine Gesichtshälfte zerstört.

Sarah lief zu ihm und nahm ihn in die Arme. Ihr Bruder blieb erst reglos stehen, legte schließlich aber doch seine Arme um sie und drückte sie an sich. Er schluchzte leise und wollte sie gar nicht mehr loslassen.

»Oh, wie ist das schön, dass du hier bist!« Sie wischte sich die Tränen aus dem Gesicht und schaute ihn an. »Die Chirurgen haben gute Arbeit geleistet.«

Ihr Bruder verzog die nicht vernarbte Mundhälfte. »Gib dir keine Mühe, ich weiß, wie ich aussehe. Aber du siehst gut aus, Schwesterlein! Bist eine richtige Frau geworden!«

»Wir sehen uns später«, sagte der andere Soldat und humpelte davon.

Sarah nahm seinen Arm und ging langsam mit ihm weiter. »Willst du erzählen?«

»Nein, will ich nicht. Erzähl du mir, was du inzwischen getrieben hast. Wie läuft es für dich? Hast du Charley geantwortet?«

»Äh, ja, natürlich«, stammelte Sarah überrascht. »Es läuft sehr gut. Also die nächste große Auktion findet im August statt.« Sie erzählte ihm alles von den Abläufen im Auktionshaus, erwähnte einige besondere Kunstwerke, die sie begutachtet hatte, und verpackte die Begegnung mit Colthams Sohn als amüsante Anekdote. Nur bei der Erwähnung des Zeitungsartikels kam sie ein wenig ins Stocken. Sie wollte ihren Bruder nicht beunruhigen, doch dafür kannten sie sich zu gut.

»Was war da los, Sasa? Du hast Angst, das sehe ich dir an.« Ben drückte ihren Arm. »Ich bin dein Bruder, sag's mir. Ich behalt's für mich, wenn du das möchtest.«

Mit einem tiefen Seufzer teilte sie ihre Sorgen mit ihm. »Noch konnte ich ihn bezahlen, Ben, aber ich muss mir etwas überlegen, das ist sicher.«

»Wenn ich diesen Munro sehen könnte, wüsste ich, wie man den anpacken muss. Dafür findet sich eine Lösung, Sasa, vertrau mir.« Er stöhnte und legte die Hand auf seinen Magen. »Zeit für meine Medizin. Bring mich noch rein, und dann fahr nur zurück, ich bin hier gut aufgehoben.«

29

Sarah saß in ihrem Büro vor einem Stapel Zeitungen, darunter auch *The Illustrated London News*, September 4, 1915. Das Titelblatt gehörte mit Fotografien von Soldaten in den Schützengräben dem Kriegsgeschehen, darunter folgten Werbeanzeigen für *Colgate's Ribbon* Zahncreme und *Debenham & Freebody's* Sommerschlussverkauf für Damenmode. Auf der zweiten Seite wurde berichtet, dass verwundete australische Soldaten in England beim Einbringen der Ernte halfen und dass es eine neue alliierte Offensive auf Gallipoli gab. Und gleich darunter fand sich ein großer Artikel über die erfolgreiche Auktion am letzten Augustwochenende bei Varnham's.

»Ha!«, entfuhr es Sarah stolz, während sie die Seiten glatt strich, um den Artikel zu lesen.

Endgültig hat sich Varnham's nicht nur als das älteste und traditionsreichste, sondern auch erfolgreichste Auktionshaus Londons etabliert. Am letzten Augustwochenende hielt die Kunstwelt für einen Moment den Atem an, als Direktor Rowland selbst an das Pult trat und den Einstiegspreis für das Prunkstück der Auktion aufrief – den Blauen Diamanten aus dem Besitz von Lord Coltham. Das Publikum war zahlreich und kauflustig. So hochkarätig wie der Auktionskatalog waren auch die Kunden, die aus Übersee und vom Festland mitboten. Selten war die Stimmung bei einer Auktion derart aufgeheizt, was wohl an der Vorgeschichte des Steins liegt: Der blaue Diamant gehört zu den größten und wertvollsten Steinen der Welt und weist eine bewegte Geschichte auf, die Anlass zu Spekulationen gibt. Unbestritten ist die Herkunft des Hochkaräters aus den legendären Golkonda-Minen in Britisch-Indien. Seine Lordschaft gelangte während seiner Dienstzeit in Rajasthan in den Besitz des kostbaren Stückes. Der Hammerpreis fiel weit über dem Schätzwert, und der Diamant ging in den Besitz eines Amerikaners über, der unerkannt bleiben wollte.

Erwähnenswert ist die fachlich qualitätvolle Gestaltung des Kataloges. Dieses Verdienst wird der ersten weiblichen Expertin bei Varnham's zugesprochen – Miss Sarah Rosewell. Varnham's beschreitet mit dieser Auktion neue Wege in Sachen Gewinnerzielung und zeigt ein scharfes Profil, was in dieser Form neu in der Branche ist. Die Konkurrenz dürfte sich angehalten fühlen nachzuziehen.

Der exorbitante Verkaufserlös spricht für einen boomenden Kunstmarkt in Kriegszeiten und zeigt das anhaltende Interesse der finanzstarken Klientel an langfristigen Anlagen. Lord Coltham gab sich entsprechend erfreut und lobte die Zusammenarbeit mit Varnham's.

Es klopfte, und Rowland kam zu ihr herein. Er hielt eine Ausgabe des neuen *Burlington Magazine* in der Hand. »Haben Sie es schon gelesen?«

Sarah lächelte. »Noch nicht, aber wenn es so gut ist wie der Artikel in der *London Illustrated* …«

Der Direktor legte das aufgeschlagene Magazin vor sie hin. »Wir haben es geschafft, Miss Rosewell, und Sie hatten einen Anteil an diesem Erfolg. Ich bin nicht undankbar.«

Er schloss die Tür hinter sich und zog sich einen Stuhl heran. »Der Krieg ist eine Sache, aber wir leben in Zeiten des Wandels. Das betrifft vor allem das Geschäft. Palmer hat vorgeschlagen, Sie zur nächsten Vorstandssitzung dazuzubitten. Ich würde nicht so weit gehen, Ihnen ein Mitspracherecht einräumen zu wollen. Aber ich schätze Ihre Meinung. Und ich habe diesbezüglich positive Rückmeldungen von einigen Kunden erhalten. Auch Mr Redloff hat sich nach der Auktion bei mir bedankt und Sie erwähnt.«

Der Bostoner Geschäftsmann Redloff gehörte zu den Bietern, die sich ein regelrechtes Gefecht um den Blauen Diamanten geliefert hatten. Letztlich war der Diamant den Vanderbilts zugesprochen worden, die sich auf einer ihrer legendären Festivitäten sicher bald damit schmücken würden.

»Wirklich? Das ist sehr freundlich, danke, Sir«, erwiderte Sarah und überflog die ersten Zeilen des Artikels im *Burlington Magazine*, eines der wichtigsten Stimmen der Kunstszene.

»Sie wissen, dass wir die Dependance in New York erfolgreich eingeführt haben. Fitzwilliam hat sich als Glücksgriff erwiesen. Von ihm kam der Anstoß, auch hier in London geregelte Urlaubstage einzuführen, ein Bonus-Programm und Ähnliches. Nun ja, das werden wir noch ausarbeiten müssen. Einer seiner Vorschläge war auch, ein größeres Expertenteam einzuführen.«

Bislang hatte es, Rowland eingeschlossen, nur vier Experten gegeben. Alle Herren stammten entweder aus dem Antiquitätenhandel, oder sie hatten Kunstgeschichte studiert. Bei speziellen Kunstobjekten und Schmuck wurden Juweliere oder Goldschmiede hinzugezogen. Und für Gemälde gab es eine Reihe freiberuflich tätiger Experten, die international anerkannt waren. Selbst Kunsthändler wie Duveen, die neben der eigenen Meinung kaum jemanden gelten ließen, beriefen sich im Zweifelsfall auf anerkannte Experten.

»Ein größeres Expertenteam?«

Rowland strich sich über den akkurat gestutzten Schnurrbart. »So ist es. Fitzwilliam, Palmer und auch ich selbst werden uns gezielt auf die Suche nach talentierten Experten machen. Mir schwebt eine Einteilung in verschiedene Abteilungen vor.« Sein Blick glitt in eine mögliche Zukunft. »Ich wünsche mir eine Abteilung für Möbel, für Juwelen, für Gemälde, für Kunsthandwerk und zeitgenössische Kunst. Dann könnte man weiter unterteilen. Wir werden Expertentage einführen. Zu denen können die Kunden kommen und ihre Stücke kostenlos begutachten lassen.«

Sarah sah ihn bewundernd an. »Das ist ein großartiges Konzept, Sir. Kostenlose Begutachtungen werden die Leute locken und auch die Hemmschwelle abbauen. Wir sollten das publik machen. Wenn es so weit ist, natürlich. Eine Annonce hier und dort, nicht zu viel, damit es nicht aufdringlich wirkt. Vielleicht veranstalten wir Ausstellungen für die Öffentlichkeit, sodass sich jeder willkommen fühlt.«

»Nun, wir sollten die Exklusivität nicht aus den Augen verlieren. Wir dürfen Kunden aus der Aristokratie nicht verprellen. Dort, meine Liebe, sitzt noch immer viel Kapital. Auch wenn sich das gerade ändert. Ich möchte, dass sich die Lords und Ladys im Zweifelsfall vertrauensvoll an uns wenden, weil sie wissen, dass hier Diskretion das oberste Gebot ist.«

Sarahs Magen zwickte unangenehm. Sie musste alles daransetzen, den verfluchten Erpresser zufriedenzustellen. »Ja, Sir.«

»Wir ziehen die Eröffnung weiterer Dependancen in Erwägung. Nach dem Krieg natürlich. Wären Sie bereit, London zu verlassen, Miss Rosewell?«

Perplex suchte sie nach Worten. »Äh, ja – aber wohin würden Sie mich schicken wollen? Nach New York?«

»Ich dachte eher ans Festland. Wien, Paris oder Berlin. Ihre Sprachkenntnisse sind doch passabel?«

»Ja, das schon. Mein Französisch ist salonfähig, meine Deutschkenntnisse sind eher rudimentär.« Danke, liebe Lady Sudbury, dass Sie mich mit dem Sprachunterricht gequält haben, dachte Sarah.

»Nun, noch ist Zeit. Lernen Sie, bilden Sie sich. Bereiten Sie sich auf große Veränderungen vor.« Rowland sah auf seine Uhr. »Ich erwarte einen Anruf.«

Im Oktober desselben Jahres erschütterte die Nachricht von der Hinrichtung der englischen Krankenschwester Edith Cavell die Nation. Wieder einmal hatten sich die Deutschen durch einen Akt der unnötigen Grausamkeit hervorgetan und die unter Spionageverdacht stehende Krankenschwester durch ein Erschießungskommando exekutieren lassen. Dazu kamen der Einsatz von Flammenwerfern und weitere Gasangriffe sowie die Bombardierung von Zivilisten, die den Hass auf den Aggressor schürten.

Sarah arbeitete noch mehr und intensiver als sonst, polierte ihre Französischkenntnisse auf, lernte Deutsch, wobei sie sich immer sagte, dass es auch die Sprache ihrer Freundin Hannah sei, um sie sich etwas schmackhafter zu machen. Ehrlichen Gefallen fand sie an der russischen Sprache. Daran war die Bekanntschaft mit dem russischen Flüchtling Fjodor Iwanowitsch Dawydow nicht unbeteiligt: Der alte Mann war zu einem der neu eingeführten Expertentage zu Varnham's gekommen und hatte eine Ikone zur Begutachtung mitgebracht, über die sie sich lange unterhalten hatten. Seitdem suchte Mr Dawydow sie hin und wieder auf, und Sarah genoss die Gespräche mit dem älteren Herrn.

Das seltene Stück aus Zentralrussland stand vor Sarah auf dem Schreibtisch, und sie war dabei, eine Beschreibung zu verfassen, denn die Ikone sollte im Katalog der Winterauktion erscheinen.

»Was haben wir hier?«, murmelte sie und betrachtete die Holztafel. »Eitempera auf Kreidegrund, Rand und Nimben sind vergoldet«, notierte sie.

Dargestellt war die himmlische Sphäre mit einem Christus, der in einer Aureole thronte und segnete. Der Christus wiederum wurde von neun Kreisen mit je einem Engel in Halbfigur umgeben. Die Ikone war an die hundert Jahre alt, und vor allem das Blattgold machte ihren Wert aus. Es klopfte, und Sarah hob den Kopf. »Ja?«

Muriel stand in der Tür. »Der alte Russe ist schon wieder da, hast du Zeit?«

»Mr Dawydow? Aber ja, bring ihn herein, und mach uns bitte einen Tee. Stark mit viel Zucker.« Denn so mochte der alte Herr ihn am liebsten.

»Du machst dir viel zu viel Mühe mit ihm. Der nutzt deine Freundlichkeit aus, ist allein hier in der Fremde und schlägt Zeit tot«, meinte Muriel. »Weißt du, wie oft er jetzt schon hier war?«

Sarah legte den Stift ab. »Nein, ich habe nicht mitgezählt, aber drei- oder viermal sicher.«

»Zehnmal, Sarah! Und jedes Mal bleibt er über eine Stunde und redet und redet. Also ich zeige ihm nicht schon wieder die Ausstellung!«, beschwerte sich Muriel. »Und sei bloß vorsichtig, nachher ist das auch wieder so ein zwielichtiger Typ, und du bekommst Ärger. Nicht, dass die Ikone gestohlen ist!«

Seufzend lehnte sich Sarah zurück. »Ich finde ihn vertrauenswürdig. Seine Dokumente waren echt, und die Ikone stammt nachweislich aus dem Besitz seiner Familie. Man muss sich auch Zeit für die Kunden nehmen, Muriel. In unserem Geschäft geht es um mehr als nur den reinen Verkauf.«

»Mag sein, mir fehlt wohl einfach die Geduld«, meinte Muriel.

Kurz darauf klopfte es zaghaft. Ein kleiner Mann trat auf einen Stock gestützt ein. Er hatte schlohweißes Haar, das ihm zerzaust um den Kopf stand. Ein ebenso weißer Bart umgab das längliche Gesicht mit hochstehenden Wangenknochen. Eine schmale Brille klemmte auf der Nase, und graublaue Augen sahen sie neugierig an.

»Verzeihen Sie, dass ich Sie schon wieder störe, Miss Rosewell«, sagte er mit starkem russischen Akzent. Er trug einen ausgebeulten, verschlissenen Wollmantel über seinem schwarzen Anzug, der ebenfalls schon bessere Tage gesehen hatte. Wahrscheinlich in Russland, dachte Sarah und hatte Mitleid mit dem alten Herrn, der tatsächlich ein wenig einsam wirkte.

»Mr Dawydow, es ist mir immer eine Freude, Sie bei uns begrüßen zu dürfen. Und wissen Sie was? Ich arbeite gerade an der Beschreibung Ihrer Ikone. Nehmen Sie doch Platz. Muriel wird uns gleich einen Tee bringen, nicht wahr?« Sie sah zu der jungen Frau, die grinsend die Augen verdrehte.

»Darf's auch noch ein Keks sein?«, fragte Muriel scheinheilig und zwinkerte Sarah zu, bevor sie verschwand.

Sarah war aufgestanden und deutete auf den Stuhl, auf dem zuvor Direktor Rowland gesessen hatte. Wer konnte sagen, ob der Alte genug aß in seiner Unterkunft, die er sich mit anderen Flüchtlingen teilte.

Vorsichtig setzte sich Fjodor Dawydow und behielt den Stock, der einen silbernen Knauf hatte, in einer Hand. Mit der anderen griff er in seine Manteltasche und schien nach etwas zu suchen. Er murmelte etwas auf Russisch und nickte zufrieden.

»Wie geht es Ihnen heute, Miss Rosewell? Darf ich sagen, dass Sie noch schöner aussehen als bei unserem letzten Treffen? Ja, ich darf das sagen, weil ich ein alter Mann bin, und wir Russen sind wohl schwermütig, aber genauso sehr lieben wir die Schönheit.« Ein feines Lächeln umspielte seinen Mund.

In seiner Jugend mochte er ein attraktiver Mann gewesen sein, überlegte Sarah und räusperte sich. »Ich danke Ihnen für das Kompliment, obwohl ich es für sehr übertrieben halte. Womit kann ich Ihnen helfen?«

Er stützte seinen Oberkörper auf den Stock und überlegte. »Eigentlich wollte ich warten, bis die Ikone verkauft worden ist. Aber ich fühle mich nicht sicher. Da, wo ich in London wohne, gibt es viel Gesindel. Und damit kenne ich mich aus. Meine Familie stammt aus einem Dorf nördlich von Moskau. Mein Vater war Advokat und meine Mutter eine Pianistin. Sie hat Konzerte in Moskau, St. Petersburg, Paris und Wien gegeben. Aber sie starb zu früh. Meinem Vater hat es das Herz gebrochen.« Er legte eine Hand auf seine Manteltasche, in der er augenscheinlich etwas für ihn sehr Bedeutsames verbarg.

Muriel erschien mit dem Tee und stellte das Tablett auf den Schreibtisch. »Bitte sehr!«

»Vielen Dank, Muriel.« Sarah goss Tee in zwei Tassen, gab Zucker hinzu und reichte dem russischen Gast eine davon.

»*Spasibo!*«, sagte Dawydow und trank mit geschlossenen Augen mehrere Schlucke.

Die Ränder seines Mantels, den er bei keinem seiner Besuche ablegte, waren ausgefranst, an einem Ärmel fehlte ein Knopf. Der dünne Hals wurde von einem löchrigen Schal gewärmt. Sarah hatte gelernt, geduldig zuzuhören, und wartete, was er ihr zu sagen hatte. Von seiner Familie hatte er bisher noch nicht gesprochen.

»Sie hieß Larissa, und sie hat auch für den Zaren gespielt. Meine Mutter war sehr schön, und wenn sie spielte, stand die Welt still. Jeder, der sie sah und hörte, wurde von dem Zauber erfasst, den ihre Musik und ihr Liebreiz verströmten.« Der alte Herr trank einen weiteren Schluck Tee. »Süß und stark, wie ein guter Tee sein muss. Wir hatten einen silbernen Samowar. Das Wasser war immer heiß, und es gab immer ein Glas Tee für jeden, der zu Gast kam. Das waren gute Zeiten, ja, wir hatten gute Zeiten.« Er schloss die Augen, schien sich zu sammeln und fuhr fort: »Aber diese Zeiten sind lange vorbei. Was mir davon geblieben ist, habe ich hier bei mir. Meine Familie ist tot. Es gibt niemanden mehr außer mir, der Zeugnis ablegen kann von der Kunst der Larissa Dawydowa, die für den Zaren spielte und vom Zaren belohnt wurde.«

Fjodor Dawydow senkte seine Stimme zu einem rauen Flüstern und holte ein kleines Bündel aus seiner Manteltasche. Vorsichtig legte er es vor Sarah auf den Tisch. »So sehr hat dem Zaren das Spiel meiner Mutter gefallen, dass er dies hier für sie anfertigen ließ. Machen Sie es auf.«

Bedächtig nahm Sarah das Stoffbündel, das sich hart und kantig anfühlte, und zog das grobe Tuch auseinander. Zum Vorschein kam ein edles Holzkästchen mit einer goldenen Schließe. Auf dem polierten Walnussholzdeckel war in Gold das russische Zarenwappen geprägt. Und wer sich ein klein wenig auskannte, wusste, dass sich in derlei Kästchen meist echte Kostbarkeiten verbargen.

Sarah öffnete den Deckel und hielt den Atem an. Das schimmernde Kleinod war von solch filigraner Schönheit, dass sie eine Hand auf ihr Herz legte. »Mein lieber, verehrter Mr Dawydow. Ist es das, wofür ich es halte?«

Sie nahm das goldene Ei aus seinem Samtbett und stellte es auf den dafür vorgesehenen goldenen Ständer.

Dawydow nickte stolz. »Es stammt aus der Werkstatt von Fabergé in St. Petersburg. Drehen Sie es um.«

Sarah tat wie geheißen. Die Basis des aus rosa und grünem Gold gefertigten Eis wurde von einem Diamanten bedeckt, unter dem die Jahreszahl 1887 zu lesen war. Es handelte sich um ein Rosen-Spalier-Ei, das mit rosafarbenen Diamanten, dunkelrosa Emaillerosen und smaragdgrünen Blättern durch ein filigranes Gitterwerk verziert war.

»Darf ich es öffnen?«

Der Alte nickte.

Das Ei ließ sich aufklappen und gab sein Geheimnis preis – ein winziges Medaillon mit einem handgemalten Frauenporträt. »Das ist Ihre Mutter?«

Dawydow wischte sich die Augen. »Ja, das ist sie. Eigentlich wollte ich das Ei niemals verkaufen. Aber ich habe nichts mehr. Ich besitze nur noch das Ei und die Ikone. Und dort, wo ich jetzt hause, werden sie es mir bald stehlen.«

Sarah fand, es grenzte an ein Wunder, dass der alte Mann auf seiner Flucht diese Kostbarkeiten überhaupt hatte retten können. »Warum kommen Sie damit zu uns? Sie hätten es einem Pfandleiher oder einem Juwelier anbieten können.«

Der Russe sah sie an. »Ich habe in der Zeitung über Sie gelesen. Deshalb bin ich zu dem Expertentag gekommen. Als ich Sie dann persönlich gesprochen hatte, wusste ich, dass ich Ihnen vertrauen kann.«

Gerührt antwortete Sarah: »Mr Dawydow, das ist ein großes Kompliment, und ich hoffe, dass wir uns Ihres Vertrauens würdig erweisen können.«

Es klopfte kurz, und Rowland kam herein. »Miss Rosewell, wir müssen noch …« Er stutzte, starrte auf den Schreibtisch und rief: »Mein Gott, ist das etwa ein Fabergé-Ei?«

30

Hotel Ritz, London 31. Dezember 1915

»*Should auld acquaintance be forgot and never brought to mind? Should auld acquaintance be forgot and the days of auld lang syne?*«, sangen die Gäste im Palm Court des Hotel Ritz.

Von alter Vertrautheit und den guten alten Zeiten handelte das traditionelle Lied, das sie alle mit Wehmut im Herzen und der Sehnsucht nach friedlicheren Zeiten sangen. Als die letzte Strophe verklungen war, hob Sarah ihr Glas und prostete Lady Sudbury zu, der sie die Einladung in das noble Hotel zu verdanken hatte.

»Ein frohes neues Jahr, meine Liebe! Auf bessere Zeiten!«, rief die Lady, um den allgemeinen Jubel zu übertönen.

Die beiden Frauen umarmten sich, und Lady Sudbury drückte Sarah Küsse auf die Wangen, bevor sie sich ihren aristokratischen Freunden zuwandte. In ihrer glitzernden Robe, mit dem Diadem und einer weißen Feder im Haar sah Lady Sudbury atemberaubend schön aus und war der Mittelpunkt ihrer illustren Freundesgruppe.

Sarah akzeptierte, dass sie nie dazugehören würde, und sie war dankbar für die Einladung, weil sie neue Kontakte knüpfen konnte, was für ihr berufliches Fortkommen von unschätzbarem

Wert war. Nachdem auch das Fabergé-Ei zu einer kleinen Sensation geführt hatte, denn drei Sammler hatten sich ein spannendes Wettbieten geliefert, hatte sie ihre Position bei Varnham's endgültig festigen können. Rowland hatte danach ein Schild mit ihrem Namen an der Bürotür anbringen lassen, was Sarah jeden Morgen beim Betreten mit großem Stolz erfüllte.

Mr Dawydow war mit seinem Gewinn mehr als zufrieden gewesen und hatte sich ein Zimmer in einer Pension in Mayfair gemietet. Nach Kriegsende hoffte er, in seine Heimat zurückkehren zu können. Bei den politischen Umwälzungen, die in Russland stattfanden, befürchtete Sarah jedoch, dass sich die Pläne des alten Mannes nicht so bald würden verwirklichen lassen.

Die Musik setzte wieder ein, und Sarah schob sich zwischen den Tanzenden hindurch, ging neben den Säulen die zwei Stufen hinunter und betrachtete den eleganten Saal. Am Anfang hatte es das Hotel schwer gehabt, sich zu etablieren, waren die führenden noblen Häuser doch noch immer das Savoy und das Carlton. Doch seit gesellschaftliche Größen wie Lady Diana Cooper, kürzlich auch Lady Cynthia Asquith, Literaten und Künstler sich hier trafen, hatte sich das Blatt gewendet. Das erste Kriegsjahr hatte dem Hotel große Verluste beschert, gingen die Lichter in den Sälen doch oft schon um zehn Uhr abends aus. Vor dem Krieg hatten Vertreter der deutschen sowie der österreichischen Botschaft regelmäßig Tische im Ritz reserviert. Damit war es nun vorbei. Dafür traf sich der mysteriöse griechische Waffenhändler Sir Basil Zaharoff des Öfteren heimlich mit politischen Größen in den Räumen des Ritz. Sarah hatte das unter dem Siegel der Verschwiegenheit von Lady Sudbury erfahren.

Sie nippte an ihrem Champagner, obwohl ihr nicht nach Feiern zumute war. Zu groß war die Sorge um ihren Bruder, der zwar noch immer in Charleston Park war, doch keine Fortschritte machte. Vielmehr versank er in immer länger andauernde Phasen tiefer Traurigkeit, die von aggressiver Wut oder Gleichgültigkeit abgelöst wurden. Sarah schrieb diese Stimmungsschwankungen den Medikamenten zu, vor allem dem Morphium, das er regelmäßig verabreicht bekam.

Zur Feier des Jahreswechsels hatte sie einem alten dunkelgrünen Abendkleid mit einer Bordüre aus Glasperlen und einem passenden Gürtel neuen Glanz verliehen. Rowland hatte ihr Gehalt erhöht, doch Munro war gierig, und bisher war ihr noch kein Ausweg eingefallen. Zu unsicher waren die Zeiten und zu instabil der Stuhl, auf dem sie saß. Ein Fehltritt, und ihre Neider würden sie freudig fallen sehen, darüber machte Sarah sich keine Illusionen. Was sie erübrigen konnte, gab sie ihrer Mutter, zum Sparen blieben ihr nur wenige Pfund pro Monat, doch diese legte sie eisern zur Seite. Irgendwann würde sie den Blutsauger loswerden.

Die Musik erfüllte den Saal, und die Feiernden vergaßen für wenige Stunden den Krieg. Sie beobachtete die glücklichen Gesichter der Tanzenden. Sogar Lady Sudbury ließ sich von ihrem Mann langsam im Takt der Jazzmusik, die im Gegensatz zu den melancholischen Kriegsliedern eine beschwingte Stimmung verbreitete, über die Tanzfläche schwingen. Verträumt lehnte sich Sarah an eine Säule und summte die Melodie mit. Sie dachte an Philip, dessen letzter Brief sie im November erreicht hatte. Darin hatte er ausschließlich über die arabischen Stämme gesprochen und davon, dass die Ausgrabungen zum Erliegen gekommen waren. Insgeheim hatte sie gehofft, dass er über Weihnachten nach London kommen könnte, aber daran war unter diesen Umständen wohl nicht zu denken.

Inzwischen war sie bei vielen Kunden von Varnham's bekannt, und man grüßte sie nicht nur im Auktionshaus, sondern auch bei Abendveranstaltungen respektvoll. Auch unter den Gästen waren einige bekannte Gesichter, und man nickte ihr von der Tanzfläche zu. Sie wollte sich gerade abwenden, als eine vertraute Gestalt ihre Aufmerksamkeit erregte. Die Haltung und die Art, wie er sich bewegte ... Das konnte doch nicht möglich sein! Sie öffnete bereits den Mund, um ihn zu rufen, doch dann drehte er sich mit seiner Tanzpartnerin im Kreis, und sie erkannte Gladys Granville. Alles in Sarah gefror in dieser Sekunde. Das Glas glitt ihr aus der Hand und zersprang auf dem Steinboden. Er war hier! Der Mann, der sie angeblich liebte, war hier und hatte ihr nicht geschrieben, sie nicht angerufen, sie einfach übergangen. Und da tanzte er mit seiner Frau! Der ach so ungeliebten Gattin, die zart und ätherisch schön in einem fließenden, silbrig schimmernden Kleid in seinen Armen über die Tanzfläche glitt.

Philip Maynard trug Smoking, und seine Haut war gebräunt. Er sah unverschämt gut aus, wenn sich auch die tiefen Linien um seinen Mund weiter verhärtet hatten. Seine Frau war eine klassische Schönheit mit dem leicht überheblichen Ausdruck jener, die sich ihres Standes allzu bewusst waren.

Sarah stellte sich so, dass die Säule sie möglichst verdeckte, doch das Paar drehte sich und kam in eine Position, aus der man sie hätte sehen können. So schnell ihr langes Kleid es erlaubte, lief Sarah durch den Saal. Mit Tränen in den Augen ließ sie sich Mantel und Schal aus der Garderobe geben.

»Gibt es einen Hinterausgang?«, fragte sie die Garderobiere, als sie Schritte hörte. Mitleidig deutete die Frau zu einer Tür am Ende des Flures.

»Sollte gleich jemand nach mir fragen, haben Sie mich nicht gesehen, bitte!« Sarah legte eine Münze auf den Tisch, welche die ältere Frau einsteckte.

»Na, nun laufen Sie schon. Gleich um die Ecke stehen Taxen«, rief sie ihr hinterher.

Hastig verließ Sarah das Hotel, wurde von Kälte und Schneeflocken empfangen und spürte kaum, wie ihre Schuhe nass wurden. Nur fort von hier, dachte Sarah, die sich schäbig und betrogen fühlte. Tatsächlich war ein Kutscher frei und ließ sie einsteigen. Sie nannte ihre Adresse und lehnte sich in der halb offenen Kutsche zurück. Als die Kutschräder über das Pflaster holperten, barg sie ihr Gesicht in den Händen und weinte bitterlich. Dabei hatte sie keine Ansprüche zu stellen. Das war ihr von Anfang an bewusst gewesen. Sie war eine dumme Gans, ein Mädchen mit romantischen Vorstellungen von der Liebe, wie es sie nur in Groschenromanen gab. Philip war ein verheirateter Mann und würde sich niemals scheiden lassen. Er hatte ihr nichts versprochen. Was hatte sie erwartet? Ehrlichkeit, dachte sie. Dass er zu ihr gekommen wäre, dass er sie überrascht und mit ihr den Jahreswechsel gefeiert hätte. Waren seine Briefe nur leeres Geschwätz gewesen? War er im Grunde enttäuscht, dass sie sich ihm nicht hingegeben hatte? Vielleicht hatte er eine andere Geliebte? Immerhin war er ein bekannter Fotograf und ein attraktiver Mann. Andere Frauen waren weniger prüde.

Für eine Silvesternacht war es ruhig und viel zu dunkel in den Straßen Londons. Die Menschen versteckten sich in ihren Häusern und verdunkelten die Fenster, um den Zeppelinen keine Anhaltspunkte zu geben. Die verfluchten Deutschen mit ihren bombenspeienden Höllenmaschinen!

Der Kutscher war vom Cavendish Square in die Harley Street eingebogen. Ein kleiner Trupp der Heimatfront patrouillierte durch die Straßen, doch im Grunde hofften heute Nacht alle auf Waffenruhe. Die Fahrt erschien Sarah endlos, und sie war froh über die Dunkelheit, die ihre Traurigkeit gnädig verbarg. Den Schal vor das Gesicht gezogen, verließ sie die Kutsche und wollte leise und unbemerkt das Haus ihrer Vermieter betreten, doch als sie in den Hausflur trat, stand die Tür der Porters offen.

»Sind Sie das, Sarah?«, rief Mrs Porter aus der Wohnung und Arztpraxis.

»Ja, Mrs Porter! Ein frohes neues Jahr wünsche ich Ihnen!«, rief Sarah und wollte weitergehen, doch schon war die Arztfrau an der Tür und strahlte sie an.

»Das wünschen wir Ihnen auch! Sie sind sehr früh zurück ...« Mrs Porter trug eine weiße Schürze über ihrem Kleid, auf der Blutflecken zu sehen waren.

»Was ist passiert?« entfuhr es Sarah, entgegen ihrem Bestreben, möglichst schnell aus dem Gesichtsfeld der Vermieterin zu verschwinden.

»Ach, nur ein kleiner Unfall. Mein Mann musste eine Schnittwunde nähen. Aber was ist denn mit Ihnen los? Gibt es schlechte Nachrichten? Ihr Bruder?«

Sarah schüttelte den Kopf. »Alles in Ordnung, Mrs Porter. Machen Sie sich meinetwegen keine Gedanken.«

Skeptisch sah die resolute Frau sie an. »Na, danach sehen Sie mir zwar nicht aus, aber wenn Sie meinen. Wir haben noch einen Teller Suppe, wenn Sie mögen. Etwas Warmes im Magen heilt fast alles«, sagte sie mit tröstlichem Lächeln.

»Danke, wirklich. Morgen ist es wieder vergessen. Gute Nacht, und grüßen Sie Ihren Mann!«

Sarah eilte die Treppe hinauf. Wider besseres Wissen sah sie später noch lange von ihrem Fenster auf die Straße hinunter, doch niemand kam, um nach ihr zu fragen.

Der Neujahrsmorgen war klamm und trüb. Sarah stand mit klappernden Zähnen auf und brachte das Feuer in ihrem Ofen wieder in Gang. Als sie dabei an ihrem Waschtisch vorbeikam und einen

Blick in den Spiegel warf, zog sie eine Grimasse. Die verquollenen Augen waren das Ergebnis einer durchweinten Nacht. Dabei hatte sie rational gesehen keinen Grund, Philip auch nur eine Träne nachzuweinen. Sie sollte dem Zufall eigentlich dankbar sein, der ihr gezeigt hatte, wie die Realität aussah.

Nach ihrer Morgentoilette kleidete sich Sarah an, zog Stiefel und ihren wetterfesten Mantel an, setzte einen Hut mit breiter Krempe gegen den feinen Regen auf und lief die Treppen hinunter. Ein langer Spaziergang im Park würde sie auf andere Gedanken bringen und vor allem ihre Augenlider abschwellen lassen. Als sie in den Flur kam und auf die Steinfliesen vor der Haustür schaute, sah sie den kleinen Umschlag mit ihrem Namen. Mrs Porter war noch nicht auf, sodass sie den Brief ungesehen einstecken konnte.

Die meisten Menschen schliefen noch an diesem ersten Tag des dritten Kriegsjahres. Eine seltsam anmutende Ruhe lag wie eine Atempause über der Stadt. Nach wenigen Schritten hörte der Regen auf, und Sarah zog den Brief aus der Manteltasche. Sie hatte die Handschrift sofort erkannt. Es war nur eine Karte mit einer kurzen Botschaft darin:

»Bitte triff mich um elf Uhr im Tearoom neben Daunts Book Shop. P.«

Es war kurz nach acht Uhr. Sie hatte drei Stunden Zeit, um sich zu überlegen, ob sie hingehen sollte oder nicht.

Mit nassen Stiefeln, kalten Händen und Magenschmerzen stand sie zehn Minuten vor elf Uhr zitternd in einem Hauseingang auf der anderen Straßenseite und starrte auf den Eingang des Tearooms. Er hatte kein Geheimnis daraus gemacht, dass er verheiratet war, und es wäre unfair von ihr, ihm das nun vorzuwerfen. Vielleicht hatte sie sich ja auch verändert. Sie war erwachsener und selbstbewusster geworden und erhoffte sich mehr. War sie des Wartens müde? Hatte sie sich all die Jahre etwas vorgemacht? Nein, dachte sie. Ihre Gefühle für Philip waren unverändert. Durch ihre Arbeit im Auktionshaus traf sie die unterschiedlichsten Männer, einige machten Avancen, anderen flirteten unverhohlen mit ihr. Manchmal war sie amüsiert, oder sie fühlte sich geschmeichelt, mehr jedoch nicht.

Sie vergrub die kalten Hände tiefer in ihren Manteltaschen, als ein Automobil vorfuhr und Philip ausstieg. Ihr Atem ging schneller, als sie ihn erblickte. Er bezahlte den Fahrer und ging direkt in den Tearoom. Sie biss sich auf die Unterlippe. Ein Feigling war sie nicht. Um herauszufinden, was sie eigentlich wollte, musste sie ihm gegenübertreten und mit ihm sprechen.

Entschlossen trat sie aus dem Hauseingang und übersah die junge Mutter mit dem Kinderwagen, die gerade um die Ecke bog. Sarah wich aus, stolperte, griff ins Leere und fiel einem vorbeifahrenden Lastwagen direkt vor die Räder. Bremsen quietschten, ein scharfer Schmerz durchfuhr sie, und dann wurde sie von gnädiger Dunkelheit eingehüllt.

»Es ist ein Wunder, dass sie das überlebt hat. Gibt es denn keine Angehörigen? Schwester, sehen Sie doch noch einmal in ihrem Mantel nach.«

»Nein, Doktor, da ist nichts.«

Man redete über sie. Sarah schluckte, oder sie versuchte es, denn ihr Hals war trocken und ihre Zunge schwer und geschwollen. Ihr Körper war ihr fremd, ließ sich nicht bewegen, und sobald sie den Versuch unternahm, durchfuhr sie dieser furchtbare Schmerz.

»Doktor, sie ist wach!«

Eine kühle Hand berührte ihre Stirn. »Das Fieber ist gesunken. Hallo, Miss, können Sie uns hören? Sie hatten einen Unfall!«

Sarah blinzelte, doch ihre Augenlider schienen aus Blei zu sein. »Hmhm«, war das Einzige, was sie herausbrachte.

Eine andere Hand, wärmer als die erste, griff nach ihrem Arm und fühlte den Puls. »Besser. Hören Sie, Miss, ich bin Doktor Johnson. Wenn Sie mich verstehen, bewegen Sie die Finger.«

Sie versuchte mit aller Kraft, die Hand zu heben, und schaffte es gerade, den Zeigefinger zu bewegen. Der Arzt berührte ihre Hand. »Gut, gut, Sie verstehen uns also. Wir mussten Sie operieren. Bewegen Sie sich möglichst nicht, denn die Verletzung betrifft Ihren Bauchraum und den Unterleib. Wenn Sie etwas brauchen, rufen Sie nach Schwester Mary. Haben Sie Familie, die wir benachrichtigen sollen?«

Sie fühlte, wie ihre Augen feucht wurden. »Mutter.«

»Geben Sie ihr etwas zu trinken, und dann versuchen Sie in aller Ruhe, den Namen der Familie herauszufinden. Miss, Sie haben drei Tage geschlafen. Aber jetzt sind Sie über den Berg.« Der Arzt tätschelte ihre Hand. »Sie sind jung und kräftig und werden es überstehen. Nur Kinder werden Sie wahrscheinlich keine mehr haben können.«

»Doktor!«, flüsterte die Schwester vorwurfsvoll und streichelte über Sarahs Wange.

»Sie muss es sowieso erfahren. Ich sehe morgen wieder nach ihr. Wenn sich Komplikationen einstellen, rufen Sie mich.« Schritte entfernten sich, und Sarah blieb mit der schockierenden Diagnose zurück.

Keine Kinder! Sie würde niemals eine Familie gründen können! Ein feuchter Lappen wurde auf ihren Mund gelegt.

»Saugen Sie da mal dran, Miss. So, gut, nicht zu viel. Hören Sie nicht auf den Doktor. Das ist gar nicht sicher. Werden Sie erst mal gesund.«

Wie lange es dauerte, bis sie sprechen und die Augen öffnen konnte, wusste Sarah nicht zu sagen, doch als sie die Schwester im Licht der Lampe erblickte, war es Abend, und es roch nach Essen. Sarah leckte sich die Lippen und verspürte Appetit, doch nur für einen winzigen Augenblick, denn als sie die Hand auf den Bauch legen wollte, kehrte der Schmerz zurück.

»Nicht, Miss. Am besten, Sie rühren sich nicht. Ach Gott, was bin ich erleichtert, dass Sie wieder bei uns sind. Wie heißen Sie?«

»Sarah«, krächzte sie heiser. »Sarah Rosewell.«

31

London 1916

Vier Wochen lag Sarah jetzt schon im Krankenhaus. Die Narben an ihrem Bauch verheilten gut, nur die inneren Verletzungen bereiteten ihr noch immer Schmerzen. Doch Doktor Johnson war zuversichtlich und lobte sie als mustergültige Patientin. Nun, sie hatte nur den einen Wunsch, möglichst rasch das Krankenhaus verlassen und ihre Arbeit bei Varnham's wieder aufnehmen zu können. Ihre größte Sorge, dass man ihr das Büro wieder fortnehmen würde, erfüllte sich nicht. Nachdem man erst ihre Familie und dann Direktor Rowland über ihren Unfall informiert hatte, hatte er dafür Sorge getragen, dass die Behandlungskosten vom Auktionshaus getragen wurden, und war sogar selbst zu Besuch gekommen. Lady Sudbury hatte Blumen und Schokolade geschickt. Sarah wusste, dass die Lady die Krankenhauskosten beglichen hätte, falls Rowland es nicht getan hätte. Die übrigen Patientinnen im Saal hatten sie nach dem Besuch des erfolgreichen Geschäftsmannes ehrfürchtig angesehen, und auch die Ärzte begegneten ihr respektvoller.

Ihre Mutter kam zweimal wöchentlich zu ihr und brachte Naschereien und frische Hemden mit. Auch ihre Geschwister hatten sich, bis auf Ben, blicken lassen. Heute wirkte Dorothy Rosewell sehr müde und setzte sich mit ihrem Korb erschöpft auf den Stuhl neben Sarahs Bett.

»Wie geht es dir heute, mein Liebling?«, fragte sie ihre Tochter und streichelte deren Hand.

»Das sollte ich dich fragen, Mum. Du siehst furchtbar aus! Komm mich bei dem nasskalten Wetter nicht mehr besuchen. Du erkältest dich oder schlimmer, holst dir eine Lungenentzündung. Ich darf vielleicht bald nach Hause.«

Es leuchtete hoffnungsvoll in den Augen ihrer Mutter auf. »Sie entlassen dich? Ach, mir fällt ein Stein vom Herzen. Es ist ja sehr großzügig von deinem Arbeitgeber, dass man das Krankenhaus bezahlt, aber auf die Dauer werden sie das nicht tun. Stell dir mal vor, ich hätte einen Unfall. Ob Mrs Weaver für mich aufkommen würde?« Sie zwinkerte Sarah zu, und beide lachten.

»Großherzigkeit gehört leider nicht zu den Eigenschaften, die Mrs Weaver auszeichnen.«

Dorothy Rosewell holte eine Dose mit Gebäck hervor und öffnete sie. »Nimm dir, Sasa, die sind mit Butter gebacken!«

»Danke, Mum, aber du musst auch essen!«

Beide ließen sich die reichhaltigen Butterkekse schmecken, vor den Blicken der anderen Patientinnen durch Vorhänge geschützt.

»Hast du den Brief aufgegeben, den ich dir mitgegeben hatte?«, fragte Sarah leise.

»Natürlich, und ich war auch bei Mrs Porter. Sie lässt dich übrigens herzlich grüßen und sagt, sie freut sich auf deine Rückkehr. Eine reizende Frau, das muss ich sagen.« Dorothy trug eine taillierte schwarze Jacke mit langen, doppelt gelegten Schößen zu einem schwarzen Rock. Der weiße Blusenkragen und der bestickte cremefarbene Schal, den Sarah ihrer Mutter mit passenden Handschuhen zu Weihnachten geschenkt hatte, setzten sich farblich ab. Obwohl elegant gekleidet, wirkte Dorothy älter, als sie war, woran die dunklen Augenränder und die gebeugte Haltung schuld waren. Das Nähen war körperlich anstrengend und kostete viele Frauen das Augenlicht.

»Ja, sie ist nett, wenn auch sehr neugierig. Du hast nicht nach einem Brief von Philip gefragt, hoffe ich?«

»Aber nein, Sasa. Ausgerechnet ein verheirateter Mann …« Sarahs Mutter schüttelte den Kopf. »Das bringt dir nur Unglück. Du bist so jung und wunderschön! Da stehen dir doch viele Möglichkeiten offen!«

Seufzend erwiderte Sarah: »Ich habe es mir nicht ausgesucht, ihn zu lieben. Vielleicht ist es nur eine Schwärmerei. Wenn ich ihn wiedersehe, werde ich es wissen.«

Ein Hauch von Erleichterung zeichnete sich in der verhärmten Miene der Näherin ab. Zärtlich berührte sie die Wange ihrer Tochter mit den Fingerspitzen. »Dein Gesicht ist unversehrt geblieben. Du hattest großes Glück. Und die Narben am Bauch verwachsen sich, und überhaupt wird sich niemand daran stören.«

»Anders als beim armen Ben. Hast du mit ihm gesprochen?« Es war erlaubt, die Patienten in Charleston Park einmal im Monat anzurufen.

Traurig sah Dorothy ihre Tochter an. »Er will mit niemandem sprechen. Wir müssen ihm Zeit geben. Oh, das hätte ich beinahe vergessen.« Sie holte einen Brief aus ihrem Korb. »Den hat Mrs Porter mir für dich mitgegeben. Aus Wien.«

Sarah strahlte. »Dann ist er von Hannah! Sie hat im November ein Mädchen zur Welt gebracht und wollte mir ein Bild schicken …« Das Lächeln erlosch, als sie den schwarzen Rand auf dem Umschlag sah.

Ihre Mutter schaute betreten zu. »Hm, es tut mir leid.«

Nun etwas bedächtiger, öffnete Sarah den Umschlag. Eine

Trauerklappkarte kam zum Vorschein. Der sechszackige Davidstern war vorn auf der Karte zu sehen. Als Sarah die Schrift ihrer Freundin las, die stellenweise verwischt war, schluchzte sie. »Hannahs Tochter ist gestorben. Sie wurde nur acht Wochen alt.«

Dorothy nahm ihre Tochter in den Arm, hielt sie lange fest, strich über ihre Haare und murmelte: »Wir Frauen geben das Leben unter Schmerzen, und dann müssen wir zusehen, wie es uns genommen wird. Das erfordert große Kraft, meine Süße. Aber dafür sind wir geschaffen. Wir halten dieses ganze Leid aus, weil wir das Leben beschützen.«

Sarah weinte. »Ich nicht, Mum, ich werde wohl nie Kinder haben können.«

»Das wird sich herausstellen. So etwas ist nie wirklich sicher, Sasa. Da hat sich schon so mancher Arzt vertan. Und außerdem hast du einen Beruf. Du hast dir etwas erarbeitet und kannst sehr stolz sein. Die Suffragetten kämpfen auf der Straße für unsere Rechte, und du hast es durch deine Fähigkeiten geschafft, dich zu behaupten. Das bedeutet viel, Sasa, viel mehr, als du glaubst. Mit deiner Arbeit bereitest du anderen Frauen den Weg, es dir nachzutun. Du gibst ihnen Mut!«

Sarah atmete den vertrauten Duft der Mutter ein. Als Kind hatte sie immer gewusst, dass sie sicher war, wenn sie in die Umarmung ihrer Mutter hatte flüchten können. »Das habe ich von dir, Mum. Du bist so stark, obwohl so viel auf deinen Schultern lastet. Dabei sollte Vater eigentlich …« Sie runzelte die Stirn. »Manchmal frage ich mich, wer mein leiblicher Vater ist. Wer ist es, Mum?«

»Das ist nicht von Bedeutung, Sasa.« Im Hintergrund klapperte Geschirr, und ein Arzt näherte sich mit seinen Assistenten zur Visite.

»Alle Besucher verlassen nun das Hospital!«, rief eine Krankenschwester, und Dorothy erhob sich und gab ihrer Tochter einen Abschiedskuss.

Ein nasser und windiger Februar neigte sich dem Ende zu. Die Deutschen rückten weiter vor, attackierten die Alliierten mit unverminderter Härte bei Verdun, und die Russen hatten Erzurum im Osten der Türkei eingenommen. Varnham's großer Londoner Konkurrent versteigerte erfolgreich eine hochwertige Bibliothek, kam damit jedoch noch immer nicht an den Erfolg der Coltham-Auktion heran. Der blaue Diamant, der alle Preisvorstellungen gesprengt hatte, und seine bewegte Geschichte tauchten noch immer in den Gazetten auf. Daran nicht ganz unschuldig waren die neuen Besitzer, die jede Form von Publicity zu suchen schienen. Mit der Vermählung von Consuelo Vanderbilt und Charles Spencer Churchill, dem 9. Duke of Marlborough, hatte die amerikanische Dynastie ihren Wunschtraum erfüllt, Teil der britischen Aristokratie zu werden. Consuelos Mitgift half maßgeblich, den Familiensitz der Churchills, Blenheim Palace, zu renovieren. Nun gehörte einer der wertvollsten Diamanten der Welt, noch dazu aus dem Besitz eines hochrangigen Aristokraten, einem Vanderbilt. Renommee und gesellschaftlicher Status waren für die neureichen Geschäftsleute nur durch entsprechende Statussymbole oder vorteilhafte Eheschließungen zu erreichen.

Sarah pflegte ihre gesellschaftlichen Kontakte inzwischen sehr sorgfältig. Lady Sudbury hatte ihr viele Türen geöffnet, und Bekanntschaften wie die mit Mrs Sassoon taten ein Übriges. Heute war Sarahs erster Tag im Büro. Sie hatte einen Stapel ungeöffneter Post bearbeitet, Stücke sollten von ihr begutachtet werden, und einige Klienten hatten ausdrücklich um einen Termin mit ihr gebeten. Das war sehr schmeichelhaft, bedeutete jedoch auch, dass sie sofort wieder gefordert war und sich keine Schwäche erlauben konnte. Ihr Körper hingegen sah das anders. Als die Kirchturmglocken zur siebten Abendstunde läuteten, schraubte Sarah ihren Füllfederhalter zu und erhob sich, wobei sie sich bemühte, keine ruckartigen Bewegungen zu machen. Der Arzt hatte gesagt, dass sie sich schonen sollte.

In Rowlands Büro brannte noch Licht. Er war oft der Letzte, der das Auktionshaus verließ, was auch an der Zeitverschiebung zu Übersee lag. Wenn Rowland mit Fitzwilliam telefonieren wollte, mussten sie sechs Stunden Differenz einkalkulieren, was bedeuten konnte, dass in New York gefrühstückt wurde, wenn in London der Nachmittagstee serviert wurde.

»Miss Rosewell!«, rief Rowland hinter seinem Schreibtisch hervor. »Sie sind noch hier? Gehen Sie nach Hause! Morgen wollen wir gemeinsam den neuen Katalog durchsprechen. Einen schönen Abend wünsche ich Ihnen!«

»Das wünsche ich Ihnen auch, Sir, danke!« Sarah verließ das Auktionshaus, das ihr zu einem zweiten Zuhause geworden war. Als sie auf die Straße trat und die kalte Abendluft spürte, fröstelte sie. Der Bus in Richtung Regent's Park war gerade abgefahren, doch Sarah hatte ohnehin andere Pläne, winkte sich ein Taxi heran und nannte die Adresse von Philips Fotostudio. Die Fahrt nach Kensington war teuer, aber Sarah wollte endlich Klarheit haben. Seit jenem unglücklichen Neujahrstag hatte sie keine Nachricht von Philip. Es gab tausend Möglichkeiten, warum sie nichts von ihm hörte, und im Krankenhaus hatte sie lange genug darüber nachgegrübelt, was sie tun sollte. Letzten Endes machte das Schicksal sowieso, was es wollte, wie sie schmerzvoll am eigenen Leib erfahren hatte.

Das Fotostudio von Philip Maynard lag in einem der repräsentativen Wohngebäude entlang des Brompton Square. Nur ein kleines Schild wies diskret auf das Studio im ersten Stock hin. Das Parterre war weiß gestrichen und durch einen schmiedeeisernen Zaun von der Straße abgegrenzt. Die oberen Geschosse waren in viktorianischem Backstein erbaut, und im halben Dachgeschoss hatte man für die Dienerschaft Platz geschaffen. Sarah kannte die Gegend durch ihre Kunden und die Freunde von Lady Sudbury, unter denen einige Künstler und Literaten waren. Der Schriftsteller Edward Frederic Benson lebte hier und auch einige Maler. Sarah hatte den walisischen Künstler Augustus John auf einer Veranstaltung kennengelernt. Der charismatische Mann war als Porträtist genauso berühmt wie als Frauenheld. Die Gedanken an illustre Persönlichkeiten der Gesellschaft verblassten, als sie den Eingang neben dem Schild erreichte. Ihr Puls beschleunigte sich, denn sie wusste nicht einmal, ob Philip noch in London war.

Natürlich hätte sie ihm schreiben können, aber nach dem überraschenden Schock der Silvesternacht und dem darauffolgenden Unfall hatte sie Zeit für sich gebraucht. Wie wahrhaftig waren seine Gefühle für sie überhaupt, wenn er sich nicht einmal die Mühe gemacht hatte, sie aufzusuchen oder sich nach ihr zu erkundigen? Gleich würden alle Spekulationen ein Ende haben.

Die Tür wurde von einem hageren jungen Mann geöffnet, der sie fragend anschaute. »Ja? Wollten Sie zu mir?«

»Habe ich nicht die Klingel von Mr Maynards Studio gedrückt?«

»Doch, Ma'am, das haben Sie, aber er ist nicht hier. Und in den nächsten Monaten ist er auch nicht zu erwarten. Wissen Sie denn nicht, dass er an der Seite von Mr Lawrence im Orient unterwegs ist und die arabischen Wilden fotografiert?« Der Mann sah sie durch eine Brille an, deren eines Glas gesplisst war. Die kinnlangen Haare fielen ihm ins Gesicht, und ein blauroter Schal passte nicht zu einem graubraunen Strickpullover. Eine seltsame Gestalt, überlegte Sarah und fragte sich, woher Philip den Mann kannte.

»Wir waren eigentlich verabredet und haben uns verpasst. Ich, ich wollte mich melden, aber es war mir nicht möglich«, begann sie zu erklären, und das schmale Gesicht leuchtete auf.

»Sind Sie vielleicht Miss Rosewell?«

Sarah nickte.

»Warum haben Sie das nicht gleich gesagt. Kommen Sie rein, na los, kommen Sie mit!« Er drehte sich um und lief vor ihr durch ein schwarz-weiß gekacheltes Treppenhaus.

Seit er ihren Namen kannte, war der junge Mann wie ausgewechselt. Er stieß eine Tür im ersten Stock auf und machte eine einladende Bewegung. »Bitte, nach Ihnen. Das ist aber schade, dass Sie jetzt erst kommen. Philip hätte sich gefreut, Sie zu sehen. Er hat viel von Ihnen gesprochen. Wir sind Freunde, wissen Sie. Oh, ich habe mich ja noch gar nicht vorgestellt. Neil Sansbury. Die Schande der Familie.«

Verwirrt schüttelte Sarah die angebotene Hand. »Freut mich, Mr Sansbury. Aber wie soll ich das verstehen?«

Neil strich sich die Haare aus dem Gesicht und zwinkerte ihr zu, bevor er eine elegante Geste mit den Händen vollführte. »Ich würde mich gern kleiden wie Sie, meine Liebe. Aber das wäre nicht schicklich, nicht wahr?«

Sarah sah, wie er sein Gewicht vom Standbein aufs Spielbein verlagerte und dabei eine Hand in die Hüfte stemmte. »Ich, äh, warum, ich weiß nicht ... Sind Sie und Philip sehr gut befreundet?«

Bevor sie jedoch weitere Schlüsse ziehen konnte, grinste Neil Sansbury breit.

»Das sind wir. Philip ist mein Vertrauter, mein Freund, mein Beschützer und mein Cousin. Ohne seine Fürsprache hätte mein Vater mich schon viel früher verstoßen. Tja, nun hat es die Armee getan, aber nicht aus naheliegendem Grund, sondern wegen meiner angegriffenen Lunge. Ich dürfte nicht rauchen, aber an irgendetwas muss man ja zugrunde gehen.«

Er hatte ein Zimmer betreten, das in einer vergleichbaren Wohnung wohl das Wohnzimmer gewesen wäre. Hier standen nur wenige ausgewählte Möbelstücke. Ein Diwan, ein Teppich lag in der Mitte, ein Sessel und zwei Stühle, eine Säule mit einer Zimmerpalme darauf, und an einer Schnur war ein schwarzer Vorhang aufgehängt. Davor stand auf einem Stativ Philips große Kamera, mit der er Innenaufnahmen zu machen pflegte.

In einer Ecke befand sich ein Schreibtisch, zu dem Neil ging, eine Schublade aufzog und einen Briefumschlag herausnahm.

»Hier, der ist für Sie.« Er hielt den Brief außerhalb ihrer Reichweite. »Philip ist ein guter Mensch. Der beste. Ich muss das wissen, denn ich bin kein guter Mensch, und er liebt mich trotzdem. Und dass er Sie liebt, weiß ich auch.«

Gerührt räusperte sich Sarah und nahm den Brief, der ihr wie eine heilige Reliquie überreicht wurde, entgegen. »Danke.«

Neil zog sich den Schal vom Hals und warf ihn auf den Diwan, dann machte er einige tänzerische Schritte und drehte sich in einer Pirouette, wie es ein Balletttänzer tun würde. »Manchmal habe ich genug Kraft. Dann tanze ich. Musik ist so beflügelnd.«

Neil schloss die Augen und schwang den Oberkörper auf graziöse Weise. Sarah steckte den Brief ein. »Warum hat Philip Ihnen den Brief gegeben? Er hätte ihn mir schicken können.«

»Er wird seine Gründe haben, so wie Sie die Ihren hatten, als Sie nicht zu der Verabredung mit ihm gekommen sind.« Neil machte wellenartige Bewegungen mit den Armen.

»Tja, versuchen Sie mal, eine Verabredung einzuhalten, wenn Sie vor einen Lastwagen fallen und danach wochenlang im Krankenhaus liegen.«

Schlagartig erstarrte Neil und drückte eine Hand gegen seine Lippen. »Das ist ja entsetzlich! Mein Gott, welch ein Drama!«

Dass sie gar nicht sicher war, ob sie in den Tearoom gegangen wäre, behielt Sarah für sich. Das ging nur sie und Philip etwas an.

»Und sind Sie wieder genesen? Aber ja, man sieht es doch! Sie sind wunderschön, Sarah Rosewell.« Er streckte die Hände nach ihr aus, ergriff sie und drückte sie kurz an sich. »Das Leben kann so kurz sein«, sagte er leise. »Ergreifen Sie es, und lassen Sie es nicht wieder los.«

Ein wenig benommen, stand sie da. »Fotografieren Sie auch?«

»Ich? Nein, nein, ich darf hier wohnen, solange er fort ist. Ab und an trete ich in Klubs auf, da stört man sich nicht an einer Kuh wie mir.«

»Sagen Sie das nicht. Das klingt so grausam.«

»Die Welt ist grausam, schöne Sarah. Und jetzt muss ich mich vorbereiten. Ich habe heute noch einen Auftritt im *Bluebell*.«

»Im *Bluebell*? Ist Charley Randall nicht Miteigner des Klubs?«

»Oh, das wissen Sie? Charley hat den Klub gekauft. Er hat sich gemeldet und schon einen Tapferkeitsorden verdient. Wer hätte das gedacht, ausgerechnet Charley ...« Neil grinste. »Sie kennen ihn?«

»Wir stammen aus demselben Viertel.«

»Na, sieh einer an. Da haben Sie es aber weit gebracht.«

Kaum saß Sarah im Bus nach Marylebone, holte sie den Brief hervor. Neben ihr saß ein dicker Mann und las seine Zeitung, und ihr gegenüber hockte eine Alte, die immer wieder einnickte.

Liebste Sarah,

wenn meine Zeilen Sie erreichen, haben Sie den Weg in mein Studio gefunden. Ich weiß nicht, warum Sie nicht zu unserer Verabredung gekommen sind. Aber Sie werden Ihre Gründe gehabt haben. Ich wollte Sie eigentlich überraschen und mit Ihnen ins neue Jahr feiern, aber meine Frau hat durch meinen Vorgesetzten erfahren, dass ich in London sein würde, und mich am Bahnhof abgeholt. Eine sentimentale Anwandlung, die so gar nicht zu ihr passt, aber es ging um ihr gesellschaftliches Ansehen. Leider hatte ich nur zwei Tage in London und musste noch am Neujahrstag wieder abreisen. Der Krieg macht vieles unmöglich, aber ich hatte diese Sehnsucht nach Ihnen und wollte Sie einfach nur sehen, Sie in meinen Armen halten und wissen, dass es sich lohnt zu leben.
Schreiben Sie mir, wenn Sie mich vermissen, und schreiben Sie mir auch, wenn Sie es nicht tun, denn wenn ich Ihre Zeilen lese, höre ich Ihre Stimme und bin im Herzen in England. Schreiben Sie mir an das Shepheard's Hotel in Kairo. Hierher kehre ich regelmäßig zurück. Viele Engländer haben in dem Hotel Quartier genommen oder sich eine Postadresse einrichten lassen. Sie sind recht zuvorkommend, und wenn man den Sand übersieht, der sich in jede Ritze frisst, dann kann man es direkt genießen, dort auf der Veranda einen Cocktail zu trinken.

In Liebe,
immer Ihr Philip«

Sorgsam faltete sie den Brief zusammen. Sie hätte nicht zögern dürfen, damals am Neujahrstag. Sie schauderte bei der Erinnerung an den schrecklichen Tag. Hätte sie bloß nicht in diesem Hauseingang mit sich gerungen! Wenn sie einfach das Rendezvous wahrgenommen hätte, wäre sie nicht vor den Lastwagen gefallen und hätte Philip gesprochen. Was, wenn er nun nicht aus dem Krieg zurückkehrte? Das würde sie sich nie verzeihen.

Teil 3 – Aufbruch

32

London, Winter 1918

Der Krieg war vorbei! Am 11. November hatte eine Abordnung der deutschen Regierung den Waffenstillstand in einem Eisenbahnwaggon im Wald bei Compiègne unterzeichnet. Sarah jubelte und tanzte wie viele andere auf dem Trafalgar Square, doch die Freude über den lang ersehnten Frieden wurde von den Kriegsfolgen getrübt. Ihr Vater lag mit einer schweren Lungenentzündung im Hospital, und es war kaum zu erwarten, dass er es lebend verlassen würde. Zwei Kinder ihrer Schwester Annie waren der Spanischen Grippe, die in allen kriegsgebeutelten Ländern grassierte, zum Opfer gefallen. Auch Lady Sudbury kämpfte wieder mit ihren angegriffenen Lungen und wollte so bald wie möglich in die Schweiz reisen, um sich dort in einem Sanatorium zu erholen.

Ihr jüngster Bruder, Frank, war nach einer Schussverletzung an den Folgen der Operation im Lazarett vor sechs Monaten verstorben.

Welch ein Wahnsinn, dachte Sarah, während sie die nassen Flocken beobachtete, die vor ihrem Fenster auf den Gehweg fielen. Sie war froh über die Arbeit, die sie auch an vielen Wochenenden im Auktionshaus oder auf Auswärtsterminen in Anspruch nahm. Ständig gab es neue Herausforderungen, und Sarah hatte sich als Expertin beweisen können. Percy James war Anfang des Jahres gefallen, und Palmers angeschlagene Gesundheit hatte ihn in eine halbe Stelle gezwungen. Gemeinsam mit Eric Brice und Rowland bildete er die Geschäftsführung von Varnham's, wobei Rowland immer das letzte Wort hatte. Sie hatten zwei neue Experten eingestellt – Albert Thompson, einen Cambridge-Absolventen und Sohn von Lord Thompson, und den sehr jungen Simon Cross. Cross war ein Autodidakt und Sohn eines erfolgreichen Antiquitätenhändlers; genau wie Sarah hatte er einen natürlichen Instinkt für Kunstschätze.

Sarah mochte den unkonventionellen, manchmal etwas undiplomatischen Cross, der frischen Wind in die Sitzungen brachte. Was die Rolle von Frauen im Geschäftsleben betraf, war Cross jedoch genauso konservativ eingestellt wie Palmer und Brice. Die nassen Flocken blieben nicht liegen, dafür war es noch zu warm, doch es war schön, sie vom grauen Dezemberhimmel auf die Londoner Straßen schweben zu sehen.

»Miss Rosewell, das wurde gerade per Boten für Sie abgegeben.« Eine neue Sekretärin kam herein und legte ein schmales Päckchen auf den Schreibtisch.

»Danke.« Sarah kontrollierte zuerst den Artikel, den sie vor sich liegen hatte. Die Versteigerung der Bibliothek einer aristokratischen Familie aus Sussex stand bevor. Unter den bibliothekarischen Schätzen befand sich eine lateinische Fassung der »Vorlesungen des Aristoteles über die Natur oder zur Physik« von 1460.

Nachdem sie die Tippfehler angestrichen und das Blatt abgeheftet hatte, nahm sie das Päckchen zur Hand. Wann hatte sie Philips Handschrift zuletzt gelesen? War es im September gewesen? Seit jener Neujahrsnacht vor drei Jahren war er nicht wieder in England gewesen. Sie hatte ihm geschrieben, ihm von ihrem Unfall und ihren Zweifeln erzählt, und zu Ostern hatten sie miteinander gesprochen. Die Verbindung war nicht gut gewesen, aber gut genug, um ihm zu sagen, dass sie ihn vermisste. Sie hatte lange mit sich gerungen und konnte es nicht erklären, aber ohne das Wissen, dass er an sie dachte und sie sich wiedersehen würden, war das Leben für sie grauer und leerer. Ihre Gefühle für ihn waren unvernünftig, aber vielleicht war es diese eine Sehnsucht, die sie sich erlauben durfte, wenn sie doch ansonsten dem Verstand immer den Vorrang gab.

Philip hatte die Kriegsschauplätze in Nahost und im Osmanischen Reich dokumentiert und war dort kurzzeitig in Gefangenschaft geraten. Nach dem Friedensschluss im November hatte er sie aus Kairo angerufen. Sarah löste das Band und zog das Packpapier auseinander. Auf einer schmalen Lederschatulle lag eine Karte. Oh, sie erkannte das goldene Wappen, das in das Leder der Schatulle geprägt war – *Berkovic Juweliere*. Bevor sie die Schatulle öffnete, las sie die Karte. London, stand dort. Er war also zurück!

Liebste Sarah,

ich kann es noch gar nicht recht fassen, aber ich habe wieder englischen Boden unter den Füßen. Ich hoffe, dass Sie wohlauf sind und ich Sie zum Abendessen einladen darf. Wenn es Ihnen passt, sende ich Ihnen morgen Abend einen Wagen, der Sie ins Doyle bringt. Um Ihnen die Wartezeit zu verkürzen, habe ich ein Zeichen meiner Wertschätzung beigelegt. Sie erreichen mich in meinem Studio am Brompton Square.

Philip

Bevor sie das Kästchen öffnete, sah sie zur Tür, hörte das entfernte Klappern der Schreibmaschinen und Stimmengemurmel aus Rowlands Büro. Auf dunkelgrünem Samt lag eine goldene Kette mit einem altägyptischen Anhänger.

»Ein Skarabäus!«, flüsterte Sarah und nahm das fein gearbeitete Schmuckstück heraus. Der Käfer galt den Ägyptern als Glücksbringer. Dieser war aus Lapislazuli geschnitten und mit einem Diamanten oberhalb der Öse, durch welche die Kette lief, verziert. Die Kette stammte aus der Werkstatt von Berkovic, der Anhänger hingegen schien aufgearbeitet und neu gefasst zu sein. Zum ersten Mal hatte Philip ihr ein Schmuckstück geschenkt und noch dazu ein solch ausgefallenes. Sarah stand auf und legte sich die Kette um den Hals. Die Schließe und die Goldkette waren exquisit gearbeitet und schmiegten sich an ihre Haut, als wären sie auf sie abgestimmt worden. Der Anhänger war daumengroß und schimmerte leuchtend blau.

Als kostbares Pigment hatte der Lapislazuli in der Kunst Verwendung gefunden. So hatte Vermeer für das blaue Tuch in einem Porträt von einem Mädchen mit einem Perlenohrring das unvergleichliche blaue Pigment verwendet. Und in der Buchmalerei vergangener Jahrhunderte war Ultramarin verwendet worden. Sarah musste an einige mittelalterliche Bände aus der Bibliothek in Sussex denken. Philips Geschenk war viel mehr als nur ein Schmuckstück, dachte Sarah und schluckte gerührt. Er wusste, wie sehr sie sich über Kunstwerke mit einer Geschichte, einer besonderen Herkunft freute. Sie sah auf ihren Terminkalender und strich den morgigen Abend aus.

Später ging sie in die Ausstellung und nahm eines der Schilder aus der Vitrine, denn die Beschreibung war falsch datiert. Als sie auf dem Rückweg ins Lager schaute, erkannte sie die Gestalt von Otis Munro und zuckte zusammen. Einige Monate hatte sie nichts von ihm gehört, und so ging sie kurz entschlossen auf ihn zu.

»Auf ein Wort, Mr Munro!«, rief sie, denn er hatte sich abgewandt und strebte dem hinteren Lagerbereich zu.

Mit verschlagenem Grinsen wandte er sich um. Er war ein Aal, dachte Sarah voller Abscheu, windig, glatt, nicht zu fassen.

»Miss Rosewell, wie geht es Ihnen?« Selbstsicher stand er zwischen den Regalen und sah ihr geradewegs frech ins Gesicht.

»Sparen Sie sich die Höflichkeiten. Wir bedürfen Ihrer Dienste nicht länger. Sollten Sie weitere Forderungen haben, werde ich die Polizei einschalten.« Sie war so wütend, dass ihr diese unbedachte Drohung herausgerutscht war. Ein Fehler, wie sich zeigen sollte.

»Wir sind aber nervös heute, was? Tsts, das ist gar nicht gut, Miss Rosewell. Und im Übrigen hat Mr Palmer nach mir schicken lassen. Ich lasse Ihnen das heute mal durchgehen. War eine harte Zeit für alle. Aber wenn ich das nächste Mal wiederkomme, sprechen wir über meine Auslagen. Denken Sie darüber nach, Miss. Guten Abend!« Er ließ sie verblüfft stehen und schlenderte davon.

Er konnte doch nicht annehmen, dass es immer so weitergehen würde? Nein, dachte Sarah, der Krieg war vorüber, und sie würde sich den Tatsachen stellen. Immerhin konnte Munro nicht beweisen, dass sie ihn beauftragt hatte, Lineker zu suchen. Sie hatte einfach zu viel Angst gehabt, jetzt würde sie es auf eine Konfrontation ankommen lassen. Coltham hatte einen großen Gewinn gemacht, und über die Geschichte in Indien schien inzwischen niemand mehr zu sprechen.

Am Abend desselben Tages erwartete sie eine weitere Überraschung. An der Ecke Portland Place stieg sie aus dem Bus und bog in die Devonshire Street. Von dort war es nicht mehr weit bis zum Haus ihrer Vermieter. Wie meist, wenn sie nach Hause kam, war es bereits dunkel. Die Straßenlaternen warfen nur spärliches Licht, und sie bemühte sich um einen energischen Gang. Unter den Bäumen gegenüber vom Haus des Arztes regte sich eine Gestalt, als sie sich der Haustür näherte. Sie wurde schneller, doch der Mann war mit wenigen Sätzen bei ihr, und etwas in seinen Bewegungen schien ihr vertraut.

»Sarah, vor mir musst du doch keine Angst haben!«

»Charley!« Ein Gefühl von Erleichterung und tiefer Dankbarkeit durchströmte sie. »Oh Gott, wie geht es dir?« Sie streckte ihm die Hände entgegen.

Charley Randall hatte den Kragen seines schwarzen Wollmantels hochgeschlagen. Er sah abgekämpft aus, jedoch nicht gebrochen wie so viele Heimkehrer. Nein, dachte Sarah, er wirkte härter, so als hätte der Krieg ihn geformt und ihm eine Lektion erteilt, die er zu meistern verstanden hatte. Seine dunklen Augen ruhten auf ihr und weckten einen Sturm an Gefühlen. Er nahm ihre Hände und zog sie dicht zu sich.

»Es ist ziemlich kalt, Sarah. Willst du einen alten Freund nicht reinbitten?« Ihrer beider Atem war deutlich in der kalten Nachtluft zu sehen.

Im Erdgeschoss von Doktor Porters Praxis brannte noch Licht, und die Gardinen hinter einem der Fenster bewegten sich.

»Das geht nicht, Charley, meine Vermieter erlauben keinen Herrenbesuch. Aber wir können gleich um die Ecke in den Pub gehen.«

Er legte ihre Hand um seinen Arm. »Noch immer die schüchterne Sarah?«

Sie schubste ihn freundschaftlich. »Noch immer derselbe freche Charley?«

Charley Randall lachte. »Frechheit und Bauernschläue haben mich überleben lassen, Sarah. Und du siehst verdammt hübsch aus. Nein, schön bist du geworden. Und erzähl mir nicht, dass du noch immer keinen Mann hast?«

Sie schüttelte den Kopf. »Ich habe meine Arbeit, das weißt du doch.«

»Ach, komm schon, niemand will allein sein. Du bist nicht aus Stein, Sarah Rosewell. Oder hast du doch auf mich gewartet?« Er drückte sie an sich.

»Lass das, Charley. Deine Briefe, es tut mir leid, ich wollte öfter schreiben ...«

»Du hast mir geschrieben. Ich habe deine Briefe bei mir getragen. Wenn man da draußen ist, zwischen all den Soldaten, die Schreie, das Blut, der Lärm. Du kannst dir nicht vorstellen, wie laut es an der Front ist. Na, jedenfalls will man sich da was Schönes denken, was Hoffnungsvolles, Reines.«

»Reines?«

»Ich bin nicht gut mit Worten, das weißt du doch. Was Weißes, Klares, das bist du für mich, Sarah, immer gewesen. Und da warst du Hoffnung, der Traum von ... So, jetzt ist es aber genug. Hier vorn, ja?« Er blieb vor der Tür eines Pubs stehen.

Der kleine Gastraum war gut besetzt. Am Tresen standen Männer und bestellten Pints, und an einem Tisch fanden sie zwei freie Stühle, die sie sich zur Seite zogen. Der Krieg war zwar vorüber, doch die Strapazen noch lange nicht vergessen. Hunger und Entbehrungen hatten Spuren hinterlassen, und die Stimmung war längst nicht so ausgelassen, wie man es sich erhofft hatte.

Charley kam mit zwei Gläsern hellem Bier zurück. »Auf die Zukunft und auf dich, schöne Sarah!«

Sie stieß mit ihm an. »Auf dich, Charley! Dir verdanke ich, dass Ben noch lebt. Du bist ein Held!«

Seine Miene wurde ernst. Er war noch jung, Ende zwanzig, doch seine Schläfen waren ergraut, die Linien um seine Augen tiefer. Ein harter Zug hatte sich um seinen schön geschwungenen

Mund gegraben. Wer sich mit Charley Randall anlegte, fand einen unnachgiebigen Gegner.

»Wenn ich ihn so sehe, weiß ich nicht, ob es richtig war, ihn zu retten. Arme Seele.«

Sie seufzte. Ben half jetzt in Charleys Klub aus, lebte dort in einer Kammer hinter der Küche und vertrank sein gesamtes Geld. Sarah vermutete, dass Ben noch immer Morphium nahm. »Sag das nicht. Es wird schon noch besser. Er braucht Zeit.«

Charley verschränkte die Hände um sein Glas. »Hm, mag sein. Von mir aus kann er im Klub bleiben, solange er keinen Ärger macht, sonst kommen die Bullen, und das kann ich mir nicht leisten. Aber lassen wir das. Erzähl mir von dir und deinem Auktionshaus!«

Er hörte aufmerksam zu, fragte nach und war voller Bewunderung für ihren Erfolg im Auktionshaus. Nur als sie von Lord Coltham und seinem Sohn berichtete, wobei sie Edmunds ungebührliches Verhalten in Scarborough etwas weniger drastisch schilderte, bemerkte sie ein zorniges Aufflackern in seinen Augen. Er zeigte noch immer diesen Beschützerinstinkt, den sie schon immer in ihm ausgelöst hatte.

»Ich habe viel gelernt, Charley, und kann mich mittlerweile ganz gut behaupten, weißt du«, meinte sie abschließend und nippte an ihrem Bier. »Und was macht dein Klub? Hattest du eine zuverlässige Vertretung?«

Er kniff kurz die Augen zusammen und suchte in seiner Jackentasche nach einem Zigarettenetui. »Möchtest du?«

»Nein, danke.«

Er zuckte mit den Schultern und steckte sich eine Zigarette an. Anscheinend wollte er ihre Frage nicht beantworten, und Sarah drang nicht in ihn. Es war spät, und sie hatte einen langen Arbeitstag hinter sich. »Sei mir nicht böse, Charley, aber ich bin müde. Lass uns unser Wiedersehen ein anderes Mal feiern.« Sie lächelte. »Ich bin wirklich froh, dass du wohlbehalten zurück bist. Ein hochdekorierter Held. Du kannst stolz auf dich sein.«

Eine stark geschminkte Brünette kam in den Pub, sah sich um, entdeckte Charley und steuerte auf ihren Tisch zu. Charley hob den Blick, und plötzlich änderte sie ihre Richtung und ging zum Tresen. Er stieß den Zigarettenrauch aus und antwortete: »Heldentum ist eine seltsame Sache. Ein Orden ist nur ein Stück Blech.«

Er nahm einen letzten langen Zug und drückte die Zigarette aus. »Na komm, ich begleite dich zu deiner Wohnung. Hier treibt sich viel Gesindel rum.«

»Du meinst doch nicht die armen Teufel, die jetzt um ein paar Pennys oder ein Stück Brot betteln?« Viele versehrte Soldaten hatten jeden Halt und jegliche Hoffnung verloren und verbrachten ihre Tage bettelnd in den Straßen Londons.

Charley legte ein paar Münzen auf den Tisch und half ihr in den Mantel. »Sarah, das sind die ärmsten Seelen überhaupt.« Er zögerte. »Nein, ich meine die Schatten, die mehr geworden sind und dich von hinten meucheln, weil es ihnen so gefällt.«

Draußen schaute sie sich mehrfach um und war froh und dankbar, Soho und einem Leben in Armut entronnen zu sein. Mit seinem Nachtklub hatte Charley sich eine Existenz aufgebaut, die eng mit den gefahrvollen Gestalten der Unterwelt verbunden war. Für ihn waren die Schatten Teil seines Lebens, Sarah wollte all das hinter sich lassen. Sie verabschiedeten sich vor dem Haus, und Sarah lehnte noch einen Moment an der Tür, die sie rasch hinter sich geschlossen hatte.

In dieser Nacht schlief sie unruhig und träumte von Bertha Morris. Die Albträume hatten sie viele Monate verschont, doch nach dem Wiedersehen mit Charley war die Vergangenheit wieder lebendig geworden. Schweißgebadet saß Sarah in ihrem Bett, wickelte sich die Decke um die Schultern und stand auf. Der Ofen war erloschen, und die Kälte stand greifbar im Zimmer. Frierend tappte sie zu einem Korb, in dem sie altes Zeitungspapier sammelte, zerriss ein paar Seiten und entzündete die Glut im Ofen. Dann legte sie ein Brikett dazu und rieb ihre Hände vor den zischend aufzüngelnden Flammen. Sie fühlte sich Charley verbunden, mehr verpflichtet, weil er sich früher oft um ihre Familie gekümmert und Ben geholfen hatte. Dafür würde sie ihm immer dankbar sein. Aber sie wollte sich nicht in seine Welt hineinziehen lassen, denn dann würde sie zwangsläufig sich selbst und alles, was sie sich erarbeitet hatte, aufgeben.

»Niemals«, murmelte sie und trat ans Fenster.

Die nächtliche Stadt war nicht still, doch ruhiger, langsamer, ließ den Menschen Zeit zum Durchatmen, bevor der nächste Tag ihnen wieder alles abverlangte. Auf der gegenüberliegenden Straßenseite ragten die Platanen wie mehrarmige Riesen in die Dunkelheit hinein, und Sarah glaubte für einen Moment, einen Schatten zwischen den Bäumen zu sehen.

33

Sie hatte die Kette unter ihrer Bluse getragen. Den ganzen Tag schwebte sie wie auf Wolken und tastete immer wieder nach dem Skarabäus, wie um sicherzugehen, dass er noch da war und Philip tatsächlich in London. Muriel kam mit einem Block und einer Fotografie zu ihr.

»Sarah, kannst du dir das mal ansehen?«

Muriel war die Einzige der Sekretärinnen, mit der Sarah sich vertraut anredete, denn sie kannten sich aus Sarahs Anfangszeit und waren öfter gemeinsam ausgegangen.

»Zeig her!« Sie legte den Füllfederhalter nieder, mit dem sie gerade Auktionsergebnisse notiert hatte. Der November war ein hervorragender Monat gewesen. Kurz nach der Unterzeichnung des Waffenstillstands hatten sie eine Auktion im Londoner Stammhaus abgehalten, in der hauptsächlich Alte Meister und englische Landschaftsmaler unter den Losen gewesen waren. Die Resonanz war überwältigend gewesen.

In letzter Zeit stieg auch die Nachfrage nach Vertretern der Pleinairmalerei wieder an. Nach den dunklen Jahren manifestierte sich die Sehnsucht nach Licht und Leichtigkeit, und die Menschen fühlten sich befreit von einer drückenden Last. Farbe kehrte ins Leben zurück.

Sarah betrachtete die unscharfe Fotografie einer französischen Kaminuhr aus den frühen Jahren des vergangenen Jahrhunderts. Die prachtvolle Arbeit der feuervergoldeten Bronze, Ormolu, war in keiner Weise erkennbar, der begonnene Text nichtssagend und unvollständig.

»Das kannst du wirklich besser, Muriel. Welche Szene ist denn dargestellt? Daraus lässt sich doch etwas machen. Dafür gibt es Vorlagen in der Malerei.«

Muriels Wangen röteten sich. »Das weiß ich eben nicht. Ich kenne mich in der römischen Geschichte überhaupt nicht aus.«

»Lies die Klassiker, Muriel. Du willst doch auch mal weiterkommen. Also«, Sarah tippte auf die drei römischen Kämpfer in Tuniken, die ihre Hände wie zu einem Schwur erhoben. In der Mitte befand sich die Uhr, auf der anderen Seite ein bärtiger Mann mit drei Schwertern. »Der Schwur der Horatier. Jacques-Louis David hat ein bekanntes Gemälde mit genau diesem Motiv gemalt. Es hängt im Louvre. Such davon eine Abbildung heraus, und ich bin mir sicher, dass ich eine ähnliche Uhr in der Münchener Residenz gesehen habe.«

»Ist gut, aber ich kann den Uhrmacher nicht feststellen«, klagte Muriel unglücklich.

Sarah hatte das Stück bei der Einlieferung selbst begutachtet und wusste, dass es von keinem namhaften Uhrmacher gefertigt worden war. »Die Arbeit ist exquisit, das Motiv gefällig und Kaminuhren sehr gefragt. Was machen wir in solch einem Fall?«

»Wir stellen die Uhr in einen Kontext und betonen die sichtbaren Vorzüge und die Herkunft«, antwortete Muriel hastig.

»Na also, dann los. Ich gehe heute Abend etwas früher, weil ich noch ein geschäftliches Abendessen habe. Ach ja, das Foto ist unbrauchbar, kümmere dich um einen besseren Fotografen. Oder nein, vielleicht habe ich dafür eine Lösung. Warte damit bis morgen.«

Muriel nahm ihre Sachen und eilte hinaus. Fitzwilliam hatte ebenfalls steigende Umsätze aus New York telegrafiert, was Rowland dazu veranlasst hatte, einen Bonus an die Belegschaft auszuschütten. Das Extrageld kam Sarah gerade jetzt sehr gelegen, konnte sie doch die Krankenhausrechnung für ihren Vater bezahlen, und eine neue Frühjahrsgarderobe benötigte sie auch. Wobei sie immer etwas zurückbehielt, um Munro im Zweifelsfall bezahlen zu können. Doch was war all das gegenüber dem Kummer ihrer Freundin in Wien?

Sarah griff nach dem Brief, der heute gekommen war. Hannah hatte eine Fehlgeburt erlitten, die zweite innerhalb der letzten zwei Jahre. Ihre Freundin klang verzweifelt, denn sie und Levy wünschten sich verzweifelt ein Kind. Sarah konnte nicht ermessen, was der Verlust eines Kindes bedeutete, nur erahnen, welcher Schmerz Hannah täglich begleitete. Mit der Fingerspitze fuhr sie über die Zeilen, die ihre Freundin ihr geschickt hatte.

Wien hat stärker als andere Städte unter dem Krieg gelitten. Ich will mich gar nicht beklagen, aber wir leben in Aufruhr. Und wie auch nicht? Der Hunger grassiert, die Leute sterben an der Tuberkulose wie die Fliegen. Kürzlich erst haben wütende Leute den Doppeladler der Hoflieferanten auf der Kärntnerstraße von der Wand gerissen. Sie stehen noch immer Schlange für das bisschen Brot oder Milch, das ausgegeben wird. Uns geht es nicht so schlecht, dafür spüren wir den Hass einiger Leute, weil wir Juden sind. Das ist schlimmer geworden, aber Levi ist fest davon überzeugt, dass sich das wieder ändern wird, wenn nur die große Not vorüber ist. Er will, dass ich für einige Wochen in die Schweiz in ein Sanatorium gehe, um mich von dem Verlust unseres Kindes zu erholen. Es wäre ein Junge gewesen. Ach, meine liebe Sarah, was habe ich nur falsch gemacht, dass mich das Schicksal so straft?

Aber von Dir höre ich große Dinge und bin ganz schrecklich glücklich für Dich! Eine Expertin, bravo und nochmals bravo! Du hast es Dir verdient, denn Du bist so talentiert, Sarah! Vergiss das nur ja nie, und lass Dich niemals kleinreden von den Herren. Das machen sie nur zu gern, uns Frauen kleinreden und niederhalten, damit sie allein entscheiden können. Bald dürfen wir wählen. Hurra! Da wird sich die Welt verändern! Hast Du Philip wiedergesehen? Ich sehe seine Fotografien in den Zeitungen und Magazinen. Und dann denke ich immer, dass Ihr doch füreinander bestimmt seid. Du sollst glücklich sein, meine liebe, liebe Freundin, und dazu gehört nun einmal auch, dass man einen Mann liebt und für ihn sorgen kann.

Sarah schmunzelte. Das war typisch Hannah, sich um andere zu sorgen, wo sie selbst doch genug durchzustehen hatte. Sobald es möglich war, wollte sie Hannah in Wien besuchen.

Das schwarze Automobil fuhr pünktlich um acht Uhr vor der Praxis von Doktor Porter vor. Sarah schaute aus dem Fenster, um zu sehen, ob Philip selbst am Steuer saß, doch ein livrierter Chauffeur stieg aus und stellte sich neben den Wagen. Mrs Porter stand sicher schon hinter den Gardinen, dachte Sarah, griff nach ihrer Handtasche, eine mit Perlen bestickte schwarze Samttasche, die zu ihrem schwarz-weißen Abendkleid passte. Sie hatte sich das extravagante Kleid mit dem V-Ausschnitt, dem asymmetrisch gewickelten Oberteil und dem zarten Blumenaufdruck auf dem Chiffonoberstoff für eine besondere Gelegenheit aufgespart. Die Siegesfeier oder ein erfolgreicher Auktionstag wären passend gewesen, doch längst nicht so besonders wie das Wiedersehen mit Philip. Sie warf einen letzten prüfenden Blick in den Spiegel. Es war ihr gelungen, die Haare wellig und dennoch eng am Kopf liegend aufzustecken, dabei halfen ein Band und mit Perlen besetzte

Haarnadeln. Philips goldene Kette war der einzige Schmuck, den sie trug. Ihr langer schlanker Hals kam durch den V-Ausschnitt vorteilhaft zur Geltung, und das fließende Kleid umspielte ihre zierliche Figur. Sie war fünfundzwanzig Jahre alt, der Krieg war vorbei, und sie war bereit, das Leben zu umarmen.

Als sie die Treppe hinunter in den Flur lief, ging wie erwartet die Tür zur Praxis auf, und Mrs Porter kam heraus. »Oh, Sie sehen aber sehr elegant aus, Miss Rosewell. Und Sie werden von einem Automobil abgeholt. Gibt es etwas zu feiern? Wir freuen uns immer mit Ihnen, meine Liebe.«

»Ein rein geschäftliches Essen, Mrs Porter. Sie wissen ja, wie das ist, Kontakte müssen gepflegt werden. Man hat nie Feierabend. Ich wünsche Ihnen einen schönen Abend!« Mit einem unverbindlichen Lächeln trat Sarah nach draußen, wo die kalte Dezemberluft und der Chauffeur sie empfingen.

Als sie einstieg, glaubte sie, neben den Bäumen einen Mann zu sehen, der sie beobachtete, doch als sie genauer hinsah, war niemand zu sehen. Ihre Freude auf das Wiedersehen mit Philip war viel zu groß, als dass sie der Sache weitere Bedeutung schenkte.

Das Doyle war ein eher kleines, aber sehr elegantes Hotel in Mayfair. Die Curzon Street lag nahe dem Hyde Park und hatte eine Reihe von gediegenen Backsteinfassaden aufzuweisen. Der Chauffeur brachte sie zur Tür, wo der Portier sie begrüßte.

Doch Sarah sah an ihm vorbei in die Halle, wo Philip sich aus einem Sessel erhob und auf sie zukam. Ein kalter Windstoß fegte durch die Straße, und Sarah hielt die Kapuze ihres Mantels fest. Sie spürte den Boden unter ihren Füßen kaum, als sie die Stufen hinauflief. Seine Augen hefteten sich auf sie und schimmerten blau, während sein Mund stumm ihren Namen formte. Da sie sich in der Öffentlichkeit befanden, begnügten sie sich mit einer kurzen Umarmung, doch sie spürte seine Lippen an ihrer Wange.

»Philip, oh Gott, ist das schön!«, sagte sie leise und ließ ihre Hände in seinen ruhen.

Er lächelte, und seine Augen schimmerten noch immer verdächtig. Am liebsten hätte sie seine Haare berührt, die von ersten grauen Strähnen durchzogen waren, seine Wange gestreichelt, die frisch rasiert wirkte. Sie nahm den Hauch eines Rasierwassers wahr. Der weiße Kragen seines Smokinghemdes stand im Kontrast zu seiner gebräunten Haut, und an seinen goldenen Manschettenknöpfen erkannte sie eingearbeitete Skarabäuskäfer.

Philip Maynard räusperte sich. »Ich bin so glücklich, Sie zu sehen, Sarah. Sie sind noch schöner geworden, wenn das überhaupt möglich ist.«

Ein Herr in schwarzem Anzug kam zu ihnen. »Sir, wir haben den Tisch für Sie vorbereitet. Möchten Sie Ihre Aperitifs dort einnehmen, oder dürfen wir hier im Foyer servieren?«

»Am Tisch, danke.«

Der Speiseraum überraschte mit viel Grün in Form von großen Palmen und einigen Nischen, in denen sich die Gäste ungestört unterhalten konnten. Die Gemälde waren zum Teil bunt und abstrakt, wie Sarah registrierte. Die Modernen hatten hier Einzug gehalten und machten sich ausgesprochen gut. Diese Stilrichtung setzte sich entgegen vielen gehässigen Kritikern durch und passte zum Aufbruch in eine neue Zeit, eine Zeit nach dem Krieg, dachte Sarah.

Als sie sich, vor den Blicken der anderen Gäste durch eine Palme und einen Wandvorsprung verborgen, gegenübersaßen, nahm Philip ihre Hände, beugte sich vor, küsste ihre Fingerspitzen, drehte sanft ihre Hände um und küsste ihre Handinnenflächen. Ein warmer Schauer floss durch ihre Arme und erfüllte ihren Körper. Sie öffnete ihre Lippen. Tausend Gedanken durchströmten sie, und alle hatten nur ihn zum Inhalt.

Der Ober brachte einen silbernen Champagnerkühler und öffnete die Flasche an ihrem Tisch. »Haben Sie gewählt?«

Philip und Sarah sahen sich an und schüttelten den Kopf.

Der Ober, ein diskreter und verständiger Mensch, nahm sein Notizbuch zur Hand und schlug vor: »Beginnen wir doch mit der Suppe des Hauses, gefolgt von einer Seezunge an marinierten Gemüsen, dazu ein Claret. Für den Relevé schlage ich Steak vor, dazu Kartoffeln und Gemüse der Saison. Der Chef de Cuisine serviert seine Kartoffeln geröstet in winzigen Scheiben, was bei unseren Gästen sehr gut ankommt, wenn ich mir diese Bemerkung erlauben darf.«

Da weder Philip noch Sarah Einwände hatten, sondern damit beschäftigt waren, einander anzusehen, fuhr der Ober fort, von Fasan, Kirschtorte und Käse zu sprechen und sich Notizen zu machen. »Wäre das in Ihrem Sinn?«

Philip nickte. »Das klingt ganz hervorragend. Und zum Fasan bitte einen Château Mouton-Rothschild.«

»Sehr wohl.« Mit einer knappen Verneigung verließ der Ober den Tisch.

»Ich weiß gar nicht, was er alles aufgeschrieben hat, Philip, auf jeden Fall viel zu viel. Das werden wir niemals alles essen können!« Sie strich über den Schmuckskarabäus. »Ich habe mich noch gar nicht bedankt. Er ist wunderschön. Stammt er aus Ägypten?«

»Ich habe ihn aus dem Tal der Könige. Er soll Ihnen Glück bringen, Sarah. Ich weiß, dass Sie Zweifel hatten und vielleicht immer noch haben. Aber ich kann nicht anders, als Ihnen zu sagen, dass Sie einen Platz in meinem Herzen haben und immer haben werden, den niemand sonst einnehmen könnte. Niemals.«

Philip Maynard sprach nur so laut, dass sie ihn verstehen konnte, und hob sein Champagnerglas. »Auf den Frieden, ein langes Leben und die Liebe!«

Sarah lächelte. »Die Liebe und das Glück eines Augenblicks.«

Der zart perlende Champagner entsprach ihrem Gefühl von Glück und machte sie vielleicht ein wenig mutiger als sonst.

»Nur einen Augenblick wollen Sie der Liebe gönnen, Sarah?«

Zwei Jahre hatten sie sich nicht gesehen, und obwohl ereignisreiche, harte Monate zwischen ihnen und dem letzten Treffen lagen, war die Vertrautheit, die sie seit ihrer Zeit in Scarborough verband, wieder spürbar.

»Oh, der Liebe gebührt sicher ein größeres Maß an Aufmerksamkeit, da gebe ich Ihnen recht, aber sie ist so schwer einzufangen, nicht wahr?«

Die Wandleuchten tauchten sein Gesicht in weiches Licht, als er den Kopf seitlich nach vorn neigte. Es war diese Mischung aus Sanftheit, Intellekt und Abenteuergeist, die sie so anziehend fand.

»Ist das so? Ich denke, man muss ihr nur genügend Raum lassen, dann findet sie ihren Weg.«

»Ich möchte nur keine Randfigur sein«, entfuhr es ihr plötzlich, denn sie konnte das Bild von Philip, wie er mit seiner Frau tanzte, nicht vergessen.

»Sarah, Sie können gar keine Randfigur sein, weil Sie überall der strahlende Mittelpunkt sind. Und was mich betrifft, denn ich vermute, Sie bedrückt meine Ehe, kann ich nur wiederholen: Meine Frau und ich haben ein Arrangement getroffen. Es gilt, den Schein zu wahren, das ist mein Zugeständnis, denn unser Familiensitz steht nach wie vor auf dem Spiel und damit das Wohl meiner Familie. Er liegt sozusagen in der Waagschale. Als Sohn stehe ich in der Pflicht, auch wenn es mir nicht schmeckt.«

Seufzend sagte sie: »Wir alle haben unsere Verpflichtungen.« Unweigerlich musste sie an ihre Eltern, an Ben und an Munro denken.

»Bitte, Sarah, lassen Sie uns heute einfach nur diesen Abend genießen. Das Essen soll wirklich ganz ausgezeichnet sein.«

Der Ober kam mit dem ersten Gang, und als Sarah von der Hummersuppe kostete, musste sie Philip zustimmen. »Mmh, köstlich!«

Während des Essens, das sich aufgrund der vielen Gänge über Stunden hinzog, erzählten sie einander von den Dingen, die sie nicht hatten aufschreiben können, und erfreuten sich doch nur an der Gesellschaft des anderen. Irgendwann waren sie die letzten Gäste, und der Ober erinnerte sie höflich daran, dass es schon recht spät sei und die Küche längst geschlossen.

Philip beglich die Rechnung und half Sarah im Foyer in ihren Mantel. »Wollen wir noch ein Stück spazieren, bevor der Chauffeur Sie zurückbringt?«

Sie nickte, und weil es eine kalte, sternklare Nacht war, spazierten sie eingehakt durch die Straßen Londons. Sie schlenderten zum Hyde Park, und als endlich kein Passant in der Nähe war, blieb Sarah stehen und wandte ihm ihr Gesicht zu.

Philip nahm sie in die Arme und hielt sie fest an sich gedrückt, bevor er sie küsste. Zärtlich und fordernd waren seine Lippen. Atemlos öffnete sie die Augen. Ihr Körper sehnte sich nach mehr, wollte endlich die Erlösung, von der sie nicht wusste, wie sie sich anfühlen würde.

»Wohnt Neil noch in Ihrem Studio am Brompton Square?«

Überrascht strich Philip ihr die Haare aus dem Gesicht und musterte sie mit fragend hochgezogener Augenbraue. »Nein. Ich habe das Studio für mich allein.«

»Haben Sie Ihre Arbeiten aus Ägypten mitgebracht? Die würden mich sehr interessieren.« Glücklicherweise konnte er nicht sehen, wie sie errötete ob ihres Mutes.

»Oh, aber sicher, ich habe einige Serien von den Beduinen geschossen, die ich auch ausstellen möchte. Eigentlich ist es nicht weit von hier aus, aber es ist schon spät …«

»Zu spät?« Sie stellte sich auf die Zehenspitzen und drückte ihm einen Kuss auf den Mund.

Er nahm ihre Hand, führte sie zur Straße und winkte eine Kutsche heran, die noch unterwegs war. Pferdekutschen waren auf dem Rückzug, doch noch immer beliebte Transportmittel. In der offenen Kutsche rückten sie eng aneinander, und Sarah vergrub ihre Hände unter seinem Mantel, denn die Kälte biss während der Fahrt in Gesicht und Fingerspitzen.

»Meine Füße sind eisig kalt!«, murmelte sie mit klappernden Zähnen.

»Dem werden wir in Kürze abhelfen«, versprach Philip.

Und er hielt sein Versprechen, wie Sarah in dieser Nacht feststellen sollte.

Etwas war anders als sonst, dachte Sarah und streckte sich, stieß gegen einen soliden Widerstand und riss die Augen auf. Philip lag neben ihr auf dem Rücken und beobachtete sie amüsiert.

»Hast du gut geschlafen, Sarah?«

Die ersten Sonnenstrahlen fielen durch die hohen Sprossenfenster im Studio am Brompton Square. Draußen zwitscherten Vögel, ein Zeitungsjunge war bereits unterwegs, und ein Milchwagen ratterte über das Kopfsteinpflaster.

Sie zog die Decke bis unter ihr Kinn, wobei das eher sinnlos war, denn er lag direkt neben ihr! Noch nie hatte sie das Bett mit einem Mann geteilt und bedauerte diesen Umstand nach der Nacht mit Philip zutiefst.

»Nun ja, du hast mir nicht viel Gelegenheit zum Schlafen gelassen, falls du dich entsinnst«, erwiderte sie schmunzelnd. Es gab keine Scham zwischen ihnen.

Er stützte sich auf einen Ellbogen und schob die Decke zurück, sodass er ihre Schultern und schließlich ihre Brüste freilegte. Sein Körper war fest und muskulös, sein Oberkörper gebräunt, und sie mochte das dunkle Haar auf seiner Brust und dem Leib. Sacht strich er über ihr Schlüsselbein und die Kuhle zwischen ihren kleinen runden Brüsten, denen sie noch nie die Aufmerksamkeit geschenkt hatte, die ihnen nun zuteilwurde. Als er die Decke weiter fortschieben wollte, legte sie eine Hand auf seine.

»Nicht, jetzt ist es hell.« Sie dachte an die Narbe auf ihrem Bauch, die in der Dunkelheit verborgen geblieben war.

Doch Philip zog die Decke einfach fort und küsste ihren Bauchnabel und die Narbe daneben. »Du bist perfekt, Sarah. Und für deinen Unfall werde ich mir immer eine Mitschuld geben. Meinetwegen bist du damals dorthin gekommen und vor den Lastwagen geraten.«

»Nein, nein, sag das nicht«, doch ihre Augen füllten sich mit Tränen. »Der Unfall, ich weiß nicht, der Arzt sagte, dass ich …«

Er zog sie zu sich und verschlang seine Beine mit ihren. Während sie sich seinen Liebkosungen hingab, murmelte er: »Was auch immer der Arzt gesagt hat, es ist nicht wichtig, Sarah. Du bist hier bei mir, und ich lasse dich nicht wieder gehen.«

Sie drängte sich an ihn und küsste ihn hungrig, die salzigen Tränen ignorierend, von denen sie nicht mehr wusste, ob es Tränen des Kummers oder des Glücks waren.

34

Daily Telegraph, 2. April 1919

Erneut fällt ein Schatten auf die Familie von Lord Coltham. Nachdem sich die Gerüchte um die Herkunft des legendären Coltham-Diamanten zerstreut haben, rückt nun Edmund Coltham, Earl of Wareham, Lord Colthams Sohn, in den Fokus der Öffentlichkeit. Er steht unter Verdacht, sich auf flandrischem Boden seiner Einheit gegenüber unehrenhaft verhalten zu haben. Durch seine Fehlentscheidung, es wird von Feigheit gesprochen, sollen ein Dutzend Männer den Tod in feindlichem Feuer gefunden haben. Ob sich der Earl vor einem Militärgericht verantworten muss, steht noch infrage.

»Miss Rosewell, was halten Sie von diesen Gerüchten?«, wollte Rowland wissen, der sie in sein Büro gebeten hatte, wo sie einen Tee tranken und das Tagesgeschäft besprachen. Jeden Morgen durchkämmte er einen Stapel an Zeitungen und Magazinen. »Sie haben den Earl doch kennengelernt.«

Sarah hüstelte vielsagend. »Ich hatte das zweifelhafte Vergnügen, ja. Nun, charakterlich zeigte sich der Earl mir gegenüber nicht von seiner vorteilhaften Seite. Aber es steht mir nicht zu, über ihn zu urteilen.«

Rowlands Schnurrbart zuckte amüsiert. »Diplomatisch, wie

immer. Ich verstehe. Nun, das wird Seine Lordschaft schon klären. Wir haben genügend neue Kunden, die uns die Tür einlaufen.«

Er legte seine Hand auf einen Aktenhaufen. »Anfragen. Dabei ist auch eine sehr interessante von einem alten Kunden. Mr Stephen Cartlidge, sagt Ihnen der Name etwas?«

Sarah überlegte kurz. »Ein Sammler moderner Kunst, der sich auf kontinentale Künstler spezialisiert hat. Hat er nicht auch Werke der russischen Moderne gekauft? Ein Relief von Tatlin für ein paar Tausend Rubel.«

»Sehr gut, auf Sie ist Verlass!« Der Direktor schnippte vergnügt mit den Fingern. »Im Osten tut sich viel. Vor allem die Ausstellung mit dem zeichensetzenden Titel ›0,10‹ in St. Petersburg vor vier Jahren hat der gegenstandslosen Kunst noch einmal einen Schub verschafft. Malewitsch hat sich mit seinem Suprematismus durchgesetzt, wer hätte das gedacht. Großen Anteil daran hat der Russe Schtschukin, ein Sammler von Format. Der Markt verändert sich jetzt nach dem Krieg noch schneller. Es wird spannend, meine Liebe. Aber die Impressionisten sind ebenfalls noch hoch im Kurs. Und da kommen wir wieder zu Mr Cartlidge. Er möchte sich von einigen Gemälden, darunter ein Monet, und dem Schmuck seiner verstorbenen Frau trennen. Ein Tiffany-Collier, das auf der Weltausstellung in Paris gezeigt worden ist! Das ist doch genau Ihr Gebiet!«

»Oh, danke, Sir, ja, ich werde mich gern mit den Stücken befassen«, erwiderte Sarah erfreut.

»Hm, ja, eventuell müssen Sie dafür nach Wien reisen. Cartlidge möchte Sie kennenlernen, nachdem er über Sie gelesen hat. Der Artikel im *Burlington Magazine* hat weite Kreise gezogen. Der persönliche Kontakt zu unseren Kunden ist das A und O!« Rowland nahm einen Briefbeschwerer aus Muranoglas in die Hand und kniff die Augen zusammen, um die bunten Einschlüsse besser sehen zu können. »Den hat mir der Conte di Flavinoni geschenkt, nachdem ich ihm mit dem Verkauf einiger Renaissancebilder aus seiner Sammlung seinen verrotteten Palazzo in Venedig gerettet habe. Wozu man in so einem feuchten Gemäuer wohnen will, weiß ich nicht, aber das geht mich auch nichts an.«

Der gewiefte Geschäftsmann sah sie mit einem schmalen Lächeln an. »Wir sind die Mittler zwischen den Verkäufern und den Käufern, und wir müssen beiden Seiten gerecht werden. Beide Seiten müssen uns vertrauen und dürfen sich niemals übervorteilt fühlen. Es bleibt natürlich immer ein Restrisiko, der freie Markt, die Dynamik einer Auktion und so weiter. Aber, und das betone ich gern immer wieder, wir stehen für ein traditionsreiches solides Geschäftshaus. Wer sich an uns wendet, kann absolute Diskretion und fachliche Gutachten erwarten.«

»Natürlich, Sir, dessen bin ich mir vollauf bewusst.« Auf der letzten Sitzung der Experten von Varnham's hatten sie weitere freiberufliche Fachleute verschiedener Sparten nominiert.

»Zurück zu Wien: Bei der Gelegenheit können Sie auch gleich im Bankhaus Wallner für uns vorsprechen. Ich werde einen Termin mit Herrn Leopold Wallner ausmachen. Er ist der Juniorchef und wird Ihnen gefallen, charmant. Lassen Sie sich Wien von ihm zeigen.« Rowland beugte sich vor. »Er kennt alle wichtigen Leute in Wien, und wenn er Sie mit ins Theater nimmt und auf eine Ausstellung ...« Er klatschte in die Hände.

Sarah hatte Mühe, sich ein Lächeln abzuringen. »Äh, sicher, Sir, aber ich bin eine alleinstehende Frau, und es könnte doch ein falscher Eindruck entstehen. Sollte ich zu den gesellschaftlichen Verpflichtungen nicht in Begleitung auftreten? Ich habe eine Freundin in Wien, Hannah Hirschel.«

»Die Hirschels, richtig, ja, ja, von mir aus. Das überlasse ich

Ihnen. Wissen Sie, machen Sie sich keine allzu großen Gedanken, Miss Rosewell. Sie sind nun eine offizielle Vertreterin von Varnham's, und ich stehe hinter Ihnen. Man muss neue Wege gehen, mein Motto! Fingerspitzengefühl ... ach, Sie machen das schon.« Das Telefon klingelte, und während er danach griff, sagte er noch: »Wann Sie fahren, entscheidet sich noch diese Woche, also nehmen Sie sich nichts vor!« Er lachte und nahm den Hörer ab.

Philip war noch immer in London. Er arbeitete in seinem Studio an einer Serie von Bildern aus Ägypten und versuchte, an seine Vorkriegsarbeit anzuknüpfen. Neuerdings wollten die Modehäuser aufwendigere Aufnahmen, und Sarah war ein wenig eifersüchtig, wenn sie hörte, dass er mit den hübschen Modellen bis spät in die Nacht hinein arbeitete. Aber ihre Beziehung basierte auf Vertrauen und dem Verständnis für den jeweiligen Freiraum. Genauso wenig, wie Sarah sich vorstellen konnte, ihren Beruf aufzugeben, um sich ganz einem Haushalt zu widmen, verlangte sie von ihm, seine Zeit ausschließlich mit ihr zu verbringen. Sie waren glücklich, wenn sie zusammen waren, und Sarah wusste, dass er für sie da war, wenn sie ihn brauchte.

Er hatte ihr einen Schlüssel für sein Studio am Brompton Square gegeben, sodass sie kommen und gehen konnte, wie es ihr beliebte. Da Philip oft Kunden hatte, kümmerte sich keiner der Mieter um Sarah. Als sie heute Abend die Tür zum Studio aufschloss, hörte sie Musik vom Grammofon schallen und Philip laut dazu mitsingen.

»*Oh she's got everything, and a little bit more! I don't know much about her and yet I know a lot!*«, sang Philip die Verse von Al Jolson mit.

Sarah warf ihren Mantel über einen Stuhl und fiel in das bekannte Lied mit ein: »*Cause what it takes to make me love her, I want to tell you …*«

Philip räumte gerade einige Requisiten von einem Shooting zusammen und strahlte sie mit den Armen voller Trockenblumen an. »Und weil sie alles hat und noch viel mehr!«, sang er, warf die Blumen in einen Korb, griff nach ihrer Hand und schwang sie tanzend durch den Raum.

Sarah lachte und ließ sich übermütig von ihm drehen, bis sie leicht außer Atem stehen blieben und er ihren Hals küsste.

»Du verrückter Mann!«, seufzte sie und küsste ihn. Das war etwas, von dem sie nie genug bekommen konnte, Küsse leicht wie Schmetterlingsflügel, sehnsüchtig und mit dem Wunsch nach mehr oder spielerisch und verträumt. Er zog sie enger an sich, und sie ließ ihn gewähren, bis seine Hände unter ihre Bluse glitten.

Nicht dass sie etwas dagegen einzuwenden hatte, doch sie wollte ihm von Rowlands Plänen erzählen, weshalb sie sich losmachte. »Ich bin schrecklich durstig und muss dir etwas sagen.«

Er fuhr sich durch die dunklen Haare, öffnete die Knöpfe seines Hemds und ging zu einem Sideboard, auf dem Flaschen und Gläser standen. »Wein? Neil hat mir eine Flasche Bordeaux geschenkt.« Er hielt eine Flasche in die Luft, deren Etikett sie nicht entziffern konnte.

»Gern! Neil? Wie geht es ihm? Hat er die Rolle bekommen?«

Sarah zog ihre Schuhe aus und setzte sich auf die Chaiselongue, von der aus sie auf den Platz vor dem Haus hinaussehen konnten. Die Bäume zeigten ihr zartes Frühlingsgrün, an den Straßenrändern blühten Narzissen, und die Menschen wirkten trotz der noch andauernden Nachwirkungen des Krieges gelöster.

»Es geht ihm besser, und er hat die Rolle! Wir sind zur Premiere eingeladen. Das Stück ist furchtbar, aber er ist schrecklich glücklich.«

Philip kam mit zwei Gläsern zu ihr und setzte sich neben sie. Bevor er ihr das Glas gab, küsste er sie. »Du bist aufgekratzt und ein wenig unschlüssig. Richtig?«

Er kannte sie ziemlich gut. Sie schnupperte an dem Wein. »Cheers!«

»Cheers, Darling!«

Sie warf ihm einen tiefen Blick über den Glasrand zu und streckte ihre Beine aus, sodass er sich gegen sie lehnen konnte.

»Rowland will mich nach Wien schicken.«

»Oh! Das sind Neuigkeiten! Ich freu mich für dich, denn Wien ist eine wunderbare Stadt. Warst du nicht mit Lady Sudbury schon dort?« Seine Hand glitt über ihre Waden.

»Nein, dazu sind wir nicht gekommen. Aber weißt du, Rowland möchte, dass ich dort geschäftliche und gesellschaftliche Termine für Varnham's wahrnehme.« Sie erklärte ihr Dilemma in Bezug auf ihre Stellung als alleinstehende Frau.

Philip ließ seine Hand auf ihrem Oberschenkel liegen und sah ihr in die Augen. »Der alte Rowland macht es sich leicht. Die Zeiten ändern sich, keine Frage. Aber so einfach ist das auch wieder nicht. Oh Gott, Sarah, es tut mir so leid, dass ich dich nicht heiraten kann, dann hättest du dieses Problem nicht. Du solltest mich verlassen und dir einen anständigen Mann suchen, der dir seinen Namen geben kann.«

»Das ist nicht dein Ernst, oder?« Sie nahm einen großen Schluck.

»Sarah«, Philip berührte ihre Wange. »Niemals, es sei denn, du möchtest es.«

»Niemals«, flüsterte sie.

»Ich liebe dich.«

Sie schlang ihren freien Arm um seinen Hals und küsste ihn, den Geschmack des Rotweins auf den Lippen.

»Kannst du nicht mit nach Wien kommen?«, fragte sie und ließ zu, dass er ihre Bluse aufknöpfte.

»Könnte ich, ja, warum nicht. Ich plane sowieso eine Reise. Ein Verlag benötigt Fotografien für einen Bildband über Italien, und Wien liegt ja quasi auf dem Weg.« Er strich zärtlich über ihre Schultern.

»Nach Italien?« Ernüchtert lehnte sie sich zurück. »Wann fährst du?«

»Nächste Woche oder übernächste Woche. Je nachdem.« Er spürte ihren Stimmungswechsel. »Sarah, ich bin ein unruhiger Geist. Das Reisen gehört zu meinem Leben. Ich brauche diese Aufträge, um mir zumindest eine gewisse finanzielle Unabhängigkeit zu erhalten.«

Sarah wusste, dass ihn die eheliche Situation quälte, und er brauchte sein eigenes Geld – und das Abenteuer. Darüber hegte sie keine Illusionen. Andererseits liebte sie es ebenfalls zu reisen, nur war es für sie eben schwieriger.

»Ich weiß. Es kam nur so überraschend, und ich habe mich so daran gewöhnt, dass du hier in London bist.«

»Warum glaubst du denn, bin ich so lange hier? Ich habe es früher kaum ein paar Wochen in der Stadt ausgehalten. Unterwegs zu sein schien mir die einzig erträgliche Art zu leben.« Er nahm ihr das Glas aus der Hand, stellte seins ebenfalls ab und zog sie zu sich auf den Schoß. »Du hast mich geerdet, Sarah, hier drin.«

Er legte ihre Hand auf seine Brust, sodass sie seinen Herzschlag spüren konnte. Ihre Augen füllten sich mit Tränen. »Wird es immer so sein, Philip? Dieses Warten und Sehnen ...«

»Das Wiedersehen und die Zeit, die wir haben«, ergänzte er ihren Satz und drückte sie an sich.

Sie schloss die Augen und überließ sich seinen Zärtlichkeiten. War es nicht das Wesen der Liebe, dass man sie annahm, wenn sie einem geschenkt wurde? Weder fragen noch wünschen, noch zweifeln, dachte Sarah, nur im Moment sein.

Drei Tage später sprach Sarah in ihrem Büro bei Varnham's gerade mit einer Kundin über deren Porzellan, als ein Bote einen eiligen Brief für sie brachte.

»Entschuldigung«, sagte Sarah an die Kundin gewandt, und riss den Umschlag auf.

Sasa, Hilf mir, bitte! Kannst du mich auslösen?
Ich bin im Black Fox, West India Docks. Ben

Himmel, was hatte er nur wieder angestellt! Die Schrift war krakelig, und ein Fingerabdruck war neben seinem Namen zu sehen. Sie beugte sich vor. War das etwa Blut? Ihr Magen zog sich zusammen. Die Hafenanlage lag auf der Isle of Dogs im Londoner East End. Keine Gegend, in die sie allein gehen würde, nicht einmal bei Tage. Angstvoll betrachtete sie den blutigen Fingerabdruck. Das war kein normaler Bittbrief, sondern ein verzweifelter Hilferuf. Ben steckte seit seiner Rückkehr aus dem Krieg oft in Schwierigkeiten, woran vor allem seine Trunksucht und, wie sie vermutete, seine Morphiumabhängigkeit schuld waren.

»Miss Rosewell?«

»Ja? Tut mir leid.« Sarah sah ihr Gegenüber, eine Frau mittleren Alters, an. Die Frau wirkte etwas unsicher und war zum ersten Mal in einem Auktionshaus. Wenn die Kunden darüber sprachen, warum sie etwas verkaufen wollten, war Sarah eine geduldige und verständnisvolle Zuhörerin. Spürte sie, dass der Verkauf aus finanzieller Not erfolgte, wie in diesem Fall, hakte sie nicht nach, sondern bemühte sich um eine positive Darstellung des Verkaufsprozesses. Die Kundin verdiente ihre volle Aufmerksamkeit, auch wenn es Sarah all ihre Kraft kostete, nicht sofort loszustürmen, um Ben zu helfen. Sie räusperte sich und erläuterte: »Wie schon gesagt, die Teile der böhmischen Serie: Die Marke mit der Krone in Grün, die sind unteres Niveau bis mittelpreisig. Das Chelsea-Derby-Porzellan können wir auf 1784 datieren. Hervorragende Qualität. In der großen Mai-Auktion sehe ich gute Chancen für Ihre Stücke, Madam. Ich muss jetzt leider einen wichtigen Termin wahrnehmen. Bitte kommen Sie doch mit, dann kann eine Kollegin nebenan alle Details aufnehmen, und wir entscheiden, mit welchen Taxen wir Ihre Stücke unterbringen. Wie klingt das für Sie?«

»Danke, das ist sehr freundlich von Ihnen.« Die Frau umklammerte ihre Handtasche und biss sich auf die Unterlippe. Ihre Schnürstiefel waren einmal von guter Qualität gewesen, nun konnte selbst das häufige Putzen das abgewetzte Leder nicht mehr retten. »Wirklich, ich danke Ihnen.« Sie schien noch etwas sagen zu wollen, beließ es jedoch dabei, und Sarah dachte sich ihren Teil. Sie wusste, dass es sich bei der Kundin um eine Kriegswitwe handelte.

Sarah war aufgestanden und begleitete sie hinaus. »Machen Sie sich keine Gedanken. Wir kümmern uns um die Formalitäten, und Sie können dann bei der Auktion dabei sein oder auch nicht. Ganz, wie Sie möchten. Ihre Stücke sind sehr gut verkäuflich, das wird schon werden.«

In Gedanken notierte Sarah, dass diese Stücke besonders beworben wurden. Sie würde den Katalogeintrag selbst verfassen und vielleicht sogar ein Foto von Philip machen lassen, das sie nicht extra berechnen würde.

Kaum hatte sie alles veranlasst, gab sie Muriel Bescheid, dass sie sich den Nachmittag freinehmen würde, um etwas Persönliches zu erledigen. Zuerst fuhr sie in ihre Wohnung und holte etwas Geld aus ihrem Versteck, einem losen Stein neben dem Ofen. Sie tauschte ihre bestickte Kostümjacke gegen eine derbe Tweedjacke und die eleganten offenen Schuhe gegen Stiefel. Wäre sie im Besitz eines Damenrevolvers gewesen, hätte sie diesen nun eingesteckt, denn unten an den Docks konnte einem alles passieren. Sie hoffte, dass Philip sie begleiten würde, denn in ihrer Not wusste sie niemanden sonst, dem sie vertrauen konnte.

Mit dem Bus fuhr sie zum Brompton Square, fand das Studio jedoch leer vor. Auf seinem Arbeitstisch lag zwischen Notizen und Katalogen die Visitenkarte von Celia Langley, Richmond, mit dem Vermerk, dass er heute dort für einen Termin gebucht war. Seufzend stützte Sarah die Hände auf und ließ den Kopf hängen. Was sollte sie tun? Sie konnte unmöglich allein in die Docks fahren, und Ben brauchte ihre Hilfe. Warum hatte Ben an sie geschrieben und nicht direkt an Charley?

Immerhin arbeitete er für Charley, oder hatte der ihn gefeuert und wollte nichts mehr von ihm wissen?

»Verdammt, Ben!« Sarah rang die Hände und fluchte leise vor sich hin. Dann musste es doch sein. Sie würde zu Charley gehen.

Der Klub in Soho hatte noch geschlossen, doch Sarah klingelte so lange, bis ein schlecht gelaunter breitschultriger Kerl die Luke öffnete. »Wir haben geschlossen, Lady! Was wollen Sie?«

»Ich möchte zu Charley Randall. Sagen Sie ihm, dass Sarah

seine Hilfe braucht.« Es begann, leicht zu nieseln, und Sarah zog ihren Hut tiefer ins Gesicht.

Nach wenigen Minuten wurde die Tür ganz geöffnet, und der Mann von eben winkte sie herein. »Sie haben Glück, er ist gerade gekommen. Da hinten durch.«

Der Klub musste kürzlich renoviert worden sein, denn es hingen Kristalllüster im großen Gastraum, und die Bühne war mit schimmernden Vorhängen und Palmendekor veredelt worden. Messinggeländer und Marmortische für die Gäste wirkten gediegen. Eine schwarze Musikerin übte am Klavier, und Sarah hätte der samtigen Stimme unter anderen Umständen gern gelauscht.

»Sarah! Na, das ist mal eine Überraschung! Wie komme ich zu dieser Ehre?« Charley saß im Halbdunkel neben der Bühne an einem Tisch, auf dem sich ein aufgeschlagenes Buch, Geldbündel und Münzstapel befanden. Er drehte einen Bleistift blitzschnell zwischen den Fingern hin und her. Sie wusste von früher, dass er das auch mit einem Messer fertigbrachte. Leicht amüsiert und erwartungsvoll sah er ihr entgegen.

»Ich, es tut mir leid, Charley, ich weiß mir keinen Rat. Ben ist in Not. Hier, schau!« Sie reichte ihm den Zettel, den ihr Bruder ihr geschrieben hatte. »Er arbeitet doch noch für dich?«, fragte sie ängstlich.

»Wenn er sich zusammenreißt, ist er brauchbar, ja. Das ist aber ehrlich gesagt nicht oft der Fall, Sarah. Ich habe viel Verständnis für seine Lage. Das habe ich, glaub mir. Armer Kerl, die Schmerzen müssen höllisch sein.« Charley machte eine Pause und ließ den Bleistift in das Buch fallen. »Aber er hat sich in die Klauen eines unbarmherzigen Freundes gegeben.«

»Wen meinst du? Ach, Charley, kannst du nicht mit mir dort hinfahren? Ich habe etwas Geld, das müsste doch reichen!« Sie wollte in ihre Tasche greifen, doch er schüttelte den Kopf.

»Lass, Sarah. Das wird niemals reichen. Der Freund deines Bruders heißt Rausch. Morphium, Laudanum oder Kokain, was auch immer er bekommen kann, nimmt er. Und das Zeug ist teuer. Black Fox? Das ist das Revier eines Konkurrenten. Dahin kann ich nicht selbst gehen.« Sein Mund wurde schmal, der Blick hart. »Dieser Idiot, wieso ist er nur dahin gegangen? Er weiß doch, was die mit ihm machen, wenn er nicht zahlt …«, knurrte Charley.

»Was machen die mit ihm?«, fragte Sarah mit brüchiger Stimme.

Charley warf ihr einen düsteren Blick zu. »Ich regle das. Geh nach Hause, Sarah, geh in deine schöne glanzvolle Welt zurück, und verkauf goldene Löffel und bunte Leinwände.«

Ihre Augen füllten sich mit Tränen. »Sag das nicht, Charley. Sei nicht so verdammt bitter. Ich habe es geschafft, mir einen Platz zu erkämpfen, und ich liebe die glanzvolle Welt, wie du sie nennst, die übrigens auch ihre Licht- und Schattenseiten hat. Dabei vergesse ich nie, woher ich komme, das weißt du genau. Ich wäre auch nicht gekommen, aber ich wusste mir keinen Ausweg.«

Er verzog den Mund und hob eine Augenbraue. »Konnte er dir nicht helfen, dein knipsender blaublütiger Liebhaber?«

Es war ein Fehler gewesen herzukommen. Woher wusste er überhaupt von Philip und ihr? Beobachtete er sie? War er es oder einer seiner Männer, die sie manchmal als Schatten unter den Bäumen am Brompton Square zu sehen glaubte?

»Verzeih, dass ich dich belästigt habe, Charley, es wird nicht wieder vorkommen.« Sie drehte sich auf dem Absatz um und ging an der Bühne vorbei, wo die Sängerin noch immer Klavier spielte und sie beobachtete.

Weit kam Sarah nicht, denn Charley sprang auf und holte sie mit wenigen Schritten ein. Er packte ihren Arm, zog sie mit sich in einen dunklen Raum und presste sie gegen die Wand. Er roch nach Whisky und etwas Wildem, Ungezügeltem. Mit einer Hand hielt er ihre Arme nach oben, mit der anderen fuhr er über ihren Hals, ihre Brüste und ihren Leib, bis hinunter zwischen ihre Beine.

Sie wollte schreien, doch er verschloss ihren Mund mit einem Kuss. Als seine Lippen sie berührten, veränderte sich seine aggressive Haltung, er ließ ihre Arme los, hielt sie nur noch leicht an den Hüften, zog sie an sich und wollte den Kuss vertiefen, doch sie drehte den Kopf zur Seite. Ihr Atem ging schnell, ihr Herz raste, und ihr wurde schwindelig, denn Charleys Nähe löste etwas in ihr aus, das sie nicht wollte, vor dem sie sich immer gefürchtet hatte. Eine tiefe, ungezügelte Leidenschaft. Aber jetzt konnte sie es einschätzen, und sie kontrollierte ihre Gefühle und legte sanft ihre Hände gegen seine Brust.

»Können wir nicht Freunde sein, Charley?«, flüsterte sie.

Sein Gesicht war in der Dunkelheit kaum zu erkennen, sie spürte seinen Atem auf ihrer Haut und die Hitze seines Körpers, als er mit rauer Stimme flüsterte: »Du kannst nicht alles haben, Sarah. Dieses Mal helfe ich dir noch. Wenn du wieder kommst, gehörst du mir, für eine Nacht.«

Er trat von ihr zurück. Sie hörte zwei Schritte, die Tür fiel ins Schloss, und dann war sie allein.

35

Wien, Juni 1919

»Komm schon, nicht stehen bleiben!« Hannah zog Sarah mit sich durch eine enge Gasse, in der es nach Urin und Unrat stank.

Zwei abgemagerte Kinder lehnten teilnahmslos an der Hauswand neben einer Wohnungstür, aus der Gepolter, Schreie und schließlich das Weinen einer Frau zu hören waren. Ein Mann in Unterhemd und grauer Hose stürzte heraus, sah die Kinder und brüllte sie an: »Was glotzt ihr? Ich habe nichts zu fressen für euch!«

Als das kleinere Kind zu weinen begann, hielt der Mann inne, fuhr sich über das unrasierte Kinn und meinte: »Vielleicht bringe ich heute Abend was mit, wenn ich Arbeit bekomme.«

Die beiden Frauen drängten sich aneinander und gingen eilig weiter.

»Sieh nicht hin, Sarah, es ist überall das gleiche Elend. Wir helfen im Spital und mit Kondensmilch für die Kinder. Aber es ist schlimm«, sagte Hannah leise.

Sarah war gestern mit der Bahn in Wien eingetroffen und hatte ihr Zimmer in einem kleinen Hotel in der Nähe des Kohlmarktes bezogen. Das Hotel lag zentral und fußläufig zum Antiquitätenviertel sowie zu den zwei großen Wiener Auktionshäusern, denen sie einen Besuch abstatten wollte. Und auch das Bankhaus Wallner, das sie in Rowlands Auftrag aufsuchen sollte, war nicht weit von dort. Mr Cartlidge hatte Räume in einem Palais in der Herrengasse bezogen und erwartete sie bereits am späten Nachmittag.

Hannah lebte mit ihrem Mann in einer Wohnung in der Leopoldstadt, dem traditionell jüdischen Viertel, unweit vom Sanatorium Loew, doch das Geschäft der Hirschels befand sich nahe der Hofburg. Auch hier waren die Konsequenzen des Krieges allgegenwärtig. Mit der Niederlage Deutschlands war der Vielvölkerstaat auseinandergebrochen und Österreich nur noch ein kleines Land ohne Kaiser. Am 3. April dieses Jahres war das Habsburgergesetz erlassen worden, das Kaiser Karl und seine Familie auf Dauer des Landes verwies. Zumindest so lange, wie sie nicht offiziell auf alle dynastischen Ansprüche des Hauses Habsburg-Lothringen verzichteten. Hier in Wien waren die Veränderungen, der Umbruch der Weltordnung, viel stärker spürbar als in London, dachte Sarah.

Da traten Hannah und Sarah endlich aus der Gasse ins helle Sonnenlicht. Die Straße vor ihnen war breiter und wurde von eindrucksvollen dreigeschossigen Gebäuden gesäumt. Die Fassaden waren teilweise frühklassizistisch mit Pilastern und korinthischen Kapitellen, und ein Gebäude fiel durch Putten an den Fenstern auf. Hannah steuerte auf eines der Gebäude zu, das Sarah von der Fotografie kannte, die ihre Freundin ihr geschickt hatte. Im Erdgeschoss rahmten zwei schmale Schaufenster eine massive Eingangstür.

»Lass dich nicht täuschen. Der Laden ist ziemlich groß, aber es ist besser, wenn man sich nach außen bescheiden präsentiert. Bei unserem Nachbarn haben sie vor zwei Monaten die Fenster eingeschlagen und drinnen alles verwüstet.«

Hannah betätigte die Türklingel unter dem Messingschild *Antiquitäten Hirschel & Söhne*. Es dauerte nur wenige Sekunden, bis die Tür geöffnet wurde.

»Grüß Gott, Frau Hirschel! Ja, das ist aber schön, dass Sie uns heute beehren!«, wurden sie von einem älteren Herrn begrüßt.

Sarah folgte ihrer Freundin in den überraschend großen Verkaufsraum, in dem ihnen Levi zwischen exquisiten Möbelstücken und Kunstwerken entgegengeeilt kam.

Der Kunsthändler strahlte. »Willkommen bei uns in Wien, liebe Sarah. Meine Frau liegt mir schon seit Tagen in den Ohren mit den Vorbereitungen für deine Ankunft.«

Er war kleiner als Sarah, sodass sie sich ein wenig vorbeugen musste, um die Wangenküsse zu empfangen. Das Verhältnis zu Hannah und ihrem Mann war sehr herzlich, und Sarah schätzte die Hirschels wie Familienmitglieder.

»Wunderschön ist sie, nicht wahr, Hannah?! Ich darf das sagen, weil ich ein glücklich verheirateter Mann bin!« Levi lachte und breitete die Arme aus. »Sieh dich nur um, wir haben in den letzten Monaten sehr schöne Stücke erwerben können. Die Umstände, nun ja, aber es ist, wie es ist, nicht wahr? Das Leben geht weiter, und die Geschäfte müssen laufen.«

Er war durch und durch Geschäftsmann – mit einem ausgezeichneten Sinn für das Schöne. Daran war nichts Ehrenrühriges, dachte Sarah, denn sie musste schließlich auch profitable Abschlüsse für Varnham's auf den Weg bringen. Alles Schöne hatte einen ideellen Wert und einen realen Preis.

Stolz zeigte Levi ihr sein Geschäft. »Mein Onkel hatte ein gefülltes Lager, was einerseits eine gute Sache ist, andererseits viel totes Kapital bedeutet. Wir haben einiges günstiger verkauft, um dafür besondere Stücke einzukaufen und uns neu auf dem Markt zu positionieren.« Levi trat an die Vitrine mit den schillernden

Kunstwerken, holte aus seiner Brokatweste eine goldene Kette mit einem Schlüssel hervor und schloss die Glastür auf.

Vorsichtig nahm er eine winzige Amphore heraus. »Durchscheinende rote Emaille, Diamantsplitter, der Mondstein unten an der Spitze und am Hals ein Band aus feinen Perlen. Ah!« Er drehte das Duftgefäß, denn für edle Parfüms war es gedacht. »Und schau die kleine Cherub-Maske mit den Schwingen zu beiden Seiten. Es kann an einer Kette getragen werden. Zauberhaft, nicht wahr?!«

»In der Tat, exquisit!«, sagte Sarah bewundernd. »Wann wurde der Flakon gefertigt?«

»1896 von Meister Perchin in der Werkstatt von Fabergé in St. Petersburg. Und sieh dir diese Bowenit-Charka an. Meisterhaft!«

Sarah betrachtete die grüne Schale, die in eine geöffnete Handfläche passte und einen goldenen Griff mit Cabochonschliff-Rubinen aufwies. Bowenit war weniger wertvoll als Jade, aber wenn der Stein schön strukturiert war, als Edelstein verwendbar. Am Zarenhof hatte es über viele Jahrhunderte die Tradition des Edelsteinschleifens und der Kunst des Pietra dura gegeben, die mit der Revolution nun wohl ihr Ende gefunden hatte.

»Wundervoll!«, nickte Sarah.

»Oh, Sarah, das hier musst du sehen.« Hannah zog sie zu einem anderen Schrank, in dem eine Gruppe von geschnitzten Tieren zu sehen war. »Sind die nicht entzückend? Das Eichhörnchen sieht doch aus, als käme es direkt aus dem Wald!«

Das Eichhörnchen und zwei Mäuse waren in honigfarbenem Stein gearbeitet und von Cartier, wie Sarah bei näherem Hinsehen feststellte. »Wirklich schön, ich muss sagen, dass für jeden Geschmack etwas dabei ist.«

»Und auch für den kleinen Geldbeutel. Das ist mir wichtig. Ich möchte, dass die Kunden ihre Hemmungen überwinden und hereinkommen, sich umsehen, und wenn sie nicht sofort etwas finden, trotzdem gerne wiederkommen«, erklärte Levi. Es klingelte, und Levi faltete die Hände vor der Brust. »Verzeiht mir. Aber wir sehen uns heute Abend zum Dinner.«

»Wie viel Zeit hast du jetzt noch, Sarah? Wir könnten ins Sacher gehen oder hier einen Tee trinken. Es ist so schön, dass du hier bist!« Hannah hakte Sarah unter und zog sie an sich.

»Ach, dann lass uns ins Sacher gehen – ich bin gespannt darauf! Wir haben noch drei Stunden.« Das berühmte Wiener Kaffeehaus war ein wundervoller Ort, um ein Wiedersehen zu feiern.

Wenig später saßen die Freundinnen bei Mokka und einem Stück Sachertorte in einer Nische und hielten sich an den Händen. Hannah war schmaler geworden, und um ihre Augen und den Mund hatte sich ein trauriger Zug eingegraben. Der Verlust ihres Kindes, die Fehlgeburt und die unerfüllte Sehnsucht nach einem Kind lasteten auf der jungen Frau.

»Du siehst wirklich sehr gut aus, Sarah. Woran liegt es?« Hannah zwinkerte ihr zu.

»Hm, Philip, also, nun ja«, sagte Sarah leise, obwohl niemand sie hören konnte und auch niemand wissen konnte, wen sie meinte.

»Deine heimliche Liebe!«, flüsterte Hannah. »Ich hoffe nur, dass du dabei nicht verlierst, Sarah. Er ist verheiratet und ein Mann! Ihm kann nichts geschehen. Du weißt, wie ich das meine. Aber du hast es so weit gebracht. So eine Affäre könnte deinem Ruf schaden, egal, wie modern sich einige Frauen geben. Die Gesellschaft ist noch immer unerbittlich.«

Sarah wich ihrem Blick aus und strich sich eine Locke aus der Stirn. »Lästige lange Haare. Ich werde mir diesen neuen Schnitt machen lassen. Kinnlang!«

Hannah riss die Augen auf. Ihr dichtes schwarzes Haar lag sorgfältig aufgesteckt am Kopf, der Spitzenkragen ihrer Bluse reichte bis unters Kinn und wurde von einer Kamee-Brosche geschmückt. Ein Kurzhaarschnitt käme einem kriminellen Akt des Aufbegehrens gegen alle Traditionen ihrer Familie gleich. »Das willst du nicht!«

»Doch, und wie ich das will!«, grinste Sarah. »Keine Sorge, ich liebe meine Arbeit viel zu sehr, als dass ich sie durch Unbesonnenheit verlieren möchte …« Sie schwieg, weil sie an ihren Bruder und das Erlebnis mit Charley denken musste.

Hannah kannte sie zu gut und fragte sanft: »Was bedrückt dich, Sarah?«

»Mein Bruder Ben macht mir Sorgen, weißt du. Seine Verletzungen sitzen tief, und ich habe Angst um ihn. Er kann die Schmerzen und – vielleicht noch mehr – die Erinnerungen an den Krieg kaum ertragen und betäubt sich.«

»Oh?«

»Morphium, und das ist teuer!«, seufzte Sarah.

»Wie furchtbar!«, entfuhr es Hannah. »Woher nimmt er das Geld?«

Als Sarah sie schweigend ansah, runzelte Hannah die Stirn. »Du hilfst ihm aus? Aber wie lange soll das so gehen? Du verdienst doch selbst nicht so viel! Davon gibst du sicher noch an deine Eltern ab. Gibt es nicht ein Sanatorium, in dem man Ben helfen kann?«

»Lady Sudbury hat uns schon sehr geholfen, indem sie Ben nach seiner Rückkehr in ihrem Sanatorium in Kent aufgenommen hat. Aber das ist nun vorbei. Mit Kriegsende wurden auch die meisten Sanatorien in den Landhäusern wieder geschlossen. Was ja auch verständlich ist. Ben hatte einen Job im *Bluebell*, dem Klub von Charley Randall.« Bislang hatte Sarah ihrer Freundin nur wenig über Charley erzählt.

»Charley, lass mich kurz nachdenken, du hast ihn mal erwähnt. Er hat euch beschützt? Ja? Als das mit deinem Vater so schlimm war?« Hannah rührte etwas Zucker in ihren Mokka. Die goldenen Ringe an ihren Fingern waren mit Diamanten, Saphiren und einem Rubin besetzt. Finanzielle Not war Hannah unbekannt, und dennoch war sie verständnisvoll, mitfühlend und niemals herablassend.

»Das hat er, und dafür bin ich ihm dankbar.«

»Ben arbeitet also noch für diesen Charley?«

Ein Oberkellner kam an ihren Tisch, um nachzusehen, ob sie noch etwas bestellen wollten, doch Hannah winkte ab und verlangte stattdessen die Rechnung.

»Wenn er kann, ja. Er hat auch ein Zimmer im Klub. Ich, ich …« Sie biss sich auf die Lippen, entschloss sich aber, ihrer Freundin von ihrem Bittgesuch bei Charley zu erzählen. Stets machte sie alles mit sich allein aus, und ausgerechnet diese Geschichte konnte sie auch nicht mit Philip teilen. Es gab Grenzen.

Mit wachsendem Unmut, der sich in ihrer Mimik spiegelte, hörte Hannah ihr zu. »Das ist Erpressung, Sarah! Lass das nicht zu! Egal, wie oft er dir geholfen hat, so verhält sich ein anständiger Mann nicht.«

»Charley hat einen guten Kern. Er kommt von ganz unten, da gelten andere Regeln«, verteidigte sie ihn und fügte hinzu, als sie Hannahs irritierte Miene sah: »Aber damit ist er natürlich zu weit gegangen.« Andererseits, was hatte sie erwartet? Sie tat ihm unrecht, wenn sie ihn gänzlich verurteilte. Und schließlich *hatte* er Ben geholfen. Sie selbst hätte ihrem Bruder nicht beistehen können. Ein Schauer überlief sie bei der Erinnerung an diesen Nachmittag, und sie schüttelte den Kopf. »Ach, vergiss einfach, dass ich es dir erzählt habe. Ich wollte ihn nicht schlechtmachen. Es war nur der Schock, weißt du. Ich fühlte mich ihm so ausgeliefert. Und wenn es da nicht diese eine Sekunde gegeben hätte, in der er sich besonnen hat ...«

»Siehst du? Er hat dir Angst gemacht. Wenn du mal wieder Geld brauchst, frag mich. Noch geht es uns gut, und du siehst ja, dass Levi ein cleverer Geschäftsmann ist und sich um uns kümmert. Wenn ich ihm doch nur einen Sohn schenken könnte! Das würde ihn so glücklich machen. Er braucht doch einen Nachfolger.«

Sarah legte ihre Hand auf die ihrer Freundin. »Die Zeit wird es weisen, Hannah, setz dich nicht unter Druck.«

Die Fassade des ehrwürdigen Wiener Auktionshauses in der Dorotheergasse war beeindruckend, und Sarah wollte an einem der nächsten Tage unbedingt die Ausstellung besuchen. Neben den geschäftlichen Terminen, die sie in höchstem Maße forderten, freute sie sich auf ein Wiedersehen mit Philip, der morgen früh mit dem Nachtzug aus Paris eintreffen sollte. Lange hatte es in der Schwebe gehangen, ob Philips Reise nach Italien mit ihrem Aufenthalt in Wien zu vereinbaren war. Erst kurz vor ihrer Abreise hatte es sich entschieden, und Sarah war voller Vorfreude, denn sie hatten in den vergangenen Wochen nur wenig Zeit füreinander gehabt. Eine Turmuhr schlug, und Sarah schaute sich nach dem Palais um, in dem Mr Cartlidge Quartier bezogen hatte. Sie sog die Eindrücke auf der belebten Straße um sie herum ein und blinzelte in die Sonne.

Ein Automobil fuhr hupend an ihr vorbei, und ein eleganter Herr warf ihr aus dem offenen Fenster eine Kusshand zu. Hinter ihr schnaufte eine Frau: »Bah, der aufgeblasene Fatzke, der!«

Sarah drehte sich um. »Ja, wer war denn das?« Ihre Deutschkenntnisse waren bescheiden, reichten jedoch für eine grundlegende Konversation.

Die Frau, gutbürgerlich gekleidet, antwortete: »Der Graf Pallavicini! Ja, kennens den net?«

Sarah schüttelte den Kopf.

»Na, der und seine Frau, die schöne Irma, die feiern da droben in ihrem Palais am Josefsplatz die rauschendsten Feste. Phh, wenn die Banknoten weiter so rauschen, wird's damit auch bald ein Ende haben …« Die Frau machte eine wegwerfende Handbewegung und ging davon.

Die Wohnung von Mr Cartlidge lag im ersten Stock eines renovierungsbedürftigen Palais. Im Eingangsbereich und im Treppenhaus bröckelte der Putz, und die Wandmalereien waren verblasst und einige Stufen gesplisst. Charmant war das Gebäude dennoch, fand Sarah, die sich für die aufwendigen Stuckelemente und raffinierten Fliesenmuster begeisterte.

Mr Cartlidge war ein distinguierter Herr im sechsten Lebensjahrzehnt und trat im schwarzen Anzug mit Krawatte und Taschenuhr auf. Sein weißes Haar und der weiße Vollbart waren akkurat in Form gebracht, und er begrüßte sie mit einem Handkuss, wobei er sich schwer auf einen Stock stützte.

»Verehrte Miss Rosewell. Ich kann Ihnen nicht genug danken, dass Sie die beschwerliche Reise auf sich genommen haben. Wie Sie sehen, bin ich derzeit leider nicht in der Lage zu reisen, zumal nicht mit meinen Schätzen. Bitte kommen Sie herein! Karl hat uns einen Tee bereitet. Das habe ich ihm mühsam beigebracht, und er rümpft noch immer die Nase«, erklärte der Klient mit einem verschmitzten Seitenblick auf den Butler.

Dieser schien unbeeindruckt und bereitete Tassen, Gebäck und Tee vor, während Mr Cartlidge Sarah im großen Salon zu einem massigen Schreibtisch führte. Die Wände waren kanariengelb tapeziert, Reste von Vergoldung noch an den Stuckaturen sichtbar. In weitaus besserem Zustand war die Gemäldesammlung. Neben dem Monet entdeckte Sarah englische Maler, darunter einen Constable, ein Frauenporträt von Cabanel und einen erstklassigen Tissot. Die Gartenszene zeigte eine junge Frau in einer Hängematte mit Sonnenschirm.

»Danke, Karl, wir benötigen Sie jetzt nicht mehr.«

Der Butler verneigte sich. »Wie Sie wünschen, gnädiger Herr.« Er sprach Englisch, der starke Wiener Akzent war jedoch unverkennbar.

»Den Monet haben Sie schon gesichtet, nehme ich an. Den Schmuck hole ich aus dem Safe. Ich habe ihn vorhin von der Bank bringen lassen.« Cartlidge trat hinter den Schreibtisch und öffnete eine der Türen, in der sich ein kleinerer Safe verbarg.

»Sir, ich sehe da den Tissot und weiß, dass diese Bilder derzeit in den Vereinigten Staaten gesucht werden. Wenn Sie auch darüber nachdenken möchten?«

Erstaunt sah Cartlidge auf und stellte drei Schmuckschatullen auf den Schreibtisch. »Tatsächlich? Ich dachte, die Belle Époque sei gerade außer Mode gekommen, und alle Welt stürze sich nur auf die Modernen.«

»Von unserem Mitarbeiter in New York bekommen wir Mitteilung, dass einige große Sammlungen im Aufbau sind, und da kämen solche Gemälde durchaus infrage. Ich hake gern nach, wenn Sie möchten.«

»Ja, in der Tat.« Der ältere Herr, dessen Augen ein wenig melancholisch blickten, sank in den Sessel an seinem Schreibtisch. »Alles entgleitet mir, die Welt dreht sich zu schnell, ja, ja, das ist nicht gut. Meine Tochter Barbara sieht das ganz anders – ihr kann sich die Welt gar nicht schnell genug drehen. Sie ist noch in London und flattert von Party zu Party. Kennen Sie Elizabeth Ponsonby?« Er schüttelte den Kopf. »Ein schlechter Einfluss, aber was soll ich machen? Ich bin nur der alte Vater, der immerzu von der Vergangenheit redet. Ihre Mutter, Gott hab sie selig, starb vor zehn Jahren. Ja, was soll ich denn machen, außer mich noch an den Erinnerungen zu erfreuen?«

Sarah hörte zu und fühlte mit dem Mann, der sich um seine Familie sorgte und angesichts der unsicheren Zeiten einige Wertgegenstände veräußern wollte. Elizabeth Ponsonby allerdings gehörte zu einem Zirkel feierwütiger junger Leute der Aristokratie, die tatsächlich nichts auf Konventionen gaben und dabei sicherlich bisweilen über die Stränge schlugen. Die väterlichen Sorgen waren durchaus angebracht.

Cartlidge klappte den ersten Schmuckkasten auf. »Mein Prachtstück. Ich habe es damals nach der Weltausstellung für meine selige Frau gekauft. Sie hatte blaue Augen, die im Licht violett schimmerten, so wie dieses Collier.«

Sarah hatte weiße Handschuhe übergestreift, um die Edelsteine mit einer Lupe begutachten zu können. »Fantastisch! Welche Pracht, Sir!«

Vor ihr glitzerten im Licht der Nachmittagssonne über ein Dutzend große Turmaline und kleinere Diamanten, gefasst in Platin und Weißgold als prachtvolles Collier, das einer Fürstin zur Ehre gereicht hätte. Cartlidge war kein Aristokrat, sondern hatte sein Vermögen mit dem Wollhandel gemacht.

»Nicht wahr? Sie hat es nur dreimal getragen, weil sie immer Angst hatte, es zu verlieren. Dabei habe ich ihr versichert, dass der Schmuck nur dazu da ist, um sie noch schöner zu machen. Außerdem war ich immer gut versichert. Aber diese Zeiten sind nun vorüber.«

»Das ist eine der besten Arbeiten von Tiffany, die ich bisher gesehen habe. Das berühmte Wades-Collier kenne ich natürlich nur von Bildern, aber dieses Stück steht dem in nichts nach.« Sarah überschlug die Karatzahl und sah einen hohen Verkaufspreis vor sich. Und mit der Geschichte von Cartlidges Frau ergab sich ein ansprechendes Gesamtpaket.

Cartlidge öffnete das nächste Kästchen. Eine mit Diamanten besetzte Schmetterlingsbrosche kam zum Vorschein. »Lalique. Und von ihm habe ich noch Haarschmuck und eine Kette mit einem emaillierten Drachen.«

René Lalique war neben Louis Comfort Tiffany und Peter Carl Fabergé der dritte große Schmuckdesigner auf der Weltausstellung in Paris gewesen.

Begeistert untersuchte Sarah die ausgefallenen Stücke. »Haarschmuck trifft es nicht im Entferntesten. Ein zauberhaftes Kunstwerk!« Sie nahm das Haarornament in Form einer Orchidee in die Hand. Elfenbein, Horn, Gold, Emaille und winzige Diamanten ergaben eine Blume, die im Haar täuschend echt aussehen würde.

»Sie sehen also einen Platz auf einer Ihrer Auktionen für meine Schätze?«, fragte Cartlidge bescheiden.

»Sir, ich werde noch heute mit Direktor Rowland telefonieren.«

36

Direktor Rowland war überaus erfreut gewesen, als er von Sarahs erfolgreichen Verhandlungen mit Cartlidge erfahren hatte. Nachdrücklich hatte er sie ermuntert, selbstbewusst in das Gespräch mit Bankier Wallner zu gehen.

Das rief sich Sarah in Erinnerung, als sie aufrecht auf den Mann zuging.

»Wertes Fräulein Rosewell«, gurrte der Bankier und hieß sie, in einem Sessel Platz zu nehmen.

Sein Büro war groß, mit protzigen Möbeln verschiedener Epochen und dekorativen Gemälden mit viel Goldbelag ausgestattet. Sarah fand Gefallen an den Gemälden, die vom Wiener Künstler Gustav Klimt stammten.

»Danke sehr! Sagen Sie, Herr Wallner, diese Gemälde sind von Klimt, nicht wahr?«

Leopold Wallner war ein mittelgroßer Mann mit grauem Schnauzer, einem Bäuchlein, das sich unter einer bunten Weste spannte, und einem überfreundlichen Wesen. Vorsicht war bei dieser Art Mensch geboten, fand Sarah, die Schmeicheleien immer skeptisch gegenüberstand.

»Aber ja!«, antwortete er im breiten Wiener Dialekt, an den sich Sarah mit jedem Tag besser gewöhnte. »Der Klimt ist im vergangenen Jahr gestorben. Sehr schad! So ein großer Künstler, wissen's! Ich hab ihn immer unterstützt, obwohl er nicht einfach war, ein Exzentriker und mit die Weiber, da war er ganz in seinem Element ... Oh, Verzeihung!« Er grinste breit, und es war offensichtlich, dass es ihm in keiner Weise leidtat, sondern er diese schlüpfrigen Anspielungen genoss.

Eine Sekretärin brachte ein silbernes Tablett mit Mokkatassen und Pralinen herein. Welch ein Luxus in diesen Zeiten, doch es schien für den Bankier ganz selbstverständlich.

»Dürfen wir Ihnen auch einen Likör anbieten?«

»Danke, nein, ich bin mit dem Kaffee sehr zufrieden«, erwiderte Sarah und kostete die Schokoladenkreation, die man ihr mit einer silbernen Zange auf einen Teller gelegt hatte.

Leopold Wallner saß ihr gegenüber und zündete sich eine Zigarre an. »Und ich bin mit der Abordnung meines lieben Rowland sehr zufrieden. Zu viel Revolution ist nicht gut, wie man in Russland sieht, aber wenn sie ein hübsches Gesicht hat, geht's schon durch!« Der Bankier lachte dröhnend, und Sarah rückte in ihrem Sessel automatisch weiter von ihm ab.

»Nun, es war vielleicht einfach an der Zeit, dass Frauen arbeiten und Positionen einnehmen, die sonst den Männern vorbehalten waren. Wir haben uns bewährt, wenn ich das so sagen darf«, wagte sie sich vor.

Der Bankier schürzte seine Lippen und musterte sie eingehend. »Hm, sicher, sicher, aber nun ist der Krieg vorüber, und wir können zur alten Ordnung zurückkehren. Zu viel Neues ist nie gut, das macht die Leut' kirre. Es braucht Stabilität und eine starke Führung. Dann hätten wir auch nicht das Problem mit den frechen Juden.«

Sarah wäre beinahe die Untertasse aus der Hand gefallen. Dieser offenkundige Antisemitismus war ihr fremd. »Verzeihung? Warum Problem?«

»Ja, schauen Sie, die nehmen uns viele Geschäfte fort. Die Rothschilds haben mir grad vorhin einen großen Kunden weggeschnappt. Das sieht man nicht gern, so ist das.« Er paffte energisch an seiner Zigarre.

Sarah räusperte sich und wusste nicht recht, was sie darauf erwidern sollte, ohne ihn gegen sich aufzubringen. »Der Kaffee ist sehr gut, Herr Wallner. In London haben wir zwar besseren Tee, aber keinen so guten Kaffee.«

»Man muss erst nach Wien reisen, um einen anständigen Mokka serviert zu bekommen. Nun, was möchte denn mein lieber Freund Rowland, das ich für ihn tue?«

»Varnham's möchte expandieren«, sagte Sarah. »In New York haben wir bereits eine Dependance eröffnet, die sich mehr als bezahlt gemacht hat. Der Markt dort ist sehr lukrativ. Aber natürlich möchten wir auch das europäische Festland einbeziehen. Paris, Wien und Rom.«

Wallner hielt die Zigarre so, dass der Qualm im Licht schlangenförmige Linien zog. »Richtig so! Das nenne ich Unternehmergeist! Und da benötigen Sie ein Haus in Wien und sicher auch einen Kredit?«

»Haben Sie Verbindungen? Wir dachten an ein Palais in dieser Gegend. Solide, traditionell und gut erreichbar.«

»Aber ja, meine Beste, da strecke ich mal meine Fühler aus, und in Bälde hören Sie von mir. Und wie steht es mit Ihren Kontakten hier in Wien? Haben Sie schon die wichtigen Leute kennengelernt?«

»Ich bin gerade erst angekommen.«

Wallner klopfte sich auf den Schenkel. »Dann werde ich etwas organisieren. So eine Schönheit wie Sie, meine Gnädigste, da werden wir Sie doch richtig einführen. Lassen Sie mich kurz nachdenken. Der Pallavicini schuldet mir noch einen Gefallen. Und sein

Palais ist wie gemacht für große Feste. Ja, ja, Sie hören von mir. Wo logieren Sie?«

»Im *Weißen Schwan* am Kohlmarkt«, antwortete Sarah.

Wallner verzog den Mund. »Sie konnten es nicht besser wissen. Aber bei Ihrem nächsten Besuch bringen wir Sie adäquater unter.«

Sarah verließ das Bankhaus und eilte zurück in ihr Hotel, wo sie auf eine Nachricht von Philip hoffte. Der Rezeptionist schien sie erwartet zu haben, denn er griff hinter sich in die Wand mit den Fächern und zog einen Umschlag hervor.

»Ein Telegramm für Sie, Miss Rosewell.«

Sarah öffnete den Umschlag auf dem Weg zum Lift.

PLANÄNDERUNG. KOMME AUF DEM RÜCKWEG VON ROM NACH WIEN. VERZEIH MIR. IN ZWEI WOCHEN. LIEBE. PHIL

In zwei Wochen erst! Sarah schluckte, und die Tränen schossen ihr in die Augen, doch sie blinzelte tapfer und trat an dem Liftboy vorbei in den engen Fahrstuhl.

Als sie Hannah am Abend von ihrer Enttäuschung berichtete, nahm diese sie in die Arme. »Sei nicht traurig, Sarah. Es gibt noch so viel zu sehen hier in Wien, ich will dich noch einigen interessanten Leuten vorstellen, und dann ist die Wiedersehensfreude nachher umso größer.«

Sarah schniefte. »Ich bin eine alberne Gans. Aber ich bin froh, dass ich Philip habe, weißt du, Hannah. Er ist so sensibel, versteht mich, wie kein Mensch sonst, außer dir vielleicht, aber das ist etwas anderes.«

Sie lachten.

»Er kennt mich schon so lange und weiß, was mir die Arbeit bei Varnham's bedeutet. Und ich schätze seine Fotografie. Es ist wie eine Symbiose. Ach, was rede ich ...«, seufzte Sarah.

Sie saßen in Hannahs Wohnung in der Leopoldstadt. Das Abendessen war beendet, und die Herren hatten sich mit ihren Zigaretten zurückgezogen.

Hannah trug heute Abend ein fließendes Kleid aus mitternachtsblauer Seide und ein Collier mit Saphiren und einem Rubin. »Jetzt hör aber auf! Du empfindest sehr richtig. Es zerreißt mir nur schier das Herz, dass du ihn nicht heiraten kannst. Ich würde es dir so wünschen, meine liebste Freundin. Es würde so vieles einfacher für dich machen!« Hannahs große dunkle Augen lagen mitfühlend auf ihr.

»Ich weiß. Aber wir können es nicht ändern. Die Gesellschaft muss sich eben ändern, nicht wir!«, sagte Sarah kampflustig und spielte mit ihren Haaren. »Und morgen lass ich mir diesen Pagenkopf schneiden, von dem alle Welt spricht!«

Hannah schlug sich eine Hand vor den Mund. »Wirklich? Oh, Sarah, überleg es dir! Du bist doch zu dem Fest bei Pallavicini eingeladen. Mach es doch lieber danach.«

»Nein, gerade jetzt! Ich muss doch einen Eindruck hinterlassen! Und wenn der Graf und seine Gattin tatsächlich so exzentrisch sind, wie es heißt, werden auch die Gäste entsprechend sein. Ach, Hannah, ich will es wagen!«

Die beiden jungen Frauen sprangen auf, fielen sich in die Arme und tanzten ausgelassen durch den kleinen Salon.

Plötzlich schwang die Tür auf, und Levi kam herein. »Ja, was ist denn hier los? Warum dürfen wir nicht mitfeiern?«

Hannah flog in die Arme ihres Mannes und wurde von ihm herumgewirbelt. So musste ein Eheleben sein, dachte Sarah lächelnd.

Außer ihr waren zwei Freunde von Levi geladen. Tamás Herceg, ein ungarischer Literat, der gegen die Nationalpolitik wetterte, Tabak und alkoholischen Getränken nicht abgeneigt war und einen schönen Bariton hatte. In den Genuss seiner Stimme kamen sie, als das Grammofon eine Arie aus der Operette »Die Csárdásfürstin« von Emmerich Kálmán spielte.

Sarah stand neben Hannah und flüsterte: »Er hat eine schöne Stimme, aber er ist so furchtbar leidenschaftlich bei allem, was er tut.«

Hannah kicherte. »Das ist er, und er tut sich damit nicht immer einen Gefallen, glaub mir. Seine Stücke und auch der Roman, den er vor einem Jahr veröffentlicht hat, sind sehr gut. Aber am Theater wollen sie ihn nicht mehr spielen, weil er bei einer Vorstellung auf die Bühne getreten ist und sich volltrunken über die Gendarmerie lustig gemacht hat.«

»Das ist gefährlich! Hat er einen Grund für seine Abneigung?«

Hannah warf ihr einen vielsagenden Blick zu. »Er nimmt kein Blatt vor den Mund, und er ist Pazifist. Du kannst dir sicher vorstellen, wie das zur Zeit der k.u.k.- Monarchie ankam.«

Tamás sang derweil mit viel Gefühl und Schmelz in der Stimme von einer unerfüllten Liebe und der Ungerechtigkeit der Welt. Dunkles gewelltes Haar fiel ihm in die Stirn, er hielt sein Glas und prostete ihnen zu, und Sarah verstand seine Zerrissenheit und Verzweiflung angesichts eines in Trümmern liegenden Kontinents. Und dennoch schwang eine unbändige Lebenslust in seiner Stimme mit. Und war es nicht genau das, wonach sie alle sich sehnten? Hoffnung und das Gefühl, lebendig zu sein?!

Der andere Freund von Levi war ein schlanker junger Mann mit weichen Zügen, den Sarah nur schwer einschätzen konnte. Nacham Sternreich war der Sohn von Bankier Sternreich, dem Inhaber der gleichnamigen Privatbank. Der Bankierssohn sprach mit leiser Stimme und schien immer auf der Hut zu sein, was Sarah etwas irritierend fand.

»Was ist Nacham eigentlich für ein seltsamer Kauz?«, fragte sie ihre Freundin und beobachtete, wie Sternreich sich eine Zigarette anzündete und vor einem Bücherregal verweilte.

Hannah wandte sich ihr zu und neigte den Kopf. »Ich mag ihn nicht.« Mit einem Seitenblick auf den Bankierssohn fuhr sie leise fort: »Die Hirschels arbeiten mit dem Bankhaus Sternreich zusammen, und wenn Nacham etwas will, schlägt man es ihm nicht ab, wenn du verstehst. Ich wäre auch froh, wenn er sich wieder mehr anderen Freunden zuwendet. So ist er, eine Weile gefällt es ihm hier, dann dort. Andererseits hat er Levi einige Kunden vermittelt. Gerade jetzt zählt jeder Kunde doppelt.«

»Natürlich.« Sarah lächelte, als Nacham zu ihnen herübersah. »Warst du eigentlich schon auf einem Fest des Grafen Pallavicini?«

Hannah hob die Augenbrauen. »Der berühmte Pallavicini? Der mit den Automobilen?«

»Automobile?«, wollte Sarah wissen.

»Na ja, der Graf ist bekannt für seine Vorliebe für Automobile und seine Reisen. Darüber schreibt er wohl auch ein Buch.«

»Wie außergewöhnlich«, murmelte sie und fügte hinzu: »Aber ja, ich denke, der ist es. Bankier Wallner wollte mich dort seinen Bekannten vorstellen. Und ich finde, dass du und Levi mich unbedingt begleiten solltet.«

»Nein!« Hannah strahlte. »Levi! Komm her, und hör dir das an!«

Sarahs gute Laune nach dem Abend mit ihren Freunden wurde jäh getrübt, als sie vor ihrem Hotel aus der Kutsche stieg und einer Gruppe grölender Studenten gerade noch ausweichen konnte.

»Na, schöne Frau, noch so spät allein unterwegs?«, rief einer der jungen Männer, die Uniformen und die Farben ihrer Verbindung trugen.

Die Studenten hielten sich an den Armen, und einer zog ein bedrucktes Blatt aus seiner Jackentasche. »Hier, kommen's mal bei uns vorbei, wird Ihnen gefallen.«

»Geh, Paul, jetzt lass uns weiter. Die schaut so grimmig. Bähhh!«, lallte ein anderer, und die Gruppe zog singend weiter.

Angewidert schaute Sarah auf das Blatt, während sie die Stufen zu ihrem Hotel hinauflief. Der Nachtportier suchte ihren Schlüssel heraus. Er war ein älterer Herr mit freundlichem runden Gesicht.

»Guten Abend, gnädige Frau. Ich hab's nur grad so gesehen, aber von denen Herren Studenten sollten Sie sich lieber fernhalten. Die sind kein Umgang für eine feine Dame.«

Er legte ihr den Schlüssel auf den Tresen. Ein Schwan aus Messing mit weißer Emaille an den Flügeln stellte den Schlüsselanhänger dar.

Sarah wedelte mit dem Blatt. »Von ›Licht‹ und ›reinen Herzen und echten Nationalen‹ ist hier die Rede. Danke, das dürfen Sie gleich in den Papierkorb werfen.« Als Aufmacher streckte eine männliche Heldenfigur eine Faust in den Himmel, und auf einem Schild war ein stilisierter Blitz zu sehen.

Der Portier nahm das Blatt, warf einen finsteren Blick darauf und zerriss es. »Ich wünsche eine gute Nachtruhe. Möchten Sie das Frühstück morgen im Salon oder lieber auf Ihrem Zimmer einnehmen?«

»Gern auf meinem Zimmer. Den Tee bitte recht stark, danke.«

37

Palais Pallavicini, Wien 1919

Friedlich erstreckte sich vor ihnen der Josefsplatz in all seiner Grandezza. Sarah schaute zum Reiterstandbild von Kaiser Joseph II., hinter welchem sich die Wiener Hofburg mit der Nationalbibliothek und die Augustinerkirche erhoben. Es war noch früh am Abend und der Platz belebt von Kutschen, Lastkarren und Menschen unterschiedlichster Herkunft. Gut gekleidete Nachtschwärmer und elegante Damen waren genauso zu sehen wie abgerissene Gestalten, die in dunklen Ecken herumlungerten, und Kriegsveteranen, die ihre amputierten Gliedmaßen anklagend jedem entgegenstreckten, der an ihnen vorbeiging.

Vergessen schien der Aufmarsch der zehntausend Demonstranten aus den Arbeiterbezirken am gestrigen Tag, der vor dem Polizeigefängnis in der Rossauer Kaserne in einem Blutbad mit zwanzig Toten geendet hatte. Von einem kommunistischen Umsturzversuch war die Rede, und die Friedensverhandlungen von St. Germain waren noch nicht unterzeichnet.

Sarah warf eine Münze in den Hut eines auf dem Boden kauernden Mannes, der sie mit glasigen Augen kaum wahrnahm. Unwillkürlich dachte sie an ihren Bruder und warf eine weitere Münze in den Hut.

»Was machst du denn, Sarah?« Hannah, die am Arm ihres Mannes ging, zog sie weiter mit sich auf die andere Seite des Platzes. »Na, wenigstens hast du dir die Haare nicht abgeschnitten.«

Sarah grinste. »Noch nicht ...«

Levi schwang seinen Spazierstock. Er trug Zylinder und Frack und schien bester Stimmung. »Diese Tür wäre mir sicher verschlossen geblieben, Sarah. Ich kann dir gar nicht genug dafür danken, dass du eine Einladung für uns erwirkt hast.«

»Ich habe darauf bestanden, und schließlich möchte Wallner ja mit Varnham's ins Geschäft kommen. Da konnte er mir diesen Wunsch schlecht abschlagen.« Sie hatte dem Bankier sein Ressentiment gegenüber dem Namen ihrer Freunde zwar angemerkt, doch er hatte bereitwillig die Einladung ausgestellt, die ihnen allen nun den Eintritt zum Fest im Palais Pallavicini gewährte.

Sie standen vor dem Portal des Palais, und Levi stieß seinen Gehstock auf das Pflaster. »Höret und staunet, werte Damen! Nicht oft hat man Gelegenheit, ein Palais dieser Größenordnung und Bedeutung als Gast betreten zu dürfen.«

Sarah betrachtete beeindruckt die riesigen Karyatiden, weibliche Statuen in langen griechischen Gewändern, die den Giebel des Überdachs trugen, und hob den Blick zum Gesims, wo sich das Wappen der Pallavicini befand.

Levi dozierte: »Erbaut wurde das Palais vom Architekten Johan Ferdinand Hetzendorf von Hohenberg im klassizistischen Stil für den Bankier Fries. Mitte des vergangenen Jahrhunderts erwarb es dann der Graf Pallavicini, der auch für die prachtvolle Innenausstattung verantwortlich ist, auf die wir gespannt sein dürfen.«

Er schlug mit seinem Stock gegen die Tür, die sofort lautlos nach innen aufschwang. Ein Diener in Livree mit goldenen Knöpfen ließ sie eintreten. »Ihre Einladung, bitte.«

Levi zeigte die mit dem Wappen geprägten Karten, und der Diener nickte. »Folgen Sie mir bitte.«

Selbst Hannah war beeindruckt und flüsterte Sarah zu: »Sieh die riesigen Kandelaber! Die müssen ein Vermögen wert sein! Und das Treppengeländer, wie kunstvoll!«

Das Treppenhaus war hell mit elegantem Stuck und in Kaiserstein ausgestattet, das schwarze Geländer ein Kunstwerk aus verschlungenen Ornamenten. Hier war an jedes Detail gedacht worden, nichts hatte man dem Zufall überlassen.

Gemälde klassischer Meister und moderner Künstler waren zu sehen, auch Kunstobjekte der Wiener Werkstätten entdeckte Sarah in einigen Vitrinen, als sie später durch die Salons flanierte. An die dreißig Gäste waren geladen, schätzte sie. Durch das ständige Kommen und Gehen verlor man leicht den Überblick, doch die charmanten und weltgewandten Gastgeber behielten stets die Kontrolle über das Geschehen. Mit Umsicht und Feingefühl stellten sie die Gäste einander vor, luden zum Tanz und mischten sich in Gespräche, die allzu politisch und hitzig zu werden schienen.

Die Gräfin war eine hochgewachsene Schönheit, deren Schmuck so ausgefallen wie kostbar war. Ihre Ausstrahlung beeindruckte Sarah und erinnerte sie an Lady Sudbury. Ihre mütterliche Freundin weilte erneut in einem Sanatorium in der Schweiz, und Sarah hoffte, sie noch besuchen zu können, bevor sie zurück nach London fuhr.

Bankier Wallner gab sich alle Mühe, Sarah mit einflussreichen Vertretern der Wiener Gesellschaft bekannt zu machen. Dazu gehörte auch Professor Wilhelm Czermak, ein hagerer Mann mit kahlem Gelehrtenschädel, einer spitzen Nase und Mundwinkeln, die sich missbilligend nach unten zogen.

»Miss Rosewell«, sagte er auf Englisch mit Akzent und deutete einen Handkuss an. »Es ist mir eine Freude. Was bringt Sie nach Wien?«

»Ich arbeite für das Auktionshaus Varnham's und habe hier einen Kunden zu betreuen.«

Ein grauhaariger Herr winkte dem Professor, sich zu ihm zu gesellen, doch Czermak neigte sich vor und sagte scherzhaft: »Verzeihen Sie, mein Kollege, Professor Menghin, er ist ein langweiliger Prähistoriker.«

Sarah lachte. Solcherlei Scherze amüsierten die Gelehrten also. »Und was ist Ihr Fachbereich?«

»Oh, ich bin Ägyptologe! Das ist doch sehr viel spannender, nicht wahr?«, sagte er.

»Da ich mir unter Prähistorik nicht viel vorstellen kann, ein guter Freund von mir jedoch als Fotograf bei Ausgrabungen im Tal der Könige dabei war, stimme ich Ihnen zu.« Sarah spielte mit dem Skarabäusanhänger ihrer Kette.

»Wie faszinierend! Und den Anhänger hat man Ihnen aus dem Tal der Könige mitgebracht?« Er hatte nur noch Augen für das Schmuckstück.

»Ja, das ist ein Original. Philip Maynard hat mit renommierten britischen Ägyptologen zusammengearbeitet«, sagte Sarah voller Stolz.

Der Professor hob eine Augenbraue. »Maynard? Ja, ja, den Namen habe ich gehört. Ich plane demnächst eine Veröffentlichung. Wissen Sie, ob er in den kommenden Monaten auf dem Kontinent ist?«

»Sogar bald. In der nächsten Woche wird er in Wien sein. Wenn Sie möchten, stelle ich Sie vor.«

»Das würde ich in der Tat begrüßen, Miss Rosewell.« Er zog eine Karte aus seiner Smokingjacke und reichte sie ihr.

Nicht, dass Philip ihre Hilfe benötigte, doch es erfüllte sie mit Freude, ihm diesen wertvollen Kontakt vermitteln zu können. Man konnte nie wissen, welche Projekte von der Wissenschaft angeschoben wurden, und derlei Veröffentlichungen genossen ein hohes Renommee, was sich wiederum als vorteilhaft für Philips Arbeit als Fotograf erweisen könnte.

Eine quirlige junge Frau erregte Sarahs Aufmerksamkeit. Die Dunkelhaarige trug den neuen kinnlangen Bob, mit dem Sarah schon länger liebäugelte, und bewegte sich mit einer beneidenswerten Selbstsicherheit. Dabei wirkte sie nicht überheblich, sondern bannte ihre Gesprächspartner durch Eloquenz und amüsante Anekdoten aus der Theaterwelt.

Bankier Wallner trat neben sie und sagte: »Das ist unsere Helene. Helene Brunner, eine Schauspielerin von Rang, die jetzt auch zum Film geht. Der junge Mann mit dem verträumten Blick ist der Poet Emil Hofbaur. Es heißt, er sei ihr hoffnungslos verfallen. Aber ihr Herz gehört einem ungarischen Balletttänzer. Tja ...« Wallner winkte der Schauspielerin, die langsam auf sie zukam.

»Die feurigen Ungarn lassen uns blass ausschauen. Da kann unsereins nur mit dem schnöden Mammon renommieren. Ah, werte Helene! Sie machen wie immer aus jedem Fest eine Vorstellung!«

Helene Brunner stellte sich zu ihnen, eine Hand in die Hüfte gestemmt, eins ihrer langen Beine schaute keck durch das bodenlange, geschlitzte Kleid, eine bunte Kreation aus Seide und Chiffon. Als Haarschmuck trug sie ein Stirnband mit einer gewaltigen Feder. Auffällig war die Schauspielerin, und als sie Sarah ansah, durchaus sympathisch.

Wallner nickte den Damen zu. »Darf ich Ihnen eine Freundin aus England vorstellen: Sarah Rosewell.«

Zufrieden ging Wallner zu einer anderen Gruppe, und Helene Brunner sagte in gebrochenem Englisch: »Aus England? London?

Da war ich einmal, herrliche Stadt, nicht so staubig wie unser provinzielles Wien.«

»Provinziell? Aber nein, so sehe ich es gar nicht. Ich bin sehr angetan. Es hat so einen morbiden Charme, wobei es jetzt unter diesen Umständen natürlich hart für die Menschen ist. Das lässt sich in dieser privilegierten Umgebung leicht vergessen.«

In ihrem eleganten, doch konventionell geschnittenen Kleid fühlte sich Sarah neben der mondänen Schauspielerin wie eine graue Maus.

Die dunkel geschminkten Augen hefteten sich interessiert auf Sarah. »Sie sagen es, wir sind privilegiert, und es muss sich etwas ändern.« Sie schaute sich um, hakte Sarah ein und ging mit ihr zu einem hohen Fenster, von dem aus man auf den mittlerweile nächtlichen Platz vor dem Palais sehen konnte.

An einer Straßenlaterne lehnte ein Mann und rauchte. Scheinbar gelangweilt, hatte er doch das Treiben im Blick und war sofort zur Stelle, als eine Kutsche hielt, ein Arm herausgestreckt wurde und anscheinend ein Tauschgeschäft stattfand. Danach ging er pfeifend seiner Wege.

»Sehen Sie das? Das sind die neuen Könige Wiens, Unterweltgestalten, Diebe, Gauner, Drogenhändler. Und dann die da droben, die Bankiers und Spekulanten. Und wir tanzen in der Mitte, als gäbe es kein Morgen!« Helene lehnte sich an den schweren Samtvorhang. »Was machen's eigentlich? Singen Sie?«

Sarah lachte. »Oh nein, das erspare ich meinen Mitmenschen besser. Nein, ich arbeite für ein Auktionshaus. Varnham's.«

»So? Sie kaufen und verkaufen schöne Dinge, wie extraordinär! Was war das aufregendste Stück, das Sie bisher verkauft haben?«

»Der Coltham-Diamant, würde ich sagen, wenn es um Zahlen geht. Für mich persönlich war es ein Fabergé-Ei, das mir ein alter

Mann übergeben hat, dessen gesamte Familie während der Russischen Revolution umgekommen ist. Das Ei war alles, was ihm geblieben war, und es hat ihm ein neues Leben ermöglicht.«

Die Schauspielerin wischte sich ergriffen eine Träne aus dem Auge. »Das ist herzergreifend. Ach ja, wenn ich nicht mehr jung und schön und auf den Bühnen begehrt bin, dann verkaufe ich meinen Schmuck. Dann schaut mich eh keiner mehr an. Ah, da kommt der Herr Lehner von Hofmann's. Bei ihm habe ich das eine oder andere Kleinod gekauft. Wissen's, ich liebe Auktionen, die sind so aufregend. Wie ein Rausch!« Helene lachte und streckte einem großen Mann mit welligem Haar und einem breiten offenen Gesicht die Hand entgegen.

»Ja, Herr Joseph, das wird Sie freuen, Besuch aus England von der Konkurrenz.«

Joseph Lehner verneigte sich höflich. Er trug einen Smoking mit schwarzer Fliege, einen Siegelring und passende Manschettenknöpfe. »Ah ja?« Er wandte sich Sarah zu und nannte als Erstes die Londoner Konkurrenten und dann erst Varnham's.

»Ich bin enttäuscht, Herr Lehner«, sagte Sarah mit einem Augenzwinkern. »Wo Varnham's doch das erste Haus am Platze ist.«

Der Geschäftsführer von Hofmann's lächelte entschuldigend. »Verzeihen Sie mir, welch ein Fauxpas. Darf ich den Damen etwas zu trinken holen? Champagner oder einen Cocktail?«

Ein Diener ging in Sichtweite mit einem Tablett Champagnergläser zwischen den plaudernden Gästen hindurch, und Lehner winkte ihn heran.

»Ich hätte schrecklich gern einen Cognac mit einem Spritzer Triple Sec und Zitronensaft. Das ist gerade *en vogue*«, meinte Helene und tippte Sarahs Arm an. »Sie müssten den Drink aus London kennen!«

»Das kann gut sein, nur ist dieser Trend leider an mir vorbeigegangen. Aber ich probiere sehr gern«, sagte Sarah.

Lehner nahm ein Glas Champagner und bestellte das Gewünschte. »Varnham's. Waren Sie an der Versteigerung des Blauen Diamanten beteiligt? Ich habe das damals verfolgt und mir den Katalog kommen lassen. Ein guter Beitrag.«blau

»Danke sehr, den habe ich verfasst. Sarah Rosewell.«

Anerkennendes Aufleuchten im Blick ihres Gegenübers stärkte ihr Selbstbewusstsein. Sarah schätzte den auf distinguierte Weise attraktiven Lehner auf Anfang fünfzig.

»Wirklich? Meine Anerkennung! Und was führt Sie nach Wien?«

Sie konnte ihm schlecht den Namen ihres Kunden sagen, der ja immerhin auch sein Kunde hätte sein können. »Ich besuche eine liebe Freundin. Die Hirschels führen einen Antiquitätenhandel, und ich wollte schon immer einmal nach Wien. Nun ist ja glücklicherweise vieles wieder möglich.«

Lehner nickte ernst. »Es wird langsam, bedarf aber noch vieler Anstrengungen, bevor diese Stadt wieder in altem Glanz erstrahlen kann.« Etwas leiser sagte er: »Ich bin ja der Meinung, dass eine Republik eine gute Sache ist. Der Renner hat da eine große Aufgabe zu bewältigen, und ein Sozialstaat ist eine löbliche Idee.«

»Ah, da kommt der Cocktail!«, rief Helene, und sie hoben die Gläser.

»Auf den Frieden, möge er ewig dauern!«, sagte die Schauspielerin.

Sarah und Lehner stimmten gern ein und unterhielten sich noch länger angeregt über den Kunstmarkt, während Helene einer Aufforderung zum Tanz folgte.

Irgendwann gesellte sich Hannah zu ihnen und sagte, nachdem man einander vorgestellt hatte: »Meine Freundin ist die erste Expertin bei Varnham's mit eigenem Büro, Herr Lehner.«

Verlegen murmelte Sarah: »Oh, Hannah.«

»Ich bin beeindruckt, Miss Rosewell, und das meine ich ehrlich. Sollten Sie einmal neue Erfahrungen sammeln wollen, kommen Sie zu uns. Wir könnten Ihnen sicher eine lukrative Stellung anbieten.« Lehner gab Sarah zum Abschied seine Karte und versicherte noch einmal, dass er sein Angebot durchaus ernst meinte.

Es war weit nach Mitternacht, als Sarah mit müden Beinen die Stufen zum *Weißen Schwan* hinaufstieg. Ein junger Bursche in Uniform öffnete ihr heute die Tür.

»Guten Abend, gnädige Frau!«

Das Foyer war nicht groß, halbrund und wurde von Säulen gerahmt, zwischen denen sich Sessel und kleine Tische befanden, an denen Kaffee oder Aperitifs serviert wurden. Ein Schwan aus weißem Marmor schmückte eine Konsole, neben der man ins Treppenhaus und den Salon gelangte.

Der Nachtportier erwartete sie hinter dem Rezeptionstresen und reichte ihr sogleich ihren Schlüssel und einen Brief. Sarah warf einen Blick auf die ihr unbekannte Handschrift und stellte fest, dass die Briefmarke in London abgestempelt worden war.

»Gnädige Frau, es wartet jemand auf Sie«, sagte der Portier und machte eine Kopfbewegung in Richtung des Salons.

Überrascht hob sie den Kopf und ließ den Brief in ihre Manteltasche gleiten. »Jetzt noch?«

Ihr Herz machte einen hoffnungsvollen Satz. Philip!

»Der Herr ist wohl ein Landsmann und sagte, Sie erwarten ihn. Deshalb habe ich mir erlaubt, ihm ein spätes Abendessen im Salon servieren zu lassen. Er ist vor einer Stunde angekommen und hat bei uns Quartier genommen.« Der Portier drückte eine

Klingel, woraufhin eine Hotelangestellte mit mürrischer Miene erschien.

»Gnädige Frau, wenn es Ihnen recht ist, geleitet Pauline Sie hinüber in den Salon.« Er sah Sarah fragend an.

Diese nickte stumm und wäre am liebsten in den Salon gerannt. Stattdessen folgte sie sittsam der Hotelangestellten, die sie durch einen Korridor führte, der mit ovalen Landschaften des Wiener Umlandes geschmückt war.

»Bitt schön, Gnädigste«, näselte Pauline gelangweilt und deutete auf einen Tisch, der halb von einer Palme verdeckt wurde. »Haben's noch einen Wunsch? Sonst würd ich mich empfehlen.«

Doch Sarah hörte nicht mehr zu, sondern streckte ihre Arme aus, als Philip, der sie gehört hatte, auf sie zutrat.

»Sarah!«, flüsterte er nur und ergriff ihre Hände. Ohne sie aus den Augen zu lassen, sagte er zu Pauline: »Wir haben alles, danke.«

Mit einem genuschelten »Wünsche einen schönen Abend!« verließ Pauline den Salon.

Philip zögerte kurz, doch dann nahm er Sarah in die Arme und küsste sie. »Gott, wie habe ich dich vermisst, meine wunderschöne Sarah.«

Sarah lehnte sich an ihn und sog den Duft seiner Haut ein. »Nicht so sehr, wie ich dich vermisst habe.«

Sie strich über seine Wange und stellte fest, dass er nicht rasiert war. »Hm, hattest du eine gute Reise? Bist du direkt aus Rom gekommen?«

Philip Maynard führte ihre Hand an seine Lippen und nahm sie mit an seinen Tisch, auf dem sich noch Schüsseln, Teller und eine Flasche Wein befanden. Seine Haare waren ein wenig länger geworden, was ihm gut stand, wie Sarah fand.

Er goss ihr Wein in sein Glas und reichte es ihr. »Ich habe es nicht länger dort ausgehalten, wissend, dass du hier allein bist.«

Der Rotwein war schwer, und Sarah leckte sich einen Tropfen von den Lippen. »Hannah hat mir ihr Wien gezeigt, und Bankier Wallner hat uns heute Abend ins Palais Pallavicini eingeladen. Mir schwirrt noch immer der Kopf von all den neuen Bekanntschaften, die ich gemacht habe. Alle haben sie mir ihre Karte gegeben, und es sind gute Geschäftskontakte darunter. Kennst du einen Professor Czermak?«

Philip hob die Deckel der Schüsseln. »Möchtest du noch etwas essen? Es ist sehr gut!«

Sie schüttelte den Kopf. »Danke, nein, man hat uns dort sehr üppig versorgt.«

»Czermak. Es gibt einen Mediziner. Meinst du den?«

»Nein, dieser hier ist Ägyptologe an der Wiener Universität, und er kannte deine Arbeiten. Er würde dich gern kennenlernen und mit dir über ein Projekt sprechen.« Sie redete und wollte ihn doch nur berühren.

Philips Gedanken schienen in eine ähnliche Richtung zu schweifen, denn er berührte mit einem Finger ihre Lippen. »Egal was dieser Professor auch ausgräbt oder lehrt, ich habe einen viel wichtigeren Forschungsauftrag.« Sein Lächeln erfasste seine Augen, die sich verdunkelten und sie voller Sehnsucht ansahen.

»In welchem Stockwerk hat man dich untergebracht?«

»Im ersten, Zimmer sechzehn.«

»Eine glückliche Fügung. Ich habe die Vierzehn.«

»Kein Zufall. Ich habe den Portier bestochen. Komm.«

Er stand auf und ergriff ihre Hand.

38

Staubkörner flirrten im Licht der Morgensonne, die sich durch die Vorhänge stahl und auf das breite Bett schien. Sarah rekelte sich wohlig und schaute zur Seite, dort, wo der Geliebte noch schlief. Seine Brust hob und senkte sich gleichmäßig, und sie widerstand der Versuchung, ihn zu berühren, denn sie hatten kaum geschlafen in dieser Nacht. Sie selbst fühlte sich lebendig und voller Energie und schlüpfte vorsichtig aus dem Bett, um sich ein Glas Wasser zu holen. Auf dem Tisch in der Zimmermitte standen eine Karaffe und Gläser. Barfüßig und nur mit ihrem apricotfarbenen Negligé bekleidet, tappte sie über den Holzfußboden.

Es war bereits warm. Tagsüber kletterten die Temperaturen auf über zwanzig Grad. Sarah schmunzelte, als sie die auf Sessel und Chaiselongue verstreuten Kleidungsstücke sah, Zeugnisse eines leidenschaftlichen Wiedersehens. Es fühlte sich unbeschwerter an, ohne Angst vor Entdeckung durch Bekannte seiner Frau oder ihre Arbeitskollegen haben zu müssen, die nur darauf warteten, ihr einen Fehler nachweisen zu können. Neider gab es immer, darüber machte sich Sarah keine Illusionen, und auch wenn Philips Frau in ein Arrangement eingewilligt hatte, musste man nichts provozieren.

Das kühle Wasser erfrischte sie, und sie goss ein zweites Glas ein, um es mit zum Bett zu nehmen. Dabei fiel ihr Blick auf ihren

Mantel, aus dessen Tasche ein Umschlag hervorlugte. Den Brief hatte sie vollkommen vergessen. Sie bückte sich, zog ihn heraus und nahm ihn mit ins Bett. Dort packte sie ein Kissen hinter ihren Rücken und fuhr mit dem Finger unter die Lasche. Zum Vorschein kam eine Karte aus handgeschöpftem Papier. Sarah glaubte schon, eine Einladung vor sich zu haben, doch als sie die wenigen Worte las, die in einer steilen Handschrift sorgsam gesetzt worden waren, gefror ihr das Blut in den Adern:

Die Rache ist mein, ich will vergelten, spricht der Herr.
Römer 12,19
Ich finde Sie in London.

Sarahs Atem ging so schnell, dass sie einen Schluckauf bekam und sich die Hand gegen den Mund presste. Wer? Und warum? Munro? Doch ein rätselhaftes Bibelzitat war nicht seine Art.

»Sarah, du bist ja ganz blass!« Philip setzte sich auf und strich ihr die Haare aus der Stirn. »Schlechte Nachrichten?«

Ihre Hand zitterte, als sie ihm die Karte zeigte. »Ein schlechter Scherz.«

Seine Miene verfinsterte sich, als er die Zeilen las. »Einen Scherz würde ich das nicht nennen. Und wenn, dann hat jemand einen sehr kranken Sinn für Humor.« Er legte eine Hand unter ihr Kinn und sah sie ernst an. »Gibt es etwas, das ich nicht weiß? Sarah, du kannst mir alles sagen!«

Charley, schoss es ihr durch den Kopf. Vielleicht war das eine neue perfide Art, ihr zu zeigen, dass er sie in der Hand hatte? Charley war jemand, der warten konnte, bis der richtige Moment kam. Sie hatte ihn zurückgewiesen, seinen Stolz verletzt. Oder tat sie ihm unrecht? War es Coltham?

»Du verbirgst etwas vor mir, Sarah, so kann ich dir nicht helfen!«, sagte Philip sanft.

»Philip, du kannst mir nicht helfen, niemand kann das. Ich bin, wer ich bin, verstehst du? Meine Vergangenheit wird immer ein Makel sein. Zumindest in London.« Plötzlich kam ihr eine Idee. Sie holte tief Luft und zerriss die Karte in winzige Stücke, die sie auf den Boden warf.

»Ich werde nicht nach London zurückkehren.« Indem sie ihren Gedanken aussprach, nahm er Gestalt an.

»Was zum Teufel meinst du? Warum willst du nicht nach London zurück? Weil irgendein Spinner dir eine seltsame Botschaft schickt? Da steckt doch mehr dahinter. Hast du jemanden umgebracht, und jetzt meldet sich der Zeuge von damals?«

Sarah lachte, doch es klang gequält. »Damals ... rund um die Recherche um den Coltham-Diamanten: Es gab da eine Sache, die ich nicht hätte tun dürfen.«

Sie biss sich auf die Lippen und sah ihn unglücklich an. Zumindest das musste sie ihm sagen. Nur von Charley und Ben durfte er nie etwas erfahren, das würde er nicht verstehen, weil er kein Kind der Arbeiterklasse war. Er würde ihr Verhältnis zu Charley missverstehen und sie verachten. In seinen Kreisen herrschten andere Regeln, und Probleme wurden auf elegantere Art gelöst. Wenn sie an ihren drogensüchtigen Bruder und Charley dachte, war Eleganz das letzte Wort, das ihr in den Sinn kam. Verzweiflung schon eher.

Behutsam erklärte sie die Umstände, die dazu geführt hatten, dass Munro sie erpressen konnte, und schloss mit ihrer Vermutung, dass Coltham Lineker als unliebsamen Zeugen seiner Taten in Indien hatte ermorden lassen. Und sie war womöglich die einzige Person, die davon wusste.

»Aber, Sarah, nein, du darfst nicht davonlaufen! Das wird sich klären lassen ...«, begann Philip.

Doch Sarah spürte plötzlich, wie sehr sie unter dem Druck durch Munro, der Furcht vor Colthams Rache und Charleys unausgesprochener Forderung gelitten hatte. Ihre Augen füllten sich mit Tränen. »Ich kann nicht mehr, Philip. Vielleicht ist dies ein guter Moment, um neu anzufangen.«

»Ich halte das für unsinnig! Was willst du denn überhaupt machen? Du bist hier eine Fremde. Wovon willst du leben, wo willst du leben? Soll dir Lady Sudbury wieder aushelfen? Darüber bist du doch hinaus.«

Er war wütend, redete sich immer mehr in Rage. »Und ich? Was wird aus uns?«

Sie wischte sich die Augen. »Ich habe dir doch von dem gestrigen Fest erzählt. Da habe ich Lehner, den Leiter des Auktionshauses Hofman's kennengelernt. Er hat mir eine Stellung angeboten. Oder wenn Rowland tatsächlich eine Dependance hier in Wien eröffnet, wäre das vielleicht auch eine Möglichkeit.«

Etwas ruhiger meinte Philip. »Tut mir leid, verzeih mir. Ich kann nur den Gedanken nicht ertragen, dass du dann so weit fort von London sein wirst. Ich bin ein Egoist, ein schrecklich verliebter Mann, der keinen Anspruch auf dich erheben kann, und das macht es noch viel schlimmer.«

Er zog sie in seine Arme, und sie küssten sich, hielten einander fest umschlungen.

»Willst du das wirklich tun, Sarah? Das wird nicht leicht für dich. So ein Schritt will gut überlegt sein«, sagte Philip.

Sie lagen nebeneinander, und er strich über den seidigen Stoff ihres Negligés.

Sarah schloss die Augen und versuchte, das Gefühlschaos, das sie zu ersticken drohte, zu kontrollieren. Ihr war schwindelig vor

Angst. Wenn sie in Wien blieb, war das eine Flucht vor ihrem alten Leben. Ihr war bewusst, dass man vor den Schatten der Vergangenheit nicht ewig davonlaufen konnte. Doch die Hoffnung auf einen Neuanfang überwog.

Wien, dachte sie, klang das nicht schrecklich aufregend?

Nachwort

Künstler, Mäzene und Sammler gehören zusammen: Früher waren es die Fürsten, die sich Künstler an ihre Höfe geholt haben und Auftragswerke erstellen ließen. Im günstigsten Fall durfte der Künstler auch frei arbeiten, im ungünstigeren Fall musste er, bei entsprechender Begabung, auch Kriegsmaschinen für seinen Brotherren erfinden. So kennen wir es von Leonardo da Vinci, der viele Jahre am Mailänder Hof verbringen musste. Oder denken wir an Michelangelo Buonarotti. Eins seiner berühmtesten Werke ist die Sixtinische Kapelle im Vatikan, die er nur widerwillig und unter Zwang durch Papst Julius II. erschuf. Die Welt des Kunsthandels hat sich über die Jahrhunderte grundlegend verändert.

Mäzenatentum gibt es auch heute noch, vielfach übernehmen das die Galerien mit der gezielten Förderung und dem Aufbau eines Künstlers oder einer Künstlerin. Im beginnenden neunzehnten Jahrhundert waren es Kunsthändler wie Paul Durand-Ruel oder Joseph Duveen, die Sammler mit Kunstwerken versorgten und eine wichtige Funktion auf dem Kunstmarkt einnahmen. Wildenstein beispielsweise förderte Pablo Picasso. Gleichzeitig gewann die Rolle der Auktionshäuser an Bedeutung. Die beiden ältesten Häuser sind Sotheby's und Christie's, gegründet Mitte des achtzehnten Jahrhunderts. Anfangs war der Verkauf von Büchern und Handschriften vorherrschend, mit dem Ersten Weltkrieg trat eine Wende ein. Kunstwerke jeder Art fanden den Weg in die Auktionshäuser. Gesellschaftlicher Wandel und die Wirtschaftskrise hatten daran einen großen Anteil.

An diese Häuser habe ich Varnham's angelehnt und dabei bewusst auf die Nennung der historischen Häuser verzichtet. Im Kunsthandel geht es vor allem um Diskretion und ein Netzwerk aus Kontakten: Ein tadelloser Ruf und ein vertrauenswürdiger Auftritt sind die Voraussetzungen für jedes erfolgreiche Unternehmen – noch heute. Aus dem Nähkästchen plaudert man nicht, denn man könnte Klienten verraten, die anonym bleiben wollen. Darauf basiert Sarahs großer Konflikt, ihre Angst, dem Ruf Varnham's schaden zu können.

Sarah Rosewell ist ein fiktionaler Charakter, der jedoch ein Vorbild in der ersten weiblichen Expertin hat – Emily Millicent Sowerby. Sowerby wird als altjüngferliche Mittdreißigerin in der Historie von Sotheby's erwähnt, die 1916 von Montague Barlow in einem beinahe »tollkühnen Akt« als erste weibliche Expertin eingestellt wird. Natürlich unter gewissen historischen Bedingungen. Man darf nicht vergessen, dass vor dem Krieg keine weiblichen Mitarbeiterinnen im Auktionshaus zu finden waren. Als Barlow zwei Sekretärinnen einstellte und noch dazu Schreibmaschinen kaufte, standen die Herren der Geschäftsleitung unter Schock.

Wenn Sarah also als ungelernte Sekretärin, hochbegabt, aber eben aus der Arbeiterklasse stammend und nur durch die Protektion einer Lady von Rang eingestellt wird, darf sie sich keinen Fehltritt erlauben. Unsere Sarah entwickelt sich und gewinnt mehr und mehr an Selbstbewusstsein, was sie vor schwerwiegende Entscheidungen stellen wird …

Und wenn Sie, geneigte Leser:innen, mehr über Sarah und das Auktionshaus erfahren und ein klein wenig eintauchen möchten in die Welt der Kunst und meine Recherchen, dann schauen Sie gern auf meiner Website vorbei: www.ameliamartin.de

Danksagung

Ich danke allen, die mir bei der Entstehung dieses Romans zur Seite gestanden haben. Vor allem Monika Boese vom Ullstein Verlag danke ich für ihr Vertrauen, denn dieses Projekt hat mich sofort begeistert. Meinen allerersten Roman habe ich mit Monika realisiert, und nun hat uns *Das Auktionshaus* wieder zusammengeführt, was mich sehr gefreut hat. Ein großer Dank geht an meine wunderbare Lektorin, Annalena Ehrlicher, mit der die Arbeit am Manuskript Hand in Hand ging und eine Freude war. Meinem Agenten, Dr. Harry Olechnowitz, danke ich herzlich für die fortwährende Unterstützung und die Möglichkeit, alle sinnigen und unsinnigen Ideen zu diskutieren. Und nicht zuletzt gilt mein großer Dank meiner Familie, die mich in allen Schreibphasen erträgt und unterstützt.